大望

대망30불타라검 2/나는 듯이 1
시바 료타로/박재희 옮김

헌사

한국어판《대망》첫판이 나왔을 때 명역(名譯)이라고
아낌없이 칭찬해 주신 김소운 선생님,
한국의 정서를 걱정하셔서《도쿠가와 이에야스》등을
한국어판 책이름《대망》으로 지어주신 김천운 선생님,
명필《大望》제자(題字)를 써주신
원곡 김기승 선생님,
창춘사도 대학에서 일문학을 전공하고
《대망》번역을 주도해 주신 박재희 선생님,
니혼대학에서 일문학을 전공하고
《대망》을 번역해 주신 김문운 선생님,
와세다 대학에서 일문학을 전공하고
《대망》을 번역해 주신 김영수 선생님,
게이오 대학에서 일문학을 전공하고
《대망》을 번역해 주신 문호 선생님,
조지 대학에서 일문학을 전공하고
《대망》을 번역해 주신 유정 선생님,
서울대학에서 사회학을 전공하고
《대망》을 번역해 주신 추영현 선생님,
경남대학에서 불교학을 전공하고
《대망》을 번역해 주신 허문영 선생님,
숙명여대에서 미술과 일문학을 전공하고
《대망》을 번역해 주신 김인영 선생님,
선생님들의 집필 열정이 동서문화사《대망》을
국민적 애독서로 만들어주셨습니다.
깊은 감사를 올립니다.
고정일

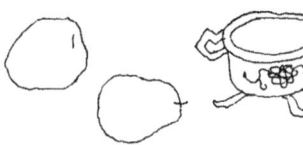

대망 30 불타라검 2 / 나는 듯이 1
차례

불타라검 2

궁문(宮門)의 난 …… 13
조슈군의 난입 …… 23
이토 가시타로 …… 33
교토로 …… 42
명예와 지사 …… 51
미운 도시조 …… 61
시조 다리 위의 구름 …… 71
구적 …… 82
여자의 마음 …… 92
홍백(紅白) …… 102
요헤의 주점 …… 112
대결투 …… 122
국장기(菊章旗) …… 132
오유키 …… 142
에도 일기 …… 152
검의 운명 …… 161
대암전(大暗轉) …… 171

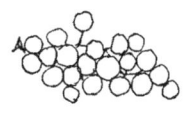

후시미의 도시조 …… 180
도바 후시미의 싸움(1) …… 190
도바 후시미의 싸움(2) …… 199
도바 후시미의 싸움(3) …… 208
도바 후시미의 싸움(4) …… 218
오사카의 도시조 …… 228
송림(松林) …… 239
사이쇼안(西昭庵) …… 249
에도(江戶) …… 259
북정(北征) …… 268
고슈(甲州) 진격 …… 277
흥망의 싸움 …… 286
나가레야마(流山) 둔영(屯營) …… 295
결별 …… 304
오토리 게이스케 …… 315
성채 공격 …… 325
오키타 소지 …… 335
평화냐 전쟁이냐 …… 343
함대 북상 …… 352

해전구도(海戰構圖) …… 362
약취(略取) …… 371
철갑함(鐵甲艦) …… 381
미야코만 해전 …… 389
습격 …… 398
재회 …… 407
관군 상륙(官軍上陸) …… 416
명맥(命脈) …… 424
전쟁 신(神) …… 433

나는 듯이 1

세계란, 국가란 ― 김천운

파리 …… 451
도쿄 …… 469
사람·정치 …… 480
정념 …… 527
정한론 …… 547
조그만 나라 …… 607
대물론(大物論) …… 631

궁문(宮門)의 난

　이케다야(池田屋)의 싸움으로 인해 신센조(新選組)는 이름을 떨쳤으나 역사에 중대한 영향을 끼쳤다.
　흔히, 이 사변(事變)으로 당시 실력파 지사(志士)의 다수가 참살, 또는 포살(捕殺)되었기 때문에 메이지 유신(明治維新)이 적어도 1년은 늦어졌다고 하지만 어쩌면 그 반대일지도 모른다.
　이 사변으로 오히려 메이지 유신이 빨리 왔다고 보는 편이 옳다. 만일 이 싸움이 없었더라면 영원히 삿초(薩長 : 사쓰마와 조슈번)의 주도에 의한 저 메이지 유신은 오지 않았을지도 모른다. 혁명에는 혁명파의 광포한 군사 행동이 필요한데, 그 때 친교토파(親京都派)의 여러 번에는 광포하게 비약할 가능성도 분위기도 거의 없었다.
　그 어느 큰 번의 영주도 막부에 반기를 들 생각은 품지조차 못했다. 다만 홀로 36만 섬(조슈는 양초 제조, 제지 등의 경공업 정책이나 경작지 개발 등으로 백만 섬의 경제력이 있었다)의 조슈번이라는 화약고가 폭발했던 것이다.
　신센조를 지배하는 교토 수호직(아이즈번)도 결행할 것인가 아닌가로 고민한 모양이었다. 필자는 그 실물을 본 적은 없으나 사건이 있은 이틀 뒤, 교토의 아이즈 본진에서 에도의 아이즈 저택에 띄운 공문서에 결행 전의 고심이 이렇게 씌어 있었다고 한다.

'그들 조슈인과 낭인의 밀모를 내버려두어서는 주상인 교토 수호직 마쓰다이라 가타모리 공의 직분이 서지 않을 뿐더러 환해(患害)가 목전에 절박하게 다가 온 형세가 될 것이다. 그렇다고 하여 이를 진압한다고 하면 그들에게 더 한층 원한을 사게 될 것으로 사료되어 주상께서도 크게 고심하고 계셨다. 그러나 달리 좋은 방도가 없고 기회를 놓치면 도리어 그들에게 당할 우려도 있어 만부득이……'

혁명파에 대한 정부 측의 입장과 고민은 어느 나라, 어느 시대도 비슷한 것이리라.

이 문제에 대한 논의는, 곤도와 도시조가 공격 준비 지점인 기온의 지쓰조인 문전 초소에 집결하고 있었을 때도 여전히 계속되고 있었다. 장시간 논의한 끝에

"만부득이하다."

교토 수호직의 결론이 하부 검찰관청인 교토 정무청과 포도청에 통첩되고 모두 동의했다. 부연하거니와 당시의 교토 정무청은 교토 수호직 마쓰다이라 가타모리의 친동생 마쓰다이라 사다아키(松平定敬 : 이세 구와나의 번주)로, 형제가 같이 교토의 치안을 맡고 있었다는 말이 된다. 이 양자의 의사소통은 실로 신속했다.

그러나 평정을 내리기까지 시간이 지나치게 걸렸다. 변병 동원이 늦어졌기 때문에 신센조가 아이즈번과 약속한 공격개시 시각인 밤 8시가 두 시간이나 지연되었다. 그리하여 곤도는 공명(公命)을 기다리지 않고 독단으로 이케다야를 습격했다. 곤도와 도시조에게는 정치적 고려 같은 것은 없었다. 있는 것은 칼뿐이었다.

사건 뒤, 막부로부터 교토 수호직에 대해 감사장이 내려졌다.

'신센조 대원을 신속하게 출동시켜 역적들을 참수 또는 체포한 발군의 활동.'

이렇게 문서 중에 씌어 있다. 동시에 신센조에 대하여 포상하는 돈이 하사되었다. 다시 막각(幕閣)에서 신센조 대장을

"요리키(與力) 상석(上席)"

으로 삼는다는 내시(內示)가 있었다. 그러나 도시조는

"그만둬."

이렇게 곤도에게 충고했다.

"요리키라니, 쳇!"

분명히 어리석은 짓이다. '요리키'라는 것은 막부 직속임에는 틀림없으나 본디 지방관원으로 자기 한 대로 끝난다. 게다가 장군을 배알할 자격이 없는 낮은 벼슬로 가신격이고, 포도(捕盜) 전문직으로 군역(軍役) 의무가 없어 무사 사회에서는 '부정한 소리(不淨小吏)'로 경멸했다. 군인이 아니라 순전한 경찰관이라고 생각하면 된다.

막부는 신센조를 경찰관으로 보았다. 곤도로서는 마음이 아팠을 것이다.

곤도는 지사(志士)를 자처하고 있었다. 신센조의 최종 목표는 양이(攘夷)에 있다. 본심은 어찌되었건 그것은 몇 번이나 내외에 밝혔다. 이를테면 군인의 집단이다.

곤도와 도시조가 사건 후 가장 불쾌했던 일은 막부에서 경찰관으로밖에 보지 않은 것이었으리라. 제대로 평가를 받지 못했다.

"기다려야지."

도시조는 말했다. 기다리노라면 막부가 좀더 크게 평가하게 되겠지. 또는 제후(諸侯)로 발탁될지도 모르는 일이다. 꿈이 아니다.

곤도는 영주를 꿈꾸고 있었다. 이 몽상에 '요리키 상석'이라는 내시(內示)가 찬물을 끼얹은 꼴이 되었지만 그래도 실망하지 않았다.

"내 꿈은……."

곤도는 도시조에게만 말했다.

"양이 제후가 되는 것이야."

일부러 '양이'를 붙인 것은 당시의 지사 기질에서 나온 것이다. 제후가 되어 외적으로부터 일본을 지키겠다는 야망이 가슴에 부풀어올랐다.

"좋아."

도시조가 말했다. 양이는 그만두더라도 풍운에 편승하여 제후가 되고 잘하면 천하를 차지하는 것이 예부터 무사의 포부가 아니던가. 결코 부정한 것이 아니다.

"난 끝까지 돕겠다."

"부탁한다."

곤도는 천한 직책인 '요리키(與力) 상석'을 거절하고 여전히 관설(官設) 낭인 대장의 자유로운 신분에 안주하였다. 막각(幕閣)과 수호직 측근에서는 모두 곤도의 무용에 감동했다.

그러나 곤도에게 욕심이 없는 것은 아니다.

이케다야의 변란 뒤, 흰 말을 사들여 화려한 안장을 얹고 시중 순시 때는 이것을 탔다. 이때 창을 든 대원을 거느림으로써 위풍이 제후와도 같다는 강한 인상을 무사들과 서민들에게 주었다. 농민 출신 낭인이 제후 못지않게 시중을 행진하는 일은 몇 년 전의 막부 체제 하에서는 생각할 수도 없는 일이었다.

수호직이 있는 그 니조성(二條城)에 출사할 때도 마상(馬上) 행렬을 편성하고 갔다.

이미 제후였다.

제후답게 연출하여 일종의 인상을 만들어내는 것이 곤도와 도시조의 그야말로 무사시 감자 도장의 검객 출신다운 유들유들한 배짱이라고 하여도 좋다.

이케다야의 변란은 6월 5일.

그로부터 얼마 뒤인 26일 해가 진 뒤, 어느 사이엔가 습격으로 인한 이상한 영향이 나타나기 시작했다.

가와라 거리의 조슈 저택에서다.

이 번저는 이케다야의 난리 이후 완전히 숨을 죽이고 있었다. 번저에는 아직도 조슈번사와 여러 번에서 탈번한 과격파 낭사 백 수십 명이 남아 있었다.

그들이 무슨 짓을 저지를 것인지 막부로서는 중대한 관심사였다. 번저 주변에는 온갖 밀정이 출몰했다. 아이즈 밀정, 정무청 첩자, 신센조 감찰부에 의한 밀정 등 감시가 이만저만이 아니었다.

그 25일의 한밤중. 이날 밤은 이케다야의 변란이 있은 밤처럼 몹시 무더웠다. 도시조는 감찰 야마자키가 흔드는 바람에 잠에서 깨었다.

"뭐야?"

급히 옷을 입었다.

"가와라 거리의 조슈번저가 어두워지면서 아무래도 거동이 수상합니다.

사람이 나옵니다."

삼삼오오, 눈에 띄지 않게 밖으로 나온다는 것이다.

"방향은?"

"작은 문에서 나올 때는 남북으로 뿔뿔이 헤어집니다만 밀정이 뒤를 밟은 결과에 따르면 도중에 모두 서쪽으로 간답니다."

"서쪽에 뭐가 있나?"

"아직 모릅니다."

"밀정은 몇 사람 나갔나?"

"시중에 20여 명 풀어놓았으니까 차차 알게 될 겁니다."

"각 조장에게 그렇게 이르고 대원을 모두 깨워. 그리고 곤도 선생님 휴식처에도 사람을 보내도록."

도시조는 그들이 서쪽으로 간다는 말을 들었을 때 순간적으로 이 교토 서쪽에 있는 미부를 습격하는 것이 아닌가 하고 생각했다. 그러나 그것이 아니었다.

더 서쪽, 사가(嵯峨)의 덴류사(天龍寺)라고 한다.

'이거야 일이 커지는군.'

보고가 들어올 때마다 생각했다.

교토의 조슈인이 모여들고 있다는 덴류사는 교토 서쪽에 있는 큰 절이다. 담장을 높직이 둘러쳐 여기서 수비하면 그대로 성곽이 된다고 할 수 있다.

나중에 안 일이지만 조슈인 백 수십 명은 절의 집사를 칼로 위협하고 그대로 들어앉아버린 모양이었다. 하기는 조슈번과 덴류사는 재작년 분큐 2년, 얼마간의 인연이 있었다. 조슈번이 교토 경호의 칙명을 받았을 때 교토 시중에 많은 사병을 수용할 장소가 없어서 사가의 향사(鄕士)인 후쿠다 리헤의 알선으로 덴류사를 군영(軍營)으로 사용했다. 그러나 철수한 뒤로는 아무런 공식적 인연도 없다.

"곤도님, 이번에는 이케다야 여관 따위는 문제도 아니야."

도시조는 무표정하게 말했다.

"덴류사 습격이라."

곤도는 벌써 신이 나서 야단이다. 공명을 세울 기회를 조슈가 일부러 만들어주는 꼴이라고 생각했다.

"어떨까? 이건 전쟁이 될지도 몰라."

"전쟁?"

"그럴 채비가 필요할 거야."

채비란 신센조를 경찰대에서 군대로 탈바꿈할 준비이다. 우선 대포가 필요했다.

신센조에는 결성 당초부터 아이즈번에서 대여해준 구식 대포가 있었다. 폼펜포(長榴彈發射砲)로 일컬어지는 청동제의 야전포로 포탄을 새빨갛게 구워 포구(砲口)에 굴려넣어 장전하고 화승(火繩)으로 점화한다. 사정(射程) 거리가 몹시 짧아 한 마장쯤 된다.

'아이즈 본진에는 분명코 니라야마에서 만든 신식포가 있을 터인데.'

도시조는 신센조의 전력으로 대포가 필요하다고 생각한 것은 아니었다. 이를테면 '제후'격으로서의 군제(軍制)를 갖추자면 대포가 필요하다는 것이다.

이튿날 아침, 날이 새기를 기다려 도시조는 구로다니의 아이즈 본진으로 말을 달렸다.

섭외관인 도지마 기헤를 만났다.

"도지마님, 반드시 전쟁이 일어납니다."

그는 엄포를 놓았다.

도지마는 히지카타 도시조가 왔다고 중신에게도 연락했다. 얼마 뒤에 가로(家老) 진보 구라노스케(神保內藏助)도 자리에 나왔다. 모두가 정중하게 접대했다. 이케다야의 변란 이후로 신센조의 대우는 비약적으로 향상되었다. 도시조에 대해서도 번의 중신을 대하는 것 같은 태도였다.

"히지카타 선생, 덴류사를 공격할 경우, 어떠한 군략으로 나갈 것인지 조속히 회의를 열어야 하지 않겠습니까?"

아이즈번의 가로 진보 구라노스케가 말했다. 반은 인사치레였으리라.

"그렇습니다. 하지만 이번에는 이케다야 때처럼 검을 쳐들고 산문(山門)을 넘는 정도로는 되지 않을 것입니다. 미부에도 대포가 필요합니다."

"하나 있는 줄 압니다만……."

"아니, 부족합니다."

도시조는 설명했다. 대포로 먼저 흙담을 파괴한다. 그리로 대원을 돌입시킬 작정인데 한 구멍으로는 이쪽 피해가 많다. 포 5문(門)으로 다섯 군데를 파괴하고 돌입하고자 한다. 꼭 5문이 필요하다. 이렇게 강청했다.

이렇게 나오는 데는 아이즈번도 놀랐다. 그렇게 되면 아이즈번에는 포가 하나도 남지 않게 된다.

"그것도 니라야마 포가 바람직합니다."

니라야마 포는 아이즈에도 1문밖에 없었다.

"무리입니다."

도지마도 질린 얼굴이었다.

도시조는 지금 미부에 있는 폼펜포는 화살 정도의 힘밖에 없다고 말했다.

"그것으로는 쓸모가 없습니다. 이미 세리자와 가모가 시험해보았습니다."

죽은 대장 세리자와 가모가 지난날 요시야 거리의 호상(豪商) 야마토야 쇼베에게 돈을 뜯으러 갔을 때 거절당하자 둔영에서 대포를 끌어냈다. 그 대포를 야마토야 가게 앞에 대어놓고 빨갛게 달군 탄환을 광에 쏘아댔다.

그러나 광의 두꺼운 벽은 쉽게 파괴되지 않았고 또 불도 붙지 않아 세리자와도 애를 먹었다. 도시조가 시험했다고 말한 것은 바로 그 일이다.

"그렇지만……."

아이즈 측은 자기 번의 화력이 사쓰마번 등과 비교하면 크게 뒤지고 있다고 말하고

"히지카타 선생, 이렇게 하면 어떨지요. 앞으로 막각에 교섭해서 되도록 선생의 뜻을 받아들일 생각이니 우선 1문만으로 양해할 수 없는지?"

진보 구라노스케가 말했다. 도시조는 물론 큰소리를 했지만 1문이면 족했다. 그것도 구식이라도 무방하다. 요컨대 군용(軍容)에 권위를 부여하는 것이 목적이었다.

"그 정도로 글쎄 버텨볼까요."

큰소리치고 하나를 얻어냈다. 구식이기는 하지만 이로써 서양식 포가 2문이 된다. 2문이라고 하면 5만 섬 규모의 작은 번보다 군용이 한결 높다.

곧바로 미부 둔영으로 돌아갔다. 문제인 덴류사의 움직임에 대해서는 이렇다 할 정보가 없었다.

그 뒤 며칠 동안 아무 일도 없었다.

이윽고 막부의 첩보보다 먼저 교토 시중에 무시무시한 소문이 퍼졌다. 조슈번 번병이 몇 갈래로 나뉘어 각기 스오(周防)의 무역 항구 미타지리(三田尻)를 출항한 뒤 동쪽으로 올라간다는 것이었다.

"억울함을 궁궐에서 씻기 위해서."

이것이 출병의 이유였다. 요컨대 분큐 3년의 정변으로 교토 정계에서 조슈 세력이 쫓겨나고 다시 이케다야의 변란으로 자기 번의 지사 다수가 개돼지처럼 포살되었다. 그 이유를 묻고 번의 정론(正論)을 명백하게 하기 위해서라는 것이 표면적인 이유인 듯하였으나, 요컨대 군사 행동으로 교토를 제압하여 천황을 조슈에 옮겨 모시고 양이도막(攘夷倒幕)의 결실을 맺으려는 데에 있었다.

풍문에 겁을 집어먹고 교토 주민들 사이에는 단바 방면으로 가재를 분산시키는 자가 많았다.

소문이 진실성을 띠기 시작한 것은 조슈계의 낭사단 300명을 인솔한 마키 이즈미노카미(眞木和泉守), 구사카 겐즈이(久坂玄瑞) 등이 오사카에 상륙한 사실이 알려지면서부터였다. 그 이튿날 조슈번의 가로(家老) 후쿠하라 에치고(福原越後)가 이끄는 무장대가 마찬가지로 오사카에 상륙했다. 또한 후속 조슈 선(船)이 세토 내해(瀨戶內海)를 동쪽으로 오고 있는 중이라는 것이었다.

교토 수호를 담당하는 아이즈번에서는 연일 중신회의가 열렸다. 신센조에서는 반드시 곤도가 출석했다.

이 자리에서 아이즈의 누군가가 제안했다.

"천황을 일단 히코네 성으로 옮겨 모시고 조슈의 적도(賊徒)를 야마자키와 후시미, 교토에서 섬멸합시다."

이것이 어떻게 새어 나갔는지 즉각 오사카의 조슈 저택에 있는 원정군의 귀에 들어가 그들을 격노시켰다.

요컨대 내용적으로는 조슈나 막부 측이나 모두 천황을 빼앗아 수호한다는 한 가지 목적에 묶여 있었다. 천자를 옹립하는 측이 관군이 된다는 것이, 《대일본사》나 《일본외사(日本外史)》 등 존왕사관의 보급으로 인해 상식화된 이 때의 법칙이었다.

곤도는 흥분하여 둔영으로 돌아오자 복도를 걸으면서 고함쳤다.

"도시조, 도시조, 있는가?"

도시조는 방에 있었다. 책상 앞에 앉아 대원 명부를 이리저리 살펴보면서 대의 재편성에 관해 주장하고 있었다. 신센조를 시중 단속을 위한 편성에서 야전 공격에 적합한 조직으로 바꿔보려고 고심하고 있었다. 도시조로서는 공경(公卿)이나 각 번, 그리고 지사 등의 정론(正論) 따위는 아무래도 좋았다.

"도시조."

곤도는 장지문을 열었다. 도시조는 오만상을 찌푸리며 돌아다보았다.

"듣고 있네. 도시, 도시, 하고 장사꾼 흉내를 내는 거 보기 흉해."

"천황이야, 천황."

곤도는 조급하게 말했다.

"천황?"

"그래."

곤도는 장기를 두는 시늉을 했다.

"그걸 빼앗겨선 안 돼. 그걸 놓치면 장군도 적도가 되고 말지. 이번 전쟁은 이케다야와는 성질이 달라. 궁성 앞에 신센조의 시체를 쌓고서라도 천황만은 지키고야 말 테다. 알겠지?"

"알겠네."

"좋아. 설사 신센조가 호구(虎口)에서 전멸하고, 나와 자네 둘만이 남더라도 천황은 지키고야 만다."

이것이 곤도의 좋은 점이라고 도시조는 생각했다. 다마의 농사꾼 출신 두 사람이 천황을 업고서라도 조슈번의 손에서 지키겠다는 것이다. 번에서의 회의는 관념론이나 명분론 등이 백출했을 터인데 곤도의 머리는 언제나 구체적이고 즉물적(卽物的)이었다.

도시조는 그보다도 더 즉물적이었다. 이 사나이의 머리에는 신센조를 강하게 만드는 일밖에 없었다.

그러는 동안 조슈번병이 속속 후시미(伏見)에 들어오기 시작했다.

조슈의 대장 후쿠하라 에치고는 갑옷과 투구로 무장을 갖추고 군대를 이끌고 후시미의 교바시(京橋) 입구에 이르러, 그곳을 경비하고 있던 기슈번 병사들이 저지하자,

"우리 조슈인은 언제나 외이(外夷)에 대비하고 있다. 무장(武裝)이 평상복이다."

으름장을 놓고 통과하여 일단 후시미의 조슈번저에 들어갔다.

신센조에 들어온 정보에 의하면 마키 이즈미노카미가 이끄는 조슈 낭사대는 오야마자키의 덴노산(天王山)과 그 산기슭의 이궁(離宮)인 하치만 궁(八幡宮)과 다이넨사(大念寺), 간논사에 진을 치고, 또 사가의 덴류사에 들어

간 부대에 대해서는 적당한 대장이 없기 때문에 조슈에서도 호용(豪勇)으로 이름난 기지마 마타베(來島又兵衞)가 급히 달려가 그 지휘를 맡고 있다고 한다.

덴노산과 사가, 후시미의 조슈 병은 밤이면 일부러 이곳 저곳에 많은 화톳불을 피워 올리고 교토 시중에 말없는 위협을 가하는 한편 조정에 대해서는 상소문을 올려 활동하기 시작했다.

다시 겐지 원년 7월 9일, 조슈번의 본대라고 할 수 있는 가로(家老) 구니시 시나노(國司信濃)가 지휘하는 병력 800이 오야마자키의 진지에 들어가 그 자신이 덴류사에서 모든 군대를 지휘하게 되었다.

이미 신센조의 진지는 결정되어 있었다. 아이즈번병과 함께 궁성 하마구리 문(蛤門)을 지킨다는 것이다.

도시조는 이때 처음으로 갑주를 입었다.

조슈군의 난입

신센조에서는 미리 교토의 중고품 가게에 명하여 무구(武具) 일체를 준비해 두었다. 전쟁 때는 조근(助勤) 이상이 입는다. 모두 골동품과 다름없는 것들이었다.

곤도는 두 벌을 가지고 있었다.

도시조도 물론 사놓았다. 하기는 간부들이 착용한 것은 이전으로나 이후로나 이때뿐이었다.

조근으로 이즈모 출신의 낭인 다케다 간류사이(武田觀柳齋)라는 자가 무사 격식을 잘 알아 일동을 지도하여 무구를 입는 법, 짚신을 신는 법 등을 일일이 가르쳐 주었다.

곤도는 다케다가 직접 도왔다.

이윽고 투구 끈을 매고 난 곤도의 모습을 보고 말재주를 부렸다.

"군신 마리지천(摩利支天)을 방불케 하십니다. 이거야 정말 늠름하신 모습입니다."

도시조는 이 다케다 간류사이가 마음에 들지 않았다. 이 사나이가 해대는 곤도에 대한 간사스러운 아첨의 말을 들으면 소름이 끼쳤다.

"히지카타 선생도 도와드리겠습니다."

간류사이가 무릎걸음으로 다가왔으나 도시조는 찌푸린 얼굴로 한마디로 거절했다.

"필요 없어."

하기는 간류사이 쪽에서도 평소 도시조를 꺼려 되도록 그를 피하려고 했다.

"그러시다면……."

간류사이는 뚜렷이 불쾌한 빛을 띠며 곤도에게 돌아갔다. 곤도는 우쭐한 판이라 아첨에 약했다. 기분이 좋아서 간류사이의 아첨을 듣는다.

'조심해야 할 놈이로군.'

도시조는 불쾌했다. 여담이지만 간류사이는 다음다음해 가을, 사쓰마 저택과 내통하여 부대의 기밀을 누설한 일이 탄로나서 곤도와 도시조의 합의 아래 부대의 첫째 가는 검객 사이토 하지메의 손에 의해 참수되고 말았다.

도시조는 재간이 있는 사나이다. 처음 입는 무구였는데도 손쉽게 입어 버렸다. 그 위에 덧전복(戰服)을 걸치고 나서 투구는 뒤로 쓱 밀어붙였다.

오키타 소지가 들어와 그를 보면서 기뻐했다.

"아하, 어린 인형 같군요."

도시조는 대꾸도 하지 않았다. 간류사이의 말에 의하면 곤도는 군신(軍神)인데 자기는 인형이라니 기분이 탐탁치 않았다.

"소지, 준비가 끝났나?"

"보시다시피."

오키타 등 조근은 갑옷 위에 부대의 제복을 걸쳤다.

"자네는 알고 있군. 다른 대원들은 어떤가?"

"벌써 마당에 나와 있습니다."

도시조는 나가 보았다.

과연 다 모여 있었다. 평대원은 사슬조끼를 입은 위에 도장에서 쓰는 가죽으로 된 가슴 방호구(防護具)를 입고, 그 위에 덧제복을 걸치고 투구를 쓴다. 그 외 복장은 머리띠만 두른 자 등등 가지각색이었다.

이날 저녁, 수호직 저택에서 전령이 와서 부서를 알려주었다.

"후시미에서 다케다 대로를 북상하는 조슈군 본대를 구조 강변 간진 다리(勸進橋) 부근에서 제압하라."

"조슈군 본대를?"

곤도는 기뻐했다. 아마도 이 다케다 대로의 간진 다리가 최대의 격전지가 될 거라고 생각한 모양이었다.

"도시조, 본대(本隊)를 저지하는 거다."

"그런가."

고개를 약간 끄덕였다. 도시조에게는 의문이 있었다. 그러나 이 전령 앞에서는 말하지 않았다. 아이즈번에 망신을 주는 일이 되기 때문이다.

"포진은 이렇습니다."

전령은 자세하게 전했다. 그 진지에서 우군은, 아이즈번의 가로(家老) 진보 구라노스케가 이끄는 번병 200명. 비추 아사오(備中淺尾) 1만 섬의 영주로 교토 순찰대의 책임자인 마키타 히로타카(蒔田廣孝)가 이끄는 막부 신하 사사키 다다사부로 이하 순찰대 대원 300명. 그리고 신센조. 신센조의 출동 인원은 고작 백 명 남짓이다.

도시조는 특별히 고수들을 엄선하여 정예주의(精銳主義)로 나갔다. 나머지는 둔영의 수비와 첩보 관계 일을 보도록 하였다.

다케다 대로의 간진 다리를 사이에 두고 가모강 서쪽 기슭에 포진한 것은 겐지 원년 7월 8일 일몰 뒤였다.

붉은 바탕에 흰 글씨로 '성(誠)'자를 쓴 부대기를 다리 서쪽 끝에 세우고 그 둘레에 기세좋게 화톳불을 피워올렸다. 깃발이 화톳불에 환하게 비치어 적군 우군 할것없이 멀리서도 거기에 신센조가 포진하고 있다는 것을 알 수 있었다.

도시조는 교토 안팎으로 사방에 첩자를 풀어놓아 끊임없이 우군과 적의 동향을 탐색했다. 이 사나이가 고향 다마에서 치렀던 싸움 방식과 꼭 같았다.

"이상하다?"

의문이 점점 짙어졌다. 막부측 병력 배치가 말이다.

막부의 교토 수호직은 아이즈와 사쓰마의 두 큰 번을 주력으로 하고, 이 밖에 오가키와 히코네, 구와나, 비추(備中) 등 30여 번(藩)의 병력을 동원하고 있다. 그 수는 4만. 조슈 측은 주로 사가(덴류사가 중심)와 후시미, 야마자키(덴노산이 중심) 등 세 진지에 집결하여 교토에 쳐들어갈 기회를 엿보고 있다. 병력은 각기 수백 명씩, 도합 1,000여 명으로 그 점에서는 문제가 없었다. 그런데 그 주력 부대가 어디냐 하는 것이 궁금했다.
　막부 측은 '후시미'라고 짐작했다. 그리하여 아이즈·오가키·구와나·히코네 등의 세습 제후를 배치하고 신센조도 거기에 포함시켰다.
　이유는 후시미에 집결하고 있는 조슈병이 가로 후쿠하라 에치고의 통솔을 받고 있기 때문이다.
　"하지만 강한 것은 사가(嵯峨)가 아닌가?"
　도시조는 곤도에게 말했다.
　"조슈는 총대장을 후시미에 두고 있지만 이것은 눈가림이고 막상 교토 난입을 시작하면 사가가 뜻밖에 나서지 않을까?"
　"어떻게 알아?"
　"사가에는 여러 번의 탈번 낭사들이 있고 그 대장은 조슈에서도 용맹하기로 이름난 기지마 마타베(來島又兵衞)다. 그리고 정보에 따르면 사기 충천이라고 한다. 따라서 주력은 사가이지 총대장이 있는 후시미는 아닐 거야. 후시미의 직속 무사들은 조슈 가문 인사로 조직된 선봉대다. 그자들은 대대로 호의호식에 젖어서 싸움이고 뭐고 아무것도 해내지 못해. 그렇게 약한 군대를 상대로 이토록 대규모의 진을 칠 필요는 없어."
　그런데 후시미를 막는 것은 신센조를 포함한 간진 다리의 진지뿐만이 아니다. 그 전방의 이나리산에는 오가키번을, 모모야마에는 히코네번을, 후시미 시중의 조슈 저택에 대해서는 구와나번을, 다시 유격군으로서는 에치젠 마루오카번과 고쿠라번의 두 번을 배치하는 신중을 기하고 있었다.
　"이것은 그들에 속은 거야."
　도시조는 손톱을 씹었다. 곤도로서는 무슨 말인지 잘 알 수 없었다.
　"뭘, 위에서 결정한 거야. 괜찮아."
　"그렇지만 곤도님. 이 간진 다리에서는 눈부신 무공같은 건 굴러들어오지 않아."
　"그렇다고 해서 도시조, 부서를 버리고 사가로 밀고 갈 수도 없잖나."
　"아무튼, 기회를 보아서 할 일이야."
　도시조는 더이상 이 일에 언급하지 않았다.

　과연 도시조의 말대로 되었다.
　후시미에 집결하고 있던 조슈번의 가로(家老) 후쿠하라 에치고는 어디까지나 출전이 아니라 궁궐에 진정(陣情)하러 간다는 자세를 버리지 않았다. 다만 원수인 교토 수호직 마쓰다이라 가타모리만은 친다는 것이다.

이 참간장(斬奸狀)은 이미 조슈번사 쓰바키 야주로가 각처에 돌렸다.

북상하는 조슈의 후쿠하라 군 500은 도중에 후지노모리(藤森)에서 막부군의 선봉인 오가키 번이 수비하는 관문에 부딪혔다.

가볍게 무장한 후쿠하라 에치고는 말 위에서

"조슈번 후쿠하라 에치고, 궁성에 소청이 있어 통행하고자 한다."

고 외치고는 무사히 통과했다.

오가키 번병은 덤덤히 그 뒷모습을 바라보았을 뿐이다. 이 번은 도다 우네메노쇼가 번주이지만 앓아눕고 고하라 니헤가 대장(代將)을 맡고 있었다. 고하라는 뎃신(鐵心)이라는 호를 가지고 있었는데, 당시 이미 이름난 병략가로, 특히 서양식 포술에 능했다.

잠자코 통과시키고 조슈군이 스지카이 다리(筋違橋)를 거의 건너갔을 무렵에 별안간 소총 부대를 산개시켜 배후에서 갑자기 쏘아 붙였다.

곧 이 후시미 쪽 총격전이 벌어진 것이다.

9일 미명, 4시 전이다.

"도시조, 시작된 모양이다."

곤도는 어둠 저쪽의 총성을 턱으로 가리켰다.

"저 방향이라면 후지노모리 근방이군."

귀가 밝은 오키타 소지가 말했다.

"후지노모리라면 오가키 번이로군. 총포의 오가키로 불릴 정도의 번이니까 대단할걸."

곤도는 다케다 간류사이가 만든 나가누마 식 지휘채를 들고 침착하게 있었다.

"쳇, 그만 좀 뽐내시지."

도시조는 초조했다. 곤도는 요즘에 와서 둔해지고 있었다. 도시조는 즉각 지시를 내려 탐색조의 야마자키를 달려 보냈다. 동시에 아이즈 부대의 진보 구라노스케의 진에서도 전령이 달려나갔다. 야마자키는 말 위에 몸을 엎드리고 달렸다. 후지노모리가 있는 다이부쓰 대로는 다케다 대로와 병행하고 그 사이를 잇는 길은 논두렁 길밖에 없다.

야마자키도 대담한 사나이다. 초롱불도 없이 어둠 속을 후지노모리의 여러 횃불과 총구에서 뿜는 빛을 목표 삼아 마구 줄달음질쳤다.

다이부쓰 대로의 싸움터에 도착하자 총탄 속에서 말을 이리저리 몰았다.

"오가키 번의 본진은 어딘가? 신센조의 야마자키다."

그때, 두세 발 총알이 귓가를 스치더니 창을 든 병사가 줄지어 몰려왔다.

"이놈, 뭐 신센조라고?"

앗, 하고 야마자키는 재빨리 말머리를 남쪽으로 돌렸다. 조슈병의 한복판에 뛰어든 모양이었다.

말 위에서 한 사람을 쳤다. 갈기에 얼굴을 파묻고 달렸다. 조슈군과 오가키군이 길 위에서 거의 뒤죽박죽이 되어 양군을 구별할 수가 없었다.

"전령이다. 전령!"

야마자키는 목이 터져라 외치며 달렸다. 이윽고 후지노모리의 사당 앞에서 오가키 번의 대장 고하라 니헤와 마주쳤다.

"신센조의 전령입니다."

야마자키는 말에서 내리려고 했다. 그런데 고하라는 야마자키를 안장에 도로 밀어올렸다.

"어서 원병을 부탁한다. 조슈도 만만치 않다."

뒤에 안 일이지만 이 조슈의 가장 약체 부대는 오가키의 충격과 돌격으로 몇 번이나 허물어질 뻔했으나 그때마다 번사 오타 이치노신이 칼을 휘두르며

"물러서선 안 돼. 물러서면 벤다."

질타했다고 한다. 오타 이치노신은 사가 방면 대장의 한 사람인데 후쿠하라 에치고의 청으로 개전 조금 전에 이 후시미로 임시 대장으로서 달려온 사람이었다.

이윽고 야마자키가 돌아와 보고하자 도시조는 곤도를 쳐다보았다.

곤도는 고개를 끄덕였다.

지체없이 말을 탔다.

"스지카이 다리다."

곤도는 한 마디 그렇게만 지시했다. 각 조장들은 그것만으로 알아들을 수 있을 정도로 호흡이 서로 들어맞았다. 스지카이 다리 북쪽에서 쳐들어가 조슈병을 협공하려는 것이다.

아이즈 부대와 교토 수비대도 움직이기 시작했다.

그러나 싸움터에 당도했을 때 조슈병들은 자기들의 시체를 내버리고 몇 마장이나 남으로 퇴각하는 중이었다. 대장(大將)인 후쿠하라 에치고 자신도 얼굴 옆을 맞아 피범벅이 된 채 후시미의 조슈 저택까지 되돌아왔으나 여기서도 오가키 병의 추격을 견뎌내지 못하고 다시 남으로 달려 가로(家老)인 마스다(益田)의 진영에 굴러 들어갔다.

이미 아침이 되고 있었다.

곤도, 도시조 등 신센조가 패주하는 적을 쫓아 후시미에 들어갔을 때는 히코네 병사가 지른 불로 말미암아 후시미의 조슈 저택이 불타고 있었다.

'일이 다 끝났군.'

도시조는 화가 났다. 오가키와 히코네번에 공을 세우게 한 꼴이었다.

그 무렵, 교토의 서쪽 외곽에 있던 사가 덴류사의 조슈군 800은 가로(家老) 구니시 시나노에게 인솔되어 교토를 향해 침입하고 있었다.

도시조의 예상대로 이 부대는 후시미의 부대와는 달리 딴 나라 사람처럼 용맹했다. 선봉대장은 기지마 마타베, 감찰군은 구사카 겐즈이로서 부대에는 오늘을 마지막으로 목숨을 버리려는 여러 번의 양이 낭사들이 다수 섞여 있었다.

총대장 구니시 시나노는 약관 25세의 청년인데도 화려한 투구와 갑옷을 입고 등에는 먹으로 용틀임을 그린 하얀 비단 전복을 걸치고 그야말로 큰 번의 가로와 같은 차림으로 말, 앞에

'존왕양이(尊王攘夷)'

'토 아이즈 사쓰마 간적(討會奸薩賊)'

이라는 큰 깃발을 펄럭이며 전진했다. 막부군은 사가 방면의 방비를 거의 하지 않았기 때문에 도중에 방해하는 자도 없이 교토에 들어가 궁성을 향해 행진했다. 구니시의 본대가 지금의 고오 신사(護王神社) 앞에 도착했을 때는 새벽 4시경이었다.

거기서 구니시는 전투 대형을 취했다. 기지마 마타베에게 병력 200을 주어 하마구리문으로 진격하게 하고 고다마 민부(兒玉民部)에게도 마찬가지로 200을 주어 시모다치우리문(下立賣門)으로 돌진시켰다.

구니시의 본대는 나카다치우리문(中立賣門)으로.

세상에서 말하는 하마구리문의 싸움이 이 순간부터 시작된다. 후시미에서 양동(陽動: 소규모 부대의 공격을 대공격처럼 가장하는 속임수 전술)하여 막부군을 현혹시키고 있던 조슈 측 작전은

성공한 셈이다.
 구니시는 나카다치우리 거리까지 전진했을 때 히토쓰바시의 부대와 마주쳤다. 히토쓰바시 부대가 먼저 발포했다.
 조슈군은 그것을 기다리고 있었다. 궁성 주변에서 먼저 발포하면 적도라는 누명을 벗을 길이 없다.
 구니시 시나노는 사격과 돌격 명령을 내렸다. 히토쓰바시 부대는 견디지 못하고 패주했다.
 다시 지쿠젠 부대와 마주쳤다. 서로 발포했으나 지쿠젠은 조슈번에 동정적이었기 때문에 일부러 퇴각했다.
 이윽고 조슈군은 나카다치우리 문을 밀어젖히고 단숨에 궁성에 난입했다. 문 맞은편은 구게문(公卿門)이고 아이즈번이 맡은 구역이었다.
 구니시는 아이즈번의 문장(紋章)을 보고 명령을 내렸다.
 "저것이 아이즈다, 몰살시켜라."
 오늘날까지 금문(禁門)의 정변(政變)에서 이케다야의 난에 이르기까지 철두철미 조슈의 적으로 맞섰던 것은 아이즈번이다.
 조슈의 돌격은 처절했다. 아이즈 병은 힘없이 쓰러졌다.
 그러는 동안 하마구리문에서 포성이 울리고 기지마 마타베의 200명도 쳐들어갔다. 거의 동시에 고다마 민부의 200명도 시모다치우리문으로 돌입했다. 그들의 목적은 전투에서 승리하는 것이 아니라, 아이즈와 사쓰마번을 치는 일이었다.
 그때 신센조는 후시미에 있었다.
 도시조가 교토 시중에 뿌려놓은 탐색조가 말을 달려 후시미에 이르러 궁성의 전투를 급히 알렸다. 아니, 알릴 것도 없이 교토의 하늘이 활활 불타오르고 있었다.
 '내가 뭐랬던가. 막부군의 오산이다.'
 도시조는 곤도에게 다가섰다.
 "가자, 교토로."
 "도시조, 모두 지쳐 있다. 지금부터 30리를 달려간들 뭘 하겠나?"
 "달리는 거야."
 도시조는 노상에 우뚝 서서 당장에라도 뛸 듯한 기세로 말했다. 해는 점점 높이 솟아오르는데 대원들은 집집의 처마 밑에 쓰러져 꿈속을 헤매고 있었다. 적을 쫓기만 하였을 뿐 한 번도 접전은 하지 않았지만 어젯밤 이후로 한잠도 자지 못했다.

"이런 꼴로 어떻게 움직일 수 있겠나?"

곤도가 말했다.

"아니, 뛰게 해야지. 진짜 싸움터에 신센조가 없었다는 뒷말을 들을 수는 없어."

일껏 군대로 조직을 바꿔가고 있는 때가 아닌가.

"도시조, 조급하게 굴지 마라. 우리에게 무운이 없었어. 이번은 그렇게 생각하자."

곤도는 대장답게 말했다. 그렇지만, 하고 도시조는 생각했다. 전황을 빼앗는 이 싸움에서 궁성에 있지 않았다니 이 무슨 말인가. 체념할 수 있는 일이 아니다.

"히지카타님."

오키타 소지가 맞은편 집에서 싱글싱글 웃으면서 나왔다. 손에 까만 옷칠을 한 찬합을 들고 있다.

"어때요? 드시죠."

"뭔데?"

못마땅한 듯이 물었다. 오키타는 도시조의 코앞에 작은 통을 들이밀었다. 젓갈류 특유의 냄새가 풍겼다.

"붕어 젓이에요. 히지카타님이 좋아하시는 것 아닙니까?"

"지금은 바빠. 자네나 먹어."

"난 못 먹습니다. 이렇게 냄새 나는 것은 히지카타님 말고는 먹을 수 없어요."

"모두에게 나눠 줘."

"아무도 먹으려 하지 않아요, 신센조 부장님 이외에는."

"소지, 무슨 말을 하고 싶은 건가?"

도시조는 쓸쓸하게 웃었다. 오키타는 젓갈에 빗대어 뭔가 말하고 있는 모양이었다.

얼마 안 되어 조슈의 패배가 전해졌다. 기지마 마타베는 용전분투한 뒤, 마상에서 자신의 창을 거꾸로 잡고 목을 찔러 자결하고 구사카 겐즈이와 데라지마 다다사부로는 다카쓰카사 저택에서 자결했으며, 조슈군의 태반은 궁성 안팎에서 싸우다 죽고 구니시 시나노는 약간 명의 부하에 호위되어 퇴각했다고 한다.

막부군은 패적 수색을 위해 숱한 민가에 불을 질렀다. 이 때문에 교토 거리는 불바다가 되었고 연기가 하늘을 덮어 후시미의 하늘까지 어두워졌다. 조슈의 패잔병은 야마자키까지 퇴각하여 거기서 최후의 군사회의를 열었다.

덴노산에 들어가 다시 한 번 싸우자는 의견도 나왔다. 그러나 쉽게 결정이 나지 않고 마침내 본국으로 퇴각한다는 안이 채택되었다. 곧 하산하여 서쪽으로 달렸다.

그러나 야마자키 진에 남은 자도 있었다. 마키 이즈미노카미가 이끄는 낭사 17명이다. 야마자키 본진 뒤의 덴노산에 올라가 2일, 산봉우리에 '존왕양이' '토 아이즈 사쓰마 간적'의 기를 꽂아 펄럭이게 하였다.

신센조가 선봉대로 달려 올라갔을 때는 이미 17명이 할복 절명한 뒤였다.

"......무운이 없었다."

곤도가 말했다.

천황을 뺏지 못한 조슈군도 그렇지만 그 조슈병과 단 한 번도 교전하지 못한 신센조도 무운이 없었다.

부대는 25일, 미부에 귀대했다.

평소대로 시중 순시를 시작했다. 교토의 거리는 태반이 이때의 전화로 타 버리고 말았다.

이토 가시타로

　이토 가시타로(伊東甲子太郎)는 히타치 시즈쿠(常陸志筑) 낭인의 아들이다. 늘씬한 체구에 그야말로 재사형의 미장부였다.
　어려서 고향을 떠나 처음에 미토(水戶)에서 무예와 학문을 익혔기 때문에 미토풍의 존왕양이(尊王攘夷) 사상의 세례를 받았다.
　미토번 존양당(尊攘黨)의 두목 다케다 이가노카미(武田伊賀守)와도 친교가 있었다고 하니, 이토의 존양주의도 상당히 과격한 것이었음에 틀림없다.
　이토는 지금 에도에 있다.
　후카가와 사가(深川佐賀) 거리에서 도장을 경영하고 있다. 문하생이 줄잡아 백 명, 도장치고는 큰 편이다.
　그 이토 가시타로가 동지와 제자의 다수를 데리고 신센조에 가맹하여도 무방하다는 의향을 가지고 있다는 이야기를 도시조가 들은 것은 하마구리문의 변이 있은 직후의 일이었다.
　도시조는 곤도에게서 들었다.
　"정말인가?"
　도시조도 그의 고명(高名)은 듣고 있었다.

"정말이야. 이렇게 헤이스케(平助)가 편지로 알려 왔으니까."

마침 에도에 내려가 있는 도도 헤이스케의 편지를 도시조에게 보였다.

도시조는 흘끗 보고는 미심쩍다는 표정이었다.

"글쎄, 이토 가시타로라. 확실한 자일까?"

"확실하지."

곤도는 쉽게 믿어버린다.

더욱이 사람 손이 아쉬운 때였다. 이케다야의 변란, 하마구리문의 변, 그리고 오사카의 조슈 저택 진압 등 큰일이 근간 연속으로 일어났기 때문에 대원들이 전사, 부상, 도망 등등으로 60명 안팎으로 줄어들었다. 이토가 문도 다수를 거느리고 가맹한다고 하니 대장 곤도는 기쁨의 눈물을 흘릴 정도로 받아들이고 싶은 심정이었다.

"어떨까?"

도시조는 곤도의 커다란 턱을 바라보면서 말했다.

"도시조, 마음에 안 드나?"

"그 녀석 학자 아냐?"

"얼마나 좋아? 신센조는 검객들뿐이어서 사서오경이나 병서(兵書)를 알고 문장 한 줄 끄적거릴 수 있는 자라고 하면 야마나미 게이스케, 다케다 간류사이, 오가타 도시타로 정도가 아닌가."

"그들은 모두 변변치 못한 놈들이야."

꼬리가 어디에 달려 있는지, 근성이 어떻게 되어 먹었는지 도시조로서는 도무지 알다가도 모를 작자들이었다. 학문은 좋다. 그러나 자기의 환경에 대하여 사고력이 지나치게 많은 인간들은 신센조와 같은 엄격한 조직에서는 필요없는 자들이다. 그렇게 믿고 있다. 도시조는 신센조를 어디까지나 강철 같은 군사 조직으로 만들어보려고 생각했다.

하지만 곤도는 달랐다. 학자 애호가였다. 다케다 간류사이 같은, 누가 보아도 쓸개도 없는 아첨꾼 무사를 조근(助覲), 비서역 등등의 처우로 중용하고 있는 것도 그 때문이다. 학자나 논객은 지금의 곤도가 가장 원하고 있는 장식품이었다.

곤도에게는 대외 활동이 있다. 현재 교토에서의 막부 권력 대행자인 교토 수호직 마쓰다이라 가타모리하고도 직접 면담하고 있는 처지다.

여러 번의 중신들과도 대등하거나 그 이상의 입장에서 말을 주고 받는다.

쟁쟁한 논객들과 맞상대하여 시국과 정무를 논하는 곤도는 이제 한낱 검객이 아니라 교토에서 중요한 정객(政客)의 한 사람이 되어 있었다.

따라서 신변에 지적인 호위병이 필요했다. 다케다(武田)나 오가타(尾形) 정도로는 이미 역부족이었다. 거기에 아닌 밤중에 홍두깨 격으로 뛰어든 이야기가 바로 이토 가시타로였다.

곤도가 반색한 것도 무리가 아니었다.

"첫째, 이토 가시타로라고 하면 북신일도류(北辰一刀流)가 아닌가?"

"으음, 천하의 대류(大流)다."

천연이심류 따위의 감자 유파와는 다르다.

"하지만."

도시조는 내키지 않았다.

북신일도류라고 하면 미토의 도쿠가와 가문이 최대의 보호자로서, 사연석으로 이 문도 중에서 미토 학파(水戶學派)인 존왕양이론자가 다수 나왔다. 얼핏 손꼽아도 가이호 한페이(海保帆平)라든지 지바 주타로, 기요카와 하치로, 사카모토 료마(坂木龍馬) 등의 이름이 도시조의 머리에 떠오른다.

그들은 반막적(反幕的)일 뿐만 아니라 도막론자(倒幕論者)라고도 할 수 있다. 말하자면 조슈식 존왕양이주의자와 조금도 다를 바 없지 않은가.

"이토는 확실한 자일까."

도시조가 이렇게 말한 것은 바로 그런 점을 짚은 것이다.

"확실하지."

곤도가 대꾸한 것은 이토의 학문과 무에 대해서였다. 기량은 빼어나다. 무서울 정도의 기량이다.

이토 가시타로가 처음에 미토에서 익힌 유파는 신도무념류(神道無念流)였는데, 에도에 나가서는 외곬으로 후카가와의 사가 거리에서 이토 세이이치에게 사사하여 북신일도류를 배웠다. 순식간에 오의(奧義)에 달하여 사범 대리를 따는가 했더니 세이이치의 딸 우메코를 아내로 맞아 데릴 사위로 입적하여 이토 성을 이어받고, 세이이치가 병으로 죽은 뒤 도장도 이어받았다.

도장을 계승한 뒤로는 단순히 검술만 가르치는 것이 아니라

'문무(文武) 교수'

라는 간판을 걸고 미토학(水戶學)을 아울러 강술했으므로 문하에 다수의 지사가 모였다.

이토는 다시 에도 내의 국사풍(國士風) 학자와 빈번하게 사귀었으므로 존양론자 가운데 이름이 알려져 에도에 오는 여러 번의 낭사들은
"이토 선생의 고설(高說)을 듣지 않고서는."
하면서 부지런히 그에게 놀러 갔다.

"곤도님, 이건 어쩌면 지뢰를 껴안는 꼴이 될지 몰라."
도시조가 말했다.
"도시조, 자네는 좋고 싫은 것을 지나치게 가려. 왜 북신일도류가 싫다는 게야."
"칼이야 싫지가 않지. 그 문류(門流)에는 도막론자(倒幕論者)가 너무 많아. 그것이 지금, 완연히 천하에 파벌을 이뤄가고 있어."
"그건 바로 과대망상이야."
"그렇지도 않아. 피는 물보다 진하다지만 유파도 피와 마찬가지, 유파로 맺어진 사이는 무서운거야."
지금으로 말하면 학벌이라고나 할까, 동창생 의식같은 것이다.
신센조의 간부 중에서 북신일도류라고 하면 총장 야마나미 게이스케, 조근(助勤)자 도도 헤이스케의 두 사람이다. 둘 다 에도의 곤도 도장의 식객이었던 자들로 창설 이래의 동지다.
그런데 마찬가지로 창설 동지인 곤도와 히지카타, 오키타, 이노우에 등의 천연이심류 출신이 보면 어딘지 모르게 피가 연결되어 있지 않고 결이 잘 맞지 않는다. 과장해서 말하면 지식인과 농사꾼의 차이라고 하겠다.
그러므로 결성 당시 즉, 기요카와 하치로(북신일도류)가 막부 요인을 설득하여 관허 낭사단을 만들기 위하여 에도와 기타 가까운 지방의 여러 도장에 격문을 띄웠을 때 고노의 천연이심류에는 격문조차 띄우지 않았었다.
어쩌다 식객인 두 명의 북신일도류 출신자(야마나미와 도도)가 이러한 움직임이 있다는 말을 같은 유파의 다른 도장에서 얻어듣고 와서 곤도에게 '어떠냐'고 알렸기 때문에 전원이 응모하기로 결의했던 것이다.
야마나미, 도도 등은 큰 유파이므로 자연히 유파상의 교제가 많았다. 안면이 넓었다.
도시조는 북신일도류 검객의 그와 같은 폭넓은 사교성이 마음에 들지 않았다. 사실 이것은 이치가 아니라 편견이기는 하지만.

"뭐, 그렇게 색안경 끼고 볼 건 없어."

곤도는 말했다.

"일껏 에도에 혼자 내려가서 대원 모집 관계로 애쓰고 있는 헤이스케가 가엾지 않은가?"

"헤이스케야 좋은 놈이지."

"아암, 좋지."

"하지만 헤이스케의 유파가 맘에 안 들어. 헤이스케가 이토 가시타로 이하 다수의 북신일도류 출신을 데리고 들어오면 이미 신센조는 그 유파에 빼앗기는 거나 마찬가지야."

총장 야마나미 게이스케가 좋아할 테지. 같은 유파의 이토가 온다, 자연히 손잡는다, 그 귀추가 어떻게 될 것인가.

"신센조는 존양도막이 되겠지."

"자, 자."

곤도는 손을 들었다.

"그만해 둬. 이토가 설사 독이라 해도 독을 약으로 쓰는 건 내 솜씨가 아니겠나."

"글쎄."

도시조는 별반 솔깃하지 않은 표정으로 빙긋 웃었다.

도도 헤이스케는 얼마간의 사무(私務)와 대원 모집의 공무를 겸하여 에도에 내려와 있었다. 같은 유파의 이토 가시타로를 후카가와 사가(佐賀) 거리의 도장으로 찾아갔다.

도도 헤이스케(藤堂平助)라는 청년은 앞에서 몇 줄 소개했는지도 모르지만

"이세의 도도 제후(藤堂諸侯)의 씨라구."

이렇게 자칭하며 농담을 곤잘 하는 명랑한 자였다. 이케다야의 변란 때는 머리에 칼을 맞아 이제 그만인 줄 알았는데 몇 바늘 꿰맨 정도의 치료로 쉽게 회복하였고, 하마구리문의 변 때는 전보다 더한 용맹을 떨쳤다.

곤도는 헤이스케를 좋아했나. 오랜 지기이고 또 단순하고 쾌활하고 용감한 데가 곤도의 기호에 들어맞았다. 하기야 곤도가 아니라도 헤이스케와 같은 젊은이라면 누구나 마음에 들어할 것이다.

그런데 도도 헤이스케는 오랜 지기라고는 하지만 곤도 도장 태생은 아니었다. 도시조가 의혹의 눈으로 보는 북신일도류 쪽에 피의 연결이 있다. 헤이스케는 고민했던 모양이다.

"헤이스케가 고민하고 있다."

이 말을 들으면 부대의 누구나가 웃을 것이다.

그러나 헤이스케는 따지고 들지는 못할망정 그 사상 밑바닥에 미토학(水戶學)이 있었다. 그 검문(劍門)의 영향이다. 이를테면 핏줄이라고 해도 좋으리라.

"신센조는 막부의 주구(走狗)가 되고 말았다. 기요카와가 낭사를 모집할 당시, 양이의 선구가 된다고 외친 취지는 사라져버렸다."

사라졌을 뿐만 아니라 양이의 선구자 격인 조슈와 조슈의 과격 낭사들을 이케다야에서 치고 다시 하마구리문의 변에서 그들과 맞싸웠다.

'약속과 다르다.'

도도는 그렇게 생각하고 있었다. 사실 이 사나이는 대내에서는 털끝만큼도 그런 불만을 내비치지 않았다. 내비치면 도시조의 칼을 받아야겠지.

하마구리문의 변 뒤, 대(隊)의 인원 부족 현상이 극도에 다다랐을 때, 곤도가 말했다.

"내가 에도에 내려가 모집하겠다. 달리 볼일도 있으니까."

이때 도도는 신바람이 나서 말했다.

"나를 선발대로 보내주십시오. 한 발 먼저 에도에 내려가 여러 도장과 교섭을 해놓을 테니까요."

곤도는 쾌히 승낙했다.

도도는 에도로 내려갔다.

아마도 동문(同門)의 구면 인사를 사이에 넣어 후카가와 4가 거리의 이토 가시타로에게 줄을 댄 모양이었다.

도도는 이토를 찾아가 심상치 않을 말을 했다.

"곤도와 히지카타는 배신자입니다."

이런 말을 했다. 이토는 놀랐다.

"무슨 말인지?"

"아니, 전에 그들은 우리와 동맹을 맺고 근왕을 맹세한 바인데 곤도, 히지카타는 함부로 막부의 주구가 되어 동분서주할 뿐, 애초에 성명한 보국진

충(報國盡忠)의 목적 등은 까맣게 잊어버린 모양으로 동지 중에는 분개하고 있는 자도 많습니다. 따라서,"

도도같이 쾌활한 젊은이로서는 도저히 믿기 어려운 말을 했다.

"이번에 곤도가 에도로 내려오는 것을 기회삼아 그를 암살하고 평소 근왕의 뜻이 두터운 당신을 대장으로 추대하여 신센조를 순수 근왕당으로 만들고자 하는 일념으로 곤도에 앞서 내려온 것입니다."

"흠!"

이토는 미소를 지었다. 잠자코 웃을 수밖에 어쩔 도리가 없는 큰일이었다.

"나를 대장으로?"

"그렇습니다."

"곤도 군을 암살하고서?"

"맞습니다."

도도는 고개를 끄덕였다.

"……"

이토는 도도 헤이스케의 혈색 좋은 동안(童顔)을 보고 이 천진한 검객이 도저히 세 치 혀나 나불거리는 책사(策士)라고는 생각지 않았다. 이토에게도 사람을 보는 눈이 있다. 도도의 인품을 믿었다.

"하지만 도도 군. 갑작스런 일이고 또 일이 너무나 중대하네. 나에게 당장 진퇴를 결정지으라고 나온다면 못하겠다고 할 수밖에 없네."

"아니, 결정을 내리셔야 합니다. 나도 이런 말을 꺼낸 이상 죽음을 각오하고 있습니다. 만약에 누설되면 죽음을 면치 못합니다. 지금 즉석에서 결정을 내려주지 않으면 내가 여기서 할복하든가…… 아니면."

"이 이토를 치겠는가."

"네."

도도는 웃었다. 그러나 얼굴을 활짝 펴지 못하고 중간에 굳어졌다.

물끄러미 이토를 쏘아본다.

"어떻습니까?"

"도도 군."

이토는 자기의 대검을 앞으로 당겼다. 도도는 퍼뜩 놀랐다.

"긴초(金打 : 무사가 서로 칼을 맞부딪쳐 하는 약속) 하겠네."

찰칵 하고 날밑을 울렸다.

"나도 무사일세. 자네 말은 절대로 입 밖에 내지 않겠네. 가슴 깊이 새겨 두겠어. 그러나 내 힘으로 신센조를 근왕당으로 고쳐 만들 수 있을지 어떨지 그건 별 문제야."

"이토 선생님이라면 해내십니다."

"우선은 가맹만 약속하겠다. 일은 그 뒤야. 그렇지만 먼저 곤도 군과 만나 흉금을 털어놓고 담론해야 할 걸세."

"뭘 말씀입니까?"

"곤도 군의 심중, 참뜻을 우선 들어야 해. 연후에 내 의견도 말하고 근왕으로 절충을 보지 못하더라도 양이의 한 가지만이라도 일치점을 찾으면 나는 가맹하겠네."

이토는 단순한 근왕이기는커녕 도막론자이기도 하다. 그러나 도막이라는 사상은 일단 숨기고 한낱 양이론자로서 입대한다는 것이었다.

"그리고 처우 관계도 있네. 나야 아무래도 되지만 나의 문하, 동지 중에는 쓸 만한 인재가 많아. 단순한 신규 대원으로는 좀 곤란해."

"당연합니다. 인재, 인원수라는 점에서 보더라도 이것은 신센조와 이토 도장의 동격 합병이 되지 않겠습니까?"

"그렇게 해주면야 고마운 일이지. 자네가 말하는 뒷일도 하기가 수월할 거고."

"실로 유쾌합니다."

그 뒤는 술자리였다.

이토가 문득 물었다.

"히지카타가 부장이지? 그는 어떤 인물인가?"

도도의 눈이 별안간 지금까지와는 완연히 다른 빛을 띠었다. 그 이름에 대한 두려움이 표정에 나타나 있는 것을 이토는 놓치지 않았다.

"호오, 그 정도의 인물인가?"

"아니, 선생님."

도도는 술잔을 내려놓았다.

"어리석은 자입니다."

"라고 하면?"

"어리석다고밖에 할 수 없습니다. 존왕을 모르고 이적(夷狄)의 두려움을 모르고, 시세의 위급을 모르고, 그런가 하면 막부를 존중해야 한다는 정도의 이치도 갖지 못하고, 오직 이 사나이의 세계에는 신센조가 있을 뿐이어서 부대의 강화만 생각하고 있습니다."
"그 자는……."
이토는 고개를 갸우뚱했다.
"진실로 무서운 인물일지도 모르지. 곤도 군은 그런대로 지사(志士)인양 하고 있으니까 내가 이치로써 설득하면 어떻게 되겠지만 그 히지카타라는 사나이는 다루기 힘들겠네."
"그렇습니다."
도도는 끄덕거렸다.
"이토 선생님의 탁월한 언설도 쇠귀에 경읽기가 될 것입니다."
"도도 군, 성가신 건 그런 어리석은 작자들이다. 글쎄, 만나봐야 하겠지만 장차 이 사나이가 나에게는 벅찬 존재가 될지도 모르겠다."
"베는 겁니다."
도도는 손을 들어 베는 시늉을 했다.
이 이토 가시타로가 얼마 뒤에 내려온 곤도와 대면한 것은 겐지 원년도 늦가을이 다가섰을 무렵이다.
이토는 입대를 약속했다.

교토로

이토 가시타로가 신센조 대장 곤도 이사미와 대면한 것은 예의 고비나타 야나기 거리(柳町)의 고개 위 곤도 도장에서였다.
"이토 선생."
곤도는 가시타로를 이렇게 불렀다. 평소 곤도의 눈은 쏘는 듯이 날카롭다. 그런데 여기서는 웃음을 잃지 않았다. 곁에 늘어앉아 있는 다케다 간류사이, 오가타 도시타로, 나가쿠라 신파치 등의 대원들도 이날만큼 유쾌한 곤도를 본 적이 없었다.
"오가타 군, 선생의 잔을."
곤도는 주의를 주곤 했다.
"아니, 이제 충분합니다."
이토는 정중하게 머리를 숙였다.
"사양하지 마시오. 대단한 주량으로 알고 있소. 우리 함께 실컷 마십시다. 오늘은 서로 흉금을 털어놓고 담론하지 않겠습니까?"
"바라는 바입니다."
이날의 가시타로는 한창 유행중인 비단 하오리에 검정 문복(紋服), 거기에 줄무늬 하카마를 입고 대소도의 칼자루 끝에는 은장식을 올리고 칼막이는 황금 상감을 했으며 대나무와 참새를 돋을새김한 것으로 당당한 직속무사 같은 차림새였다. 본디 풍채가 좋은 사나이였다.

"정말 유쾌하군."

술이 약한 곤도는 잔을 세 번이나 비우고 얼굴이 새빨갛게 되었다. 꽤 즐거웠던 모양이다.

'어떤 사나인가?'

이토는 잔을 거듭하면서 관찰을 게을리하지 않았다. 장차 신센조를 자기 것으로 만들려는 이토로서는 이 관찰에 목숨이 걸려 있었다. 첫째로 얻은 인상은

'소문대로 역시 보통사람은 아니다.'

라는 것이었다. 걸물이라는 뜻은 아니다. 뭔가 짐승을 연상케 하는 이질적인 그 무엇이 곤도에게는 있었다. 사나이 그 자체라고나 할까. 들짐승 같은 정기(精氣)와 소름 끼치게 하는 기백을 곤도는 온몸 구석구석에 가득 담고 있었다.

이토는 곤도에게서 칼날을 연상했다. 그 칼날도 면도나 비수 같다. 강철이라고 하여도 좋다.

쇠망치로 두들기면 쇳덩이라도 갈라지는 듯한 느낌이 들었다.

'무서운 사람이다.'

이렇게 생각했으나 동시에 경멸했다.

'난세 때만 쓸모로 하는 사나이다.'

이토는 곤도의 위압을 떨쳐버리기 위하여 애써 경멸하려고 했다.

게다가

'뜻밖의 약점이 있다.'

본디 강철에 불과한 이 사나이가 가엾을 정도로 정치를 좋아한다는 점이다.

이날, 곤도는 전례 없이 촌스럽기 그지없게 큰소리를 쳤다.

이 사나이의 말을 빌리면 이번에 찾아온 이유는 장군을 설득하기 위해서라는 것이다.

"장군을?"

"그렇소."

장군 이에모치(家茂)를 설득하여 상경시키고 칙명을 받아내어 조슈 정벌

의 진두 지휘를 맡는다는 것이다.

"네에……."

이토는 처음에는 반신반의했다.

제아무리 막부 권력이 땅에 떨어졌다고는 하지만 한낱 낭사 대장이 장군을 배알할 수 있을 까닭이 없다.

"놀라운 일입니다. 곤도 선생이 장군 배알을 허락받으셨다니."

"아니."

곤도는 당황했다.

"장군님이 아니오. 로추(老中) 마쓰마에 이즈노카미(松前伊豆守)를 비롯한 여러 각로(閣老)를 일일이 역방하여 교토의 정세가 얼마나 절박한가를 설명하고 장군님의 상경이 몹시 화급하다는 것을 역설하려는 것이오."

"아하, 과연."

그것만으로도 대단한 일이 아닌가. 막각(幕閣)에 대해 정치적 조언을 하는 것은 친번(親藩)이나 대영주가 할 수 있는 일이다. 이이(井伊) 공이 다이로(大老)였을 때 당시 소영주가 막부정치에 참견했다는 것만으로 몇 명인가의 영주가 벌을 받은 일이 있었다. 그런데 곤도는 낭인 신분으로 감히 막각에 공작했다는 것이 아닌가. 물론 곤도는 로추(老中)를 만나기에 앞서 아이즈번의 힘을 빌려 기초 공작은 해놓은 셈이었다.

'막부의 권위가 이다지도 쇠퇴했단 말인가.'

이토는 생각하지 않을 수 없었다.

"그래서 막각의 의향은 어떻습디까?"

곤도는 목소리를 낮추었다.

"절대로 말을 옮기는 일은 없겠지요?"

"다짐 두실 것까지도 없습니다."

이토는 수려한 얼굴로 고개를 끄덕였다.

"그러면, 당신을 동지로 믿고 실토하겠소. 막각 극비의 사항으로 알아주기 바라오. 만약 이것이 조슈는 물론이거니와 사쓰마나 이나바, 지쿠젠, 도사 등등 기회만 있으면 도쿠가와 가문을 밀어내고 천하의 주권을 잡으려고 하는 서쪽 영주들의 귀에 들어가게 되면 큰일이니까요."

그만한 비밀을 곤도는 막부의 로추에게서 들었던 것이다. 그것을 곤도는 이토 가시타로에게 자랑하려고 한 것인지, 어떤지

"이토 군."

동지답게 이런 호칭으로 바꿔 불렀다.

"막부 금고에는 이미 장군이 조슈 정벌을 위해 상경할 재력이 없다네."

"재력이?"

"그렇지. ……없네."

고개를 끄덕였다.

"막부에?"

"돈이 없다네. 장군이 상경하려면 숱한 수행원이 필요하지. 수행원에게 줄 수당이 없다네. 수당뿐만이 아닐세. 총포도 필요하고 말도 필요해. 병량(兵糧)과 짐바리도 준비하지 않으면 안 되네. 화약도 필요하고, 그것들을 운반할 군선(軍船)도 있어야 할 것이야. 이토 군, 그 돈이 없다는군."

곤도는 마치 자기가 막각인 듯이 비통한 표정을 지었다.

여담이지만 이 무렵 막부는 극비리에 프랑스와의 사이에 조슈 정벌의 군비와 막부군의 양식화(洋式化) 비용 차관을 교섭하고 있었다. 우여곡절 끝에 성사되지는 않았지만 그만큼 막부는 궁색했다.

"하지만."

이토는 심각하게 말했다.

"에도에는 도쿠가와 가문이 300년 동안 길러온 직속무사가 있소. 장군 이에야스 공 이후의 군기(軍旗)를 펄럭이며 상경한다고 하면 그들 직참(直參)들은 가재를 팔아서라도 말을 사고 총포를 갖추어 여행길의 수당까지 스스로 조달하여 신명을 바쳐 300년의 은혜에 보답할 것이 아니겠소?"

"그런데 그것이……."

곤도는 불쾌한 듯이 말했다.

"이토 군도 소문을 들었을 줄 믿네. 대부분의 직속무사들은 생계가 궁핍하다고 핑계대며 종군(從軍)을 원하지 않네."

이토도 들은 말이다. 물론 막신(幕臣) 전부는 아니지만 그 태반은 장군 출정에 의한 조슈 정벌은 반대했다. 그들 중에는 공공연히 에도에서

"고작 36만 섬의 서쪽 끝 영주 하나를 정벌하는 데 장군께서 출정할 필요가 어디 있을까."

이렇게 말하는 자조차 있었다.

요컨대 장군이 출진하면 직속무사가 그 사졸로 종군하지 않으면 안 된다.

생계에 타격이 될 뿐 아니라 에도의 호사스런 생활을 버리고 전쟁터에 나가 싸우는 것은 300년 동안 직참나리로 불려온 그들로서는 견딜 수 없는 일이었다.

"친위군 8만 기(騎)라고 하지만."

곤도는 말했다.

"허수아비나 다를 바 없네. 이토 군, 장군의 출진은 칙명을 받들어 궁성을 호위하고, 조슈를 진압하여 다시 외적으로부터 나라를 수호하고자 하는 것일세. 그런 장군을 그 누가 수호하겠나? 직속 무사들은 싸움을 싫어하고 있네. 결국, 장군을 지켜 드리고 궁성을 수호하는 것은 신센조밖에 없네."

곤도는 쭉 잔을 비우고 이토에게 내밀었다.

이토는 받았다. 옆에서 오가타 도시타로가 그 잔에 술을 따랐다.

"이토 군, 의맹(義盟)을 하세."

"네."

이토는 그 술잔을 조용히 비웠다. 마음속으로 무엇을 생각하고 있었는지는 아무도 모른다.

곤도를 만난 이튿날, 이토는 후카가와 사가 거리의 도장에 주요 문도와 동지를 불러모았다.

7명.

한결같이 친막(親幕)주의자는 아니다. 기회를 엿보아 깃발을 교토에 꽂고 천황을 옹립하여 존왕양이의 결실을 이루려는 패들이었다.

먼저 이토의 친아우 스즈키 미키사부로(鈴木三樹三郞 : 그는 훗날 사쓰마번에 몸을 기탁하고 곤도를 저격한다).

이토의 오랜 동지로는

시노하라 다이노신(篠原泰之進)

가노 미치노스케(加納道之助)

핫토리 다케오(服部武夫)

사노 시메노스케(佐野七五三之助)

이토의 문하생으로는

나카니시 노보루(中西登)

우치미 지로(內海二郞)

이 중에서도 검술이 뛰어난 자는 무사시 출신의 핫토리 다케오와, 구루메의 탈번자 시노하라 다이노신이며, 가노와 사노 등도 신센조의 현간부에 뒤지지 않았다.

이토는 이 7명에게 곤도와의 회담을 소상하게 말하고 다시 속마음까지도 털어놓았다.

"어디까지나 합류할 뿐이다. 곧 주도권을 장악한다. 그것으로 토막(討幕)의 의군으로 삼겠다. 제군의 의견은 어떤가?"

이토는 말을 이었다.

"호랑이굴에 들어가는 거다. 하지만 호랑이 새끼를 얻는 것만이 아니다. 맹호를 몰아내고 그 굴을 빼앗는다. 내게 목숨을 맡겨주기 바란다."

모두 찬동했다.

그런데 오직 한 사람, 좌중에서 가장 연장자인 시노하라 다이노신만이 이토의 너무나 재치만 앞세우는 기계(奇計)에 약간의 위험성을 느껴 애교 있는 구루메 사투리로 말했다.

"괜찮을까?"

지난해에 시노하라는 지금 여기 동석하고 있는 가노, 핫토리, 사노 등과 요코하마의 외국 공관을 불사르려고 했을 정도로 '존왕양이의 과격파'였지만 평소에는 온화한 큰집 맏아들의 풍모를 지니고 있었다. 검술 외에 유술(柔術)을 잘 하였다.

"괜찮을까, 라니 무슨 뜻인가?"

"나는 말입니다, 연극이 서툽니다. 반 마음 품고 신센조에 들어간다고 해도 사흘이 못가서 들통을 낼 놈입니다."

"그래도 상관없어."

이토는 자기 재치를 믿고 있었다.

"연극은 내가 하겠네. 그대들은 오직, 곤도나 히지카타가 시키는 대로 잠자코 부대 임무를 행하기만 하면 돼. 때가 왔을 때 봉기한다."

"그렇다면 잘 됐군요."

시노하라는 웃으면서 말했다.

"그런데 좌장이 좀……."

"나 말인가."

"그렇습니다. 밉상 부리는 것 같지만 재간이 지나쳐서 자칫하면 무대에서 굴러떨어지는 꼴이 돼서는 안될 겁니다."

"시노하라 군."

"아니, 들으십시오. 신센조라고 해서 천치 바보들만 모인 건 아닙니다. 연극을 꿰뚫어보는 관람자가 있습니다. 듣자니까 히지카타 도시조가 그렇다고 하더군요."

"그건 진작 조사해 두었네. 히지카타는 무식한 놈이야. 하찮은 사나이야."

"글쎄 그럴까요."

"시노하라 군, 자네답지 않게 겁내는 건가?"

"뭘요."

시노하라는 웃으면서

"나야 이렇게 작정한 이상, 목숨과 계책은 영리한 당신에게 이미 맡겼습니다. 다만 결맹하기에 앞서 한 마디 불안을 말했을 뿐입니다."

"불안. 신센조는 도도 군에게 들은 바 오합지졸이야. 시노하라 군은 겁이 많아."

"내가 겁내는 건 신센조의 곤도나 히지카타가 아닙니다."

"그럼 뭔가?"

"당신의 재치입니다. 아니, 재치가 지나치다고 할까. 내가 보건대 이 자리에는 막대기 배우뿐이고 명배우라면 당신 한 사람뿐이오. 재치가 지나쳐서 발이 땅에 안 붙으면 어쩌나 하는 겁니다."

"시노하라 군."

"자, 얘기는 이것으로 끝내겠소. 나머지는 당신에게 목숨을 맡겼소. ……술이다, 핫토리 군."

"뭡니까?"

"모두 같이 술을 사자. 에도의 술은 오늘밤이 마지막이니 나는 곤죽이 되도록 마시겠다."

그날 밤, 모두가 돌아간 뒤 이토는 고향인 히타치 미무라(常陸三村)에서 혼자 살고 있는 노모에게 상경한다는 뜻의 편지를 쓰고, 아내 우메에게도 결맹하고 상경한다는 경위를 밝혔다. 그 뒤 며칠이 지나 후카가와의 사가 거리 도장을 폐쇄하고 가족을 미타초(三田町)의 셋집으로 옮겨놓았다.

이토는 본디 오쿠라(大藏)라는 이름이었던 것을 에도를 떠나면서 가시타로로 개명했다. 그 나름대로 비상한 각오가 있었던 것이리라.

이토가 비상한 각오로 교토에 올라간 일에 대해서는 이 밖에도 일화가 있다. 그의 아내 우메라는 여자는 편지 등의 문장으로 보아 상당한 교양을 갖춘 부인이었으나 역시 교토에서의 남편의 신상을 지나치게 걱정했던 모양이다. 이토에게 모친 급환이라고 거짓 소식을 보내자 놀라서 급히 에도로 내려온 이토에게

"실은 모친 급환이란 거짓말이에요. 너무나도 신상이 걱정되어 이제 국사는 그만 보셨으면 하고 편지를 올린 거예요."

이때의 우메에 대한 이토의 심정은 잘 알 수 없다. 다만 대단히 화를 내며 이혼을 선언했다.

"당신은 자기만 알고 국가의 중함을 모르는 사람이야."

막부 말년 유신 때의 일급 지사 중에는 뜻밖에 애처가가 많은데 국사를 이유로 아내와 이혼한 사람은 이토 가시타로뿐일 것이다.

이토 가시타로 일행 8명이 교토에 들어온 것은 겐지 원년 12월 1일이다.

이날은 몹시 추웠다.

도시조는 낮에 혼자 자기 방에서 점심을 먹고 있었다. 부장에게는 대원 견습을 겸한 심부름꾼이 하나 딸리는데 도시조는 일절 시중을 들게 하지 않았다.

밥통을 옆으로 당겨놓고 손수 공기에 밥을 퍼담아 먹는다. 어려서부터 남하고 같이 밥 먹는 것을 싫어했다. 이 점도 고양이와 비슷하다.

"누구냐?"

도시조는 젓가락질을 멈추었다. 장지에 그림자가 어른거렸다.

드륵 문이 열리면서 사양도 않고 오키타 소지가 들어왔다.

"뭐야, 소지?"

이 젊은이에게만은 약했다.

"어서 잡수십시오."

"급한 일인가?"

"아니, 여기서 보고 있겠습니다. 난 내가 소식가이기 때문인지 남이 맛있게 먹는 것을 구경하는 게 좋거든요. 특히 히지카타님이 잡수시는 걸 보고 있으면 온몸에 힘이 솟는 것 같은 기분이 듭니다."

"별놈 다 보겠군."

차를 마셨다.
"뭔가?"
"아십니까?"
"뭣을?"
"곤도 선생님 휴식소에 에도에서 손님 여덟 분이 와 있습니다."
"흐음."
찻잔을 내려놓았다.
"이토로구나."
"역시 감이 빠르셔. 이토라는 사람은 살결이 희고 배우처럼 잘생긴 사나이인데, 나머지는 장한(壯漢) 상판을 한 호걸들뿐이던데요."
"그래?"
이쑤시개로 이를 쑤셨다.
"야마나미 선생과 도도님 등이 역시 같은 유파의 정으로 곧 인사하러 간 모양입니다."
"이상하군. 부장인 내게는 일절 알려오지 않으니."
"말씀이 늦었습니다. 내가 그 전령입니다. 곤도 선생님이 히지카타님을 모셔오라고 그랬습니다."
"이런, 왜 그 말을 빨리 안했어."
"하지만."
오키타는 키득키득 웃는다.
"뭐가 우스워."
"재미가 있는 걸요. 히지카타님의 표정이 달라지는 것이……."
"이 녀석이."
"곧 가시겠어요?"
"가지 않겠다."
그냥 이를 쑤시고 있다. 도시조로서는 도시조 나름의 이유가 있었다. 신센조 부장이 무슨 까닭으로 신참 대원의 숙소까지 가야 하는가.
"내 상판을 보고 싶다면 그 이토더러 둔영의 부장실까지 오라고 해."
이쑤시개를 내던진다.
오키타는 콧소리를 내며 웃었다. 놀리고 있었으나, 그런 도시조를 좋아했다.

명예와 지사

에도에서 돌아온 후부터 곤도는 묘하게 들떠 있었다.
'사람이 변했다.'
도시조는 생각했다.
'어찌 된 일일까.'
도시조는 한동안 어리둥절했다. 그러나 지금은 냉정한 눈으로 그러한 곤도를 보게 되었다.
"소지."
어느 날, 자주 가는 기야 거리의 요리집 2층에서 오키타 소지를 상대로 말했다. 이 젊은이에게만은 가슴 속의 어떤 생각도 말할 수 있었다.
"이건 이 자리에서만의 얘긴데, 곤도님이 요즘 좀 이상하지 않나?"
"네."
오키타는 킥킥 웃었다. 동감인 모양이다. 이 젊은이는 아까부터 생선회에 곁들여 나온 채소만 집어먹었다. 지독한 편식가로 날것은 먹지 않는다.
"사람이란 명예에는 약한 모양이지. 에도에선 로추를 만났다고 하더군. 아무래도 거기서부터 인간이 이상하게 된 모양이지."

"그거야."

그렇겠지, 라고 오키타는 마음속으로 생각했다. 곤도는 태생이 고작 다마의 농부 자식으로 가문에 성씨(姓氏)조차 없었다. 그 곤도가 로추와 무릎을 맞대고 정무를 논했다는 것이다. 처음에는

'정말일까?'

오키타는 의심했다. 어쩌면 현관 방에서 로추의 가신 정도와 만나고 온 것 가지고 허풍을 떠는 것이 아닌가 하고 생각했다.

곤도는 귀경한 뒤로 걸핏하면

"이즈(伊豆) 공, 이즈 공."

이렇게 말하였다. 마쓰마에 이즈노카미님이라고 하지 않는다. 동격으로 교제하고 있다는 듯한 말투였다. 신참 대원들 사이에서는 놀라는 자도 있었다.

'아, 과연 신센조 대장이라고 하면 제후와 동격이구나.'

니조성(二條城)에도 사흘에 한 번은 등성(登城)하였다.

이 성은 도쿠가와 가문의 가조(家祖) 이에야스가 교토 시중에 축성한 성으로 장군이 상경하면 숙소로 쓴다. 지금은 '황실 수위 총독(皇室守衛總督)'인 히토쓰바시 요시노부(一橋慶喜)(뒤에 15대 장군이 됨)가 성을 맡고 있었다.

곤도는 여기서 교토 수호직의 중신과 담론하기도 하고 히토쓰바시 가문의 중신과 천하의 정세를 논하기도 했다.

그 곤도의 등성 행렬은 에도에서 돌아온 뒤로 거의 제후 행렬과 비슷해졌다. 물론 가마는 쓰지 않고 말을 탄다. 그러나 언제나 대원 2, 30명을 거느리고 호리가와 거리를 누볐다고 하니 작은 영주나 다름없지 않겠는가.

"이젠 한낱 초야의 지사가 아니다."

결맹 이래 간부가 된 야마나미 게이스케(山南敬助)가 뒷구멍에서 이와 같은 험구를 하고 있는 것을 오키타는 들은 적이 있다.

"그렇지만 히지카타님."

오키타가 말했다.

"곤도님을 제후로 만들어 내겠다고 은근히 곤도님을 부추긴 건 히지카타님이 아닙니까?"

"흐음."

도시조는 눈길을 피했다.

"그렇지."

"그럼 나쁜 건 히지카타님입니다."

"아냐, 나는 신센조의 실력을 아이즈와 사쓰마, 조슈, 도사 등의 큰 번과 동격으로 만들고 싶다고 말했지. 지금도 그런 마음이다. 물론 그렇게 되면 수령은 어디까지나 곤도 이사미니까 곤도님이 제후가 되는 것과 같은 뜻이기는 하지만 실제로는 다르지."

"글쎄요."

오키타는 고개를 갸우뚱했다.

"뭐가?"

"히지카타님이 말씀하시는 그런 복잡한 속뜻을 곤도님은 모릅니다. 그분은 히지카타님하고는 달라요. 워낙 호인이어서……."

"다르다니 무슨 뜻이지, 소지?"

"후후."

젓가락으로 생선구이를 헤집고 있었다. 오키타는 영리한 청년이므로 그 이상의 말은 하지 않았다. 그러나 요즘 곤도의 우스꽝스러움도, 도시조의 진짜 심경도 너무나 잘 알고 있었다.

곤도가 제후나 된 듯이 으스대는 이유 가운데 하나는 대원의 비약적인 증가에 있었다.

에도에서 새로 50명을 모집했다. 그들이 지금 근무하고 있다.

게다가 이토 일파의 가맹이 큰 몫을 차지한다. 그들은 모두 문무를 고루 갖춘 자들로 이제까지의 대원들과는 출신이 다르다.

이토는 일류 국학자이다. 이론에 있어서나 학문에 있어서나 곤도는 이토 가시타로의 발치에도 미치지 못한다. 어쩌면 검술 대결을 해도 이토에게 미치지 못하는 것이 아닐까.

사실, 이토가 가맹한 뒤로는 대원들 사이에 인기가 대단하여 부장인 도시조 등은 존재가 희미해지고 곤도의 인기조차 눌리는 경향이 있었다.

'그러니까 곤도님은 급(級)으로 누르려고 하는 모양이지.'

오키타는 이렇게 보았다. 모든 점에서 이토에 미치지 못한다면 곤도는 '제후급(級)'이 될 수밖에 다른 도리가 없다.

"나만은 격이 다르다."

곤도는 그런 것을 이토와 대원 일동에게 보여주고 있었다. 그야말로 다마 출신 시골 장사다운 감각이었다.
"그러나."
야마나미 게이스케가 오키타에게 말한 적이 있다.
"우리는 곤도의 가신이 아닐세. 결맹 당초부터 함께 양이의 선봉이 되자고 해서 멀리 에도에서 올라왔네. 신센조는 동지의 집단일 뿐 주종 관계는 아니야. 곤도 또한 평대원과 동격 지사이어야 하네. 그 곤도가 영주처럼 등성하다니 우스꽝스러운 일일세."
'맞는 말이다.'
오키타는 마음속으로 생각했다.
'곤도님은 너무 우쭐대고 있어. 자칫하다간 이토에게 당하지 않을까?'
"소지."
도시조는 입을 열었다.
"곤도님이 영주처럼 행세하는 건 아직 일러. 천하의 싸움이 가라앉은 뒤의 일이야. 적어도 조슈를 토벌하고 조슈를 멸망시킨 다음 그 영토의 절반이나마 차지한 뒤의 일이야."
'아!'
오키타는 놀랐다. 신센조의 참뜻이 그런 데에 있다고는 오키타 소지조차도 생각 못한 일이었다.
"히지카타님."
오키타는 젓가락을 놓았다.
"지금 그 얘기 정말입니까?"
"뭐?"
"조슈 영토의 절반을 신센조가 차지한다는 것 말입니다."
"예를 든다면 말이다, 무사가 전공을 세우고 영지를 받는 것은 겐페이 시대 이래의 관례야. 이 다툼이 가라앉으면 막부도 가만히 있지는 않겠지."
"놀랐는데요."
마치 전국시대 무사의 사고 방식이 아닌가. 단순하다고 할지, 구식이라고 할지, 구식이라고 한다면 지독하게 낡아빠진 이야기가 아닌가.
"히지카타님, 당신도 영주가 되고 싶으십니까?"
"이 바보 같은……."
도시조는 낮게 힐책했다.

"되고 싶지 않아."
"분명하지요?"
"당연하잖나. 무사시 다마 출신인 싸움꾼 도시조가 영주나 직속 무사의 인품이 될 턱이 없어. 내가 하고 싶은 건 일이야. 입신양명이야."
"그렇다면?"
"생각지도 않아. 나는 싸움꾼이다. 지사도 아니고 아무것도 아니야. 천하대사도 생각하지 않기로 했어. 신센조를 천하 제일의 싸움패로 길러내는 일뿐이지. 나는 내 분수를 알고 있어."
"안심했습니다."
오키타는 명랑하게 웃고 나서 묻는다.
"곤도님은 어떻습니까?"
"속셈 말인가?"
"네."
"그런 건 몰라. 그 사나이가 때를 만나 영주가 되든, 운수가 사나워서 다시 무사시 다마 강변을 떠돌아다니는 감자바위 검객이 되든 나는 그 사람을 돕는 것이 소임이야. 그러나 나는 그가 스스로 신센조를 버릴 때가 나와 그가 헤어질 때라고 생각하고 있어."
'이 점이 이 사람의 본성이겠지.'
오키타는 홀린 듯이 도시조를 바라보았다. 일종의 미치광이다. 그러나 이와 같은 미치광이가 없었더라면 신센조는 벌써 옛날에 풍비박산이 되었을지도 모른다.
"그러니까 말이다."
도시조는 다마 사투리로 말했다.
"아직 곤도의 영주 기분은 이르다는 거야. 이토가 와 있지 않나. 이토에게 인기가 집중되고 있다. 곤도가 혼자 영주가 된 듯이 들떠 있으면 어차피 부대는 깨지고 만다."
도시조의 말은 지난날 곤도에게 '영주가 된 기분'으로 하라고 한 말과는 모순된다. 그러나 그때는 그때, 지금은 지금, 이토의 가맹으로 이미 상황이 달라졌다. 이토 정도의 사나이라면 반드시 신센조를 빼앗는다. 도시조는 공포에 가까운 감정으로 그렇게 짚고 있었다.

그럴 즈음, 도시조의 눈으로 보아 정말 어처구니없는 일이 일어났다.

이 해에 마침 연호가 바뀌어 게이오(慶應) 원년 정월이었다. 도시조가 오사카에 출장을 나갔다 돌아와보니 교토에는 이미 새해 설 치장인 문 가의 소나무 장식이 사라지고 없었다. 둔영 문을 들어서자 마당에서 대원들이 웅성거리고 있었다.

'무슨 일일까?'

복도를 곤도가 걸어가고 있었다.

어럽쇼, 얼굴에 하얗게 분을 바르고 공경도 무색할 정도의 화장을 하고 있었다.

'저 작자, 마침내 미쳤구나.'

분통이 터져 곧장 복도로 뛰어올라가 곤도의 뒤를 쫓았다.

"이제 돌아오셨습니까?"

도중에 이토 가시타로가 방에서 나오면서 정중하게 인사를 했다.

얼굴이 여자처럼 하얗다. 눈썹이 서늘하고 수려한 용모다. 미소를 지으면 연극에 나오는 헤이케(平家)의 귀공자 같다.

'설마 곤도가 이 작자와 겨루기 위해 분을 바르고 돌아다니는 건 아니겠지.'

도시조는 곤도의 방문을 열었다.

"아!"

장승처럼 우뚝 섰다.

곤도가 새하얀 얼굴로 앉아 있었다.

"어떻게 된 건가?"

"이거 말인가?"

곤도는 웃지도 않고 자기 얼굴을 가리킨다.

"'호토가라'일세."

'빌어먹을.'

도시조는 무서운 얼굴로 앉았다.

"오늘은 분명히 말하겠는데 자네 요즘 어떻게 된 거 아냐?"

도시조는 오키타에게 한 것과 똑같은 말을 사양없이 내뱉았다.

"사람은 명예로운 자리에 올라앉으면 체신을 잊어버린다더니 자네가 바로 그렇군. 나는 자네를 그런 따위 메스꺼운 흰 도깨비로 만들기 위해 교토에 올라온 건 아냐!"

"도시조, 말 좀 삼가라. 나는 자네가 다마 사투리로 떠들어대면 골치가 지끈거려."

곤도는 발끈하여 방을 나가 안마당으로 내려갔다.

마당 한복판에 깔개가 깔려 있다. 곤도는 그 위에 의젓이 앉았다.

이윽고 유학자풍의 사나이가 하나, 그리고 의사의 약통 심부름꾼 비슷한 사나이 셋이 나타나 곤도를 빙 둘러쌌다.

"뭔가, 저것은?"

도시조는 그 근방에 있는 대원에게 물었다. 대내에서는 아침부터 일이 벌어졌던 모양으로 모두 그 소란에 대해 자세한 지식을 가지고 있었다.

"'호토가라'입니다."

지금의 사진술이라는 뜻이다. 감광도가 약한 습판(濕板)에 찍기 때문에 피사체인 사람은 새하얗게 중국 분을 칠하고 또 그 배경으로 흰 천을 둘러치는 것이다.

오무라 번사인 우에노 히코메가 기술자로 나가사키의 화학 연구소에서 화란인 폼페로부터 배웠다. 일본에서 맨 처음으로 우에노 히코메가 찍은 인물은 뒤에 곤도와 친교를 맺은 마쓰모토 료준(洋醫師: 장군 이에모치의 侍醫로 말기의 신센조에 크게 호의를 베푼 인물이다. 유신 뒤에는 군의 총감이 되었다)인데 장소는 나가사키의 중국 절간에서였다고 한다.

우에노 히코메는, 싫은 료준의 형상에 중국 분을 칠했다.

료준은 얼굴 바탕이 검다. 그것을 희게 하려니 많은 분이 들었다. 게다가 울퉁불퉁한 얼굴이다. 두껍게 칠하니 무서운 얼굴이 되었으나

"모두가 학문을 위해서다."

이렇게 생각하고 참았다. 더욱이 사진사 우에노 히코메는 감광도를 좋게 하기 위해 료준을 절간 지붕에 올라가게 하여 오랫동안 부동 자세로 서 있게 했다. 그것을 보고 나가사키의 주민들은 '난쿄사에 새로운 귀와(鬼瓦)가 생겼다'고 떼지어 구경하러 왔다는 이야기까지 남아 있다.

지금 곤도를 촬영하고 있는 것도 그 우에노 히코메였다.

도시조가 주변 대원에게 물어보니, 우에노 히코메는 아마도 니조성에서 내보낸 모양이었다.

황실 수호 총독 히토쓰바시 요시노부가

"곤도를 찍어주라."

고 직접 분부를 내렸다고 한다. 그러고 보니 요시노부는 '호토가라'를 크게 좋아하여 니조성에 등성하는 영주는 모조리 붙잡아 사진을 찍게 했다. 영주들의 환심을 사기 위해 사진을 다과 대신 대접하고 있다는 소문을 도시조도 들은 적이 있다.

'과연 곤도도 그와 같은 영주 격이 된 모양인가.'

이미 한낱 낭사는 아니다. 도시조의 눈이 미치지 않는 장소에서 곤도는 굉장한 출세를 하고 있는 모양이었다.

"잠시 숨을 멈추시도록."

사진사는 말했다.

"이렇게 하나?"

"됐습니다."

사진사는 렌즈 뚜껑을 열었다. 그 커다란 목제 암상자(暗箱子) 속에 곤도의 영상이 찍히기 시작했다.

'……'

곤도는 숨을 죽이고 있었다.

사진사는 쉽게 호흡을 허락하지 않았다.

이윽고 곤도의 목줄기가 충혈되었다. 그냥 있어도 눈썹 사이가 좁은데 그것이 험악하게 곤두섰다. 고통스러워 이를 갈기 시작했다.

그때서야 사진사는 렌즈 뚜껑을 닫았다.

"됐습니다."

곤도는 숨을 후욱 내쉬었다.

도시조는 화가 치밀었다. 교토 정계의 거물 지사가 된 곤도의 사진은 이로써 영원히 남을 것이다. 숨을 들이마신 채 마귀 같은 형상이 된 곤도의 사진이.

"도시조, 자네도 한 장 어때?"

"아니, 그만두겠네."

도시조는 돌아섰다.

복도에 올라서자 문득 떠오른 것은 구경하는 대원들 속에 이토 가시타로가 보이지 않는다는 것이었다.

이토뿐만이 아니다. 이토 일파의 간부는 하나도 없었다. 이것을 알아차린 것은 도시조뿐이었으리라.

'방에 있을 텐데.'

그들은 나와서 구경하려고도 하지 않았다. 누구에게나 '호토가라'는 신기한 구경거리일 텐데 이토 일파는 거들떠보지도 않는 것이다.

'인사성도 없는 놈들이로군.'

도시조는 화가 났다.

이유는 짐작이 간다. 이토는 국학자로서 양이론자이다. 같은 양이주의라도 이 계통의 주의자는 거의 신앙에 가까운 신국(神國) 사상의 소유자로 서양 오랑캐의 것이라고 하면 그들의 발자국조차도 부정하고 외면했다. 하물며 '호토가라'를 구경하다니.

"눈이 부정탄다."

이런 것이겠지.

모두 이토의 방에 모여 있는 모양이었다.

도시조는 일부러 그 방 앞을 지나갔다. 장지문이 조금 열려 있었다. 흘끗 보니 모두 화로를 에워싸고 둘러앉아 얘기하고 있는 모양이었다.

이토가 온화하게 미소짓고 있었다. 그 주위를 에워싸듯이 시노하라, 핫토리, 가노, 나카니시 등 이토파 대원들이 앉았고 그 밖에 야마나미 게이스케의 얼굴도 섞여 있었다.

'야마나미, 저놈이.'

도시조는 저도 모르게 뱃속으로 웅얼거렸다.

이토가 입대한 뒤로 야마나미가 이토에게 접근하는 모양은 병적일 정도였다. 야마나미는 총장직에 있다. 그 직책을 버리고 마치 이토의 제자가 되었다고밖에는 생각되지 않았다.

'놈이 곤도를 배신할 셈인가.'

묘한 일이다.

이렇게 되니 신참 이분자(異分子)인 이토 가시타로에 대한 증오보다 오히려 결맹 이래의 동지인 야마나미의 이탈을 미워하는 마음 쪽이 훨씬 더 강해졌다.

도시조는 다시 방 앞을 지나쳐 갔다. 그 뒤 방 안에서 와아, 하고 웃음소리가 터졌다.

특별히 도시조를 보고 웃었던 것은 아니다. 그러나 도시조의 얼굴은 복도 저쪽을 쏘아보면서 새파랗게 질렸다. 짐작컨대 곤도가 허옇게 분을 뒤집어

쓰고 좋아하는 사이, 지금 와아, 하고 터진 웃음소리의 주인공들은 신센조의 주도권을 잡을 궁리를 하고 있는 것이 아닐까.
'알게 뭐야.'
도시조는 이런 예감이 들었다.
그런데 그 예감은 뜻밖의 형태로 사실이 되어 나타났다.
야마나미 게이스케가 탈영한 것이다.

미운 도시조

신센조 총장 야마나미 게이스케가 곤도 앞으로 편지쪽지를 적어놓고 부대에서 도망친 것은 게이오 원년 2월 21일 새벽이다.

'야마나미가?'

도시조는 아직도 밤이나 다름없이 캄캄한 방안에서 그 보고를 들었다.

보고자는 복도에 있었다. 감찰 야마자키 스스무였다.

"야마자키 군, 확실한 일인가?"

"글쎄요. 쪽지를 남겨놓았을 뿐 방에는 대소도(大小刀)며 짐도 없고 본인도 없습니다. 그것으로 판단하실 수밖에."

"그 쪽지를 좀 보자."

도시조는 등잔에 불을 붙이려고 하면서 무심히 말했다. 그러나 야마자키는 들어오지 않고 문을 열려고도 하지 않는다.

"왜 그래?"

"네, 말씀이 늦었습니다만 그 편지 쪽지는 곤도 선생님 앞으로 돼 있습니다."

"아아, 그런가."

아예 제쳐놓고 있었다. 그러나 도시조는 애써 냉정하게 말했다.
"야마자키 군, 곤도님의 휴식소에는 사람을 보냈겠지?"
"아직 안 보냈습니다."
"왜, 어서 가지 않고."
"제가 지금 가겠습니다. 먼저 히지카타 선생님에게 말씀드려야 한다고 생각되어서."
'영리한 사나이다.'
순서를 어지럽히지 않는다. 부장직인 도시조의 직무상 감정을 잘 터득하고 있었다. 조직은 항상 야마자키와 같은 사나이를 요구하고 있다고 도시조는 생각했다.
도시조가 옷을 갈아입었을 때 새벽종이 울리고 복도의 덧문이 차례차례 열렸다. 그러나 아직 덧문 밖은 어두웠다. 날이 완전히 새지는 않았다.
'춥다.'
2월치고는 너무 추운 아침이다. 도시조는 곤도의 휴식소로 가기 위해 혼자 문 밖으로 나왔다. 고향인 무사시 다마처럼 서릿발은 서지 않았지만 뼈마디가 얼어붙을 것처럼 추웠다.
어느 틈엔가 오키타 소지가 도시조 옆에 와 있었다.
"큰일이군요."
오키타는 낮은 목소리로 중얼댔다. 이 지나치게 명랑한 젊은이의 목소리가 드물게 가라앉아 있었다. 오키타는 에도의 감자 도장 시절부터 야마나미와 사이가 좋았다. 야마나미는 32세, 오키타보다 10세 연장으로 오키타를 동생처럼 귀여워해 주었다.
"좋은 사람이었는데."
도시조의 옆얼굴을 바라보았다.
묵묵부답이다.
오키타는 도시조가 미워졌다.
'야마나미님은 도시조가 미운 나머지 부대 규율을 범하고 탈주한 것이다.'
그렇게 보았다. 오키타뿐만이 아니다. 부대의 누구나가 그렇게 볼 것이다.
그는 총장.
이쪽은 부장.
신분은 동격이다. 하지만 대원의 지휘권은 부장이 장악하고 총장은 대장 곤도의 상담역이라는 정도의 직무였다. 그와 같은 조직으로 만든 것은 도시조이다. 야마나미 게이스케에게는 권한을 주지 않았다. 그는 밀려나 있었다.

'야마나미님은 도시조를 죽도록 미워했다.'

그뿐이 아니다.

야마나미는 사상이 다르다. 출신이 북신일도류다. 이 유파는 지바 슈사쿠(千葉周作) 이래로 미토의 도쿠가와 가문과 인연이 깊어, 지바 일문의 태반이 미토 번사로 봉직했으며 따라서 미토에는 미토 번사가 많았다.

자연히 도장은 미토학적(水戶學的) 색채가 짙고 문하생들은 검술을 배우는 동시에 미토식의 '존왕양이주의'의 세례를 받았다. 이 문하에서 행동적인 존양주의자가 얼마나 많이 나왔는지 그 수를 헤아릴 수조차 없었다. 오키타가 알고 있는 것만으로도 죽은 기요카와 하치로, 그리고 새로 가맹한 이토 가시타로가 있다.

'야마나미님도 근본은 그 일파의 한 사람이다.'

오키타는 점점 밝아오는 보조 거리를 걸어가면서 생각했다.

'그런데 도시조는 다르다.'

도시조는 사상 따위는 헌신짝처럼 생각한다. 자기가 만든 신센조의 강화에 천진스러울 정도로 여념이 없었다. 그 점을 오키타는 좋아했던 것이다. 그러나 지식인인 야마나미 게이스케는 그러한 도시조의 주의 사상이 없는 촌스러움에 견딜 수 없었던 것이리라.

"살기 힘든 곳이야."

야마나미는 지난날, 이케다야 사변 뒤에 오키타에게 술회한 일이 있다.

"신센조가 뭣 때문에 사람을 죽이지 않으면 안 되는지 난 도무지 모르겠네. 우리는 본디 양이의 선봉이 된다고 함께 맹세하지 않았던가. 그런 신센조가 양이 결사(決死)의 지사들을 찾아내서는 죽이고 있네. 우스꽝스럽다고 생각하지 않나, 오키타 군?"

"네."

오키타 소지는 그때 어정쩡한 미소를 띠고 맞장구쳤다.

"오키타 군."

이때의 야마나미는 몹시 흥분했다. 왜 분명하게 의견을 말하지 않느냐고 끈덕지게 추궁했다.

"곤란하군요, 난……."

오키타는 머리를 긁적거렸다. 이케다야에서는 오키타가 가장 많이 사람을 죽였다. 야마나미는 이때 참가하지 않았다.

"자네는 신센조를 어떻게 생각하나?"

"……나 말입니까?"

오키타는 당황했다.

"나는 형님인 하야시 다로도 곤도 선생의 양부이신 슈사이 선생님의 오랜 제자이고 누님 오미쓰는 히지카타님의 집안과 친척이나 마찬가지로 지내고 있어요. 그러니 곤도님이나 히지카타님이 교토에 올라간다면 나도 마땅히 교토에 올라가야 합니다. 그 양이라느니 존왕이라느니 하는 그런……"

"상관이 없다는 거로군."

"네, 그렇습니다. 그렇지만."

오키타는 쑥스러운 듯이 웃고

"나야 그걸로 족하지요."

비로소 환하게 웃었다.

"자네는 이상한 청년이야. 나는 자네하고 얘기하면 하느님이나 여러 신들이 이 세상에 내려보낸 동자가 아닌가 하는 생각이 자꾸만 들어."

"무슨 말씀을……"

오키타는 허둥대며 돌멩이 하나를 냅다 걷어찼다. 이 젊은이 나름대로 겸연쩍어 하는 것이다.

"히지카타님."

오키타는 이때도 돌을 한 개 걷어찼다. 작은 목소리로 저어, 하고 도시조에게 말을 걸었다. 도시조가 야마나미를 어떻게 조치하려고 생각하고 있는지 더듬어보고 싶었던 것이다.

"야마나미님을 어떻게 하실 겁니까?"

"내게 물어서 뭘 하나. 그런 건 신센조의 지배자에게 물어야지."

"곤도님 말입니까?"

"부대의 법이다."

그것이 신센조의 지배자라고 도시조는 말했다. 그러나 그 부대의 규율이나 대규(隊規)의 세칙은 야마나미 자신도 합의를 보고 정한 것이다.

'할복이 되겠군.'

오키타는 생각했다. 하지만 이내 오키타는 큰 소리로 말했다.
"히지카타님은 모두에게서 미움을 받고 있습니다. 야마나미님도 물론 히지카타님을 증오하고 있습니다. 징그러운 뱀이라고까지 말했습니다."
"그러니 어떻다는 거야?"
태연하다.
"어떻기는요, 다만 모두가 당신을 두려워하고 당신을 증오하고 있다는 것만은 아셔야 하지 않을까요."
"곤도를 미워하지는 않겠지."
"그야 물론 곤도 선생님은 모두가 따르고 있습니다. 대원 중에는 아버지 모시듯 하는 자도 있습니다. 당신과는 달리……."
"난 사갈(蛇蝎)이다."
"잘 아시는군요."
"알지. 소지, 말해 두지만 나는 부장이다. 생각해 봐. 결당 이래 부대의 명령이나 조치는 모두 내 입에서 나오고 있다. 곤도의 입에서 나오게 한 일이 한 번이나 있었나. 대장인 곤도를 언제나 부처님 모시듯 해왔다. 소지, 나는 대장이 아냐. 부장이다. 부장이 모든 미움을 뒤집어쓴다. 언제나 대장은 곱게 모셔둔다. 신센조란 본디가 오합지졸이야. 조금만 헐거워져도 금새 풍비박산이 되게 돼 있어. 어떤 때에 풍비박산이 되는지 알고 있나?"
"글쎄요."
"부장이 대원들의 인기를 염두에 두고 아첨하기 시작할 때나. 부장이 야마나미나 이토처럼 착한 아이가 되고 싶어지면 달갑잖은 명령은 곤도의 입에서 나온다. 자연히 미움이나 세평은 곤도에게로 간다. 그러면 곤도는 대원의 신망을 잃게 돼. 그러면 신센조는 풍비박산이 난다."
"네."
오키타는 솔직이 사과했다.
"내가 미련했습니다. 히지카타님이 그토록 미움을 사기 위해 애쓰는 줄은 몰랐는데요."
"집어치워."
오키타의 입에서 그런 말이 나오니 놀림을 받는 것 같았다.
"성미 탓도 있지."

미운 도시조 65

쓰디쓴 얼굴로 말했다.

곤도는 새파랗게 질렸다. 야마나미는 곤도 도장의 식객으로 결맹 이래의 동지이다. 더욱이 부대 최고 간부의 한 사람이 아닌가. 그 탈주는 부대에 대한 말없는 비판이라고 하여도 좋았다.

"오랜 동지지만 용서하지 않겠다."

곤도는 말했다. 야마나미 게이스케의 경우에 한해서만 탈주를 용서한다면 부대 규율이 갑자기 느슨해져 탈영이 꼬리를 물고 일어나고 마침내 속수무책이 될 것이다.

"이유는 뭔가?"

"내가 미워서지. 그것뿐이야."

도시조가 말했다.

"아닙니다."

감찰 야마자키가 뜻밖의 말을 했다.

"야마나미 선생은 요즘 미토의 덴구당(天狗黨) 처형 소문을 듣고 몹시 상심하는 것 같았습니다."

"덴구당의?"

곤도는 눈길을 멀리 보냈다. 하기는 교토에서 그다지 멀지 않은 에치젠 쓰루가(越前敦賀)에서 미토의 덴구당을 처형하고 있다는 소문은 대내에도 파다하게 퍼져 있었다.

미토번의 전(前) 집정관 다케다 고운사이(武田耕雲齋)를 수령으로 하는 미토 존양파의 과격파가 조슈 쓰쿠바 산(筑波山)에서 양이 선봉의 의병(義兵)을 일으켜 곡절을 겪은 끝에, 교토의 막부 대표자인 요시노부에게 진정하기 위해 상경하던 중 힘이 다하여 지난 해 12월 17일, 가가번에 투항했다. 가가번에서는 그들을 의사로 대우했다. 그들은 뚜렷한 도막론자가 아니고 막부에 의지하여 양이의 결실을 거두려고 했을 뿐이기 때문이다.

그런데 해가 바뀌자 에도에서 장군 직속 정무차관 다누마 겐파노카미(田沼玄蕃頭)가 상경하여 사건을 처리하던 중 낭사들을 회유하여 무기를 압수하고 그들 800명의 옷을 벗겨 알몸으로 만든 뒤 개돼지처럼 몰아서 쓰루가의 청어광에 처넣었다. 옥에서의 취급도 역시 잔인하기 이를 데 없었다.

그뿐이 아니다.

이 2월에 들어 쓰루가 변두리의 라이코사(來迎寺) 경내에 사방 세 칸의 구덩이 다섯을 파고 그 구덩이 옆에 알몸의 낭사들을 끌어내어 목을 쳐서는 시체를 발로 차 넣었다. 2월 4일에 24명, 15일에 134명, 16일에 102명, 19일에 76명, 이렇게 하여 누계 352명에 이르렀다. 막부가 시작된 이래 뿐만 아니라 일본 역사상 드물게 보는 대도살이었다.

게다가 그들의 거의가 미토의 도쿠가와 가문 신하들로 양이를 부르짖기는 했으나 막부 그 자체를 어떻게 하겠다는 그런 역모자는 아니었다. 그런 그들을 개돼지처럼 도살한 것이다.

"막부는 눈이 뒤집혔는가."

이런 목소리가 천하를 휩쓸었다. 천하의 과격 여론이 양이(攘夷)에서 도막(倒幕)으로 전환한 것은 이때라고 할 수 있다.

이와 같은 도살 기관을 무슨 명분으로 존속시켜야만 하는가.

"나는 막부에서 주는 밥을 먹기가 싫어졌다."

그런 뜻의 말을 야마나미가 누군가에게 중얼거렸다고 야마자키는 말했다.

확실한지 어쩐지는 모른다.

그러나 야마나미가 충격을 받았으리라는 것은 이 처형자 중에 에도에서 친히 지내던 같은 우국 지사가 일고여덟 명 끼어 있었다는 것으로도 쉽게 추측할 수 있다.

야마나미는 시류에도 신센조에도 절망했다.

"에도로 돌아간다고 씌어 있군."

곤도는 편지 쪽지를 다 읽고 나서 말했다.

그것을 듣고 오키타는 가슴을 쓸어내렸다. 야마나미가 이토 가시타로와 그토록 친숙해지고 그 주장에 공명하면서도 이토에게 동조하여 당중당(黨中黨)을 만드는 일은 하지 않았다……. 에도로 돌아간다. 야마나미는 그냥 돌아간 것이다. 거기에 아무런 정치적인 냄새도 없었다.

'역시 호남아구나.'

오키타는 곤도의 저택 마당을 멀거니 바라보면서 그 센다이 사투리의 무사를 생각했다. 그런데 그때 곤도의 표정이 달라졌다. 입술이 뭔가 말하려고 했다. 그러나 그것을 가로막고

"소지."

이렇게 부른 것은 도시조의 차가운 목소리였다.

미운 도시조 67

"자네가 좋겠군. 야마나미 군과 친했었지. 지금 곧 말을 타고 쫓아가면 오쓰(大津) 근방에서 따라잡을 수 있어."
"내가 쫓아가서 목을 치라는 겁니까?"
이런 표정을 오키타는 지었다. 필경 주저하는 빛이 비쳤을 것이 틀림없다. 기량은 오키타가 우위이다. 그런 뜻에서 주저한 것은 아니다.
"싫은가?"
도시조는 빤히 오키타를 쏘아보았다.
"아닙니다."
조금 웃었다. 그것이 갑자기 환한 웃음이 되었다. 몸 속 어딘가에서 야마나미에 대한 감상을 끊어버린 것이리라.
오키타는 둔영으로 급히 돌아갔다.
말을 탔다.
달렸다.
추웠다. 입과 코로 쏟아져 들어오는 차가운 공기가 안장 위의 오키타에게 기침을 하게 했다. 오키타의 기침을 싣고 말은 산조 거리를 동쪽으로 달렸다. 아와타구치 근방에서 장갑을 입에 갖다댔다. 헝겊이 축축해졌다. 피가 조금 배어 있었다.
'나도 머지 않았을지 몰라.'
이렇게 생각하니 오른쪽으로 물러가는 가초산(華頂山)의 녹음이 이상하게 선명히 눈에 비쳤다.
오쓰의 주막거리 어귀까지 왔을 때 어느 찻집 안에서 부르는 소리가 들렸다.
"오키타 군."
야마나미였다. 갈탕(葛湯)이 담긴 큰 대접을 소중하게 두 손으로 들고 있었다.
오키타는 안장에서 뛰어내렸다.
"야마나미 선생, 둔소까지 모시겠습니다."
"뜻밖이로군. 추격수가 자네일 줄은."
야마나미는 전과 같이 정다운 눈으로 오키타를 바라보았다.
"자네라면 할 수 없지. 히지카타 군의 수하 감찰들이었다면 살려서 돌려보내지는 않을 텐데."

"상관 없습니다. 야마나미 선생이 꼭 에도에 가고 싶으시다면 칼을 뽑으십시오. 나는 여기서 칼을 받겠습니다."
"천만에, 칼을 받을 사람은 내쪽이야. 나도 자네 솜씨는 못당할걸."
해는 아직 높았다. 지금부터라면 교토에 돌아가고도 남았으나 오키타는 차마 야마나미를 재촉하지 못했다. 내일 아침에 돌아가기로 하고 그날 밤은 오쓰에서 묵었다.
두 사람은 나란히 누워서 잤다.
"추운 밤이로군."
야마나미가 말했다.
오키타는 잠자코 있었다. 왜 이 운 나쁜 센다이 인이 나에게 걸렸는가 생각하니 화가 치밀었다.
첫째, 야마나미라고 하는 사나이의 당당함은 부대를 물러가면서도 행방을 감추려고도 하지 않고 편지에 당당하게······에도로 돌아간다고 분명히 밝혔다. 뿐만 아니라도 찻집 안에서 추격자의 이름을 그쪽에서 먼저 불렀다. 야마나미다운 떳떳한 행동이다.
그날 밤, 야마나미는 부대에 대한 불만도, 에도에 돌아가 무엇을 할 생각이라는 것도, 아무 것도 말하지 않았다.
고향 이야기를 했다. 그것도 시시껄렁한 이야기뿐으로, 센다이에서는 한여름에 지름이 한 치나 되는 우박이 쏟아진다든가, 하졸들의 내직으로는 참마 캐기가 제일이라든가 하는 이야기뿐이었다.
"야마나미 선생도 마를 캐셨던가요?"
"암, 어려서는 캤지. 아니, 그건 아이들이 하는 일이었어. 재미도 있고. 아직 마가 어릴 때 산에 가서 그 싹을 찾아내면 거기다가 보리를 심어놓지. 보리가 자랄 무렵에는 마도 흙 속에서 자라지. 보리를 표적으로 삼아 놓는 거라구."
"에도에서는."
뭘 하실 셈이냐고 오키타가 물으려고 하자 야마나미는 차분하게 말했다.
"에도 얘기는 그만두자. 내 인생에서는 이미 없어진 고장이다."
짐작컨대 에도에 돌아간대야 별스러울 것도 없었을 것이 틀림없다.
그 이틀 뒤인 게이오 원년 2월 23일, 야마나미 게이스케는 미부 둔영의 보조 거리에 맞닿은 마에가와 저택의 한 방에서 격식대로 조용하게 할복을

미운 도시조 69

했다. 가이샤쿠는 오키타 소지였다.

야마나미에게는 여자가 있었다. 시마바라의 아케사토(明里)라는 이름의 기생으로 사정을 알고 있던 나가쿠라 신파치가 야마나미의 변고를 알려주었다. 여자는 야마나미가 할복하기 전날 보조 거리로 쪽으로 난 방 앞에 섰다.

"야마나미님."

여자는 울면서 창살을 잡았다. 그 들창 방에 야마나미가 감금되어 있었다. 야마나미는 창살을 잡고 있는 여자의 손가락을 안에서 잡았다.

한참 동안 그렇게 하고 있는 것을 문 뒤에서 우연히 오키타가 보았다. 여자의 얼굴은 보이지 않았다. 다만 검은 옷칠을 한 나막신과 흰 버선만 오키타의 눈에 남았다.

오키타는 곧 문 안으로 숨었다.

'발이 조그마했어.'

야마나미의 목을 쳐서 떨어뜨린 뒤에도 그 일만이 묘하게 기억에 남았다.

시조 다리 위의 구름

게이오 원년 5월.

유신사(維新史)의 고갯마루라고 해도 좋다.

장군 이에모치(家茂)가 제2차 조슈 정벌을 총지휘하기 위해 상경했다. 이에야스 이래의 금부채가 박힌 군기(軍旗)가 니조성에 들어갔을 때 교토의 시민들도

"막부의 권위가 크게 오른다."

고 평했다.

그러나 실상, 막부에는 조슈를 정벌할 만한 군사력도 경제력도 전혀 없었다.

그뿐만이 아니다. 이미 세 가로(家老)의 목을 치고서까지 순종하고 있는 조슈를 다시 한 번 토벌할 만한 명분이 막부에는 없었다. 그야말로 억지로 토벌군을 일으켰다. 이것이 막부의 무덤을 팠다.

조슈 토벌에 대해서는 도쿠가와 가문의 친번(親藩) 가문과 큰 영주, 작은 영주, 거의가 반대했다.

오직 하나 강력하게 제의한 것은 교토를 수호하고 있는 아이즈번이고 그

지배하의 신센조라기보다 곤도 개인이라고 하여도 좋다.

"이 기회에 보초(坊州와 長州) 두 주에 병력을 보내 섬멸하고 모리(毛利) 가문 36만 섬을 탈취하여 막부의 화근을 근절시키는 것이 상책 중의 상책이오."

곤도는 게이오 원년 정월을 전후하여 아이즈번 가로와 자주 만나 역설하였다. 이 단순한 정벌론이 막부의 숨통을 끊어놓게 된다는 것을 곤도는 생각지도 못했다. 두뇌는 일개 군인에 지나지 않았기 때문이다.

"좋은 의견이오."

아이즈번 측도 이의가 없었다.

아이즈번 가로와 곤도 이사미 등의 이른바 아이즈 논의라고 하는 것은 퍽이나 난폭한 것으로 돌고 돌아서 에치젠 후쿠이의 존왕주의 마쓰다이라 요시나가(松平慶永)의 귀에까지 들어갔다.

요시나가 자신의 수기를 번역하면 다음과 같다.

'제2차 조슈 정벌에 대해서 막부는 크게 자신이 있는 모양이다. 조슈는 달걀을 깨는 정도에 지나지 않는다고 막부의 요인은 말하고 있다. 그런데 소문에 들으니 천하가 이처럼 어지러운 것은 다음과 같은 여러 번이 있기 때문이라고 말하는 자가 있다. 즉, 사쓰마, 도사(土佐), 오와리 도쿠가와(德川), 에치젠 마쓰다이라(요시나가 자신), 히고 호소카와(細川), 히젠 나베시마(鍋島), 지쿠젠 구로다(黑田), 이나바 이케다(池田)의 8번이라고 한다. '이들 여러 번은 천황에게만 근왕을 부르짖으니 참으로 악한 자들이로다. 조슈 정벌을 끝낸 뒤에는 점차 이들 여러 번을 토멸한다'고 한다. 어떤 사람이 나에게 '귀하는 표면적으로는 막부의 대우가 두터우나 실은 방심해서는 안 됩니다'라고 충고해 주었다. 아마 그것이 사실인 모양이다.'

이는 곤도의 의견과 같은 내용이다. 곤도가 지사연하며 아이즈번 요인과 천하 국가를 논한 것이 막각(幕閣)의 의견이 되었다고도 생각된다. 곤도 자신이 빈번하게 로추를 설득하고 있었으며 아이즈번으로부터도 에도 쪽에 갖가지 의견이 보내지고 있었다.

그 때의 막부 요인들은, 막신인 가쓰 가이슈(勝海舟)조차 손을 들었을 정도의 어리석은 자들뿐이었으므로 교토에 있어서 막부의 지방 요직인 아이즈번이나 신센조의 의견과 정세 분석이라면 가장 중요한 참고 자료로 삼았을 것이다.
　게다가 막신이 갑자기 배짱이 세어진 데 대해서는 프랑스 황제 나폴레옹 3세가 후원한다는 약속이 배경에 있었으므로 이에 따라 프랑스 공사 레옹 로슈가 빈번하게 막부를 설득하고 있었다. 그러나 그 프랑스 황제 자신이 그로부터 몇 년 뒤에 몰락할 운명의 사나이라는 것을 막부 요인들로서는 아무도 추측할 자료를 갖지 못했다.
　장군이 입경하게 되자, 곤도는 크게 기뻐하며 도시조를 붙잡고 말했다.
　"이제부터 재미있어진다."
　아이즈번은 장군을 옹립하고 신센조는 아이즈번의 핵심이 되어 그 이름이 크게 높아졌다.
　'바야흐로 아이즈번의 천하다'라고 말하는 자도 있고, '아이즈에 백만 섬의 가봉(加封)'이라는 출처 불명의 소문도 떠돌았다.
　"그만 좋아하게."
　도시조는 감찰이 산조 대교에서 떼어온 낙서를 보여주었다.

　　아이즈(彼奴 : 會津) 쫓아내고
　　좋은 아내 맞아서
　　하사시(長久 : 長州) 술잔을 기울일거나.

이렇게 씌어 있었다.
　"썩 잘 되어 있군."
　시인답게 노시조는 고개를 끄덕거렸다.
　"집어치워. 뭐가 잘 됐어."
　"아냐, 이렇게 시구가 술술 나오긴 힘들어."
　킥킥 웃고 있었다.
　"찢어버려."
　도무지 농이나 해학이라면 싫어하는 사나이이다.
　"첩자의 짓이겠지."
　"그렇지도 않을걸."
　여러 영주 가운데 조슈 동정파가 불어나고 있으며 교토의 서민층도 참패한 조슈에 대한 동정의 빛이 짙었다. 하기는 조슈번이 교토에서 번성했을 당시, 조슈가 인기를 얻기 위해 시중에 많은 돈을 뿌렸기 때문이기도 했다.

한편, 내일이면 장군이 입경하는 날 밤, 곤도는 둔영에 머물면서 밤중까지 일어나 앉아 애독서 《일본외사》를 낭랑한 목소리로 읽었다.

"좋은 목소리야."

도시조는 감탄했다. 곤도는 군데군데 틀리게 읽고 또 술술 내려가지 못하고 막혀서 헛기침을 하곤 했으나 퍽이나 맑고 우렁찬 목소리였다.

곤도는 겐부(建武)의 중흥(中興) 대목을 눈물어린 목소리로 읽었다.

고다이고 천황이 가마쿠라의 호조(北條) 가문을 토멸하고 구스노기 마사시게(楠正成)를 앞세워 도성으로 돌아오는 대목이다.

곤도는 자신을 구스노기 마사시게로 생각하고 있었다. 고다이고 천황은 장군 이에모치라는 말이겠지, 초야의 마사시게가 충성을 다하지 않으면 유랑의 천황이 누구에게 의지할 것인가, 하는 심경이었다.

"도시조, 내가 구스노기 마사시게라고 하면 자네는 온지노 사콘(恩智左近)이 아니겠나."

"그럴까."

도시조는 맞장구를 쳐주었다.

"그들도 가와치의 곤고산(金剛山) 향사(鄕土)이거나 산적이거나 아무튼 이름도 없는 놈들이었다니까, 우리하고 신분은 별반 다를 것도 없어."

"신분을 말하는 게 아냐. 직분 말일세."

"나는 아무 쪽이라도 상관 없어. 어쨌든 새로운 편제의 직제가 마련됐으니까 이토 군도 불러서 같이 의논해 주었으면 좋겠네."

"그래."

곤도는 이토 가시타로를 불렀다.

이토가 흰 여름비단에 까만 문장이 찍힌 산뜻한 여름 하오리를 걸치고 들어왔다. 여전히 배우처럼 생긴 미남이다.

"새 편제가 됐습니까?"

물으면서 앉았다.

'묘한 놈이다.'

도시조는 이 사나이가 도무지 달갑지 않았다.

이 사나이는 입대 후, 부대 임무는 아랑곳하지 않고 날마다 외출하여 사쓰마와 에치젠, 도사 등 막부에 대해 비판적 입장에 서 있는 번의 작자들을 만나고 돌아다녔다. 사쓰마번은 아직 당시, 표면상으로는 조슈를 증오한 나머지 아이즈와 동조하고 있었으나 순수한 친막주의는 아니고 언제 단독 행위로 나올지 모르는 번이었으며, 막부에서도 꽤 그들의 눈치를 보고 또 경계했다. 그리고

"각 번 특히 규슈(九州) 방면을 유세하고 싶다."

고 곤도에게 부탁하고 있었다. 즉, 서쪽 각 번의 정세를 탐색하고 동시에 이른바 그 지방 지사들과 교유하여 국사를 논하고 아울러 신센조의 입장도 설명하고자 한다는 것이다.

"좋은 일일세."

곤도는 기뻐했다. 도시조가 볼 때, 곤도는 이와 같은 지식인 또는 그러한 지식인 비슷한 활동을 너무나 좋아하는 경향이 있었다. 현재 곤도 자신이 어엿한 논객이 된 듯, 큰 번들의 중신들과 교토의 기온에서 자주 회합하였다.

더욱이 그러한 자리에서 가장 많이 발언하는 것이 곤도 이사미라는 말도 도시조는 듣고 있었다.

"이토를 조심해야 해."

도시조는 몇 번이나 곤도에게 말했으나 곤도는 오히려 그렇게 나오는 도시조를 불만스럽게 생각하였다.

"앞으로 신센조 간부는 국사(國士)여야 한다. 의논이 있으면 당당하게 천하에 공개하고 장군, 로추 상대로도 말하여 그들을 휘어잡을 만한 기량을 지니지 않으면 안 돼."

"그럴까."

도시조는 불만이었다. 도시조가 볼 때, 신센조는 어디까지나 검객의 집단이다. 그것을 앞으로 더욱 크게 만들어 막부 최대의 군사 조직으로 확대하는 것이 목적이지 정치결사가 되는 것이 목적은 아니지 않은가. 막부는 오히려 그러한 신센조를 귀찮게 생각할 것이다.

"그럴까."

얼굴을 찌푸렸는데 곤도는 차라리 그러한 도시조를 불만스럽게 여겼다. 분망한 지사의 한 팔이 될 만한 재목은 아니라고 곤도는 생각했다.

'이 녀석이 학문을 익혔더라면.'

도시조를 보는 눈이 차가워졌다. 그 몫만큼 곤도는 이토 가시타로에게 기울어졌다.

"이토님."
곤도는 경의를 표한다. 때로는 경칭을 붙여서 부른다.
"이토 선생."
도시조라고 함부로 부르는 것과 대단한 차이였다.
이토 가시타로는 시재(詩才)가 있었다. 시에 맛은 없지만 《고킨(古今 : 일본의 옛 시가집)》, 《신고킨(新古今)》 이래의 시도(詩道)의 전통을 올바로 익힌 교과서적인 단가(短歌)였다.
이토가 신센조 가맹을 위해 에도를 떠나 오모리까지 왔을 때 지은 시…….

　　남겨두고픈 말이나 사연 많으나
　　말 못하고 헤어지는 옷소매의 찬 이슬.

당시 세상에 대한 감회를 읊은 시…….

　　오로지 지고하신 임금님을 위해서라면
　　이 마음 원수들을 앙갚음하고 바치오리라.

이러한 시들이 있다. 이토는 곤도의 탁자 위에 놓인 책을 살펴보며 말했다.
"아하, 《일본외사》군요."
"그렇다네. 나는 구스노기 마사시게를 좋아하기에."
"아, 네."
이토는 미소지었다. 이토도 미토 학파이므로 구스노기 마사시게를 신(神) 이상으로 경모하였다.
"알아 모시겠습니다. 곤도 선생님."
'바보 같은 녀석…….'
도시조는 생각했다. 곤도의 구스노기 마사시게는 도쿠가와 장군을 떠받들고 있다. 천황을 떠메고 있는 이토 가시타로의 구스노기 마사시게와는 가마의 종류가 다르다.
"나도 전번에 오사카에 내려갔을 때 효고의 미나토가와 숲을 찾아 다이난코(大楠公: 구스노기 마사시게)의 묘 앞에 꿇어 엎드렸지요. 그때 지은 시를 한 수 읊겠습니다."
이토는 바로 앉으며 자작시를 낭랑하게 읊기 시작했다

    종말에 가서는
    이렇게 되리로다, 이 몸도 또한
    미나토 강변의 이끼 낀 비석이고자.

"훌륭한 솜씨야."
곤도는 아는 체하는 얼굴로 고개를 끄덕거렸다. 도시조는 고개를 돌리고 있었다.
"아 참, 히지카타님. 새 편제에 대해 의논을 해야겠군요."
이토가 현실로 돌아왔다는 듯한 표정으로 도시조에게 하얀 얼굴을 돌렸다.
도시조는 곤도 앞에 놓인 초안을 이토 가시타로에게 밀어놓았다. 이렇게 씌어 있었다.
'참모, 이토 가시타로.'
이것은 이미 이토와 의논이 된 일이다. 기타, 이토파 간부진의 직분 배치도 모두 이토의 의향을 존중해서 이루어졌다.
이번 편제에서는 조근(助勤: 士官)이라는 명칭을 폐지하고 막부 보병을 참고 삼아 프랑스식 군제와 비슷하게 만들었다.
"이거 참으로 훌륭한 체제입니다."
이토는 도시조를 쳐다보았다. 다시 사람됨을 알아본다는 표정이었다.
"아니, 히지카타 군은 이런 일에는 썩 능하다네."
곤도도 기쁜 듯이 말했다. 조직을 만들어내는 도시조의 재능만은 천하에 겨룰 자가 없다고 곤도도 평하였다.
새 편제의 명부 중에서 9번대 조장으로 스즈키 미키사부로(鈴木三樹三郎), 오장(伍長)으로 가노 와시오(加納鷲雄) 및 나카니시 노보루(中西登), 감찰로 시노하라 다이노신(篠原泰之進) 등은 이토가 에도에서 데리고 온 자들이다. 이 밖에 이토파에서는 핫토리 다케오(服部武雄)가 부대의 검술사범으로서 간부 대우, 우치미 지로(內海二郎), 사노 시메노스케(佐野七五三之

助)는 평대원이 되었다. 그러나 검술은 모두 일급으로, 부대 임무가 익숙해지면 오장으로 격상시킨다는 것이었다.
"좋습니다."
이토는 크게 관심을 보이지 않고 다만
"참모라니, 나로서는 고마울 뿐입니다."
이렇게 말했다.
참모라고 하는 직책도 지난날 야마나미 게이스케의 '총장'직과 마찬가지로 곤도의 상담역일 뿐 부장직처럼 부대에 대한 지휘권은 없다.
"기필코 신센조를 위해 천하의 영재와 사귀고 부대의 방향을 그르치는 일이 없도록 하겠소."
"제발 그렇기를 바라겠네."
곤도가 고개를 숙였다.
"노래가 하나 떠올랐습니다."
이토가 품에서 종이를 꺼내 단정한 필치로 쓱쓱 써내려갔다.

　　하잘것없는
　　이 몸 아낌없이 가을 들판에
　　헤매는 나그네잠도
　　오직 나라를 위함이라.

'시가도 함부로 볼 건 아냐.'
도시조는 2월에 탈주죄로 할복한 총장 야마나미 게이스케를 생각해 보았다. 야마나미가 에도로 탈출하려던 것도 이토와 무엇인가를 약속한 연후의 일이었던 모양으로, 그가 죽은 뒤 이토는 야마나미를 묻어주고 단가 4수를 지어 대원들에게 보여주었다. 이 단가가 지금 대원들 사이에서 미묘한 파문을 일으키고 있다는 것을 도시조는 알고 있었다.

　　내 사랑하는 조국을 위해서는
　　검은 머리처럼 어지러운
　　세상을 떠나는 몸이런가.

봄바람에 불리어지누나
산의 벚꽃이여
지고 나면 사람들이 너를 아쉬워하리.

'아니꼬운 녀석이군.'

도시조는 이렇게 생각했다. 그러나 이토 가시타로의 성망은 평대원 사이에 날로 높아져 거의 종교적이라고 할 만한 존왕양이주의가 갑자기 대내를 휩쓸기 시작했다.

도시조는 그와 같은 자를 발견하면 따로 허물을 잡아내어 모조리 할복을 시켰다.

'신센조에는 사상이 필요 없다. 그것은 독이다.'

도시조는 이처럼 단호한 신조를 가지고 있었다.

곤도는 부대 임무보다 정치와 사상에 열중하였다.

이토는 이토대로 존양파의 공경 저택을 드나들며 시국을 논하였다.

도시조만이 홀로 남겨진 꼴이 되어 부대 임무에 몰두했다. 간부 중에서 그만이 영외에 휴식소를 만들지 않고 둔영에 기거하면서 눈을 번뜩이고 있었다. 여름이 지나갔다.

조슈 재정벌의 군령은 내려졌으나 시류는 움직임이 없고 잠시 정체되고 있었다. 장군은 오사카 성에 들어가면서 앓아 누워 병력의 출동을 아직 지시하지 않은 채였다. 또한 그것은 군비 조달의 예산이 서지 않고 여러 영주의 손발이 맞지 않았기 때문이다.

그런데 이 동안 막부 측이 전혀 모르는 일이 막후에서 진척되고 있었다. 이제까지 아이즈번의 우번(友藩)이었던 사쓰마 번이 은밀히 변론을 뒤엎어 도막 지원 조슈(倒幕支援長州)로 결정하고 사카모토 료마를 중개로 사쓰마·조슈 비밀동맹 체결을 추진하고 있었다. 유신사(維新史)의 급변은 여기서부터 비롯되는 것인데, 막부는 물론이거니와 그 수족인 아이즈번과 신센조는 꿈에도 모르고 있었다.

가을이 되었는데도 막부는 여전히 공격 명령을 내리지 않고, 11월에 막부는 조슈에 대하여 문죄사(問罪使)를 파견한다는 우스꽝스러운 짓을 했다.

정사(正使)는 막부의 감찰관 나가이 나오무네(永井尙志)였다. 장소는 아키 히로시마(安藝廣島)의 고쿠다이사(國泰寺). 이 막부 대표단 수행원 중에 어처구니없게도 곤도 이사미와 이토 가시타로, 다케다 간류사이, 오가타 도시타로의 네 사람이 끼어 있었다.
'별꼴 다 보겠군. 도대체 무슨 소용이 있다는 거야.'
도시조는 혼자 생각했다.
물론 곤도, 이토 등은 막부의 사신으로서가 아니다. 막부 대표 나가이 나오무네의 부하라는 명목으로 곤도는 이름도 곤도 구라노스케로 변명하고 있었다.
그 무렵, 조슈 측은 이미 사카모토 료마 등의 알선으로 나가사키의 영국인 상점에서 대량의 신식총을 사들여 결전 준비를 하고 있었다.
조슈 측의 대표로 히로시마의 고쿠다이사에 온 정사(正使)는 가로(家老) 시시도 빈고노스케(宍戶備後助)였다. 하지만 그것은 새빨간 거짓말로 사실은 야마가타 한조(山縣半藏)라고 하는 구변 좋은 중급 번사의 셋째아들이었다. 그가 시시도라고 하는 가로의 가명을 임시로 빌려 임시변통의 사자로 꾸미고 나타났던 것이다. 조슈는 처음부터 올바른 정신으로 담판에 응할 마음이 없었다.
도시조는 교토에 남아 있었다.
그 동안, 시중에서 조슈계로 보이는 낭사를 거의 날마다 목을 쳤으나 일말의 서글픔은 감출 길이 없었다.
오키타 소지를 데리고 기온의 요정으로 가던 도중, 시조 다리 위에서 저녁놀에 물든 가을 하늘의 구름이 몇 조각 동쪽으로 흐르는 것을 보았다.
"소지, 보아라. 구름이다."
"구름이군요."
오키타 소지도 발길을 멈추고 하늘을 쳐다보았다. 오키타의 투박한 나막신에서 길다란 그림자가 다리 위로 뻗어 있었다.
다리 위를 오가는 무사며 시민들이 두 사람을 피하듯이 지나갔다. 신센조의 두 사람이 무슨 짓을 하려는 것일까 하면서 지나갔으리라.
"한 수 만들었다."
도시조가 만들었다.
그의 아호인 호교쿠 선생으로서는 오래간만의 작품이다.
"보나마나 졸작이겠죠, 뭐."
오키타는 키득키득 웃었으나 도시조는 아랑곳하지 않고 품에서 공책을 꺼내 써내려갔다.
  오키타는 들여다보았다.

  고향을 찾아 부지런히 달리는 5월의 구름

"아니 지금은 11월인데요."
"뭘, 여름 구름이 훨씬 화려하고 좋잖아. 가을과 겨울은 너무 쓸쓸하니까."
"아하, 네."
오키타는 잠자코 걷기 시작했다.
이 젊은이는 도시조의 심경을 무섭도록 잘 알고 있는 것 같았다.

구적

그날, 도시조(歲三)는 하인 하나를 데리고 오후부터 구로다니(黑谷)의 아이즈번(會津藩) 본진을 방문했다.

일어섰을 때는 이미 밤이었다.

게다가 비가 내렸다.

현관까지 나와 일부러 전송해 주면서 아이즈번 가로(家老) 다나카 도사(田中土佐)와 중신 도지마 기혜 두 사람은 저마다 만류했다.

"히지카타 선생, 오늘은 여기서 주무시고 내일 아침에 가시면 어떻겠습니까?"

당시 신센조는 가쇼초(花昌町)에 둔영을 신축하고 모두 그리로 옮겼다. 교토 동쪽의 구로다니에서 그 가쇼초 새 둔영까지는 교토의 중심지를 지나 줄잡아 30리는 된다.

도지마 기혜 등이 걱정한 것은 이런 비와 어둠 속에서 과연 무사하게 둔영까지 돌아갈 수 있을까 하는 것이었다.

더욱이 히지카타는 호위병도 말도 없이 왔던 것이다.

"그렇게 해요."

다나카 도사는 현관 마루에서 밤비를 내다보며 도시조의 옷소매를 잡아당기듯이 말했다.

"부탁이오."

도지마 기혜도 또 말한다.

"아까도 말씀드린 대로 보슈와 조슈 두 주에 할거하는 조슈번은 많은 밀정들을 시정에 풀어 놓았다고 합니다. 게다가 요즘 도사의 탈번 낭사가 조슈와 입김이 통해 가지고 시중 각처에 출몰하고 있어요. 아무리 히지카타 선생께서 강하시다 해도 만에 하나라는 것이 있잖습니까?"

"그렇기도 하지요."

도시조는 건성으로 대답하고 홱 돌아서서 하인이 차려놓은 나막신을 신었다.

"뭣하시면 아이들을 딸려보내겠습니다만."

다나카 도사가 말했다.

"아닙니다."

도시조는 무뚝뚝하게 거절했다.

"괜찮을 겁니다."

그냥 나갔다.

"고집 센 사나이다."

나중에 다나카 도사가 약간 불쾌한 듯이 말했다.

신센조에서는 곤도가 이토 가시타로 등을 데리고 11월 중순부터 히로시마도 내려간 채 돌아오지 않고 있었다.

그 동안은 도시조가 대장대리였다. 여러 가지로 아이즈번을 찾을 일이 많아졌다.

언제나 그런 식으로 혼자 찾아갔다. 곤도처럼 대원을 거느리고 말을 타고 가는 일이 없었다.

"칼솜씨에 무척 자신이 있는 모양이지."

"글쎄요, 다른 이유는 없을 겁니다. 혼자 걷고 싶다는 것이 그 사람의 성미 아닐까요. 그런 점에서는 사치를 좋아하는 곤도와 다른 점이지요."

오랜 지기인 도지마 기혜가 웃으면서 말했다.

도지마는 어느 쪽인가 하면, 정치를 좋아하는 곤도보다 실력을 안으로 감추고 묵묵히 일하는 히지카타 쪽을 좋아하였다.

"게다가."

다나카 도사는 도시조의 무뚝뚝한 성격에 호의를 갖지 못했다.

"저 사람은 여자도 없는 것 같소."

다나카 도사로서는 곤도가 첩을 둘씩이나 거느리고 상당히 화려한 생활을 하고 있다는 소문을 듣고 문득 대조적으로 그런 생각이 떠올랐던 모양이다.

"그렇군요."

"저 사람도 자세히 보면 그런대로 성격이 무뚝뚝한 괜찮은 사나이지만 교토 여자들은 저런 남자를 좋아하지 않는 모양이야."

"아니, 시마바라의 기즈야(島原木津屋)에 시노노메 다유(東雲大夫)라는 여자가 있었지요."

"아아, 들은 적이 있네. 굉장한 미인이었다지. 그 여자하고 저 사나이가 좋아했었나?"

"아닙니다."

도지마 기헤는 표현하기가 힘들어 망설이는 표정이었다. 그와 같은 남녀 관계를 어떻게 말해야 좋을지 몰랐던 것이다.

언젠가 도지마 기헤가 곤도와 히지카타 등 신센조 간부와 함께 시마바라의 기즈야에 놀러 갔을 때의 일이다.

도시조의 상대는 시노노메 다유였다.

시마바라라는 곳은 에도의 요시와라와 함께 뭐니뭐니해도 천하의 유흥가였다. 더욱이 다유(大夫)라고 하면 여러 가지 기예와 학문을 익히고 있었으므로 대단히 견식이 높아서 손님의 비위를 맞추지는 않는다.

오히려 손님 쪽이 다유의 비위를 맞추고, 또 그런 비윗살 좋은 사람을 이 거리에서는 한량으로 떠받든다.

곤도는 상당한 한량이었다. 이 시마바라의 기즈야에서도 고가네 다유(金大夫)와 정을 맺는 한편, 산본기의 예기(藝妓) 고마노(駒野)에게 아이를 낳게 하고, 같은 거리의 우에노(植野)라는 예기와도 깊은 관계를 맺고 고젠 거리에 살림을 차려 주었다.

그것뿐만이 아니다.

곤도는 오사카에 자주 출장하는 동안에 신마치(新町)의 찻집에도 드나들며 놀았는데, 오리야의 미유키 다유라는 기녀가 마음에 들자 오사카의 신센조 지정여관 주인 교야 다다베를 시켜 기적에서 빼내어 고쇼 사(興正寺) 주지에게서 빌린 집에 들여앉혔다. 그런데 얼마 뒤 병으로 죽자 그 미유키 다유의 여동생이 언니와 닮았다고 하여 그 뒷자리에 이어 앉혔다.

그 밖에 기온의 야마마유에도 여자가 있어 부지런히 드나들었다.

정말로 곤도는 호탕하게 놀았다. 그 당시 교토를 무대로 활약하고 있던 큰 번의 교토 주재 외교관들은 색향에서 공무상의 회합을 가지면서 무척 화려하게 놀았다. 곤도만큼 사방에 여자를 두고 있는 남자도 드물어 한때는 대원들 사이에도, '아이즈번에서 나오는 신센조의 비용중 절반은 대장의 여자 경대 서랍으로 흘러들어간다'는 소문이 퍼졌을 정도였다. 그러나 그 점은 틀린 것이다.

곤도 개인의 비용은 오사카의 고노이케 젠에몬(鴻池善右衛門)에게서 거액의 돈이 나온다.

고노이케는 존왕 낭사로 자칭하는 사들에게서 '양이 군용금(軍用金)'을 강요당하는 일이 많았으므로 그것을 막기 위해 신센조에 의지했다. 그래서 곤도에게 돈을 바쳤던 것이다. 곤도는 그 돈으로 놀고 여자를 샀다. 아이즈번의 신센조 관계 일을 보는 도지마 기헤는 그와 같은 내정까지도 알고 있었다.

'술도 마시지 않고 그토록 잘 놀다니.'

평소 놀라운 눈으로 그것을 바라보았다. 그러나 도지마 기헤가 보는 바 히지카타 도시조는 달랐다.

술은 조금 마신다.

하지만 별반 좋아하지는 않고, 모양으로 술잔을 마지못한 듯이 든다.

여자는——

"그 시노노메 다유가 말입니다. 그 사나이하고 방에 들어간 뒤에 아주 혼이 났던 모양입니다."

어찌나 혼이 났던지 나중에 다유가 하녀들에게 털어놓은 말이 퍼져 다들 알게 되었다.

도시조는 잠자코 잔을 기울일 뿐 한 마디도 하지 않았다. 무슨 딴 생각을 하고 있는 모양이었다.

"히지카타님."

시노노메 다유가 견디다 못해 입을 열었다.

도시조가 술을 그다지 좋아하지 않는다는 것은 조금 전 술자리에서의 거동을 보아 짐작하였다.
"이제 약주는……"
병을 치우며 말했다.
"그만두시죠. 별로 좋아하시지도 않으시면서요."
"그래, 좋아하지 않아."
도시조는 무료하게 대답했다.
"그러시다면 그만하셔요. 좋지도 않은 약주를 너무 많이 마시면 몸에 안 좋으세요."
"그런가."
도시조는 팔을 뻗쳐 시노노메 다유의 손에서 술병을 빼앗으며 말했다.
"그래도 색향의 여자보다는 나아."
본디 유흥가의 여자를 싫어했던 것이다. 에도나 무사시의 주막거리를 떠돌아다닐 때부터 그랬다. 그가 여자를 싫어하는 것은 교토에 올라와서도 변함이 없었다.
'참으로.'
이 유곽 안에서도 얌전하기로 소문이 나 있는 시노노메 다유도 질리고 말았다. 도시조는 멋없이 술만 마시고 있다.
하지만 묘한 일이다.
시마바라에서 이런 무뚝뚝한 손님을 시노노메 다유는 본 적이 없었다. 그러나 노여움이 가라앉자 체면도 자존심도 허물어져내리는 마음으로 시노노메 다유는 이 사나이를 보았다. 그때 신들린 것처럼 이 사나이가 좋아지고 말았다는 것이다.
"재수 관계도 있으니까요."
새벽녘에 애원하듯이 이 손님을 자리에 들게 하였다.
"그랬는데."
시노노메 다유는 뒤에 자기 하녀에게 말했다.
"뜻밖에 상냥한 분이야."
그가 그 뒤 이부자리 속에서 어떻게 했는지 시노노메 다유는 유곽의 범절대로 입 밖에 내지 않았으나, 하녀로서는 여러 가지로 상상할 수 있었다. 소문은 그와 같은 중개자의 상상을 섞어 도지마 기혜의 귀에 들려왔다.
"그래서 어떻게 됐는가?"

근엄한 다나카 도사가 물었다.

"그 뒤 곤도와 더불어 그 사나이는 두어 번 기즈야에 놀러 가 시노노메 다유와 잠자리를 같이 했는데, 그 태도는 글쎄 처음하고 꼭 같았던 모양입니다."

"자리 속에서의 다정함도?"

"아마, 그런가 봅니다."

그 뒤 시노노메 다유는 교토의 환전상(換錢商)의 첩으로 들어가게 되었다. 그때 몇 번이나 사람을 둔영으로 보내

"마지막으로 만나뵙고 싶어요."

간청했으나 도시조는

"남의 첩으로 들어간 여자를 만나서 뭘 하겠나."

끝내 가지 않고 무슨 까닭인지 그 뒤로 일절 시바바라 쪽으로 발길을 들이지 않았다고 한다.

시노노메 다유는 그를 사모하였으나 또한 원망도 한 나머지 자기의 새끼손가락을 깨물어 큰 소동을 일으켰다.

그래도 도시조는 가지 않았다.

"무척 냉정한 사나이로군. 아마 그는 시노노메 다유를 좋아했던 모양이지. 그래서 가지 않을 걸세."

"좋아한다면 보통 담장을 넘어서라도 만나러 가는 것이 인정이 아닐까요?"

"그건 그렇겠지."

"종잡을 수 없는 사람입니다, 좌우간에."

이렇게 말하고 도지마 기혜는 웃었다.

하지만 도지마는 도시조와 시노노메 다유가 처음 만난 그 전날, 이 사나이의 신상에 무슨 일이 있었는지를 알지 못한다. 그것은 분큐 3년 9월 21일의 일이었다. 도시조는 후야 거리의 빈 집에서 지금은 구조 가문에 근무하고 있는 사와타리 집안의 딸 사에와 무사시에서 헤어진 이후 오래간만에 만났다. 그 셋집 낡은 다다미 위에서 도시조 식의 멋없는 접촉 방식으로 사에와 몸을 섞었는데, 그때 너무나 뚜렷하게 사에가 달라졌다고 생각했다. 사에는 확실히 변했다. 정부가 있다고 생각하지 않을 수 없었다.

변심을 탓하지는 않았다. 그럴 자격도 없었다. 무사시 당시 도시조는 사에

에게 아무런 언약도 주지 않았고 물론 정다운 말 한 마디 던져주는 일 없이 오직 우연한 인연으로 서로 몸을 섞었을 뿐이었던 것이다. 사에로서도 그것은 마찬가지였으리라. 사와타리 집안의 결혼에 실패하고 친정에 돌아온 딸은, 다만 일시적인 재미로 어디의 누구인지도 모르는 부랑자 비슷한 젊은이와 몸을 섞은 것에 지나지 않는다.

교토에 올라오자 그대로 사에는 자기만의 생활을 누렸다. 그 생활 속에 조슈 번사 요네자와 도지(米澤藤次)가 끼어들었다. 당시 친막파(親幕派) 공경이었던 구조 가문에 드나들던 사나이로 사에와 눈이 맞았다. 사에를 통하여 막부 쪽 정보를 얻으려 했고, 사에는 당연히 정부를 위해 애썼다.

"히지카타를 알고 있어요."

사에는 요네자와에게 말했다.

'목을 치자'고 되었다. 요네자와는 그 히지카타 암살을 조슈번에 드나드는 무사시의 탈번자 시치리 겐노스케(土里硏之助)와 그 도당에게 의뢰했다. 무사시 하치오지 이래로 시치리는 도시조에게 원한을 갖고 있었다.

"뭘, 시키지 않아도 내가 벨 텐데."

시치리는 니조한지키 거리의 네거리에서 도시조를 습격했다.

도시조가 도지마 기헤 등과 시마바라의 유곽 기즈야에 놀러 가서 시노노메 다유와 첫밤을 가진 것은 바로 그 이튿날이었다.

그날 밤 도시조는

'나는 아무래도 병신인 모양이다. 평생 사랑 같은 건 못할 사람이다.'

이렇게 생각했다.

'공연한 생각은 하지 말아야지. 본디 여자에게는 박정한 사나이가 아니던가. 여자 쪽에서도 그걸 알고 있다. 이런 놈에게 반하는 바보가 이 세상 어디에 있을라구.'

그러나 내게는 검이 있다, 신센조가 있다, 곤도가 있다고 열심히 자신을 타이르고 있었다.

'그것만으로도 충분히 보람 있는 한평생을 보낼 수 있지 않은가. 알아들었겠지, 도시조.'

그런 생각을 하면서 도시조는 그날 밤 교토 거리를 걸었고, 도중에 들른 가마가게 근처에서 시치리 겐노스케의 도당을 베고 그 이튿날 밤 시마바라의 기즈야에 가서 술을 마셨다.

본디가 괴팍하게 생겨먹은 이 사나이를 시노노메 다유가 더욱더 괴팍하게 생각한 것은 무리가 아니었다. 물론 아이즈번 섭외관 도지마 기헤는 그러한 사연까지 알 까닭은 없었다.

"글쎄, 그 사람은 그 나름대로……."

도지마는 말을 이었다.

"교토에서는 큰 인물입니다. 어쩌면 용병에 있어서는 곤도보다 한 수 위일지도 모릅니다. 옛날에 다이코(太閤) 도요토미 히데요시(豊臣秀吉)는 오타니 교부(大谷刑部)를 평하여 저 사나이에게 10만 대군을 주어 지휘채를 맡겨보고 싶다고 말했다지만 나는 히지카타를 볼 때마다 그런 마음이 듭니다."

그로부터 반 시각 뒤, 도시조는 마루타 거리를 똑바로 서쪽으로 걸어가 해자(垓字) 가에 다다랐다.

불빛이 보인다. 니조성의 불이다. 이대로 작은 다리를 건너 서쪽으로 가면 정무관인 호리카와의 저택이다.

그러나 도시조는 건너지 않았다. 당연한 일로 신센조의 새 둔영은 이 해자의 동쪽 둑을 남으로 꺾어들어 다시 30마장은 더 가야 한다.

"도키치, 지쳤나?"

도시조는 하인에게 말을 건넸다. 비는 여전히 내린다.

"아닙니다, 다리만은 자신 있습니다."

도키치는 빗속에서 말했다. 도시조의 세 걸음 앞을 엉거주춤한 채 초롱을 쳐들고 도키치는 걸었다.

도시조는 지우산을 높직이 들고 검정 하오리에 명주 하카마 차림이었다. 허리에는 이미 몇 사람이나 죽였는지 수도 기억하지 못할 정도로 휘둘러 온 이즈미노카미 가네사다를 찔러차고, 소도는 작년 여름 이케다야의 변란 때에 처음으로 쓴 호리카와 구니히로(堀川國廣)라는 칼로 한 자 아홉 치 닷푼.

"도키치."

도시조가 불렀다.

"여기서부터는 길이 나쁘다."

"네."

"질퍽한 길을 뛸 때는 발끝으로 땅을 차듯이 하면서 뛰는 거야. 그렇게 하면 넘어지지도 않고 빠르다."

이상한 말이었다. 도키치는 이 말수 적은 대장 대리가 왜 불쑥 이런 말을 하는지 이해할 수가 없었다.

"도키치, 뛸 때면 네 우산 그걸 아낌없이 버려야 한다. 알아 듣겠나?"

"네에?"

도키치는 고개를 갸웃하며 도시조를 쳐다보았다.

"지금 버릴깝쇼?"

"아직 괜찮아. 하지만 이제 슬슬 버려야 하겠지. 내가 도키치, 하고 부를 테니까. 그때 초롱하고 우산을 내던지고 무작정 뛰어라. 무슨 일이 있어도 뒤돌아보아선 안된다."

"보면요?"

"......"

도시조는 아무 말 않고 걷는다.

우산을 약간 뒤로 젖히고 등 뒤의 기색을 살피고 있는 모양이다.

"도키치, 방금 뭐라고 그랬나?"

"아뇨, 뒤를 돌아보면 어떻게 되느냐고 그랬을 뿐입니다."

"다칠 뿐이야."

무뚝뚝하게 대답했다.

해자를 사이에 두고 오른쪽 어둠 속에 니조성의 흰 벽이 희끄무레 떠오른다.

왼쪽으로는 친번이나 세습 영주들의 여러 번저가 늘어서 있다. 하리마 히메지 번저 문앞을 지나면 니조 거리 모퉁이부터는 에치젠 후쿠이의 마쓰다이라 번저 흙담이 계속된다.

그 문앞 근방까지 왔다.

"도키치."

도시조가 날카롭게 외쳤다.

그때 도시조 자신은 우산을 허공에 던지고 허리를 낮추었다. 그리고는 오른쪽 무릎을 꺾으면서 번개처럼 몸을 돌렸다.

"털썩......"

섬뜩한 소리가 도시조의 손 언저리에서 일어났다.

순간, 도시조의 오른쪽으로 그림자 하나가 머리를 땅에 박으며 쓰러지는가 했더니, 진창 속에서 다시 한 번 커다란 소리를 내면서 나가떨어졌다. 피비린내가 어둠 속에 풍겼다.

그때 이미 도시조는 대여섯 발짝 물러나 있었다. 검을 우하단으로 비스듬히 잡고 에치젠 번저의 문기둥을 뒷방패로 하고.

"누구냐?"

어둠 속에는 아직 세 명이 있었다.

"비 오는 밤에 수고가 많다. 사람을 잘못 보았으면 그만이지만 나를 신센조의 히지카타 도시조로 알고 하는 짓이라면 나도 사력을 다해 싸울 각오를 할 테다."

"좋다."

열 칸 정도 저쪽 어둠 속에서 대꾸가 들려왔다.

"알고도 남는다."

'아차' 하고 도시조는 생각했다. 한 번 들으면 잊혀지지 않는 그 드높은 쇳소리는 시치리 겐노스케였다.

"역적 놈……."

왼쪽으로 돌아간 사나이가 흥분된 목소리를 내면서 두어 발짝 다가들었다.

이런 밤인데도 하늘에 달은 있는지 밤하늘의 구름이 희끄무레한 빛을 머금고 사방의 어둠을 조용히 적시고 있었다.

여자의 마음

도시조는 칼을 우측으로 당겼다.

머리 위는 에치젠 후쿠이의 번저(藩邸) 대문 지붕.

휘어진 서까래들이 미인이 손가락을 젖힌 것처럼 부드럽게 구부러져 처마 기슭을 빗속의 어둠 속에 내밀고 있었다.

"역적놈!"

욕설을 퍼부으면서 도시조에게 다가든 그림자는 지독한 도쓰카와(十津川) 사투리를 쓰고 있었다. 요즘 교토에는 야마토 도쓰카와 지방의 향사(鄕士)들이 다수 흘러들어와 있었다.

'도쓰카와 출신이구나.'

도시조는 평성안(平星眼 : 無念流의 자세).

그의 버릇으로 칼끝을 점점 오른쪽으로 비스듬히 옮기면서 적의 왼쪽 칼에는 시선도 돌리지 않는다.

이 도쓰카와 출신은 용기가 대단한 모양이었다.

도시조를 치려고 하다니.

나머지들은 빗속에서 멀리 에워싸고 있었다.

다가오는 자는 오른쪽의 시치리 겐노스케와 왼쪽의 이 도쓰카와 출신뿐.

'얏' 하고 도쓰카와 출신이 상단에서 내리쳤다.

도시조는 검을 쳐들고 등 뒤 기둥 쪽으로 세 치쯤 물러섰다. 도쓰카와 출신의 칼이 도시조의 오른쪽 소매를 베고 땅에 닿을 정도로 가라앉았다.

그 사나이의 상체에 빈틈이 생겼다.

순간, 도시조의 칼이 도쓰카와 출신의 오른쪽 어깨에서 가슴까지 베어내렸다.

그러나 도시조는 앞으로 뒹굴었다.

그 사나이를 벤 순간 오른쪽의 시치리 겐노스케가 맹렬한 기세로 베어 들어왔던 것이다.

달아나는 수밖에 없다.

시체에 걸려 쓰러졌다.

곧 일어났다.

그 머리 위를 시치리 겐노스케의 두 번째 칼이 날아들었다.

막을 겨를이 없었다.

피하기 위해 다시 한 번 뒹굴었다. 도시조의 몸뚱이는 이미 대문을 떠나, 비오는 해자 가에 있다.

등 뒤는 해자여서 안심이 되었지만 좌우에 방패로 삼을 만한 나무 한 그루도 보이지 않았다.

"등불을 준비하라."

시치리의 가라앉은 목소리가 명령했다.

도시조가 조금 전까지 방패로 삼았던 번저 대문 기둥 밑에서 등불이 준비되었다.

"비춰라."

시치리가 낮은 목소리로 말했다.

등불이 해자 가에 서 있는 도시조의 그림자를 환하게 비췄다.

"도시조, 무사시 이래의 끝장이 오늘에야 나는 모양이구나."

"그런가."

도시조는 여전히 오른쪽으로 칼끝을 당긴 자세. 목소리가 낮은 대신 두 눈은 부리부리하게 빛났다.

어떤 싸움에서도 죽음을 각오하고 있는 사나이다.

"오늘밤에야말로 하치오지의 원수를 갚고야 말겠다."

시치리 겐노스케는 상단 자세로 유유히 다가왔다.

그 사이를 비가 세차게 쏟아진다.

빗발이 땅을 치고 물보라가 튀며 불빛 속에서 하얀 김이 피어오른다.

"시치리, 조슈의 밥맛이 좋더냐?"

"신통치 않다."

시치리도 침착한 사나이다.

"그렇지만 히지카타."

조심조심 거리를 좁혀온다.

"이제 곧 좋아질 거다. 너희들 미부 낭사는 시대의 흐름을 모르는 녀석들이다."

"흐흐……."

웃었다. 도시조의 눈만이 반짝인다.

"조슈와 무사시를 떠돌아다니던 거름 냄새 나는 검객도 교토에 올라오면 말솜씨를 배우는 모양이지."

"이것 봐, 도시조. 거름 냄새 풍기기는 피차 일반일 걸."

'맞았어.'

도시조는 내심 쓴웃음을 웃었다.

시치리의 오른발이 바싹 다가들어와 상단에서 후려쳤다.

받았다.

손목이 저렸다.

무서운 일격이다.

도시조는 반격하지 않고 시치리의 칼을 칼막이로 받아 누르며 한발 두발 밀고 나갔다. 유리한 자리를 차지해야 한다는 생각에서였다.

시치리는 다리를 걸어 왔다. 도시조는 펄쩍 다리를 쳐들었다.

"모두들 뭣하고 있어!"

시치리는 어둠을 향해 소리쳤다.

"어서 베어! 베지 못할까. 이놈은 귀신이 아니야."

'후닥닥' 발소리가 좌우에서 일어났다.

도시조는 혼신의 힘을 쏟아 시치리의 몸을 떠다밀었다.

시치리는 밀리면서 왼팔을 뻗어 도시조의 옆얼굴을 후려쳤다.

그러나 검은 빗나갔다. 도시조는 이미 거기에 있지 않았다. 도시조는 왼쪽으로 달렸다.

달리는 도중, 어깨에서 비스듬히 베어내려 한 사람을 쓰러뜨리고 에치젠후쿠이 번저의 남쪽 끝 골목 안으로 들어가 동쪽으로 뛰었다.

이 뛰어난 싸움꾼은 혼자서 여러 명과 겨루는 싸움에는 제아무리 검의 명수라 할지라도 10분도 못되어 기진한다는 것을 알고 있었다.

니시노토인(西洞院)으로 나가 도시조는 그제야 걸음을 늦추고 천천히 남쪽으로 내려가기 시작했다.

'아얏.'

왼팔을 얼싸안았다.

난투중에 누구의 칼날이 들어갔는지 더듬어 보니 팔 윗부분에 손가락이 들어갈 만큼 상처 구멍이 입을 벌리고 있고 피가 흐른다.

'당했구나.'

허리춤 주머니에 고약이 들어 있다.

그 점에 있어서는 본디 약장수였으므로 우선 지혈시켜야겠다고 생각하고 주위를 재빠르게 둘러보았다. 이런 한길에서 치료한다는 것은 말도 안된다. 언제 그들이 습격해올지 모른다.

골목을 찾아 들어갔다.

'소주가 있어야 하는데.'

생각하면서 소도를 뽑아 상처를 동여매기 위해 하카마를 갈기갈기 찢었다.

그때다.

머리 위의 들창문이 열린 것은.

"이거 죄송합니다."

도시조는 봉당으로 들어가 곧바로 부엌 뒤꼍의 우물로 갔다. 그리고 옷을 벗었다.

흙과 피를 씻어내기 위해서였다.

"안주인, 염치 없지만."

방에다 대고 말했다.

목소리를 낮추었다. 이웃의 귀를 조심하기 위해서였다.

"그 선반 위의 소주를 좀 얻었으면 합니다만."

큼직한 항아리가 얹혀 있고 겉에 붙인 종이에 '소주'라고 멋진 글씨로 적혀 있었다.

'아마 여자만의 살림인 모양이다.'

그러나 술을 마시든 안 마시든 당시에는 어느 집에나 치료용 소주는 준비되어 있었다.

"저어."

침착한 여자의 목소리가 들려왔다.

"걱정 마시고 쓰세요. 도창약(刀創藥)도 있습니다. 백유고(白愈膏)라는 이름으로 제조원은 오사카의 고치야(河內屋)로서 제법 효험이 있다고 합니다만 어떻게 하시겠습니까?"

조용한 말투였으나 말에 군더더기가 없어 머리가 명석하다고 느껴졌다.

"사양 않고 받겠소."

도시조는 그 여자에 대해 생각했다. 말에 교토 사투리가 없다.

짐작하건대 무사 집안의 말씨이다.

'어떤 여자일까?'

아까 문을 열고 집안에 들여놓아 주었을 때 도시조는 뒹굴 듯이 봉당으로 들어가 문득 얼굴을 들었었다.

그때 여자는 양초에 종이를 둘러 급히 만든 촛대를 약간 쳐들 듯이 하고 서 있었다.

곧장 열려진 부엌으로 들어갔는데 그때 여자의 뜻밖의 아름다움에 깜짝 놀랐던 것이 생각났다.

나이는 스물대여섯 가량이고 입고 있는 옷으로 미루어 처녀는 아니었다. 그렇다고 남편이 있는 것 같지도 않았다.

좁은 집이다.

짐작으로 알 수 있다.

'으읏.'

쓰리다. 소주가 스민다.

다부진 도시조도 못견딜 정도로 아팠다. 훈도시로 샅만 가리고 우물 가에 웅크렸다. 손으로 자기 상처를 씻었다. 담이 여간 크지 않고선 하지 못하는 짓이다.

안주인은 어느 사이엔가 나와 봉당 저쪽 끝에서 촛불을 쳐들어 비춰주면서 그것을 바라본다.
접근하지 않는 것은 무사 집안에서 자란 예절 때문에 그러리라.
도시조는 이를 악물고 상처에 약을 바르고 안주인이 건네준 무명으로 세 군데의 상처를 동였다.
"죄송합니다만 저기 야경꾼 초소에 말해서 가마를 하나 불러달라고 부탁해주었으면 합니다만."
"누구십니까?"
"네?"
상처가 몹시 쑤신다.
"저어, 댁은……"
여자가 물어본다.
"참, 인사가 늦었군. 신센조의 히지카타 도시조라고 말하면 초소에서 알아서 마련해 줄 것이오."
'이 사람이……'
도시조의 이름은 온 교토에 널리 퍼져 있었다.
울던 아이도 그친다고 하는 것은 이 사나이의 경우 과장된 표현이 아니다.
"부탁 드리겠소."
"……"
여자는 잠자코 고개를 끄덕인 뒤 봉당 구석에 손을 넣어 우산을 꺼내 가지고 나갔다.
이윽고 나막신 소리도 가볍게 여자는 돌아왔다.
도시조의 옷은 비와 피로 얼룩져 있었다.
"괜찮으시다면."
여자는 한 벌의 검정 무명 문복(紋服)을 광주리에 담아 내왔다. 하오리, 하카마뿐만이 아니라 윗도리 내의까지 고루 갖추어져 있다. 죽은 남편의 것일까.
그것을 봉당에 놓았다.
'자상한 여자로군.'
도시조는 얼굴을 들어 촛불 밑으로 여자의 눈을 바라보았다. 어느 쪽인가 하면 교토 태생의 생김새는 아니고, 에도의 센소사(淺草寺) 축제 때 참배하러 오는 여자 가운데 이런 얼굴 모양이 많이 있었다.
 눈꺼풀이 한 겹이고 살결이 거무스름하며 입술의 선이 강하다.
 "당신은 에도 사람이군."
 도시조는 다마 사투리로 말했다.
 "……."
 여자는 버릇인 듯 깜박임이 적은 눈을 크게 뜨고 도시조를 바라보다가 이윽고
 "네에."
 하듯이 고개를 끄덕였다.
 "이름이 무엇이오?"
 "유키(雪)라고 해요."
 "무사 집안이군."
 "……."
 여자는 입을 다물었다. 말하지 않아도 뻔하다.
 "호오, 교토에서 에도 태생 부인을 만나다니 드문 일이오. 오늘밤 나는 정말 운이 좋았소."
 '그런데 에도 여자가 왜 이런 데서 혼자 살고 있을까?'
 도시조는 의아하게 생각했으나 입 밖에는 내지 않고 광주리를 손으로 누르는 듯한 시늉을 하며 말했다.
 "이 옷은 호의만 받는 것으로 하겠소. 아직 피도 멎지 않았는데 소중한 것을 더럽혀서는 너무나 면목 없는 일이니까."
 도시조는 훈도시 하나에 무명으로 팔을 감은 모습인 채 대소도(大小刀)를 잡고 일어섰다.
 "이대로 돌아가시려구요?"
 신센조의 부장이라고 하는 명예를 지닌 무사가 그럴 수 있느냐는 눈빛이었다.
 "입으세요."
 명령하듯이 말했다. 도시조는 아찔한 느낌으로 이 여자가 명령조로 하는 말의 시원스런 여운을 음미했다. 교토 여자에게서는 느낄 수 없는 맛이다. 에도 여자는 마음만 있으면 억지로라도 상대방을 순종하도록 만들어버린다.
 '아아, 잊어버리고 있었던 이 맛.'

도시조는 에도성 밖의 먼 시골에서 태어났다. 어려서부터 130리나 떨어진 에도의 여자를 동경했다.

그런 마음이 남아 있기 때문인지 사람이 좋다는 교토 여인이 도무지 좋아지지 않았다.

"그럼 빌려 입겠소."

팔을 꿰고보니 놀랍게도 도시조와 같은 좌삼파(左三巴) 무늬의 문장이었다.

"이상한 인연이군."

도시조는 그 무늬를 물끄러미 들여다보았다.

'이 여자와 어떻게 되는 것이 아닐까.'

여자는 행동을 몹시 조심하였으나 그 눈에는 분명히 도시조에 대한 호의가 깃들어 있었다.

그녀의 호의가 똑같은 도고쿠(東國) 태생이라는 단순한 친근감에서 우러나온 것인지, 아니면 남자로서의 도시조 자체에 대한 호의인지.

이윽고 집 주인과 관리인과 관아의 관원들이 인사차 몰려왔다.

집주인은 앞의 전당포 오미야(近江屋)이고, 관리인은 지헤(治兵衛)라고 하는 시들어빠진 노인이었다.

"다시 인사하러 들르겠소."

도시조는 그들의 배웅을 받으며 삯가마에 올라탔다.

둔영에서는 야단법석이었다.

도키치의 보고로, 하라다 사노스케와 오키타 소지가 현장에 달려갔으나 근처에는 시체도 사람도 보이지 않았다.

그런데도 도시조는 둔영에 돌아오지 않았다. 그래서 팔방으로 대원을 풀어 수색작업을 폈다.

그때 도시조가 빳빳하게 손질된 문복을 입고 돌아온 것이다.

"어떻게 된 겁니까?"

대원이 물어도 싱긋 웃기만 하고 서둘러 자기 방으로 들어가 버렸다.

곧 외과 의사를 불러 다시 치료를 받았다.

의사가 돌아가자 오키타 소지가 들어왔다.

"사람 놀라게 하지 마십시오."

"미안하네."

"어찌된 일입니까?"

"에치젠 후쿠이 번저 앞에서 또 시치리 겐노스케와 맞닥뜨렸어. 놈은 나를 그림자처럼 따라다닌다."

오키타는 손잡이가 비와 피로 젖어 있는 도시조의 이즈미노카미 가네사다 두 자 여덟 치를 뽑았다. 여기저기 이가 빠지고 핏자국이 낭자했다.

"일이 컸던 것 같군요."

"하마터면 목이 떨어질 뻔했어. 놈들은 조슈번이 교토에서 철수한 뒤 도사번저 아니면 사쓰마번저에 숨어 있었던 모양이야. 그 패거리들을 시치리가 턱주가리 하나로 부리고 있는 걸로 보아 이제 교토에서는 상당히 얼굴이 팔리고 있는 모양이다."

"탐색조가 그러는데 아무튼 시치리는 늘 히지카타만은 내가 해치운다고 장담하고 있다던데요."

"지긋지긋한 놈이로군."

"흐흐……"

오키타가 웃었다.

"당신의 옛날 소행이 나빴어요."

이렇게 말하는 듯한 장난스러운 눈빛이었다.

"그런데 말이다, 소지."

도시조는 생기 도는 눈으로 말했다.

"내가 여자에게 반한 모양이야."

"네?"

오키타는 어리둥절한 표정이다.

도시조가 지금까지 '반했다'는 말을 여자와 관련시켜 뱉은 적이 없었기 때문이다.

"아무한테도 말하지 마. 곤도가 아키에서 돌아와도 말해선 안돼."

"그럼 내게도 말하지 말았어야죠."

"너는 별도다."

"나만은 별도? 맙소사, 내가 무슨 돌부처인가요."

"허허, 넌 그런 면이 있어."

열흘쯤 지나 도시조는 빨아서 손질한 빌린 옷가지 일체를 하인에게 들려서 집주인 오미야를 찾아갔다. 집 주인은 관리인 지혜 노인도 불러 자리를 함께 하게 했다.

들으니 여자는 오가키번(大垣藩)의 에도 상주(常駐) 무사로 근무한 가다신지로(加田進次郎)라고 하는 자의 아내라고 한다. 번(藩)으로부터 교토 호위를 하명받자 가다는 혼자 번병(藩兵)으로 상경했다. 혼자 상경하는 것은 당연한 일로 어떤 번이건 상급이나 하급 무사를 불문하고 처자를 거느리고 교토에 올라와 있는 자는 없다.

그런데 오유키는 색다른 데가 있어 남편을 뒤쫓아서 교토에 올라와 번에서는 모르게 은밀히 시중에서 살림을 했다. 내외의 금슬이 특별히 좋아서 그런 것은 아니었다.

오유키는 그림에 재간이 있어 뒤에 고카(紅霞)라는 아호로 다소의 작품을 교토와 에도에 남겼다. 그러나 그림 솜씨는 그 인품 정도의 것은 못된다.

교토에 올라온 것은 화가 요시다 나가미치에게 사사히여 시조 마루야마파(圓山派)의 그림을 배우기 위해서였다.

얼마 뒤에 남편이 병으로 죽었다.

오유키는 혼자 교토에 남겨졌다. 곧 에도의 친정으로 돌아갔어야 하는데 친정이 간에사이(寬永寺)의 관리관으로서 수입이 좋아, 거기서 송금해주고 있었으므로 별 생각 없이 나날을 보내고 있었다.

홍백(紅白)

그로부터 얼마 뒤인 게이오 원년 12월 22일, 대장 곤도 이사미(近藤勇)가 게이슈 히로시마(藝州廣島)의 출장지에서 돌아왔다.

수행한 참모 이토 가시타로(伊東甲子太郎)와 다케다 간류사이(武田觀柳齋), 오가타 도시타로(尾形俊太郎)도 마찬가지로 여진(旅塵)을 뒤집어쓰고 가쇼(花昌) 거리의 새 둔영에 들어섰다.

"도시조, 그 동안 수고 많았네."

곤도는 도시조의 어깨를 툭툭 쳤다. 곤도는 어딘가 달라진 것 같았다. 도시조를 보는 눈도 어딘지 모르게 차가워 보였다.

'이상한데.'

도시조의 날카로운 신경이 부지런히 움직였다.

그날 밤, 간부들의 주연이 벌어졌다.

곤도는 두어 잔 비우자 얼굴이 새빨개졌다. 그는 본디 술을 잘 마시지 못한다. 그런 주제에 허풍을 떨었다

"맛이 좋군."

"술은 역시 교토 술이 좋아."

그러나 그 이상은 마시지 않았다. 마시는 대신 눈앞에 있는 술상 위의 안주를 마구 집어먹고 크게 취하기나 한 것처럼 떠들어댔다.

주로 조슈 정세에 관해서였다.

"조슈는 겉으로는 천황과 막부에 대해 지극히 순종하는 것처럼 보이지만 그건 멀쩡한 눈가림이야. 뒤꽁무니에서 놈들은 싸울 준비를 갖추고 있어."

"흐음."

잔류파 간부들은 모두 놀랐다.

아이즈번은 철저하게 조슈를 혐오하고 있으므로 곤도도 그런 눈으로 조슈를 바라보았다.

'본디 조슈번은 천하를 잡으려는 야망이 있다.'

곤도는 이렇게 보고 있었다. 영주 모리는 장군 자리를 탐내서 천황을 옹립하여 모리 막부를 만들려고 했다. 조슈인에게 존왕양이는 그 수단에 지나지 않는다고 곤도는 믿고 또 증오하고 있었다. 곤도뿐만이 아니라 모번(母藩)인 아이즈번이 모두 그렇게 믿고 있으며, 뒤에 조슈의 우번(友藩)이 된 사쓰마번 등도 강력하게 그렇게 믿고 있었다.

그 증거로 사쓰마·조슈 동맹의 밀약을 맺을 때 사쓰마번의 사이고 기치노스케(西鄕吉之助 : 사이고 다카모리)는 쉽사리 응하지 않았다. 그런 의혹이 있었기 때문이다.

"막부는 너무 미적지근해."

곤도는 씹어뱉듯이 말했다.

"지금 스오(周防)와 조슈 두 주의 네 방면 국경에 병력을 투입해서 모리 가문을 섬멸하여 막부령(領)으로 만들어버리지 않으면 큰코 다친다."

"하지만 곤도님."

이토가 하얀 얼굴을 쳐들었다.

이토는 견해가 다르다.

"조슈는 작년에 바칸(馬關) 해협에서 4개국 함대에 대해 혼자 양이를 단행했습니다. 천하의 지사들은 조슈가 자기 번의 멸망도 두려워하지 않고 양이를 단행한 것을 극구 찬양했습니다. 곤도 선생, 당신도 양이론자 아닙니까?"

"그렇다고 생각해."

어김없이 신센조 결당 당초의 주지(主旨)였다.

"그렇다면 좀더 유연한 조슈관(觀)을 가지셔야 하지 않을까요. 조슈는 조정(朝廷)의 방침에 따라 양이를 단행했는데 불행하게도 서양 오랑캐의 포화가 우세했기 때문에 연안에 설치한 포대는 모조리 분쇄당했습니다. 게다가 막부의 눈총을 따갑게 받고 있어요. 조슈는 빈사 지경에 이르고 있습니다. 설사 어떠한 잘못이 있다 할지라도 이를 치는 것은 무사가 아닙니다."

"무사가 아니라······."

곤도는 젓가락을 내려놓았다.

"이토, 무사가 아니라고 했다······."

"그렇습니다."

이토는 곤도의 눈을 응시하면서 미소짓고 다시 말을 이었다. 영리한 이토는 곤도라는 사나이를 너무나 잘 안다. 곤도는 지적인 논리를 들이대는 것보다 오히려 그의 정서에 호소하는 편이 이해하기 쉬운 두뇌를 가지고 있었다.

"무사가 무사인 연유는 측은지심이 있는가 없는가 하는 것입니다. 쉽게 말해서 무사의 인정이라는 것이지요."

"설명하지 않아도"

곤도는 생선회를 집어 씁쓰레한 표정을 지으며 입에 넣었다.

"알고 있어."

곤도는 이미 교토 정계의 거물급 인사가 되어 있었다. 본인도 그렇게 행세하였다. 이토에게 무식하다고 여겨지는 것은 아니꼬웠다.

"이토, 난 알고 있네. 모든 것을 말이야. 여러 말 안해도 돼."

"그럴 테지요. 이번 여행에서는 날이 갈수록 내 의견을 여러 가지로 이해해 주셨습니다. 히지카타님."

이토는 곤도의 무릎 하나 저쪽에 앉아 있는 도시조에게로 말머리를 돌렸다.

도시조는 처음부터 말없이 술만 마시고 있었다.

"이해해 주셨다니까요, 히지카타님."

"뭐가 말이오······."

도시조는 귀찮은 듯이 말했다.

"아, 다시 말해서."

이토는 말을 더듬었다. 이토는 도시조가 영 다루기 힘들었다.

"곤도 선생 말씀입니다. 선생은 조슈의 정세를 보고 더 한층 시야를 넓힌 것 같습디다. 생각하건대 지금의 혼돈된 교토 정국을 수습하실 분은 맑고 흐린 것을 고루 마신다고 할 수 있는 곤도 선생밖에 없습니다."

"그런가요."

'멍텅구리 같은 곤도가'라고 속으로는 생각하였다. 아첨을 좋아하다가 이제 큰 봉변을 당할 테지.

"히지카타님은 어떻게 생각합니까?"

"뭐 말입니까?"

"지금 그 문제."

"나로서는 도무지 흥미 없는 일입니다."

도시조는 차갑게 잘라 말했다.

'있다면 사나이 이 한 몸뿐'이라고 마음속으로 생각했다. 하기야 신센소는 존왕양이의 단체이지만 존왕양이도 여러 가지가 있다. 조슈번은 혼란을 틈타 정권을 빼앗은 연후에 존왕양이를 하려고 한다. 이와는 달리 친번인 아이즈번의 존왕양이는 막부 권력을 강화하고서의 존왕양이이다. 도시조는 신센조가 아이즈번의 지배를 받고 있는 이상 그 신뢰를 저버리지 않는다는 것만이 신조였다. 사나이로서는 그것으로 족하다고 생각하였다.

'본디 나는 싸움꾼 아닌가.'

도시조는 혼자 웃었다.

이토는 그 미소가 퍽 마음에 걸렸던 모양인지 입을 다물어버렸다. 그 뒤부터는 이야기도 별로 신명이 나지 않았다.

해가 바뀌어 게이오 2년.

정월 27일, 곤도는 재차 막부의 정사(正使) 오가사와라 이키노카미(小笠原臺岐守)를 따라 조슈와 절충하기 위해 아키 히로시마로 내려갔다.

"또야."

출발 전, 도시조는 곤도에게 말했다.

"도시조, 뒷일을 부탁하네. 이번에는 조슈 영지에 들어간다. 이 눈으로 조슈의 실태를 보고 조슈인과도 서로 의견을 교환하고 싶어. 그들과 국사를 논해보면 무(武)에 의할 것인지 화(和)에 의할 것인지, 이 천하 분쟁의 수습책을 알 수 있겠지."

'원, 어울리지도 않게.'
그렇게 생각했으나 입 밖에 내지는 않고 다만 한 마디만 물었다.
"이토도 함께 가나?"
"그자는 참모 아닌가."
곤도가 말했다.
"물론 데리고 가야지."
"참모?"
"암."
"누구네 참모인지 알게 뭐야."
"도시조, 그렇게 험한 말을 하는 게 아냐. 우리는 국사(國士)일세. 언제까지나 다마의 농사꾼 자식은 아니잖나. 이토는 그런대로 쓸모가 있는 사람이야. 그 작자, 약간 조슈를 지나치게 대변하는 경향은 있지만 그의 용모와 학식이 우리의 존재를 무겁게 해주고 있다는 것만은 확실해."
"무겁게 해줘?"
도시조는 피식 웃었다.
"대체 이토가 뭘 무겁게 해주고 있나?"
"신센조를 말이다."
"곤도님. 이토가 접촉하고 있는 인사들 가운데는 신센조가 마치 조슈의 수하가 돼버린 것처럼 말하고들 있는 걸 알고나 있나?"
"쓸데없는 소릴."
"즉, 무겁게 해주고 있다는 건 그런 건가?"
"나쁜 버릇이야."
곤도가 말을 이었다.
"도시조, 자네는 옛날부터 심술궂은 나쁜 버릇이 있어."
"그렇게 생겨먹은 걸 어떡하나. 그런 정체 모를 놈을 보면 메스꺼워서 그만."

이토는 곤도와 동행하여 조슈에 내려갔다. 이번에는 이토계의 중진인 감찰 시노하라 다이노신(篠原泰之進)을 데리고 갔다.
이토와 시노하라는 히로시마에 당도하여 얼마 동안은 곤도와 행동을 같이 했다. 그러다가 이윽고 은밀하게 조슈의 히로사와 효스케(廣澤兵助 : 뒤의 사네오미, 기도 다카요시와 나란히 유신정부의 참의가 된다)에게 청을 넣어 조슈 영지로 들어갔다. 조슈번으로서는 대단한 호의였다.

　두 사람은 조슈번의 과격 분자와 교류하며 그들과 의견을 교환했다. 이토가 마음속으로 '토막(討幕)' 생각을 굳힌 것은 이 기간이었을 것이다.

　이유는 있다.

　이토가 배신을 결심한 것은 이 조슈 방문 중 중대한 비밀 정보를 얻었기 때문이다.

　사쓰마번이 이제까지 조슈와는 개와 고양이 사이였고 아이즈번과는 둘도 없는 우번(友藩)이었는데 급변하여 조슈번과 비밀스런 공수동맹(攻守同盟)을 맺은 모양이라는 것이었다.

　막부 말년의 역사를 급전(急轉)케 한 이 비밀동맹은 이 해 정월 20일, 도사의 사카모토 료마가 중개하여 조슈의 가쓰라 고고로(桂小五郞)와 사쓰마의 사이고 기치노스케 사이에 맺어졌다. 장소는 교토 니시키코지에 있는 사쓰마 번저였다.

　이 사실은 막부나 아이즈번, 신센조, 아무도 몰랐다.

　무리도 아니다. 비밀을 지키기 위해 가쓰라도 사이고도 자번의 일부 동지에게만 알렸을 뿐, 전혀 입 밖에 내지 않았던 것이다.

　'사쓰마와 조슈가 손 잡으면……'

　그 당시 누구나 이렇게 생각했다.

　"무력적으로 막부는 이가 들어가지도 않을 것이다."

　직속 무사 8만 기(騎)는 나약하여 쓸모가 없다. 고산케(御三家: 장군 가문의 일문으로 오와리, 기이, 미토번을 가리킴)와 어가문(御家門: 에치젠 마쓰다이라, 아이즈 마쓰다이라 일문을 가리킴), 진번(親藩) 등의 여러 영주들로 말하자면 아이즈와 구와나를 뺀 나머지를 믿을 수가 없었다. 그런 사태에서 이와 같은 관측은 막각(幕閣) 요인조차도 상식으로 알고 있었다.

　그 강한 두 번이 손을 잡았다.

　그 순간부터 막부는 쓰러져갔다고 할 수 있다.

　그러나 불행하게도 도시조는 몰랐다.

　대장 곤도도 알지 못했다.

　오직 한 사람, 참모인 이토 가시타로만이 알았다.

　"교토에서 새로……"

　이토는 조슈인들에게 선언했다.

　"의군을 만들겠습니다. 물론 곤도, 히지카타와는 손을 끊고,"

조슈인들은 기뻐했다.

이토는 후한 대접을 받으며 50일간이나 체류했다.

곤도는 일찌감치 히로시마에서 철수했으나 이 히로시마 행에서 곤도로서도 수확은 있었다. 히로시마에 곤도와 동행한 로추(老中) 오가사와라가 이 낭인. 대장의 인물에 반해버렸던 것이다.

반했다기보다 오가사와라는 감동했다. 세상이 어수선한 그 시절에 일개 낭인이 막부를 위하여 목숨을 바치겠다고 나서니, 그런 자는 이 기특한 사나이밖에 없기 때문이다.

"선생."

오가사와라는 그와 같은 경칭으로 불렀다. 코가 클 뿐 마음이 무척 여린 이 45세의 가라쓰 번주(唐津藩主) 후계자는 곤도와 같은 장한(壯漢)을 좋아한다기보다 사실 처음 보는 인종이었던 모양이다.

"선생 같은 분이야말로 국가의 주춧돌이 아니겠소."

기암(奇岩)이라도 우러러보는 듯한 말로 칭찬했다.

"300년의 은혜를 입은 직속 무사조차도 저와 같은 꼴입니다. 나는 사물을 비관적으로 본다고들 하지만 막부가 만일의 경우 신센조에 의지하지 않으면 안될 때가 올지도 모릅니다. 어떻습니까?"

오가사와라 이키노카미는 곤도에게 말했다.

"차라리 장군 가문의 직속 무사가 돼줄 수는 없는지. 신분과 녹봉에 대해서는 충분히 배려하겠소."

"네."

곤도는 뛰는 가슴을 억제하지 못했는데 그러나 신센조는 동지의 집단이다. 대원은 곤도의 부하가 아니라 동지였다. 멋대로 응낙할 수는 없었다.

'다른 사람은 상관 없다. 이토 가시타로와 그 일파가 반대하겠지.'

그들은 곤도와는 출신이 다르다. 거의가 탈번하여 양이의 뜻을 펴기 위해 교토에 올라와 있다. 다시 번주를 섬기는 몸으로 되돌아갈 거면 아예 처음부터 탈번도 하지 않았을 터이고, 또 멋대로 도쿠가와 가문의 신하가 된다면 전의 번주에게 죄를 짓는 일이 된다.

'이토 가시타로. 이것이 방해물이로구나.'

곤도는 처음으로 이렇게 생각했다.

그러나 이토라고 하는 인재를 버릴 마음도 없었다. 그 사나이가 곁에 있는 덕분에 곤도는 여러 번의 중신들과 사귀어도 손색없는 이론을 펼 수 있게 되었다. 신센조가 단순히 거친 검객의 집단이 아니라 정치 사상의 단체로서 다른 번에서 놀라운 눈으로 보게도 되었다.

"부대에 돌아가 동지들과 의논한 연후에 받잡고자 합니다."

이렇게 대답해 두었다.

둔영으로 돌아가 며칠 생각한 뒤에 곤도는 이토와 결별할 각오를 하고 도시조에게 이 직참(直參) 채택의 건을 의논했다.

"그 얘기라면 진작에 듣고 있네."

도시조는 말했다. 실은, 곤도는 귀경 도중 오가타 도시타로에게 귀띔하였기 때문에 이 정보는 부대 안에 퍼지고 있었다.

"도시조도 사람이 엉큼스럽군. 이런 좋은 얘기를 들었으면서도 내게 알아보려고도 않았다니."

"글쎄, 그것이 좋은 이야기일까?"

도시조는 빙긋이 웃고 나서 말했다.

"받아들이면 신센조는 두 쪽으로 갈라지네. 벌써 이토 일파는 야단법석이야. 우치미 지로(內海二郎)가 아마도 조슈에 있는 두목에게 알아보려고 파발꾼을 보낸 것 같은 낌새가 있어. 자넨 부대가 쪼개져도 괜찮은가?"

"의(義)를 위해서는."

곤도는 말했다.

"한 몸의 영달을 위해서가 아니야. 직참으로 활약하는 편이 일하기가 쉽다면 이는 천하 국가를 위한 일이고 황실을 위하는 일이기도 하다."

"요즘 아는 것이 많아졌군."

도시조는 쓴웃음을 지었다.

"곤도님, 나는 신센조를 강하게 하는 일밖엔 다른 생각은 안해. 대원들이 직참으로 발탁되어 강해진다면 기꺼이 그렇게 하겠네."

"도시조, 자넨 단순해서 좋겠어."

"허허허."

도시조는 어처구니가 없어 곤도의 얼굴을 물끄러미 쏘아보았다. 이 국사

(國土)로서 대우받고 있는 사나이는 정치를 주무르는 일이 복잡한 일인 줄을 요즘 깨달은 모양이다.

"그런가. 난 이 일은 이 일대로 무척 곰곰이 생각하고 있어."

"아냐, 행복한 사람이야."

곤도는 호탕하게 웃고 나서 말한다.

"한번 자네같이 돼봤으면……."

"물론 자네는 고초가 많으니까 그런 생각도 들겠지."

"많고말고."

도시조는 그만 웃음을 터뜨렸다. 이러쿵저러쿵하면서도 도시조는 곤도의 이런 면을 더없이 좋아했다.

"그런데."

도시조는 정색했다.

"직속 무사가 되려면 먼저 할 일이 있잖나."

"이토 말인가?"

"그래."

도시조는 끄덕였다.

직참이 되면 신센조는 명실공히 친막파로 굳어지게 된다. 천하의 낭사 중에서 오직 홀로 친막파의 깃발을 높이 쳐들게 된다. 이토와 그 일파는 당연히 이탈할 것이다.

그러나 대법(隊法)이 있다. 잠자코 내보내느냐, 아니면 결성 이래로 절대 철칙으로 지켜온 대의 규율을 이토에게 적용시키느냐.

"어떻게 할 건가?"

도시조가 물었다.

곤도는 잠자코 있었다. 이윽고 감정을 억누른 듯이 졸린 표정으로 말한다.

"부대 규율에 따를 수밖에. 그 규율이 있음으로써 신센조는 여기까지 올 수 있었고 앞으로도 오합지졸이 되지 않고 나갈 수 있다."

"됐어. 자네도 아직은 죽지 않았군."

"그런데……."

곤도는 도시조의 얼굴을 들여다보았다.

"자네 여자가 생겼다지?"

"아냐."

도시조는 당황했다. 사실 오유키의 집은 그 뒤로 두어 번 찾아갔지만 아직 손도 잡아보지 않았다.
"저것 봐, 빨개졌어. 희한한 일도 다 보겠군."
곤도는 조그만 소리로 웃었다.

요헤의 주점

"히지카타 도시조를 벤다."

이 이야기가 이토 일파 사이에서 진지하게 논의되기 시작한 것은 이 전후부터였다.

이 전후, 즉 신센조가 교토 수호직 직속낭사라고 하는 신분에서 떠나 도쿠가와 가문의 직속으로 채택된다는 이야기가 구체화되기 시작했을 무렵이다.

신센조 연보(年譜)로 말하면 그들이 교토에서 네 번째 가을을 맞았을 즈음이었다.

게이오 2년 초가을.

참모 이토 가시타로는 표면적으로는

"에도 시절 동료들에게 공양을 드린다."

는 신고를 대(隊)에 제출하고 이토파의 주요 인사를 가이코사(戒光寺)에 집합시켰다.

모인 얼굴들은 이토의 친동생인 신센조 6번대 조장 스즈키 미키사부로(鈴木三樹三郎)와, 같은 감찰 시노하라 다이노신이라는 거물 외에 이토의 검술 제자였던 우치미 지로와 나카니시 노보루, 그리고 이토의 에도 이래의 동지인 오장(伍長) 가노 도리오, 같은 핫토리 다케오, 동 감찰(監察) 아라이 다다오 등이다.

꼭 하나 신센조 이외의 인물이 섞여 있었다.

그 인물은 기둥을 껴안듯이 하고서 가만히 앉아 있었다.

이 밀회의 장소는 가이코사 주지의 거처로서, 툇마루 저쪽은 히가시산(東山)의 벼랑을 본떠서 만든 관목이 많이 들어선 정원이었다.

초가을이지만 햇살은 따갑다.

바람이 벼랑 위의 늙은 단풍나무 언저리에서 불어 내려왔다.

"이토님, 이탈해야 합니다. 그 수밖에 없습니다. 새삼스럽게 의논이고 뭐고 없잖소."

다이노신이 말했다. 유신 뒤 하타 시게치카(秦林親)라는 이름으로 관직에 나갔고 얼마 뒤에 유유자적하다가 메이지 말년 84세까지 장수를 누리고 죽은 이 구루메의 낭인은 어딘가 한가로운 면이 있어 시끄러운 책모 같은 것은 질색이었다.

"당신은 말이오, 이토님."

시노하라가 말했다. 에도 이래 이토의 동지로서 나이는 일고여덟 살 위다.

"미련해. 일이 이 지경에 이르렀는데도 아직도 신센조를 빼앗아 근왕 의군(義軍)을 만들어보겠다는 건가?"

"그럴 생각이야."

"어쩔 수 없는 모사(謀士)로군. 하기는 지금의 신센조도 세 번 뒤엎어지고 있어. 처음에는 기요카와 하치로가 만들고 이어서 세리자와 가모가 당하고 곤도 일파가 차지하기는 했지. 네 번째는 이토 가시타로?"

시노하라는 목줄기를 쇠부채로 탁탁 치면서 말했다.

"그렇게는 함부로 안 될걸. 지금의 신센조에는 통을 만드는 목수가 있다."

"통을 만드는 목수라니?"

"히지카타 말이야. 놈은 무사시에서는 약통을 메고 다녔다지만 실상은 통을 만드는 목수야. 딱 들어맞게 나무를 깎아가지고 바위를 던져넣어도 끄덕도 없는 테를 만들어 질끈 죄고 있는 거야."

"시노하라 군, 잘 보았네."

이토 가시타로는 미소를 지었다.

"그 통 목수를 말이야."

"벨 건가."

"그렇다."

이토가 고개를 끄덕이면서 말한다.

"히지카타 한 놈만 치워버리면 남는 건 바보 같은 곤도뿐이야. 설득하면 근왕파가 된다. 나는 자주 여행을 같이 다녔기 때문에 자신이 있어. 애처롭게도 정치며 사상을 무척 좋아하는 사나이다. 꼭 말을 갈아 타도록 만들겠어."

"그렇다면 문제는 목수로군."

시노하라는 킥킥 웃으면서 '찰칵' 하고 쇠부채로 목을 갈겼다. 가을 파리가 힘없이 무릎 위에 떨어졌다.

"하지만, 센 놈이야."

"시노하라 군, 자네더러 해 달라고 말하지 않았는데."

이토가 말했다.

"여럿이서 하나?"

"아니, 그걸 의논하자는 거야."

"혼자서 해야지."

시노하라는 파리를 집어 툇마루까지 가서 내버렸다.

"이토님, 혼자서 하지 않으면 일이 들통나. 들통나면 큰일이야. 곤도는 바보니까 물불을 가리지 않고 복수하러 들 걸. 근왕 운운한 것도 물거품이 돼."

"그 점은 나도 생각하고 있어."

이토는 툇마루의 기둥 쪽을 흘끗 바라보았다.

거기에 그 사나이가 있었다.

담배를 피우고 있었다. 노르스름한 피부가 정원수의 반사광을 받아 얼굴 반 쪽이 엷게 이끼낀 것처럼 푸릇푸릇하게 보인다.

입술이 얄팍하고 오른쪽 콧방울에서부터 주름살이 한 가닥 입술 끝까지 늘어져 있다.

6년.

이 사나이도 늙었다.

무사시 하치오지의 고겐 일도류 도장에서 지난날 숙두(塾頭)였던 시치리 겐노스케였다.

조슈와 사쓰마 번저를 전전하다가 지금은 어엿한 근왕 낭사의 한 사람이 되었다. 이토 가시타로를 사쓰마의 나카무라 한지로(본명은 桐野利秋)에게 소개한 것도 시치리 겐노스케이다.

"실은 시치리님이."

이토가 말했다.

"낭사를 규합해서 처치하겠다고 하신다. 시치리님 말씀이 우리가 하면 반드시 탄로나니 자기가 대신해 주겠다고 하시는 거야. 우리로서는 몹시 부끄러운 일이지만 그렇게 해 주시면 뒷일이 수월하다. 곤도를 구워삶아 부대를 의군으로 만드는 일이."

"그렇지만 시치리님, 그 용의주도한 통 목수를 무슨 수로 끌어냅니까?"

시노하라가 기둥 쪽으로 얼굴을 돌렸다.

시치리 겐노스케는 역광 속에 앉아 있다가 딱, 하고 담뱃대를 재떨이에 떨고 나서 몹시 낮은 목소리로 말했다.

"그 자는 여러 가지로 잘 알고 있습니다. 구면이니까요."

"무슨 원한이라도?"

"아뇨, 황국(皇國)을 위해서입니다. 신센조를 도막(倒幕)의 의군으로 만드는 데 있어서 이 정도의 위험쯤은 아무것도 아닙니다. 당신이 말하는 그 통 목수 하나만 쓰러뜨리면 신센조의 통판자 조각들은 우수수 흩어질 겁니다."

그 이튿날, 이토 가시타로는 심복 아라이 다다오를 데리고 오와리 나고야로 떠났다.

"오와리 도쿠가와 가문의 동태가 미묘하다."

그 정세를 살피고 온다는 것이 이토가 곤도에게 말한 이유이지만 실은 오와리번에서 근왕파와 의견을 교환하는 데 있었다. 또한 거기에 다른 본심이 있었다.

부재중에 시치리가 히지카타 도시조를 죽인다. 보나마나 큰 소동이 벌어질 텐데 거기에 말려들지 않기 위한 대비책인 것이다.

"시치리님, 나는 9월 20일을 넘기고 귀경하겠소. 일은 그 안에 끝내 주기 바랍니다."

다짐을 두었다.

도시조.
물론 알지 못한다.
곤도가 요즘 둔영에 조용히 들어앉아 있는 것을 기회삼아 부대 안의 일은 곤도에게 맡기고 열심히 시장 순찰을 하였다.
순찰에는 언제나 어느 한 부대를 교대로 데리고 나갔다.
도시조가 교토 시중에 나가면 큰길 작은길 할 것 없이 물을 끼얹은 듯이 조용해진다고 한다.
그날, 오키타 소지의 부대를 이끌고 저녁 나절에 둔영을 나섰다.
다카쓰지(高辻)의 산노신사(山王神社) 앞에서 저녁 해가 지는 것을 보았다. 고개를 돌리니 경내에 서 있는 큰 은행나무 저쪽으로 구름을 붉게 물들이며 해가 지고 있었다.
"호교쿠(도시조의 호) 선생, 시구(詩句)가 떠올랐습니까?"
오키타가 놀렸다.
"나는 가을 시구가 영 서툴러."
"네 계절 중에 어느 계절이면 잘 지을 수 있습니까?"
"봄이지."
"흐음."
오키타는 뜻밖의 말을 다 듣겠다는 표정이었다.
"히지카타님이 봄이라."
"못마땅한가?"
"못마땅하긴요."
"난 봄이라구."
하기는 오키타가 빼앗아본 그 시첩에도 봄의 노래가 압도적으로 많았다.
얼핏 보아 이 사나이의 성격에는 뼈가 얼어 붙을 듯한 겨울의 계절 감각이 좋으리라고 생각했는데.
"봄을 좋아하는 사람은 언제나 내일이라는 날에 희망을 걸고 있다고 그러더군요."
"그런가?"
히가시노도인(東洞院)을 지나 북상했다.
여기서부터 록가쿠에 이르기까지의 사이에 여러 번의 교토 저택이 많다. 미나구치번, 아키히로시마번, 사쓰마번, 오시번, 이요 마쓰야마번.

이 언저리의 교토 근무 번사도 길에서 신센조 순찰과 마주치면 슬그머니 길을 비킨다.

다코야쿠시 모퉁이까지 왔을 때 대원 일동은 초롱에 불을 당겼다.

"소지, 생각이 있어서 그러는데 여기서 헤어지자. 잠깐 이 근방을 혼자 서성거릴 테니."

"어디 가실 건데요?"

오키타는 그렇게 묻지는 않았다.

오키타는 도시조가 어디에 가는지 대강 짐작하였다.

"그럼 조심하십시오……."

"응."

도시조는 다코야쿠시 앞의 한길을 서쪽으로 향해 걸었다.

그 여자의 집이다. 오유키.

여자는 있었다. 마치 도시조가 찾아오기를 기다리기라도 한 것처럼 엷게 화장하고 있었다.

"요 앞까지 왔길래……."

도시조는 여자의 얼굴에서 눈길을 돌리며 말했다. 이 사나이가 이렇게 수줍음을 타는 건 전례 없는 일이다.

"폐가 안될까?"

"아니에요. 올라오세요. 차를 끓이겠어요."

이런 방문은 벌써 일고여덟 번째가 되므로 오유키는 이제 동작이 퍽 부드러워졌다.

그러나 도시조는 오유키의 손도 잡지 않는다. 무슨 까닭인지 사나이답지 않게 오유키에게만은 그런 행동을 하고 싶지 않았다.

언제나 세상살이 이야기만 하고 돌아간다.

에도 이야기, 어렸을 적의 일, 기다유(일본 고전 연극) 이야기, 교토 시정(市井)의 일 등등.

도시조는 오유키 앞에서는 몹시 말이 많은 사나이가 된다. 곤도나 오키타가 도시조의 그런 모양을 혹시 몰래 훔쳐보았다면 다른 사람이 아닌가 하고 의심했을 것이다.

어린 시절의 이야기 같은 것을 끝도 없이 늘어놓았다.

오유키는 머리가 좋아서 이야기를 썩 잘 들어 주었다. 듣기 선수라고나 할까. 일일이 고개를 끄덕거려 주고 낮으면서도 맑은 웃음소리로 웃기도 하고 때로는 조심스럽게 농을 걸기도 했다.

도시조는 불가사의한 정열을 가지고 떠들었다. 특히 추억담에 이르면 더욱 열기를 띠었다.

마치 자신의 일대기를 오유키에게 남겨 놓아야 한다는 것 같은 정열이었다.

"어머니는 세 살 때 돌아가셨어."

남이 들으면 얼토당토 않은 이야기이다.

"오유키, 당신은 무사시 다카하타의 부동명왕을 알고 있소?"

"네, 이름만은 들었어요."

"어머니는 그 마을 태생이지. 여자가 글쎄 술을 좋아했다지 뭐요. 그 피를 누님 오노부가 이어받아서 밤에는 꼭 술병 하나나 둘은 비웠거든."

"그 오노부님이 어머님 대신이 되셨겠군요?"

"글쎄, 그쪽은 그런 셈이었지. 하지만 나는 누님보다 매형인 사토 히코고로 쪽을 더 따랐기 때문에 이시다 마을의 생가에 있을 때보다도 히노 주막거리의 사토 댁에 있을 때가 더 많았어. 그 분은 히노 일대의 촌장이었는데 그 아버님 대부터 우리 천연이심류의 보호자였지. 히코고로 형님도 검술은 상당했소."

"오노부 누님은요?"

오유키는 여자 형제 쪽에 관심이 많았다.

"어머님을 많이 닮으셨겠죠."

"술만은 그랬소. 얼굴과 성품은 안 닮았지. 내 어머님은 물론, 나야 어렸으니까 기억이 없지만 누님이나 형들에게서 들은 바로, 술은 이렇게……."

그러다가 도시조는 입을 다물었다.

이제까지 왜 알아차리지 못했을까. 조그만 발전이 있었다. 그것이 가슴속에서 팍 튀어 놀라움이 되어 가슴 가득히 퍼졌다.

'이 여자와 비슷하다.'

자기가 왜 빈번하게 이 집을 찾아드는지 이제 겨우 알았다.

오유키라는 여자는 도시조가 이제까지 자기의 기호에 맞다고 생각해온 어느 여자와도 달랐다. 어느 편인가 하면 예전의 귀상(貴相)을 원하던 도시조라면 흥미를 끌 까닭이 없는 부류이다. 그런데 끌리고 있다. 그 이유를 스스로도 잘 알 수 없었다.

"왜 그러시죠?"

"아니, 뭐……"

도시조는 투박스럽지 않은 교토제 엽차잔을 가만히 집어들었다.

슬그머니 화제를 바꾸었다.

"무사가 된다고 해서……"

"네?"

"아니, 내가 말이오. 그래서 철부지 아이놈이 우리집 마당에 대나무를 심었지. 전국시대 무사의 저택에는 반드시 화살을 만드는 데 쓰는 대를 심었다는 말을 들었기에 나도 그렇게 하겠다고 하면서 심었어."

이야기는 끝도 없이 이어진다.

그 밑도 끝도 없는 도시조의 수다를 오유키는 중요한 일인 것처럼 맞장구를 쳐주는 것이다.

'이분은 얘기하러 오시는 건 아니다.'

오유키는 생각했다.

'뭔가, 다른 자기 자신이 되기 위해서 여기 와 있다.'

얘기하는 것이 아니라 도시조는 자기의 마음속에 있는 다른 금선(琴線)을 고르기 위하여 찾아드는 것 같았다.

그러면서 한편으로는

'오유키는 좋은 여자다.'

애달플 정도로 생각하였다.

'언젠가는 안으리라.'

그렇게 생각하면서 이 집에 들어오면 그런 끝도 없는 수다로 그 자신의 많지 않은 시간을 허비하고 만다.

그날 밤, 오유키의 집을 나온 것은 늦은 술시였다.

도장을 덮은 널을 밟으니 벌레소리가 뚝 그쳤다.

별이 온 하늘을 뒤덮었다.

도시조는 아부라노코지를 걸어내려와 에치고야 거리 길 모퉁이로 나왔다.

집집이 불은 꺼졌으나 이 거리에 요헤(興兵衛)라고 하는, 술과 단술을 파는 가게 한 집만 장사를 하고 있다는 것을 도시조는 알고 있었다.

그 가게로 들어갔다.

손님이 있었다.

도시조는 단술을 주문했다.

"단술인가?"

웃어젖힌 것은 주인 요헤가 아니다. 어둑한 구석 자리에 앉아 있던 선객이었다. 웃으면서 칼을 만지고 있다.

도시조는 조금 떨어져 있는 걸상에 걸터앉았다.

"시치린가?"

동요가 없다.

이 집요한 고겐일도류 검객은 첩자를 놓아 오유키의 집에 도시조가 가끔 간다는 것까지 알아낸 것이리라. 어쩌면 오늘밤에도 도시조가 오유키의 집에서 나올 때부터 시치리의 첩자가 뒤를 밟았을 것이 틀림없다.

시치리 자신은 한 발 먼저 이 요헤의 가게에 들어와 한길을 감시하고 있었던 모양이다.

"단술이라니 얌전하기도 하지."

시치리는 자기의 상 앞에서 일어나 도시조 옆으로 왔다.

"들겠나."

말하는 도시조.

"아냐."

시치리는 도시조의 맞은편에 앉았다. 앞에 자기의 술병(德利)과 술잔, 안주 접시를 달그락달그락 늘어놓으면서

"우리 서로 지나치게 인연이 깊은 사이지만 이렇게 단 둘이 마주앉은 건 처음이지, 아마."

시치리가 말했다.

도시조는 잠자코 있었다.

"히지카타, 오늘밤은 오래간만에 회포를 풀어보자."

"그만두겠어."

도시조는 얼굴을 쳐들었다. 단술이 왔다.

"얘기하지 않겠다는 건가. 아무리 인연이 깊다고 해도 싸움 인연은 까짓거 별것도 아니라고 나는 생각하지만, 자네가 이야기하기 싫다니까 하는 수 없지. 어지간한 고집이군."

"끈덕지게 물고 늘어지는 건 그쪽이겠지. 해자 가에서 하마터면 저승에 갈

뻔했지.”
"히지카타, 자네가 태어났을 때 어느 신(神)이나 부처님께 명을 빌었는지 모르지만 억세게 운이 좋아. 그런데 어떨까. 나도 이런 따위 인연 같은 건 성미에 안 맞으니까 둘이서 어디 인연을 잘라버리는 게 어때?”
"단 둘이서?”
"자네도 히지카타 도시조라고 불린 사나이이다. 사나이와 사나이의 단판 싸움에 끼어드는 자나 가세(加勢)를 불러들이지는 않겠지?”
"자넨?”
"시치리 겐노스케이다. 옛날 구마노 서약지(能野誓約紙)에 써 주어도 좋다. 하기는 히지카타, 자네쪽을 도무지 믿을 수 없어.”
"무사다.”
도시조는 짤막하게 말했다. 무사다. 원한은 1대 1로 결말을 지어야 할 일이다. 시치리 겐노스케도 도시조가 마땅히 이렇게 대답할 것을 기대하고 있었다는 듯이 고개를 끄덕였다.
"자네의 무사도를 믿는다. 후일을 기하면 혹시 방해 세력이 끼어들지도 모르니 지금 당장이 어때?”
"장소는?”
도시조는 말하려다가
"내게 맡겨주겠지. 도전을 받은 쪽이 정하는 것이 정법(定法)이 아닌가.”
시치리에게 지정하게 하면 함정이 있을지도 모른다고 생각한 것이다.
"니조 강변이라면 아무도 안 오겠지.”
"좋다.”
시치리는 안에다 대고 소리쳤다.
"주인 영감, 가마 두 채 불러 주지 않겠나?”

대결투

가마가 두 채.

도시조와 시치리 겐노스케를 태우고 달 밝은 큰길을 동쪽으로 달려갔다.

달은 중천에 떠 있다.

결투에는 안성맞춤인 달밤이다. 약간 이지러진 듯했으나 다행히 하늘에는 구름이 없다. 늘어선 집들의 지붕 기와가 은빛으로 빛나고 있다.

가마가 달려간 뒤, 이 에치고야(越後屋) 거리에 있는 '요헤(與兵街)'의 가게에 낭사로 보이는 세 명의 사내가 불쑥 들어섰다.

시치리 겐노스케가 부른 낭인이다. 물론 시치리와 미리 짜고 하는 행동이었다.

"영감, 지금 그 가마 어디로 갔나?"

"모르겠는뎁쇼."

주인은 퉁명스럽게 대답했다.

"몰라?"

"나야 술 한 병, 단술 한 사발 팔았을 뿐, 간 곳까지는 모르겠는뎁쇼."

교토 사람이라고 반드시 사근사근한 것은 아니다. 옹고집치고는 구워도

삶아도 먹지 못하는 작자들도 있다.

번쩍, 한 사내가 칼을 뽑았다.

공갈이 아니다. 눈에 핏발이 서 있다. 거리거리에서 칼부림을 벌이는 녀석들이라 단순한 으름장은 아닐 것이다.

주인도 거기에는 손을 들었다.

"아아, 니조 모래톱입죠, 아마."

"틀림없겠지?"

"틀림없습니다요."

"거짓말이면 되돌아와서 요절을 낼 테다. 알겠나!"

"네네, 저는 거짓말까지 팔아먹진 않으니 안심하고 가보십쇼."

잘못 쓰면 교토 말만큼 밉살스러운 것도 없다.

낭인 하나가 요헤 영감에게 덤벼들어 발길로 걷어차 쓰러뜨렸다.

'악, 이 개뼈다귀 같은 놈들 같으니라구!'

요헤는 눈이 뒤집혔다. 젊어서 놀음도 하고 감옥에도 들락거리면서 밀정끄나불 노릇도 해본 사내다.

밖으로 뛰어나갔으나 그때는 이미 낭인 패거리는 보이지 않았다.

요헤는 옛날에 해본 장단이라 대강 짐작은 한다. 아까 그 손님이 아무래도 신센조, 그것도 교토의 낭사들을 떨게 하고 있는 히지카타 도시조라고 짐작하였다.

'그 녀석들, 히지카타님을 죽일 셈이로구나.'

보고도 못 본 체하는 것이 교토 사람의 기질이다. 요헤 영감도 그럴 심산이었는데 이렇게 되고 보니 가만히 있을 수가 없었다.

가쇼(花昌) 거리의 신센조 둔영을 향해 뛰기 시작했다. 그러나 거리가 5리는 족히 된다.

도시조는 니조 모래톱에 내려섰다.

"달빛이 적당하구나."

눈 아래 가모강(鴨川)은 달그림자가 비치는 가운데 물살을 타고 일렁인다. 건너편 강둑에는 몇 채 집이 있으나 이미 불이 꺼졌다.

이 당시, 니조의 다리는 산조처럼 하나로 죽 대어놓은 대교가 아니었다. 가모강 중간 모래톱까지는 난간도 없는 널빤지 다리이다.

다시 그 중간 모래톱에서 저쪽 둑까지 제2의 다리가 걸려 있다. 그 첫째 다리와 둘째 다리 사이의 모래톱에는 갈대와 풀이 무성했다.

도시조와 시치리는 그 중간 모래톱으로 나갔다.

"시치리, 뽑아라."

도시조는 풀을 한 가닥 입에 물었다.

"아아, 벌써 할 거냐?"

시치리는 서두르지 않는다. 패거리가 들이닥치기를 기다리는 모양이다.

"히지카타, 지옥 길을 재촉할 필요는 없잖나. 웬만하면 유언이라도 들어 두었다가 고향집에 전해주마……아니, 그보다도 여자……."

"응, 오유키 말인가?"

도시조가 선수를 쳤다.

"그래, 그 여자는 괜찮은 여자야. 그 오유키에게 남길 말은 없나?"

"친절하시군."

도시조는 풀을 씹었다. 어딘가에서 방울벌레가 울고 있다.

"히지카타, 미리 말해 두지만 나도 무사시 하치오지 시절의 그 솜씨는 아니란 말이다. 이래 봬도 교토에서는 '목치기 영주 겐노스케'라고 불리는 사내야. 아까, 스물은 베었을 거다. 그 중에 신센조가 일곱, 미마와리조가 둘."

"대단하군."

요즘 대원들이 시중에서 가끔 피살되었다. 시치리 일당의 짓이었는지도 모른다.

그때, 문득 다리 널빤지가 삐걱거리는 소리가 멀리서 들렸다.

동쪽 강둑에서 둘째 다리, 서쪽 강둑에서 첫째 다리로 각기 사람 그림자가 건너오고 있었다.

모두 7, 8명은 되리라.

"히지카타, 시끄럽게 됐는데. 사람이 오는 모양이다."

여덟 칸 저쪽 풀숲에서 시치리 겐노스케가 약간 들뜬 목소리로 외쳤다.

"음, 그런 것 같군."

도시조는 재빨리 하오리를 벗어던졌다. 이 싸움 잘하는 사내는 그것이 시치리의 패거리라고 직감했다. 그들이 당도하기 전에 시치리를 처치하지 않으면 도저히 승산이 없다.

하카마 자락을 허리에 찌르고
"시치리, 간다."
성큼성큼 전진했다. 도시조는 칼을 뽑았다. 그가 애용하는 이즈미노카미 가네사다이다.
소도(小刀)는 호리카와 구니히로.
순간 시치리가 있는 풀숲에서 빛이 번쩍였다. 시치리가 칼을 뽑은 것이다.
시치리는 상단.
도시조는 언제나 하듯 평성안(平星眼) 자세로 곤도나 오키타와 같은 버릇인 우중단. 도시조는 오른쪽으로 당기는 이 버릇이 한결 심하여 왼쪽 손목이 거의 드러나 보였다.
시치리는 거리를 좁혔다.
그때, 일당들이 두 다리를 건너와 모래톱의 시치리 곁으로 몰려갔다.
모두 말없이 칼을 뽑았다.
'불리하다.'
도시조는 생각했다. 시치리의 소박한 계략에 히지카타 정도의 모사가 걸려든 셈이다. 무사다. 너와 나 단 둘이……라고 시치리는 말했다. 도시조의 성품을 꿰뚫어 본 것이다. 무사다, 라고 하면 이 농사꾼 출신의 검객이 두말없이 응해 오리라는 것을 알고 있었던 것이리라.
'곤도를 보고 웃을 것도 없지.'
도시조는 자기 자신에게 화가 났다. 내 잘못이다. 시치리 겐노스케 같은 무사시 농사꾼 출신인 검객과 무사시의 싸움꾼 출신의 자기가 '무사의 약속' 따위를 믿은 것은 생판 웃음거리가 아닌가. 무사의 약속이라니, 하고 도시조는 생각했다. 300년 가록(家祿)으로 길들여진 유교(儒敎)나 겉치레의 도쿠가와(德川) 무사도는 알맹이가 빠져버린 문벌(門閥) 무사들이나 지껄이는 구두선(口頭禪)일 뿐, 자기나 시치리, 그리고 조슈의 과격 검객 같은 난세를 헤쳐가는 자들은 믿을 것이 못 된다고 생각했다.
도시조의 등 뒤는 여울물이었다.
모래톱에는 방패로 삼을 만한 나무가 한 그루도 없다.
'오늘밤이 마지막인가?'
물론 싸움터에서는 언제 어느 때나 그렇게 각오하고 있다. 목숨은 없는 거라고 각오하고 덤벼드는 것 외에는 싸움에 이길 방도가 없다.

시치리의 검은 두 자 일곱 치쯤 되는 것 같다.

검은 하늘로 뻗으면서 그림자는 차츰 밑으로 드리워져 땅으로 가라앉는다. 적이지만 훌륭한 방어 자세였다.

시치리는 간격을 좁혔다. 제각기 칼을 뽑아든 시치리 일당도 중단으로 밀고 나온다.

도시조를 여울 쪽으로 밀어붙이려는 의도인 듯했다.

"이봐."

시치리는 웃었다.

"무사시에서는 여러 차례 당했지만 아무래도 오늘밤에는 인연이 끊길 것 같군!"

"…………"

도시조는 입을 꾹 다물고 있다. 상대방은 한 발 한 발 밀고 들어오는데 도시조는 반 발짝도 물러서지 않고 간격이 일방적으로 좁혀지는 대로 내버려 두고 있다. 여간한 배짱이 아니면 그렇게 할 수 없다.

여전히 평성안 자세.

"히지카타, 네가 없어지면 교토는 잠잠할 거야."

"잘도 지껄이는군."

그러나 역시 도시조의 목소리는 갈라져 있었다. 땀이 볼을 타고 흘렀다.

시치리—

여전히 상단 자세.

이미 무사시 이래의 구면으로 도시조의 버릇을 알고도 남는다. 도시조라는 사내는 세기(細技)에 약하다. 그것도 왼쪽 손목. 그의 버릇대로 훤히 드러내놓고 있다.

"………… ."

도시조는 꼼짝도 하지 않는다.

시치리가 다가들었다.

뛰어올랐다.

상단에서 전광석화처럼 도시조의 왼쪽 손목을 향해 내리쳤다.

그러나 그보다 한순간 먼저.

도시조는 손잡이를 잡은 두 주먹을 한데 모으고 칼을 번쩍 왼쪽으로 비스듬히 옮겨잡음과 동시에 칼과 몸을 비호처럼 우향으로 틀었다.

물론 눈에 보이지도 않는 질풍 같은 움직임이다.

쟁그렁!

불꽃이 튄 것은 이즈미노카미 가네사다의 칼등 위로 내려쳐친 시치리의 칼을 맞받은 것이다. 시치리의 칼이 춤을 추었다.

몸이 허물어졌다.

그때 도시조의 이즈미노카미 가네사다가 공중에서 크게 반원을 그리며 시치리 겐노스케를 정면 이마에서 턱에 걸쳐 두 쪽으로 내리치고 있었다.

시체가 채 쓰러지기도 전에 도시조의 몸이 앞으로 아홉 자는 뛰었다.

한 사람의 몸통과 다시 한 사람의 오른쪽 어깨.

도시조는 앞으로 계속 뛰었다.

다리를 향해.

좁은 외 널빤지 다리 위에서 좌우를 방비하는 것 밖에는 이 사지에서 자신을 구할 방도가 없었다.

요헤 영감이 가쇼 거리의 둔영으로 달려들어가 문지기에게 알렸다.

문지기는 1번대 조장 오키타 소지에게 급히 알렸다.

실상 오키타는 시중 순찰에서 돌아온 뒤, 늘 그렇듯이 몸에 신열이 있어 하카마도 벗지 않고 드러누워 있었다. 그는 후닥닥 일어났다.

"1번대, 내 뒤를 따르라! 행선지는 니조 모래톱!"

벌써 마구간으로 뛰어들고 있었다.

부대에서는 몇 필의 말을 먹이고 있었는데 곤도의 몫만 두 필이다. 그 중의 하나인 백마는 아이즈 영주가 하사한 것으로 보기드문 준마였다.

"문을 열어라, 문을."

외치면서 오키타는 안장을 얹고 재빨리 복대를 죄었다. 물론 허락도 없이 빌려쓰려는 것이다.

안장에 올라앉자마자 여덟팔자로 활짝 열어놓은 정문을 빠져나갔다.

길가는 밝았다.

해자 가를 곧장 북상하여 니조 네거리에서 동쪽으로 꺾었을 때 양소매를 끈으로 걷어붙이고, 니시노토인, 가만자, 신마치를 거쳐 고로모노타나까지 왔을 때에는 머리띠를 매었다.

한편 도시조는 간신히 널빤지 다리 동쪽 끝까지 몸을 이동시켰다.

그러나 상대도 만만한 놈들이 아니었다. 등 뒤의 다리 위에 둘, 앞의 모래톱에 셋.

대단한 솜씨인 듯, 만만치 않다. 한 발짝도 물러서지 않는다.

도시조는 등을 돌리면서 그 여세로 다리 위의 적을 한 손으로 베었다. 몸통에서 둔탁한 소리가 났으나 베어지지 않았다. 칼날에 기름이 낀 모양이다.

재빨리 칼을 간수하였다.

그 틈을 노리고 들어온 모래톱의 적이 완전히 몸을 드러낸 채 피를 흩뿌리며 강으로 굴러 떨어졌다.

도시조는 호리카와 구니히로를 뽑았다.

난투에 대비하여 길이가 두 자 가까운 약간 긴 소도를 지니고 있었다.

그러나 이젠 머리 공격은 할 수가 없다. 소도로 머리를 공격하는 건 지나친 모험이다.

모래톱에 있던 한 놈이 다리 위로 뛰어올라 한 발 두 발 밀고 나오다가 쳐들어왔다.

도시조는 반 발짝 물러서며 번쩍 칼을 왼쪽 어깨 위로 쳐들었다.

상대방은 뜻밖의 자세에 움찔했다. 순간, 도시조는 뛰어들면서 오른쪽 손목을 찍어 떨어뜨렸다.

바로 그때 오키타 소지의 말이 강둑에 뛰어오르고 있었다.

안장에서 뛰어내려 말을 버리고 둑을 뛰어내리면서 이 젊은이는 드물게 드높은 쇳소리로 외쳤다.

"히지카타님!"

"……………"

도시조는 대답할 수 없었다. 작은 칼이라 아무래도 여러 번 받아내야만 했다.

오키타는 다리 위로 뛰어오르자 도시조의 등 뒤의 사내를 두말없이 베어 버렸다.

"소지냐."

겨우 목소리가 나왔다.

"소지입니다."

오키타는 도시조 옆에 바싹 붙어 나아가면서 도시조 앞의 적에게 눈부신

한손찌르기를 안겼다. 소리도 내지 못하고 적은 쓰러졌다.
나머지는 달아났다.
"몇 놈입니까?"
오키타는 주위를 둘러보면서 칼을 꽂았다.
"셀 겨를도 없었다. 오늘밤만은 나도 퍽 당황한 모양이야."
"이거 굉장한데요."
오키타는 모래톱 위를 걸으면서 시체를 세었다.
하나가 오키타의 발치에서 꿈틀거렸다.
도시조는 움찔 놀랐으나 오키타는 개의치 않고 그 사내 옆에 쪼그리고 앉았다.
"넌, 아직 숨이 붙어 있군."
길가에 서서 이야기하는 듯 태연스런 억양이다.
"상처는 어느 정도냐?"
오키타는 품속에서 초를 꺼내 부싯돌을 쳐서 불을 당겼다.
상처는 왼쪽 어깨에 있었다. 그러나 도시조의 칼에 기름이 끼었기 때문인지 깊지는 않았다. 타격을 받고 정신을 잃었던 모양이다.
"살아날 수 있겠군."
사내의 옷을 반쯤 벗기고 지혈약을 발라 줬다. 그러고는 옆 시체에서 하카마를 찢어 상처를 동였다.
그대로 풀 위에 누이고 의사를 부를 셈인지 다리 서쪽으로 건너갔다.
도시조는 모래톱 위에서 뒹굴었다. 심한 피로감으로 서 있을 수가 없었던 것이다.
'별놈 다 보겠군.'
도시조는 오키타를 생각했다.
'저놈은 자기 지병(持病) 때문에 역시 동정심도 많다.'
몸을 뒤채어 엎드려서 냇물에 얼굴을 적셨다. 불이 스치고 지나간다. 문득 살았구나 하는 생각이 들어 얼굴을 들었다.
부상자가 입을 열었다.
"미안하오."
희미한 목소리였다.
'난 몰라.'

도시조는 박정했다. 어차피 자기도 저런 꼴이 될 것이다. 뿐만 아니라 방금 운이 나빴더라면 이 사내의 입장이 되었을 것이다. 시치리 일당은 치료해 주기는커녕 숨통을 끊어버렸을 것이다.

목을 쳤을 것이다.

그리고 어느 거리 모퉁이에 효수(梟首)할 것이 틀림없다.

'난 모른다니까.'

속으로 중얼거리면서 그 부상자 곁으로 다가갔다.

도시조는 밤눈이 밝았다.

그 사내는 눈을 뜨고 있었다. 의외로 생기가 있는 것을 알았다.

"나는 히지카타 도시조다."

그러자 사내는 고개를 끄덕였다.

"바보 같은 놈이로군. 너를 벤 히지카타 도시조라는데도. 치료해 준 건 오키타라고 하는 내 동료다. 내게 미안할 건 없어."

"히지카타님."

사내는 별을 바라보면서 말했다.

"당신은 듣던 대로였소. 세군요. 시치리가 '무야 무'라고 하기에 나도 따라왔지만, 부르러 왔을 때 그냥 그 여자 집에 있을 걸 그랬소."

"여자 이름은 뭐라고 하나?"

도시조는 아무 생각 없이 물었다.

"사에."

"뭐?"

도시조는 숨이 막힐 지경이었다.

"마음이 얼음처럼 차가운 여자지만 난 잊을 수 없소. 히지카타님."

"음……."

"내가 다시 살아날 수 있을까. 아니 살아난다 해도 당신이 다시 죽이겠지. 그 전에 사에를 만났으면."

"이제 싸움은 끝났네. 부상자를 죽여서 무슨 소용이 있겠나. 지금 오키타가 의사를 부르러 갔어."

"으윽."

일어나려고 했다. 기쁜 모양이다.

이 사내는 에치고의 낭인으로 가사마 기주로(笠間喜十郎). 오키타가 친절하게 의사의 치료를 받게 했으나 상처가 곪아 열흘 만에 니조 고고초의 의사 집에서 죽었다.
 죽기 전에 지령한 자는 신센조 참모 이토 가시타로라고 고백했다.
 이토에 대한 의혹은 결정적인 것이 되었다.

국장기 (菊章旗)

그날—

즉, 이해(게이오 2년) 9월 26일 아침, 가쇼 거리 둔영 복도를 도시조가 걸어가고 있을 때, 참모인 이토 가시타로와 마주쳤다.

"여어."

이토가 여느때보다 한결 기분좋게 대하는 것이었다.

나고야에서 돌아온 지 며칠 안 된다.

"맑게 개었군요."

도시조는 쓰디쓴 얼굴이었다. 니조 모래톱에 시치리 겐노스케 등의 자객을 보낸 것이 이 이토가 아니었던가.

하지만 도시조는 곤도 외에는 일체 비밀로 해두고 있었다.

부대의 동요가 두려웠던 것이다.

"호교쿠 선생."

이토는 도시조를 아호로 불렀다. 누군가에게서 들은 모양이다.

"시를 짓기에 좋은 계절이군요. 요즘 시는 읊고 있습니까?"

"아니 졸작뿐이오."

"나는 와카(和歌)인데 지난 밤 등잔불과 마주앉아 있으려니 시상이 떠올라 한 수 지었습니다. 들어 주시겠습니까."
"그러지요."
이토 가시타로는 난간에 기대어 얼굴을 반쯤 마당으로 돌렸다. 다소 볕에 그을기는 했지만 여전히 수려한 얼굴이다.

    이 몸 아낌없이
    이 마음 다하여
    검은 머리마냥
    헝클어진 세상 어이 할 거나.

"어떻습니까?"
"그럴 듯하군."
도시조는 표정을 바꾸지 않는다. 검은 머리처럼 헝클어진 이 세상을 수습하고자 애쓰는 이토의 충정은 알 만하다고 치고 '어이 할 거나'라는 계책 중에 자기를 죽이는 일도 들어 있겠지 하고 생각하니 썩 반가운 노래는 아니다.
"이제 히지카타님, 고유(高雄: 단풍의 명승지)나 란쿄(嵐峽)는 단풍이 들었겠지요?"
"그렇겠지요."
"어떨까요, 한번, 부대 임무를 떠나 도성 밖으로 시를 지으러 놀러 간다면…… 나도 동행하겠습니다."
"그러는 것도 좋겠군요."
"곤도 선생도 때로는 풍류놀이를 나가시는 것이 좋을 겁니다. 언제로 하겠습니까?"
"글쎄, 그것도 좋긴 하지만……."
그것도 좋다. 고유도 란쿄도 물론 좋은 곳이다. 그러나 가보면 뜻하지 않은 복병이 있어 단풍놀이 아닌 딴 소동이 벌어지는 것이 아닐까.
"생각해 보겠소."
걸음을 옮기려고 하자 등 뒤에서 이토가 생각난 듯이 말을 던졌다.
"아 참, 히지카타님, 오늘 저녁 시간 있습니까?"

"시를 지으러 가자는 건가요?"
"아니, 그런 풍류놀이는 아닙니다. 조용히 의논드릴 일이 있습니다."
'무슨 수작이 있군.'
도시조는 이렇게 생각했다.
"무슨 의논이오?"
"그건 그때 말씀드리기로 하고, 지금 곤도 선생에게도 말씀드려 두겠습니다. 장소는 되도록이면 유흥가가 아닌 쪽이 좋겠는데요."
"고쇼사 저택으로 할까요?"
그곳은 곤도의 휴식소이다. 오사카 신마치의 유녀(遊女) 미유 기다유(深雪大夫)를 기적(妓籍)에서 빼내어 살림을 차려준 집이다.
"좋습니다. 시간은 몇 시가 좋겠습니까?"
"글쎄……."
도시조는 회중시계를 꺼냈다. 최근에 입수한 프랑스제로 도시조의 커다란 손바닥 위에서 재깍재깍 바늘이 움직이고 있다.
"다섯 시가 좋지 않을까요."
조금 웃었다.
특별히 이토의 말이 기쁜 것이 아니라 시계를 보는 일이 즐거웠던 모양이리라.
이토는 불쾌한 표정이었다. 그 까닭은 히지카타가 싫어서가 아니라 극단적 양이론자인 이토는 그 서양 오랑캐의 시계를 보는 것이 불쾌했던 것이다.

도시조는 정각보다 한 시간 일찍 곤도의 휴식처로 갔다.
곤도는 니조 성에서 물러나와 둔영에는 들르지 않고 바로 돌아와 있었다.
"도시조, 무슨 얘길까?"
"탈맹(脫盟)이겠지. 마침내 그 말을 꺼낼 걸세."
도시조는 자리에 앉았다.
곤도의 소실이 차를 내왔다.
교토 근방에는 흔히 있는 얼굴로 살결이 희고 눈썹은 엷으며 아랫볼이 약간 불룩하고 앞니가 굵직한 여자이다. 그것이 도고쿠(東國) 태생인 곤도의 마음에 든 모양이지만 도시조는 이런 여자를 별로 좋아하지 않는다.
'에도 여자는 가무잡잡하니 목이 짧고 주근깨도 더러 있긴 하지만 더 아무

지지.'

오유키가 문득 생각났다.

"어서 오세요."

느릿하게 고개를 숙인다. 끈적한 여자 냄새가 물씬 나는 목소리였다. 이같은 목소리도 딱 질색이다.

여자는 안으로 들어갔다.

"난 믿어지지 않아. 이토와는 무사로서 약속을 맺고 있네. 이탈이란 있을 수 없다고 생각하는데."

"뭔지는 모르지만 날 죽이려고 했어."

"그건 들었다."

곤도의 표정은 맑지 못했다. 시치리 겐노스케의 사건에 이토가 관련되었다고는 정말 믿어지지 않는 모양이다.

이윽고 혼간사의 북이 울렸다. 5시다.

현관에서 인기척이 났다.

"아니, 숫자가 많은데."

곤도가 말했다.

"그렇군."

"설마하니 도시조, 여기서 우리를 치려는 건 아니겠지."

"당하고 있을 자네던가."

"아하하, 그렇지. 맞다, 곤도나 히지카타가 맥없이 당할 사람은 아니니까."

"안녕하십니까."

이토 가시타로가 장지문을 열었다.

뒤따른 자는 시노하라 다이노신.

그뿐인가 하였더니 이토의 아우인 9번대 조장 스즈키 미키사부로, 감찰 아라이 다다오. 이 사내는 칼을 잡으면 신센조 굴지의 솜씨다.

이어서 오장(伍長) 가노 도리오, 감찰 모나이 아리노스케, 오장 도야마 야헤.

"이제 다 들어왔는가?"

곤도가 말했을 때 맨 마지막으로 뜻밖의 인물이 들어왔다.

8번대 조장 도도 헤이스케다.

'아, 이놈도.'

곤도와 도시조의 표정에 동시에 똑같은 그늘이 스치고 지나갔다.

도도는 호한(好漢)을 그림으로 그린 듯한 사내로 곤도와 도시조는 그를 친동생처럼 사랑하고 있었다.

엄연히 에도 결맹 이래의 동지이다.

도도의 유파는 북신일도류지만 곤도 도장에 일찍부터 드나들던 사람이다.

애초에, 즉 막부가 낭인을 모집한다는 말을 듣고 와서 곤도와 도시조에게 응모를 권한 것도 죽은 야마나미 게이스케와 이 도도 헤이스케였다.

생각해보니 둘 다 북신일도류의 동문이었다.

아니, 이토 가시타로도.

'과연 동문 의식이란 이다지도 강한 것이었던가.'

도시조는 생각했다.

물론 도도 헤이스케는 그 나름대로 평소 생각하고 있었을 것이다. 신센조의 중핵(中核)은 곤도와 히지카타, 오키타, 이노우에 등으로 천연이심류의 동류 동향자끼리 서로 기맥을 통하고 다른 자에 대해서는 어쩐지 타인 취급이었다. 그것이 무슨 동지냐.

'사람 우습게 보지 말라구.'

도도 영주의 핏줄이라고 하는 전설의 소유자인 도도 헤이스케로서는 그 촌스러움이 아니꼬왔다.

진작부터 동문 선배인 야마나미 게이스케에게 푸념하고 있었다. 야마나미도 동감이었다.

'필경, 생사는 같이 할 수 없다.'

야마나미 등은 말했었다. 본디 야마나미는 근왕심이 강하여 막부에는 다소 비판적이었다.

그것은 지바 일문의 기풍으로 도도 헤이스케도 그 성향을 지녔다. 야마나미의 감화로 한결 강해지고 에도에서 동문 선배인 이토 가시타로를 권유하여 가맹시킨 것도 도도 헤이스케였다.

그때 이미 오늘의 밀약이 있었다. 다만 도중에 야마나미의 탈주와 할복 등으로 잠시 중단되었을 뿐이다. 그때 야마나미가 무사하게 에도에 돌아갔으면 에도에서 동지를 모으고 동서(東西)가 호응하여 이토를 중심으로 강력한 새 단체를 만들었을 것이다.

곤도와 도시조는 도도 헤이스케라는 젊은이를 잘못 보았다.

헤이스케는 무사라기보다 에도 후카가와의 목재 하치장 같은 데서 노랫가락이나 흥얼거리는 편이 어울릴 것 같은 호협한 데가 있었다.

그러므로 누구나가 그를 좋아했다.

설마하니 이 방에서 이토와 나란히 앉을 정도의 사상가인 줄은 미처 몰랐던 것이다. 아, 이토록 책략을 꾀할 수 있는 사내라고 생각지 못했던 것이 불찰이었다.

'놀랐는데.'

도시조는 그러나 예의 졸린 듯한 표정 그대로였다.

'시대의 흐름이다. 겉보기에는 그렇지 않은 자까지 시류에 휩쓸린다.'

막부의 권위는 날로 쇠퇴하고 있다. 천하의 지사로 불리며 앞을 다투어 막부를 비난하고 도막론을 펴지 않는 자가 없는 세상이 되었다. 노랫가락이나 흥얼거렸으면 어울릴 성싶은 도도 헤이스케조차 이렇게 되는 모양이다.

"헤이스케, 자네도……."

곤도는 싱글거리면서 말했다.

"역시 이토하고 같은 용무인가?"

"그렇습니다."

도도는 목덜미를 긁었다. 그런 버릇이 있는, 얼핏 보아 천진한 사내였다.

"자 모두들, 편하게 앉게."

곤도는 요즘 붙임성이 좋아졌다. 여러 번의 중신들과 유흥가에서 어울리고 있기 때문일까.

"어디 그럼, 이토, 용건을 들어 보겠네."

"말씀드리겠습니다. 오늘은 기탄없이 천하 대사를 논하고 우리 부대의 추후 방향을 검토하고자 하니, 혹시 말이 거칠어질지도 모릅니다. 두 분께서는 이 점 미리 알아두시도록."

"알았네."

곤도는 미소를 일그러뜨렸다.

"히지카타님도……."

"음, 좋소."

도시조가 말했다.

그 뒤로 이토는 천하의 형세를 설명하고 나서 다시 청나라의 예를 들어 서양 오랑캐의 야욕을 설파하였다.

"약체 막부로서는 더 이상, 일본을 짊어지지 못합니다. 정권을 조정에 반납하고 일본은 한 기둥으로 통일하여 서양놈들과 맞서지 않으면 머지않아 청나라와 마찬가지로 비참한 꼴을 당할 것입니다. 신센조 결맹의 당초 취지는 양이였습니다. 그런데 세상 풍문은 막부의 손발이 돼버렸다고 합니다. 손발이 아니라 막신(幕臣)으로 발탁된다는 소문도 있습니다. 사실은 아닐 것으로 나는 믿지만 곤도 선생, 어떻습니까?"

"대답해 주시오."

"나도 그런 소문은 듣고 있네."

곤도는 괴로운 듯이 말했다.

오늘도 니조성에서 그 이야기가 있어 곤도도 이토 일파의 의향을 묻고 나서, 라고 확답을 보류했던 것이다.

"단순한 소문입니까?"

"글쎄."

"아니, 좋습니다. 문제는 앞으로의 신센조의 일입니다. 황실의 친병(親兵)으로서 또 양이의 선봉장이 되어 일할 것인지, 아닌지?"

곤도는 완강하게 친막론을 주장했다.

"나도 황실을 존중하고 있네."

당연한 것으로, 그렇다고 해서 곤도가 존왕(尊王) 절대주의자는 못 된다. 존왕론은 당시의 독서계급인 무사는 물론이거니와 의사나 승려, 호농에 이르기까지 아주 보편적인 개념일 뿐 정치상의 이데올로기는 아니었다.

"어디까지나 양이로 일관할 각오로 있네."

이것도 당연한 일이다. 당시 개국론을 외치는 자라고 하면 대단한 선각자로 기인(奇人)이나 국적(國賊) 취급을 받고 있었던 것이다.

"그런데 이토."

여기서부터가 곤도의 소견이다.

"무권(武權)은 막부에 있네."

"그것은……."

"아니, 그 무권도 도쿠가와 이에야스 공 이래로 조정에서 정이대장군(征夷大將軍)을 하명하신 직분일세. 현실적으로도 300제후를 거느리고 서 있는 도쿠가와 막부야말로 양이의 중핵임이 틀림없고, 들은 바에 의하면 프랑스 황제도 그것을 인정하고 있어."
"아하, 프랑스 황제도."
이토는 곤도의 비약에 놀랐다. 첫째 막부경향인 프랑스 황제 운운부터가 양이적이며, 막부의 기회주의적인 개국 외교에 동조하고 있다는 증거가 아닌가.
"히지카타님……."
이토는 눈길을 천천히 돌리며 말한다.
"당신은 어떻게 생각합니까?"
"같소."
귀찮은 듯이 말했다.
"뭐와?"
"여기 있는 곤도 이사미하고."
"친막이군요."
"글쎄. 그런 말이 되는군. 나야 농군 출신이지만 나름대로 무사로서 무사답게 살다가 죽자고 생각하고 있소. 시류의 변천과는 별반 인연이 없는 인간이니까."
"다시 말해 막부를 위해서 충절을 다한다, 그거군요?"
"그렇소."
한 마디로 잘라 말했다.
더는 아무 말도 하지 않았다. 이와 같은 시국론이나 사상 논의는 별로 달갑지 않았다.
밤이 깊었다.
양론이 대립한 채 그들은 헤어졌다.

이튿날 아침이었다.
이토 가시타로와 시노하라 다이노신은 최후의 담판을 하기 위해 재차 고쇼사 저택에서 곤도와 히지카타를 만났다.
"두 분 선생."
외곬인 시노하라가 눈을 부릅떴다.
"그만 이쯤에서 눈을 뜨셔야지요. 오늘은 두 분 선생이 눈을 뜨시지 않으면 우리 모두는 부대를 쪼개어 독자의 길을 걸어갈 각오로 왔소."

시노하라 다이노신(유신 후의 秦林親)의 그날 밤 수기가 남아 있다.

'이튿날인 27일 밤, 우리는 다시 찾아가 오늘 저녁에도 그들이 승복하지 않으면 결별하려고 했다.'

그 자리에서 곤도와 히지카타를 칠 작정이었으나 상대방에게 틈이 없어 치지 못했다.

'나는 분한 마음에 머리칼마저 흩뜨리며 토론했으나 오히려 그들은 결별을 저지하고 승복하지 않았다. 그들은 막부의 실정(失政)을 모르고 근왕의 취지를 이해하지 못했으며 오직 무사도로 사람을 제압하고자 할 뿐.'

곤도와 도시조의 본질을 찌르고 다시 이토가 그 논재(論才)를 종횡으로 구사하여 두 사람을 추궁한 끝에

'마침내 우리의 술책에 빠지고 분리론(分離論)을 받아들였다.'

정말 승복했을지 어떨지.

아무튼 두 파는 헤어지기로 했다.

그렇다고는 하지만 이토 등이 즉시 신센조를 떠난 것은 아니고 한동안 둔영에서 기거했다.

그 동안 부대는 크게 동요하고 이토파에의 공명자가 속출했다.

어느 날 밤, 도시조는 은밀하게 곤도의 진의를 타진했다. 곤도는 잠자코 애용하는 칼 나카소네 고테쓰의 칼막이를 툭툭 쳤다.

도시조는 고개를 끄덕이고 나서 껄껄 웃었다.

이것을 시노하라의 수기식 문체로 쓰면

'논할 것 없다. 검이 있을 뿐.'

이렇게 되리라.

신센조 행동대는 10번대까지 있다. 그 중에서 8번대, 6번대의 지휘관 도도와 스즈키가 빠지게 되는데, 이토와 시노하라의 이탈 성명이 있은 이틀 뒤, 재빠르게 동요가 나타나 뜻밖에도 이토파와 별반 친하지 않던 다케다 간류사이가 혼자서 이탈했다.

이토는 사쓰마번과 친했다. 사쓰마번과 줄이 닿았기 때문에 이탈을 성명한 것이다. 다케다는 다케다대로 따로 사쓰마번에 접근하였다.

"다케다 군은 요즘 사쓰마번저에 자주 출입하고 있다고 들었는데 시국에 비추어 좋은 일이 아닌가? 차라리 그리로 가면 어떤가?"

곤도는 부대의 간부를 모아 송별연을 베풀고 밤에 둔영 대문으로 다케다

를 전송했다.
 대원 2명의 호위를 받으며 다케다 간류사이는 가쇼 거리를 뒤로 하였다.
 대원 한 사람은 사이토 하지메.
 그들이 제니토리 다리(錢取橋)에 다다랐을 때 같이 가던 사이토가 전광석화처럼 단숨에 다케다의 몸통을 베어 단칼에 죽였다.
 탈영은 죽음.
 부대의 군법은 살아 있다.
 다케다 간류사이의 시체는 이토파에 대한 곤도와 도시조의 말없는 회답이라고도 할 수 있고 선전포고라고도 할 수 있다.
 그 해도 다 저물어 고메이(孝明) 천황이 세상을 떠났다.
 다음 해, 게이오 3년 3월 10일, 이토파는 황릉수위사(皇陵守衛士)라는 직책을 하명받고, 고다이사(高臺寺) 대문에 국화 무늬의 대기(隊旗)를 꽂고 본진으로 삼았다.
 이름은 부드럽지만 실은 그것이 근왕파 신센조였다.
 '전쟁이 벌어졌군.'
 도시조는 이날, 이즈미노카미 가네사다를 갈기 위해 보냈다.

오유키

바깥에는 6월의 비가 내린다.

도시조는 오유키의 집 뒷마루에 앉아서 마당 한 구석의 수국(水菊)을 물끄러미 바라보았다.

"올해는 장마가 길군."

혼자 중얼거렸다. 이토 가시타로들도 고다이사에서 이 비를 바라보고 있겠지.

"……………."

등 뒤에서 오유키가 얼굴을 쳐든 모양이다.

그러나 아무 말도 않고 무릎 위의 바늘에 눈길을 떨어뜨렸다.

바느질을 하고 있었다. 그 무릎 위의 것이 좌삼파(左三巴) 무늬가 든 도시조의 문복(紋服)이라는 것을 그는 알고 있었다. 하지만 오유키도 도시조도 거기에 대해 한 마디도 서로 말한 적이 없었다.

'묘한 일이야.'

도시조는 생각했다.

이렇게 비에 젖은 지붕 밑에 둘이 앉아 있으니 문득 오랜 세월을 같이 살아온 부부같은 생각이 든다.

그러나 오유키와 남녀간의 정은 나누지 않았다. 도시조가 요구하지 않았다.

이 사내는 자신이 여자를 품에 안은 뒤 서글픔을 남보다 갑절 느끼는 것을 너무나 잘 알고 있었다. 그것이 이제까지 도시조의 사랑을……

아니, 사랑이라고 할 것도 없지만.

불행하게 만들어 왔다.

'나는 여자가 있는데도 품안에 안지 않고 조용히 한 구석에 앉아 있는, 그런 모양으로밖에 진정한 사랑을 하지 못하는 사내인 모양이다.'

마당은 고작 3평밖에 안 된다.

시중의 셋집답게 바로 눈앞은 널빤지 울이고 그 너머는 남의 집이다.

"수국이 좁은 뜰에 어울리는군."

빈정거림이 아니었다.

"그럴까요."

오유키는 실을 깨물었다.

"저는 에도 조후(定府)의 배종무사(陪從武士) 집안에서 태어나 비슷한 집안에 출가했기 때문에 마당이라고 하면 이런 좁은 마당밖에 몰라요. 친가에도 시가에도 수국이 있었어요."

"아아, 그러고 보니 오유키가 그래서 수국 그림만 그리는 것 같군."

"싫증도 안 내고."

오유키는 어깨로 웃었으나, 소리를 내지 않아 등을 돌리고 있는 도시조는 알지 못했다.

"전 남편도 수국을 좋아했소?"

도시조는 약간 질투를 느꼈다.

"아니에요."

오유키는 얼굴을 들지 않고 대답했다.

"좋아하지도 싫어하지도……. 어쩌면 자기 집 뜰에 수국이 있다는 것도 모른 채 죽었는지도 모르겠어요."

"이 꽃하고는 남남이었다는 말이로군."

"그뿐만 아니라 제가 그리는 그림과도……."

"남이었단 말이지?"

"네."

오유키의 목소리가 나직했다.

짧은 결혼 생활이었지만 오유키는 죽은 남편과 한 번도 마음이 통하는 장소가 없었던 것이 아닐까.

도시조는 비를 바라보면서 이런저런 생각을 했다.

"어떤 남편이었소?"

공연한 말이라고 생각하면서도 도시조는 무심코 물었다. 그런데 도시조가 문득 예상한 대로의 태도를 오유키는 강한 어조로 나타냈다.

"좋은 사람이었어요."

비록 생전에 고인에 대한 불만이 있었을지라도 죽은 뒤까지 흉을 볼 여자는 아니다.

"그렇겠지. 나는 아내를 가져본 일은 없지만 부부란 좋은 것인 모양이야."

오유키는 그 말에는 대답하지 않았다.

"형이 그러더군."

도시조는 또 고향 집 이야기로 말머리를 돌렸다.

"여편네하고는 발바닥으로도 얘기할 수 있다고. 낮에 드러누워 있으면 마누라는 발바닥을 보기만 하고서도 '아아, 목이 마른가 보다, 지금은 무슨 일로 화났나 보다' 하고 말이오."

"어머!"

오유키는 그제야 소리내어 웃었다.

"다메사부로 형님이? 아니면 돌아가신 하야또 형님께서요?"

"아니 다이사쿠라는 막내형이지."

"아아, 후추(府中)에 있는 시모소메야(下染屋)의 의사 선생님 말이군요."

오유키는 도시조의 형제자매를 모두 알고 있다. 막내형 다이사쿠는 도시조와 여섯 살 차이로, 시모소메야 마을의 가스야 센료라고 하는 의사의 양자가 되어 료준(良循)이라고 개명하였다.

의사로서는 아까울 정도의 검객으로 곤도의 양부인 슈사이에게서 어려서부터 가르침을 받아 고수 자격까지 땄다.

시에 대한 재능도 있었다. 라이 산요풍의 시를 짓고 시명은 교쿠슈(玉洲), 아호는 슈사이(修齋)라고 했다. 그뿐 아니라 명필이어서 이웃 명망가의 청을 받아 장지문 등에 호쾌한 글씨를 썼다. 지금도 이 지방에는 얼마간 료준의 글이 남아 있다.

"이 형이 의사 선생님으로서는 아까운 호걸인데 글쎄 천둥을 싫어하지 뭡니까. 천둥이 우르릉거리기 시작하면 허둥지둥 큰 사발로 술을 마구 퍼마시고 그냥 나가떨어지는 위인이었소. 시모소메야 마을 사람들은 천둥보다도 료준의 코고는 소리가 더 야단스럽다고 사뭇 웃었지."

"다메사부로 형님도 그렇고 그분도 그렇고 모두 시재가 뛰어나셨던가 봐요. 물론 히지카타님도……."

"농담 말아요."

도시조는 정말 얼굴이 빨개졌다. 자기의 서투른 시 이야기를 하면 이 사내는 딱 질색이다.

"모두 졸작이오. 시정(詩情)이 결핍되고 시재 또한 어설픈 주제에 혈기만 살아 있지. 시를 글로 나타내지 못하고 자기의 기괴한 행동으로 나타내려고 하니까."

"그것도 시인이에요. 오직 하나의 목숨으로 오직 하나의 시를 쓰고 있는걸요."

"교토에 모여든 낭사들은 거의가 그런 부류겠지."

"신센조도요?"

"아마 그렇겠지. 나야 잘은 모르지만."

"참모인 이토 가시타로 일파가 대원을 많이 데리고 황실의 근위병이 되었다죠?"

"잘 아는군."

"뭘요, 시중에 쫙 퍼진걸요. 그리고……."

오유키는 바느질을 멈추고

"히지카타님은 출세하시고."

나직이 말했다.

"막부 신하 말인가?"

돌아앉은 채 말했다. 약간 기분이 상한 듯했다.

시국에 따라 좌우의 기치를 뚜렷하게 하기 위해 신센조 일동이 막부 신하로 발탁되는 일을 승낙했다.

그것이 정식으로 고시된 것은 바로 며칠 전의 일이었다. 게이오 3년 6월 10일.

대장 곤도 이사미는 장군 친위부대 대장, 부장 도시조는 조장이다.
물론 직속무사로서도 상당히 높은 직위로 곤도는 장군의 친위이다.
신센조의 조근(助勤)은 똑같이 정식 친위대원, 조근격인 감찰은 친위대원 대우. 평대원은 장군을 알현할 수 없는 신분 대우이지만 그래도 세상을 잘 만났으면 각 번의 번사를 배신(陪臣 : 영주의 신하)이라고 얕잡아 보았을 천하의 직속무사이다.
"별반 달라진 것도 없어."
도시조는 마루 끝에서 약간 물러나 앉으며 말했다.
풍향이 바뀐 모양인지 비가 추녀 밑으로 들이친다.
"이렇게 쏟아지니 가모강도 큰일이군. 아까 고진 어귀의 널다리가 떠내려 갔다고 그러던데."
"천하 대세도 큰일이에요."
오유키는 묘하게 오늘은 그런 쪽으로 화제를 돌리고 싶어한다. 역시 도시조의 신상이 여러 가지로 걱정되는 모양이다.
이토가 갈라져 나감으로써
'신센조는 막부의 친병.'
'황릉수위사는 황실의 친병.'
기치가 선명하게 되었다.
그것보다 이토의 황릉수위사는 사쓰마번의 용병(傭兵)이나 마찬가지였다. 사쓰마번은 교토에서 거병할 경우의 유격대로 이토 일파를 생각하고 있었을 것이다.
교토에 번병을 둔 여러 번 중에서도, 신센조의 곤도파를 지배하고 있는 아이즈번과 이와 대립하는 사쓰마번이 월등하게 많은 병력을 가지고 있었다.
아이즈번 유격대가 신센조인 것처럼 사쓰마번도 비슷한 것을 갖고 싶었던 것이리라.
이를테면 이토 일파는 사쓰마번 신센조라고 할 수 있다.

고다이사에 본진을 친 이토 일파의 급여는 사쓰마번저의 급식부와 식료품부, 병참부에서 나온다.
이토 일파를 끌어들인 것은 진작부터 이토와 친교가 있었던 사쓰마번사 오쿠보 도시미치(大久保利通)와 나카무라 한지로로 뒷날의 기리노 도시아키

(桐野利秋)였다.

그들은 이토 일파를 매우 우대하여 예컨대 식사도 하루 한 사람 앞에 800문(文)의 사치스러운 것이었다.

그러나 이토 가시타로 정도의 사내이다. 모르기는 하지만 마음속으로는 사쓰마의 주구(走狗)로 만족하지는 않았을 것이다.

'천황의 친위무사'로 자처했다. 이것은 이미 기요카와 하치로가 구상한 기상천외한 안인데 그것을 실현시키지 못한 채 기요카와는 죽었다.

천황에게는 병(兵)이 하나도 없다. 이에야스가 그런 제도를 만들었다. 도쿠가와 체제에서 병은 장군과 영주만 소유했다.

이토 가시타로 일파는 천황의 '사병(私兵)'으로 자처했고 엄연히 국화 문장(紋章) 사용을 허락받아 본진인 겟신인(月眞院) 산문(山門)에 그 문장을 찍은 홍백의 휘장을 둘러쳤다. 다시 말하면 이토는 천황의 신센조다.

"시국이 바뀌어가니……."

도시조가 말했다.

"묘한 것이 안 나올 수 없지."

"언젠가는 가쇼 거리(신센조)와 고다이사(황릉수위사)가 큰 싸움을 벌일 거라고 시중에서 그러는데 정말이에요?"

"거짓말이오."

도시조는 방 안으로 들어갔다.

"오유키, 그런 일보다도 나는 곧 공무로 에도에 내려가오. 상경 이후 처음 가는 에도요."

"그래요?"

기쁘시겠어요 하는 듯이 오유키는 고개를 끄덕였다.

"어디라도 전할 말은 없소? 오유키를 위해서라면 파발꾼 노릇을 할 테니까."

"정어리포를 부탁해요."

불쑥 말하고서 오유키는 얼굴이 새빨개졌다.

교토에는 없는 물건이다.

"정어리포?"

도시조는 소리내어 웃었다. 오유키답다. 오유키가 태어난 하급무사의 집 부엌이며 안방 냄새까지, 살림의 따사로움이 풍겨오는 것만 같았다.

"오유키는 그런 걸 좋아하오?"

"무척 좋아해요."

얼굴을 바느질감에 파묻고 낄낄 웃는다.

"좋은 사람이야."

"왜, 정어리포를 좋아하면 좋은 사람인가요?"

"아니, 그저……."

도시조는 기침을 했다. 하찮은 일도 정색을 하고 다그쳐 묻는 버릇을 보면 역시 에도 여인이었다. 곤도가 좋아하는 교토 여자와는 전혀 다르다.

"귀엽게 말을 한다고 생각했을 뿐이오."

"그것이 귀여운 말이에요?"

오유키는 눈길을 들지 않는다. 바늘을 쥔 손만이 꼬물꼬물 움직이고 있다.

"……아무래도 사사건건."

"따지고 든다는 것인가요?"

어깨로 웃고 있다.

"그런 말 자꾸 하면 그만 껴안고 싶어져."

"……네?"

오유키의 숨결이 멎었다. 그러나 눈길을 내리깔고 손만이 움직인다. 움직이면서 말한다.

"안으셔도 괜찮아요."

"…………."

도시조의 숨결이 멎을 차례였다. 그 뒤로 자기가 무슨 짓을 했는지 까맣게 모른다.

이런 일은 어떤 여자와의 사이에도 없었던 일이다. 언제나 도시조가 하는 짓을 도시조의 다른 눈이 감시하고 비판하고 때로는 냉정한 지시를 내렸다.

"오유키……."

그 일이 끝난 뒤 도시조는 딴 사람이 아닌가 하고 의심할 정도로 정겨운 눈매가 되었다.

오유키도

'이분은…….'

마음속으로 분명히 놀랐다. 이런 정겨운 눈을 가진 사람이었던가.

"용서해줘. 나는 당신에게만은 이런 짓을 할 마음이 아니었는데 당신도 나뺐어. 내 마음을 빼앗았어."
"그 마음……."
오유키는 장난스럽게 찾는 듯한 시늉을 하며
"어디 있죠?"
"몰라."
도시조는 일어섰다.
"어딘가, 수국 나무 밑에라도 뒹굴고 있을 거예요."
도시조는 빗속으로 나왔다.
바람은 약해졌으나 빗발은 세차다. 우산에 튕겼다.
우산 속의 도시조는 마음이 아늑해짐을 느꼈다. 오유키의 내음과 더불어 걸었다.

도시조의 공용(公用)이란 에도에서 대원을 모집하는 일이었다.
"도시조, 이번에는 자네가 가 주게."
곤도가 부탁했다.
대원은 줄기만 한다. 이유는 전사, 그 밖에 부대 안에서의 할복, 도망, 병사 등등.
게다가 이토파의 분열이다. 이토파의 퇴거는 표면적으로는 간부 15명이지만, 아직 부대 안에 남아 있는 자들 중에는 이토 가시타로가 일부러 부대 안 혼란을 위해서 간첩으로 남겨놓은 자들이 도시조가 보는 바 10명 정도나 되고, 그 밖에도 미심쩍은 자가 몇몇 있었다.
인원수는 더욱더 줄어들 것이다.
더욱이 신센조가 막부의 관제(官制)에 의한 정규군이 되고 신분도 직속무사가 된 이상 인원은 더 많이 필요하다.
지금 1백 수십 명.
일기당천(一騎當千)의 실력자 50명이 절실히 필요했다.
"고다이 사의 이토 쪽도 요사이 간토에서 모병할 참인 모양이야."
곤도가 말했다.
"나도 들었네. 삿자가 말했지."
"음, 삿자."
삿자란 사이토 하지메.

에도 때부터의 동지로 3번대 조장. 부대의 검술사범이었던 자인데, 이토파로 달려갔다.

사실 그것은 가장한 것이고 실은 이토파의 동정을 살피려는 첩자였다.

"어차피, 이대로 내버려두면 시중에서 큰 싸움이 벌어진다."

곤도가 말했다.

"시중에서의 싸움은 곤란해."

도시조가 말했다.

"좋지 않지. 우리가 교토 수호직 아래에서 치안 유지를 맡고 있는 이상. 나중에는 아이즈번과 사쓰마번의 전쟁을 유발하는 일이 될지도 몰라."

"도시조, 계책은 있나?"

"있지."

도시조는 집단과 집단의 격돌을 피하기 위해서는 상대의 대장 이토 가시타로 하나만 끌어내어 칠 수밖에 없다고 말했다.

"이토가 쉽사리 걸려들까."

"걸려들지."

도시조는 웃었다.

"나도 시치리 겐노스케 놈에게 넘어가 혼자 어정어정 니조 모래톱에 갔었지. 갔더니 그렇게나 몰려오더군."

"그건 큰 실수였어. 도시조답지 않게."

"아냐, 자네라도 그렇게 나오면 걸리고 말걸. 다 그런 거라구."

"그런 거라니?"

"아니, 세상 만사에 자신과 자부심이 강한 놈들이란 다 그런 거란 말이지. 자기는 똑똑한 줄 알고 있지만 어린아이 장난 같은 꾀에 걸려 넘어가는 거야."

"어쨌든……."

곤도는 말을 이었다.

"에도 모병이 선결 문제야. 에도나 다마 쪽에 가거든 안부를 전해주게. 도시조, 장군의 친위대 조장이라는 어엿한 직속무사로서 고향에 가는 거야. 기분이 좋을 테지."

"농담 마라."

"아냐, 칼자루 하나로 이렇게 출세한 건 전국(戰國) 시대 이후로 나하고

너 정도가 아닐까."
그 해, 게이오 3년.
7월 말, 도시조는 여장을 갖추고 에도로 출발했다.

에도 일기

"아냐, 나는 이대로가 좋아."

도시조가 그냥 낭인 행색으로 나서려고 하는 것을 곤도가 만류했다.

"도중에 줄곧 본진(本陣)에 유숙하기로 돼 있네. 그런 꼴로는 체면이 안 서. 격식을 갖춘 어엿한 옷차림이어야 해."

당연한 일이다.

낭인 행색으로 본진 유숙은 곤란하다. 본진은 영주와 공경, 직속무사, 그리고 장군 알현 이상의 신분이 아니면 유숙할 수 없다.

도시조는 어마어마한 모양새가 되었다.

안에 쇠를 두른 전립(戰笠), 그 흰 끈을 다부지게 턱에 죄고 수행원으로는 젊은 호위 무사와 짚신 하인, 창(槍) 시종, 말 고삐잡이 따위를 거느리고 에도로 향했다.

거기에 대원 5명이 뒤따랐다.

'이건 마치 연극 같군.'

처음에는 쑥스러웠다.

본진에 당도하면 문전에

'히지카타 도시조 숙(宿).'

방이 나붙고 여관 관리 관원이 문안드리러 온다.

'묘한 일이다.'

하코네를 넘을 무렵에는 제법 몸에 배었다.

'쑥스럽다고 생각하면 남의 눈에도 그렇게 보일 거라. 다 그런 거지.'

배짱이 두둑해졌다.

배짱이 서고 보니 키는 늘씬하겠다, 눈매, 입매가 시원스런 용모의 사내였으므로 세습 직속 무사보다 훨씬 훌륭하게 보였다.

"히지카타 선생, 이거야 참."

대원 쪽이 입 밖에 내어 말은 하지 않지만 그런 눈으로 놀란다.

도중 내내 홑옷으로 일관했다.

이 게이오 3년 가을은 언제까지나 늦더위가 계속되어 어쩔 도리도 없었던 것이다.

시나가와(品川) 바다가 오른쪽으로 반짝반짝 빛나기 시작했을 때 도시조는 겨우 '돌아왔구나.' 하는 실감이 났다. 그것은 분큐 3년, 아직 추운 2월의 일로, 에도에서 떠난 뒤 5년 만의 귀향이었다.

도시조 일행은 에도의 오키도(大木戶)에 들어갔다.

잠깐 걸음을 옮기다가 가나스기 다리 가의 찻집에서 쉬었다. 그다지 피로하지는 않았으나 에도에 돌아왔다는 기분을 걸상 위에서 맛보고 싶었던 것이다.

'에도는 달라졌다.'

경기(景氣)가 아니다.

오가는 사람이나 찻집 주인, 안주인, 하녀 등속까지 어딘가 표정이 서먹서먹하다.

그러나 곧 도시조는 그 이유를 깨달았다.

'어처구니없군. 나의 이 옷차림 때문이구나.'

서민들은 직속 무사인 도시조에 대하여 그것에 어울리는 표정과 동작으로 접한다. 에도가 달라진 것이 아니라 도시조가 달라진 것이다.

"주인장."

불러도 바로 대답을 하지 않는다. 호위 무사에게 의향을 묻는 표정을 짓는다.

"여봐, 고모다(菰田) 군."
도시조는 동행한 평대원에게 말했다.
"저 영감더러 내게 세상 돌아가는 얘기 좀 하라고 일러라."
도시조 스스로 우스꽝스러웠다.
주인의 입이 겨우 열렸다.
"나리, 에도도 이 한 해 동안에 퍽 달라졌습지요."
주인은 말했다. 도시조가 오사카나 어딘가에서 근무하다가 돌아온 것으로 보는 모양이다.
"이렇게 밖을 내다보니 별반 그렇지도 않은데."
"아닙니다. 차차 보십시오. 히도쓰바시 문 바깥에 이국인 전습소(傳習所)라고 하는 엄청난 건물이 생겨났고, 뎃포즈(鐵砲洲)의 군함 조련소(軍艦調練所) 자리에도 호텔이라고 하는 이국인 여관이 올 여름부터 들어서서 근처 짓켄초 주민들은 저쪽 하늘이 안 보인다고 야단들이죠."
"그런가."
도시조도 감개무량했다.
지난날 에도를 떠날 때는
"양이의 선봉이 되겠다."
며 떠나지 않았던가.
그런데 정작 막부가 양이주의인 교토 조정의 의향과는 달리 어물쩍 개국(開國)하고 있다.
조약도 이미 일류국만이 아니라, 이 달에는 포르투갈이나 에스파냐, 벨기에, 덴마크 등의 이류국과도 맺게 되었다는 말을 도시조도 들었다.
'양이군인 이토 가시타로가 화나게도 됐지.'
도시조에게는 양이도 개국도 없었다.
일이 여기까지 온 이상 마지막까지 도쿠가와 막부를 수호할 각오였다.
도시조 일행은 찻집을 나왔다. 등 뒤에서 영감이 고개를 이리저리 갸웃거렸다.
'아무래도 본 적이 있는 얼굴이야.'
주인은 다마군 히노 태생으로 이름은 요시마쓰. 히노 주막거리는 도시조의 생가와 가깝다.
"저 양반, 누군지 알아?"

마누라에게 물었다.

"막부친위대 대장으로 히지카타 도시조님이라던가요."

"아, 도시조!"

생각이 났다.

아사 강둑에서 다마 강가로 고슈 대로 연변 일대를 새까맣게 볕에 그을은 얼굴로 싸돌아다니던 불량 소년 도시조(歲三)가 아닌가.

"저놈이, 저 무슨 짓이람."

주인은 눈이 휘둥그레졌다. 도시조가 가짜 직속 무사로 둔갑하여 도카이도(東海道)를 오르내리고 있다고 생각한 모양이다.

도시조는 곤도가 최근에 사들인 우시고메 소재의 저택에 여장을 풀었다.

곤도는 앞서 에도에 왔을 때 야나기 거리의 옛 도장을 정리해 버리고 격식에 맞는 이 저택을 샀다.

이 넓은 저택에 와병 중인 곤도 슈사이와, 이사미의 아내 오쓰네, 그리고 외동딸 다마코가 세상에서 버려진 것처럼 살고 있었다.

'과연 훌륭한 저택이군.'

에도도 변했군, 하고 약간 비아냥거리듯 도시조는 생각했다. 무사시의 농사꾼 출신 곤도 이사미가 에도에 이만한 저택을 갖고 있다.

슈사이 노인은 뼈와 가죽만 남아 있었다. 이미 시력은 거의 잃은 모양이었다.

"좀 어떻습니까?"

도시조가 머리맡에 앉았으나 눈을 뜨고 있을 뿐 보이지는 않는 모양이다.

"도시조, 나도 평생에 아홉이나 마누라를 갈아들인 사내지만 이젠 그만인 모양이야."

노인은 나직한 목소리로 말했다.

이사미의 아내 오쓰네는 여전히 무뚝뚝한 얼굴로 반가워하지도 않았다.

"그 동안 별일 없으셨나요?"

도시조가 물으니

"몸만은."

대답했다. 이런 여자도 남편의 돌봄을 받지 못하고 살다보니 역시 여느 여자나 마찬가지로 속상한 일이 많은지 전보다 얼굴 모습이 험상스러워졌다.

"당분간 폐를 끼치게 되었습니다."
"네."
오쓰네는 배를 긁적거리면서 고개를 끄덕였다.
도저히 상급 직속무사의 마나님이라고는 할 수 없는 여자였다.
도시조는 이 저택을 본거지로 삼아 대원 모집을 할 생각이었다.
"얼마간 사람들 출입이 잦겠지만 너그러이 보아주십시오."
이튿날부터 대원에게 격문을 들려 에도 안의 도장을 모조리 방문하게 하였다.
큰 도장, 작은 도장이 300 군데는 된다.
되도록 무명 유파의 작은 도장을 고르고 치바와 모모이, 사이토 등의 큰 도장은 방문하지 못하게 하였다.
큰 도장 문도는 근왕 쪽에 기울어지고 있는 자가 많다.
이미 신센조도 기요카와 하치로와 야마나미 게이스케, 도도 헤이스케, 그리고 이토 가시타로패들 때문에 혼쭐이 나고 있는 판이다.
'무명 도장이 좋다. 그것도 농민이나 상인 출신으로 배짱 센 놈이 좋아.'
도시조는 모집 관계 대원에게 말했다.
"조슈의 기병대(騎兵隊)를 보아라."
농부와 상인 출신뿐이지만 오늘날 조슈군을 지탱하는 최강의 부대가 아닌가.
대대로 가록(家祿)을 배불리 먹어 온 집안에서는 변변한 무사가 나오지 않는다.
소문은 삽시간에 에도의 각 도장에 퍼져 우시고메의 곤도 저택을 찾아오는 검객이 줄을 이었다.
면접은 대원에게 맡겼다.
대원의 마음에 들면 대원은 정중하게 현관까지 전송하고 집합 일자를 알려 준다.
도시조는 일절 얼굴을 내비치지 않고 으슥한 방에서 관계 대원에게서 그날의 보고를 들을 뿐이었다.
"왜 안 만나십니까?"
대원이 물어본 일이 있다.
"난 얼굴을 한번 흘끗 보기만 하면 좋고 싫고가 먼저 앞서는 사람이다. 그런 내가 중요한 대원 전형(銓衡)을 할 수 있겠나."
"아하, 네."
대원들은 뒤에서 수근거렸다.
"그래도 자기 자신은 아는 모양 아냐."
하는 자도 있고
"여행하면서 생각한 일인데 저분도 사람이 되어 가는 것 같다. 좀처럼 잔소리를 안해."
그런 말을 하는 자도 있다. 어쩐 일인지 도시조의 평판이 이 에도행을 계기로 부쩍 좋아졌다.
도시조도 깨닫지 못한 일이리라. 어쩌면 교토에서 가졌던 오유키와의 교제와 관련된 일인지도 모르지만.
만약 여기에 인간 관찰이 날카로운 대원이 있었다면 이렇게 말했을지도 모른다.
"혼자 몸으로 여자 하나 변변히 안아보지도 못하고 여기까지 온 사람이야. 피가 끓고 있어. 그런데 요즘은 어딘가에 좋은 여자가 생겨 남의 목숨의 소중함을 깨달은 것은 아닐까."

히노의 사토 집안에 전해 내려오는 이야기에 따르면 에도에 체류하는 동안, 꼭 한 번 도시조는 생가와 사토 집안, 그 밖의 집들을 방문했다.
'안포쓰' 가마라고 하는, 그 때는 신분이 높은 무사가 아니면 타지 못하는 가마를 타고 왔던 모양이다.
히노 주막거리 근방에서는 평판이 그다지 좋지 못했다.
"콧대가 높아졌군."
매형인 사토 히코고로조차
"도시조, 자네 지금은 고관인지 모르지만 옛날을 잊어버려서는 안 되네."
이렇게 에둘러 타일렀다.
"똑같은 도시조입니다."
도시조는 웃지도 않고 말했다.
도시조는 옛날 이 근방에서 멋 없기로 이름난 사내였다. 그 밑바탕은 지금도 옛날이나 마찬가지라고 말한 것이다.
"그렇지만 도시조, 일껏 금의환향하지 않았나. 모두들 자네와 이사미가 크게 출세했다고 기뻐하고 있어. 모두가 마음속으로 그렇게 생각하고 있으니까 그에 보답할 일을 해줘야지."
"흐음?"
씁쓸한 얼굴로 대답했다.
"어떻게 하면 됩니까?"
"더러 웃기도 하란 말이야. 이 거리의 사람들은 순박하니까, 참 훌륭해진 사람은 다르구나, 겸손해, 하고 모두들 좋아할 거란 말이야. 그런데 자넨 그렇게도 웃기가 싫은가?"
"싫긴요. 자신도……."
도시조로서는 까닭을 알 수 없었다.
"우습지도 않은 걸 어떻게 웃으란 말이오?"
그러면서도 자질구레한 일에까지 퍽 신경을 써주는 자상한 면이 있었다.
이시다의 생가에 나이가 위인 조카딸이 있었다.
도시조가 상경했을 당시에는 아직 어렸으나 그 뒤 에도의 영주 저택으로 예법을 배우기 위해서 들어갔다.
얼마 뒤에 이웃 동네로 시집갔으나, 병 때문에 이혼당하고 돌아와 있다는 말을 도시조도 교토에서 들었다.
이 조카에게만은 어느 사이에 사 모았는지 교토의 빗과 머리 장식, 그림책 등을 선물로 갖다 주었다.
"도시조도 제법이야."
장님인 다메사부로 형이 좋아했다.
또 혼담이 들어온 일이 있었다.
누님 오노부가 다리를 놓은 것으로 다메사부로도 끈질기게 권했다.
"그 처녀라면 나도 알고 있지만 아주 예쁜 아가씨야. 눈뜬 사람은 모르지만 장님인 내가 이렇게 보장하는 거니까 틀림없어."
도쓰카 마을의 처녀였다.
히지카타 집안과는 먼 인척간 되는 집으로 부자 소리를 들으면서도 선친의 취미인 샤미센(三味線 : 일본의 고유 현악기)을 배우고 있었다.
"아아, 그집 말이오."
도시조도 어렴풋이 기억하였다. 솟을대문에 단풍나무 울을 둘러친 집이었다.

"오코토 말이군요."
도시조는 웃었다.
이때 도시조는 처음으로 웃었던 모양이다.
오코토는 도쓰카 근방에서도 손꼽히는 미인이고 무엇보다 샤미센 솜씨가 뛰어났다. 도시조가 고향을 떠날 무렵에 열대여섯 살이었으니 이제 스물은 지났으리라.
"도시조, 마음에 있구나."
장님 형이 고개를 끄덕였다. 느낌으로 남의 속을 짚는 모양이다.
"장가들어야 해. 넌 이집의 막내지만 벌써 서른셋 아니냐. 총각이 그 나이면 환갑이야."
"환갑도 지났어요. 서른셋이 지나서 홀몸이라면 다 틀린 거지요. 마누라를 얻어서 줄곧 달라붙으면 정말 몸서리쳐집니다. 게다가 여느 무사라면 봉록이나 받아먹고 있으면 되지만, 나는 할 일이 있습니다."
"무슨 일이 있다는 거냐?"
"신센조 말입니다."
이 혼담은 그것으로 끝장이 났다.

도시조는 며칠 동안만 고향에 머물다가 곧 에도로 돌아갔다.
에도에서는 오키타 소지의 매형으로 신초조(新徵組)의 소대장인 히지카타 린타로와 그 아내 오미쓰(소지의 누이) 등과도 만났다.
오미쓰는 소지의 건강에 대해서만 상세히 물었다.
"뭘요, 별 걱정 없습니다."
도시조는 말했으나 사실 소지는 한 달이면 보름은 자리에 누워 지냈다.
약은 의사가 처방한 것도 먹지만 도시조네 집에 전해 내려오는 약도 먹고 있다.
히지카타 집안에는 도시조 자신이 지난날 그것을 메고 팔러 다녔던 타박상 약 '이시다 가루약' 외에 결핵에 잘 듣는다는 '허로산(虛勞散)'이라는 명약이 있었으므로 도시조는 그것을 일부러 가져다가 오키타에게 먹이고 있었다.
도시조가 달여주면
"아이구 지겨워. 히지카타님 때문에 마시는 겁니다."

마지못한 듯이 마시며 오히려 생색을 내곤 했다.
"오미쓰 씨, 이번에도 그 약을 갖고 갑니다. 그건 효험이 있으니까요."
약장수 시절의 버릇으로 이런 말을 자신 있게 했다. 아니, 도시조 자신도 자기집 약은 효험이 있다고 믿었다. 모든 일이 그런 성품의 사내였다.
고르고 고른 대원은 28명.
10월 21일 새벽에 곤도 저택에 집결했다가 에도를 떠났다.
그보다 며칠 전인 14일, 장군 요시노부가 대정(大政)을 봉환(奉還)한 사실(정권반환)이 있었으나, 에도에 있는 도시조의 귀에까지는 미치지 않았다.
오다와라의 본진에서 그 소식을 들었다.
그때, 도시조는 낯빛 하나 변하지 않고 한 마디 하였을 뿐이다.
"상관없어, 신센조의 활약은 이제부터다."
11월 14일 교토 도착.
산조 대교를 건너려고 하는데 지난 밤부터 부는 비바람이 더욱 세차게 휘몰아쳐 강둑 건너 자욱하게 서린 이내(靄) 때문에 교토가 잘 보이지 않았다.
도시조는 다리 위에 망연하게 섰다. 이토록 처절한 표정의 교토를 본 적이 없었다.

검의 운명

도시조는 가마로 가쇼 거리까지 가서 둔영 대문을 들어서면서 말했다.
"정말 굉장한 비로군."
곤도는 몇몇 대원들과 함께 대문까지 마중나와 주었다.
"도시조."
곤도는 탁 어깨를 쳤다. 반가운 모양이다.
"도시조, 자네가 상경하니까 하늘도 감격해서 비를 내리는 모양이야."
곤도다운 서투른 농담이지만 그 말투에 어딘가 공허한 울림이 있었다.
'이상한데.'
도시조는 이런 면에서는 민감했다. 대정봉환과 더불어 곤도의 심경이 바뀌기 시작한 것은 아닐까.
'그게 틀림없다.'
복도를 나란히 걸으면서 곤도의 말투는 또다시 변했다. 도시조의 눈치를 살피듯이 말하는 것이다.
"여행길에 많이 지쳤지?"
"응."

도시조는 곤도라는 사내를 잘 알고 있다.

마음속으로 생각하고 있어도 그런 말을 입에 담아 쉽사리 말하는 유의 사내는 아니었다.

"지치기는. 그보다도 자네 거동을 보니 교토에 있었던 쪽이 더 지친 것 같은데."

"그런가. 얼굴이 영 시원찮아. 아무래도 마음 편찮은 일이 있는 거 아냐?"

"도시조, 자네는 모르고 있어."

"그래, 그 얘기는 나중에 하자."

그날 저녁, 교토의 곤도 저택에서 부대 간부가 모여 도시조를 위로하는 주연을 베풀었다.

"히지카타님, 에도는 어떻던가요?"

오키타 소지가 물었다.

"참, 자네 누님도 만났지. 나중에 자세한 얘기를 하겠네."

아무래도 이상하다고 생각한 것은 좌중의 분위기가 교토를 떠날 때와는 다르다는 점이다. 어딘지 모르게 침울하다.

본디 이 좌중의 사람들은 사물을 어둡게 보는 성격의 소유자들은 아니다. 그 중에서도 하라다 사노스케가 낙천가의 우두머리였다. 나가쿠라 신파치도 각오가 선 사내다. 그리고 온화하고 책도 읽지 않는 이노우에 겐사부로, 오키타 소지, 그는 곤도와 히지카타와 함께 생사를 같이 한다는 한 가지만 확실하고 나머지는 하늘에 맡긴 것이나 다름없는 젊은이였다.

도시조는 에도의 이야기 보따리를 끌러 놓았다.

슈사이 노인의 병세.

사토 히코고로의 근황.

그리고 에도에서의 신센조에 대한 평판.

"료고쿠(兩國)의 불꽃놀이는 올해는 하지 않더군. 에도도 변했지. 길을 가도 박쥐우산이라는 걸 받치고 걸어다니는 무사가 많아. 처음에는 직속무사 사이에서만 유행했는데 차츰 서민들도 쓰기 시작했다더군."

"그렇게 변했나요?"

나가쿠라가 말했다.

나가쿠라 신파치는 마쓰젠번의 탈번자로 조슈의 하급무사 자식이었으니 순수한 에도 태생이라고 할 수 있다. 그런 만큼 남다른 감회가 있었을 것이다.
"에도로 돌아가고 싶습니다."
지친 표정으로 말했다.
"그 까닭은?"
도시조는 술잔을 입술에서 멈추고 미소지었다. 이 사내의 미소는 다루기 힘들다.
"뭐, 이유 같은 건 없습니다. 히지카타님이 오래간만에 에도 냄새를 몰고 왔기 때문에 그래 본 겁니다."
"하지만 신파치 군, 에도에는 돌려보낼 수 없어."
도시조는 잔을 내려놓았다.
"교토가 신센조의 전쟁터라고 나는 생각하고 있네."
"하지만 도시조."
옆에서 낮은 목소리가 들려왔다.
곤도였다. 그는 중얼댔다.
"자넨 외곬이어서 괜찮지······."
"괜찮다니?"
"자네가 없는 동안, 교토도 변했어."
대정봉환을 말하는 것이겠지. 이 급변에 곤도는 어떻게 대처해야 할지 어리둥절할 뿐이었다.
"장군께서 정권을 황실에 반납하셨네."
"그 얘긴 나중에 하세."
도시조는 말했으나 곤도는 덮치듯이 말했다.
"도시조, 내 말 들어보게. 아니, 일본은 미나모토 요리토모 공 이래, 정권을 무문(武門)의 우두머리가 잡아왔네. 정권의 변천은 있었지만 이것이 예로부터 일본의 관례였어. 그런데 지금은 서양 오랑캐가 이 나라를 노리고 있어. 지금이야말로 정이대장군(征夷大將軍)을 받들어 모시고 나라를 지켜야 할 때인데 공경에게 정권을 넘기고 일본을 과연 지켜낼 수 있을 것인지."
"옳소."
말석에서 하라다 사노스케가 요란스럽게 손뼉을 쳤다. 단순한 사내이다.

검의 운명 163

"사노스케, 잠자코 있어!"
곤도는 주의를 주었다.
"그렇다고 해서 황실에 활을 당길 수는 없네, 도시조."
"무슨 뜻인가?"
도시조는 술잔을 내려놓았다.
"자네에게 의견이 있나?"
"의견이야 있지. 하지만 그리 어려운 건 아니야. 신센조의 대장은 자네야. 자네가 겐쿠로 요시쓰네(源九郞義經) 같은 창백한 얼굴로 고민할 것은 없어. 대장이란 고민하지 않는 걸세. 고민하지 않는 모습을 언제나 우리 부하들에게 보여주고 부하로 하여금 우러러 태산처럼 생각하게 하는 것이 대장이야. 자네가 울상을 짓고 있기 때문에 보라구, 부대의 사기가 묘하게 가라앉아 있네."
"이건 의논이니까."
"어느 쪽이건 소용없는 짓이야."
창대 쪼개듯 말하였다. 의논이라면 자기하고 둘이서만 하면 된다는 것이 도시조의 의견이었다. 대장이 대원에게 자신의 고민을 털어놓게 되면 신센조는 내일이랄 것도 없이 당장 오늘부터 허물어져갈 것이다.

"곤도님."
그 뒤 곤도의 저택에서 말했다. 대원은 하나도 없었다.
"우리는 절개로 밀고 나가자. 시류라든가, 황실이라든가, 사쓰마·조슈가 어떻다든가, 공경 이와쿠라(岩倉)가 어떻다든가 하고 떠들기 시작하면 이야기는 이상하게 되는 법이야. 곤도님, 그 몸의 때를 좀 털어버리게."
"때?"
"정치 말일세. 자네는 교토에 온 뒤로 그 재미에 맛을 들였어. 정치란 나날이 움직이는 것이야. 그런 것에 일일이 끌려다니다간 앞으로 신센조는 몇 번 빛깔을 바꿔야 할지 몰라. 사내에게는 절개가 있어. 이것은 옛날이나 지금이나 변하지 않는 거야. 우리는……"
도시조는 식은 차를 단숨에 마시고 나서 말했다.
"처음 교토에 왔을 때는 막부고 황실이고 생각지 않았지. 오직 양이의 선봉장이 된다는 것뿐이었어. 그런데 어쩌다 보니 아이즈번, 즉 막부와 인연이 깊어졌어. 알지 못하는 사이에 그쪽으로 다가갔던 것인데, 그렇다고 이제 와서 이걸 내버린대서야 남자가 아니지. 곤도, 자네는 《일본외사》 애독자지만 역사란 변천하는 거야. 그 속에서 영원히 변하지 않는 것은 그 시대 그 시대에 절개를 지킨 사내들의 이름이지. 신센조를 이때에 절개와 의리를 지키는 집단으로 만들고 싶어. 가령 가신들이나 친번, 직속영주, 직속무사 8만 기(騎)가 도쿠가와 가문에 등을 돌리건 활을 겨루건 신센조는 배신하지 말아야 해. 최후의 한 사람이 남더라도 결코 배신하는 일은 없다."
"도시조, 다이난코(大楠公 : 구스노기 마사시게)도 그랬지."
"자넨, 대단한 학자로군."
도시조는 빙긋 웃었다. 갈라져 나간 이토 가시타로도 구스노기 마사시게의 신봉자였던 것을 생각해냈기 때문이다.
"굳이 구스노기 아무개라는 죽은 사람의 이름을 빌리지 않아도 좋아. 곤도 이사미와 히지카타 도시조의 방식대로만 하면 돼. 그것으로 충분한 거야."
"그렇지만 부대는 동요하고 있네. 어쨌든 고시(告示)라도 있어야 하지 않을까?"
"아냐, 그 정도로는 안 돼. 부대 안에 절개를 본보이려면 이탈한 자를 베어 버리는 거야. 그 한 가지로 부대는 살아난다. 우선 탈맹(脫盟)하고 사쓰마번 쪽으로 가버린 이토부터."
이토는 에도 시절에는 스즈키 오쿠라(鈴木大藏)라는 이름이었다.
그 후 신센조에 가맹한 해에 그것을 기념하여 가시타로 이름을 고치고 이번에 사쓰마번으로 옮겨가 황릉수위사 대장이 되면서부터 셋쓰(攝津)라고 다시 이름을 고쳤다.
이 당시 탈번자가 이름을 고치는 것은 상식으로 되어 있었지만 변절할 때마다 이름을 고친 것은 이토 가시타로 정도가 아닐까.

이 이토 가시타로가 암살된 것은 게이오 3년 11월 18일 밤이다.
곤도의 집에 초대받아 술에 만취되어 물러난 것은 밤 10시가 지나서였다.
바람은 없었으나 길이 얼어붙었다. 이미 중천에 걸린 달이 기타코지 거리를 비추고 있었다. 이토는 동쪽을 향해 걸었다. 히가시 산 고다이사 둔영으로 돌아갈 참이었다.

검의 운명 165

초롱불도 켜지 않았고 부하들도 딸리지 않았다. 이토는 자신의 말 재주에 지나치게 자신을 가졌던 모양이다.

이토는 곤도의 집에서 시국을 논하고 막부를 매도하는 등 거의 혼자 떠들었다.

모두 감동했다.

곤도는 손을 잡고 눈에 눈물까지 글썽거렸다.

"이토 선생, 우리 서로 힘쓰세. 나라 일을 위해 죽는 것은 장부가 바라는 바가 아닌가."

곤도의 눈물은 무슨 뜻이었을까.

하라다 사노스케 같은 사내까지 이토의 말재주에 매료되어 탄성을 지르고 술을 따랐다.

'우매한 자들인만큼 일단 알아들었다 하면 감동이 크거든.'

이토는 기분이 우쭐했다.

'그런데 이 자리에 히지카타는 없구나.'

처음에는 미심쩍게 여겼으나 술잔이 거듭되자 달리 생각하게 되었다.

'세상이 바뀜에 따라 그 따위 고집쟁이는 신센조에서 사라지지 않을 수 없겠지. 짐작하건대 오늘날의 시국을 예언한 나하고 동석하기가 심히 부끄러웠을 거야.'

그 고집쟁이는 스토쿠(崇德寺) 문 뒤에 숨어 눈에 불을 켜고 이토가 나타나기를 기다렸다.

건너편도 절이다.

눈앞의 길은 사람 셋이 겨우 나란히 서서 걸을 수 있을 정도의 너비이다.

그곳 널빤지 울타리게와, 민가의 추녀 끝, 빗물을 받는 통을 쌓아올린 뒤쪽, 그늘진 곳에서는 모두 가쁜 숨을 쉬고 있었다.

이토는 취한 발걸음으로 다리를 건넜다. 다리를 건너면서 에도 시절에 배운 노랫가락 '지쿠부 섬(竹生島)'의 한 구절을 나지막하게 흥얼거리기 시작했다.

다 건넜다.

다리 저쪽 길은 동쪽으로 곧장 뻗어있다. 그 길 끝에 검게 윤이 나는 기와지붕이 가로막고 있었다. 히가시혼간사(東本願寺)라는 큰 가람이다.

이토의 노랫가락은 계속되었다.

이윽고 노래가 끊어졌다.
한 줄기 창이 이토의 목을 오른쪽에서 꿰뚫고 있었던 것이다.
이토는 그대로 서 있었다.
기관지에서 빗나갔기 때문에 숨을 조금 쉴 수는 있었으나 몸을 움직일 수는 없었다. 창이 꽂힌 채 이토 가시타로는 움직이지 않았다.
그때 등 뒤로 살그머니 돌아간 부토 가쓰조라는 사내가 칼을 높이 쳐들어 이토를 내리찍었다.
그러나 이토가 그보다 먼저 뽑아치기로 가쓰조를 베어 죽였다고 하니 보통 경우라면 이토는 얼마나 더 큰 성과를 올렸을지 모른다.
뽑아치기로 베었을 때 이토의 목을 꿰고 있었던 창이 뽑혔다.
동시에 피가 뿜어져 나왔다. 이토는 창에 꿰어져 출혈이 막혀 있음으로써 간신히 목숨을 부지하고 있었던 셈이다.
대여섯 발짝, 뜻밖일 정도로 확실한 걸음걸이로 걸었다. 이윽고 나무토막 쓰러지는 듯한 소리를 내면서 옆으로 쿵 거꾸러졌다.
숨이 끊어진 것이다.
"싸움은 이제부터다!"
도시조는 걸음을 옮기기 시작했다.
마귀와 흡사했다.
'절개를 버리는 자는 이것뿐이다.'
이토의 시체는 미끼삼아 아부라고지 네거리 한복판에 버려두었다. 이윽고 관아 관원의 보고가 들어가면 히가시산 황릉수위사 둔영은 발칵 뒤집힐 것이다.
보나마나 전원이 무장하고 달려올 것이 틀림없다.
그것을 잠복 대기하고 있다가 탈맹자들을 한꺼번에 섬멸하는 것이 도시조의 전술이었다. 적장의 시체를 미끼로 삼아 상대방을 함정에 빠뜨린다는 잔학비정한 전법을 생각해 낸 사내도 역사상 드물 것이다.
이토를 인간으로 취급하지 않았다.
도시조는 그토록 그 자신의 작품이라고 할 수 있는 신센조를 붕괴 직전까지 몰고 간 원흉을 미워하였다.
그와 비슷한 자들에 대해서도 마찬가지였다.
"이제 곧 놈들이 온다. 하나도 놓쳐서는 안 돼."

검의 운명 167

출동대원 40여 명에게 엄한 지시를 내렸다.

도시조는 아부라고지의 네거리에서 북쪽으로 세 번째 집인 가락국수 가게 '요시지'를 빌려 그곳에 출동대원 주력을 수용했다.
나머지는 3명씩을 한 조로 편성하여 네거리 여기저기에 잠복시켰다.
이윽고 달이 기울기 시작했다. 그러나 아직 놈들은 오지 않는다.
"히지카타님, 올까요?"
하라다 사노스케는 봉당에서 '요시지'의 문턱에 걸터앉아 있는 도시조에게 물었다.
"온다."
확신이 있었다. 사실, 이토 대원들은 혈기가 사나운 자가 많았다. 수령의 시체에 모독을 가하는 것을 참지 못하고 그들은 생사를 헤아리지 않을 것이다.

한편, 고다이사의 황릉수위사 둔영에서는 이날 밤 불행이 겹쳤다. 영내에는 몇 명 남아 있지 않았다.
부대의 간부 아라이 다다오와 기요하라 기요시는 모병 관계로 간토에 내려가고 없었다.
이토의 수제자였던 우치미 지로와 아베 주로는 전날부터 사냥을 하기 위해 이나리산으로 들어간 채 아직 귀대하지 않았다.
이토가 죽은 이 마당에는 그의 상담역이었으며 또한 최연장자이기도 한 시노하라 다이노신이 자연히 지휘를 맡게 되었다.
급히 보고하러 온 관아 관원을 돌려보낸 뒤, 시노하라는 서둘러대는 동지들을 진정시키고 말했다.
"시체를 거두어오는 일이 급선무다. 아마 적도 대기하고 있을 게다. 하지만 무슨 짓을 해서라도 시체는 우리가 가져와야 한다. 이 밖에 다른 생각은 할 필요가 없다!"
"시노하라님."
이토의 아우 스즈키 미키사부로가 소리쳤다. 그는 떨고 있었다.
"상대는 모두 구면입니다. 우리가 예의를 다해 인수하러 가면 일이 수월하지 않겠습니까?"

"예의를 다하다니?"

시노하라는 코웃음을 쳤다. 사무라이의 예의를 아는 자들이라면 이토를 꾀어내어 불의의 습격은 하지 않았을 것이다.

"오직 싸움뿐이야."

핫토리 다케오가 말했다. 지난날 신센조에서도 빼어난 검객으로 손꼽혔던 사내다.

"시노하라님, 갑주를 입고 갑시다!"

"안 돼."

시노하라는 일동에게 평상복을 입도록 명령했다. 이때의 심경을 시노하라 다이노신은 유신 뒤의 수기에 이렇게 쓰고 있다.

'만약 적과 마주 싸우면 적은 많고 우리 쪽은 적다. 그런데 갑주를 입고 길가에서 싸우다 죽으면 후세 사람들은 그 겁먹은 모습을 보고 웃을 것이다.'

출동 대원은 7명이었다.

시노하라 다이노신, 스즈키 미키사부로, 가노 도리오 등이 가마에 올라탔다.

그리고 이토의 유해를 운반하기 위한 인부 두 명에 하인 하나.

히가시산 비탈을 내려왔을 때는 오전 한 시가 지나 있었다.

'아부라고지로 달려갔다. 사방을 둘러보았으나 잠잠하고 인기척이 없었다. 곧 이토의 시체에 접근하여 그 횡사를 확인하고 모두 탄식하며 재빨리 유해를 가마에 옮기려는 찰나, 쇠사슬 보호구를 입은 적병이 사방에서 튀어나와 여기저기서 덤벼들었다. 그 수는 대략 40여 명이었다.'

도시조는 '요시지'의 추녀 밑에서 팔짱을 낀 채 현장을 바라보았다.

달빛이 길가의 싸움을 비추고 있었다.

도도 헤이스케와 핫토리 다케오가 분전하는 처절한 모습에는 도시조도 가슴이 떨려옴을 느꼈다. 한 발짝도 물러서려 하지 않았다.

날아들어서는 치고 뛰어들어 베고, 단 한 칼도 헛치는 일이 없었다.

"히지카타님, 내가 나갈까요?"

대기하고 있던 나가쿠라 신파치가 말했다.

"아냐, 신참 대원에게 맡겨둬."

"하지만 죽는 사람만 불어날 뿐입니다."

나가쿠라는 뛰쳐나갔다.

도시조가 보고 있으니 나가쿠라는 탄환처럼 무리 속을 뚫고 들어가 도도 앞으로 나갔다. 에도 결맹 이래의 옛친구다.

"헤이스케, 나가쿠라다."

칼을 뽑아 추녀 밑으로 다가서며 도망치라는 듯이 남쪽 길을 열어 주었다.

도도는 나가쿠라의 호의를 알아차리고 내빼려고 했다. 안심한 것이 화근이었다. 등이 텅 비었다. 그 등을 평대원 미우라라는 자가 찍어 내렸다.

도도는 이미 몸에 여러 군데 칼을 맞고 있었다.

그래도 굴하지 않고 미우라와 대항했으나 마침내 힘이 다하여 칼을 떨어뜨리고 추녀 밑의 시궁창에 거꾸로 머리를 처박고 목숨이 끊어졌다.

핫토리 다케오는 더욱더 처절했다. 그가 부상을 입힌 자만도 20명은 되리라. 하라다 사노스케와 시마다 가이 등 부대 내 굴지의 고수조차도 핫토리의 칼을 막아 내지 못하고 부상을 입었다. 이윽고 그도 싸우다 죽었다.

모나이 아리노스케도 죽었다.

시노하라, 스즈키, 가노, 도야마는 난투 초기에 재빨리 도망쳤다.

죽은 것은 묘하게도 모두 일류 검객들이었다. 그들은 탈출하려고 했으나 칼이 그것을 허락하지 않았다. 칼이 저절로 날아 차례로 적을 쓰러뜨리고 그 주인을 사지로 사지로 몰아넣었다.

'검에 사는 자는 끝내 검에 죽는다.'

도시조는 문득 이렇게 생각했다.

추녀 밑에서 나왔을 때는 달은 지고 없었다. 도시조는 칠흑같은 시치조 거리를 혼자 걷기 시작했다.

별이 빛나고 있었다.

대암전(大暗轉)

세상은 정말 떠들썩했다.

게이오 3년 11월 18일, 탈맹한 수령 이토 가시타로를 아부라고지에서 죽이고 난 뒤로 곤도의 거동이 이상해졌다. 분수를 잃었다고나 할까.

대정봉환(大政奉還).
도쿠가와 요시노부는 장군직 반납을 조정에 상신했다.

천하는 어떻게 되는가.
"곤도님, 사내란 이런 때일수록 침착해야 하네. 시류에 떠밀려 덤벙대서는 안 돼."

도시조는 질책하듯이 말했으나 곤도는 여전히 갈피를 잡지 못했다. 날마다 대원을 거느리고 교토의 여기저기를 찾아다니며, 니조성(二條城)에 가서는 막부의 감찰관 나가이 겐파노카미를 만나고, 구로다니의 아이즈 본진으로 달려가서는 정보를 수집하고, 끝내는 근왕계라고 하지만 다소 막부에 동정적인 도사 번저에까지 찾아가 참정(參政) 고토 쇼지로(後藤象二郎)를 만

나서 말했다.

"조슈는 하마구리 문의 변으로 교토를 어지럽혔소. 그런데도 반성이 없소. 그들을 귀하께서는 어떻게 생각하십니까?"

별 수 없는 시대에 뒤늦은 이론을 걸고 들어 고토를 어리둥절하게 만들었다. 사실상 토막(討幕)의 밀칙(密勅)은 이미 사쓰마와 조슈번에 내려져 있었다.

이날, 고토 쇼지로는 찾아온 곤도를 큰 소리로 꾸짖었다.

"바야흐로 국난(國難)을 당한 때다. 일본은 통일국가를 수립하여 외국에 대항할 때일세. 대정봉환 이후는 황국이 한 마음으로 힘을 합쳐 나라 안을 수습하고 300년의 구폐를 고쳐 외국과 당당하게 맞설 만한 나라가 되지 않으면 안 되네. 조슈에 대해서 이러쿵저러쿵할 때가 아닐세. 그런 일로 나라 안에서 티격태격하는 동안 외국에 빼앗기고 마네. 오늘부터 지사로 자처하는 자는 온 마음을 거기에 기울여야 해. 어떤가, 곤도 선생."

"아하, 과연 지사로 자처하는 자는……"

말끝을 잇지 못한 채 이사미도 묵묵히 물러가고 말았다.

이것은 고토 측의 기록이므로 곤도의 모습을 무척 처량하게 그리고 있기는 하지만 대략 이런 것이었으리라.

도시조는 곤도가 지나치게 정치를 좋아한다고 생각하였다.

'제반 정세 같은 것은 아무래도 상관 없다. 정세가 불리하다 할지라도 절개와 의리에 죽는 것이 사내가 아닌가.'

고토측 기록에 곤도는 '나도 도사번 가신으로 태어날 걸 그랬다. 그랬으면 이 시국에 얼마나 큰일을 할 수 있었을까'라고 말했다고 적혀 있다.

분명히 곤도의 사상은 흔들렸다. 한낱 무인(武人)이어야 할, 또한 그 정도 기량의 곤도 이사미가 걸맞지 않는 명예와 지위를 과분하게 얻고 다시 사상과 정치에 동경을 품게 되었다. 곤도의 우스꽝스러운 동요는 거기에 있었다.

도시조는 이렇게 보았다.

큰일이다, 라며 앓아 누운 오키타에게 불만을 토로했다.

"신센조는 바야흐로 기울어져가는 운명에 놓인 막부군에 최강의 무사 단체가 되어 있다. 그러한 조직은 태산처럼 움직임이 없고 조용하기가 깊은 숲과 같아야만 두려움의 눈으로 보게 된다. 그런 것을 수령 스스로가 막부나 여러 번의 요인들 사이를 헤집고 다니면서 횡설수설 늘어놓으니 업신여김을 당할 뿐이다."
"그렇군요……."
오키타는 여전히 모호하게 미소를 지으며 도시조를 올려다보았다.
"소지, 어서 기운을 차려야 해."
"그래야죠."
오키타는 희미하게 웃었다. 그 웃음은 언제나 그렇지만 두려운 생각이 들 정도로 해맑았다.
"소지, 넌 좋은 놈이야."
"맙소사!"
오키타는 목을 움츠렸다. 오늘의 도시조는 좀 이상하다.
"나도 혹시 내세에 다시 태어난다면 이런 악바리가 아닌, 너 같은 인간으로 태어나고 싶다."
"글쎄, 어느 쪽이 행복할지는……."
오키타는 도시조에게서 눈길을 돌린다.
"모르는 겁니다. 타고난 자기 성품대로 힘껏 살아갈밖에 도리 없는 일이 아닐까요."
오키타로서는 듣기 드문 말이었다. 어쩌면 자기의 생명을 체념하고 있는 건지도 모를 일이다.
신경이 그렇게 만드는지 목소리가 맑았다.
도시조는 당황하여 화제를 바꾸었다. 왠지 눈물이 나올 것만 같아서였다.
"난 병서(兵書)를 읽었네."
도시조가 말했다.
"병서를 읽으면 이상하게도 마음이 가라앉는다. 나는 학문에는 밝지 못하지만 그래도《논어》《맹자》《십팔사략》《일본외사》 등은 대강 읽었다. 한데 그런 걸 읽고 있으면 선무당이 사람 잡는다고 자기 자신의 신념을 자신의 눈으로 감시하게 돼버려서 나약한 인간이 된다는 것을 나는 깨달았어. 거기다 대면《손자(孫子)》,《오자(吳子)》등의 병서는 좋아. 거기에 적혀 있는 것이라곤 적을 무찌른다는 것만이 유일한 목적이야. 소지, 이걸 봐."

도시조는 검을 번쩍 뽑았다.

이즈미노카미 가네사다, 두 자 여덟 치! 이미 몇 사람을 죽였는지 수조차 기억하지 못한다.

"이건 칼이다."

도시조는 말했다. 도시조의 열띤 말투는 상대를 오키타로 보고 있지 않았다. 자기 자신에게 말하는 것 같은 모습이었다.

"소지, 보아라. 이건 칼이다."

"칼입니다."

하는 수 없이 웃었다.

"칼이란 도장(刀匠)이 사람을 죽일 목적만으로 만들어낸 물건이다. 칼의 성격, 또는 목적이라고 하는 것은 단순 명쾌한 것이다. 병서와 마찬가지로 적을 무찌른다고 하는 사상뿐이지."

"네에."

"그렇지만 보아라, 이 단순한 아름다움을. 검은 미인보다도 아름답다. 미인은 보고 있어도 마음이 긴장되지 않지만 검의 아름다움은 숙연히 남자의 뱃속을 긴장시킨다. 목적은 단순해야 한다. 사상은 단순해야 한다. 신센조는 절개와 의리에만 살아야 한다."

'역시 그 말을 하고 싶었던 거로군.'

오키타는 드러누운 채 미소를 떠올렸다.

"안 그런가, 오키타 소지?"

"나도 그렇게 생각합니다."

이것만은 또렷이 긍정했다.

"소지도 그렇게 생각해 줄 건가?"

"그렇지만 히지카타님."

오키타는 잠깐 입을 다물었다가 다시 말했다.

"신센조는 앞으로 어떻게 됩니까?"

"어떻게 되느냐고?"

도시조는 껄껄 웃었다.

"어떻게 되는가, 란 사내가 생각할 일이 아니다. 아녀자가 할 말이다. 사내는 어떻게 하겠다는 것만 생각해야 한다."

"그럼 어떻게 합니까?"

"《손자》에 이르기를……."
도시조는 칼을 찰칵 칼집에 찔러 넣었다.
"그 쳐들어감이 불과 같고 그 빠르기가 바람과 같고 그 움직임이 번개와 같다."
도시조는 어디까지나 막부를 위해 싸울 결심이다. 장군이 대정을 반납하였거나 말았거나 히지카타 도시조가 아랑곳할 일이 아니다. 도시조는 난세에 태어났다.
난세에 죽는다.
'남자의 소망이 아니던가.'
"이봐, 소지. 난 말이다, 세상이 어떻게 되건, 설사 막부군이 전멸하고 마지막 한 사람이 된다 해도 하고야 말겠다!"
사실, 이후 히지카타 도시조는 막부군이 사방에서 모조리 항복, 또는 항복하려고 할 때, 마지막 오직 한 사람의 막부 무사로 남아 최후까지 싸우게 된다.
"나는 말이야……소지."
도시조는 다시 말을 이었다.
"지금, 곤도처럼 중심을 잃었다고 하자. 오늘날에 이르기까지 신센조의 조직을 수호하기 위해서라는 명목 아래 수많은 동지를 죽였다. 세리자와 가모, 야마나미 게이스케, 이토 가시타로…… 그들을 무엇 때문에 죽인 것이란 말인가. 그들 또한 내게 굴복할 때 사내로서 훌륭하게 죽었다. 그런 내가 여기서 동요한다면 지하에 가서 그들을 볼 낯이 있겠나?"
"사내의 일생이란……."
도시조는 다시 덧붙였다.
"자기의 아름다움을 만들어 내기 위한 것이다, 그렇게 믿고 있어."
"나도."
오키타는 밝은 얼굴로 말했다.
"목숨이 있는 한 히지카타님을 따라갈 겁니다."

정세는 날로 바뀌어 대정봉환에서 두 달도 안 된 게이오 3년 12월 8일.
'왕정복고(王政復古)' 대호령이 내렸다.
교토 주재 막부의 직속무사, 아이즈 병(兵), 구와나 병은 모두 이 '사쓰마

번의 음모 성공'에 불복하여 교토에서 전쟁을 시작하려는 움직임이 점점 높아졌다.

"장군 요시노부는 미토 가계(水戶家系)이다. 본디 조정을 중시하는 가풍인지라 이 한 가문의 중대사가 사쓰마 측의 근왕, 근왕하는 염불에 얼이 빠지고 말았다. 장군은 도쿠가와 막부를 팔아 먹었다."

장군이 막부를 팔아 먹었다니 이치에도 닿지 않는 말이지만 막신들조차도 이 일에 대해 화가 나서 큰 소리로 논하는 자가 많았다.

바야흐로 세상은 어지러워졌다.

요시노부는 재사였다.

아마도 두뇌와 시국을 보는 눈은 천하의 제후(諸侯) 중에서도 요시노부를 따를 자가 없었을 것이다.

그러나 시류에 편승한 사쓰마와 조슈 측의 도전에는 도저히 항거할 방도가 없었다.

당시 '시국'의 분위기를 훗날 가쓰 가이슈(勝海舟)는 이렇게 말하고 있다.

'시운(時運)이라고 하는 것은 실로 무서운 것이다. 사이고(다카모리)도 기도(가쓰라 고고로)도 오쿠보(도시미치)도 개인으로서는 특별히 놀랄 만한 인물은 아니었다. 그러나 그들은 '왕정유신(王政維新)'이라는 시운을 타고 들이닥쳤기 때문에 나도 손을 들었던 것이다. 하지만 시운의 물결이 점점 가라앉게 되면 인물의 가치도 정상으로 돌아가고 대단히 훌륭하게 보이던 사람도 뜻밖에 작게 보이는 법이다.'

여기에 덧붙여 탁월한 비평가이기도 했던 가쓰가 당시의 정세를 어떻게 보고 있었느냐에 대하여 그 자신의 말을 빌려 보자.

단, 앞에 인용한 글은 가쓰의 말을 그대로 속기한 것이지만 다음 것은 그 자신이 이 게이오 3년 당시 은밀히 수상(隨想)으로 써 놓았던 것으로 그런만큼 그때의 '시국' 냄새가 여실히 나타나 있다.

'아이즈번(신센조를 포함한다)이 교토에 주둔하여 치안을 맡고 있다. 하지만 그 사상은 고루하고 단순히 고지식할 뿐이다. 그리고 그들에게는 어떻게 해야 도쿠가와 가문을 지켜내느냐 하는 진정한 생각이 없다. 그 고루한 사상이야말로 막부에 대한 충성이라고 생각하고 있다. 아마 이대로 나가면 국가(일본)를 파괴하는 자는 그들이리라. 여하간에 견식이 좁고 호국(護國)의 급선무가 무엇인지를 모른다. (중략) 이때 국가를 안정시키고 높은 시점에서 큰 방침을 가지고 나라의 방향을 그르치지 않게 할 자가 나와주지 않을 것인지. 그것을 생각하면 한숨만 절로 나올 뿐이다.'

교토 막부 군(軍)이나 아이즈와 구와나 병(兵)의 불온한 움직임을 알게 되자 요시노부는 이를 피하기 위해 자신은 교토에서 서둘러 오사카성으로 들어가 버렸다.

이제까지 '이에야스 이래의 영걸'로 일컬어지며 '요시노부가 있는 한 막부는 여전히 계속될지 모른다'고 사쓰마·조슈 측이 그 재능을 두려워했던 도쿠가와 요시노부의 변모(變貌)가 이때부터 시작된다. 공순(恭順), 다시 말하여 시세로부터의 철저한 도피가 마지막 장군 요시노부의 그 다음 인생이었다.

여담이지만 요시노부는 이후 장소를 전전하며 도피 생활을 계속했다. 그 도피와 공순함이 얼마나 극단적이었는지는 그가 다시금 천황을 배알한 것이 무려 30년 뒤인 메이지 32년 5월 2일인 것으로 보아도 알 수 있다. 그는 자신의 거성(居城)이었던 옛 도성에 대령하여 천황과 황후를 배알했다. 메이지 천황은 그에게 은꽃병 한 쌍과 홍백(紅白) 줄무늬 비단, 은술잔 한 개를 하사하였다. 정권을 반납하고 30년 만에 받은 답례품이 고작 그것이었다. 그것으로 미루어 요시노부의 비극적 반생(半生)을 알 수 있으리라.

막부 군은 요시노부가 오사카 성으로 물러가자, 함께 썰물 빠지듯이 교토를 떠났다. 물론 아이즈번도.
그런데 신센조만은 '후시미를 지킨다'라는 명분으로 후시미 관아에 머물러 있게 되었다.
교토에는 사쓰마를 주력으로 하는 이른바 도막 세력이 천황을 옹립하고 있었다.
막부의 수뇌부는 '언제 교토의 사쓰마·조슈와 오사카의 막부 군 사이에 싸움이 벌어질지도 모른다'는 이유로 오사카에서 보면 최전선인 후시미에 신센조를 두었던 것이다.
"이런 명예가 없다."
곤도도 여간 기뻐하지 않았다. 만약 싸움이 벌어지게 되면 사쓰마·조슈와 맨 처음 교전하게 되는 것은 신센조가 아닌가.

"도시조, 기쁘지?"

"응, 그래."

도시조는 바빴다. 가쇼 거리 둔영의 철수, 무기 외 기타를 실어 나를 수송 부대의 준비, 부대의 금고에 있는 군자금 분배, 그 외 이동에 따르는 지휘는 그의 책임이었다.

갑작스러운 일이라 내일 12월 12일에는 떠나지 않으면 안 되었다.

"도시조, 오늘밤이 마지막이다. 분큐 3년 상경한 이래 오늘날까지 이 도성에서 별의별 일을 다 겪었지."

곤도가 말했으나 도시조는 무서운 얼굴을 하고 잠자코 있었다. 그와 같은 감상에 빠져 있을 여유가 없을 만큼 직무가 바빴다. 아니, 이 사내의 본성은 아마도 그렇지는 않았을 것이다.

본디가 호교쿠 선생이다.

그것도 도시조는 몹시 감상적인 시구를 짓는 '시인'이었다. 다감한 추억이 떠올랐을 것이 틀림없다.

"여봐, 도시조. 하라다 사노스케나 나가쿠라 신파치는 아내가 있다. 그리고 언약한 여자가 있는 대원도 많을 거야. 어떨까, 오늘밤은 각기 여자에게 가서 자고 내일 새벽 일찍 집합하면?"

"반대하겠네."

도시조는 말했다.

"내일은 이를테면 출진이다. 여자와의 작별에 하룻밤이나 말미를 주어선 사기가 떨어진다. 작별은 한 시간이면 충분해."

"자넨 정이라는 걸 몰라."

곤도는 발끈했다. 곤도는 첩이 셋이나 된다. 곤도가 화를 낸 것도 무리는 아니었다. 그 세 집을 뛰어서 돌아다녀도 하룻밤으로는 모자라리라.

'내게도 오유키가 있다'

도시조는 이렇게 생각했으나 이 정세 혼란기에 부대의 중심인 곤도나 자기가 잠시라도 대원의 시야에서 자취를 감출 수는 없다.

그는 '탈주'를 두려워 하고 있었다.

이런 정세하에서 함부로 눈을 떼었다가는 탈주자가 반드시 나온다.

"어차피 도망치는 놈 따위는 아깝지도 않지만 탈주자가 하나라도 생기면 전체의 사기에 영향을 미친다. 그것이 두렵다."

도시조는 그렇게 생각하였다.

"아냐, 좌우간에……."

곤도가 말했다.

"내일 목숨이 어떻게 될지 모르는 몸이야. 하룻밤 회포를 풀게 하는 것도 윗사람으로서의 도리다. 도시조, 나는 지금부터 대원을 모아 그렇게 명령하겠다."

그날 밤, 도시조는 둔영에 남았다.

간부로서 둔영에 남은 것은 도시조와 앓아누운 오키타 소지뿐이었다.

"오늘 밤은 자네를 간호해 주겠네."

도시조는 오키타의 병실에 책상을 들여놓고 편지를 썼다.

"오유키님한텐가요?"

오키타가 말했다.

"나는 아직 만나본 적도 없지만 오키타 소지가 안녕히 지내시기를 빈다고 적어 넣어 주십시오."

"음……."

도시조는 눈시울을 만지작거렸다.

눈물이 넘쳤다.

교토와 작별하는 눈물일까, 오유키에 대한 상념이 복받쳐 오른 것일까. 아니면 오키타 소지의 고운 마음에 그만 감상이 유발되었던 것일까.

도시조는 울고 있었다.

책상에 얼굴을 박았다.

오키타는 물끄러미 천장을 쳐다보았다.

'청춘은 끝났다.'

그런 마음이었다. 교토는 신센조 대원 각자에게 영원한 청춘의 무덤이 되리라. 이제 이 도성에 온갖 정열의 추억을 묻으려 하고 있다.

도시조의 흐느낌은 멎지 않는다.

후시미의 도시조

후시미.

인가(人家) 7000의 주막거리이다.

교토에서 후시미 대로를 남으로 30리, 여름에는 한낮에도 모기가 지독한 거리다. 대로를 내려와 이 주막거리에 들어오면 맨처음이 셴본 거리, 이어서 도리이 거리, 겐파 거리로 이어지고 이윽고 기도문(木戶門)이 있다.

그 기도문을 통과한 나베시마 거리에 이에야스 이래로 이백 수십 년, 도쿠가와의 권위를 자랑해온 후시미 관아의 웅장한 건물이 있다. 유신 뒤, 병영이 되었을 정도로 넓은 부지가 잿빛 담으로 둘러싸여 있다.

곤도, 도시조 등이 이 후시미 관아로 옮겨

'신센조 본영'

현판을 내걸었을 때는 대원수가 6,70명으로 줄어들어 있었다. 도시조가 예상한 대로 그날 밤, 시국 변화를 보고 끝내 둔영으로 돌아오지 않은 자가 많았던 것이다.

막부군 주력은 오사카에 있었다. 교토의 사쓰마·조슈 이하 '황실측'에 대한 최전선이 후시미 관아였다. 그 후시미 관아를 지키는 신센조가 고작 6,70

명이라니 말도 안 된다. 이 밖에 아이즈 번병 일부가 있기는 하였다.

그리고 대포가 1문.

"이걸 가지고는 도저히."

곤도도 아연실색하여 급히 오사카의 막부군 간부와도 아이즈번과도 교섭하여 그들 중에서 솜씨 있는 자들을 골라 병력을 증강했다.

병력 150명.

"그런대로 겨우 형태를 갖춘 셈이야."

그제야 곤도도 안심했다.

오키타 소지는 새 둔영으로 옮긴 뒤에도 자리에 누운 채였다.

주방에서 들어오는 밥상 위의 것도 거의 젓가락을 대지 않는 날이 많았다.

"소지, 또 안 먹는 거야?"

도시조는 하루에 한 번씩 방에 들어와서는 무서운 얼굴로 말했다.

오키타 소지의 팔다리가 눈에 띄게 가늘어졌다.

"안 먹으면 죽는다."

"먹고 싶지 않습니다."

"허로산(虛勞散)은 먹고 있겠지?"

도시조 생가의 가전약(家傳藥)이다.

"네, 그걸 먹으면 조금은 몸에 활기가 도는 것 같아요. 기분인지 모르지만."

"기분이 아냐. 내가 옛날에 팔러 다니던 약이야. 잘 들어."

"네."

웃는다.

오키타가 맡아보던 1번대는 2번대의 조장 나가쿠라 신파치가 겸임하였다.

"어서 나아 줘야지 신파치가 힘들어서 못해 먹겠다고 야단이다."

"그러겠죠."

끄덕거리는 표정이 벌써 지친 모습이다.

이 정도 대화로 지친다는 것은 병세의 악화를 말해 주는 것이 아닌가.

그러는 동안, 조슈 번병이 속속 세쓰 니시노미야(西宮) 해안에 상륙하여 교토에 들어가기 시작했다.

"조슈가?"

곤도는 그 친막적 입장에서 조슈를 가장 싫어하였다. 곤도가 조슈 번병의 니시노미야 해안 상륙을 듣고 놀란 것도 무리는 아니었다. 조슈는 겐지 원년 여름의 이른바 하마구리 문 사변에서 교토를 소란하게 한 죄과로 인하여 번주(藩主)의 관위(官位)를 빼앗기고 순종하면서 처벌을 기다리는 입장에 놓여 있는 번이다.

그것이 조정의 하명도 받지 않고 멋대로 병을 움직여 니시노미야에 무단 상륙했을 뿐더러 교토에 들어가고 있다는 것이다.

"막부를 뭘로 보고 하는 짓인가?"

곤도는 몹시 화가 났다.

하지만 이미 교토에 있는 사쓰마번이 조정에 대한 공작을 해 놓고 있어 조슈에 대한 처우가 일변하고 있었다. 번주 부자(父子)의 관위가 부활되었을 뿐만 아니라

"상경하여 아홉 문(門)을 호위하라."

는 조정의 칙명이 내렸다.

조슈인의 입경은 겐지 원년 이래 4년 만이다. 본디 교토의 서민들은 조슈를 좋아하여 게이오 3년 12월 12일, 조슈 기병대(騎兵隊)가 당당히 입경했을 때 교토 시민들이 그 탄약통의 문장(紋章)을 보고

"조슈님이시다."

놀라며 눈물을 흘리면서 합장하는 자도 있었고

"아이구 무서워."

하고 속삭이는 자도 있었다. 조슈군이 입경한 그 번풍(藩風)으로 미루어 이미 전쟁은 피하지 못한다고 교토 시민은 보았던 것이다.

이날부터 거의 날마다 조슈 부대가 입경하고 마침내 17일, 총대장 모리 헤이로쿠로(毛利平六郎)가 이끄는 주력이 세쓰 우치데 해안에 상륙하여 대포 수레를 끌면서 교토를 향하여 이동하기 시작했다.

이러한 조슈 부대가 신센조가 주둔한 후시미 관아 앞을 당당하게 지나가는 것이다.

"이걸 그냥 내버려 두는가."

곤도는 18일 첫새벽부터 아직도 니조성에 잔류하고 있는 막부 감찰관 나가이 나오무네(永井尚志)에게 의견을 알아보기 위해 대열을 짓고 떠나려고

하였다.
"그만두게."
도시조는 제지했다. 정치를 좋아하는 곤도가 새삼스레 뛰어다녀 봤자 이런 시골뜨기 지사의 손아귀에 휘어잡힐 사태가 아니었다. 장군 요시노부가 이미 이에야스 이래의 정권을 봉환하였고 게다가 왕정복고의 대호령도 내려져 있는 때다.
"도시조, 자넨 모르네. 왕정복고라느니 그런 건 모두가 사쓰마의 음모야. 막부는 속아 넘어간 거야."
곤도는 들어온 정국의 내막을 도시조에게 말하는 것이었으나 도시조로서는 그런 일에는 흥미가 없었다.
"곤도님, 이미 타협이니, 주선이니 하고 논의할 시기는 아냐."
도시조는 말했다.
"전쟁으로 판가름내야 해. 사태는 거기까지 와 있어."
"알고 있어. 나는 그것을 나가이 나오무네에게 말하러 가려는 거야."
"필요 없는 짓이지."
"뭐?"
"자넨 이 본영의 총대장이야. 어슬렁거리고 돌아다니다간 대원 통솔이 되지 않아. 지금부터 전쟁이 시작될지도 모르는데."
"도시조, 자넨 바보야."
"바보?"
"신센조에 있으면서 천하 사태를 모르고 있단 말야. 천하의 술책을 모르고 있어. 전쟁에 앞서 술책이 갖추어져야만 그 전쟁을 이기는 거야."
"알고 있어. 하지만 우리는 막부군의 한 부대에 불과해. 천하의 술책은 한 부대의 대장이 할 것이 아니라 오사카에 있는 높은 양반들에게 맡겨두면 돼. 자넨 움직이면 안 돼."
그러나 곤도는 떠났다.
백마를 타고 수행원은 대원 2명. 모두 신입 대원이다. 교토를 향하여 다케다 대로를 달렸다.

관아에는 망루가 있었다.
꼭 혼간사(本願寺)의 고루(鼓樓)를 작게 한 것 같은 건물로 그 위에 오르면 눈앞의 고코노미야(御香宮)의 숲, 모모야마의 구름, 나아가서는 후시미 거리가 한 눈에 들어온다.

그 정오, 도시조는 망루로 올라갔다.

눈 아래 대로를 몇 부대째인가 조슈군이 지나가기 시작했기 때문이다.

인원수는 200명 남짓.

묘하다. 양복에 흰 띠를 두르고 대소도를 차고 전부가 신식 미니에 총 구경 15밀리를 둘러메고 지휘관까지 총을 들고 있었다.

'청소부 같은 행색이 아닌가.'

도시조는 생각했다.

그러나 그전만큼 움직임은 경쾌하겠지, 하고 생각하면서 4년 전인 겐지 원년, 이 대로를 행군한 조슈 부대가, 대장은 오사모(烏紗帽)에다 전복 차림이고, 조상에게서 물려받은 갑주 밑에 비단옷을 입고 따르는 자들도 모두 전국식(戰國式)의 무구를 지니고, 화기라고 하면 화승총(火繩銃)뿐이었던 것을 생각하면 금석지감을 느끼지 않을 수 없었다.

'그로부터 4년이라.'

고작 4년이다. 그러나 조슈의 군비는 일변했다. 이 양이주의, 즉, 서양을 혐오하는 조슈번이 막부의 제1차, 제2차의 정벌을 받는 동안, 번의 군제를 필요 이상 서양식으로 바꾸었다. 교토의 사쓰마나 도사 부대도 이 조슈와 같은 장비였다.

'세계가 달라졌구나······.'

도시조는 잠에서 깨어난 것 같은 마음으로 그들의 군용을 내려다보았다.

대포 수레가 덜컹덜컹 끌려간다.

이것도 신식 화포였다. 4파운드 산포(山砲)라는 것인데 포신 안에는 나선 무늬가 새겨져 있고 포탄은 천 미터 이상을 날아간다.

그와는 반대로 신센조가 가지고 있는 오직 하나의 대포는 에도화포제조소에서 만든 국산품으로 포신 안이 평평했고 유효 사거리는 700미터 정도였다.

이들 조슈 병들의 군용과 비교하면 막부군의 장비는 4년 전의 조슈와 마찬가지였다.

막부 보병대는 그나마 프랑스 식이기는 하지만 모든 직속 부대, 아이즈 이하의 여러 번병은 거의가 일본식으로 칼과 창, 화승총을 주력 무기로 삼고 있으며, 약간의 양식총도 네덜란드식 게벨총이라고 하는, 조준기도 붙어 있지 않은 조잡한 구식이었다.
'이길 수 있을까.'
하지만 병력은 막부 쪽이 아마 10배는 넘을 것이다.
'수로 밀고 나가면 이길 수 있다.'
도시조는 생각을 고쳐 먹었다.
조슈병이 지나가 버렸을 때 여우비가 후두둑후두둑 내렸다.
그러나 햇빛은 비치고 있었다.
'이상한 날씨로군.'
망루 창가에서 돌아서려고 했을 때 문득 눈 아래 길가에서 지우산을 활짝 펴는 여자를 보았다.
'앗, 오유키.'
알아보았을 때 이미 그 여자는 교마치 거리로 빠지는 골목으로 들어가고 없었다.
도시조는 뛰어내려 갔다.
문 밖으로 달려 나갔다.
"무슨일입니까?"
문 옆에 서 있던 대원 하나가 달려왔다.
"아니다."
도시조는 씁쓸한 표정이었다. 그 표정 그대로 길가로 나가서면서도 뛰는 가슴을 억제하지 못하고
"여, 여기서……"
흥분한 듯 말했다.
"여자를 못 봤는가? 지금 조슈인이 지나간 뒤에. 젊은, 아니 젊다고 해도 중년은 지났을 거야. 눈썹은 안 깎았다. 지우산을 쓰고 있었지. 그런 여자가 이 문 근방을 지나서 저 골목 안으로 들어갔어. 그것을……"
"히지카타 선생."
대원은 도시조의 거동을 미심쩍게 생각하는 모양이었다.
"우리는 여기서 죽 조슈병을 보고 있었습니다. 그런데 그런 여자분은."
도시조는 걸음을 옮겼다.
그 골목.

안으로 들어서면 이미 대원이 보지 못한다.
도시조는 어둑한 골목 안을 미친 듯이 뛰기 시작했다.
교마치 거리로 나왔다.
'없구나.'
좌우는 너무나 밝은 한길이었다.
'착각이었는가.'
아냐, 활짝 편 지우산 소리까지 귀에 남아 있다. 그러나 다시 생각하니 그 높은 망루 위에서 우산 펴는 소리가 과연 들렸을까.

오유키는 그 무렵 교마치 거리의 '유도옥(油桐屋)'이라고 하는 추녀가 나지막한 여인숙에 유숙하고 있었다.
도시조의 편지를 받은 뒤로 오유키는 남몰래 후시미에 두 번이나 왔었다.
만나볼 마음은 없었다.
'그분은 작별 인사도 하러 오지 않았다. 무사답게 만나지 않고 전쟁터로 곧장 간다고 씌어 있었다. 그러면서도 만나면 자기가 변해버릴지도 모른다고 씌어 있었다.'
오유키가 이때 도시조의 필적을 처음 보고 먼저 놀란 것은 몹시 여성적인 필치라는 것이었다.
'이것이 교토 시중을 전율시킨 히지카타 도시조였던가.'
이렇게 생각한 것은 그 문장 때문이었다. 여자라도 이렇게 차근차근 글을 쓰지 않을 것이다.
'결코 부드러운 사람은 아니다. 마음이 따뜻한 사람도 아니다. 하지만 이토록 마음이 약한 사람이 있을까.'
오유키는 그 심약한 도시조라는 사내를 먼발치에서나마 한 번 보고 헤어지자고 생각했다. 그 마음이 오유키를 이 거리로 오게 하였다.
'이미 안 계시는 모양인가.'
관아 담장 안은 수백 명의 인원이 있다고는 생각할 수 없을 정도로 항상 고요했다.
오늘은 아침에 곤도가 나가는 것을 추녀 끝에서 보았다.
낮에는 조슈인의 행군을 보았다.
그러나 도시조의 모습만은 언제나 아무데도 없었다.

'인연이 없는 모양인가?'

오유키는 체념하기 시작하였다. 긴 인생의 아주 짧은 한 시기에 그 사내가 그림자처럼 지나갔다. 인연은 그것뿐인지도 모른다.

도시조는 늦은 점심을 먹었다.

잠시 눈을 붙였다.

멀리 총소리가 들리고 뒷산에서 메아리졌으나 총소리는 단 한 방으로 그쳤다. 도시조는 일어났다. 회중시계가 4시를 가리켰다.

"뭘까, 방금 그 총소리는……."

툇마루로 나갔다.

마침 마당에 나가쿠라 신파치가 있었다.

"글쎄요."

나카쿠라가 대답했다.

"어느 번에서 훈련하고 있는 거겠지요."

"한 방만 쏘는 훈련인가."

도시조는 고개를 갸웃했다.

그것도 당연한 일인지 모른다.

이 한 방의 총성은, 앞으로 신센조의 지휘를 도시조가 맡게 된다는 운명의 총소리였던 것이다.

그 시각.

곤도는 전후 20명의 대원을 거느리고 후시미 대로를 달려 스미조메(黑染)에 이르렀다.

그곳에는 오와리 도쿠가와 가문의 후시미 번저가 있다.

그 옆에 빈 집이 하나 있었다. 그 집은 헐어빠진 격자창문이 길가로 나 있었다.

그 격자창문 사이로 총구가 조금 삐져나와 있는 사실을 대원 중에서는 아무도 깨닫지 못했다.

빈 집 안에는 도야마 야헤와 시노하라 다이노신, 아베 주로, 가노 미치노스케, 사와라 다로 등등 이토 가시타로의 잔당이 잠복하고 있었다.

그들은 아침에 곤도가 교토로 떠났다는 소식을 듣고 복수의 날을 오늘로 정했던 것이다.

곤도가 이날, 니조성 근방의 소실 집에 들렀다가 2시 지나서 후시미 대로에 들어섰다는 것까지 충분히 정찰하고 있었다.

"대원은 20명이다."

시노하라가 말했다.

"그런데 어느 상판대기를 봐도 하나같이 모르는 놈들이다. 아마 신출내기뿐인 모양이야. 총 한 방 쏘고 쳐들어가면 내빼기가 바쁠 거야."

아부라고지의 원수를 후시미 대로에서 갚을 셈이었다. 하나같이 신센조 당시 고수로 떨친 작자들인 만큼 곤도 측의 수를 두려워하지 않았다. 지금은 모두 교토의 사쓰마번저에 진을 치고 있었다.

이윽고 곤도가 달그락달그락 말발굽 소리를 내면서 나타났다.

'왔다.'

시노하라 다이노신이 왼쪽 눈을 감았다. 손가락을 꼬부려 방아쇠를 당겼다.

탕, 하고 총알이 튀어나갔다.

탄환은 말을 탄 곤도의 오른쪽 어깨를 파고 들어가 견갑골에 박혔다.

"자, 나가자!"

이토의 잔당들은 길가로 뛰쳐나갔다.

곤도는 과연, 낙마하지 않고 안장에 몸을 엎은 채 대로를 나는 듯이 달렸다.

시노하라 등은 그를 쫓으면서 눈깜짝할 사이에 대원 두셋을 베어 쓰러뜨렸으나 끝내 곤도에게는 칼을 안기지 못했다.

곤도는 안장에 납짝 엎드려 오른쪽 어깨의 상처에 손을 대고 달렸다.

후시미 본영 문 안으로 달려들어가자마자 말을 버리고 현관에 뛰어들었다.

도시조와 복도에서 마주쳤다.

"웬일이야?"

"의사를 불러. 어서, 외과야!"

곤도는 자기 방에 들어가서야 비로소 쓰러졌다. 피가 다다미를 적시기 시작했다.

도시조는 나가쿠라 등에게 후시미 거리의 수색을 지시하고 의사가 올 동안 옷을 벗기고 상처를 소주로 씻었다.

"도시조, 상처는 어느 정돈가?"

얼굴이 고통스런 표정으로 일그러져 있었다.
"대단할 건 없겠지."
"자네 말을 듣고 오늘은 그만뒀어야 하는 건데. 뼈는 어때, 뼈가 부숴졌으면 이제 칼은 못 쓰지."

그무렵 오유키가 둔영 앞을 지나 소리도 없이 다시 '유도옥'에 돌아갔다.

도바 후시미의 싸움(1)

곤도가 스미조메에서 저격된 것은 그 근처의 물웅덩이에 두꺼운 얼음이 덮였던 게이오 3년 12월 18일이다.

의사에게 보이니 뜻밖의 중상으로 견골에 금이 가 있었다.

"아프지?"

도시조가 물었다.

납탄환이 살을 파고 들어가 박히면서 산산 조각으로 부숴진 모양으로 어깨살이 주먹 크기만큼 짓이겨 놓은 것처럼 되었다. 피가 계속 흘러나왔다. 흰 천을 하룻밤에 몇 번이나 갈았으나 금방 새빨갛게 물들었다.

"뭘, 대단할 건 없어."

곤도는 고통을 참았다.

이 정도 상처를 입고도 낙마하지 않았다니 과연 곤도다, 하고 도시조는 혀를 내둘렀다.

"……도시조."

곤도가 말했다.

"신센조를 부탁한다."

"응."

도시조는 고개를 끄덕였다. 다마 강가에서 장난질하고 놀던 둘 사이다. 오직 그 한마디로 지휘권 이양은 끝났다.

그 뒤 곤도는 높은 열에 시달렸다. 1주일 정도, 식사도 변변히 하지 못하고 가물가물 눈을 떴다 감았다 할 뿐이었다.

'곪아서는 안 되는데.'

도시조는 안간힘을 썼다. 그런데 피에 조금씩 노르스름한 것이 섞이기 시작했다.

오사카 성에 있는 장군 요시노부에게서도 문병 사자가 왔다.

"오사카로 오라."

는 전길이었다. 후시미에는 쓸 만한 외과의사가 없었다. 다행히 오사카 성에는 천하 명의로 일컬어지는, 장군의 시의 마쓰모토 료준(松本良順)이 있었다.

마쓰모토 료준은 곤도보다 두 살 위인 36세. 막부의 관의(官醫) 마쓰모토 가문에 양자로 들어가 나가사키에서 네덜란드 의사 폼페에게 사사하여 서양 의술을 배우고, 아직도 어린 서생(書生) 시절에 나가사키에서 일본 최초의 서양식 병원(당시 나가사키 양생원이라는 명칭. 현 나가사키 의대의 전신)을 개설하고 의사로서는 아까울 정도의 정치력을 발휘했다.

뒤에 막부의 시의가 되어 호겐(法眼 : 명의에게 붙이는 존칭)이라는 품위를 제수받았다. 비상한 수재였으나 혈기가 넘쳐 막부가 무너진 뒤에는 각처를 옮겨 가며 싸웠다.

유신 뒤 그로 인하여 한때 투옥되었으나 신정부가 그를 필요로 하여 출사(出仕)하고 이름을 준(順)으로 고쳤다. 육군 군의 제도를 창설하고 육군 최초의 군의총감이 되었다. 76세의 장수를 누리며 만년에 남작(男爵)을 제수받았다.

오늘날 일본인의 생활과 연결되는 것은, 해수욕을 최초로 장려 계몽한 사람으로서 즈시(逗子)에 처음으로 해수욕장을 열었다. 당시의 일본인은 바다에서 헤엄치고 논다는 것을 기상천외한 일이라고 여겼다.

이 마쓰모토 료준은 곤도를 오사카에서 치료한 뒤로 대단한 신센조 후원자가 되었다. 지금 도쿄의 이타바시 역 동쪽 입구에 있는 곤도·히지카타 연명(連名)의 비석도 이 마쓰모토 료준의 글씨로 되어 있다. 그는 만년에 이르러서도 신센조에 대해 곧잘 이야기했다.

메이지의 고관 중에서는 아마도 유일한 신센조 동정자였다고 할 수 있을 것이다.

곤도는 후시미에서 막부 어용선(御用船)으로 오사카까지 가게 되었다. 와병중인 오키타 소지도 함께였다.

그 전날 밤.

"도시조, 오유키라고 한다지?"

곤도가 불쑥 물었다. 도시조라는 사내는 젊어서부터 자기의 정사(情事)에 대해서 일절 말하기를 싫어하는 성격임을 잘 알고 있었으나 이날 밤은 그가 먼저 말을 꺼냈다.

"그래…… 오유키."

도시조는 무표정하게 대답했다.

"왜 그럼 도시조, 교토를 떠날 때 그런 여자가 있으면서도 만나러 가지 않았지?"

"없으니까 그렇지."

도시조는 당황하여 짧게 대꾸했다.

"뭐가 없다는 거야."

곤도는 둔감한 사람답게 물었다.

"만날 필요가 없었어."

"그럴 필요가 없다니. 집 처리라든가, 여자에 대한 전별금이라든가……."

곤도는 말했다. 사실, 도시조는 심부름꾼을 시켜 편지를 보낼 때 자기 수중에 있는 200냥 중에 50냥만 남기고 오유키에게 송두리째 보내 주었다.

그러나 그것은 도시조의 기분으로는 '전별금'이 아니었다.

오유키는 도시조의 소중한 연인이었다. 마누라나 첩 같은, 도시조의 말을 빌리면 속된 존재는 아니었다.

"곤도님, 오해해선 안 돼, 오유키는 첩이 아냐."

"그렇다면?"

곤도의 머리로는 이해하기 힘들었다.

"첩이 아니면 뭔가?"

'연인이다.'

오늘날 같으면 그와 같은 간편하고 적합한 어휘가 있으므로 도시조는 그렇게 대답하였으리라. 하지만

"소중한 사람이야, 내게는······."

이렇게 말했을 뿐이다.

"소중한 사람이라면서 왜 만나지 않는 건가?"

"글쎄."

도시조는 더 이상 이 화제를 계속하고 싶지 않다는 듯이 얼굴을 찌푸렸다. 아내 외에 첩이 셋이나 되는 곤도 같은 부류의 사내에게는 말해 봐야 소용없으리라.

그날 밤, 곤도는 몹시 나약한 이야기를 했다.

"시국은 바뀌었어."

조만간 황실 중심의 세상이 되겠지. 그때 자기는 적도(賊徒)가 되기는 싫다고 했다.

"곤도님, 그만두라니까."

도시조는 몇 번이나 이야기를 만류했다. 몸에 좋지 않다, 몸에 좋지 않을 뿐더러 곤도라고 하는 사내의 약점이 드러나보여 도시조도 싫었다.

'이 사람은 역시 영웅이다.'

도시조는 생각하고 있었지만 그것은 어디까지나 시류를 만나 그 물결에 올라탔을 때만의 영웅이었다. 때를 만나면 실력의 두 갑절 세 갑절 능력을 발휘할 수 있는 사내이다.

그러나 기울어지는 형세에는 약하다.

정세가 자신에게 불리해지고 발밑이 허물어지기 시작하면 곤도는 실력 이하의 인간이 된다.

'연이나 마찬가지이다. 순풍에서는 바람에 날려 어디까지고 올라가는 큰 연이지만 일단 바람이 자면 땅에 떨어져 버린다.'

그런 체질이며 그것을 비난할 수는 없다.

'그렇지만.'

나는 다르다고 도시조는 생각하였다.

오히려 기울어지는 형세가 되면 될수록 히지카타 도시조는 강해진다.

본디 바람을 타는 연이 아니다.

자기 힘으로 날아다니는 새다.

도시조는 자기를 그렇게 평가하고 있었다. 적어도 앞으로 그렇기를 바라고 있었다.

'나는 날개가 있는 한 어디까지나 날 것이다.'

그렇게 믿고 있었다.

이튿날, 곤도와 오키타는 오사카로 호송되었다.

오사카는 막부군의 큰 거점이었다.

그들은, 특히 아이즈번과 구와나번이라는 두 마쓰다이라 가문(번주는 형제간)의 선봉장이었다. 그들은, 교토에서 소년 천황을 떠받들며 제멋대로 책모를 자행하고 있는 사쓰마번에 대하여 이제는 싸움을 벌이지 않고는 못견딜 정도로 격분하고 있었다.

요시노부가 이미 장군직을 내놓고 이에야스 이래의 내대신(內大臣) 관위(官位)도 반납한 뒤, 교토에서 멀리 130리나 떨어진 오사카에서 '근신' 하고 있는데도 이번에 다시 어처구니 없는 난제(難題)를 요구해 왔다.

막부의 직할령 300섬을 조정에 반납하라는 것이었다.

요시노부는 이미 일개 영주의 지위로 내려앉았다.

게다가 무슨 죄가 있다고 직할령을 반납하라는 것인가. 영주가 영토를 반납해야 한다면 사쓰마나 조슈, 도사도 아키, 그리고 300 제후도 다같이 가지런히 반납하여야 한다. 그러나 그쪽은 건드리지 않았다.

요시노부에게만 반납하라는 것이다.

무리한 일이었다.

이치고 뭐고 없었고, 이 일에 대해서는 교토에서 사쓰마와 더불어 천황을 보좌하고 있는 도사와 에치젠, 아키의 제후도 극력 반대했다.

하지만 공경인 이와쿠라 도모미(岩倉具視)와 사쓰마번 주선인(周旋人) 오쿠보 도시미치가 단 둘에서 '소수의 의견'을 관철시키려고 팔방으로 맹활약을 하였다.

오쿠보의 복안은 어디까지나 '도쿠가와 가문 토멸'에 있었다.

도쿠가와 가의 그 병력과 권위를 그냥 남겨두고서는 삿초(사쓰마와 조슈)가 생각하고 있는 '유신'의 길은 열리지 않는다. 고래로 전투 수단에 의하지 않는 혁명이란 있을 수 없다.

그러므로 친다.

치는 데는 명분이 필요하다. 세상에 드문 책략가였던 오쿠보는 오사카 성의 도쿠가와 요시노부에게 영토 반납이라는 난제를 들이대고, 만약 승복하지 않으면 조정에 대한 역적을 토벌한다는 명분으로 삼을 심산으로 대(對)조정 공작을 진척시키고 있었다.

그러나 공경들은 그 안(案)에 냉담했다.

도사 영주를 비롯한 친 조정파 영주도 사쓰마 방식의 '혁명'에는 반대였다. 짐작하건대, 당시 전국의 무사에게 여론조사를 실시했더라면 그 9할 9부까지는 도리어 도사 안(案)이나 아이즈번의 도쿠가와 온존(溫存) 안(案)에 찬성했을 것이다. 왜냐하면 인간은 누구나 현상이 급변하는 것을 반기지 않기 때문이다.

하지만 혁명은 우세한 무력을 소수 의견이 장악했을 경우에 성공하는 법이다. 여론, 또는 정론(正論)은 혁명을 하는 측으로서는 아무 쓸모가 없는 것이다.

그 나쁜 예는 도쿠가와 가문의 조상 이에야스 자신이 남기고 있다. 이백수십 년 전, 이미 오사카에서 70여 만 섬의 영주의 위치로 추락한 도요토미 가문을 멸망시키기 위해 온갖 무리한 난제를 생각해 내어 몰아붙인 끝에 마침내 도요토미 가문이 칼을 뽑지 않을 수 없게 만든 다음 오사카 겨울 전쟁, 여름 전쟁을 일으켜 끝내 토멸하고 만 것이다.

그 숙명의 성에 도쿠가와 가문의 마지막 장군 요시노부가 있다.

요시노부는 지식인이나. 미토 가문 출신이므로 존왕론자이기도 하였다. 그는 후세에 조적(朝敵)이란 이름으로 남는 것을 두려워했다. 요시노부가 만약 이에야스, 또는 그 이전의 영웅이었다면 막부의 군사력을 총동원하여 항전했을 것이다.

요시노부의 불행은 미토 사관(水戶史觀)의 신봉자였다는 데에 있었다. 미토 사관은 역사상의 영걸을 '조적'과 '충신'으로 분류한 사학이다. 조적이 되고 싶지는 않았을 것이다.

천황을 곁에 두고 있는 사쓰마와 오쿠보 등에 대한 요시노부의 태도를 그것이 약하게 만들었다.

그러나 아이즈번과 일부 막신은 강경했다. 사쓰마를 치자고 요시노부에게 강경히 요구했다.

마침내 '토(討) 사쓰마 출사표'를 높이 들고 천황에게 강경히 상소하는 형태를 취하여 대군을 몰아 교토에 진격하게 되었다.

막부측은 사쓰마 측의 도전에 보기 좋게 걸려들었던 것이다. 그 선례는 도요토미 히데요시를 도발하여 멸망시킨 이에야스에게 있다.

막부군의 게이오 3년 12월도 다 가서 로추 격인 마쓰다이라 마사타다(松平正質)를 총독으로 하고 각 부대를 편성했다.

그 예비대는 수만. 진격부대만 1만 6,400명의 대군이었다.

이것을 맞아 싸울 교토 측 병력은 아직 정확히 모르지만 5,000도 되지 않았으리라.

인원수로 보면 막부군 측이 압도적으로 우세하다.

"이 싸움은 이긴다."
도시조는 믿었다.
"알겠는가, 여러분."
도시조는 대원들을 모아 놓고 말했다.
"나는 어려서부터 싸움을 많이 해 왔다. 싸움이란 건 시작할 때부터 이미 목숨은 없다고 생각해야 한다. 죽었다고 생각하면 돼. 그런 각오로 싸우면 이긴다."
그러나 마음속으로는
'이길 수 있을까?'
의심이 들었다. 이 의심의 유일한 이유는 요시노부라고 하는 인물이었다.
막부군이 '토벌 사쓰마' 출사표를 내걸고 오사카를 출발하는 것은 좋지만 그 전투에 왜 요시노부가 나서지 않는가.

요시노부는 오사카 성에 들어앉은 채였다. 게다가 그 자세는 전투적인 것이 아니라 아녀자처럼 공순히 있을 뿐이 아닌가.
'낌새가 좋지 못해.'
도시조는 이렇게 생각했다.

오사카 여름 전쟁 이야기를 도시조는 줄줄 욀 정도였다.

총대장인 도요토미 히데요시는 오사카 성 밖으로 끝내 한 발짝도 나가지 않았다. 시텐노사(四天王寺) 방면에서 난전고투하고 있는 사나다 유키무라는 몇 번이나 아들 다이스케를 사자로 보내 간청했다.

"총대장님, 출진하십시오."

대장이 나서면 사졸은 분기하여 갑절의 힘을 내는 법이다. 그러나 히데요시는 적장 이에야스가 70여 세의 노구를 이끌고 슨푸 성(駿府城)에서 멀리 달려와 야전군 전투에 서고 있는데 끝내 나오지 않았다.

'그와 비슷하다.'

자리도 오사카 성.

'좋지 않은 징조다.'

생각한 것은 이 점이다.

도시조는 날마다 망루에 올라가 바라보았다.

이 관아의 북쪽 이웃이라고 할 가까운 거리에 고코노미야(御香宮)가 있다.

거기에 사쓰마병이 주둔하고 있었다. 번주의 인척 시마즈 시키부(島津式部)를 사령관으로 한 병력 800.

참모는 요시이 도모사네(吉井友實)였다.

이 도모사네는 도시조도 알고 있었다. 사이고와 오쿠보에 버금가는 사쓰마번의 재사로 일찍부터 반막(反幕), 도막(倒幕) 운동을 해온 사내이다.

'도모사네를 진작 죽이는 건데.'

도시조는 그렇게 생각했다. 하지만 막부와 아이즈번의 외교 방침상 사쓰마번을 어디까지나 자극하지 않도록 해 왔기 때문에 끝내 죽이지 못했다.

싸움이 벌어지면 맨 먼저 이 고코노미야의 사쓰마 부대 800과 교전하게 될 것이다.

신센조는 150명.

이 밖에 이 관아에 같이 유숙하고 있는 막부군으로는 조이즈미노카미(城和泉守)가 이끄는 '막부 보병' 1,000명이 있다.

모두 양복 바지를 입고 서양식 총을 들고 프랑스식 조련을 받은 자들이다.

그러나 믿을 것은 못된다.

에도와 오사카의 서민층에서 모집한 자들도 부랑자가 많아 평소에는 민가에 들어가 강도질을 하고 처녀를 범하는 등 우쭐대고 있지만 일단 싸움이 벌어지면 과연 어떨지.

'믿는 것은 자신의 힘뿐.'

도시조는 그렇게 각오하고 있었다. 신센조, 그 중에서도 궁극적으로는 에도에서 교토까지 오면서 고락을 함께 한 20명 안팎이 사력을 다하여 싸울 것이다.

'언제 벌어질 건가?'

도시조는 본디 눈알만 번득이는 거무튀튀한 피부의 사내인데 요즘 와서 혈색이 매우 좋아졌다.

타고난 싸움꾼인 것이다.

게다가 설령 한두 번 싸워 패하더라도 앞으로 백 년을 계속 싸울 배짱이 있었다.

'두고 보아라.'

도시조는 이상하게 마음이 들떴다.

자기의 인생은 이제부터다, 라는 정체 모를 희열이 솟구쳐오르는 것이었다. 다마 강둑에서 싸움으로 지새던 소년 도시조가 이제 역사적인 큰 싸움을 벌이려 하고 있었다.

그 흥분인지도 모른다.

이윽고 묵은 해가 가고 새해가 왔다.

메이지 원년(1868)이다.

도바 후시미의 싸움(2)

그 설날, 도시조는 갑주와 전복을 입은 어마어마한 옷차림을 한 채 종일토록 툇마루에 앉아 있었다. 눈앞은 백사장이었다. 갑자기 주위가 썰렁해졌다.
'어두워졌구나.'
해가 떡＋슬나무 너머로 떨어져 간다. 역사상 제2의 전국시대로 불리는 '무진년(戊辰年)'의 첫날이 저물었다.
"아하하, 오늘도 저물었으니."
도시조는 이상할 정도로 기분이 좋았다.
"도시조, 저물었으니 어쨌다는 건가?"
이처럼 되물을 곤도는 이젠 곁에 없었다. 곤도와 함께 오사카로 호송된 오키타 소지가 만약 여기 있었다면
"히지카타님은 싸움 때문에 사는 것 같군요."
한 마디 했을 것이다. 도시조는 애타는 마음으로 전투를 고대하고 있었다.
그러나 설날은 아무 일 없이 저물었다.
둘째 날도 무사했다.
그러나 이날은 다소 변화가 있었다. 아이즈의 선발대 300명이 오사카에서

선편으로 와서 후시미의 히가시혼간사 별채에 들어갔던 것이다.
그 사자가 후시미 관아로 신센조를 찾아와 인사했다.
"주력은 내일 3일 이 근방에 도착할 겁니다."
사자가 말했다.
'전투는 내일이군.'
도시조는 지도를 들여다보았다.
오사카 방향에서 교토에 들어오는 대로는 도바(鳥羽) 대로, 다케다 대로, 후시미 대로의 세 길이 있다. 사자의 말에 의하면 이 세 길로 물밀듯이 밀려와 입경한다는 것이다.
당연히 후시미에서 도바에 걸쳐 동서로 포진하고 있는 사쓰마·조슈·도사번의 여러 부대와 충돌한다.
'재미있다.'
도시조는 가만히 있을 수 없어 이날도 망루에 올라갔다.
바람은 살을 엘 듯 차가웠다.
도시조는 프랑스제 망원경을 꺼내어 예측되는 전장을 바라보았다.
망원경으로는 보이지 않지만 사쓰마 군의 주력 500이 교토의 도사(東寺)에 들어 있다는 것은 첩보로 알고 있었다. 도사에서 곧장 남하하고 있는 것이 도바 대로다. 사쓰마번은 이 대로를 잡고 있다. 그 전초부대 250명은 시모도바 마을(下鳥羽村) 고에다(小枝)까지 남하하여 포진하고 있었다.
대포는 8문.
250명 부대에 화포가 8문이라는 것은 일본 전사상(戰史上) 유례없는 호화판이다. 사쓰마와 영국과의 전쟁 이래, 극단적으로 포병 중시주의가 된 사쓰마번의 전술 사상에서 나온 것이라고 할 수 있겠다. 이 전초 진지의 대장은 사쓰마번사 노즈 시즈오(野津鎭雄). 그 아우 미치쓰라도 배속되어 있다. 훗날 러일전쟁에서 제4군 사령관이 되어 용맹을 떨친 인물이다.
'그런데 인원수가 너무 적다.'
도시조는 생각했다.
다시 망원경을 동쪽으로 돌려 발 아래의 시가지를 살펴보았다.
후시미는 도성을 본뜬 도시 계획으로 된 거리로 도로가 바둑판 꼴로 되어 있고 인가가 빽빽히 들어차 있다. 여기서 일본 전사상 유례 없는 시가전이 벌어지리라. 시가전은 신센조가 장기로 하는 바였다.

바로 코앞의 고코노미야가 사쓰마군 둔영으로 여기에 800명.

그 후시미 대로 연변 배후에는 조슈군 1,000명이 운집하고 주장은 모리 다쿠미(毛利內匠). 참모는 조슈 번사 야마다 아키요시, 각 대장 중에는 훗날의 미우라 고로 등이 있었다.

다케다 가도에는 도사 번병 1백여 명. 그 예비대로 1개 대대가 배후에 있고 대대장은 다니 다테키(谷干城), 중대장에는 훗날 청일전쟁에서 여순성(旅順城)을 하룻밤에 함락시킨 '애꾸눈 장군' 야마지 모토하루가 있다.

이들 후시미 부대가 도시조의 정면의 적이 되리라.

'뜻밖에 도바 방면에 비해 대포가 적다.'

도시조는 관찰했다.

'이거야 이긴다.'

누가 보아도 그렇게 생각했을 것이다. 교토의 사쓰마·조슈·도사 세 번의 병력은 오사카 막부군의 가동 병력과 비교할 때 8분의 1도 못된다.

이날 후시미의 신센조에서는 '성(誠)'자가 박힌 대기 외에 일장기가 휘날렸다.

막부 군 전체의 부대기이다. 사실 막부군 쪽이 국제적 입장에서 보면, 대정을 봉환(정권반환)하였다지만 일본의 정부군이라는 잠재의식이 있었던 모양이다. 이것은 친막파인 프랑스 공사의 사주였다는 말도 있다.

사쓰마·조슈·도사는 아직 '관군'이 되어 있지는 않았다. 왜냐하면 천황을 모시고 있는 공경 제후의 거의가 사쓰마·조슈의 대(對) 도쿠가와 강경책에는 반대 의견이어서 만약 전쟁이 일어나면 그것은 사쓰마·조슈 사투(私鬪)일 뿐 조정은 관여하지 않는다는 배짱으로 있었다. 공경들은 거의가 막부군이 이긴다고 보고 있었다. 이기면 관군이 된다. 사쓰마·조슈 수뇌부조차도 이긴다고 확신하지는 않고 있었다. 만약 졌을 경우, 소년 천왕을 모시고 산인도(山陰道)로 달려 중부와 서부에 있는 변경의 영주들이 궐기하기를 기다릴 속셈이었다. 따라서 이미 사쓰마·조슈는 필사적인 도박이었다.

3일.

운명의 날이다.

이날, 지난 밤부터 오사카 성을 출발한 아이즈 번병은 속속 후시미에 도착하여 후시미 관아에 들어왔다.

도시조는 그들을 문전에서 맞았다.

"이거, 히지카타군."

어깨를 두드린 것은 대장인 하야시 곤스케(林權助) 노인이다. 이때 63세. 얼굴이 붉고 잿빛 눈썹이 꼬불꼬불하다.

하야시 가문은 대대로 곤스케를 세습하는 아이즈 가문의 명가로 곤스케 야스사다는 젊어서부터 무뢰한으로 알려진 명물 사내로 아이즈번이 교토 수호직을 하명받은 뒤 대포 부대 지휘관을 죽 맡아보고 있었다.

도시조가 지난날

"신센조에도 대포 몇 문 보내주시오."

아이즈 번에 절충했을 때 중간 역할을 한 섭외관 도지마 기헤가 크게 난감하게 생각하는 것을 하야시 곤스케가 선선히 내주었다.

"아아, 하나 주지."

그 뒤 몇 번인가 이 노인과 구로다니의 아이즈 본영에서 술자리를 같이 했고 곤스케도 도시조가 퍽 마음에 든 모양이었다.

곤스케는 술을 많이 마신다.

"자넨 쓸 만해."

곤스케는 도시조를 칭찬한 일이 있다.

"술을 마셔도 천하 국가를 논하지 않는 면이 재미있네."

칭찬인지, 뭔지. 다만 그 말끝에.

"나와 같다."

이렇게 덧붙였다. 일개 무인으로서의 삶에 철저하고자 하는 노인이다.

취해도 예능의 재치는 없었다. 예능이라고는 못하겠지만 때로는

"놀이를 보여 주겠네."

그러고는 어린아이의 목소리를 흉내낸다.

'놀이'란 아이즈번의 상급무사 집안의 어린이 사이에 있는 일종의 사교단체로 여섯이나 일곱 살이 되면 이 '놀이'라고 하는 단체에 들어간다.

아이즈번 상급무사 가(家)는 약 800문 정도이다. 이것을 지역에 따라 여덟 조의 '놀이' 단체로 나누고 9세의 아동을 최연장으로 한다.

그들은 오전중에는 서당에 가서 글을 배우고 오후에는 누군가의 집에 모인다.

여기서 나이 차례로 늘어앉고 최연장인 9세 가운데에서 생일이 빠른 아이가 우두머리가 되어 정좌하고 '놀이'의 규약 사항을 말한다.

"지금부터 이야기를 하겠습니다."
1. 연장자가 하는 말을 들어야 합니다.
2. 연장자에게는 인사를 해야 합니다.
3. 거짓말을 하지 말아야 합니다.
4. 비겁한 행동을 해서는 안 됩니다.
5. 약한 사람을 학대해서는 안 됩니다.
6. 밖에서 음식을 먹어서는 안 됩니다.
7. 밖에서 여자와 말을 주고 받아서는 안 됩니다.

오늘날 같으면 주석에서 동요를 부르는 것과 마찬가지이다. 그것만이 주석에서의 재간이라는 사내이다.

창술과 검술의 면허자로서 아이즈번 군학(軍學)인 나가누마류(長沼流)에 밝았으며, 그의 훈련 지휘 솜씨는 따를 자가 없었다.

그리하여 아이즈번도 이번 후시미 방면의 지휘를 이 63세 노인에게 맡기게 된 것이리라.

하야시 부대의 포는 3문이다. 덜컹덜컹 바퀴 소리를 내면서 관아 문을 들어섰다.

"히지카타 군, 형세는 어떤가?"

하야시 곤스케는 턱으로 북쪽을 가리켰다. 사쓰마·조슈의 진지 배치를 묻는 것이다.

"나중에 망루로 모시겠습니다."

도시조는 우선 손수 만든 지도를 폈다.

곤스케는 경탄하며 어린아이처럼 눈을 반짝거렸다.

"호오, 대단하군. 이 지도는 누가 만들었나?"

"제가요."

도시조가 대답했다. 이 사내는 다마 강가에서 싸움을 하던 그 시절부터 반드시 지형 정찰을 하고 지도를 만든 다음에 일을 벌였다. 누가 가르쳐 준 병법도 아니다. 도시조가 싸움을 자주 하는 동안에 스스로 깨달은 것이다.

"이거야말로 히지카타식 병법이로군."

나가누마류의 곤스케는 웅얼거렸다. 기분 좋을 때의 이 노인의 버릇이었다.

도시조의 지도는 정밀했다. 이 근방을 충분히 답사하고 나서 그린 것이고,

첩보와 기타에 의하여 얻은 적의 배치를 상세하게 써넣었다.
"이것으로 전쟁을 치를 건가?"
"아니, 이 적의 배치는 현재의 것입니다. 이제 한 시각이 지나면 어떻게 바뀔지 모릅니다. 싸움이 시작되면 잊어버려야죠."
곤스케가 보는 앞에서 지도를 찢어 화로에 던졌다.
활활 불이 붙었다.
적의 실정은 바뀐다, 그것에 구애되지 않으려는 것이겠지.
"역시 히지카타식이로군."
곤스케는 다시 웅얼거렸다. 자기와 함께 싸울 사내를 꽤 믿음직스러워 하고 있다.
"히지카타 군, 자네와 내가 죽기를 각오하고서 싸우면 대적할 자가 없을 걸세."
"한 잔 드시겠습니까?"
"아냐, 술은 이기고 나서일세. 또 그 아이즈 어린이들의 '놀이' 흉내를 하나 보여 주지."
두 사람은 함께 점심을 먹었다.
그런 뒤에 망루로 올라갔다.
"보십시오."
도시조는 발 아래를 가리켰다. 고코노미야는 바로 코앞이었다.
그곳에 사쓰마군의 본거가 있다. 관아의 북쪽 담하고는 20미터 정도의 거리이다.
"히지카타 군, 변했군."
곤스케는 목을 늘였다.
"자네 그 지도와는 퍽 달라졌어. 사쓰마군은 불어났어."
그 때문에 도시조는 지도를 찢은 것이다. 적이라는 것은 언제 어떻게 변할지 모른다.
도시조는 망원경을 눈에 대었다.
과연 사쓰마군은 불어나 있었다.
아이즈의 하야시 부대에 의한 관아 병력 증강에 민감하게 대응한 것이다.
고코노미야 동쪽에 나지막한 언덕이 있다. 이 고장에서는 료운지산(龍雲寺山)이라고 부르고 있었으나 산이라고 할 정도로 높지는 않았다.

거기에 사쓰마번의 포병 진지가 있었다. 그것이 대략 두 갑절로 증강되고 있는 것이 아닌가.

증원된 포병 대장은 사쓰마번 제2 포대의 대장 오야마 야스케(大山彌助)였다. 훗날 러일전쟁의 만주 주둔군 총사령관 오야마 이와오로, 이때는 27세. 일찍부터 에도에 나와 포술을 익히고 사쓰마-영국 전쟁에도 포병소대장으로 참가했다. 농담하기 좋아하는 청년으로

"또 오야마가 우스갯소리를 한다."

며 인기가 대단했는데 이날, 교토에서 후시미로 급행하는 동안에는 거의 입을 떼지 않았다.

료운지산에 사근 야포(四斤野砲)를 끌어올렸다.

눈 아래가 후시미의 관아이다. 아무렇게나 쏘아대도 탄환은 모조리 명중할 것이다.

"저 료운지산은……"

하야시 곤스케가 말했다.

"처음에는 히코네번 수비 진지가 아니었던가."

"그렇습니다."

도시조가 대답했다.

"히코네번 진지입니다. 그런데 어느 사이엔가 사쓰마번과 내통하여 진지를 철수하는 동시에 사쓰마의 포병을 넣어버렸습니다."

"히코네의 이이(井伊)라고 하면……"

말하지 않아도 뻔하다. 이에야스 이래 도쿠가와 군의 선봉으로 정해진 집안이었다. 세습 영주의 우두머리로 막각(幕閣)의 다이로(大老:집정관)를 내는 가문이다.

"그런데 배신하다니!"

"그런 말씀은……"

도시조는 말을 이었다.

"하면 뭣합니까? 그보다도 저 산에 포를 끌어올렸으니 2층에서 돌을 떨어뜨리는 꼴이 아닙니까? 전투가 벌어지면 곧 아이즈의 포로 저것을 부숴주시겠습니까?"

"아암, 말이라고 하나."

곤스케에게는 전국 무사의 풍모가 있었다. 지금도 엄연히 그 늙은 몸에 조상 전래의 갑주를 걸치고 있었다.

두 사람은 망루에서 내려왔다. 시간이 조금 흘렀다.
그 무렵, 서쪽 도바 대로에서는 수도 없이 많은 막부군이 꾸역꾸역 북상하고 있었다.
'토벌 사쓰마' 출사표를 지닌 요시노부의 대리인이자 막부군 대감찰관 다키가와 하리마노카미(瀧川播磨守)를 '호위'한다는 명분의 부대가 선봉이고 막부의 프랑스 식 보병 2대대 900명, 포 4문, 사사키 다다사부로가 이끄는 경비대 2백 명의 병력이다. 다시 어느 정도 간격을 두고 후속 막부군 주력이 야마자키까지 와 있었다.
이 다키가와 하리마노카미의 선봉이 도바 대로를 북진하여 도바의 요쓰즈카(四塚)까지 왔다.
막부군은 사자를 파견하여 우선 통관을 청했다.
사쓰마의 군감(軍監)은 시하라 고야타(椎原小彌太)였다. 대담하게도 수행자 하나만을 데리고 노상의 막부군 쪽으로 걷기 시작했다.
"그대는 누군가?"
막부 군의 다키가와 하리마노카미는 마상에서 위압적으로 말했다. 제대로 된 세상이라면 이쪽은 막부의 대감찰관, 상대는 배신(陪臣 : 領主의 家臣)에 지나지 않는다.
"여기 관문지기요."
시하라 고야타는 막부군에게 에워싸이면서도 태연하게 대답했다.
그 후엔 지나가겠다, 못 지나간다, 하고 입씨름이 붙었다.
'문답 필요없음.'
막부군은 이렇게 생각한 것일까.
시하라와 교섭하고 있는 동안 보병 지휘역인 이시카와 모모히라는 살그머니 포대로 달려가 명령했다.
"사쓰마를 쏘라."
행군중의 대포였다. 탄환을 장전하고 바퀴를 움직여 막 포구를 북쪽으로 돌리려 할 때였다.
그때, 사쓰마 군의 포병 진지 쪽이 한 발 먼저 불을 뿜었다. 포병 지휘관

노즈 시즈오의 독단적인 사격 명령이었다.

포탄이 날아가 움직이고 있는 막부군의 포가(砲架)에 명중하여 굉음과 더불어 포가가 터졌다.

포가는 분쇄되고 포 옆에 있던 보병 지휘역 이시가와 모모히라, 오가와라 신조 두 사람은 형체도 없이 산산조각이 났다.

이 노즈의 제1탄이 도바 후시미(鳥羽伏見) 싸움, 다시 그것에 이어지는 '무진전란(戊辰戰亂)'의 제1탄이 되었다. 이때가 오후 5시경이었다. 이미 해가 넘어가려 하고 있었다.

이 포성과 다시 이어지는 격렬한 소총 사격 소리가 바로 동쪽의 후시미까지 들렸다.

"왔구나."

하야시 곤스케는 나는 듯이 관아 북쪽에 구축해 놓은 목책을 열었다. 그리고는 포를 내보내 첫방을 사쓰마의 료운지산 포병 진지에 쏘아 넣었다. 그에 따라 후문을 지키고 있던 신센조 150명이 거리로 몰려나가려고 했다. 도시조는 이를 만류하고

"자, 출진의 축배를 들자!"

그러고는 준비한 술통 마개를 뽑았다는 전설이 이 고장에 남아 있다.

모두 국자를 돌려가며 술을 마셨다. 전원이 다 마시기 전에 고코노미야와 료운지산 두 군데서 쏘아대는 사쓰마의 포탄이 연신 날아와 이쪽 저쪽 지붕과 추녀를 부수기 시작했다.

"지금은……"

흥분하는 일동을 도시조는 다시 한번 제지했다.

"두세 방의 포탄이 뭘 어찌지는 못한다. 주흥을 돋구는 꽃불놀이라고 생각하면 돼."

전원이 다 마실 때까지 진정시키다가 이윽고 벼락같이 소리쳤다.

"2번대 진격!"

2번대 조장은 나가쿠라 신파치(永倉新八)이다. 시마다 가이, 이토 데쓰고로, 나카무라 고지로, 다무라 다이지로, 다케노우치 겐사부로 등 18명이다.

"진격!"

그러나 앞은 자기 진영인 관아의 담장.

나가쿠라 등은 그것을 뛰어넘고 뛰어넘어 바깥 길로 달렸다.

도바 후시미의 싸움(3)

마지막으로 도시조는
"얏!"
흙담에 뛰어올라 그 지붕 기와 위에 털썩 주저앉았다.
"핑!"
"핑!"
소총탄이 귓전을 스쳤다.
관아 안에 대기하고 있던 대원들은 모두 도시조의 무모함에 놀랐다.
"부장님, 뭘 하시는 겁니까? 사쓰마·조슈 놈들의 과녁이 될 셈이십니까?"
"히지카타님."
하라다 사노스케 등은 팔을 뻗쳐 도시조의 허리띠를 잡고 말했다.
"죽을 생각인가요? 당신까지 총에 맞으면 우린 어떻게 합니까?"
"하라다 군."
도시조는 길을 달려가는 나가쿠라 신파치 등 18명의 2번대를 턱으로 가리키며 말했다.
"저들도 총알 속에 있다."

이 사내가 지닌 예의 그 유들유들하고 태연스런 표정이다.
'멋대로 하시지.'
하라다도 손을 놓았다.
도시조는 편안히 턱 앉아 있다.
'연극이야.'
이렇게 생각하고 있었다. 싸움이란 목숨을 내건 큰 연극인 것이다. 도시조의 두 눈이 보고 있음으로써 2번대의 결사대도 싸우는 보람이 있고 구내에서 대기중인 대원들도
'이런 대장을 위해서라면.'
이렇게 생각할 것이다.
사실 도시조는 예사로운 사내는 아니었다. 타고난 싸움꾼인 데다 지난 몇 년 동안 글자 그대로 칼날의 숲을 헤쳐 오고 있었다.
무사의 명예는 죽음이다.
그 명예가 골수까지 스며들어 피와 살을 만들고 그것이 도시조의 유들유들한 표정을 만들어 내고 있는 것은 아닐까.
그때, 기와가 쪼개졌다.
도시조는 여전히 유들유들한 자세 그대로였다. 얼굴빛이 달라지는 그런 '애교'는 이 사내에게는 없었다. 애교라니 말이지만 어떠한 종류의 애교도 도시조에게는 없었다.
이상히게 총알도 이 유들유들한 사내가 싫은 모양인지 모두 비켜서 날아갔다.
'내겐 안 맞아.'
싸움꾼 특유의 자신이다. 도시조의 궁둥이는 천 근이 되어 토담 지붕을 깔고 앉았다.

한편, 길로 진격한 나가쿠라 신파치 등의 결사대는 참담한 상태였다.
신센조가 담당한 정면은 통칭 시게쓰안(指月庵) 숲으로 불리는 듬성한 숲으로 거기에 사쓰마·조슈 부대가 기묘한 보루를 구축하고 있었다.
민가에서 징발한 다다미를 쌓아 올리고 그것을 흉벽(胸壁) 대용으로 삼아 총구를 내밀고 있었던 것이다.
숲속에는 다다미의 흉벽이 여기저기 교묘하게 배치되어 설사 진지 안에

쳐들어갔다고 하여도 사각(死角 : 총포가 미치지 못하는 범위)이라고 하는 것은 없다.

흉벽의 소총수 하나를 찔러 죽여도 돌격대는 다른 흉벽으로부터 순식간에 당하고 만다. 급히 구축한 야전 진지로서는 정말 대단한 것이었다. 조슈번의 지시에 따라 만든 것이라고 한다. 조슈번은 막부의 조슈 정벌공격을 받은 덕분에 야전 공성(攻城)의 경험이 풍부했던 것이다.

관아에서 그 진지까지 고작 30미터가 될까말까했다.

도시조는 나가쿠라 등 검술이 능한 대원을 뽑아

"돌격이다!"

명령하는 한편, 신센조가 가지고 있는 1문의 대포를 쉬지 않고 쏘게 하여 엄호했다.

나가쿠라 등은 칼을 휘두르며 달렸다.

죽기를 다하여 달렸다.

"달려라!"

담장 위의 도시조는 고함을 질렀다. 달리지 않으면 적진에 당도하기 전에 저격당한다.

"우산이 없어, 우산이."

하라다 사노스케가 담장 위로 머리만 내밀며 외쳤다.

"무슨 우산?"

도시조는 물었다.

"총알을 막는 우산. 비라면 박쥐우산 하나로 막아내지만 총알이야 그렇게 안 되지."

길가에서 픽픽 대원들이 쓰러졌다.

총알이 박히면 몸뚱이가 공중으로 떠올랐다가 땅에 쓰러진다. '털썩' 하고 땅바닥에 내던져지는 소리가 여기까지 들려오는 것 같았다.

나가쿠라는 소나무숲에 뛰어들었다. 이어서 다섯, 여섯이 뛰어들었으나 모두 제각기 소나무 한 그루씩 껴안은 채 꼼짝을 못한다. 움직이면 사면팔방의 다다미 보루에서 총알과 칼이 튀어나온다.

그런데도 나가쿠라는 뛰쳐나갈 기세였다.

"나가쿠라, 잠깐. 움직이면 안 돼."

도시조는 외쳤다.

그리고 나서 구내의 하라다를 돌아다보며 외쳤다.

"자네 부대에서 15명 고른다."

하라다는 즉시 선발하여 두 칸 높이의 흙담을 차례로 넘어 길로 뛰어내렸다.

도시조도 뛰어내렸다.

"나를 따르라!"

달리면서 두 자 여덟 치 이즈미노카미 가네사다를 뽑았다. 뽑는 순간, 번쩍이는 칼날에 '쨍' 하고 총알이 맞고 튀었다.

"달려, 달려라!"

마치 달리기가 전쟁인 것 같았다. 전투가 그야말로 말이 아니었다.

총알이 비오듯이 쏟아졌다. 그 사이 다섯 걸음정도 떼어놓을 때마다 고코노미야에서 사쓰마 포병이 쏘아대는 포탄이,

"쾅!"

"쾅!"

여기저기 길에서 터졌다. 탄체(彈體)에 산탄(霰彈)이 들어차 있는 포탄이기 때문에 퉁겨지면 여기저기서 피구름이 솟구쳐 올랐다.

도시조는 부근의 송림으로 뛰어들어 한 그루의 소나무를 방패로 삼았다.

돌아다보니 길가에는 시체가 이미 12구.

"모두 정지, 뛰어나가지 마라!"

도시조는 외쳤다.

밤을 기다리려는 것이다. 완전히 어둡기까지는 앞으로 10분이면 되겠지.

야전(夜戰)이다.

백병전이라면 천하에 이름을 떨친 신센조다.

'시체로 산을 쌓아올려 주고 말겠다.'

도시조는 자신이 있었다.

관아 정문.

이쪽은 관아를 요새로 하는 막부군의 주력으로, 하야시 곤스케 노인을 대장으로 하는 아이즈병이다.

곤스케 노인은 대포 3문을 가지고 먼저 료운지산 고지의 사쓰마번 포병진지를 포격하게 하였다.

그러나 한 방 쏠 때마다 열 방이 날아오는 형편이어서 포화는 아무런 도움

도 되지 못했다. 게다가 눈앞 20미터 거리의 고코노미야 담에서 사쓰마군 소총대가 난사하고 있다.

"이쪽도 총이다, 총!"

곤스케 노인은 아이즈의 소총대를 독려하였으나 워낙 화승총이 많았다.

조작하는 데 엄청나게 시간이 걸릴뿐더러 유효거리가 고작 한 마장밖에 안 된다.

사쓰마병은 미니에 총으로 장비하고 있었다. 당시 사쓰마번에서는 사쓰마와 교토 번저에 공작 기계를 설치해 놓고 있어 대부분의 총은 번에서 제조한 것들이다. 그 총들은 조슈군에도 무상으로 공급해 주었다. 성능도 외국제 못지 않았다.

대포도 지금 료운지산 고지의 포병 진지를 지휘하고 있는 사쓰마의 오야마 야스케가 서양식 야포를 직접 개조하여

'야스케 포'라는 것까지 만들고 있었다.

당시 번병의 실력은 아이즈·사쓰마를 천하에서 최강이라고 했다. 그 군대의 힘에 있어서는 다른 번과 비교도 안 된다.

그런데 아이즈의 전법은 아직도 구식의 나가누마 식이다. 전국시대에서 조금도 진보하지 않았다.

신식과 구식이 격돌한 것이다.

곤스케는 드디어 3문의 아이즈 포를 관아 동쪽 끝 길 위로 끌어내어 앙각(仰角)으로 료운지산 고지에 쏘아 올렸다.

포탄은 거의가 송림에 맞고 작렬할 뿐 정작 적 진지는 건드리지도 못했다.

하기는 그나마 얼마간의 효과가 있었다면, 그 파편이 제2 포대장 오야마 야스케의 귓불을 찢은 것이라 하겠다. 오로지 귓불 뿐이었다. 사쓰마병의 사격은 더욱 더 활발해졌다.

고코노미야에 있던 사쓰마의 소총대도 길, 추녀 밑, 사당(祠堂) 등에 산개하여 남으로 남으로 밀려오기 시작했다.

곤스케 노인은 노상에서 지휘하면서

"자아, 이제 돌격이다!"

도창대(刀槍隊)를 질타하여 몇 번인가 돌격했으나 10미터도 못 가서 선봉은 모조리 총탄 세례를 받고 시체가 되었다.

그래도 곤스케는 세 번이나 돌격했다. 그럴수록 전후 좌우에 시체만 쌓여

갈 뿐이다.
곤스케는 그래도 굴하지 않았다.
"자, 다시 한 번 밀어붙인다."
긴 창을 높이 쳐든 순간 3발의 총탄이 날아와 몸에 박혔다.
'쿵' 엉덩방아를 찧었다.
일어나지 못했다.
사병이 안아 일으키려 하자
"건드리지 마라."
하고는 길 위에 주저앉은 채 계속 지휘했다.
밤이 되었다.
도시조는 신센조 전원을 소나무숲에 집결시키고 횃불을 하나 만들었다.
"잘 들어라. 이 불이 나다. 이 불이 가는 대로 따라오라."
송림 속의 다다미 보루대는 잠잠했다. 어두워졌기 때문에 목표가 보이지 않는 것이다.
"하라다 군."
도시조는 귀엣말로 속삭였다.
하라다 사노스케는 목소리가 크다.
도시조가 속삭인 그대로 송림 속의 적을 향하여 외쳤다.
"듣거라, 지금부터……."
한 숨 들이쉬고 나서 말을 이었다.
"신센조 1,000명이 돌격한다!"
이 목소리는 확실히 효험이 있었다.
적은 신센조라고 하는 말에 공포를 느꼈다. 이 소나무숲의 적은 조슈의 제2 포병대가 주력이었다.
마치 장님 지팡이처럼 마구 난사하기 시작했다.
"어두운 밤의 총이다!"
도시조는 그 발화 지점을 확인하고 비호같이 쳐들어갔다.
마구 베었다.
도시조 혼자서 넷.
하라다 사노스케 등은 창이 부러질 정도로 싸우고 또 싸웠다. 마침내 적은 허물어지기 시작했다. 이때 조슈 측은 소대 사령관 미야타 한지로 이하 사상자 20여 명.

적은 북쪽으로 내뺐다.

북쪽이야말로 도시조가 진작 습격했어야 하는 적의 본진 '고코노미야'다.

"나를 따르라!"

도시조는 왼손에 횃불, 오른손에 이즈미노카미 가네사다를 쳐들고 돌진해 갔다.

관아의 동쪽 끝까지 왔다.

아이즈번의 주력이 있었다.

"하야시 노인은?"

"저기."

아이즈병이 가리키는 곳을 보니 하야시 곤스케는 갑옷 투구를 갖춘 채 길 위에 앉아 있었다.

여전히 대포의 사격 지휘를 하는 중이었다.

"여어, 히지카타!"

곤스케 노인은 웃었다.

웃고 있는 곁에서 포탄이 작렬했으나 곤스케는 끄덕도 하지 않았다.

"당하셨군요?"

"총알이……."

노인은 왼팔, 허리, 오른쪽 무릎을 가리킨다.

"들어갔어. 자넨 괜찮은가?"

"네."

대답하는 순간, 총탄이 날아와 도시조의 횃불을 맞혀 떨어뜨렸다.

도시조는 천천히 횃불을 주워 올리며 아이즈번 별선(別選) 대장인 사가와 간베를 불렀다.

"사가와님."

가문 중에서도 용맹하기로 이름난 인물이다.

"아무래도 적의 대소포의 발포 상태로 미루어 서쪽 시가지에는 별반 병원(兵員)이 없는 모양일세. 한 번 시가지로 크게 우회해서 고코노미야 등 뒤로 돌아가 남북에서 협공하는 것이 어떻겠나?"

"아하, 과연!"

사가와도 그제서야 깨달았다. 적의 약점을 공격하는 것이야말로 전술의 비결이다. '나가누마류'에도 있다.

단, 도시조의 것은 천부적인 싸움꾼 식이다.

"하세!"

대뜸에 아이즈번 막부군 전습대(傳習隊)의 각 대장을 모아 취지를 철저히 일러 주었다.

선봉은 신센조다. 지난날 하마구리 문 변란 때 후시미 시가에서 조슈병과 싸운 경험이 있어 도시조는 자진하여 나섰다.

우루루 서쪽으로 달렸다.

핫초나와테(八丁畷)를 거쳐 시가지에 돌입하니 소수의 조슈병이 있었으나 상대도 안 되었다.

'이긴다.'

도시조는 료가에(兩替) 거리 모퉁이에 서서 지시했다.

"전습대는 이 길을 곧장 북진하라."

그리고 다시 서쪽으로 돌진하여 신마치 거리로 나왔다.

"북쪽으로 달려라."

도시조는 돌진했다. 좁은 가로를 세 줄, 네 줄의 종대가 되어 각종 막부병이 달려갔다.

그러나 그것도 20미터뿐.

양옆 민가 여기저기서 일제히 총화를 뿜어댔다. 막부병은 픽픽 쓰러졌다.

조슈 유격대였다.

"전습대는 계속 달려라."

지시한 뒤, 도시조는 신센조를 지휘하여 돌풍처럼 빈집을 습격하였다. 조슈병과 교전하고 한 집씩 도륙하고 나서 다시 전진했다.

시가전이나 육박전이라면 어느 대원이고 용기백배하여 날뛰었다.

더욱 북쪽으로 달려 먼저 도착한 전습대는 아이즈번병과 합류하여 드디어 적의 본영 '고코노미야'의 배후로 돌아갔다.

'이겼다.'

도시조는 다시금 생각했다.

적군도 놀란 모양이었다.

사쓰마군은 얼른 그들의 정예 보병부대를 노상으로 돌진시켜 먼저 사격전을 전개하게 하고 이어서 처절한 백병전을 펼쳤다.

더 이상 지휘는 할 수 없다. 적과 우군이 한데 휩쓸려 노상에서 싸우는 것이다. 뛰다가 맞부딪친 놈이 적이면 친다. 토란을 씻는 듯한 혼전이다.

"신센조 앞으로! 신센조 앞으로!"

도시조는 고래고래 소리지르면서 낯선 그림자를 보면 베었다. 그리고 등 뒤를 훑고 다시 전진했다. 고코노미야를 향하여.

담을 뛰어넘어야 한다.

그런데 그 무렵, 료운지 고지에 포진하고 있던 오야마 야스케 등 사쓰마군 포병은 전황이 의외의 방면으로 움직이고 있다는 것을 알아차리고 서둘러 포좌(砲座)를 이동하기 시작했다.

동시에 사쓰마군 소총대도 이 방면에 집중하여 전투 개시 이래로 최대의 화망(火網)을 쳤다.

도시조의 주위에서 사상자가 속출했다.

막부군 보병과 전습대는 동요했으나 아이즈병은 끝까지 동요하지 않았다.

시체를 넘고 넘어 돌진했다.

'잘 한다.'

도시조도 감탄했는데 다만 아이즈병은 적을 쓰러뜨리면 반드시 목을 잘라 허리에 꿰어차는 것이었다.

여기에는 도시조도 손을 들었다.

갑주나 옷차림도 그러려니와 싸움터에서의 예법, 전법, 모두가 300년 전 그대로가 아닌가.

머리는 무겁다.

머리 둘만 꿰어차면 벌써 행동이 부자유스럽다.

도시조는 난전 중에서도 그와 같은 아이즈병을 보는 대로

"이봐, 머리를 버려!"

고함쳤으나 그들은 알아듣지 못했다.

거기에 비하면 신센조의 백병전은 경쾌하고 신속했다. 인원수는 무섭게 줄어들고 있었다.

그러는 동안, 후시미 전투에서 막부군 최대의 불행한 사태가 터졌다.

후방 본진인 후시미 관아의 건물이 불티를 뿜어 올리면서 타기 시작한 것이다.

갑자기 주위가 대낮같이 환해져서 사쓰마·조슈 군 쪽에서는 도시조 등 막부군의 행동을 낱낱이 잡아낼 수 있었다.

총포화의 명중이 뚜렷해졌다. 비오듯 쏟아진다고 해도 과장이 아니었다. 게다가 막부군은 좁은 길에 밀집해 있었다.

이미 전투가 아니라 도살이었다.

도시조는 더욱 길을 질주하며 지휘하였다. 이때 아이즈번 대장 사가와 간베에게 한 말이 후세까지 전해 내려오고 있다.

"사가와 님."

도시조는 말했다.

"보아하니 앞으로의 전쟁은 북신일도류도, 천연이심류도 필요 없는 것 같군."

그러나 이 말은 도시조가 절망해서 한 것은 아니었다.

앞으로는 서양식으로 싸워야겠다는 희망에 찬 말이었다.

묘한 사나이였다.

웃고 있었던 모양이다.

그 얼굴에 후시미 관아의 불빛이 비쳤다.

'내 진정한 인생은 이 전쟁부터다.'

도시조는 대원을 집합시켰다.

"다 왔나?"

탄우 속에서 모인 얼굴들을 살펴 보았다. 60여 명이 서 있었다.

하라다 사노스케, 나가쿠라 신파치, 사이토 하지메, 결당 이래 조장들의 기운 찬 얼굴들이 모였다.

하지만 고향에서 함께 나온 천연이심류의 선배인 6번대 조장 이노우에 겐사부로의 모습이 보이지 않았다. 감찰 야마자키 스스무도.

"야마자키 군은?"

"부상해서 후송되었습니다."

"나머지는?"

말이 필요 없지 않은가. 저승의 명부에 오른 수가 백 수십 명이다.

"좋아, 이 60명이 다시 한 번 밀고 들어간다."

도시조는 털썩 주저앉았다.

그 머리 위로 총알이 날았다.

도바 후시미의 싸움(4)

극장이 그렇다.

객석을 어둡게 하고 무대 위의 인물에게만 조명을 비친다.

신센조에게 이 전투는 꼭 극장 무대와 마찬가지였다.

후방에서 활활 타오르고 있는 후시미 관아의 사나운 불길은 길 위의 신센조, 아이즈번병을 마치 무대 위의 인물처럼 만들어 버렸다.

사쓰마·조슈의 진지는 어두운 관객석이라는 전술적 위치에 있었다. 자유자재로 총포화를 퍼부을 수 있었다.

"난처하게 됐군. 제기랄 것!"

도시조는 관아의 사나운 불길을 향해 욕설을 퍼부으며 먼저 대원을 모아 교마치(京町) 4가에서 2가에 걸친 골목골목에 대원을 숨겨 놓음으로써 '조명'에서 대피시켰다.

이 정월 초사흘은 양력으로 따지면 1월 27일이다. 이날, 영국 공사관의 서기관 어네스트는 오사카에 있었다. 이 젊은 런던사람에 대해서는 너무나 많이 알려져 있다. 그는 통역관으로 분큐 2년에 일본에 왔으며 뒤에 사쓰마·조슈와 접근하여 넘칠 듯한 기지와 정확한 시국안(時局眼)으로 상관인 공사를 보필하는 한편으로 사쓰마·조슈 측에 갖가지 조언을 해주었다. 이 어네스트가 쓴 《막부말 유신 회상기》의 이날 대목에 의하면 '1월 29일 밤, 교토 방면에서 큰 화재가 보였다. 엔도(어네스트의 부하)에게 물으니 후시미에서 사쓰마와 그 연합군이 막부군과 싸우고 있다고 한다'라고 되어 있다. 후시미 관아의 화재는 130리 떨어진 오사카에서 바라볼 수 있을 정도로 컸던 것이다. 그 '조명'이 얼마나 거대하였던가를 알 수 있다.

"쳇, 재수도 없게. 이제 50보면 적 본진에 쳐들어가는 건데 이 꼴이니!"
10번대 조장 하라다 사노스케는 칼을 칼집에 꽂았다.
사노스케의 말대로 관아의 화재만 없었더라면 후시미의 야간 전투는 막부군의 승리로 돌아갔을지도 모른다.
아니, 이 전투 뿐만이 아니라 도바 후시미의 싸움, 그 자체가 어떤 나라의 어떤 명참모가 검토하더라도 지도상의 전술에 관한 한 막부군이 이긴 싸움이었다.
교토의 사쓰마·조슈 군은 병력이 적다.
예비군도 얼마 안 된다. 그래서 최대한의 병력을 출동시키고 있었다. 도바와 후시미의 고코노미야 전선이 만약 허물어지면 퇴각하여 천황을 모시고 교토를 탈출하여 다시 일어날 수밖에 없다고 사쓰마의 수뇌부는 생각하고 있었다.
하기야 병기(兵器)는 사쓰마·조슈 군이 한발 앞서 있었다.
그러나 막부군 쪽도 배낭을 짊어지고 완전 양식화한 이른바 '보병'을 속속 서상(西上)시키고 있었다.
그 수도 압도적으로 많았다.
그러나 전의가 없었다. 사쓰마·조슈군과 같이 필사적이 아니었다. 이 점도 일본사에 봉건 체제를 가져다 준 세키가하라(關原) 전투와 흡사했다. 세키가하라 싸움도 도식적으로 보면 서군이 패할 싸움이 아니었다. 수도 많고 전장에서의 지리(地利)도 좋았다.
다만 서군은 전의가 결여되어 있었다. 목숨을 걸고 싸운 것은 이시다 미쓰나리(石田三成) 부대, 오다니 요시쓰구 부대, 우키타 히데이에 부대 정도였다.

도바 후시미의 싸움 첫째 날도 필사의 각오로 싸운 것은 철저한 구 정통파 아이즈번과 신센조뿐이었다. 하지만 그들의 불행은 양식부대(洋式部隊)가 아닌 도창부대(刀槍部隊)였다는 것이다.

영국인 어네스트조차 막부군 주력을 비웃었다.

"1만의 대군을 가졌으나 하나같이 겁쟁이다."

영국은 진작에 약체 막신(幕臣)에게서 눈을 돌려 사쓰마·조슈에 의한 일본통일의 구상을 은연중 추진해 왔던 것인데

"우리의 예측이 들어맞았다."

이렇게 믿고 안심했다.

도시조는──

노상에 서 있었다. 동남쪽에서 비추는 관아의 무서운 불빛이 도시조의 모습을 뚜렷이 떠올렸다.

'싸움은 이긴다.'

도시조는 그렇게 믿고 있었다. 이 막부군 최전선의 수라장만 사수하고 있으면 내일 아침에는 서양식으로 무장한 막부군 보병이 대거 진입해 올 것이다. 현재 그 선발 막부군의 프랑스 식 제7 연대가 이미 후시미에 들어오고 있지 않은가.

다행스럽게 우군 아이즈번병은 지독한 구식 장비이면서도 그 번사는 사쓰마와 나란히 일본 최강의 무사로 일컬어진 본보기를 유감없이 발휘했고, 하야시 곤스케 대장은 몸에 3발의 총탄이 들어갔어도 한 발짝도 물러서지 않았다.

그런데──

오후 8시 경, 도시조가 전령으로 쓰고 있는 평대원 노무라 도시하찌가 달려와서 보고했다.

"아군은 퇴각 중입니다."

"거짓말이다."

도시조는 소리지르고 2번대 조장 나가쿠라 신파치에게 확인하라고 분부했다.

신파치는 서쪽으로 달렸다.

달렸으나 료가에초 1가 근방에 있던 막부군 제7 연대의 일부가 없어졌다.

신파치는 다시 서쪽으로 달려 신마치 4가에 이르렀다.

'없다.'

이곳에 제7 연대가 밀집하고 있었을 터였다.

'어디 간 거야?'

신파치는 미친 듯이 남으로 달렸다. 간신히 후시미 쇼린인능(松林院陵) 동쪽 모퉁이에서 제7 연대의 최후미를 따라잡았다.

"게 섰거라!"

나가쿠라 신파치는 악을 썼다. 나가쿠라는 '오고반조(大御番組)'로 어엿한 직속무사다.

그들은 '보병'이라고 하지만 본디 에도, 오사카에서 공모한 부랑자, 잡졸, 소방대원 따위이기 때문에 나가쿠라가 함부로 다루는 것도 당연한 일이다.

"어, 어딜 가?"

"모릅니다. 대장이 내빼라니까 내빼는 겁니다요."

보병 하나가 대꾸를 하고 모른 체했다. 나가쿠라는 그놈의 따귀를 힘껏 올려붙였다.

"악"

나가떨어졌는데 본디가 '사병'을 지원한 건달패이다.

"이게, 누굴 치는 거야!"

일어나더니 총대를 거꾸로 잡고 나가쿠라에게 덤벼들었다. 나가쿠라는 몸을 날려 옆차기로 쓰러뜨리고 크게 호통을 쳤다.

"신센조의 나가쿠라 신파치를 모르느냐!"

모두 웅성거렸다.

거기에 보병 지휘관(막신 사관)이 달려왔다.

"무, 무슨 무례라도?"

파랗게 질린 얼굴이다.

나가쿠라는 그놈의 따귀도 올려붙이며 외쳤다.

"무례고 뭐고 없다! 제7 연대는 어디로 가느냐고 묻고 있는 거다."

"퇴, 퇴각……"

"퇴각?"

"부젠노카미(豊前守 : 막부군 총독) 나리의 명령이십니다. 다카세강의 야자에몬 다리 저쪽 마을까지 퇴각합니다."

"신센조는 들은 바 없다."

"그것은 당신 생각이겠지요."

"뭐라구?"

"우리는 명령대로 움직이고 있습니다. 신센조가 어떻게 하든 그런 건 모릅니다."

번쩍, 신파치는 칼을 뽑았다.

지휘관은 도망쳤다.

마침 그때, 신마치 9가 부근에 있던 조슈군이 남하해 와서 일제히 사격을 가했다.

흙먼지가 자욱하게 피어올랐다.

막부군 보병은 눈깜짝할 사이에 흩어져 버렸다.

"체."

나가쿠라는 적의 방향으로 뛰었다.

추녀를 따라 뛰고 민가를 빠져나가기도 하며 간신히 신센조의 둔집 지점으로 되돌아왔다.

"히지카타님, 놈들은 내뺐습니다."

"흐음."

낯빛도 바꾸지 않고 웅얼거린 것은 도시조 옆에 있던 아이즈번 대장 사가와 간베였다.

"도망쳤군."

남의 일처럼 말한다. 오른쪽 눈이 포탄 파편에 맞아 얼굴 반쪽을 하얀 헝겊으로 둘둘 감았는데 빨갛게 피가 배어나와 있었다. 나이 38세.

간베는 600섬. 뒤에 아이즈에 돌아가서 각처로 옮겨다니며 싸웠고 군사(軍事) 감찰관이 되었다. 아이즈 낙성 직전에는 가로가 되어 작전을 장악하고 낙성 시(時)까지 싸웠다. 유신 뒤에는 경시청에 봉직했고 메이지 10년 사이고의 변란(西南전쟁)에는 경시청 소속 일류 검객을 이끌고 '관군'의 순사(巡査) 대장이 되어 '무진전역'의 앙갚음을 한다는 마음으로 사쓰마군을 여러 차례 괴롭히다가 마침내 전사했다. 대포부대 총지휘관인 하야시 곤스케와 더불어 그야말로 아이즈 무사다운 사나이였다.

"그런 셈치고는……."

도시조가 고개를 갸우뚱했다.

"사쓰마와 조슈가 추격을 안 하는군요. 추격할 여력이 없는 것으로 보는데 사가와님, 어떻게 생각합니까?"

"히지카타님."

사가와 간베는 딴 소리를 했다.

"우리들은 머물러야지요."

"물론이오."

도시조는 즉시 아이즈번에 부상자의 후송을 의뢰했다.

조사해 보니 전사자는 아이즈번, 신센조를 합하여 300명, 중상자는 대략 백 수십 명으로 밝혀져 곧 간호대를 조직하여 후송했다.

그 직후 사쓰마·조슈군이 습격해 왔다.

"돌격!"

도시조는 칼을 휘두르며 교마치 거리를 북쪽으로 달렸다. 신센조 60여 명, 거기에 잔류한 사가와 간베 지휘하의 아이즈번병이 뒤따랐다.

그들은 총알을 맞고 픽픽 쓰러졌다.

"달려라!"

적군에 뛰어들 수밖에 다른 방도가 없었다.

양군이 격돌했다. 처절한 백병전이 벌어졌다.

도시조는 몸을 날려 찌르고 다시 뛰어들어 베곤 했다.

칼싸움은 신센조의 전통적 특기이다.

다시 아이즈의 창부대가 창끝을 가지런히 하고 돌진해 왔다.

사쓰마군병은 사납고 민첩하나 신센조처럼 검술이 능한 것도 아니고 백병전에도 익숙하지 못했다. 게다가 사쓰마인의 특징으로 형세가 불리하다고 보면 끈기가 없었다. 불리한 싸움을 한답시고 물고 늘어지느니 내빼는 편이 전술적으로도 좋다고 하는 합리적인 사상이 예부터 있었다.

훗날 세이난 전역(西南戰役) 때도 구마모토에서 사이고 군에 참여한 히고(肥後) 사람들은 사쓰마 사람들의 이 버릇에는 손을 들었다고 한다. 일단 전세가 불리해지면 사쓰마 사람들은 순식간에 흩어져 버려, 히고 사람들이 정신을 차렸을 때는 이미 사쓰마병사들은 한 명도 없을 정도였다.

이 경우에도 난군 속에 있던 사쓰마의 대장이

"모두 퇴각이다."

하고 한 마디 했다. 그 뒤는 그냥 스포츠라고 해도 좋을 정도의 상쾌한 발걸음으로 도망쳐 버렸다.

"추격하지 마라."

도시조도 대원들의 발길을 제지했다. 이쪽도 추격하여 적의 주력과 충돌할 정도의 병력이 없는 것이다.

"퇴각."

양군이 퇴각하는 묘한 싸움이었다. 본디의 둔집 장소로 돌아왔다.

둔집소에는 막부 총독 마쓰다이라 부젠노카미가 보낸 사자가 와 있었다.

"다카세강(高瀬川) 서쪽 기슭까지 물러가라."

는 전달이었다.

도시조가 자세히 물어보니 일단 퇴각한 막부 보병 제7 연대는 부젠노카미의 명령으로 다카세강 서안에 머물면서, 축조병(프랑스 식 工兵)으로 하여금 야전 진지를 구축하게 하는 중이라고 한다.

"난 또 오사카까지 내뺀 줄 알았지."

도시조는 비웃으며 말했다.

"고맙지만 신센조하고 사가와님의 아이즈병은 여기 머물겠네."

"하지만 적에게 포위당할 우려가 있습니다."

"농담 말게. 사쓰마·조슈 측에 포위할 만한 병력이 있다면 제7연대가 퇴각할 때 벌써 추격해서 자네 따위는 지금쯤 목이 붙어 있지 않아."

"그렇지만."

"우리는 여기 있겠네."

도시조는 전령을 쫓아보냈다.

사실, 교토의 사쓰마·조슈군에는 병력의 여력이 전혀 없었다. 군자금도 마찬가지여서 조정 중신의 호주머니 돈을 털어 모은 것이 고작 50냥이었다고 한다. 역사를 전환시킨 싸움에서 그 승리측 병참부에 50냥의 준비금밖에 없었던 예는 세계 역사상 드물 것이다. 그러한 상대에게 구정부군인 막부군이 왜 졌을까.

이윽고 두 번째 전령이 왔다.

여전히

"후퇴하라."

는 전언이었다.

도시조는 어처구니없어 물어 보았다.
"다카세강 서안 진지는 완성됐다던가?"
"아직."
"축조중에 야습당하면 어떻게 할 건가?"
"글쎄요."
도시조는 웃음을 터뜨렸다.
"후퇴하자. 다만 다카세강 진지가 완공될 때까지 우리는 여기서 버티고 있겠다."
급히 만드는 진지가 완성된 것은 밤 12시가 지났을 때였다. 도시조 일행은 밤 1시 조금 지나서 진을 버리고 다카세강 진지까지 물러갔다.
이튿날 4일.
이 물의 고장 특유의 안개 낀 아침이었다. 해가 떠오르기는 했으나 몇 자 앞도 보이지 않았다.
이 날씨도 게이초 5년 9월의 세키가하라 싸움이 시작된 아침과 비슷했다.
단지 비만은 내리지 않았다. 그러나 추위가 심하여 물웅덩이에 두껍게 얼음이 얼어 있었다.
"안개라, 하늘이 돕는군."
도시조는 자리에서 일어나 혼자 중얼거렸다.
짙은 안개 때문에 적의 포병이 사격을 못하고 잠잠히 있었다.
하늘이 돕는다고 한 것은
'시간을 벌었다.'
는 생각에서였다. 사실대로 말하면 오사카에서 철야로 급히 행군해 오는 막부군의 서양식 부대 제11연대가 예정대로라면 벌써 도착했을 시각이었다. 지휘관은 사쿠마 오미노카미(佐久間近江守)였다. 막부의 보병 연대장으로 골격이며 용모가 막신 가운데서는 보기 드물게 미카와(三河) 무사다운 호방한 사내였다고 한다.
사쿠마와는 별도로 1개 대대를 인솔하고 오는 보병대장 구보다 시즈아키(窪田鎭章)도 결코 약장(弱將)은 아니었다. 다만 그가 인솔하고 있는 대대는 오사카에서 급히 모집한 자들로 그 가운데는 조슈의 첩자도 섞여 있다는 뒷공론이었다.
아니, 제11연대 지휘관 사쿠마 오미노카미의 마부 에이타(英太)라고 하는 자는 조슈의 첩자였다는 사실이 메이지 유신 뒤에 판명되었다.

오전 7시.

이들 프랑스 사관이 조련한 막부병이 속속 전장에 도착했다.

"사노스케 소총대가 왔다."

도시조는 기뻐했다.

오전 8시에 안개가 걷혔다.

쾌청하다.

별안간 양군의 포격전이 도바 후시미의 천지를 뒤흔들기 시작했다.

신센조는 막부군 14대대의 서양식 화기의 엄호를 받으면서 사쓰마군 1부대가 지키는 나카지마(中島) 마을에 접근한 뒤 백병 돌격을 감행하여 단숨에 점령했다.

도바 대로에서는 사쿠마 오미노카미의 제11연대가 크게 진출하여 사쓰마·조슈 측을 압박했다.

요도야마 다리(淀山橋) 방면에서는 아이즈 부대의 일부인 시라이 고로다유 부대가 포 2문을 가지고 진격하여 마침내 사쓰마·조슈병을 패주시키고 시모도바(下鳥羽) 북단인 적진지까지 거의 진출하였다.

전투 제2일째는 막부군의 승리로 이 전황이 궁성에 전해지자 공경들이 얼굴빛이 변하여 소란을 피웠다고 한다. 병력이 약한 사쓰마·조슈 도사군을 '관군'으로 한 것이 경솔했다는 것이다.

전투 제3일인 정월 5일도 역시 쾌청.

양군의 승패는 쉽게 결정나지 않았으나 막부군 보병 지휘관 사쿠마 오미노카미, 구보다 비젠노카미가 전날의 전투에서, 지휘관으로서 스스로 진두에 서서 돌진했기 때문에 연이어 전사하고 이로인해 막부의 서양식 부대 활약이 둔화되었다. 패주하기 시작하는 부대가 많아 아이즈번과 신센조가 아군의 퇴각을 막고자 안간힘을 썼다.

요도 강둑을 퇴각하는 막부 보병을 신센조의 하라다 사노스케와 아이즈번사 마쓰사와 미즈에몬이 칼을 들이대며 가로막았다.

"왜 도망치나? 싸움은 지지 않았다."

이렇게 고함쳤으나 끝내 막아내지 못하고 대포만 빼앗았다.

"대포를 놓고 가, 대포를."

그러나 이미 조정에서는 사쓰마·조슈·도사를 '관군'으로 삼기로 결정하고, 닌나지노미야(仁和寺宮)가 총독이 되어 출진하였고, 야마자키 요새를 지키고 있던 막부측의 도도(藤堂)번이 배신했기 때문에 막부군은 협공당하는 전세로 바뀌었다. 그것을 우려하여 막부군 중에서 가장 약한 보병이 먼저 도망치기 시작한 것이다.

게다가 교토에서 중립을 지키고 있던 각 번이
"천황기(天皇旗) 오르다."
라는 소식과 함께 사쓰마·조슈군 전선에 가담했는데 그것이 과장되어 막부군에서 전해졌다.

아이즈와 고와나 두 번과 신센조는 부분적인 싸움에서는 거의 6할의 승리를 거두고 있었는데 오후가 되어 마침내 주력의 패주에 끌려갔다.

이날, 도시조는 마침내 30명까지 줄어든 대원을 동솔하면서 요도 강둑 센본마쓰(千本松)에 막부군 보병 지휘역을 불러세웠다.
"최후의 일전을 하자."
그렇게 약속하고 검을 휘두르며 노상을 돌격했다.

그러나 따르는 자는 신센조 외에는 아이즈번 생존자 하야시 마타사부로(곤스케의 아들, 길거리에서 전사) 이하 몇 명뿐이었다고 한다.

도시조는 오사카로 돌아왔다.
패주병이 들끓고 있는 오사카에서는 놀라운 사실이 기다리고 있었다.

오사카의 도시조

어쨌든 패주였다.

패주임에 틀림없었다. 도시조는 부상을 입지 않은 대원들을 요도 강변을 따라 도보로 남하시키고 부상자는 배에 태워 오사카로 내려갔다.

'지지는 말았어야 하는 건데.'

도시조는 생각했다. 대원의 표정, 어깨 모습까지 달라졌다. 아무리 보아도 패잔병이었다. 10번대 조장 하라다 사노스케 같은 호기로운 사내조차 창을 지팡이삼아 걸었다.

도시조는 말에서 내려 그에게 말했다.

"사노스케, 기운을 내라. 대원들이 본다는 것을 잊어선 안 돼."

사노스케는 피로하기도 하였다. 평소 호기로운 사내인 만큼 졌다고 생각하니 한결 더 맥이 풀리는 모양일까. 도시조를 흘끗 보고

"부장님 같지는 못하니까요."

이렇게 말하고는 만사가 귀찮다는 듯이 걸어갔다.

"자, 모두들. 오사카 성이 아직 남아 있다."

배에서 내린 도시조는 다시 말 위에서 격려했다. 오사카 성에는 막부의 장

군이 있다. 막부의 부상당하지 않은 사졸 몇 만 명이 있다. 무기도 있다.
"그곳은 철옹성이다. 거기서 장군을 옹립하고 싸우는 한, 천하의 반(反) 사쓰마·조슈의 각 번은 앞을 다투어 일어선다."
어느 모로 보나 이기는 싸움이었다. 하기야 도바 후시미에서 실제로 전투한 것은 아이즈번과 신센조, 미마와리조 정도로 도도번 등은 야마자키의 포병 진지를 담당하면서 약삭빠르게 배신했다. 막부 직속 서양식 보병은 싸우기보다 도망치기가 바빴다.
하지만 주력은 오사카에 있었다. 게다가 성은 히데요시가 축조했다고는 하지만 이에야스 이래 서쪽 지방의 영주들 특히 모리와 시마즈의 반란에 대비하여 증축에 증축을 거듭해온 큰 요새이다.
'사쓰마·조슈의 병력으로는 도저히 함락시키지 못한다.'
도시조가 아니더라도 동서고금의 어떤 군사 전문가일지라도 이곳만은 낙관할 것이리라.
"오사카에서 다시 보복전을 펼친다."
도시조는 일동을 고무했다.
도시조의 생각이 잘못된 것은 아니었다.

교토 관군의 두통거리도 거기에 있었다. 관군에는 추격력조차도 없었다. 추격하여 전과를 확대시키는 것이 군의 상식이었으나 워낙 병력이 모자랐다.
당시 교토에서 사쓰마·조슈 연합군의 작전을 계획·참여했던 조슈번사 이노우에 몬타(井上聞多 : 훗날 가오루로 개명) 등도
"막부병은 반드시 오사카 성을 본거지로 한다. 짐작하건대 그들은 오사카를 거점으로 병력을 사방에 펼쳐 효고(兵庫)의 무역항을 장악한 뒤 외국으로부터의 무기 수입을 도모하고, 아울러 사쓰마·조슈번으로부터의 증원부대의 상륙을 가로막으며 또한 그 우세한 함대를 풀어 세토내해(瀬戸內海)를 봉쇄할 것이다. 그렇게 되면 교토의 우리는 독 안에 든 쥐 격이다. 또한 막부 직속 영주인 미마사카 고하마(美作小濱) 번병들은 오쓰(大津) 입구를 제압해 버린다. 그러면 교토 시민의 양곡은 주로 오미(近江)에서 들어오고 있으므로 시민들은 굶어 죽지 않을 수 없다. 이렇게 되면 우리들 소수의 재경군(在京軍)은 지고 만다. 나는 형편상 급히 본국에 돌아가 번

병을 모조리 거느리고 산인(山陰)과 산요(山陽)를 거쳐 기나이(畿內)로 쳐 올라오겠다. 사쓰마도 그렇게 해주기 바란다. 이 방법밖에 없다."
이렇게 주장하여 사쓰마도 찬성하고, 본국의 번병이 올라오기까지 야와타와 야마자키 등 교토 남쪽 구릉 지대에 포대를 설치하기만 하여 지구전 형식을 취하자고 의결했다.
도시조의 전황에 대한 낙관은 당연한 것이었다.

모리구치(守口)까지 내려왔을 때, 서남쪽 하늘 높이 오사카성의 5층 천수각(天守閣)이 보였다.
"보아라."
도시조는 채찍을 들고 말했다.
"저 성이 있는 한, 천하는 그리 수월하게 사쓰마·조슈의 손에 넘어가지 않는다."
그의 마음속은 오사카 겨울 전쟁, 여름 전쟁 때의 사나다 유키무라(眞田幸村)와 같은 감회였으리라. 하기야 유키무라 때는 적이 반대로 도쿠가와 가문이었지만.
그러나 일동은 잠자코 말이 없었다.
모두 후시미 어귀에서 소름끼치는 총탄 세례를 받았다. 사쓰마·조슈 군의 신식총은 아이즈번의 구식총이 한 발 쏠 때 열 발을 쏠 수 있었다. 아이즈의 화승총 따위는 한 발 장전하는 사이에 저쪽은 20발을 퍼부어 왔다.
'아무래도 세상이 바뀌었어.'
실제로 총화를 뒤집어 써 본 대원들로서는 온몸으로 실감할 수 있었다. 그저 둔한 패잔병이 아니라, 그와 같은 의식상의 큰 충격을 받았던 것이다.
"뭘, 그런 따위 총은 사면 되잖나."
도시조만은 콧방귀를 뀌었다.
하지만 막부군 부상병은 어마어마한 숫자로, 강을 따라 속속 내려오는 자들이 하나같이 붕대를 새빨갛게 물들이고 있었다. 거의가 칼이나 창에 의한 상처가 아니고 포탄과 소총탄에 의한 상처로 팔다리가 떨어져 나간 자나 턱이 파편에 맞아 문드러진 자, 몸에 세 방이나 총탄이 박힌 자 등등 눈 뜨고는 못 볼 참상이었다.
"그야말로 전쟁(도바 후시미 전쟁) 때는 굉장한 법석이었지요. 우리는 교바시(오사카) 쪽으로 피난을 갔는데, 피투성이 막부군 무사가 어마어마하게 배로 요도강을 내려오고 있었어요"

이 당시의 목격자로서 오래 살아 남은 사람이 한 말이다. 오사카 시 북구 고노하나초 1번지에 사는 이나바 유키에 할머니다. 백한 살 때, 시에서 고령자 표창을 받았는데 그때 신문기자가 만나러 왔을 때의 첫 마디가 '전쟁 때는'이었다고 한다. 할머니는 단순히 전쟁이라고 했다. 기자는 태평양전쟁인 줄 알았는데 자세히 들어보니 도바 후시미의 싸움이었다.

도시조는 신센조에 할당된 오사카 다이칸(代官 : 지방행정관)의 저택에 들어갔다. 덴마 다리(天滿橋) 남쪽 끝 동편에 있었는데 당당한 저택이었다.
"곤도는 어디 있습니까?"
다이칸 저택 가신에게 물으니 우치혼마치 3가에 있는 저택에서 요양중이라고 한다.
"오키타 소지도?"
그러나 그는 거기까지는 알지 못했다.
"나가쿠라군, 부상자들을 부탁한다."
이렇게 이른 뒤 말을 탔다.
좁은 다니마치 거리를 똑바로 남하하여 우치혼마치 저택에 이르러 말을 매고 있으려니까 비가 후두후둑 떨어졌다.
춥다. 지난 며칠 동안, 생각해 보지도 않았던 이 평범한 감각이 처음으로 도시조의 살갗에 되살아났다.
빗방울이 후두둑 떨어졌다. 도시조는 천천히 현관을 향하여 걸음을 옮겼다. 피곤하다. 기진맥진했다. 태어나서 이제까지 이토록 다리를 무겁게 느껴 본 적이 없었다.
문득
'오유키는 어떻게 지내고 있을까'
생각했다. 터무니도 없는 상념이지만 현관 앞의 소나무 뒤쪽에 오유키의 모습이 뚜렷이 보이는 것 같은 느낌이 들었다.
물론 환각이다.
너무 지쳐 있었다.
"곤도님 방은 어딥니까?"

복도를 걸으면서 막부 보병 지휘관인 듯한 양복 차림의 사내에게 물었다. 싸움터에는 나가지 않은 자인 모양이었다.

"곤도라니 어디 곤도님입니까?"

양복 차림의 사내는 당연한 반문을 하였다.

"모르는가! 곤도라고 하면 신센조의 곤도 아닌가!"

도시조는 고함쳤다. 물론 정상적인 신경 상태가 아니다.

도시조는 가리켜 준 방 장지문을 두르륵 열었다.

곤도가 혼자 누워 있었다.

"도시조일세."

도시조는 다가앉으며 베갯머리에 칼을 놓았다.

"지고 왔어."

"들었네."

곤도는 몹시 기운이 없는 눈으로 도시조를 올려다 보았다.

"수고 많았어."

"상처는 어때?"

도시조는 말머리를 돌렸다.

"어깨를 움직일 수가 없어. 료준 선생은 곧 낫는다고 하지만 움직이질 못하니 큰일 아닌가. 앞으로 한 달이면 말짱해질 거라고 말하긴 하지만."

"그럼, 한 달 후면 싸울 수 있겠군."

"그렇겠지."

도시조는 고개를 끄덕이고 간단하게 전황과 대원들의 동태며 피해 등을 이야기한 뒤에 물었다.

"소지 쪽은 어떤가?"

오키타 소지의 방을 찾아 들어가니 마침 도쿠가와 장군의 시의 마쓰모토 료준이 머리맡에 앉아 있었다.

"여어, 당신이 히지카타님인가. 나는 매일 곤도님, 곤도님, 하고 이 오키타님에게서 당신 이름을 듣고 있기 때문에 벌써 백년지기 같은 느낌이 드는군."

첫대면에 인사도 없이 불쑥 말했다. 나이는 곤도보다 조금 위인 서른 일고 여덟 정도이고 눈 코와 입이 큼직한 것이 의사로 생각할 수 없을 정도로 도량 넓은 생김새의 사내였다. 그는 훗날 이곳저곳을 옮겨다니며 항전하기도 하고, 메이지 유신 뒤엔 특별히 특사를 받아 마침내 군의 총감이 되었을 정도의 인물이니 싸움을 좋아했던 모양이다.

"그까짓 도바 후시미 따위는 진 싸움이 아냐. 어디 얘기 좀 해 주게나."

"그건 나중에 하기로 하고……."

도시조는 이렇게 말한 뒤 오키타의 얼굴을 들여다보았다.

오키타는 미소짓고 있었다. 햇살이 거기에만 비치고 있는 것 같은 이 사내 특유의 밝은 미소였다.

'아, 저토록 수척해지다니.'

"오키타 군은 문제 없네."

"그렇습니까?"

도시조는 의심스럽다는 눈매로 료준을 보았다. 료준의 표정에서 미소가 사라졌다.

'역시 어려운가 보군.'

"히지카타님."

오키타가 입을 열었다.

"말하지 말게. 이 병은 피로하면 안 좋으니까."

도시조는 오키타의 손을 잡으려고 했다.

그런데 오키타는 수줍은 듯이 손을 이불 속으로 집어넣었다.

너무 말랐다. 팔에 살이 하나도 없었다. 오키타는 그것이 부끄러웠을 것이다.

"나는 부대 일이 남아 있어 가보겠다. 하지만 소지, 날마다 올게."

"히지카타님……."

오키타는 베갯머리의 매화 가지에 눈길을 보내며 손가락으로 가리켰다.

"오유키님이 꽂아준 겁니다."

"뭣이?"

도시조는 엉거주춤 일어서며 되물었다.

"오유키라니, 어디 오유키 말인가?"

"그건 왜요?"

오키타는 도시조의 눈을 쳐다보며 그냥 빙그레 웃었다.

"오사카에 와 있습니다. 날마다 여기 문병을 옵니다."

"그러고 보니, 곤도의 방에도 같은 매화가지가 있었어."
"그렇죠. 하지만 오유키님은 여기 와서도 히지카타님 말은 한 마디도 안하거든요."
'그런 여자다.'
도시조는 문득 시선을 멀리 보냈으나 이미 일어서고 있었다. 그런데 당황한 증거로는, 마쓰모토 료준에 대한 인사를 잊어버리고 만 것이다.
료준이 한 마디 놀린 것 같았으나 도시조는 이미 복도로 나가버렸다.
'오유키라.'
뒷손질로 장지문을 닫았을 때 안마당에 내리고 있는 가느다란 빗발을 바라보았다.
'보고 싶다……'
도시조는 복도를 조용조용히 걸어간 뒤, 이윽고 정신을 차렸을 때는 툇마루에 걸터앉아 서향나무의 나지막한 관목을 바라보고 있었다.
'오유키, 또 고향 집의 옛 얘기라도 들어주지 않으려는지.'
도시조의 시야 가득히 비가 내리고 있었으나 그의 눈동자는 아무것도 보고 있지 않는 것 같았다. 멍한 얼굴이었다. 축축하기 때문인지 어깨에 남아 있는 초연(硝煙) 냄새가 아련히 코끝을 간지럽혔다.
"본때 없는 싸움이었어."
도시조는 소리내어 오유키에게 말하고 있었다.
"그렇지만 오사카에서 한판 벌일 거야."
"히지카타님."
등 뒤에서 부르는 소리가 났다.
흠칫 뒤돌아보았다.
마쓰모토 료준이 서 있었다. 도시조는 이때 료준의, 뭐랄까 형용하기 어려운 표정을 오래도록 기억하였다.
"몰랐던가?"
료준이 말했다.
"요시노부 공도 아이즈 영주(會津領主)도 이미 성에는 없네."
"네?"
"도망치셨어."
"그, 그걸 곤도도 오키타도 알고 있었나요?"

"알고 있지. 그러나 모처럼 악전고투하며 싸우고 온 자네에게 말하기 힘들었겠지."

"우린 버림받았군요."

이런 실감은 도시조뿐만이 아니었다. 도바 후시미에서 싸운 무사들은 물론이고 전사자들 모두의 마음이었으리라.

"자세히 말해 주시오."

도시조에겐 이미 오유키의 환영은 없었다.

요시노부는 우군을 버리고 내뺐다.

사실 요시노부는 우군을 버리고 도망쳐 버렸다. 도바 후시미 방면에서의 불리한 전황이 속보(續報)되었을 때 성안은 들끓었고 주전파는 전술적으로 당연한 조언을 했다.

"한 시각이라도 지체하지 말고 성을 나가 출진하십시오. 이에야스 이래의 군기(軍旗)를 선두에 세우신다면 직속 무사 직속 영주들의 신하는 너도나도 말 앞에서 죽을 각오를 다지며 싸울 것입니다. 수적으로 우리가 우세합니다. 틀림없이 이깁니다. 더욱이 오사카 만에는 이미 해군이 군함을 띄우고 장군님의 하명을 기다리고 있습니다."

요시노부의 측근 모두가 이에 동조했기 때문인지 요시노부는 마침내 일어났다.

"좋다, 곧 출전할 것이니 모두 준비하라."

특히 아이즈번사는 흥분하고 기뻐 어쩔 줄 몰라하며 각기 부서로 돌아갔다.

그 틈에 요시노부는 탈출한 것이다. 정월 6일 밤 10시경이었다. 대여섯 명 정도 거느렸을 뿐이었다. 그 대여섯의 우두머리가 어처구니없게도 지난날 교토에서 수호직으로 위엄을 떨친 아이즈 영주 마쓰다이라 가타모리(松平容保)였다. 아이즈번사는 그 아이즈번주에게 버림을 받았다. 가타모리라는 사내를 '조용하고 굳세다'는 말로 흔히 평한다. 그러나 '귀인(貴人)은 정을 모른다'는 말이 있듯이 태어나면서부터의 영주라는 것은 필경은 막바지에 이르면 감각이 보통 사람과는 다른 모양이었다. 도시조 등 신센조는 두 사람의 주인에게 버림을 받았다, 아이즈번주와 요시노부(慶喜)에게.

구와나 번병도 도바 방면에서 처절한 전투를 벌였으나 그들의 번주 마쓰다이라 엣추노카미(松平越中守 : 가타모리의 아우)도 이 대여섯의 도망 귀족 속에 끼어 있었다. 요시노부도 그렇지만 이 두 영주는 자기의 측근에게조차 도망친 것을 알리지 않았다.

그들은 밤에 살그머니 오사카 성 후문으로 나왔다. 후문으로 나올 때 위병이

"누구냐?"

수하(誰何)를 하였는데 요시노부를 뒤따르고 있던 로추(老中) 이다쿠라 이가노카미가

"시동들의 교대일세."

거짓말을 하고 어렵지 않게 성을 빠져나갈 수 있었다. 그 뒤는 밤의 오사카를 달려 하치게야(八軒屋)에서 거룻배를 타고 강을 내려가 바다로 나갔다. 덴포산(天保山) 앞바다에는 막부의 군함 4척이 닻을 내리고 있을 것이었다.

그러나 바다는 어두웠다.

다른 여러 외국 군함도 정박하고 있었다. 요시노부 일행은 어디에 막부 군함이 있는지 몰라 마침내 가장 가까운 거리에 있는 미국 군함에 올라가 하룻밤 잠자리를 청했다. 미군 함장은 일행을 함장실로 맞아들였다. 이른 새벽, 항구 안의 상황을 분간할 수 있게 되었을 때 막부 군함 가이요마루(開陽丸)로 옮겨 탔다.

요시노부 등이 없어진 것을 성 안에서 알게 된 것은 그 이튿날이 되어서였다. 온 성 안이 어리둥절했다.

메이지 시대의 저널리스트 후쿠치 겐이치로(福地源一郎)는 이때 막부의 외국 담당관 소속 번역관으로 오사카 성 안에 있었다. 어엿한 직속 무사였다. 그가 써 남긴 다음과 같은 글이 있다. 간추려 보면

'이 6일 밤 나는 성 안의 번역관실에서 동료들과 상관의 흉을 보기도 하면서 담배를 피우고 있었다. 이윽고 잡담도 싫증이 나서 담요를 꺼내 여느때나 마찬가지로 아무렇게나 쓰러져 잤다. 그런데 한밤중에 친구 마쓰다이라 다로가 서양식으로 무장하고 들어왔다.

"자네들은 세상이 어떻게 돌아가는지도 모르고 있군."

그는 엄지손가락을 세우면서 말했다.

"이건 벌써 옛날에 탈주하셨다네."
나는 그를 나무랐다.
"다로님, 지금이 어느 때인데 아무리 농담이라도 그런 불길한 말을 하는가."
그러자
"의심이 나거든 거실에 가 보게."
다로는 나가버렸다.
마쓰다이라 다로는 장군이 탈주한 뒤 곧 보병장으로 임명되었다. 그러므로 다로에게서 소식을 들은 나 후쿠치 겐이치로는 성안에서도 가장 먼저 들었던 사람 중의 하나였을 것이다.'

도시조는 더욱 의혹이 풀리지 않아 정문으로 말을 몰고 들어가 중요한 직책인 듯한 자를 붙잡고 물어보았다.
"사실이오."
그는 대답했다.
그 증거로 벌써 기밀 서류를 태우는 연기가 뭉게뭉게 피어오르고 있었다.
"여보시오."
상당한 직속무사가 말했다.
"우리도 몰랐던 일이오. 덴포산 앞 바다에는 에노모토 이즈미노카미가 지휘하는 막부 군함이 다수 정박하고 있소."
"그럼 다시 전쟁을 한다는 말이군요."
"아니, 우리의 몸을 무사하게 군함으로 운반해 준다는 말이지요."
"이런 머저리 같은!"
도시조는 그 무사를 갈겨 쓰러뜨렸다.
무사는 꽤 호되게 얻어맞은 모양으로 일어나지 못했다.
"가자."
도시조는 안장에 뛰어올랐다. 요시노부와 가타모리에 대한 분노가 그만 그 사내에게 손찌검을 하게 하였다. 안됐다고 생각한 모양인지
"나는 신센조의 히지카타 도시조다. 유감이 있거든 찾아오도록."
말머리를 돌리자 곧장 정문을 향하여 달렸다.
'난 하고야 만다.'

오사카의 도시조 237

요시노부가 도망쳤건 가타모리가 내뺐건, 도시조만은 싸울 것이다.
요시노부와 가타모리에게는 그 나름대로 까닭이 있었다.
그러나 도시조에게는 싸움꾼의 본능밖에 없었다.

송림(松林)

도시조는 그 길로 곤도가 누워 있는 우치 혼마치 저택으로 돌아가 곤도에게 말했다.

"거짓말은 아닌 모양이야. 장군도 아이즈 영주도 성에서 사라졌다는 것이."

"아아, 무사히 퇴진하신 모양이군."

곤도는 조그만 목소리로 말했다. 퇴진이 다 뭐란 말인가 하고 도시조는 쓰디쓰게 얼굴을 찌푸렸다.

"그렇다면 출진한다. 일동(一同) 부서(部署)에 돌아가 있도록."

장군과 영주는 이렇게 분부한 뒤 안으로 들어가자마자 변장하고 가신들에게도 알리지 않은 채 도망쳤다. 싸움터에서 그를 위해 싸운 전사들은 아직 돌아오지 않았다. 이 두 우두머리는 한 마디 위로의 말도 해 주지 않고 부상자의 얼굴도 보지 않은 채 달아난 것이다.

'이건 고금에 없던 일이다.'

도시조는 가슴을 쳤다.

하지만 곤도는 교토 시대의 마지막 무렵, '정객'으로서 여러 번의 인사들과 교유했던 만큼 기분이 도시조와 같지는 않았다. 희미하게나마 시국의 흐름을 알고 있었다.

아는 방식이 약간 묘할 뿐이다.

"도시조, 이번 전쟁은 그냥 전쟁이 아냐. 약간 달라."

"어디가 다르단 말인가?"

"자넨 몰라."

"자네만 안다는 말인가?"

"알지."

커다랗게 뼈가 불거진 얼굴이 천장을 올려다 본다.

'글쎄, 알고 있는 얼굴이 아닌데.'

도시조는 우스꽝스러웠다. 곤도의 정치 감각이란 요즘으로 말하면 시골 시의원 정도였다.

정치가가 가져야 할 필수조건은 철학이 있을 것, 세계사적인 동향 속에서 사물을 판단할 수 있는 감각이 있을 것 등 두 가지이다. 막부의 말년이 막바지에 이르렀을 때, 사쓰마·조슈 지사의 우두머리들은 모두 그 두 가지 요건을 갖추고 있었다. 곤도에게는 그것이 없었다.

없지만 어렴풋하게나마 교토 시대에 많은 접촉이 있었던 도사번 참정 고토 쇼지로 등의 설을 생각해내면 알 것 같은 마음이 드는 것이다.

곤도가 만약 자기 머리 속의 혼돈을 정리해 낼 만한 머리가 있었다면

"도시조, 그 전쟁은 사상전이야."

이렇게 말했을 것이다. 사상전이란 천황을 사쓰마·조슈에게 빼앗겼다는 뜻이다. 전쟁 중간에 사쓰마번은 어거지로 천황기를 얻어내고 자기 군대를 '관군'이라고 했다.

교토에 관군 깃발이 펄럭이자 이 사실을 가장 두려워한 것은 장군 요시노부였다. 그는 존왕양이주의 사상의 총본산인 미토 도쿠가와 가문에서 막부에 들어가 히도쓰바시 가문을 계승하고 다시 장군 가문을 이어받았다.

"자신이 적군이 된다."

이것을 가장 두려워했다. 아시카가 다카우지(足利尊氏)의 역사상 위치를 연상했다. 막부 말년에 도막, 친막의 양파를 불문하고 모든 독서인이 한결같이 읽은 것은 《남북조사(南北朝史)》였다.

남조를 쫓고 아시카가 막부를 세운 다카우지를 사상 최대의 역적으로 판

정한 것은 미토 사학(水戶史學)이다. 미토의 도쿠가와 미쓰쿠니(德川光國) 등은 이제까지 역사상 무명 인물에 가까웠던 다카우지의 적, 구스노기 마사시게를 지하에서 흔들어 깨워 역사상 최대의 충신이라고 했다. 막부 말년에 지사들의 정신은 '구스노기 마사시게(楠正成)가 되자'고 하는 데에 있었다. 마사시게만큼 후세에 혁명 정신을 불어넣어 준 인물은 없었으리라.

교토에 천황기가 나부꼈을 때, 요시노부는 앞으로 전쟁을 더 계속하면 자기의 이름이 후세에 어떤 모양으로 남을 것인가를 생각했다.

'제2의 다카우지.'

바로 그것이었다.

그 의식이 요시노부로 하여금 '자기 군중에서 탈주' 하는 유례없는 태도를 취하게 하였다. 이와 같은 의식으로 정치적 진퇴나 군사 문제를 생각하지 않을 수 없다는 데에 막부 말년의 기묘함이 있었다.

"도시조, 지금은 전국시대가 아니야. 겐키 덴쇼(元龜天正) 시대에 태어났더라면 나나 자네 같은 사람은 1국 1성의 주인이 되었을 거야. 하지만 지금은 전혀 다르다. 장군님께서 한밤중에 몰래 성을 빠져나가신 것도 그 때문이야."

이렇게 말하면서도 곤도의 머리 속에는 그것이 치밀하게 들어가 있지는 않았다.

막연히 알 것 같은 마음이 드는 것이다.

"그렇다면 장군은 괜찮다고 치자. 함께 자취를 감춘 아이즈번주는 어떻게 된 거야?"

"도시조, 말을 삼가라구."

"아무도 듣지는 않아……. 어쨌든 나는 후시미 요도 강 연변, 야하다에서 죽도록 싸우면서 이 눈으로 아이즈 사람들이 분투하는 모습을 똑똑히 보았네. 노인, 청년, 어린 사람들 그리고 잡졸들의 구별 없이 아이즈번사는 정녕 무사답게 싸웠어. 참으로 훌륭하다고 할까. 지금 여기서 말하고 있어도 나는 눈물이 나서 견딜 수 없어. 무사란 모름지기 그래야 한다."

"알고 있어."

곤도는 무겁게 말했다.

"그런데 도시조, 싸우면 싸울수록 아시카가 다카우지가 돼버리는 것이 이 세상이야."

"무슨 소리야."

도시조는 눈을 부릅떴다.

"다카우지가 뭔지는 모르지만 인간이 만세(萬世)에 비추어 변하지 않는 것이 있을 거란 말일세. 그 변함이 없는 소중한 것을 위해 사내는 살아가는 것이 아닐까."

"도시조, 다카우지란……"

"다카우지, 다카우지 하지만, 장군도 다카우지가 되고 싶지 않거든 교토에 쳐들어가 사쓰마·조슈의 손에서 천황기를 빼앗고 스스로 관군이 되면 되잖아."

"다카우지도 그렇게 했어. 그래도 길이길이 후세까지 국적이라는 낙인이 찍혀 버렸네. 그것을 아시기 때문에 성주님께서는 성을 탈주하신 거야. 자네는 모르겠지만 이런 줄거리는 600년 전 그 옛날에 이미 만들어져 있었어."

"600년 전 옛날이라고."

도시조는 빈정대듯이 말했다.

"그러니까 옛날 옛적의 줄거리에 맞춰서 행동해라 그거로군."

"그렇지."

곤도는 무겁게 고개를 끄덕였다.

도시조는 키득키득 웃었다.

"어쩐지 도깨비하고 얘기하는 것 같군."

그러나 그 말은 입 밖에는 내지 않고 잠자코 일어섰다.

도시조에게는 교양이나 주의는 없었으나 초학(初學)은 곤도보다 앞서고 있었다. 곤도가 하는 말의 뜻은 알고도 남는다. 다만 하고자 하는 말은, '요시노부도 막부 고관도 어설픈 학문으로 자신의 의식에 이기기도 하고 지기도 한다'는 것이었다. 그러나 그것을 잘 표현할 말주변이 도시조에게는 없었다.

"두고 보아라. 내가 사쓰마·조슈놈들에게서 천황기를 빼앗아 요시노부 따위의 도깨비들을 납작하게 만들어 놓을 테니."

교바시의 다이칸 저택으로 돌아오니 대장 대리를 보는 2번대 조장 나가쿠라 신파치가 나와서 이 사내 특유의 유들유들한 미소를 지으며 말했다.

"히지카타님, 알고 있습니까?"

"이거 말인가?"

도시조는 엄지손가락을 세웠다.

"아, 알고 있었군요."

"나가쿠라 군, 대원들은 어떤가?"

"별다른 동요는 없는 것으로 생각됩니다. 하기는 후시미에서 뽑은 대여섯이 외출한 채 없어졌어요."

"조슈의 첩자였다고 해 두게나. 대원의 사기에 영향이 미친다."

이윽고 오사카성 잔류파 중에서 최고관인 육군감이자 정무관 대리 아사노 우지히로(淺野氏裕)로부터 등성하라는 시달이 왔다.

도시조는 큰 성안의 큰 객실로 들어갔다. 어쨌거나 도시조의 신분은 장군 호위조 대장이다.

성내의 막신들 중에서는 상석에 자리잡는 쪽이었다.

"큰 결정이라도 있는 겁니까?"

도시조는 신임 보병대장인 마쓰다이라 다로(松平太郞)에게 물었다. 다로와는 뒤에 하코다테(函館)까지 함께 원정을 가게 된다.

"모르겠는데요."

마쓰다이라 다로는 싱글벙글하며 도시조에게서 연방 후시미 전쟁 이야기를 듣고 싶어 했다.

호의를 품고 있었다.

동그스름하고 하얀 얼굴이다. 아직 젊다. 양복이 어울리는 사내였다. 직속 무사의 집에 태어나 일찍부터 난학(蘭學)에 흥미를 가지고 막부의 서양식 훈련도 받은 사내이다. 하코다테에서는 외국인으로부터

"그는 프랑스의 귀족 출신 육군 사관을 방불케 한다."

는 말을 들었다.

낡은 직속무사 가운데서 벌써 신종(新種)이라고 해도 좋을 이와 같은 젊은이가 등장하고 있었다.

"히지카타 선생의 뇌명(雷名)은 진작에 듣고 있었습니다."

"원 천만에요."

도시조는 화제를 돌려 도바 후시미에서 본 사쓰마군의 총기와 사격전법을 소상하게 말했다.

송림 243

"마쓰다이라님, 신센조도 앞으로는 그것으로 바꿀 생각입니다."
"그건 좋은 일입니다, 찬성합니다. 도창은 고사하고 화승총이나 게벨 총도 이미 총이 아닙니다. 조작이 간편한 연발총이 외국에서 슬슬 선보이고 있는 시대지요. 전쟁은 병기가 결정합니다."
"정말 그래요."
"히지카타 선생, 이것을 기회로 친교를 맺었으면 합니다만."
"나야말로 바라는 바입니다. 한데 서양식 전투에 관해 이해하기 쉬운 서적을 혹시 가졌는지요. 한 권 읽으면 대강 짐작이 갈 만한……."
"이건 어떨까요?"
마쓰다이라 다로는 호주머니에서 한서식으로 묶은 목판 인쇄 소책자를 꺼냈다.
《보병교본》이라고 씌어 있다.
막부의 육군소(陸軍所)에서 간행한 정식 보병조련서이다. '1860년 식(式)'이라고 씌어 있다. 화란 육군의 1860년도 것을 번역한 것이다.
도시조가 몇 장 넘겨보니 명칭이 화란어로 되어 있는데 짐작은 갔다.
"'솔다트'란 평대사(平隊士)를 말하는 건가요?"
"아니, 히지카타 선생이 화란어를 하십니까?"
"짐작으로 말해 본 거죠. 이 '콤파크니'라는 건 조(組)인 모양이고, '온들 오피시르'라는 건 무사 신분, '코포럴'은 하사군요."
"놀랐는데요."
"이런 건 우리 말로 썼기 때문에 짐작은 갑니다. 그런데 이건 구식 야겔총의 조작법이군요."
"그렇습니다."
"그건 아이즈도 갖고 있으면서 실컷 당했으니까 다른 신식총에 대한 것은 없습니까?"
"아니, 총 조작법은 다르지만 부대의 구조는 같습니다. 그러니까 그 책도 얼마간 소용될 겁니다."
"아무튼 없는 것보다 낫겠지요?"
도시조가 열심히 읽고 있으려니까 이윽고 아사노 공이 나타나 에도로 보낼 오사카 잔류병의 수송 방법에 대하여 지시하기 시작했다. 도중에
"히지카타 씨."

아사노 공이 불렀다.

도시조는 《보병교본》을 읽고 있었다. 무척 재미있었다. 싸움하는 책이다. 도시조는 이 나이가 되도록 이렇게 재미있는 책을 읽은 적이 없었다.

"히지카타 씨."

아사노 공이 다시 한 번 불렀다.

마쓰다이라 다로가 도시조의 무릎을 쿡 찔렀다.

'네?'

도시조는 그제야 얼굴을 쳐들었다.

"당신의 신센조는 12일 출범하는 군함 후지야마마루에 타주십시오. 덴포산 항구 안벽에 집결하는 시간은 12일 새벽 4시."

"알겠습니다."

가볍게 머리를 숙이고 그대로 눈을 《보병교본》으로 가져갔다.

'재미있군.'

이 순간, 성 안에서 그처럼 생동감 있는 표정을 하고 있는 사나이는 아무도 없었으리라.

'12일이라면 아직 날짜가 남았군.'

도시조는 말을 타고 북쪽을 향해 해자 가를 걸었다. 오른쪽은 오늘날로 말하면 오사카 시청 근방이다. 그 일대는 송림이고 조금 내려가면 크고 작은 무사들의 저택이 죽 늘어서 있다.

도시조는 말을 계속 북쪽으로 몰았다.

북녘 하늘이 눈이 아플 만큼 파랗게 개어 있었다. 며칠 전, 참담하게 패전의 고배를 마신 일 같은 것이 거짓말이 아닌가 할 정도로 맑은 날씨였다.

'천지란 사람의 일과는 상관없이 움직이는 모양이다.'

도시조는 문득 소년과 같은 감상에 젖었다. 이 사내가 가끔씩 느끼는 버릇이다.

그가 더러 서투른 시를 주무르는 것은 대개 이런 때였다.

갑자기 강바람이 코에 스몄다. 신센조의 여진(旅陣)인 오사카 다이칸의 저택도 멀지 않다.

전방 조금 오른쪽으로 교바시 어귀의 성문이 보였다.

그 교바시 언저리에서 남북으로 뻗은 긴 둑은 노송이 빽빽하게 들어선 솔밭으로 그것이 성채의 풍정을 무척 아름답게 만들어 주고 있다.

갈매기가 그 솔밭 저쪽을 날고 있었다.

강에는 밀물이 들어와 있는 모양이었다.

솔밭에 이르렀을 때

'앗!'

도시조는 급히 말에서 내렸다.

스스로도 민망스러울 정도로 당황하였다.

솔밭에 오유키가 있었다.

멀었다.

'설마?'

말고삐를 잡고 걷기 시작했다.

여자도 걸어오기 시작했다.

걷기 시작하자 그 몸매로 보아 오유키라는 것을 알 수 있었다.

"오사카에 와 계셨다구요?"

도시조는 아마 소년 같은 얼굴을 하고 있었으리라.

"야단치실 거라고 생각했어요."

오유키는 되도록 밝은 표정을 지으려고 애쓰는 것 같았다.

환하게 웃었다.

그러나 그 볼을 손가락으로 건드리면 금새 허물어져 버릴 것 같은 위험을 도시조는 느꼈다.

"오유키, 여기서 기다려주시오. 금방 돌아올 테니."

도시조는 걸어서 5분이면 갈 수 있는 다이칸의 저택으로 말을 달렸다.

비호같이 말에서 뛰어내려 복도를 걸으면서 크게 외쳤다.

"오피시르(사관)는 모여라."

모두 의아하게 생각했다. 외쳤던 도시조도 깜짝 놀랐다. 조금 전에 읽은 《보병교본》의 말이 머리 속에 달라붙어 있었다.

"아니, 조장·감찰·오장이다."

고쳐 말하자 모두 모였다.

"우리는 12일 후지야마마루를 타고 간토(關東)에 간다. 그날 밤 둔영 출발 시각은 오전 2시다. 다시 거사하는 것은 간토에 돌아가서다. 그런데……"

도시조는 얼굴을 붉혔다.
"나에게 이틀간의 휴가를 주었으면 한다."
"어딜 가시려고요?"
나가쿠라 신파치가 물었다. 하라다 사노스케도 진지하게 말했다.
"히지카타님이 휴가를 얻겠다니 희한한 일도 다 있군요."
"내게는 여자가 있다."
'앗' 하고 모두 놀랐다. 도시조에게 여자가 있느냐 없느냐 하는 사실보다는 그런 일이 있어도 유난스레 감추어 오던 이 사내가 정색하고 털어놓았기 때문이다.
"있고 말고. 내 아내라고 생각하고 있고, 아니 그 이상으로도 생각하고 있어."
"알았습니다."
하라다가 말을 막았다.
"가시지요. 부장님이 안 계신 동안의 부대 임무는 나와 나가쿠라, 그리고 여기 있는 여러 대원이 맡아 할 겁니다. 집합시킨 본의는 후지야마마루보다도 그쪽이었군요."
"고맙네."
"당연한 일입니다. 그렇지만 부장님에게도 그런 여자가 있었다니 이거 정말 경사가 아닌가요."
빈정거림이 아니었다. 하라다 사노스케는 목이 멘 듯이 말했다.
도시조의 혈관에 흐르고 있는 피는 구렁이나 뱀의 피라고 떠들어 댔기 때문이다.
"공연히 나까지 기뻐집니다."
나가쿠라는 얼굴이 누그러졌다. 하라다에게도 나가쿠라에게도 아내가 있다. 하지만 이 전란 중에 둘은 모두 자기 아내가 어디 있는 지도 모른다.
도시조는 일동을 보내고 나서 옷을 갈아입었다. 문복(紋服)과 비단 하카마였다.
서둘러 숙진(宿陣)에서 나왔다.
솔밭으로 갔다.
어둠이 내리기 시작했다.
"오유키 님."

송림 247

그림자가 움직였다.
도시조는 끌어안았다. 이제 누가 보아도 상관없다.
"오유키, 어디든 물과 소나무가 있는 아름다운 곳으로 가자. 이틀 휴가를 얻었어. 거기서 둘이서 살자."
"……기뻐요."
오유키는 들릴 듯 말 듯한 목소리로 말했다.

사이쇼안(西昭庵)

오유키는 가마.

도시조는 그 곁을 호위하듯이 걸어 이윽고 시모테라초(下寺町)에서 유히가오카(夕陽丘)로 올라가는 비탈길로 접어들었다.

양쪽은 죽 절간 담장이다.

고갯길에는 오가는 사람이 없었다.

여기도 시내지만 이 근방은 크고작은 몇 백 개의 사원이 꽉 들어차 있는 지역인 만큼 한적했다.

"고개 이름이 뭐지?"

"네, 이 근방에서는 구치나와 고개라고 부르고 있습지요."

가마꾼이 대꾸했다.

"이상한 이름이군."

"별로 이상할 것도 없읍죠,. 고개 위에 올라가 보시면 아십니다요."

과연 다 올라가 고개 위에서 내려다보니 가느다란 구치나와(뱀)가 구불텅거리는 것 같다.

"이래서 구치나와 고개라……."

도시조는 이 고장 사물의 모양을 따서 지은 이름이 재미있었다.
다 올라가도 절, 절뿐이다.
겟코사(月江寺)라고 하는 유명한 암자가 있었다. 그 후문께로 가마가 돌아가니 거기에는 절이 없고 울창한 숲이 있었다.
숲에는 일각문이 있고 운치 있는 사방등이 추녀 밑에 걸려 있다.
'사이쇼안(西昭庵).'
요정이다.
"자, 여깁니다요."
가마꾼이 가마를 내려놓고 한 명이 문안으로 달려 들어갔다. 손님이 온 것을 알릴 셈인 모양이다.
"수고했다."
도시조는 술값을 두둑이 주었다.
나니와(浪華)의 삯가마는 아주 편리하여
"어디 조용하게 얘기할 만한 집이 없을까?"
한 마디 하면 상대방 남녀의 행색을 보고 호주머니 사정까지 꿰뚫어 본 다음 어김없이 걸맞은 장소에 데려다 준다. 그리고 그 집과의 교섭도 맡아서 해주는 것이다.
"오유키, 어서."
"네."
오유키는 눈을 내리깔고 걸었다. 오솔길에 나무 뿌리가 뻗어 있었다.
사이쇼안에서는 서쪽 방으로 안내되었다.
"쓸 만한 방이로군."
도시조는 앉았다.
후시미 방면에서의 전쟁 바람에 이런 집도 손님이 없는 모양인지 집안은 조용하기만 했다.
술과 안주가 들어왔을 무렵, 영창에 저녁해가 비쳤다.
그 저녁빛과 더불어 멀고 가까운 여러 절간에서 목탁 소리가 들려오고 이 시각에 독경하는 일몰경(日沒經) 소리가 실내에까지 들려왔다.
"조용하군요."
오유키가 말했다.
"응, 조용하군."

"깊은 산중에 있는 것 같아요."

오유키가 일어나 영창 가에 가서 무릎을 꿇고 앉아 도시조 쪽을 보면서 눈짓을 보냈다.

'열어도 돼요?'

그 표정이 몹시 귀여웠다.

"괜찮아, 조금 추울지 모르지만."

"정원이 보고 싶어서요."

영창을 열었다.

"아!"

마당은 없다고 해도 좋았다. 이끼와 디딤돌과 울바자뿐인 좁다란 마당이 울 너머에서 벼랑이 되어 떨어지고 있다. 아득히 먼 곳에 나니와 거리가 펼쳐져 있었다. 그 저쪽은 바다. 호쿠세쓰(北攝), 효고의 산들이 보인다. 해가 이제 막 붉은 구름을 남기고 떨어져 가려고 한다.

"멋진 저녁놀이군."

도시조도 일어섰다.

"그래서 이 언저리를 유히가오카(夕陽丘)라고 그러나 봐요."

오유키는 가학(歌學)에 조예가 깊다.

이 지명과 저녁해를 보고 새삼스럽게 생각이 난 모양인지 중얼거렸다.

"아, 참! 여기는……."

옛 왕조(王朝) 때 후지와라 이에타카(藤原家隆)라는 가인(歌人)이 있어 《신고킨슈(新古今集)》를 편찬한 일로 불후의 이름을 남겼다. 늘그막에는 나니와의 유히가오카에 암자를 마련하고 날마다 일상관(日想觀)이라고 하는, 지는 해를 바라보는 수행을 하면서 세월을 보냈다.

    인연이 있으면 나니와 마을에 찾아와
    바다 물결에 지는 해를 멀리 보노라.

"그런 유히가오카예요."

"그러고 보니, 아까 이 근처에 옛 무덤이 있다고 주인 아주머니가 그랬었지."

도시조는 게다를 신고 이끼를 밟았다. 오유키도 따라나왔다.

마당에서 서쪽으로 돌아가니 사립문이 있었다. 밀고 나가니 해묵은 녹나무가 무성한 가지를 펼치고 있고 그 옆의 풀숲이 붕긋해 보였다.

오중탑(五重塔)이 있었다. 그 옆 비석에 '가류총(家隆塚)'이라고 새겨져 있다.

"나는 무학이라 아무것도 모르지만 이에타카란 어떤 사람인가?"

"아주 옛날 가인으로 여기서 바라보이는 석양이 무척 마음에 들었던가 봐요. 저녁해만 바라보고 있었다는 것밖에 몰라요."

"화려한 것을 좋아했던 모양이로군."

"저녁해가 화려하다니요?"

오유키는 도시조가 달라졌다고 생각했다.

이에타카 경은 이 자리에서 오사카 만(大阪灣)에 지는 저녁해의 장엄함을 보고 아미타불의 본원(本願)이 정말 이루어진다는 것을 믿게끔 되었다. 그래서 임종 때 남긴 노래에도 '나니와 바다를 하늘 멀리 바라보면 멀지 않도다. 부처님의 나라'라고 읊었다. 그 노래로 미루어 보아도 이 언덕의 저녁 풍경을 사랑했던 이에타카는 저녁해가 화려하다고는 생각지 않았을 것이다.

"화려할까요?"

"물론이지."

도시조가 말했다.

"이 세상에서 가장 화려한 것이겠지. 화려하지 않다면 화려하게 만들어야지."

도시조는 다른 말을 하고 있는 모양이었다.

"앗!"

오유키가 외친 것은 그 무덤에서 내려오다가 발을 헛디뎠을 때였다. 이미 날은 저물었다.

"위험해!"

도시조는 재빨리 오유키의 허리에 팔을 돌려 안아일으켰다.

자연스럽게, 너무나 자연스럽게 오유키는 도시조에게 안긴 자세가 되었다. 도시조는 오유키를 껴안았다.

"이 입술을……."

도시조는 오유키의 턱에 손을 받치고 가만히 얼굴을 쳐들었다.

"맞추겠어."

'어머, 바보같이……'

오유키는 생각했다.

새삼스럽게 허락을 받는 바보가 어디 있을까.

도시조는 오유키의 입술이 퍽 달콤하다는 것을 알았다.

"입 안에 뭘 넣고 있나?"

"아뇨, 아무것도."

"그럼 오유키의 입술은 저절로 달콤한가?"

도시조는 진지하게 물었다. 어두워서 표정은 보이지 않았으나 소년 같은 목소리였다.

오유키는 마음속으로 놀랐다. 신센조의 히지카타 도시조라고 하면 이 세상 누구라도 이런 때 이런 목소리를 내는 사내라고는 생각하지 못할 것이다.

"히지카타님은 여자에 대해선 익숙하시겠죠?"

"옛날에는 그런 줄 알고 있었지. 그런데 오유키를 알고 난 뒤로 내가 이제까지 여자에 대해서 알고 있었던 모든 것이 착각이었다는 생각이 들어."

"말씀도 잘하셔."

"글쎄, 잘하진 못하는데……"

무뚝뚝한 목소리로 다시 돌아갔다.

밤이 깊어지면서 방이 얼음장처럼 차가워졌다.

처음에 두 사람은 이부자리를 바싹 붙였다. 그러다가 이불을 두 겹으로 만들어 한 요에 누우니 그제서야 몸이 녹는 것 같았다.

"부끄러워요."

처음에는 오유키가 싫어했다, 알몸으로 자는 것을.

"오유키, 나는……"

도시조는 진지하게 말을 이었다.

"당신을 존경해 왔어. 나는 어머니의 얼굴도 모르고 자란 막내둥이로 누님 오노부가 키운 거나 다름이 없는데 당신에게서 누님의 모습을 느꼈어. 그것이 내가 당신에게 끌린 까닭이었지. 그리고 한편 어딘가 서먹서먹한 데도 있었어. 하지만 서로 깊이 사귀게 되면서 오유키는 이 세상의 그 누구와도 다른, 내게는 오직 하나의 여자라는 것을 알게 되었어. 나는……"

도시조는 전에 없이 말이 많았다.

"나는 말하자면, 어느 쪽인가 하면, 미움받는 사람, 아니 어떻게 말해야 할까. 그래, 어떠한 경우에도 남에게 나의 진심을 내보이지 않는 그런 면이 있는 인간이었던 것 같아. 과거엔 여자도 알고 지냈어. 그러나 남녀의 치태(痴態)라는 것을 모르지."

"그, 그것을……."

오유키는 무사 집안 출신이고 또 무사의 아내였던 여자이다. 눈이 휘둥그레졌다.

"저더러 하라고 하시는 거예요?"

"부탁해."

도시조는 어조를 바꾸지 않고 말을 이었다.

"나는 서른 넷이야. 이 나이가 되었어도 남녀의 치태라는 것을 몰라."

"저도 몰라요."

"그건……."

도시조는 말이 막혔다.

"그럴 테지. 하지만 오유키, 나는 그런 말을 하려는 게 아니야. 나는 굳이 남녀 사랑의 극치는 치태와 광태라고는 생각지 않아. 다만 나는 오유키하고 세상의 모든 것을 잊어버리고 벌거숭이 남자와 여자가 되어 보고 싶은 것뿐야."

"저로서는 해내지 못할 것 같아요."

"두 밤이나 있어."

"네, 두 밤이나요?"

"50년을 같이 살건, 단 두 밤을 같이 지내건, 정의 깊이에는 다를 바 없다고 생각하고 싶어. 두 밤을 지내노라면 반드시……."

도시조는 말을 중단했다. 잠깐 입을 다물고 있다가 다시 열었다.

"내가 아마도 수치스런 말을 하고 있는 모양이군. 그만두지."

"아니에요."

이번에는 오유키가 도리질을 쳤다.

"저는 당장 이제부터 미쳐보겠어요."

"미친다구?"

"네."

"저런."

도시조는 껄껄 웃었다.

역시 무사 집안 출신다운 기질의 여자였다.

"웃으셨죠."

오유키도 그러면서 웃음을 깨물고 있었다.

"야단났는데."

"정말 야단났어요. 각오하고 지금부터 미친 짓을 하겠어요. 하지만 어디까지나 저는 저예요."

이렇게 말했으나 오유키는 자기가 깨물어 삼킨 웃음으로 인하여 마음이 활짝 열리는 듯한 것을 깨달았다.

"저는 해낼 수 있을것 같아요. 하지만 등잔불은 꺼주셔야 해요."

"켜두겠어."

"왜요?"

"그럼 치태 광태가 안 되지."

"어둠 속에서라면 미친 짓을 해드리겠어요. 하지만 이대로는 아무것도 못 하겠어요."

"끄지 않겠어."

"싫어요."

그렇게 주고 받으며 즐기는 사이에 오유키의 허리띠가 풀리고 겉옷이 벗겨지고 속옷까지 벗기어졌다.

"여보라고 부르겠어."

노시소는 오유키의 귓가에서 속삭였다.

오유키는 고개를 끄덕거렸다. 그리고 입술을 보일 듯 말 듯 움직였다.

"뭐라고 그랬나?"

"서방님."

오유키는 속삭였다.

"그렇게 불러 드리고 싶었을 뿐이에요."

"한 번 더 말해봐."

"듣고 싶어요?"

오유키는 장난스럽게 웃었다.

"난 홀몸으로 살아왔기에……"

도시조가 말했다.

"그렇지만 어려서부터 언젠가는 그런 말로 불리고 싶다고 꿈꾸어 왔어. 오유키는 전에 부른 일이 있을지 모르지만."

"놀리시는 건가요?"

도시조는 오유키의 죽은 남편에 대해 오늘 밤만큼 격렬한 질투를 느낀 적이 없었다.

"진정이야."

"서방님."

"누구 말이야."

"도시조님밖에 누가 또 있겠어요."

"이 몸 속에."

도시조는 오유키의 몸을 만졌다.

오유키는 허둥지둥 손등을 입술에 갖다 댔다.

목소리가 새어나올 것 같았다.

"있어."

"…………"

"오늘밤에는 그걸 뭉개어 없애야 해."

한 시간 가량 지났다.

바람이 이는 모양으로 덧문이 세게 흔들리기 시작했다.

춥다.

그러나 오유키는 알아차리지 못했다.

한 시간쯤 더 지난 뒤에서야 겨우 오유키는 몸을 떨었다.

"바람이 일기 시작했나봐요."

"벌써부터 일고 있었어."

도시조는 어색하게 입속으로 웃었다.

"오유키는 몰랐던 모양이지?"

"아뇨."

오유키는 일부러 화가 난 척했다.

"진작부터 알고 있었는걸요. 그게 뭐 잘못 됐나요?"

"아냐, 아무것도 아냐."

도시조는 찌푸린 얼굴로 돌아갔다.

하룻밤은 금방 지나갔다.
도시조가 눈을 떴을 때 이미 오유키의 자리는 개어져 있고 모습이 보이지 않았다.
도시조는 얼른 일어나 이불을 개고 우물가로 나갔다.
'오늘도 멋지게 갠 날씨구나.'
이윽고 오유키가 아침 밥상을 들고 들어왔다. 오유키답다고 도시조는 생각했다.
부엌을 빌려서 손수 지었으리라.
오유키는 다스키(일할 때 매는 끈)를 풀고 자연스럽게 앉아 절을 했다.
"안녕히 주무셨어요?"
"빠졌어."
"뭐가요?"
"앞에 붙는 말이."
"아!"
오유키는 얼굴이 빨개졌다.
"서방님."
"응."
'사람을 놀리시는군요.'
하는 표정으로 오유키는 웃음을 머금은 눈을 크게 떴다.
'세상 남편들이란 모두 이런 건가.'
그런 얼굴로 도시조는 무릎을 펴지 않고 바른 자세로 앉아 있었다.
'막부에 대해서도, 신센조에 대해서도 오늘 하루는 잊어버리고 지내자.'
"어서 드셔요."
오유키는 쟁반을 내밀었다.
도시조는 허둥지둥 오른손으로 밥공기를 집어들었다.
"젓가락이 없군."
"왼손에 들고 계시잖아요."
"아하!"
도시조는 왼손의 것과 오른손의 것을 바꾸어 들었다. 이 세상 다른 남편들도 가끔 이런 실수를 저지를 테지.
"오유키."

"네?"

"같이 먹읍시다. 나는 여러 형제 자매, 조카들 사이에서 컸기 때문에 밥은 같이 안 먹으면 맛이 없어."

"형제나 자매라면 그러셨겠죠. 하지만 우리는 부부니까요."

"참, 그렇던가."

남편 노릇이 도시조는 영 서툴렀다.

에도(江戶)

'부부'라고 하지만 처음에는 꼭 연극 같았다. 두 사람이 한 마음 한 뜻으로 열심히 하다 보면 진짜로 그렇게 돼버리는 모양이다.

오유키와 도시조가 그랬다.

단 하룻밤을 지냈을 뿐인데 몇 천 밤을 거듭해 온 것 같은 마음이었다.

사이쇼안에서의 이틀째.

오유키도 도시조도 완전히 익숙해져서 조그만 일에도 동시에

"............"

서로 미소짓게끔 되었다. 동시에 웃을 수 있는 것은 두 개의 감각이 서로 다가와 마침내 하나가 돼버리지 않으면 불가능한 일이다.

오후에 도시조가

'오늘도 저녁해를 볼 수 있을까.'

생각하며 영창을 열고 나니와의 거리 저쪽 후쿠세쓰 산의 능선을 멀리 바라보고 있으려니까, 입밖에 내어 말하지도 않았는데 오유키가 이렇게 말했다.

"구름으로 보아선 글쎄 어떨런지요."

에도로 259

정말 구름이 떠다니고 있다.

"보았으면 싶군요, 오늘도."

"그런데 달의 명소라는 말은 들었어도 저녁해의 명소란 좀처럼 드물 거야. 이 집 이름도 사이쇼안이니까 저녁해가 장사 밑천인 모양이지."

"하지만 쇼(昭)라는 글자는 쇼(照)와는 다르잖아요?"

"照는 너무 환해서 昭를 썼을지도 모르지. 쇼(昭) 쪽이 환한 중에서도 적광(寂光)이랄까, 그런 고요함이 있어서 석양다워."

"호교쿠 선생님."

오유키는 킥킥 웃으며 도시조를 놀려 댔다. 과연 시구(詩句)를 다루는 만큼 한문글자에 대한 어감도 세련되어 있는 모양이다.

사이쇼안에는 다실이 있었다.

그 뒤, 오유키는 화롯불을 준비하고 도시조를 불렀다. 도시조는 화로 앞에 앉았다.

"난 다도는 전혀 몰라."

"맛 보시기만 하면 되어요."

"이 과자는?"

"교토 가메야(龜屋)의 마쓰카제(松風) 무쓰(陸奧)라는 거예요."

'교토.'

듣기만 해도 도시조는 절실한 감회가 솟아오른다. 교토 거리가 좋아서 그러는 것은 아니었다. 교토 거리에 묻어온 세월이 생각해 내기에는 너무나 생생하기 때문이다.

오유키는 곧 알아차리고 당황하여 말머리를 돌리려고 했으나 일단 침묵의 늪에 빠져버린 도시조를 끌어올릴 수는 없었다.

도시조는 말없이 찻잔을 들어 한 모금 마시고 잠깐 생각에 잠겼다가 쭉 단숨에 들이켜듯이 마셔 버렸다.

"어떠세요?"

"으응?"

꿈에서 깨어난 듯한 얼굴을 들고

"좋군."

입가의 푸른 거품을 휴지로 닦았다.

"오유키는 그림 공부를 하면서 앞으로도 교토에서 머물 생각인가?"

"그럴 생각이에요. 에도에 가도 들어가 살 집이 없어요. 세상이 조용해지면."

오유키는 마침내 두 사람 사이의 금구(禁句)를 입에 담았다.

"조용해지면 도시조님하고 같이 살 수 있을까요?"

"장래 일은 알 수 없어. 다도에서 말하듯이 삶의 인연을 깊게 하는 일 밖에는 우리의 행복은 없다고 생각해. 나는 앞으로도 떠돌아다니는 싸움을 계속할 것인지, 아니면 한꺼번에 천하를 도쿠가와의 옛날로 돌이키는 일을 해낼 수 있을지, 앞일은 모르겠어. 이런 사내와 인연을 맺은 임자가 가엾어 못 견디겠어."

"아니에요. 오유키는 지금과 같은 행복은 없다고 생각해요."

불행한 결혼을 전에 겪었던 오유키는 그와 같은 삶을 몇 년 계속한다 해도 이 이틀 낮과 밤의 추억에는 미치지 못할 거라고 생각했다.

"다만……."

오유키는 뒷말을 잇지 못하고 고개를 떨어뜨렸다. 어깨로 울고 있었다. 이런 낮과 밤이 천년만년 계속되었으면 하고 가망도 없는 생각을 했던 것일까.

"벌써 이렇게 됐나."

도시조는 회중시계를 꺼냈다. 저녁해를 기다린다. 이미 시간은 임박했다.

"서쪽 툇마루로 가세요. 저는 여길 좀 치우고 갈 테니까 먼저 가세요."

툇마루에 섰다.

그러나 구름이 더욱더 낮게 드리워 아련히 서녘 하늘이 주홍빛으로 물들고 있었다.

"오유키, 틀린 모양이야."

안에다 대고 소리쳤다.

"저녁해가요?"

오유키가 나왔다.

"어머나, 역시 틀렸군요. 하지만 어제 그토록 아름다운 저녁해를 보았으니까."

"그래, 그걸로 충분해. 어제 본 석양을 오늘 또 본다고 장담할 수는 없지. 인간 세상이 다 그런 거 아니겠어."

해가 떨어지자 갑자기 방안이 어두컴컴해지고 찬 기운이 감돌았다.

"잘까?"

무심결에 말하고 나서 도시조는 오유키를 바라보았다.

귓가가 빨개졌다.

이튿날 아침, 도시조는 사이쇼안 사람을 시켜 가마를 부르게 하고 서둘러 몸치장을 했다.

이윽고 가마가 왔다고 사람이 알려 왔다. 도시조는 소도(小刀)를 허리에 찌르면서 말했다.

"오유키, 가겠소."

작별이라고 말하지는 않았다. 오유키도 도시조의 이즈미노카미 가네사다를 옷소매에 싸안고 현관까지, 마치 자기가 도시조의 아내이기나 한 것 같은 마음이 되어 배웅하러 나갔다.

도시조는 마루 끝에서 아래로 내려서서 흰 끈이 달린 조리(草履 : 발가락에 꿰어 신는 일본 꽃신)에 발을 꿰고 고개를 돌렸다.

오유키가 칼을 건네 주었다.

"그럼……."

더는 아무 말도 없이 나가버렸다. 그 모습이 마당의 정원수 저쪽으로 사라졌을 때 오유키는 이틀 동안 도시조와 함께 지낸 방으로 돌아왔다.

"저어, 며칠 더 유숙할 수 없을까요?"

오유키는 사이쇼안 여주인에게 부탁했다.

"그러시죠, 며칠이라도."

여주인도 뭔가 짐작이 가는 바가 있었던 모양이다. 오유키에게 몹시 동정적인 말투로 말했다.

그 뒤 며칠, 이 방에 들어앉은 채 그림물감을 풀기도 하고 붓을 매만지기도 하면서 화선지에 그림을 그리면서 지냈다.

다시 한 번, 그날의 저녁해를 보아야 한다고 마음먹었다. 사이쇼안에서 내려다본 나니와의 거리, 여자의 눈썹과도 같은 호쿠세쓰 산, 능선, 가끔씩 반짝이는 오사카 만, 거기에 떨어져 가는 그 화려한 저녁해를 그리려고 했다.

오유키는 풍경화를 잘 그리지 못한다. 그러나 그려 두어야 한다고 생각했다. 밑그림을 몇 장이나 만들고 마지막에 그림 명주를 펼쳤을 때, 도시조와 더불어 그 저녁해가 떨어져 가는 것을 보았다.

막부군함 후지야마마루가 도시조 등 신센조의 생존자 44명을 태우고 오사카 덴포산(天保山) 앞바다를 출항한 것은 정월 12일이었다.

닻을 올린 것은 사이쇼안에서 오유키가 최초의 습작에 착수했을 무렵이었을 것이다.

군함이 첫날, 아와지(淡路) 해협에 이르렀을 때 전상자의 한 사람인 야마자키 스스무가 죽었다. 오사카 낭인이다.

신센조 결성 직후의 제1차 모집에 응하여 입대한 인물로 부대에서는 쭉 감찰을 맡아보았고, 이케다야의 변란 때는 약장수로 변장하여 1층에 버티고 앉아 대담한 정보 활동을 한 사내이다.

요도 강둑 센본마쓰에서 사쓰마 진지로 돌격해 들어갈 때 몸에 총탄 3발을 맞고서도 오히려 끄덕도 없이 목숨을 부지했을 정도로 호방한 사내인데, 승선을 전후하여 화농이 심해져 고열에 시달리다 죽었다.

"죽었구나."

도시조는 잡고 있던 야마자키의 손이 갑자기 싸늘해진 것으로 미루어 이미 눈앞에 있는 것이 야마자키는 아니라는 것을 알았다.

장례는 서양식 해군의 관습에 의한 수장(水葬)으로 치렀다.

야마자키의 유해를 천으로 둘둘 감아 닻을 매달고 일장기(가에이 6년 페리 내항 이래 막부는 그것을 일본 국기로 하고 있었다. 그것을 국기로 유신 정부가 다시금 계승한 것은 메이지 3년 1월이다)를 그 위에 덮고 갑판에는 함장 이하의 승무사관, 집총병이 도열했다.

"그런가, 해군이 야마자키의 장례를 치러 주나?"

사관실에 누워 있던 곤도도 문복과 하카마를 입고 갑판 위에 나왔다.

얼굴이 창백했다.

몸을 움직이면 아직도 어깨뼈가 아픈 모양이었다.

곤도와 한방에 누워 있는 오키타 소지도 이제 혼자서는 걸을 수 없을 정도로 쇠약해져 있었으나 침대에서 내려왔다.

"히지카타님, 나도 나가렵니다."

말렸으나 이 젊은이는 웃기만 하며 하오리와 하카마를 단정하게 입은 뒤 칼을 지팡이 삼아 짚고 난간을 붙잡으며 층계를 오르려고 했다.

도시조가 팔을 끼려고 하자 거절했다.

"싫어요."

신센조의 오키타 소지가 기진하여 남의 어깨에 매달려 걸었다는 뒷말을 듣는 것은 이 멋쟁이 소지로서는 견딜 수 없는 일이었을 것이다.
"의사 선생님이 누워 있으라니까 그렇게 하고 있지만 난 정말 아무렇지도 않아요."
"그래?"
도시조는 이 젊은이의 웃음 띤 얼굴이 너무나 투명하고 아름다워 덜컥 두려운 마음이 들었다.
"층계가 왜 이리 가파를까."
가쁜 숨을 얼버무리려고 그런 말을 했다.
무리였다. 호흡을 하기에는 오키타의 폐 절반이 그 기능을 잃어가고 있었다.
신센조 43명 중 움직이지 못하는 중상자 셋을 빼놓고 전원이 갑판에 늘어섰다. 곤도는 물론이고 거의 모두 작든 크든 부상당한 사람들이다.
"히지카타님 뿐이군요. 상처 없이 버티고 서 있는 사람은."
오키타가 키득키득 웃었다.
"말하면 지친다."
"지치기는요, 놀라고 있는 겁니다. 아무리 둘러보아도 히지카타님 혼자만 청도깨비처럼 튼튼해요."
"조용히 해."
이윽고 조총대(弔銃隊)를 지휘하는 해군사관이 칼을 뽑았다.
호령했다.
'탕탕' 하고 조총 소리가 아와지 해협에 울려 퍼지자 감찰 겸 조근인 야마자키 스스무의 유해가 뱃전에서 바다로 미끄러져 들어갔다.
그동안 나팔이 울었다.
장례가 끝난 뒤, 곤도는 이 해군식 장례식이 퍽 고마웠던 모양으로 함장 히다 하마고로(肥田濱五郎)를 붙잡고
"감사합니다, 감사합니다."
몇 번이나 인사를 했다. 곤도도 일군의 장이지만 상처로 말미암아 초췌해진 때문인지 히다 함장에게 굽신거리는 모습이 마치 시골 노인처럼 보였다.
사관실에 돌아가서도 곤도는 이렇게 말했다.
"도시조, 신센조 결당 이래 몇 명이 죽었는지 헤아릴 수 없을 정도이지만

야마자키와 같은 그런 장례를 치른 놈은 없네. 일도 무던히 한 놈이지만 죽어서 호사도 하는군."

"곤도 님, 장례식에 그렇게 감탄할 것이 아니야. 지사(志士)는 도랑에 있음을 잊지 말고, 용사는 그 머리를 잃음을 잊지 말지니라 하는 말이 있네. 자기의 시체가 도랑에 내버려지고 모가지가 적의 손에 넘어가는 운명에 놓인다는 것을 잊지 말라는 말이야. 사나이는 장례를 치르지 못하는 죽음을 해야 마땅하다고 나는 생각하고 있네."

"도시조, 자네는 만사를 비뚜름하게만 보고 있어. 좋지 않은 버릇이야. 야마자키는 용사였고 훌륭한 장례식을 치렀어. 나는 그것이 기쁠 뿐이야."

하지만 곤도, 히지카타, 오키타 자신들이 죽은 다음에 장례가 치러질 것인지 어떨는지.

군함은 태평양 연안을 따라 동쪽으로 향했다.

후지야마마루는 목조에 마스트 셋, 1,000톤의 거함이다.

함재포 12문.

180마력.

막부가 미국에 발주하여 게이오 원년에 인수한 것으로 조슈 정벌 때 시모노세키 포격에도 참가한 역전의 군함이다.

그런데 1,000톤급 목조선이라고 하면 상당히 큰 편이지만 이 한 척에 1,000명도 더 되는 막부군이 탔기 때문에 함대 생활의 고통은 이루 말할 수가 없었다.

식사도 함의 주방만으로는 전부 조리할 수 없어서 갑판에 큰 가마솥을 몇 개나 걸고 밥도 짓고 국도 끓였다. 그 주위에는 항상 사람들이 우글거리고 있어서 드러누워 휴식을 취할 여유는 아예 없고 모두 무릎을 세워 끌어안고 겨우 쉬는 형편이었다.

정월의 바다는 풍랑이 심해서 거의가 뱃멀미로 병자처럼 누워서 주어진 몫의 식사를 남기지 않고 다 먹는 자는 많지 않았다.

쌀도 나빴다. 오사카에서 선적한 쌀은 오사카 성에 저장해 두었던 묵은쌀이 많아서 밥을 지으면 이상한 냄새가 났다.

곤도도 에도 시절에는 음식에 대하여 이러쿵저러쿵 할 성격도 형편도 아니었으나 교토 이후로 입이 고급이 되어

"도시조, 이건 정말 못 먹겠는데."

이렇게 중얼거렸다.
도시조는 거의 먹지 않았다. 고약한 음식을 먹느니 차라리 죽는 편이 낫다고 생각하였다.
다만, 오키타 소지가 한 술도 입에 떠 넣지 않는데 곤도도 도시조도 애를 먹었다.
"소지, 먹어야 해."
꾸짖어도 보았지만 힘없이 웃기만 한다. 먹지 않으면 병이 더해지는 것은 뻔한 일이다. 곤도는 고래고래 소리질렀다.
"이것 봐, 소지. 무사가 전쟁에서 병량(兵糧) 투정을 하다니 어디서 배워 먹은 버릇이야."
"멀미가 심해서……."
소지는 창백한 얼굴이었다.
"억지로 먹으면 토합니다. 토하려면 힘이 들어서 영 뒤끝이 좋지 않거든요."
도시조는 평대원 중에서 이상하게도 뱃멀미를 하지 않는 노무라 도시사부로를 골라 오키타를 간호하게 하였다. 노무라는 영리한 사내로 주방에서 생선 국물과 죽을 만들어와 오키타에게 먹였다. 그것만은 그런대로 목구멍으로 넘어갔다.
해상 생활 4일.
15일, 이른 새벽에 시나가와 앞바다에 이르렀을 때, 도시조는 갑판에 나와 뱃전에 토해 냈다. 그는 문득 육지의 불빛을 보고 선원에게 물었다.
"저기가 어딘가?"
"시나가와 주막 거리입니다."
수부는 이요 지방의 시아쿠(鹽飽) 사투리로 대답했다.
'시나가와라면 여기서 내리는 것이 좋겠다.'
함장 히다 하마고로에게 교섭하니 하마고로는 쉽게 허락하고 웃으면서 빠른 말투로 무엇이라고 말했다. 도시조가 나중에 생각하니 대략
"신센조도 뱃멀미에는 못 당하는 모양이군."
이렇게 말한 것 같았다.
미명(未明)에 닻을 던지고 3척의 보트를 내려 신센조 43명만 상륙하기로 하였다.

시나가와에서는 '가마야(釜屋)'라는 여인숙에 들었다. 곤도와 오키타만은 투숙하지 않고 거기서 곧바로 어선을 빌려 타고 한발 먼저 에도에 들어가 간다(神田) 이즈미바시(和泉橋)에 있는 막부 의학소(醫學所)에서 치료를 받기로 했다.

도시조는 가마야 문 앞에 '신센조 숙소'라는 표찰을 붙이게 했다. 이 시나가와의 가마야가 교토·오사카를 떠난 신센조의 최초 여관이라고 할 수 있다.

"여러분, 싸움은 이제부터. 며칠 유숙할 터이니 뱃멀미로 잃은 원기를 회복하도록 하라."

도시조는 그렇게 지시하고 자신은 바다가 보이는 안쪽 방에 들어가 솜을 얇게 둔 잠옷을 뒤집어쓰고 벌렁 드러누웠다.

'지금쯤 오유키는 어떻게 하고 있을까.'

이상하게도 오유키가 아직 그 사이쇼안에 꼭 있을 것 같은 느낌이 들었다.

아마도 작별하던 날, 오유키가 남편을 떠나보내는 아내처럼 마루 끝에 다소곳이 앉아 있었기 때문이리라.

저녁 때까지 푹 자고 일어났다.

그 무렵, 오유키는 사이쇼안의 그 방에서 명주를 펴면서 바야흐로 호쿠세쓰 산에 잠기려 하는 석양의 붉은 빛을 어떤 색으로 그려야 할 것인지 멍하니 생각하고 있었다.

북정(北征)

도시조(歲三) 등 신센조(新選組)는 간토(關東)에 돌아왔다.

짐작컨대 히지카타 도시조가 생애에서 그 본령을 가장 발휘한 것은 이 시기였으리라.

역사는 막부 말엽이라고 하는 비등점에서 곤도 이사미와 히지카타 도시조라고 하는 기묘한 인물을 낳아 놓았으나, 그들이 역사에 어떠한 기여를 했는지 나로서는 모른다.

다만 시류에 격렬하게 저항했다.

이미 도바·후시미의 싸움 이후로 이제까지 중립적 태도를 취하고 있던 천하의 제후(諸侯)는 앞을 다투어 삿초(사쓰마·조슈)를 대표로 하는 '시류'에 편승하고자 거의가 '관군'이 되었다.

기이(紀伊)와 오와리(尾張), 미토의 세 가문은 물론이거니와 친번, 그리고 막부 직속 영주 중에서 우두머리인 이이(井伊) 가문조차 관군이 되어 도쿠가와파 토멸(討滅)에 참가했다.

이렇게 말하면 시류에 편승한 이들 제후가 그야말로 공리적(功利的)으로 보이기도 하고 우스꽝스럽기도 하지만, 또 한편으로는 교토 조정을 중심으로 하는 통일국가 수립의 필요가 그 누구의 눈에도 완연했기 때문이 아니었을까.

그들은 '일본국' 편에 참가했다.

전국 할거(戰國割據) 이래, 여러 번이 처음으로 국가 의식을 가졌다는 말이 된다.

그런데 '일본'이 아니라 사쓰마·조슈에 지나지 않는다고 본 무리가 이에 저항했다.

저항을 통해 자신들의 '협기(俠氣)'를 나타내려고 하였다.

일단 시나가와에 주둔한 신센조가 에도 마루노우치(丸之內)의 다이묘코지(大名小路)에 있는 도리이 단고노카미(鳥居丹後守)의 저택에 들어간 것은 정월 20일이다.

대원은 43명. 단, 그 중의 부상자는 요코하마의 외국인 병원에 수용되어 있었다.

살아남은 간부는 나가쿠라 신파치, 하라다 사노스케, 사이토 하지무 등 결당 이래의 3명 외에 대내 제일의 교양인으로 일컬어지는 오가타 도시타로, 목베기 명수로 불리는 오이시 구와지로(大右鍬次郎) 등.

오키타 소지는 요양중.

곤도의 상처는 에도에 돌아온 뒤로 날로 좋아져서 가마를 타고 등성(登城)도 할 수 있게 되었다.

"도시조, 역시 에도 물이 좋아."

"잘 되었네."

그러는 동안 치요다(千代田) 성 안에서 곤도는 이상한 인물을 만났다.

에도성의 부용실(芙蓉室)에서 대기할 수 있는 신분으로 녹봉 4,000석, 거기에 직책 수당을 보태어 1만 섬이나 되는 큰 직속무사였다.

그는 고후(甲府)의 지방관(地方官) 사토 스루가노카미(佐藤駿河守)였다.

이상한 것은 그 인품이 아니다. 작은 목소리로 곤도에게 귀띔한 내용이다.

"곤도님, 은밀한 얘기가 있소."

이렇게 속삭였던 것이다.

사실, 막부 와해(단, 도쿠가와 가문과 그 성지 및 직할령은 남아 있었다)와 더불어 사토는 고후 지방관으로서 앞으로의 처신을 각로(閣老)에 상의하기 위하여 에도로 돌아왔던 것이다.

그런데 로추들은 그럴 겨를이 없는 모양인지 제대로 사토의 의논 상대가 되어 주지도 않고

"좋을 대로 하게."

하는 말뿐이었다.

사토는 난처했다.

고후는 백만 섬.

전국 시대 다케다(武田) 가문의 유령(遺領)으로 그 뒤는 도쿠가와 가문의 사유령이 되어 있었다. 사토 스루가노카미는 그 백만 섬을 관리하는 '지사(知事)'인 것이다.

"지금 도산도(東山道)를 도사번의 이타가키 다이스케(板垣退助)가 대군을 이끌고 내려오고 있소. 이 도산도 군의 주목적은 고후의 백만 섬을 관군의 손에 넣으려는 겁니다."

"흐음."

알 만한 일이다. 조정군(朝廷軍)이라고 하지만 여러 번이 뭉친 세대(世帶)일 뿐, 교토 정부에는 영지라는 것이 없다.

막부령을 빼앗을 수밖에 없다.

"으음, 고후라."

"이대로 두면 관군에 빼앗기고 맙니다."

고후성에는 에도에서 내려간 수비 무사가 200명 있기는 하지만 거의 에도로 돌아와 있었으며, 그밖에는 막부 직제상 비전투원이라고 할 수 있는 아전들이 20기(騎), 그리고 잡졸들이 100명 있을 뿐인데 모두 지방 사람이므로 전투에 참가하지 않을 것이다.

"빈 집이나 마찬가지입니다."

"흐음."

곤도는 생각에 잠길 때의 버릇으로 팔짱을 끼고 있었다.

"그러니 날더러 고후성을 어떻게 하라고 하는 말씀인지?"

신센조의 손으로 탈취하라고 사토 스루가노카미는 말하는 것이다.

'재미있군.'

곤도는 사토와 함께 로추 공관으로 갔다.

"그렇게 하게."

로추인 고즈 이즈노카미(河津伊豆守)가 말했다.

사실 도쿠가와 가문은 대정봉환은 하였으나 아직 도쿠가와 영지 400만 섬, 직속 영주 영지를 포함하여 700만 섬은 잃어버리지 않고 있었다.

새 정부는 영지도 반납하라고 강요했고 그 다툼이 도바·후시미 전투의 한 원인이 되었다.

도쿠가와 가문의 거절은 이치상 당연한 것으로 정권을 봉환하고 일개 영주가 된 이상, 다른 영주가 단 한 평의 토지도 반납하지 않았는데 도쿠가와 가문만이 반납하지 않으면 안 될 까닭은 없었다.

첫째, 반납해 버리면 직속 무사 8만 기는 길거리를 방황할 것이 아닌가.

한편, 새 정부가 여러 도(道)에 '관군'을 파견하여 도쿠가와 요시노부 토멸의 전쟁을 시작하게 한 것은 당장 '토지'의 탈취가 현실적 목적이었다.

그런데—

정작 그 도쿠가와 요시노부는 어디까지나 근신공순(謹愼恭順)하며 마침내 에도성을 떠나 우에노 간에이사(寬永寺)의 다이지인(大慈院)에 들어가 버렸다.

도쿠가와의 영지를 군사적으로 방위할 배짱은 없었다.

'그러니까 고후 100만 섬은 공중에 떠 있다. 그렇다면 관군이 오기 전에 손에 넣어 버리면 이쪽 것이 아닌가.'

곤도는 그렇게 생각했다.

로추의 의견도 마찬가지였다.

"신센조의 힘으로 맡을 수 있겠나?"

고즈 이즈노카미가 말했다.

"할 수 있습니다."

"그렇다면 해 주게. 군자금과 총기 등은 되도록 마련하겠네."

이때, 로추 고즈인지, 로추 핫토리 지쿠젠노카미인지 누군가가 농담을 했던 모양이다.

"고슈를 확보해 준다면 신센조에 50만 섬을 떼어주겠네."

50만 섬을 떼어 줄 정도의 큰 작업이라는 뜻이었든지, 아니면 생판 농담이었든지, 어쨌거나 곤도의 귀에는 '떼어준다'고 들렸다.

말한 작자들도 대단할 것은 없다. 막부 와해 뒤의 로추라고 하는 것은 이미 정부의 대신이 아니라 도쿠가와 가문의 집사(執事)에 지나지 않는다. 신분도 이전에는 막부 직속 영주 중에서 뽑다가, 지금은 직속 무사에서 뽑고 그것도 한결같이 무능하여, 아니 설령 유능하다 해도 이 도쿠가 가문을 어떻게 끌고 나가야 할지 막연하기만 한 사태에 이르러 있었다.

말하자면 이판사판이었다.

'50만 섬.'

곤도는 기뻐서 어쩔 줄을 몰랐다.

"도시조, 50만 섬이야."

곤도는 다이묘코지의 신센조 둔영으로 돌아오자마자 목소리를 죽이고 말했다.

"그보다도 상처는 어때?"

"아프지 않아."

상처가 무슨 문제인가.

"도시조, 곧 부대를 편성해서 고슈성으로 밀고 들어가지."

곤도는 교토 시대의 말기에는 여러 번의 섭외관과 교유하기도 하고 도사의 고토 쇼지로 등의 영향을 받아 어엿한 국사(國士)로 자처하기도 했으나 역시 본바탕이 드러났다.

곤도도 그 나름의 시국론을 가지고 있었으나 고후 50만 섬 압류 건이 곤도 이사미로 하여금 300년 전의 전국 무사로 되돌아가게 하였다. 그로서는 이 무진전란(戊辰戰亂)이 전국 시대처럼 생각되었다.

"곤도님, 지금 제 정신인가?"

도시조는 그의 얼굴을 새삼스럽게 들여다보았다.

"나는 교토 시절에 자네가 공무합체론(公武合體論)인가 뭔가를 주장하면서…… 근왕은 어디까지나 근왕, 그렇지만 정치는 에도 막부가 조정의 위임을 받아 담당한다는 등의 이론을 열심히 여러 번 섭외자들에게 호언장담하고 다니던 것을 격에 맞지도 않는다고 생각하고 충고한 일이 있는데, 이번에는 또 풍향이 달라진 모양 아닌가."

"도시조, 시국이 변했어. 자넨 모르는 일이야."

"시국 말이지."

싸움꾼인 도시조로서는 고슈에 진격하여 100만 섬을 제압한다고 하는 큰 싸움은 곤도와는 다른 의미에서 견딜 수 없는 매력이기도 하였다.

'이번에는 서양식으로 할 테다.'

품속에는 전의 《보병교본》이 있다.

"도시조, 곧 모병하게."

"그러지."

도시조는 그 일로 동분서주하게 되었다.

곤도도 날마다 등성하여 로추를 만나서는 되도록이면 대군을 편성하게끔 교섭했다.

막각(幕閣)에서는 곤도를 '정무차관' 대우로 하고 도시조에게는 '정무관 보좌' 대우를 주어 근신중인 요시노부의 재가를 얻었다.

"이젠 영주다."

곤도는 말했다.

그렇다. 장군 직속 정무차관이라고 하면 10만 섬 이하의 직속 영주이다. 정무관 보좌 도시조는 3천 석 이상의 엄청난 신분의 직속 무사였다.

그러나 막부는 이미 소멸하고 없다. 도쿠가와 가문으로서는 이 두 사람에게 아무리 큰 벼슬을 안겨주어도 아까울 것이 없었다.

로추들은

"치켜올리면 한몫 할 것이다."

생각했을 것이 틀림없다. 곤도는 확실히 치켜올려 주기만 하면 기량 이상의 큰일을 해낼 만한 사내였다.

곤도는 영주의 사인교 가마를 타고 날마다 등성하게 되었다.

한편, 도시조는 서양식 군복을 입었다.

"도시조, 그게 무슨 꼴이야. 정무관 보좌의 지체에 꼭 무슨 청소부 같은 옷을 걸치니!"

곤도가 눈썹을 찌푸렸다.

"싸움하는 데는 이것이 제일이야."

도바 후시미의 전장에서 사쓰마 측의 경쾌한 동작을 보고 부러웠던 일이 생각난다.

군복은 막부의 육군소에서 입수한 나사지로 된 프랑스 육군식 사관복이었다.

모병은 쉽게 진척되지 않았다.

그런데 곤도와 오키타의 치료를 맡고 있는 도쿠가와 가문의 시의 마쓰모토 료준이 곤도와 도시조에게 일깨워 주었다.

"아사쿠사 단자에몬(淺草彈左衛門)을 움직이면 어떻겠나?"

단자에몬은 막부의 신분 제도에 따라 차별 대우를 받는 계급의 통솔자이다.

곤도는 로추와 교섭하여 이 계급 차별을 철폐시키고 또한 단자에몬이 하다모토로 발탁될 수 있도록 수속을 밟게 해 주었다.

단자에몬은 크게 기뻐했다.

"인원과 군자금을 내겠습니다."

돈 1만 냥과 200명의 인원들을 곤도의 지휘하에 배속해 주었다.

히지카타는 이들 새로 모은 대원들에게 서양식 군복을 입히고 서양식 훈련을 실시했다.

훈련이라지만 미니에 총 조작법뿐인데도, 곤도는 놀랐다.

"도시조, 어느새 배웠나?"

도쿠가와 가문에서 대포 2문, 소총 500정이 지급되고 군의 기초는 대략 짜여져 명칭을 '고요 진무대(甲陽鎭撫隊)'라고 붙였다.

간부는 신센조의 옛 대원이었다.

입원 가료자 외에 수십 명이 탈주하였기 때문에 20명도 채 되지 않았다.

그러나 곤도는 날마다 기분이 썩 좋았다.

어느 날, 도시조가 훈련에서 돌아오니 종이를 펼쳤다.

"도시조, 이것이 고후성 조감도다."

"흐음."

도시조는 대강 짐작은 하고 있었고 에도에서 고후로 가는 길(고슈 대로)도 어려서 약 행상을 다닐 때 여러 번 왕복한 적이 있었다.

예상 전장으로서는 이만큼 안성맞춤인 곳도 없었다.

"고슈를 차지했을 경우, 각자의 급여를 생각해 봤어."

"흐음."

도시조는 곤도의 얼굴을 바라보았다.

입을 헤 벌리고 있었다.

"나는 10만 섬, 이건 변경할 수 없어. 자네에겐 5만 섬을 주겠네."

"…………"

"소지는 앓고 있지만 3만 섬. 나가쿠라 신파치, 하라다 사노스케, 사이토

하지메 등 부장 조근에게 3만 섬. 오이시 구와지로 등 감찰에게는 1만 섬, 시마다 가이 등 오장들은 5,000섬. 평대원에게도 균등하게 1,000섬."

"호오!"

"어떤가? 이미 로추에게도 얘기해 두었다. 승낙도 받았어."

"자넨 참 좋은 사람이야."

도시조는 진심으로 그렇게 생각했다.

막부가 무너지는 이때에 영주가 될 생각을 한 사람은 곤도 이사미 하나밖에 없을 것이다.

"전국 시대에 태어났더라면 일국일성(一國一城)의 주인이 됐을 사람이야."

"그런가."

"다만, 지금이 전국 시대여서 설사 사쓰마와 조슈를 쳐부수고 도쿠가와의 세상을 재현시킨다 해도 영주 세도는 부활하지 않을 거야. 프링스와 마찬가지로 군현 제도로 하자는 의견이 대정봉환 이전부터 막각 일부에는 있었다고 듣고 있네."

"공연히 서양물이 들어가지고 하는 소리다. 이에야스 공 이래 조상의 법이라는 것이 있어."

"뭐, 아무 쪽이면 어때."

도시조는 작전 계획에 몰두하고 있었다. 치명적인 것은 병력의 부족이었다. 부족한 대로 2,000명만 되었으면 싶었다.

'200여 명으로 과연 고슈를 손 안에 넣을 수 있을까.'

고후성에 입성하면 그 고장 농민에게 호소하여 징병할 예정이기는 하다. 그것이 잘 될지, 어떨지.

"아냐, 문제없어. 성을 점령하면 이미 100만 섬의 영주와 마찬가지야. 향사나 촌장들에게 명령해서 마을의 장정들을 뽑으면 만 명은 모인다."

곤도는 낙관적이었다.

하기는 그럴지도 모른다고 도시조는 생각했다. 세상이 이렇게 어지러워진 이상, 무슨 일이든 해볼밖에 도리가 없다.

출발하기에 앞서 도시조는 평대원 몇을 거느리고 간다 이즈미바시의 의학소 한 구석에 드러누워 있는 오키타 소지의 병상을 찾았다.

의학소는 이미 폐쇄 직전에 놓여 있었고 의사도 없는 형편이었으므로 오키타를 다른 장소로 옮기기 위해서였다.

소지의 오직 하나의 육친인 누님 오미쓰, 그리고 오미쓰의 남편 오키타 린타로(沖田林太郎 : 신초 조 대원)도 함께 갔다.

새로운 요양 장소는 린타로의 친구로 센다가야에 사는 정원사 헤이고로의 사랑채를 빌려쓰기로 했다.

오키타는 완전히 쇠약한 모습이었으나 목소리만은 의외로 카랑카랑하여

"히지카타님, 나는 3만 섬이라지요?"

허허 웃는다.

"참, 곤도가 그러던가?"

"아뇨, 며칠 전에 문병 온 소마 가즈에(相馬主計) 군이 가르쳐 주던데요."

'아, 고가 일동에게 말했구나.'

곤도로서는 사기를 북돋운다는 뜻에서 털어놓았을 것이다.

그러나 소마 등은 오키타를 문병 온 그 길로 탈주했다. 만 섬, 천 섬의 꿈도 이미 대원들을 낚지 못한다는 증거였다.

"소지, 어서 나아야지."

"네, 3만 섬 때문에라도."

오키타는 다시 허허 웃었다.

도시조는 센다가야의 정원사 집까지 오키타를 바래다주고 그 길로 둔영으로 돌아왔다.

내일은 고슈를 향하여 떠난다.

'이번에야말로 서양식 소총으로 대등한 싸움을 펼쳐 후시미의 원수를 유감없이 갚고 말겠다.'

쌍꺼풀진 두꺼운 눈이 여전히 반짝반짝 빛났다.

고슈(甲州) 진격

곤도와 도시조의 정면의 적이 된 '관군' 도산도(東山道) 방면군은 서양식 장비를 갖춘 도사·사쓰마·조슈의 여러 번병이 주력을 이루고, 거기에 구식 장비를 갖춘 이나바(因幡) 번병 등이 가세했으며 지휘관은 도사 번사 이누이 다이스케(乾退助)였다.

2월 13일, 출진하는 도사 번병은 교토 번저에서 술을 받아 마시고 노공(老公) 야마노우치 요도(山內容堂)에게서

"날씨가 아직 차다. 자애(自愛)하라."

라는 유명한 말을 들었다. '2월이라고는 하지만 야전(野戰)은 춥다. 감기 들지 않도록' 하라는 뜻이었다. 이 말을 듣고

"전군은 모두 용기백배하였다."

고《경해취후(鯨海醉侯)》라는 책에 씌어 있다.

다음 14일 첫새벽, 교토 황성 쪽을 향해 절을 하고 나서 대포 수레를 끌고 교토를 출발했다.

사흘째 오가키에 이르러 총지휘관인 이누이 다이스케는 자기 이름을 이타가키 다이스케로 고쳤다.

실은 출발에 즈음하여 이와쿠라 도모미(岩倉具視)가 말했다.

"고슈 사람은 기상이 거칠기로 유명하다. 하지만 다케다 신겐(武田信玄)의 유풍을 따르는 마음이 강하다. 그 점을 감안해서 민정을 안정시키도록."

우연한 일이지만 다이스케의 이누이 가문에는, 그 조상이 다케다 신겐 휘하의 명장 이타가키 스루가노카미(板垣駿河守)의 피를 이어받았다는 가계(家系) 전설이 있다.

따라서 진중에 있으면서 오히려 이타가키로 성을 고치고 고슈에 첩자를 놓아 이 소문을 퍼뜨리게 하였다.

"이번 관군 측 대장은 도사 사람이지만 옛날에는 조상이 고슈 출신이다. 더욱이 다케다 신겐 휘하의 맹장 이타가키 스루가노카미의 자손이며 신겐 공을 존경하기를 신과 같이 한다."

이 기묘한 선전이 고슈 사람들에게 미친 영향은 자못 커서 처음에는 도쿠가와 편이었던 것이 갑자기 '황실'편이 되어 버렸다.

관군의 총부대가 마침내 고슈의 이웃 영지 시나노(信濃)에 들어가 가미스와(上諏訪), 시모스와에 착진(着陣)한 것은 3월 1일의 일이다. 같은 날 곤도와 도시조의 신센조를 주축으로 하는 '고요 진무대' 200명이 에도 요스야(四谷)의 오키도에서 고슈를 향하여 출발했다.

첫날의 행군은 겨우 3킬로미터.

걷기 시작했는가 싶자 벌써 '신주쿠(新宿)의 유곽에서 일박' 식의 행군이었다. 신주쿠의 유곽을 송두리째 부대에서 빌렸다.

"도시조, 무서운 얼굴 하지 말게."

곤도는 말했다.

"이것도 전법(戰法)이야."

곤도의 말대로다. 20여 명의 신센조 대원을 제외하고는 모두 칼을 꽂을 줄도 모르는 아사쿠사 단자에몬의 부하들로서, 그들을 갑자기 전장에 끌어넣기 위해서는 그 나름대로의 수단과 방법이 필요했다.

"두고 봐, 한 지붕 밑에서 다 같이 여자를 끼고 자면 다음날은 한두 해 한솥 밥을 먹은 것처럼 호흡이 딱 들어맞을 테니."

도시조만은 다카마쓰 기로쿠라는 여관에서 자며 여자를 가까이 하지 않았다.

대원이 걱정했으나 곤도는 내버려두라고 했다.

"그 작자는 어려서부터 꼭 꽹이새끼처럼 남들 앞에서는 그 짓 안해."

이튿날 아침에 출발.

곤도는 사인교 가마에 영주처럼 타고, 도시조는 양복에 전의(戰衣)를 걸치고 말을 타고 맨앞에 섰다.

사이토와 하라다, 오가다, 나가쿠라 등 간부는 하다모토가 쓰는 전립에 전의를 걸치고, 평대원은 통소매 웃옷에 가슴 보호구를 껴입고 흰 무명 띠를 두른 뒤 대소도를 찼다. 아랫도리는 양복 바지에 짚신이다.

새로 모집한 축들은 막부 보병 복장에 버들로 엮은 배낭을 지고 미니에 총을 메고 있다.

복장부터가 잡군(雜軍)이었다.

이 전투 부대 가운데 곤도의 제후 가마가 가장 이채를 띠었다.

"싸우러 가는 거야 뭐야. 그 가마 집어치워."

도시조가 말했으나 곤도는 막무가내였다.

"도시조, 자네는 학문이 없으니까 모르기도 하겠지만 당나라 고사에 출세하고 고향에 돌아가지 않음은 밤에 비단옷을 입고 다니는 것과 같다는 말이 있어."

이렇게 말했다.

도중에 곤도와 도시조의 고향인 남(南) 다마 지방을 지나게 된다.

'제후가 되었다.'

곤도는 고향 사람들에게 자기를 보여 주고 싶었던 것이다.

우스꽝스럽다면 우스꽝스럽지만 곤도에게는 그런 유의 허영이 다분히 있었다. 허영은 어린애 같다는 말과 일맥 상통한다. 어린애처럼 권세를 동경하고 그것을 얻으면 천진하게 들떠서 기상천외한 행동력을 발휘한다.

'역시 난세의 호걸이다.'

도시조는 그렇게 생각하지 않을 수 없었다.

행군 이틀째에는 후추에 머물렀다. 이 후추에서는 고향 사람들이 몰려와서 굉장한 주연이 벌어졌다.

사흘째 낮, 히노(日野) 주막거리에 접어들었다.

"도시조, 히노일세."

곤도는 미닫이를 열고 감개무량한 듯이 외쳤다.

'히노에 왔구나.'

도시조도 감개무량했다.

이 고장 촌장 사토 히코고로는 도시조의 누님 남편으로 천연이심류의 보호자인 동시에 신센조 결성 당시 금전적으로도 적잖이 후원해 준 바 있다. 말하자면 신센조의 발상지라고 할 수 있다.

"도시조, 오늘은 히노에서 잘까?"

곤도는 주막거리 입구에 접어들자 좋아서 어쩔 줄 몰라 하며 말했다.

"아직 한낮이야."

도시조는 쓴웃음을 지었다.

고슈 대로 연변의 히노 주막거리 중간 지점에 사토 히코고로의 저택이 있다. 어쨌거나 히노 3,000섬 관리자이므로 그의 저택은 으리으리했다.

오늘날 그의 손자 사토 히로시의 유고(遺稿)로 현재 사토 집안에 남아 있는 《이음사화(離蔭史話)》에는 '대원 일동, 바깥뜰과 문앞 길에서 휴식하다'라고 씌어 있다.

이하 그 기록을 인용한다.

'가마에서 나온 곤도는 머리를 뒤로 묶고 하오리에 흰 끈의 조리를 신고 바깥뜰에서 현관을 향해 걸어왔다.

곤도는 히코고로와 더불어 마중 나와 있는 그의 늙은 아버지 겐노스케의 얼굴을 멀리서 싱글벙글 웃으면서 바라보고

"그간 무고하셨습니까?"

하고 인사했다. 이제부터 전쟁하러 가는 기색은 조금도 없었다.

히지카타 도시조는 양복 차림이었다.

일동을 안방으로 안내한 히코고로는 모처럼의 경사라 하여 산해진미를 고루 갖추어 크게 환영했다.

술잔을 든 곤도는 부상당한 오른팔이 턱밑까지밖에 올라가지 않아 조금 아프다고 얼굴을 찌푸렸으나

"뭘, 이쪽으로 하지."

하고 왼손으로 벌컥벌컥 마셨다.

곤도는 술을 좋아하지 않았다. 벌컥벌컥이라치면 아마 두서너 잔 정도였을 것이다.

그 사이에 도시조는 자리를 떠나 별실에 들어가서 누님 오노부를 만났다. 막내동생인 자기를 어머니 대신 키워 준 누님이다.

"오래간만에 뵙습니다."

도시조는 정중하게 인사하고 준비해 온 보자기를 풀었다.

"뭐냐?"

오노부는 들여다보았다. 그 속에서 새빨간 비단으로 된 물건이 나왔다. 옛날의 그림 두루마리 등에서 볼 수 있는 기마 무사가 걸치는 호로(母 衣 : 옛날, 갑옷 겉에다 말의 머리까지 씌워 화살을 막던 포대)였다. 통풍이 잘 되는 천으로 아홉 자는 됨직했다.

"호로구나."

오노부가 말했다.

"잘 아시는군요."

"그거야……."

오노부는 짤막하게 말했다.

"그림 두루마리 같은 데서 보았거든. 그런데 네가 어떻게 이런 물건을 가지고 있니?"

"서원(書院) 수비대장으로 뽑혔을 때 장군님께서 하사하신 물건입니다."

"굉장히 출세했구나."

"출세라구요?"

도시조는 자문하듯이 고개를 갸웃거렸다.

"다만 이몸으로 시국이 바뀌는 것을 겪었다는 점에서는 재미있었어요. 다마의 농사꾼 막내둥이가 어엿한 직속 무사가 되었다는 것도 하나의 변천이지요. 출세는 아닙니다."

"앞으로 어떻게 되는 거냐?"

"앞으로 말입니까?"

도시조는 목소리를 낮추었는데 이내 '이 사내로서는 드물게 듣는 너털웃음으로 얼버무렸다'고 기록에는 있다.

호로는 사토 댁에 남겨 두고 가겠다고 하였다.

"이런 하사받은 물건을."

오노부는 민망스럽게 여겼으나 도시조는

"뭘요, 아이들 외출복이라도 만들면 좋을 겁니다. 괜찮대두요."

하면서 둘둘 감아 밀어 놓았다.

도시조가 누님하고 별실에 앉아 있을 때 갑자기 부엌 봉당 쪽이 소란스러워졌다. 대원이 무슨 일인가 하고 나가보니 이 히노 주막거리 근방의 혈기 왕성한 청년들이 60명이나 토방을 메우고 꿇어앉아 있었다.

그 중의 대표가 바닥에 엎드려 머리를 조아리며 말했다.

"원하옵건대 곤도 선생님을 배알하고자 합니다."

그 대표가 말하는 바에 의하면, 배알하여 말씀을 듣고 될 수 있다면 대원에 끼어들고 싶다는 것이었다.

"아아, 좋아."

곤도는 안방에서 술잔을 내려놓았다. 얼굴에는 저절로 웃음이 떠올랐다. 곤도의 생애에서 가장 득의에 찬 순간이었으리라.

60명의 젊은이들은 모두 향당(鄕黨) 후배였다. 모두 천연이심류를 배운 자들로 그 종가(宗家)인 곤도로서는 서로 면식은 없으나마 '사제지간'이었다.

"그럼."

곤도는 자리에서 일어났다.

하오리는 검정 두 겹 비단.

게다가 도쿠가와 가문의 문장(紋章)인 당아욱 무늬가 박힌 장군님의 하사품이었다. 뒤에는 칼을 받드는 시동이 따르고 있었다. 어엿한 제후의 품위이다. 이윽고 장지문이 열리고 곤도가 의젓하게 나왔다.

일동이 봉당에 넙죽 엎드렸다.

곤도는 마루 한가운데 앉아 미소지었다.

"여러분, 이렇게 만나니 반갑네."

묘한 감동의 물결이 봉당에 소용돌이쳤다.

그들은 눈물을 흘리면서 종군을 청원했다.

"아니야, 그것은 안 되네."

곤도는 미소 띤 얼굴로 극구 그 지원을 거절했다. 곤도로서는 그 이상 고향 사람의 피를 흘리게 할 수는 없다는 마음이었으리라.

바로 이런 면에 곤도의 올바른 정신은 남아 있었다.

그런데 이 자들이 굳이 울면서 청원했기 때문에 독신자와 차남 이하의 남자 30명을 골라 '가스가대(春日隊)'라고 이름을 붙여 동행하기로 하였다.

"시간 간다. 어서 출발하자."

도시조가 재촉했으나 곤도는 오히려 봉당에 꿇어앉은 젊은이들에게 교토에서의 공명담을 늘어놓으며 일어나려 하지 않았다.

도시조는 그의 성격대로 고향 젊은이들에게 미소조차 던져 주지 않았다. 때문에 훗날까지 이 지방에

"히지카타라는 사람은 너무나 모나고 엄한 사람이었다."

는 전설이 남아 있다.

이날은 게이오 4년(메이지 원년) 3월 3일로 간토 지방에는 봄답지 않게 눈이 내렸다.

"도시조, 눈이다."

곤도는 그대로 히노 주막거리에 주저앉고 싶은 모양이었다.

한편 같은 날에, 이타기키 다이스케 이하의 관군 3,000여 명은 모두 가미스와의 숙영지(宿營地)를 출발하여 고후를 향해 눈속을 행군해 갔다.

주력인 도사병은 남국 출생이니만큼 추위를 이기지 못하고 총대를 잡을 수 없을 만큼 언 손으로 행군했다.

말 위의 이타가키 다이스케는 여러 부대에 전령을 보내

"날씨가 아직도 춥다. 자애하라."

는 노공(老公) 야마노우치의 말을 복창하게 하였다.

감기 들지 말라는 정도의 뜻이지만 외고 있는 동안에 그들의 가슴에는 큰 번 사쭐 특유의 감정이 솟구쳐 올라 사기는 하늘을 찌르는 듯했다.

그 무렵, 히노 주막거리의 사토 저택에는 척후병이 뛰어들어 고후와 시나노 방면의 정보를 전했다.

관군이 이미 가미스와와 시모스와까지 와 있다고 한다.

"뭣이, 거기까지 왔다고?"

곤도는 이렇게 말하지는 않지만 놀라는 표정이 역력했다.

"도시조, 가자."

곤도는 별실로 물러가 서둘러 하오리를 벗어 버리고 사슬조끼를 입었다. 그리고 가슴보호구를 걸치고 전복을 입었다.

가마도 버렸다.

짚신을 신고 두어 번 봉당에서 구르고 나서 문을 나섰다.

"말을 끌어라."

얼굴이 붉었다. 후두둑 싸락눈이 얼굴을 때렸다.
"지독한 눈이군."
말에 올라탔다. 이미 왕년의 곤도로 돌아가 있었다.
부대가 움직이기 시작했다.
그러나 곧 해가 져서 요세(與瀨)에서 숙박.

한편 관군의 일부 선봉 부대는 그 밤에도 행군하여 첫 새벽에는 벌써 고후 성 아랫거리에 다다랐다.
관군 대표는 곧 성 안에 사자를 보내 성주 대리인 사토 스루가노카미, 행정관 나카야마 세이이치로를 본영으로 오도록 분부했다.
물론 사토와 나카야마는 결전할 뜻을 굳히고 있었으나 고대하는 곤도 이사미가 나타나지 않고 있었다.
"신센조는 뭘 하고 있는 건가?"
그는 파랗게 질려 있었다.
신센조가 먼저 도착했으면 농성하여 결전을 벌일 준비가 되어 있었다.
"부득이한 일이다. 곤도 이사미가 도착할 때까지 무슨 짓을 해서든 시간을 벌어야 한다."
사토 스루가노카미는 우선 공순(恭順)을 가장하고 관군 선봉 부대의 본영으로 갔다. 관군 측은 성 안의 무기를 모두 성 밖으로 내놓고 그런 연후에 개성(開城)하도록 명령했다.
"말씀 잘 알아들었습니다. 워낙 화급한 일인지라 성 안 형편이 복잡합니다. 개성(開城) 일자는 무기 인도 절차가 준비되는 대로 알려드리겠습니다."
사토 스루가노카미는 급한 대로 이렇게 관군을 무마하고 성 안에 돌아와 오직 신센조가 도착하기를 기다렸다.
하지만 관군 측도 마음을 놓지는 않고 있었다.
고슈 대로 연변에 무수히 첩자를 보내어 정보를 수집하고 있는데 이런 정보가 들어왔다.
"막부의 대장 오쿠보 야마토(大久保大和 : 곤도를 가르킴)라고 하는 자가 고후 진압이라는 명분으로 급히 진군하고 있는데, 오늘 밤 안으로는 반드시 고후에 들이닥칠 것입니다."

"한 시각을 다툴 때다."

관군의 선봉대는 이렇게 판단하고, 소수 부대이면서도 일거에 성을 접수하기 위해 사토 스루가노카미의 기일 통고(期日通告)를 기다리지 않고 성에 육박했다.

사토는 놀라서 부득이 성문을 열고 관군에게 성을 넘겨주었다.

그날, 곤도 등은 사사고(笹子) 고개를 넘어 겨우 고마카이 마을에 이르렀다. 그들은 고마카이에서 유숙했다. 이 마을에서부터는 산길이 쭉 내리막이어서 고후 분지(盆地)까지는 앞으로 20리밖에 남지 않았다. 분지에 내려가면 격전이 벌어질 것이다.

부대는 민가에서 묵었다. 그런데 그들 민가에는 이미 고후에서의 관군 입성과 군사 상황이 소상하게 알려졌다.

새로 뽑은 대원들은 촌민에게서 그와 같은 정보를 듣고 크게 동요하여 그날 밤 안으로 절반은 달아나 버렸다.

곤도는 사태의 심각성을 깨닫고

"아이즈의 원병이 온다."

고 대원들에게 선전했으나 동요는 걷잡을 수 없었다.

"도시조, 어떻게 하지?"

이젠 제후의 사인교에 타고 있었을 때의 득의만면한 빛은 없었다.

"잠깐 가나가와에 갔다 오겠네."

도시조는 일어섰다. 가나가와에는 막부군으로 '낫파대(茱葉隊)'라고 하는 부대가 1,600명 주둔하고 있었다. 이들에게 구원을 청할 속셈이었다.

"이 밤에?"

"하는 수 없지."

본영에서 말을 끌어내자 혼자 올라타고 초롱불도 켜지 않은 채 달려 나갔다.

그러나 이미 때는 늦어 관군 측은 고요 진무대(甲陽鎭撫隊)의 동태를 낱낱이 정찰하고 나서 도사(土佐)의 다니 모리베(谷守部) 등을 대장으로 하는 공격대를 편성하고 있었다.

하지만 닥쳐올 적이 설마 지난 해 교토에서 도사 번사를 무수히 살육한 신센조인 줄은 그들도 모르고 있었다.

흥망의 싸움

도시조는 혼자 말을 타고 산길을 누비며 골짜기를 건너뛰었다. 마을을 질풍같이 빠져 가나가와의 낫파 대본영을 향하여 달렸다.
"원군을 부탁해야지."
이것밖에 고슈에서 이길 방도는 없었다.
'그때까지 곤도가 버티어 줄지 어떨지.'
아니, 곤도라면 해낼 것이다. 이 무렵 싸움을 했다 하면 자기와 곤도만큼 강한 자는 없다고 하는 신념이 도시조의 어느 구석엔가 있었다. 교토에서 신센조의 역사가 그것을 증명하고도 남음이 있었다.
날이 새고 이윽고 아침이 다가왔다.
도시조는 죽을 힘을 다해 달렸다.
다행히 눈 속이었다. 눈 앞에는 희끗희끗한 눈발 때문에 등불이 없어도 별로 불편하지 않았다.
고보도케(小佛) 고개를 넘어섰을 때 주위가 환하게 밝아왔다.
해가 떠올랐다.
그 시각, 고마카이의 촌장 저택을 본진으로 삼아 일박한 곤도는 유유히 아침 햇살 속으로 나왔다.

마당을 산책하기 시작했다.

"오쿠보 야마토라고 하는 이름은 무감(武鑑)에도 나와 있지 않지만 그런 대로 도당의 대장다운 풍모였다."

집을 빌려 주고 있는 촌장은 이렇게 감탄했다고 한다.

곤도는 저택 안을 한 바퀴 돌고 나서 대원 10명을 불러 모아 각자에게 다음과 같은 쪽지를 건네주고 당부하였다.

"곧 마을에 나가서 신속히 사병을 모집하라."

쪽지에는 곤도의 자필로

'도쿠가와 가문을 위해 이바지한 자는 평정된 뒤에 상을 내리겠노라.

오쿠보 야마토 마사요시'

이렇게 씌어 있었다.

곤도는 도쿠가와 가문이 다시 일어설 것을 믿었다.

그리고 고슈 백만 섬의 꿈도 버리지 않았다.

고슈의 농촌에도 곤도와 마찬가지로 꿈과 혈기에 넘치는 자가 많은 듯으로, 저녁 무렵까지는 보기에도 늠름한 장정이 20명 가량 몰려왔다.

그 가운데 사뭇 눈초리가 예사롭지 않은 젊은이가 한 명 있었다. 다른 고슈 인들은 몹시 이 사내를 꺼려 하고 있었다.

"자넨 어디의 누군가?"

곤도는 곧 관심을 보였다.

"아메노미야 게이지로(雨宮敬次郞)입니다."

의젓하게 대답했다.

"성씨를 쓰도록 허락받았는가?"

"그렇습니다."

고슈 히가시야마나시 군의 조그만 촌장 아들이다.

곤도는 다시 물었다.

"가문(家紋)을 보건대 동그라미에 상(上)자, 낯선 가문인데 무슨 유서(由緖)라도 있는가?"

"다케다 신겐의 부장(部將) 아메노미야 야마기노카미가 조상이고 다케다 가문이 멸망한 뒤에는 초야에 파묻혀 300년 동안 촌장을 맡아보고 있습니다. 이제 천하 전란을 만나 반드시 공명을 세워 가문을 일으키고 조상의 무명(武名)을 빛내고자 합니다."

지독한 고슈 사투리이다.

"그거 기특한 일이군."

곤도도 태도를 고쳤다. 자신도 점점 전국 시대의 무장이 된 듯한 마음이 들었던 모양이다.

"우리 고요 진무대는 전 장군 가문(요시노부)으로부터 고슈 100만 섬의 처리를 위임받고 있다. 서군(관군)을 쫓아내고 크게 공을 세우면 충분한 은상(恩賞)을 받을 수 있다."

"고마운 일입니다."

"그대를 고슈 부대의 대장으로 삼고자 하는데 다른 사람들은 이의가 없는가?"

"없습니다."

이 아메노미야 게이지로는 이때 진정으로 고슈를 빼앗을 것을 생각했던 모양이다.

"자, 아메노미야 군, 서둘러야 하네."

그러고 나서 지도 위의 가쓰누마(勝沼)를 가리켰다.

"여기에 자네 부대를 이끌고 가서 검문소를 만들어 주기 바라네."

가쓰누마라는 곳은 고마카이의 산중에서 고후 분지로 내려간 지점에 있는 주막거리로 30리 안팎.

곤도는 여기를 방위의 최전선으로 삼아 도시조의 원군이 도착하는 대로 가쓰누마에서 50리 밖의 고후성으로 밀고 들어갈 심산이었다.

아메노미야들은 짐수레에 목책을 만들 재목을 가득 싣고 곤도에게서 받은 미니에 총을 멘 채 위풍당당하게 산을 내려갔다.

"쳇!"

하라다 사노스케는 너무나도 당당한 아메노미야의 뒷등에다 대고 혀를 찼다.

"도둑놈 같으니라구."

욕을 하고 싶었으리라.

다시 곤도는 본영을 천천히 전진시키기로 하고 가시오(栢尾)를 요충으로 그곳에 야전축성을 하기로 했다.

가시오라는 곳은 바로 눈 아래에 고후 분지를 내려다보는 길가의 마을로 확실히 요충이라고 할 만하다.

진지는 마을 동쪽 언덕에 쌓고 진간자와(神願澤)의 물을 해자로 삼고 가도의 다리를 부숴 버렸다.

다시 구릉에 포 2문을 끌어올려 눈 아래의 길을 내리 쏠 수 있게 하고 가도 여기저기에 녹채(鹿砦)를 둘러쳤다.

한편 고후성에 들어간 관군 지휘관 이타가키 다이스케 앞으로 정보가 속속 들이닥치고 있었다.

"가시오에 동군이 뻔질나게 출몰하고 있습니다."

"그 오쿠보 야마토라는 인물인 모양이군."

이 이름은 무감을 뒤져 보고 고슈성을 넘겨준 막부 가신들에게도 물어보았으나 끝내 정체가 밝혀지지 않았다.

이타가키 다이스케 등 도사 사람은 신센조를 불구대천의 원수로 생각했다. 만약 곤도인 줄 알았으면 그냥 두지 않았으리라. 왜냐하면 신센조가 교토에서 목을 벤 수를 번 별로 따지면 조슈인보다 오히려 도사인이 많았기 때문이다. 사쓰마인에게는 가해가 거의 없었다.

이타가키는 한 정보에서 적장의 이름이 '곤도 유헤이(近藤勇平)'라는 말도 들었다.

사실 곤도는 몇 가지 다른 이름을 썼던 것인데, 이때도 설마하니 곤도 이사미일 거라고는 생각하지 않았다.

아무튼 이타가키는 도사번에서도 열 손가락 안에 꼽히는 지휘관 5명을 골라 출발시켰다.

다니 모리베(谷守部)
가타오카 겐키치(片岡健吉: 뒤의 자유민권운동가, 중의원 의장)
오가사와라 겐키치(小笠原謙吉)
하세 시게노부(長谷重喜)
기타무라 조베(北村長兵衛)

다니 모리베(谷守部)는 도바 후시미 싸움 뒤로 관군이 만나는 첫 번째 적이라 하여 조심스러운 태도를 취했다.

척후병을 무수히 풀어 놓아 적정(敵情)을 더듬었다. 인원수 1,000명이라는 소문도 있고, 다시 몇 만의 후속 부대가 온다는 소문도 있어 종잡을 수가 없었다.

그 모두 곤도가 이 마을 저 마을에 퍼뜨려 놓은 헛소문이었다.

"어쨌든 부딪쳐 볼 일이다."

포대장(砲隊長)인 기타무라 조베가 말했다.

이리하여 기타무라의 포병을 선두로 가쓰누마를 향해 전진하기 시작했다. 이 부대의 대포는 사정 거리가 짧기 때문에 군의 선두에 서는 것이 상식이었다.

이미 하늘은 맑게 개고 산과 들의 눈도 녹기 시작했다.

가쓰누마 주막거리에 들어갔을 때 기타무라 조베는 대담하게도 사병 대여섯 명을 거느리고 포문을 급히 앞세워 거리 중앙으로 나갔다.

그 길 중앙에 급히 만든 검문소가 버티고 있었다. 수비병은 아메노미야 게이지로 등 10명 정도의 고슈 부대이다.

기타무라 조베는 붉은 깃털로 장식한 깃발을 휘날리며 목책으로 다가갔다.

"이 천하의 공로 위에 누가 목책을 쳤나. 어서 열라."

인사라도 하듯이 느릿느릿 말했다.

목책 안에서 아메노미야가 나와서 잘라 말했다.

"열 수 없다."

"아니, 왜?"

"대장 명령으로 이곳을 지키고 있다. 대장의 명령 없이는 열 수 없다."

"대장 이름이 뭔가?"

"모른다."

"그럼 하는 수 없군."

기타무라는 뒤의 대포를 향하여 외쳤다.

"발사 준비!"

그리고 왼쪽에 있는 여인숙 추녀 밑으로 뛰어들면서 쏘라고 명령했다.

타앙!

사근(四斤) 산포(山砲)가 불을 뿜었다.

초연이 가라앉았을 때, 이미 목책 안에는 사람이 없고 저 멀리 아메노미야 게이지로 등 10명이 뒹굴 듯이 도망치고 있는 모양이 보였다. 포탄은 그 머리 위를 넘어가서 작렬하였다(아메노미야는 짐작하건대 그대로 도망쳤던 모양이다).

목책을 열고 기타무라 등이 뛰어들어 가쓰누마 주막거리 구석구석을 수색했으나 이미 적병은 하나도 없었다.

마을 사람에게 물으니

"수비병은 그자들뿐이었습니다."

이런 대답이었다.

이 가쓰누마 주막거리에서의 발포가 동정군(東征軍)의 최초의 포성이라고 하겠다.

'적은 가시오산에 있다. 이 가쓰누마를 전초선(前哨線)으로 하고 목책을 둘러쳤을 것이다. 그 수비병이 10명 남짓한 인원이었다면 가시오의 본대 인원수는 그 20배도 못 되지 않을까.'

다니 모리베가 와서 이렇게 계산했다. 대략 적중하고 있었다.

그들은 곧 전진했다.

곤도는 가시오 산 위에 있었다.

"왔습니다."

하라다 사노스케가 발돋음을 했다.

"곤도 선생님, 붉은 털입니다. 도슈 놈들입니다."

사쓰마가 검정, 조슈가 흰색, 도슈가 빨간색으로 되어 있었다.

이 세 번(藩)은 전부 양식화되어 있었으나 전투법에는 각각 특징이 있었다. 같은 소총사격법에 있어서도 조슈는 엎드려쏘기, 사쓰마는 서서쏘기, 도슈는 사격을 이내 중지하고 칼을 휘둘렀다.

"도사라."

곤도로서는 특별히 적에 대한 지식이 있는 것은 아니었으나 생각나는 것은 교토의 일이었다.

"이케다야에서는 도사 놈들을 퍽 많이 죽였지. 도코로야마 고기치로, 이시카와 준타로, 기다조에 요시마로, 모치쓰키 기야타 등……"

"그랬지요."

하라다 사노스케도 지난 날을 생각하며 망연한 표정이었다.

"그리고 덴노산에 맨먼저 돌격했지."

옆에서 나가쿠라 신파치가 말했다.

겐지 원년, 하마구리 문의 변에서 조슈군이 패주하고 그 중의 낭사대가 덴노산에 들어가 항전했다. 막부군이 이를 포위하고 신센조가 맨먼저 뛰어올라갔다.

그러나 거기에는 마키 이즈미 등 17명의 지사가 자결한 시체가 있었을 뿐이다. 그 중 도슈의 낭사(浪士) 마쓰야마 신조, 센야 기쿠지로, 노세 다쓰타로, 안도 마노스케.

"시국 변천이 이렇듯 빠르니."

곤도는 지난 날의 꿈에서 헤어나지 못하는 듯한 얼굴이다.

"나가쿠라 군. 이케다야에서는 처음에 자네들하고 다섯이서 칼을 휘둘렀어. 그래도 아무렇지도 않았었는데……."

지금은 다르다.

당시는 교토 수호직으로부터 동원된 여러 번의 경비병이 3,000명이나 되어 그 포위와 경비 속에서 신센조는 마음껏 활약할 수 있었다.

그때는 시류에 편승했기 때문에 그렇게 활약할 수 있었는데 지금은 상대가 시류를 타고 왔다.

곤도의 천연이심류의 술어로 말하면 쌍방의 '기력'의 차가 크다.

'이거 어디 전쟁이 되겠나.'

급히 모집한 대원들은 태반이 도망쳐 버리고 남아 있는 축들도 산을 안고 움직이지도 않는다.

"오가타 군."

곤도는 눈 아래 길 한 옆에 몸을 사리고 있는 오가다 슌타로를 불렀다.

"적이 다가오고 있다. 슬슬 다리 저쪽에 불을 질러야 하지 않을까."

"알겠습니다."

오가다는 농병(農兵) 10명 정도에게 횃불을 들려서 다리 저쪽으로 돌진케 하여 별안간 민가에 불을 질렀다.

벌겋게 불길이 오르고 뭉게구름 같은 흰 연기가 곤도 진지의 전면을 가리기 시작했다. 옛날 식의 전술로 연막 대용이 되는 동시에 민가도 적의 소총대에 이용되는 것을 막을 수 있다.

이 연기를 보고, 다니 모리베 등은 대략 적진지의 위치를 짐작했다.

"부대를 세 갈래로 나누자."

다니 모리베는 적진의 지형을 멀리 바라보면서 말했다. 여러 대장들도 찬성했다.

다니 자신은 50명에 포 2문을 이끌고 가도를 곧장 나아갔다.

가타오카 겐키치, 오가사와라 겐키치는 500명을 인솔하고 적의 전면 히강(日川)을 건너 우측 산을 기어올라 전진했다.

나가야 시게노부는 왼쪽 산에 올라가 산과 길 위의 적을 난사하면서 전진했다.

"그럼."

다니 모리베가 고개를 끄덕이자 각 대장들은 제각기 자기 부대로 달려가 곧 진격하기 시작했다. 이 민첩성은 조직된 번병(藩兵)의 장점이었다.

이윽고 히강 동쪽 둑에 다다르자 쌍방이 맹렬한 사격전을 벌였다.

곤도는 산 위에 우뚝 섰다.

'도시조는 아직도 안 돌아오는가.'

문득 등 뒤를 돌아다보았으나 귀신이 아닌 이상, 그렇게 빨리 가나가와에 갔다 올 수는 없다.

"쏘아, 쏘아라!"

곤도는 서투른 사격 지휘를 하고 있었으나 급히 주워 모은 사수들은 미니에 총을 겨우 한 방 쏘고는 열 걸음 달아나는 형편으로 아무리 보아도 전쟁을 하는 모양새는 아니었다.

"할 수 없다. 돌격!"

곤도는 부르짖었다. 그러나 왕년의 신센조 간부들은 모두 소총대의 지휘자가 되어 이쪽 저쪽에 흩어져 있기 때문에 결속된 백병부대(白兵部隊)를 이룰 수가 없었다.

곤도 옆에는 교토 이래의 평대원 미지나 이치로, 마쓰하라, 신타로, 사쿠마 겐스케 등이 있었다.

이들이 나란히 칼을 뽑았다.

전면의 능선 위에 이미 적이 기어올라와 눈과 코마저 뚜렷이 보였다.

"돌격, 돌격!"

곤도는 뛰었다. 오른팔을 쓰지 못하기 때문에 칼을 왼손에 쥐고 있었다.

격돌한 도사 부대는 오가사와라 겐키치의 부대였다. 선봉대뿐이었으므로 10여 명밖에 안 된다.

산 위에서 난투가 벌어졌다.

곤도는 왼손으로나마 무섭게 날뛰며 눈깜짝할 사이에 도사병 셋을 베어 죽이고 더욱 미친 듯이 싸웠다.

'누구일까?'

오가사와라 겐키치는 생각했다. 오가사와라는 창술의 묘수로 일컬어진 사내지만 물론 창을 전장에 갖고 나오지는 않았다.

칼을 휘둘러 싸웠다.

곤도에게 육박하려 했으나 한 대원이 훼방했다. 마쓰하라 신타로였다.

몸을 젖히면서 마쓰하라의 어깨를 찍었다. 마쓰하라가 비틀거리는 것을 오가사와라의 분대장 이마무라 와스케가 등 뒤에서 후려치고 다시 급소를 찔렀다.

곤도는 적의 수가 자꾸 불어나자 '퇴각!'을 호령하고 재빨리 배후의 솔밭 속으로 도망쳐 들어가 다시 사사고 고개를 향해 퇴각하기 시작했다.

사사고 고개에서 패잔병을 수습하여 더욱 공격해 오는 적에게 다시 일격을 가하려고 했으나 하라다 사노스케가 힘없는 얼굴로 말했다.

"그만두시죠."

"그래, 하치오지까지 물러갈까."

하치오지까지 물러가니 병력은 이미 50명이 될까말까했다.

"안 되겠군, 에도까지 물러간다."

여기서 '고요 진무대'를 해산시키고 신센조는 저마다 평복으로 갈아입고 삼삼오오 에도로 돌아가기로 하였다.

그 무렵, 도시조도 도카이도의 에도를 향해 달리고 있었다.

가나가와에서 원군을 거절당하자 이렇게 된 바에는 에도로 돌아가 전(前) 장군 요시노부에게 교섭하여 직접 병력을 빌려야겠다고 생각한 것이다.

물론 도시조는 고슈에서 곤도가 이미 패주하고 있으리라고는 꿈에도 생각지 않았다.

나가레야마(流山) 둔영(屯營)

"이거야 참패로군. 꿈, 꿈이다."
곤도는 간다 이즈미바시의 의학소에서 껄껄 웃었다.
목소리가 공허했다.
고향인 다마 사람들이 채소를 둘러메고 문병하러 온 것이다.
유리창에 3월의 햇살이 비치어 방안은 몸에서 쉰 냄새가 날 정도로 따뜻했다.
"고슈 막바지까지 가서 얻은 것이라곤 묵은 상처가 찢긴 것뿐이야. 관군이 그렇게 빨리 고후성에 들어가 있으리라고는 생각조차 못했어."
"관군 선봉은 벌써 후카야(深谷)까지 와 있다는 소문이던데요."
한 대원이 말했다.
사실이다. 관군 총독부에서는 에도성에 진격할 날을 3월 15일로 잡고 있었다.
이날 3월 7일. 에도의 명맥도 앞으로 얼마 남지 않은 형편이었다. 거기에 도시조가 초췌한 얼굴로 들어섰다. 에도로 도망쳐 온 곤도를 여기저기 물어서 찾아온 것이다.

"미안하네."

도시조는 고개를 떨어뜨렸다.

가나가와며, 에도며, 팔방으로 뛰어다니며 원군을 청했으나 끝내 한 명도 얻지 못했다.

"패전은 내 탓이야."

"아니야, 도시조."

곤도는 시세를 거의 체념하기 시작했다.

"그때 원군이 왔더라도 이미 때는 늦었어. 서쪽에서 밀려온 관군의 다리 쪽이 더 빨랐지. 걸음 싸움이니까 이 따위는 수치도 아냐."

이윽고 하치오지에서 뿔뿔이 흩어졌던 하라다 사노스케, 나가쿠라 신파치, 하야시 신타로, 마에노 고로, 주조 조하치로 등 신센조 동지들이 들이닥쳤다.

"무척 찾았습니다."

나가쿠라가 말했다.

재거(再擧)에 대해 의논을 하고 싶다는 나가쿠라와 하라다는 패전의 피로 같은 것은 조금도 없었다.

"오늘 저녁 해가 진 뒤, 후카가와 숲의 오쿠보 슈젠노쇼(大久保主膳正) 공의 저택에서 모였으면 합니다."

나가쿠라 신파치가 말했다.

'아니 이거, 어느새 나가쿠라와 하라다가 부대의 주도권을 잡았나.'

도시조는 속으로 불쾌했으나 다시 생각해 보니 부대 같은 것은 이제 아무데도 없다. 지금은 모두 개인으로 돌아가 버렸다. 개인이라고는 하나 나가쿠라와 하라다는 모두 '친위대' 신분으로 어엿한 도쿠가와 가문의 가신들이다.

"참석해 주시겠지요?"

나가쿠라가 다짐하니 곤도는 별반 꺼리는 눈치도 보이지 않고 가겠노라고 끄덕였다.

곤도와 도시조 두 사람은 그날 저녁 오쿠보 저택으로 갔다. 주인인 슈젠노쇼는 최근까지 교토의 시(市) 치정관이었던 사람이므로 곤도와 도시조도 잘 알고 있었다.

회합은 그 서원을 빌려서 가졌다.

이미 대여섯 명의 머릿수가 찼으므로 곤도는 '잘 왔네' 하면서 상좌에 앉앉다.
술이 나왔다.

이 무렵 전 장군 요시노부는 우에노의 간에이사(寬永寺)에 칩거하면서 오직 근신하는 태도를 보이고 있었다.

막부 내부의 항전파(抗戰派)에 불온한 움직임이 많다는 말을 들으면 때때로 타이르고 에도성 결전론(決戰論)의 수괴로 지목되는 해군의 에노모토 다케아키(榎本武揚), 육군의 마쓰다이라 다로에 대해서는 일부러 불러다가 '그대들의 언동은 나의 머리에 칼을 들이대는 것과 같다'고 만류시켰다.

그러나 옛 막신 유지들의 움직임은 전 장군의 만류 정도로는 막아내지 못하고 이미 지난 달 12일, 17일, 21일의 세 번에 걸친 막신 유지의 회합 결과 '창의대(彰義隊)'를 결성하는 단계에 이르고 있다.

전 장군 요시노부는 이들 도쿠가와 가신단의 움직임에 대하여 '무뢰한 장한(壯漢)들'이라는 말을 쓰고 있다.

한편, 관군에 대하여 에도 공격 중지를 탄원하기 위해 여러 가지로 손을 쓰고 있었다.

가쓰 가이슈(勝海舟), 야마오카 뎃슈(山岡鐵舟)가 요시노부의 뜻을 받아 관군 위안 겸 진정 공작에 착수한 것도 이 무렵이다.

일설에는 곤도 이사미에 대하여 막부 금고에서 5,000냥의 군자금을 지출해 주고 포 2문, 소총 500정을 대여하여 '고요 진무대'를 조직하게 하고 고슈 100만 섬이라는 미끼를 던져 주어 용약 에도를 떠나게 한 것도 가쓰의 공작이라고 한다.

"신센조에 대한 삿초토(사쓰마·조슈·도사)의 원한이 깊다. 그 작자들이 전 장군에 대해 충성을 다한다고 하면서 에도 안에 있는 한, 관군의 감정은 누그러지지 않는다. 쫓아버려야 한다."

이런 사정이 있었던 모양이다.

돌이켜 생각해 보면 조건이 지나치게 좋았다. 궁핍할 대로 궁핍한 구 막부에서 5,000냥의 거금이 쉽게 나왔다는 것도 이상하고 '고슈 100만 섬' 어쩌고 한 것도, 그렇게 언질을 주면 곤도가 좋아할 것 같다는 것을 요시노부나 가쓰도 꿰뚫어보고 있었던 모양이다.

이제 구막부에서 신센조의 이름은 짐이 되기 시작했다. 곤도와 히지카타를 막부 안에 끼고 있다는 것만으로도 도쿠가와 가문, 에도성, 나아가서는 에도 시민들에게 언제 무슨 변이 닥칠지 모른다고 할 수 있었다.

다시 이야기는 후카가와 숲의 오쿠보 슈젠노쇼의 저택 서원으로 돌아간다. 여기서 나가쿠라, 하라다 등 구 간부들은 곤도의 태도가 몹시 오만하다고 느꼈다. 사실 나가쿠라나 하라다에게는 구체안이 있었다.
"곤도님, 직참인 하가 요시미치(芳賀宜通), 이분은 후카가와 후유키 벤텐(弁天) 경내에 신도 무념류 도장을 갖고 있고 문하생이 많습니다. 이 하가 씨를 부디 합류시켜 한 부대를 조직하여 관군에 대항하자고 하는 겁니다."
나가쿠라가 말했다.
에도에 돌아오면 나가쿠라 신파치는 여간 안면이 넓지 않다.
돌이켜 생각하면 분큐 2년도 다 저물어 막부가 낭사를 징모한다는 소문을 듣고 온 것도 이 나가쿠라, 그리고 죽은 야마나미 게이스케, 도도 헤이스케였다.
나가쿠라는 하가 요시미치와 동료일 뿐만 아니라 친구이다. 나가쿠라 신파치는 마쓰젠번 탈번자이고, 이 하가도 본디는 마쓰젠 번사로 뒤에 직속 무사인 하가 가문에 양자로 들어간 자이다.
"어떻습니까, 히지카타님?"
"흐음."
도시조는 이런 때 의견을 말하지 않는다. 버릇이다. 그래서 음흉하다는 말을 많이 듣는다.
"곤도님, 어떻습니까?"
나가쿠라는 날카롭게 곤도를 바라보았다. 해당(解黨)하면 곤도는 대장도 아무것도 아니다. 단순한 동지의 한 사람에게 가신을 대하는 것 같은 태도를 취하는 곤도를 나가쿠라는 이제 용납할 수 없게 되었다.
곤도는 에도에 돌아온 뒤 실언한 일이 있다.
"자네들은 내 가신이나 다름없으니까."
그 한 마디에 산하(傘下)를 떠나간 교토 이래의 동지가 몇몇 있었다.
'그러니까 신당을 만들면 어디까지나 하가(芳賀)를 중심으로 하고 곤도와 히지카타를 객원(客員) 정도로 한다.'
나가쿠라와 하라다는 그렇게 생각하고 있었다.

"그 하가라는 사람은 어떤 사람인가?"

"인물입니다."

나가쿠라는 특별히 강조했다.

곤도는 마음속으로 귀찮게 느끼고 있었다. 이제 새삼스럽게 알지도 못하는 사람과 같이 일을 한다는 것은 아무리 생각해 보아도 마음이 무겁다.

그 기분이 말이 되어 나타나 공순론자(恭順論者)와 비슷한 의견을 토로하게 되었다.

"곤도님, 애석하지만 당신을 잘못 보았소."

하라다는 이것이 결별의 기회라고 생각하고 일어섰다.

"자아, 진정하게."

곤도는 만류하고 도시조에게 물었다.

"자네는 아까부터 말이 없는데, 어떻게 생각하나?"

도시조가 얼굴을 들었다. 무릎 위에서 술잔을 만지작거렸다.

"난 아이즈로 가겠네."

일동은 깜짝놀라 도시조를 보았다. 아이즈에 간다는 안(案)은 미처 그 누구의 머리에도 떠오르지 않았던 것이다. 아이즈는 아직도 사쓰마·조슈에 대한 강력한 대항 세력이었다.

"에도에서 싸운다는 것은 무리한 짓이야."

"무리한 짓이 아냐."

하라다는 크게 외쳤다.

노시조는 흘끔 하라다를 쏘아보고 말했다.

"자네는 싸우게나. 난 여기서는 아무리 싸워봤자 소용 없다고 봐."

며칠 전, 원군 의뢰 일로 뛰어다녀 보았기 때문에 몸소 그것을 알게 되었다.

막부 직속 무사에게는 싸울 뜻이 없다. 싸우려 하는 쪽도 전 장군의 '절대 공순'에 이끌려 충분한 행동을 취하지 못하고 있다.

"에도는 우리의 고슈행을 모르는 체했어. 사지에 몰아넣고서. 그런 곳에서 우군을 얻을 수 있을 리가 없어."

"그럼 히지카타님은 어떻게 하실 겁니까?"

"나가레야마(流山)."

"나가레야마?"

"시모우사는 부유한 고장이야. 나는 다소 알고 있지. 다행히도 막부령이고 하니까 여기에 둔영을 차리고 부근 고을에서 대원을 모집하여 그 수가 200정도 되면 오우(奧羽)로 간다. 오우는 산하가 메마른 곳이나, 병(兵)은 강하다. 서쪽 지방 여러 번에 대한 비판 또한 강할 거야. 사쓰마·조슈가 설사 에도성을 무너뜨린다 해도 오우의 단결 앞에는 이가 들어가지 않을 거야."
"도시조."
곤도가 놀랐다.
"무척 큰소리 치는군."
"그런가."
도시조는 술잔 가장자리를 쓱 문질렀다.
"그런데, 도시조."
"뭐야?"
"이길까?"
"이길지 못 이길지 해봐야 알지. 난 이제 승패는 생각 안 해. 다만 목숨이 부지되고 있는 한 싸우겠어. 이제부터 아마 나의 재미있는 생애의 막이 오를 모양이야."
"자네는 다마 강가에서 뛰놀던 그 시절부터 싸움꾼이었지."
"그렇지."
도시조는 조용히 잔을 내려놓고 하카마를 털면서 일어섰다.
"하라다 군, 나가쿠라 군. 시국이 이리 뒤집혔으니 신센조도 시국을 따라야지. 사람은 누구나 의견이라는 것이 있어. 교토 시절에는 나는 모두의 의견을 무시하고 신센조를 강화하는 일에만 온갖 정열을 기울였어. 그 신센조가 없어졌으니 헤어지는 거지."
도시조는 하라다의 어깨를 두드렸다.
하라다는 갑자기 맥이 풀렸다.
"모두 자기의 길을 가는 거야."
도시조는 서슴없이 현관으로 나갔다. 그 뒤를 곤도가 따라왔다.
밤 거리를 걸으면서 곤도가 말했다.
"도시조, 또 나와 자네만 남았다."
"아니, 오키타 소지가 있네."

"흐음, 소지. 결국은 천연이심류 셋이란 말인가. 후시미에서 싸우다 죽은 이노우에 겐사부로가 있었으면 네 명."

"하지만 소지는 병자이고 이노우에는 죽었어."

"그러니까 나와 자네뿐이야."

별이 총총하다.

곤도는 별을 향해 커다란 입으로 웃었다. 애당초 도로아미타불의 곤도와 히지카타가 된 셈이다.

"해보는 거야. 자네가 대장이다. 내가 부장."

"대원이 모일까?"

곤도는 내키지 않는 모양이었다. 그는 도바·후시미 싸움에는 참가하지 않았으므로 고슈에서 비로소 근대전을 체험했다. 더욱이 곤도로서는 최초의 패전이었다. 그런 뒤로 몹시 낙담하고 있었다.

'이 사람은 역시 난세의 영웅이다.'

도시조는 빈정대는 눈길로 곤도를 바라보았다.

"나는 싸움꾼인 모양이니까 갈 데까지 가야겠지만 곤도님은 싫으면 안 가도 돼."

"아냐, 가겠어."

갈밖에, 어디에 안주할 자리가 있단 말인가. 지금 세 갈래로 나뉘어 노도처럼 밀려오고 있는 관군의 어느 참모의 뇌리에도 지난 날의 신센조에 대한 복수의 의지가 불타고 있으리라.

"땅 끝까지 가는 거야."

도시조는 기운차게 웃었다. 에도가 자기들과 더불어 싸워 주지 않는다면 싸워줄 장소를 찾아가는 것이 이제부터의 자기와 곤도의 생애가 아니겠는가.

"도시조, 시 한 수 어때?"

곤도가 갑자기 화제를 돌렸다.

도시조는 잠깐 아무 말이 없다가 이윽고 탁 하고 돌멩이를 걷어찼다.

"교토 시절에는 그런대로 됐었지……. 공용으로 나가는 길, 밤하늘에 걸린 달이여."

"하하하, 생각난다. 도성 안의 모든 길목이 나와 자네의 칼에 온통 떨었었지."

"앞으로도 떨 거야."

"그렇게 됐으면야."

곤도도 돌을 하나 찼다. 이렇게 나란히 밤길을 걸으니 어쩐지 어린 시절로 되돌아간 것 같은 기분이 들었다.

그 뒤, 며칠 동안 곤도는 에도에 있었다. 도시조는 나가레야마로 달려가 둔영 준비를 하였다.

곤도는 막부 창고에서 긁어 낼 만큼의 총기를 긁어모으고 아사쿠사 단자에몬의 힘을 빌려 인부를 모집한 뒤 수송부대를 나가레야마로 보냈다.

이번에도 돈이 나왔다. 2,000냥이었다.

여기에는 곤도도 감격했다. 도쿠가와 가문이 자기들에게 가지고 있는 기대와 감사의 크기를 느꼈던 것이다.

'기어코 해내야지.'

곤도는 생각했다.

옛 대원들도 의학소에 곤도가 있다는 말을 듣고 몇 명이 찾아왔다. 전에 3번대 대장으로 검술이 신센조 굴지라고 일컬어진 사이토 하지메.

평대원으로는 오사카 낭인 노무라 도시사부로.

곤도, 도시조와 같은 고향이고 게다가 히지카타 집안과 인척 관계되는 마쓰모토 스테스케.

이들이 모두 눈을 빛냈다.

"나가레야마에서 재기하는 겁니까?"

대기(隊旗)도 준비했다. 붉은 나사지에 '성(誠)' 자를 희게 뽑은 것인데 도바 후시미 싸움의 초연(硝煙)으로 몹시 더러워졌다.

"그건 고리짝 속에 간수해 둬."

곤도가 말했다. 앞으로 관군에게 신센조라는 것을 밝히는 것이 득책일 수는 없었다.

"아뇨, 세웁시다."

사이토가 말했다. 사기(士氣)가 다르고 무위(武威)도 다르다. 에도 밖의 일각에 신센조의 깃발이 펄럭이는 것은 간토 남아의 사기를 북돋우는 일이 아닌가.

"아니, 넣어둬."

사흘째 되는 날 출발했다. 곤도는 말을 타고, 고삐잡이는 교토 이래의 주스케다. 스미소메에서 죽은 히사키치(久吉)로부터 2대째 고삐잡이였다.

센주(千住) 대교를 건너면 이미 무사시가 아니다. 시모우사의 들판이 펼쳐져 있다.

이윽고 마쓰도(松戶) 주막거리(驛宿).

막부가 시작된 뒤로 이곳을 미토(水戶) 한길의 요충이라 하여 검문소를 두고 있다. 주막거리는 에도의 소비지를 끼고 있는 근교의 취락(聚落)이므로 인구는 5,000, 번화한 거리다.

곤도가 이 거리에 들어서니 언제 어디서 알았는지 마쓰도의 주막거리 관원(官員)을 비롯하여 그 고장 사람들이 50여 명, 주막거리 입구에서 맞아주었다.

여관에서 점심을 먹고 있으려니까 나가레야마 쪽에서도 속속 마중하는 인원이 들이닥쳐 삽시간에 200여 명 가량의 군중이 봉당, 처마밑, 길가에 넘쳤다.

물론 나가레야마에 선착한 도시조의 배려에 의한 일이지만 화려한 것을 좋아하는 곤도는 완전히 기운을 회복했다.

"나가레야마는 가까운가?"

그쪽에서 온 사람에게 물어 보았다.

"아뇨, 바로 저깁니다. 둔영에서는 나이토(內藤 : 도시조의 다른 이름) 선생께서 기다리고 계십니다."

이 고장 농부들이지만 모두 씩씩하다. 도시조가 꽤나 부추겨 놓은 모양이다.

결 별

시모우사의 나가레야마는 에도에서 보면 귀문(鬼門) 방향에 해당된다.

'도시조가 하필이면 에도의 귀문 쪽에 진지를 쳤단 말인가.'

곤도는 풍수설(風水說) 같은 것은 따지지 않는 사람이지만 마쓰야마에서 나가레야마로 말을 타고 오면서 내내 그 일이 마음에 걸렸다.

길이 좁다. 말 한 필이 겨우 지나갈 정도의 길로, 양 옆에 민들레가 피어 있었다.

"하나 꺾어다오."

주스케에게 말했다.

주스케가 달려가 민들레 한 떨기를 꺾어 곤도에게 주었다.

눈이 아프도록 노랗다.

"…………"

곤도는 그것을 입에 물고 말에 흔들리며 갔다. 민들레 줄기에서 흐르는 즙이 약간 쓴 것 같았다.

"주스케, 이 고장을 어떻게 생각하느냐?"

"아주 넓군요."

말고삐를 잡으면서 시모우사 들판 한 가운데서 어깨를 움츠렸다. 산이 없는 허허벌판은 사람의 마음을 묘하게 움츠러들게 한다.

전원(田園) 여기저기에 오리나무가 심어져 있다. 변화라고 하면 그 정도라고나 할까.

나가레야마 거리 한가운데에 높직한 구릉이 있다. 지명은 아마도 거기서 온 것이리라.

거리 서쪽을 에도강이 흐르고 있다. 교토쿠(行德), 세키야도(關宿), 상류 하류의 도네강(利根川)으로 가는 나루터이기도 하다.

"모기가 많은 고장이군."

말을 탄 곤도의 얼굴에 모기가 덤벼든다.

모기가 많은 것은 물이 많은 고장이기 때문일 것이다. 그런데 무엇보다도 이 거리는 술과 미림(味醂 : 조미술)의 산지로 온 거리 여기저기에 커다란 술창고가 있다. 술냄새에 홀려 모기가 덤벼드는 것이 아닐까.

곤도는 이 고장에서 '나가오카(長岡) 주점'이라고 불리는 커다란 저택 문 앞에서 말을 내렸다.

표찰이 붙어 있었다.

'오쿠보 야마토 숙소(大久保大和宿所).'

도시조가 내건 것이리라.

곤도는 문 안으로 들어갔다.

노시소가 영섭하며 별채로 안내했다.

그 고장 유지들이 인사하러 왔다가 돌아갔다.

"도시조, 어마어마한 저택이군."

곤도가 열어젖힌 장지문 저쪽을 내다보며 말했다.

부지가 3,000평은 되는 것 같았다. 그 안에 목조 창고가 몇 동이나 들어서 있었다.

"광은 몇 개 있나?"

"세 동. 한 동이 50평에서 300평 정도니까 대원을 수용하기에는 썩 좋아. 저쪽의 한 동, 저건 2층인데 그걸 쓰기로 했지."

막사로서는 더할 나위 없는 건물이다.

"그런데 도시조."

곤도는 손등에 앉은 모기를 탁 치며 시름없이 말했다.
"모기가 많은 고장이야."
"이 언저리는 벌써 다 모기장을 치고 있어. 술을 먹고 자란 모기라 에도 모기보다 갑절은 커."
도시조는 기세 좋게 오른쪽 뺨을 때렸다.
살갗에 조그맣게 피가 맺혔다. 그것을 곤도는 물끄러미 바라보면서 쓴웃음을 지었다.
"물렸군."
신센조도 지금은 이 물이 흔한 고장에서 모기들한테 뜯기고 있다.
그것이 우스웠던 모양이다.
병력은 예상 외로 많이 모였다.
줄잡아 300여 명. 물론 그 일대 농촌 출신의 젊은이들이다. 각자의 이름을 지어 주고 총기와 대소도를 휴대하게 했다.
도시조는 일동에게 미니에 총의 조작과 사격을 가르치고 곤도는 검술법을 가르쳤다.
300년 동안 잠자듯이 조용하던 이 고을이 갑자기 떠들썩해졌다.
날마다 사격 훈련하는 총소리가 들리고 곤도의 무서운 기합 소리가 '나가오카 주점'에서 흘러나와 고을 사람들은 두려워서 얼씬도 하지 않았다.
"도시조, 관군이 에도를 포위했다는군."
곤도가 이렇게 말한 것은 무진년 3월 15일의 일이다.

관군 대총독부는 이미 도카이도의 주막거리들을 평정하고 슨푸(駿府)에 있었다.
다시 곤도 등을 고슈(甲州)에서 추격하는 도산도(東山道) 선봉 부대는 도사번사(土州藩士) 이타가키 다이스케(板垣退助)의 인솔 아래 3월 13일, 이타바시에 도착하여 에도 공격의 명령을 기다렸다.
에도 공격 예정 날짜는 일찍부터 3월 15일 첫 새벽으로 작정되어 있었다.
그런데 관군의 사쓰마 출신, 사이고 기치노스케(西鄕吉之助)와 막신(幕臣) 가쓰 가이슈(勝海舟) 사이에 에도성의 평화 수수(平和授受) 교섭이 순조롭게 진행되어 공격이 무기한 연기되었다.
에도의 치안은 가쓰에게 일임하기로 하고 관군은 그 주변에 주둔했다.

최대 병단(兵團)의 하나는 이타바시를 본영으로 하는 도산도 선봉 부대였다.

"나가레야마에 막부군이 있다."

그것을 알게 된 것은 3월 20일이 지나서였다.

밀정을 풀어 조사하게 했던 바 병사 수는 대략 300명인데, 모두 농사꾼 출신들이었다.

다만 지휘관은 그 복장으로 미루어 직속 무사인 듯했다. 수령의 이름은 오쿠보 야마토.

"그거 고슈에서 맞닥뜨렸던 그 놈 아닐까?"

총지휘관인 이타가키 다이스케가 말했다. 무감에도 올라 있지 않은 막신의 이름이다.

"곤도구나."

이 관측은 일치했다.

그 까닭은 이 도산도 부대가 고슈 가쓰누마에서 오쿠보 야마토를 격파한 뒤 고슈 대로를 진격하여 지난 11일에 무사시 하치오지 주막거리에 들어갔다. 거기 요코야마 거리의 여관 '야나세야(柳瀨屋)'를 이타가키 다이스케의 본영으로 삼고 패잔병 수색을 단행했다.

"이 부근은 신센조의 발상지이다."

이것은 관군의 상식으로 되어 있었다.

특히 천연이심류의 보호자이고 도시조의 매형인 히노 주막거리의 촌장 사토 히코고로에 대한 추궁은 혹독했다.

이 집안은 관군의 내습과 더불어 모두 도망쳐 풍비박산되었다. 각기 다마 일대의 친척집을 전전하고 있기 때문에 좀처럼 소재를 파악할 수 없었다.

히코고로의 아들 사토 겐노스케는 이 때 19세로 남의 검술 보호구에서 감염된 옴 때문에 보행조차 곤란한 형편에 놓여 있었다.

일단 아와노스의 친척집에 있다가 다시 이웃 마을 우쓰기(宇津木)로 산을 타고 도망쳐 농가 벽장에 숨어 있었다. 그러나 때마침 들이닥친 관군 수색대에게 발각되었다.

사토 겐노스케는 하치오지 본영에서 조사를 받았다.

요컨대 아버지 사토 히코고로의 행방이 심문의 초점이었다. 겐노스케는 모른다고 했다.

취조관은 3명으로 그 중의 두 사람은 지독한 사쓰마 사투리여서 잘 알아들을 수 없었다. 나머지 한 사람의 말은 알아들을 만했다. 도사변의 다니 모리베였다.

다니의 취조는 집요하기 그지없었다. 다니도 그렇고, 총참모장인 이타가키도 그렇고, 여하간에 도사번사들은 신센조에 대하여 이상할 정도의 증오심을 품고 있었다. 교토에서 동번 번사가 신센조의 손에 무수히 목숨을 빼앗겼다. 특히 사카모토 료마를 암살한 것은 신센조라고 그들은 믿고 있었다.

"네 아비, 히코고로는 어디 있느냐?"

이것이 첫째 질문이었다. 히코고로를 찾아냄으로써 곤도와 도시조의 소재를 알자는 것이 목적이었다.

둘째 심문은 '히코고로와 곤도 이사미, 히지카타 도시조는 어떤 관계인가?' 셋째는 '히노 주막거리의 총기의 유무', 넷째는 '히노 주막거리 및 부근 일대의 주민은 전에 곤도 이사미에게서 검술을 배웠다는데 검객의 인원수는?' 등이었다.

그 네 조항을 되풀이하여 질문하고 그런 뒤에는 광에 감금했다가 이튿날 오후 뒤뜰 짚방석 위에 꿇어앉혔다.

겐노스케가 훗날 남긴 이야기로

'앞 장지문이 좌우로 열리고 엄하게 옷차림을 갖춘 한 사내가 나타났다. 번병이 작은 목소리로 머리 숙여, 하고 말했다. 넙죽이 머리를 조아렸다. 그 인물이 이타가키 다이스케였다.'

이타가키는 겐노스케를 병자라고 보고 별로 심문은 하지 않았다. 다만 한 가지만 물었다.

"오쿠보 야마토, 나이토 하야토가 출진할 때 너의 집에서 점심을 먹고 향당을 만나 보았다는데 그게 참말이냐?"

같은 질문을 어제도 받았다. 그때는 '곤도와 히지카타는?'이라고 물었었다.

오늘은 '오쿠보와 나이토는?'이라고 이타가키는 바꾼 이름을 무심한 듯이 썼다. 겐노스케는 그만 말려들어 '그렇습니다'라고 대답했다.

그리하여 이 바꾼 이름의 주인공이 누구인지 관군은 알게 되었다.

그자들이 나가레야마에 포진하고 있다고 한다.

이타바시의 관군 본영은 발칵 뒤집혔다. 이 도산도 선봉군이 만약 도사병을 주력으로 하고 있지 않았더라면 이렇게 야단 법석을 떨지는 않았을지도 모른다.

"교토의 복수다."

흥분이 영내에 흘러 넘쳤다.

관군의 부참모격으로 천황기 담당관인 가가와 게이조(香川敬三)라는 인물이 있었다. 원래는 미토 번사였는데 교토 소고쿠사(相國寺) 근무를 맡으면서 조슈와 도사의 과격지사(過激志士)와 빈번한 교제를 가졌다. 이윽고 탈번하여 도사번의 낭사대인 육원대(陸援隊)에 투신했다.

육원대 대장은 해원대장(海援隊長) 사카모토 료마와 더불어 횡사한 나카오카 신타로였다.

나카오카가 죽은 뒤 부대의 지휘는 도사 탈번자 다나카 아키스케가 맡고 가가와는 부장격이 되었다. 도바 후시미의 전투 때는 토막군의 별동대로 고야산(高野山)에 포진하여 기이번을 눌렀다.

가가와는 여우라는 별명으로 불렸고 성격이 음험하여 막부 말엽부터 쭉 같이 일한 도이인 다나카 마쓰아키조차 유신 뒤에는 사이가 벌어져 다나카는 가가와가 죽기까지 말도 걸지 않았다.

그 가가와가 이타바시가 있는 본영에 청원했다.

"신센조 토멸대에 참가시켜 주었으면 합니다. 나카오카의 원수를 갚고 싶습니다."

당연한 청원이었다.

그런데 이 사내는 부대를 지휘할 능력이 없었다.

사쓰마 인 아리마 도타(有馬藤太)가 병력 300을 이끌고 토벌하기로 하고 가가와는 그 부대 부속으로 참가했다.

아리마 부대가 숙영지인 센주(千住)를 떠난 것은 4월 2일 첫새벽이다.

아리마는 이 센주 부근에 나가레야마에서 빈번하게 밀정이 들어오고 있다는 것을 알고 있었다.

그래서 자기 부대를 속이고 사병들에게 말했다.

"고가(古河)로 간다."

그날 밤 센주에서 일박한 뒤, 그 이튿날은 가스카베에서 묵었다.

그 이튿날, 갑자기 군을 돌려 남하시켜 마침내 도네강(利根川) 서쪽 기슭에 이르렀다.

병사들이 놀라서 물으니 아리마는 강 건너의 나가레야마를 가리키며 말했다.

"저기를 공격한다."

곧 근방의 농가와 어가(漁家)에서 배를 징발하여 신속하게 강을 건너 둑 밑에 집결했다.

아침 9시쯤이다.

나가레야마 마을에서 그 상황편을 먼저 알게 된 것은 거리의 서쪽을 경비하고 있던 몇 명의 사병이었다.

지체 없이 사격했다.

그러나 사정 거리가 미치지 않았다. 게다가 관군 측은 조용한 가운데 한 방도 응사해 오지 않았다.

"도시조, 총소리가 아닌가?"

곤도가 말했을 때 경비병이 달려들어와 적이 쳐들어왔다고 알렸다.

"좋아, 보고 오겠네."

도시조는 마구간으로 뛰어가 말에 올라타자마자 마을의 좁은 길을 이리저리 빠져서 마침내 마을 서쪽 변두리까지 왔다.

'아아, 과연.'

멀리 둑 근방에 관군의 그림자가 빈번하게 출몰하고 있었다.

인원수 500명을 확인한 다음, 도리어 이쪽에서 급습할 생각을 가지고 본영으로 돌아와 외쳤다.

"모두 본진 뜰에 모여라."

바로 앞에 있는 곤도의 방문을 마루 끝에서 손을 뻗어 열었다.

"웬일이야?"

도시조는 놀랐다.

곤도는 평복으로 말끔하게 갈아 입고 있었다.

"도시조, 관군 본진에 가보고 오겠다. 우리는 천황기에 대적하려는 사람이 아니라는 것을 해명하고 오겠다."

"자네 돌았나?"

"돌기는. 지난 며칠 동안 생각했어. 아무래도 지금이 고비다."
"고비라니?"
곤도는 대답하지 않았다. 대답하면 말다툼이 된다는 것을 알고 있었다.
곤도는 흰 끈의 조리를 신었다.
"말하면 알아듣겠지."
곤도는 관군을 대단찮게 보고 있었다. 설마 신센조 대장 곤도 이사미의 정체가 탄로났으리라고는 상상조차 하지 못했다.
나가레야마 둔영 부대는 요컨대 도네강 동쪽 기슭의 치안 유지 때문에 주둔하고 있다고 해명하면 된다.
가당치 않은 말이라고 관군이 반대하면 해산하면 그만일 뿐 그 이상의 엄한 문책은 있을 까닭이 없었다.
왜냐하면 에도 시내의 치안 유지를 하는 데도 관군은 '창의대'를 반쯤 공인하다시피 하여 일임하고 있는 형편이었다.
'나가레야마에 모인 부대도 마찬가지가 아닌가.'
곤도는 이렇게 가볍게 생각한 것이다.
"안 돼, 덫에 걸리러 가는 거야."
도시조가 말했다.
"아냐, 문제없어. 그리고 도시조."
곤도가 말을 이었다.
"나는 오랫동안 늘 자네 의견을 따랐어. 어디 이번 한번만큼은 내 생각대로 하게 해 줘."
곤도는 미소를 지었다. 그 표정은 도시조가 아직 도달해 본 적이 없는 평화로운 것이었다.
"금방 올 거야."
곤도는 부하 둘을 데리고 문을 나섰다.

관군 진지로 쓰고 있는 농가까지는 한 줄기 논두렁길이 뻗어 있었다.
곤도는 부하 두 사람의 선도를 받으면서 천천히 풀을 밟았다.
이윽고 잡목 울타리를 둘러친 농가 앞에 이르렀다. 관병이 총을 들어 가로막자 곤도가 말했다.
"군사(軍使)다."

그리고 대장을 만나러 왔다고 했다.
이윽고 안으로 안내되었다.
"오쿠보 야마토입니다."
곤도가 말했다.
아리마는 사쓰마인다운 부드러운 말투로 용건을 물었다.
곁에 가가와 게이조가 있었다.
아리마도 가가와도 곤도의 얼굴을 알지 못한다. 그러나 그 특이한 풍모는 들어서 알고 있었다.
"틀림없다."
가가와의 눈에서 파란 불꽃이 튀었다.
"아침에……."
곤도는 말을 이었다.
"관군인 줄 모르고 부하들이 무례하게도 발포했습니다. 사죄를 하러 왔습니다."
"무례를 저질렀다고? 하기야 사정도 있겠으나 해명은 수고스럽겠지만 가스카베에 있는 본진에 가서 들어야겠소. 그리고 곧 총기를 내놓으시오."
"잘 알겠습니다."
대답한 곤도의 마음속을 도시조는 모른다.
"일단 돌아가서."
곤도는 돌아왔다.

도시조는 몹시 화가나서 만류한 끝에 마침내 눈물까지 흘렸다.
"안 돼, 안 된다니까. 아직 오우가 있다."
도시조는 몇 번인가 부르짖었다. 마지막으로 공격적으로 말했다.
"자네는 일이 잘 될 때는 신바람을 내고, 내리막길이 되면 사람이 홱 바뀐 것처럼, 일이고 뭐고 다 내던져버리는군."
"그래."
곤도는 수긍했다.
"적도라는 이름을 남기고 싶지 않아. 나는 자네와는 달리 대의명분을 알고 있어."
"관군이고 적도고 모두가 일시적인 거야. 하지만 사내로서 항복은 수치가 아닌가. 고슈 100만 섬을 차지하러 간다고 우쭐거리던 그때의 자네로 되돌아가주게나."

"때가 늦었어. 우리들 위를 지나가버렸다구. 곤도 이사미도 히지카타 도시조도 낡은 시대의 고아가 됐네."

"아니야."

도시조는 눈을 부릅떴다. 시류 따위는 문제가 아니다. 승패(勝敗)도 논할 것이 못 된다. 사내는 자기가 생각하고 있는 아름다움을 위해 목숨을 바쳐야 한다고 도시조는 설득했다.

하지만 곤도는 조용하게 말했다.

"나는 대의명분에 승복하는 것에서 아름다움을 느낀다. 도시조, 우리는 서로 오랜 동지였지만 막바지에 와서 의견이 갈라지는 것 같군. 무엇에서 아름다움을 느끼는가에서."

"그러니까 도시조."

곤도는 말을 이었다.

"자넨, 자네의 길을 가게. 나는 내 길을 가겠네. 여기서 헤어지자."

"헤어지지 않겠어. 데리고 가겠어."

도시조는 곤도의 팔을 잡았다. 소나무 밑동처럼 탄탄했다.

흔들어 뿌리칠 줄 알았는데 곤도는 뜻밖에도 도시조의 그 손을 어루만졌다.

"신세 많이 졌네."

"여봐!"

"도시조, 자유롭게 놓아주게. 자넨 신센조의 조직을 만들었어. 그 조직체의 우두머리인 나도 자네가 만들어 냈어. 교토에 있었던 곤도 이사미는 지금 생각하니 그건 내가 아니었던 것 같아. 이제 그만 놓아주는 게 어떨까?"

"............"

도시조는 곤도의 얼굴을 바라보았다.

멍한 얼굴이었다.

"가겠네."

곤도는 마당에 내려섰다. 그 길로 술광에 가서 대원들에게 해산을 명령하고 다시 교토 이래의 대원 몇 명을 모아 놓고 말하고 나서 다시금 문을 나섰

결별 313

다.
"모두 자유롭게 행동하라. 나도 자유롭게 행동하겠다. 모두에게 신세가 많았다."
도시조는 쫓지 않았다.
'난 할 테다.'
'딱' 하고 자기 얼굴을 때렸다. 다리가 검은 모기가 으깨어졌다.

오토리 게이스케

이야기는 바뀐다.

게이오 4년(메이지 원년 : 1868) 4월 10일의 일이다.

그 한밤중의 2시라고 하니 정확하게 말하면 11일이다.

스루가다이(駿河臺)의 직속 무사 저택 대문에서 빠져나온 검은 그림자가 있었다.

셋.

하나는 종복인 모양인지 고리짝을 메고 있었다. 한 사람은 솜옷을 입은 장사.

나머지 한 사람은 이 직속 무사 저택의 주인으로 나이는 36세 가량, 검정 비단 문복(紋服)에 비단 하카마를 걸쳤으며 삿갓을 쓰고 우산을 높직이 받쳐들었다.

전날밤부터 내리는 비가 그치지 않고 있었다.

"기무라 군, 날씨가 좋지 않은 날에 출진하게 됐구나."

직속 무사는 쓴웃음을 지었다.

그 뒤로는 아무 말도 하지 않고 쇼헤이 다리(昌平橋)를 건넜다. 아사쿠사

후키야마치를 거쳐 오카와 다리를 지나 이윽고 고우메 마을의 고쿠라암(小倉庵)까지 왔다.

"이 근방이 집합소라고 그랬는데 기무라 군, 저기 두부집에 가서 물어봐라."

두부집이라면 벌써 일어났을 것이다.

문하생인 듯한 기무라가 뛰어갔다가 곧 돌아왔다.

"모른다고 합니다."

"이상한데. 양복을 입은 사내가 4, 5백명이나 모이는데. 이웃에서 모를 까닭이 없잖아. 경비원을 깨워 봐."

직속 무사는 빗속에서 기다렸다. 안색이 맑고 이마가 넓으며 콧날이 우뚝 솟은 훤칠한 미남자이다.

경비원 초소에서는 막부의 보병복을 입은 사람들이 대여섯 쓰러져 자고 있었다.

기무라가 깨우자 그들은 후다닥 일어났다.

"이거, 기다리고 있다가 그만 졸려서……."

"선생께서 밖에서 기다리신다."

"그렇습니까?"

보병들은 나와서 '선생'이라는 인물에게 프랑스식 경례를 했다.

"흐음."

선생은 턱을 끄덕였다.

"안내하겠습니다. 저기 호온사(報恩寺)입니다."

빗속을 걷기 시작했다.

선생이란 막부의 보병대장 오토리 게이스케(大鳥圭介)였다.

유신 때 반정부 전투에 참가한 대부분의 막신과 마찬가지로 그도 직속 무사는 아니었다.

하리마 아코(赤穗)의 시골 의사의 아들이다.

오사카의 오가타다 고안(緖方洪庵)의 사숙에서 화란학(和蘭學)을 배우고 특히 화란식 육군에 흥미를 가지고 군제, 전술, 교련, 축성술 등을 번역하는 동안에 막부의 인정을 받아, 2년 전 게이오 2년에 막부의 직속 무사로 발탁되었다. 이 막부를 후원하는 프랑스 황제 나폴레옹 3세가 보병·기병·포병·공병 관계의 장교 20여 명을 군사 교사단으로 파견했으므로 이 훈련을 받았다.

 이윽고 오토리는 막부의 보병대장으로 선임되어 프랑스식 보병을 지휘하게 되었다.

 그러나 막부는 무너졌다.

 "바보같이."

 누구보다 분개한 것은 오토리 등 프랑스식 막부군의 장교들이었을 것이다. 그들은 누구보다도 막부군의 신식 육해군의 장비로 사쓰마·조슈에 충분히 대항할 수 있다는 것을 알고 있었다.

 육군의 마쓰다이라 다로, 해군의 에노모토 다케아키가 끝까지 에도성의 문을 열어주는 일에 반대한 것은 당연한 일이었을 것이다.

 그들 육해군 장교는 은밀하게 에도 농성을 계획했으나 우에노에 근신 중인 전 장군 요시노부가 그것을 알고 마쓰다이라 등을 불러 설득했다. 농성은 중지되었다.

 "경들의 무력 행위는 내 머리에 칼을 겨누는 것과 같다."

 그리하여 그들은 에도성을 넘겨주기 직전에 에도를 탈출하기로 결정하고 또한 실행했다.

 오토리 게이스케가 스루가다이의 저택을 나와 무코지마의 비밀 집합 장소로 간 것도 그 때문이었다.

 되풀이하여 말하지만 이날은 4월 11일.

 해는 아직 떠오르지 않았다.

 아침이 오고 정오가 되면 에도성은 관군 수령사(受領使)에게 넘겨주기로 되어 있었다. 그 직전에 막부 보병부대는 대거 에도를 탈주하기로 했던 것이다.

 호온사에는 장교 3, 40명, 보병, 4, 5백명이 모였다.

 보병대장 오토리는 당연히 그 사령관이 되었다. 부하 보병의 수는 갈수록 불어날 것이다.

 이른 새벽에 무코지마를 출발.

 진흙길을 행군하여 이치카와(市川)로 향했다. 이치카와에는 그밖에 전 막부 무사, 아이즈번사, 구와나번사 등이 모여 있을 터이며 이와 합류할 예정으로 있었다.

 이치카와 나루터에 이르렀을 때 전 막부 무사 오가사와라 신타로가 배를 준비하고 마중나와 있었다.
 배 안에서 오가사와라는 의기충천하여 오토리의 귀에다 대고 말했다.
 "신센조의 히지카타 도시조도 와 있습니다."
 "호오, 그래?"
 오토리는 웅얼댔으나 애써 태연한 척하려는 눈치였다.
 오가사와라는 알아차리지 못했다.
 "그분을 소생은 멀리서만 뵈었지만 역시 교토 변란, 도바 후시미 싸움 등 숱한 칼날과 총알 속을 헤쳐 온 만큼 눈빛이나 몸놀림이 예사롭지 않은 데가 있는 것 같았습니다."
 "............"
 오토리는 도시조에게 호의를 갖고 있지 않았다.
 사소한 일로 감정이 비꼬였다. 도시조가 나가레야마에서 에도로 돌아왔을 때 사실 성안에 있는 구 막신들은 한결같이 생각했다.
 "또 돌아왔는가?"
 구 막신 중에서도 특히 가쓰 가이슈나 오쿠보 등은 공순개성파(恭順開城派)였던 만큼 신센조가 에도성 안에 있는 것은 관군과의 화평 교섭에 지장이 있다고 하여 별반 좋아하지 않았다. 그렇기 때문에 고슈 출격, 나가레야마 둔영에 거액의 군자금을 주었던 것이다.
 탈주하는 항전파도 대부분 서양식 막부군의 장교인 만큼 이 검객단(劍客團)과는 기질이 달랐다. 신센조는 교토에서 너무나 많은 사람의 목을 베었다. 도살자와 같은 일종의 무시무시함이 있었다.
 도시조가 에도에 돌아왔을 때 오토리는 아주 의례적으로 도시조에게 말했다.
 "곤도님이 붙잡혔다구요. 안됐습니다."
 도시조는 흘끔 오토리를 쳐다보았을 뿐 잠자코 있었다.
 오토리는 화가 났다. 그러나 한편 야릇한 위압감을 느끼고 있었다.
 도시조는 성 안에서도 곤도에 대한 말은 하려 들지 않았다. 오랜 세월을 일심동체로 글자 그대로, 함께 풍운 속을 헤쳐온 맹우의 너무나도 무참한 말로를 생각하면, 그것을 화제 삼아 남에게 말할 마음이 들지 않았으리라.
 오토리는 그런 속사정은 모른다.
 '흉물스러운 놈.'

이렇게 생각했다.

배 안이었다.

오가사와라 신타로는 그러한 오토리의 감정은 더욱 알지 못한다.

"보병들은 저것이 신센조의 귀신 히지카타인가, 하면서 여간 인기가 높지 않습니다. 그 분의 참가로 사기가 오르고 있습니다. 역시 당대의 영웅이라고 해야겠지요."

"그는 검객이야."

오토리는 씹어뱉듯이 말했다. 그 말투에 오가사와라 신타로는 깜짝 놀라 오토리를 바라보고 입을 다물었다.

사실 이치카와에 모인 막사 사이에서 오토리를 총지휘자로 삼을 것인가, 히지카타를 수령으로 할 것인가, 얼마 동안 화제가 되었던 것이다. 어쨌든 오토리가 히지카타에게 호감을 갖고 있지 않다면 이것은 앞으로 문젯거리가 될 지도 모른다고 생각했다.

이치카와 주막거리에 들어가자 에도를 탈주한 막부 무사, 보병 등 1,000여 명이 여관과 사원을 점령하고 있어 이만저만한 소란이 아니었다.

오토리 게이스케는 인솔하고 온 부대에게 점심을 먹게 하고 자기는 부대를 떠나 오가사와라 신타로의 안내로 사원에 들어갔다.

"여기가 본영입니다."

오가사와라가 말했다.

본당에 들어가니 사람의 훈기가 훅 밀려왔다. 몇몇 주모자가 불단을 등지고 신분 차례대로 늘어앉아 있었다.

이 좌중에서 가장 신분이 높은 사람은 근위부대 대장 히지카타 도시조이다.

문복을 입고 묵묵히 상좌에 앉아 다른 사람과는 다른 분위기를 만들어 내고 있었다. 담소에도 끼어들지 않았다.

그들의 면면은

막신(幕臣) 히지카타 도시조, 요시자와 유시로(吉澤勇四郎), 고스가 다쓰노스케, 아마노 덴시로(天野電四郎) 등.

아이즈번사 쓰네사와 유키(垣澤勇記), 아마자와 세이노신(天澤精之進) 등.

구와나 번사 다쓰미 간사부로(立見鑑三郎), 스기우라 히데토(杉浦秀人) 등이다.

막신 아마노 덴시로는 오토리와는 구면이었다.

"아아, 기다리고 있었소. 어서 이리로."

그는 오토리를 히지카타 도시조의 윗자리에 앉히려고 하였다. 약간 격이 높으므로 당연한 일이지만 오토리는 예의 바르게 사양하는 몸짓을 하였다.

도시조는 오토리를 보았다.

"어서 앉으시오."

낮게 말했다. 말려들 듯이 오토리는 지시된 자리에 앉았다. 앉고 나서 도시조에게 지시를 받은 것 같은 불쾌감을 느꼈다.

회의가 열렸다.

우쓰노미야(宇都宮)를 진격한다는 것은 이미 기정 사실이 되어 있었다.

"오토리님."

아마노 덴시로가 말했다.

"지금 이치카와에 모여 있는 것은 전초대대 700명, 제7 연대 350명, 구와나 번사 200명, 토공병(土工兵) 200명, 거기에 당신이 인솔한 부대를 합치면 2,000여 명이 됩니다. 그리고 대포가 2문."

"대포가 있습니까?"

오토리가 관심을 보인 것은 그가 주로 프랑스식 포병학을 배웠기 때문이다.

"아무튼 관군의 도산도 총독 휘하의 병력과 인원수에 견주어 큰 차이가 없습니다. 그런데 이것을 통솔할 인물이 없습니다."

"히지카타 씨가 있지요."

오토리는 마음에도 없는 말을 했다. 그러나 옆에서 당사자인 도시조는 찌푸린 얼굴로 아무 말이 없었다.

"그런 안도 나왔습니다. 이 가운데서 실전을 지휘한 경험자는 히지카타 씨뿐이니까요. 하지만 히지카타 씨는 굳이 사양하십니다."

"무슨 까닭입니까?"

"나는……."

도시조는 쓴 얼굴로 말했다.

"후시미에서 패전했습니다

"아니, 그것은 막부군 전체가 진 겁니다. 당신 혼자 진 것이 아닙니다."
"서양식 총에 졌다고 말하는 겁니다. 그것을 익힌 오토리님이야말로 이 군대를 통솔해야겠소."
"고마운 말이지만……."
오토리는 좌중을 둘러보았다.
"나는 전장에 나간 경험이 없소. 이것이 첫째가는 결격 사유입니다. 전초대대는 내가 지도했기 때문에 잘 알고 있소. 그러나 다른 여러 부대와 번사들에 대해서는 전혀 모릅니다. 그러므로 총지휘는 사양하겠습니다."
"아닙니다. 이미 당신이 오시기 전에 여기서 당신을 추대할 것을 결정지었소. 이러는 동안에도 시간은 흐릅니다. 꼭 받아들여 주기 바랍니다."
아마노 덴시로가 말했다.
마지못하여, 라는 형태로 오토리 게이스케는 받아들였다.
도시조는 부장격(副將格)이 되어 서양식 군대 이외의 도창병(刀槍兵)을 지휘하게 되었다. 물론 총은 한 사람 앞에 하나씩 돌아가고 있었다.
행군 서열이 정해지고 곧 우쓰노미야를 향하여 진군을 개시했다.
도시조는 프랑스 사관복을 입고 말을 탔다.
같은 복장의 오토리 게이스케와 고삐를 나란히 하고 중군(中軍) 선두에서 행군했다.
12일, 마쓰도(松戶)에서 갑옷 투구로 무장한 무사에게 인솔된 약 50명의 향사와 농병이 참가.
15일, 모로가와 주막거리에서 막신 가토 헤이나이(加藤平內), 미야케 다이가쿠, 마키노 가즈에, 아마노 가가 등이 사병을 이끌고 참가하여 군용은 더욱더 팽창했다.
16일, 선봉의 제1 대대(포 2문 포함)가 오야마에서 관군 소부대와 교전하여 패퇴시킨 위에 대포 1문을 노획했다.
17일, 같은 오야마 방면에서 중군이 약 200명의 관군과 충돌하여 포 2문, 말 2필, 구식 게벨총과 기타 전리품이 있었다.
이 양일의 적군은 신식 장비를 한 사쓰마, 조슈도 세 번(藩)의 부대가 아니고 같은 관군이라도 히코네번, 가사마번 등의 구식 장비의, 게다가 전의를 거의 상실한 자들뿐이었다.
어쨌든 파죽지세라고 하여도 좋았다.

이날, 점심은 오야마 주막거리에서 먹었다. 인구 3,000, 시모쓰케(下野) 제일의 주막거리이다.

오토리와 도시조 이하의 사관들이 본진에서 휴식하고 있으려니까 갑자기 문 앞이 소란스러워지고 촌민이 속속 몰려와 술통을 마구 실어들이고 찰밥을 지어 전승을 축하했다.

오토리는 크게 기뻐하며 집합 나팔을 불어 사방에 흩어진 여러 부대를 본진 가까이에 모이게 하고 술통 마개를 뽑으면서 크게 사기를 고무시켰다.

"오늘은 도쇼구(東照宮 : 德川家康를 모신 사당) 축제일이다. 우연의 일치인지 몰라도 오늘 승리를 거둔 것은 도쿠가와 가문의 재흥을 알려 주는 하늘의 뜻임에 틀림없다."

삽시간에 오야마의 여관이라는 여관은 모두 전승병으로 꽉 들어차 접대부가 총출동하여 접대에 열을 올렸고 주막거리는 한낮부터 춤과 노래로 요란했다.

"이것이 프랑스식인가?"

도시조는 본진 안쪽까지 들려오는 샤미센(三味線) 소리를 묵묵히 들으면서 생각했다.

"오토리님, 이 주막거리에서 오늘밤을 묵을 겁니까?"

"그럴 작정이오."

오토리는 득의만면했다. 오토리 자신은 아직 탄환 속을 뛰어보지는 못했지만 싸움이란 이다지도 수월한 것인가 하고 생각한 모양이다.

"여기서 사병들을 쉬게 하고 다시 사기를 북돋워 우쓰노미야로 진격하고자 합니다."

"곤란합니다."

도시조는 웃었다.

"이렇게 들떠 있으니 서방의 관군 귀에 이미 들어갔을 겁니다. 오늘 밤중에 야습해 오면 샤미센을 껴안고 도망치는 꼴이 될 겁니다."

"............"

"게다가 이 주막거리는 사방이 논이어서 수비하기가 힘듭니다. 여기서 미부 대로를 북상하여 20리쯤에 이쓰카(飯塚)라는 작은 마을이 있소. 산바이강과 스가타강이 그곳을 끼고 있어 천연의 해자 구실을 하고 있으니 전군을 거기에 숙영시키는 것이 양책이라고 생각하오."

"글쎄."

오토리는 하리마 출신이므로 간토의 병요지지(兵要地誌)에 어둡다. 게다가 이 사내는 대장이라는 지위에 있으면서 지형 정찰 같은 것은 전혀 할 생각조차 않는다.

"하기는 그것도 좋은 계책이지만 이미 이이쓰카 언저리에는 적이 와 있을지도 모르오."

"와 있다면 더욱 이 오야마가 위태롭지 않을까요. 뭐 됐습니다. 숙영지를 부담할 곳을 알아 볼 겸 내가 정찰하고 오겠소."

도시조는 본진 마당에 내려가 서양식 장비를 한 전습대(傳習隊) 100명을 집합시켜 거기에 대포 1문을 앞세우고 정찰차 출발했다. 주위가 전부 적지라고 할 수 있으므로 정찰도 자연적으로 위협적인 정찰이 되지 않을 수 없었다.

그런데 도시조의 정찰 부대가 오야마 주막거리를 막 나서려고 했을 때 갑자기 동쪽에서 포성이 일어나고 유키(結城) 방면에서 300명 가량의 관군이 돌진해 왔다.

'왔다.'

도시조는 말머리를 돌렸다.

"나를 따르라!"

주막거리의 중앙로를 쏜살같이 달렸다. 전습대가 한 덩어리가 되어 그 뒤를 따랐다.

포탄이 몇 개인가 주막거리 한가운데 떨어졌다.

도시조가 예상한 대로 주막거리는 눈뜨고 볼 수 없는 아수라장이었다. 접대부가 속치마 바람으로 노상에 뛰어나와 우왕좌왕하는가 하면 술취한 사병들이 총을 잃어버리고 뽕밭에 숨기도 하니 정말 진풍경이 아닐 수 없었다.

도시조는 주막거리 변두리까지 오자 말에서 뛰어내려 양식 병서(兵書)에서 읽은 그대로 소총병에게 산개(散開)를 명령하고 가도를 전진해 오는 히코네번의 구식 부대를 향해 맹렬한 사격을 퍼붓게 하였다.

이윽고 대포가 진출했다.

그것이 한 발 사격할 때마다 산병(散兵)을 전진시키고 이윽고 사쿠마 데이지(佐久間悌二)라는 자가 지휘하는 소대 곁으로 다가가 동남쪽 한 마장 정도 저쪽 숲을 가리켰다.

"저 상수리나무 숲이다."

"저 숲 뒤쪽으로 돌아가 적을 포위하라."

그리고 다시 자신은 구 신센조의 사이토 하지메 이하 6명을 거느리고 좌측 뽕밭에 들어가 뽕나무를 누비며 적의 측면으로 나갔다.

사이토 등도 총을 가지고 있었다.

사격하고서는 뛰고, 뛰고는 사격하며 이윽고 적과 10칸(間) 정도의 거리가 되었을 때 도시조는 칼을 번쩍 쳐들고 노상의 적과 무리 속에 뛰어들었다.

"돌격!"

최초의 사내를 오른쪽 어깨에서 내리치고 그 칼끝을 약간 쳐들어 그 등 뒤의 사내를 찌른 뒤 앞으로 당기는 동시에 옆에 있는 사내의 몸통을 훑었다.

때를 놓치지 않고 전습대가 돌격해 오니 히코네 병사들은 혼비백산하여 패주했다. 적이 버리고 간 시체 25구, 무기는 프랑스식 산포 3문, 미토제 화포 9문이었다.

성채 공격

시모쓰케의 오야마에서 도시조는 이상한 정찰 보고를 받았다.

'호오, 인간 세상이란 묘한 인연이 있는 모양이군!'

도시조는 주막거리 동쪽 변두리에서의 전투가 끝난 뒤, 총지휘관 오토리 게이스케가 있는 본진을 향하여 주막거리 중앙 도로를 천천히 걸어가고 있었다.

여기서 70리 북쪽에 있는 우쓰노미야 주둔 관군 부대가 바로 나가레야마에서 곤도를 포박한 부대라고 하지 않는가.

지휘관은 사쓰마 사람 아니마 도타, 미도 사람 가가와 게이조.

이 두 사람에게는 원한이 있었다.

병력은 300.

'처치해 버릴까?'

야전(野戰)에서 당당하게 복수하리라고 마음먹었다.

첫째, 이 싸움을 좋아하는 사내도 아직 부대를 이끌고 성을 공격한 일이 없었다.

본진에 당도했다. 짚신을 신은 채 올라갔다.

오토리도 안쪽 방에 짚신을 신은 채 책상다리를 하고 앉아서 새파랗게 질린 얼굴로 지도를 들여다 보고 있었다. 도시조가 들어온 것도 모른다.

오토리는 구 막신 중에서도 서양통의 제일인자로 군사학 지식에서도 높이 평가받지만, 그것은 모두 이론상의 지식으로 실전 능력은 미지수다.

물론 수재다. 수재에 박식을 겸한 이상 무장으로서의 능력을 평가받지 않을 수 없다. 그렇지만 실상 장수로서의 재질은 없다. 도시조는 싸움꾼의 육감으로 그것을 꿰뚫어 보았다.

"앞으로 어떻게 해야 하나?"

오토리는 어떻게 해야 할지 막연했다. 과연 이제까지의 소전투에서는 연전연승이었지만 앞으로는 어떻게 해야 하는가.

"오토리님."

도시조는 내려다보았다.

흠칫, 눈을 쳐들었다.

"납니다."

적이 아니다.

오토리는 얼굴이 빨개졌다. 그러나 곧 도시조의 침입에 대하여 불쾌한 빛을 띠었다.

"무슨 볼일이오?"

일부러 정중하게 오토리는 말했다.

"다음에는 우쓰노미야를 공격하면 됩니다."

도시조는 오토리의 망설임을 꿰뚫어 보고 있다는 듯이 단정했다.

"우쓰노미야 성?"

무슨 소리를 하느냐는 듯한 표정이었다. 쟁쟁한 큰 성이다. 서양 병술로 말하자면 요새 공격이 된다. 서양에서는 요새 공격이라고 하면 일본인의 눈으로 보면 지나치다고 생각될 정도의 준비를 하고 덤벼드는 법이다.

"무리한 일이오."

빙긋 웃었다. 이 신센조 두목이 뭘 알겠느냐는 얼굴이다.

도시조는 이 서양 공부만 한 사람의 말뜻을 알고도 남음이 있었다.

그러나 도시조에게는 총칼 속에서 단련된 자부심이 있었다.

'싸움에는 학문이 필요 없다. 고래로 명장으로 불린 인물에게 학문이 있었던가. 장수의 기량과 재능은 배워서 얻는 것이 아니라 타고 나는 것이다. 나

에게는 그것이 있다.'

도시조로서는 오토리의 학문에 대하여 열등감을 느끼지 않을 수 없었으나, 그런 만큼 자신의 능력에 대한 자부심이 더욱 강해졌다.

"무리라니요?"

도시조는 말했다.

"그럼 당신은 다음에 어디를 공격하려는 겁니까?"

"여기요."

오토리는 지도상에서 바로 오야마에서 북서 25리 지점을 손가락으로 가리켰다.

미부(壬生)였다. 미부에는 4방 3정보 정도의 작은 성곽이 있고 도리이 단고노카미(鳥居丹後守) 3만 섬의 성시(城市)다. 이미 소수의 관군이 들어와 있다. 하지만 워낙 작은 성이므로 단숨에 무찌를 수가 있다.

"이 미부를 통과한다. 저쪽에서 도전하면 싸울 것이지만 아니면 곧장 닛코(日光)행이다."

닛코로 간다고 하는 최종 목표는 이미 군의(軍議)에서 결정된 바였다.

도시조도 그것을 양책이라 하였다. 닛코의 도쇼구(東昭宮)를 성곽으로 삼고 닛코 산맥의 천험(天嶮)을 방패삼아 북부 간토에 도사리고 있으면 관군도 쉽사리 공략하지 못할 것이다. 거기서 관군을 괴롭히고 있노라면 사쓰마·조슈에 불만을 품은 천하의 제후가 들고 일어날 것이 틀림없다. 겐부(建武)의 중흥에서의 구스노기 마사시게의 전략상의 역할을 이 부대는 다하고자 하는 것이다. 닛코는 도쿠가와의 지하야 성(千早城) 역할을 하리라.

"그래요, 미부는 좋습니다. 그렇지만 우쓰노미야를 내버려 둔다면 장차 화근을 남기는 일이 됩니다."

"............"

도시조는 다시 말했다.

"우쓰노미야는 병법에서 말하는 구지(衢地)입니다. 오우 대로, 닛코 대로를 비롯해서 많은 대로가 여기에 모이고 여기서 흩어지고 있소. 뒷날 관군이 닛코를 공략할 경우, 이 우쓰노미야에 다수의 병력을 수용했다가 출병시킬 겁니다. 이 성을 빼앗지 않으면 안 됩니다."

"당신은 간단하게 말하지만……."

오토리는 연필로 지도를 두들기면서 말했다.

"만에 하나 성을 빼앗아도 말입니다. 그 정도의 성을 지키려면 병력이 1,000명은 필요하오. 수비할 일을 생각하면 우쓰노미야는 건드리고 싶지 않소."

"좌우간 탈취해야 합니다. 북부 간토의 큰 성이 함락되었다고 하면 지금 앉아서 눈치를 보고 있는 천하 제후에게 주는 영향은 크다고 봅니다."

"나는 그 방법을 취하지 않겠소."

"그, 그렇다면."

도시조는 쓴웃음을 지었다. 이와 같은 대답은 처음부터 예상했던 것이다.

"사병 300에 지금 노획한 포 2문을 빌려주겠소?"

도시조는 말했다.

"그것으로 함락시키겠다는 거요?"

"물론이오."

이미 해는 거의 졌다. 도시조는 곧 출발했다.

부하는 서양식 훈련을 별로 받지 못한 구와나 번병을 선봉으로 하고 전습대, 회천대(回天隊)의 일부가 이를 뒤따랐다.

부장(副將) 아이즈번사 아키쓰키 도노스케(秋月登之助)이다.

야간 행군을 하여 그날 밤은 대로의 민가에 분숙하고 이튿날은 우쓰노미야 성하(城下)까지 40리나 되는 기누강(鬼怒川) 동쪽 기슭에 있는 다데누마(蓼沼)에서 숙영하고 그곳을 공격 준비지로 정하였다.

"아키쓰키군, 자네 우쓰노미야를 아나?"

도시조가 물었다.

아키쓰키는 아이즈번사인만큼 지난 날의 신센조 부장을 몹시 존경하고 있었다.

"간 적은 있습니다만 설마하니 도다 도사노카미(戶田土佐守) 7만 7,000섬의 성하를 공격할 생각으로 갔던 것은 아니어서 잘 기억하고 있지 않습니다."

도시조는 드물게 웃으며 말했다.

"나도 얘기로 들었을 뿐이다."

도시조는 그 고장 사람을 데려다가 되도록 상세한 지도를 그리게 하고 성곽 주위의 해자, 부근 지형, 길들을 소상하게 물었다.

"이거야 성곽 동남방에서 치면 되겠군."

조그맣게 중얼거렸다.

우쓰노미야성의 정면 쪽은 해자도 깊고 망루에서의 사각(射角)도 여간 견고하지 않은데 도시조의 표현을 빌리면 옆구리가 약했다.

성의 동남부를 말한다. 이 언저리는 잡목숲과 대숲이 많아 성으로부터의 사격을 방비하기가 쉽다. 또한 이 방향은 둑도 낮고 해자의 물도 말라붙어 바닥이 드러나 보인다.

"앞에는 적의 주의를 끌 정도의 인원을 풀고 주력은 사잇길을 통한 이 잡목 지대에서 공격하기로 하자."

이튿날 새벽에 출동했다.

'곤도는 이타바시 본영으로 끌려갔다던데 과연 무사할까?'

말을 탄 도시조는 그 일이 머릿속에서 떠나지 않았다.

어쨌든 시모우사 나가레야마의 적이 지금 시모쓰케 우쓰노미야 성에 들어앉아 있는 것이다.

무찌르고 나서 포로를 잡게 되면 어떻게든 소식을 알 수 있겠지.

성 안에서는 사쓰마 사람 아리마 도타, 미토 사람 가가와 게이조가 사방에서 달려 돌아오는 기마척후, 첩자의 보고에 일희일비하였다.

보고는 모두가 오야마에서 이쓰카로 나와 미부 성을 향하여 진군하고 있는 오토리 게이스케가 지휘하는 본대의 동정에 관한 것뿐이었다.

설마 서남방의 다데누마에 도시조 등의 소부대가 진출하고 있는 줄은 모르고 있었다.

'에도 탈주대.'

오토리를 이렇게 부르고 있었다.

"아마도 탈주대는 우쓰노미야를 피하고 사잇길로 가누마(鹿沼) 쪽으로 나가 거기서 닛코로 가게 되지 않을까?"

아리마와 가가와도 보고 있었다.

"그렇다면 잠자코 보낼 수밖에."

아리마는 출전을 단념하고 있었다.

워낙, 우쓰노미야성의 관군이라고 하면 지휘관은 바로 사쓰마 사람 아리마 도타이지만, 병은 사쓰마·조슈·도사번의 정예가 아니라 싸우면 진다는 구식 장비의 히코네 병 300명이다.
 이 아리마 부대는 하찮은 지대(支隊)인 것이다. 그들의 본대인 관군 도산도 부대는 이타바시(板橋)를 본영으로 하여 아직 움직이지 않고 있다.
 "탈주대 대장은 오토리 게이스케인 모양이다."
 소문은 이미 듣고 있었다. 막부군 중에서 첫째 가는 서양식 육군의 권위자로 그 탈주병의 거의가 서양식 보병이라는 것이다. 아리마가 맡고 있는 히코네 변영으로서는 이길 도리가 없다.
 "세상은 달라졌다."
아리마 도타는 말했다.
 히코네의 이이(井伊) 가문이라고 하면 이에야스 시절에는 이이의 무비(武備)라고 하며 천하에 그 무위를 떨쳤었다.
 이에야스의 도쿠가와 군단은 세키가하라 싸움 이후, 직계 영주 중에서도 이이와 방계 영주 도도(藤堂)를 선봉으로 삼는다는 방침이어서 오사카 겨울 전투, 여름 전투에서는 이 양군이 사실상 선봉장 역할을 했다.
 이에야스는 이이 가문을 최강 병단으로 만들기에 힘을 기울여 가이(甲斐)의 다케다 가문의 낭인을 다수 포섭하여 이이 가문에 붙였다. 다케다의 무비가 그대로 이이 가문의 무비가 되었던 것이다.
 그러나 칼이나 창으로 싸우던 시대는 지났다.
 히코네번은 이제 제번(諸藩) 중에서도 가장 약하다고 해도 좋은 부대가 되었다.
 "구 막부에서는 누가 뭐래도 지금 오토리가 인솔하고 있는 시정배, 농민 출신 보병과 전습대 충봉대(衝鋒隊)가 가장 강할 걸세."
 "강약(强弱)만이 아니오. 시대의 변천은……."
 가가와는 목을 움츠리며 말했다.
 "도쿠가와 직속 영주의 우두머리라고 일컬어지던 히코네가 도쿠가와 가문을 버리고 관군이 되어 구 막부군과 싸울 준비를 하고 있습니다."
 가가와는 무슨 까닭인지 히코네 사람에게 호의를 갖고 있지 않았.
 사쓰마 사람인 아리마는 가가와의 그와 같은 경박한 성격이 못내 싫었다.
 그와 같은 이치로 따진다면 가가와는 도쿠가와 '3대 가문'의 하나인 미토 가문 출신이 아닌가.

한편 본대를 지휘하는 오토리에게 미부번에서 사자가 왔다.
"우리 성에는 관군이 들어와 있습니다. 만약 성 아랫거리를 통과하게 되면 싸움은 불가피하므로 우리들 도쿠가와 직속 영주의 가신으로서는 틈바구니에 끼어 진퇴유곡이 됩니다. 또한 성 바깥거리에서 전쟁이 일어나면 서민의 피해가 적지 않을 테니 닛코에 가시려면 도치기를 통과하시는 것이 어떻겠습니까. 안내자를 붙이겠습니다."

그 말을 따라 도치기 방면으로 빙 돌아 험한 길을 북상하여 가누마로 향했다. 도치기에서 가누마까지는 55리, 가누마에서 닛코까지는 60여 리이다.

우쓰노미야성에서는 이 오토리 부대의 행동을 보고 가가와는 손뼉을 치며 기뻐했다.

"아하, 우리 성을 피했구나."

그것이 4월 19일이다.

그런데 그날 오후, 난데없이 성의 동남방에 대포수레를 앞세운 보병 300명이 나타나 아리마와 가가와를 당황시켰다.

아리마는 곧 성의 동쪽에 히코네 병사 1소대를 내보냈다.

도시조는 그 기습병의 선두에 있었다. 성의 동쪽 들판에 히코네 병사들이 나타나자 즉시 대원들을 산개시켜 사격하게 하였다.

도시조는 태연하게 말 위에 있었다. 그 말 옆구리에 '도쇼 다이곤겐(東照大權現)'이라고 크게 쓴 깃발이 펄럭였다.

"내려오십시오, 내려오십시오."

아키쓰키가 논두렁에 몸을 숨기면서 열심히 내려오기를 부탁했다.

"............"

도시조는 빙긋이 웃으면서 고개를 옆으로 저었다. 자기는 총알에 맞지 않는다는 믿음이 있었다.

아닌게 아니라 탄환은 도시조를 비켜가는 것 같았다.

사병들은 차폐물(遮蔽物)에서 차폐물로 달려가서는 쏘고, 달려가서는 쏘고 하면서 점점 전진했다.

피아(彼我) 50칸 거리가 되었다.

도시조는 여전히 말 위에 있었다.

"사격 중지. 달려라!"

고함쳤다. '와아' 하고 구와나 병사, 전습대, 회천대의 각 부대가 돌격했다.

도시조는 그 선두에서 달렸으나 달리는 도중에 말의 코빼기에 총알이 날아들어 말이 그만 쓰러지고 말았다.

그와 동시에 도시조는 뛰어내려 퇴각할 기세인 히코네 병사들 속으로 뛰어들었다.

칼을 휘둘렀다.

닥치는 대로 목을 쳤다는 편이 옳겠다. 그러자 우군이 '와아' 하고 밀려왔다.

적은 내뺐다.

추격하면서 성의 동남쪽의 잡목과 대나무 숲에 들어가 거기에 포를 대놓고 성의 동문을 향해 포격했다.

"문짝을 부숴라."

도시조가 명령했다.

3발을 쏘았다. 그 3발째가 동문에 명중하여 문짝을 부수고 작렬했다.

그러는 동안, 구와나 병사의 일부를 시켜 성 바깥거리 여기저기에 불을 놓고, 다시 전습대로 하여금 정면 대문을 사격하게 하였다. 자신은 주력을 이끌고 물이 마른 해자 바닥에 뛰어내려 총알 밑을 단숨에 달려 동문 앞에 이르렀다.

그런데 우쓰노미야성은 도쿠가와 초기의 그 유명한 우쓰노미야 소동 때문에 막부의 눈치를 보느라고 성 안에는 건물다운 건물을 짓지 않았다.

결과적으로 대문 수비만 뚫으면 성 안에서의 전투는 쉽다는 말이 된다.

"문으로 돌격, 돌격이다."

도시조는 고래고래 소리를 질렀다.

대문 옆에 히코네 병이 떼지어 서서 구식 게벨 총으로 사격해 왔다.

이쪽은 미니에 총으로 반격하면서 접근해 갔다.

마침내 적과 우군의 간격이 열 발짝쯤 되고 몇 분간 그 거리를 유지하면서 쌍방이 격렬하게 사격을 퍼부었다.

도시조는 화가 치밀었다.

한창때의 신센조라면 이 정도 거리까지 와서 서로 거리를 소중하게 지키는 일은 없었다. 도시조 곁에 지난 날의 신센조 부장, 조근 사이토 하지메

외에 6명의 옛 동지가 있었다.

"사격 중지, 총을 버려!"

그는 우군에게 일갈하여 사격을 중지시켰다.

"신센조 돌격!"

그렇게 부르짖으며 대문 안으로 돌진했다.

사이토 하지메는 도시조 옆을 비호같이 달려나가 창을 휘두르며 나오는 히코네 병에게 바싹 다가들어 상단에서 두 쪽으로 내리찍었다.

으악, 하고 피보라가 튀었을 때는 도시조의 이즈미노카미 가네사다가 원을 그리며 등 뒤에서 튀어나온 한 사람을 머리에서부터 내리치고 있었다.

"신센조가 있다!"

히코네 병사들은 와들와들 떨면서 혼비백산하여 문 안으로 도망쳤다.

그때, 등 뒤의 잡목 숲에서 사격하고 있던 도시조의 포병이 쏜 1탄이 성안의 화약고에 명중했다.

도시조 등은 성 안을 이리 뛰고 저리 달렸다.

"관군 참모를 찾아라, 참모를."

도시조는 온 몸을 피로 물들이며 외쳤다. 그들을 붙잡아 나가레야마의 원수를 갚는다. 곤도의 안부를 확인한다……이 성 공격은 도시조에게 그 두 가지 목적밖에 없었다.

도시조는 성 안을 샅샅이 뒤졌다. 가끔 뒤처진 적병이 난데없이 뛰쳐나와 덤벼들었으나 번번이 처참한 꼴이 되고 말았다.

상대방은 이 서양식 복장을 한 사내가 설마 지난 날의 신센조 부장 히지카타 도시조인 줄은 꿈에도 몰랐다.

성 안에서의 전투는 해질녘이 되어도 끝나지 않았다.

적도 끈질기게 덤볐다.

도시조는 왼손에 횃불, 오른손에 큰 칼을 들고 적을 찾아 헤매었다.

밤 8시 지나서 적은 자기네 군사의 시체를 버려둔 채 성 안에서 북쪽으로 퇴각하였다. 그들은 성 북쪽의 묘진산(明神山)에 있는 절에 집결하려고 하였다.

적의 퇴각이 시작됐을 때 도시조는 옛 신센조의 동지를 이끌고 퇴각병의 횃불더미 속으로 곧장 돌입했다.

퇴각병 속에서 2, 30발의 총성이 울리고 총알이 밤공기를 가르며 날아왔다.
 더욱 돌진했다.
 그때 처절한 기합이 도시조의 코끝에서 일어났다.
 비켰다.
 내리쳤다.
 분명코 반응이 있었다. 그러나 적의 그림자는 쓰러지지 않고 그대로 패주병 무리 속에 들어가 섞였다.
 그것은 아리마 도타인 것 같았다.
 도시조의 칼이 아리마의 가슴팍을 찢어 놓았던 모양이다.
 하지만 깊지 않았다. 아리마는 목숨을 부지하고 요코하마의 병원으로 후송되어 치료를 받은 뒤 회복되었다.

 오토리는 그 이튿날, 우쓰노미야 서방 30리의 가누마까지 진출하여 멀리서 연기를 뿜어 올리는 성을 보고 성이 함락된 것을 알았다.
 '그 사내가……'
 혀를 내둘렀다.

오키타 소지

오키타 소지가 요양하고 있는 헤이고로(平五郎)의 집 정원수 숲은 나이토 스루가노카미 저택의 남쪽에 있었고, 그 집 북쪽에는 물레방아가 돌고 있었다.

오키타는 헛간에서 기거하였다.

'나는 죽겠지.'

오키타는 그런 생각을 한 적이 없었다.

천성이 꽤 밝은 사람이었다.

이미 의사의 치료는 받지 않는다.

가끔 구 막부의 전의(典醫) 마쓰모토 료준이 하인이나 문하생 편에 약을 보내주기도 하지만 그것도 차차 뜸해졌다.

주로 도시조가 두고 간 히지카타 집안의 가전약 '허로산'이라는 수상쩍은 결핵치료약만 먹을 뿐이다.

"효험이 있다."

도시조가 확인한 약이다. 도시조가 이렇게 단정하고 나서서 어쩐지 들을 것 같은 마음이 들어서, 료준의 서양 의술에 의한 처방약은 몰래 버리는 일이 있어도 도시조가 준 이것만은 계속 복용했다.
 누님 오미쓰가 사흘이 멀다 하고 와서 간호해 주었다.
 오미쓰는 올 때마다 푸줏간에서 사온 멧돼지고기 따위를 마당에서 푹 고아주었다.
 "국물도 마셔야 해."
 꼭 붙어 앉아서 소지가 먹는 것을 지켜보았다. 안 보면 혹시 쏟아 버릴지도 모른다.
 "어이구, 냄새야."
 오키타는 억지로 우겨 넣듯이 삼키는 것이었다.
 멧돼지고기는 정말 질색이었다.
 "소지, 꼭 병이 나아야 해. 오키타 가문은 매형이 상속했지만 그래도 혈통은 너 하나뿐이니까."
 "이거 놀랐는데요."
 소지는 더할 나위 없이 해맑은 얼굴로 고개를 갸웃거린다.
 "뭐가 놀라워?"
 오미쓰도 덩달아 밝은 표정이 된다.
 "뭐가라뇨? 누님의 그 말투가 말입니다. 내 병이 사실 대단한 것처럼 말하니까 그렇죠."
 "누가 대단하댔나."
 "저렇다니까."
 소지는 웃음을 터뜨리며 말했다.
 "누님은 공연한 걱정만 하시면서 말이 앞뒤가 안 맞아서 탈이라구요. 대단한 병이 아닌 줄 알았으면 그렇게 걱정할 것 없잖아요."
 "정말 그럴까."
 "나아요, 꼭."
 남의 말처럼 한다. 진심으로 그렇게 생각하고 있는지 어쩐지, 이 젊은이의 마음속은 헤아리기가 힘들다.
 이미 식욕은 잃었고 억지로 조금 먹어도 소화가 잘 안 된다.
 "장이 나빠졌어."
 마쓰모토 료준은 린타로와 오미쓰에게 말했다.
 장이 나빠졌으면 만에 하나라도 나을 가망이 없다.

오사카에서 에도로 돌아가는 후지야마마루 안에서 문외한인 곤도조차도 도시조에게 말했다.

"소지는 오래 못 살아."

그러면서도 후지야마마루 안에서는 줄곧 농담을 하고서는 웃고, 웃으면 뒤에 꼭 기침이 나니까 곤란해요, 하며 자신의 몸을 힘겹게 여기고 있었다.

에도에 돌아와서 곤도는 아내 오쓰네에게 이렇게 말했다.

"그렇게 생사에 집착하지 않는 놈도 드물어."

수행으로 얻은 성품이 아니라 선천적인 것이 아니었을까. 소지는 이때 25세였다.

소지가 기거하는 곳이 이 센다가야의 정원사 헤이고로 집의 헛간이라고 하지만 엄밀하게 따지면 헛간이 아니고 개조하여 다다미며 세간도 들여놓은 방이다.

남쪽으로 창문이 나 있어 볕은 잘 든다. 조금이나마 기분이 좋으면 장지문을 열고 물끄러미 바깥을 내다본다.

경치는 특별할 것이 없다. 저쪽으로 20정보 가량은 온통 밭으로 무 따위를 심어 놓았다.

"싫증도 나지 않으시는 모양이죠."

심부름하는 노파가 감탄할 정도로 장시간 같은 자세로 내다본다.

노파는 이 청년이 지난 날 교토의 낭인들을 떨게 한 신센조의 오키타 소지인 줄은 몰랐다.

'이노우에 소지로.'

변성명을 쓰고 있었다. 만약 오키타라는 것이 알려지면 관군이 가만두지 않는다. 소지는 요양이라기보다 잠복하고 있다는 편이 정확했다.

노파도 신원은 알고 있었다. 쇼나이 번사 오키타 린타로의 처남이라는 것이었다.

오미쓰도 노파에게 말해 두었다.

"번저에서는 병이 병인지라 사람들이 싫어해서요."

당연한 이야기이다.

여담이지만 오미쓰의 남편 린타로는 앞에서도 말한 바와 같이 하치오지의 포졸(捕卒) 이노우에 마쓰고로 집안 출신으로 곤도의 부친 슈사이의 문하생이고 천연이심류의 면허를 얻은 뒤 입양하여 오키타 성을 이었다.

오키타 집안의 적자(嫡子)인 소지가 아직 어렸기 때문이다.

린타로는 소지 등이 교토에 올라간 뒤로 에도에서 '신초조(新徵組: 한때 에도의 치안을 맡은 浪士隊)' 대원이 되어 신초조가 막부의 손에서 떨어져 나간 뒤에는 쇼나이번에 속하여 번저의 행랑채에서 살고 있었다. 아들이 하나 있는데 이름이 요시지로(芳次郞)였다. 그 아들의 후손이 지금 다치가와 시에 남아 있다.

게이오 4년 2월 하순, 쇼나이 번주 사카이 다다아쓰(酒井忠篤)가 에도에서 쇼나이로 돌아갔다.

에도에는 가로(家老)가 남아 에도 저택의 처분 등 잔무 정리를 하고 있었다.

오키타 린타로는 잔류조에 끼었으나 언젠가는 쇼나이에 가야 할 것이다.

그 에도 철수의 날이 소지와 생이별하는 날이라고 오미쓰는 그날이 오는 것을 두려워하고 있었다.

마침내 왔다.

4월이었다. 마침 3일이었다. 이날, 곤도는 나가레야마의 관군 진지를 자진하여 찾아가 대소도(大小刀)를 넘겨주었다.

오미쓰는 그런 일은 모른다. 이날 아침, 허둥지둥 달려 들어와 급하게 말했다.

"소지, 우린 쇼나이로 가게 됐다."

소지의 미소가 갑자기 사라졌다.

하지만 곧 여느 때의 이 젊은이의 표정으로 돌아가

"그래요."

이불 속에서 손을 내밀었다.

뼈와 가죽뿐이었다.

오미쓰는 그 손을 보았다.

어떤 뜻인지 순간적으로 깨닫지 못했던 것이다.

소지는 누구에게 그 손을 잡히고 싶었던 것이다.

오미쓰는 어쩔 바를 몰랐다.

에도에 남는 남동생은 앞으로 어떻게 될 것인가.

오미쓰는 정신 없이 그 언저리를 치웠다. 손과 몸을 움직이고 있을 뿐이었다.

돈만이 의지라고 생각하여 린타로에게 내려진 수당금의 거의 전부를 소지의 이불 밑에 밀어 넣었다.

"갑작스러운 일이어서……."

오미쓰는 울면서 소지의 물건들을 커다란 고리짝에 집어넣었다. 집어넣는다고 어떻게 되는 것도 아닌데 그 작업에만 열중했다. 소지가 교토에서 쓰던 국화무늬가 박힌 칼도 그 속에 간수했다.

소지는 그런 누님을 베개 위에서 물끄러미 바라보았다.

'칼도 다 집어넣고 어쩌자는 것일까?'

누님이 허둥대는 모습이 우스웠던지 얼굴은 웃지 않고 어깨만 옴츠렸다.

오미쓰는 시간이 촉박한 것 같았다. 이대로 곧장 달려가 먼저 행랑채에서 기다리고 있는 남편과 함께 떠나지 않으면 안 되는 모양이었다.

"소지, 여기 속옷이랑 그런 것들을 빨아두었어. 이제 빨래는 해 주지 못하지만 어떻든 살에 닿는 물건을 늘 깨끗하게 해야 하는데."

"네."

소지는 소년처럼 끄덕였다.

"매형은 쇼나이에 가면 전쟁이 벌어질지도 모른다고 그러잖니."

"쇼나이번의 무사 기풍은 상당히 세다면서요? 그곳 번사들은 비가 와도 우산을 쓰지 않는 것이 자랑이라고 들었는데 정말입니까? 어려서 그런 얘길 들은 적이 있는데 그것이 정말이라면 모두들 꽤 고집불통들인가 보지요."

오미쓰는 맞장구를 치지 않았다.

"쓰루오카의 성 바깥거리에서는 하구로산(羽黑山)에서 아침 해가 뜨는 것이 보인다죠. 그것이 대단히 아름답다고 하더군요. 하지만 에도에서는 너무 멀어요. 그 먼 북쪽 나라에서도 아침해는 동녘에서 떠오를 거라고 생각하니 공연히 우습군요."

"어머, 이 애두."

오미쓰는 겨우 마음이 놓인 모양이었다.

"벌써 눈은 녹았을 테고. 아니 어쩌면 산 같은 데는 남아 있을지도 몰라요. 어쨌거나 누님 걸음으로는 큰일인데요."

"너는 네 몸만 걱정하고 있으면 된다."

"차차 몸이 좋아지면 쇼나이에 갈 겁니다. 서쪽에서 사쓰마·조슈의 부대가 오면 나 혼자서 오구니 고개에서 막아 낼 겁니다. 그 때는 곤도님이랑 히지카타님이랑 데리고 갈 겁니다."

"호호호."
이 남동생과 이야기하고 있으면 저도 모르는 사이에 마음이 가벼워진다.
"곤도님이나 히지카타님은 지금쯤 뭘 하고 있을까. 에도 주위는 관군이 득실댄다지만 나가레야마는 괜찮겠지요."
"그분들은 건강하신걸, 뭐."
소지는 웃었다.
"그래 맞아요. 에도에 있을 무렵의 곤도님은 선물로 들어 온 도미를 글쎄 뼈째 오둑오둑 깨물어 먹어 버렸지 뭡니까. 그땐 나도 놀랐어요."
"입이 여간 크셔야지."
오미쓰도 웃음을 터뜨렸다.
"아아, 그래. 그렇게 큰 입을 가진 미남은 세상 천지에 없을 겁니다. 교토에 있을 때 술자리 같은 데에서 히지카타님은 그래도 그런대로 콧노래 한 구절쯤은 해내거든요. 그런데 곤도님 차례가 왔다 하면 어쩌는 줄 아세요? 주먹을 입 속에 넣었다 꺼냈다 하는 것이 재주래요."
"어머나!"
오미쓰의 얼굴이 밝아졌다.
"소지의 재주는?"
"난 재간이 없어요."
"아버님을 닮아서 그런가 보구나."
"아아, 멀군요."
소지는 불쑥 말했다.
"뭐가?"
"아버지 얼굴이. 내가 다섯 살 때였으니까 희미할 뿐 생각이 잘 나질 않아요. 그런데 어떤 걸까요?"
"뭐?"
"죽으면 저 세상에서 만날 수 있을까?"
"아이구, 바보 같은 소릴……."
오미쓰는 이때 비로소 소지가 이불 밖으로 손을 내밀고 있는 의미를 깨달았다.
"소지, 감기 들면 어쩌려고?"
가만히 손을 잡아 이불 밑으로 밀어 넣었다.

"어서 기운 차려야지. 그리고 장가도 들고."

소지는 대답하지 않았다.

베개 위에서 그냥 웃었다. 교토에서 아키 번저 옆의 개업 의사의 딸에게 얼마간 연정을 느낀 일이 있었다. 끝내 이루지는 못했지만.

'이상한 일이야.'

소지는 대들보를 쳐다보았다. 생각해 보았다. 그러나 다 허무한 일.

'죽으면.'

소지는 생각하였다.

'누가 분향을 해 줄까?'

이상하게 마음에 걸린다. 쓸데없는 짓이라고 생각하면서도 그런 사람을 만들어두지 못한 자기의 인생이 몹시 허무하게 생각되었다.

오키타 소지는 그로부터 한 달쯤 지난 게이오 4년 5월 30일, 지켜보는 사람도 없이 이 헛간에서 죽었다.

죽음이 갑자기 찾아왔던 모양이다. 툇마루에 기어 나와 그대로 엎드린 채 눈을 감았다.

국화무늬가 박힌 칼을 껴안고 있었다.

오키타 린타로 집안에 전해 내려오는 전설에는 늘 마당에 찾아드는 검은 고양이를 쳐 죽이려고 했다는 것이다.

그러나 쳐 죽이지 못하고 죽었다.

무덤은 오키타 집안의 단골 절인 아자부 사쿠라다초 정토종(淨土宗) 센쇼사(專稱寺)에 있다.

소지가 죽기 전달 25일에 곤도는 이타바시(板橋)에서 참수되었다.

당시 소지는 여전히 병상에 있었다. 그러나 이 소식은 센다가야 변두리에서 혼자 요양하고 있던 소지의 귀에는 미치지 않아 숨을 거둘 때까지 곤도가 건재한 것으로 믿고 있었다.

도시조가 바람결에 곤도의 죽음을 알게 되었을 때는 이미 우쓰노미야 성을 버리고 닛코의 도쇼구를 본거지로 하여 에도의 관군을 위협하고 있을 때였다.

그 뒤, 각지를 옮겨 다니며 싸웠다. 점점 대원들이 불어나 이윽고 아이즈 와카마쓰 성에 들어갔을 때 도시조 밑에는 이미 1,000여 명이나 따르게 되었다.

도시조는 이것을 '신센 대(隊)'라고 불렀다.

당시 이미 사병의 집단을 조(組)가 아니라 대라고 명명하는 습관이 일반화되고 있었던 것이다.

부장(副長)은 신센조 결맹 이래의 기적적 생존자인 부장 조근이자 3번대 대장인 사이토 하지메(齊藤一)였다.

절묘한 검술은 교토 시절부터 '귀신 사이토'로 일컬어졌으며 교토 시절에는 아마도 30명은 베었을 것이다.

하지만 자신은 찰과상 정도의 부상도 입지 않았다.

교토 시절에는 강하기만 했을 뿐 그다지 잔재미가 있는 인물은 아니었다. 각처로 전전하는 동안 무슨 까닭인지 성격이 점점 밝게 바뀌어, 어느 날 이렇게 말했다.

"대장, 나는 아호를 지었소. 오늘부터 그 아호로 불러 주었으면 좋겠는데."

뭐냐고 물었다.

"다쿠사이(諾齋)."

이렇게 대답하고는 웃었다. 젊은 사람에게 어울리지 않는 고리타분한 이름이었다.

도시조가 웃음을 터뜨리며 이유를 물었다.

"당신이 하는 말은 뭐든지 다 들으니까 다쿠사이라고 한 거요."

이 아호를 죽을 때까지 썼다고 한다.

이 사이토 외에 부장 대리로, 도시조의 먼 인척간이 되는 무사시 다마군 출신의 옛 대원 마쓰모토 스테스케(松平捨助)를 선출했다. 사토 히코고로에게서 천연이심류를 배운 고수로, 재치는 없으나 총알이 비오듯 하는 속에서도 얼굴빛 하나 바꾸지 않고 앞장서서 쳐들어갔다. 관군 속에 뛰어들면

"신센조의 마쓰모토 스테스케다!"

반드시 이름을 밝혔다.

따라서 이 사내의 이름은 관군 사이에까지 알려졌다.

평화냐 전쟁이냐

이 시기부터 히지카타 도시조(土方歲三)라고 하는 이름은 무진전쟁사상(戊辰戰爭史上) 큰 존재로 떠오른다.

그는 쇼나이번에 달려가 번주를 설득하고 또 아이즈 와카마쓰의 농성전(籠城戰)을 지휘한다. 그리고 다시 오슈 최대의 웅번(雄藩) 센다이번(仙臺藩)의 귀추가 전국의 분기점이라고 보고 그 태도 결정을 촉구하기 위해 센다이성 고쿠부초의 '가이진야(外人屋)'에 들어가 수하 2,000명의 병력을 성 바깥거리의 여러 여관에 주둔시킨 다음, 아오바성에서의 번론(藩論) 결정을 배경 삼아 무력으로 다그쳤다.

동북 지방의 가을은 이르다.

센다이성 바깥 사찰 거리와 무사 저택 거리의 낙엽수가 벌써 노랗게 물들기 시작하였다.

이 사이, 이타바시에서 곤도가 참수되었다는 소식이 들렸다. 아이즈 와카마쓰에서의 전투 중에 관군 포로에게서 자세한 보고를 듣고 와카마쓰의 아타고산(愛宕山) 중턱을 택하여 묘비를 세우고

'관천원전순의성충대거사(貫天院殿純義誠忠大居士)'라는 계명(戒名)을 새

겼다.

센다이성에 들어가서도 25일의 기일에는 하루 종일 어육(魚肉)을 피하며 곤도의 명복을 빌었다.

그렇게 하고 있는 동안에도 에도의 탈주자나 간토에서 싸우던 반(反) 사쓰마·조슈의 뜻을 가진 자들이 센다이성에 모여들어 도시조의 지휘를 원했다.

도시조는 자주 아오바성에 등성하여 번주 무쓰노카미 요시쿠니(陸奧守慶邦) 및 그 가신을 설득했다.

"오우(奧羽)는 일본 국토의 6분의 1이나 됩니다. 오우 각 번의 사병을 합치면 5만이 되고 병마가 강인하여 서쪽 지방의 각 번보다 우월합니다. 이 고장에 의거하여 천하를 둘로 나누고 그런 연후에 사쓰마·조슈의 비리(非理)를 성토하고 듣지 않으면 쳐야 합니다. 다테(伊達) 가문의 무용은 번조(藩組) 마사무네(政宗) 공 이래로 천하에 떨친 바 있으니 바라건대 오우 동맹(同盟)의 맹주로서 천하에 정의를 보여 주시기를 부탁합니다."

도시조는 말하자면 옛 막부의 대표자로서 담판한 셈이다. 그 배후에는 방대한 숫자의 탈주 육군이 있었으므로 이 사내의 한 마디 말은 센다이번을 뒤흔들기에 충분했다.

이 무렵, 센다이번주 다테 요시쿠니는 자신의 칼 끈을 스스로 풀어 도시조에게 주었다.

한편, 구 막부 해군 부총재 에노모토 이즈미노카미가 8월 19일 밤, 구 막부 함대를 이끌고 시나가와 앞바다를 탈주하여 북상하기 시작했다.

가이요마루(開陽丸)를 기함으로 하여 가이텐마루(回天丸), 반류마루(蟠龍丸), 지요다마루의 4함에 신소쿠마루, 조케이마루, 미카호마루, 간린마루 등의 수송선을 수반한 일본 최대의 함대로, 관군은 해군력에 있어서는 도저히 이에 미치지 못했다.

이 에노모토 함대에는 에도 탈주의 구 막부병도 태우고 다시 구 막부 육군의 프랑스인 교관인 포병 사관 브뤼네, 포병 하사관 포르탕, 보병 하사관 뷰페와 카즈누프 등도 동승시키고 있었다.

도중에 풍랑을 만나 미카호마루와 간린마루의 두 함선을 잃었으나 함대로서의 역할에는 별 지장이 없었다.

이들이 센다이번령 사부사와항(寒風澤港), 도나(東名) 해변에 속속 집결한 것은 8월 24일부터 9월 18일에 걸쳐서의 일이다.

기함 가이요마루는 8월 26일에 입항하고 같은 날 에노모토는 막료와 육전대를 이끌고 위무도 당당하게 상륙했다.

에노모토의 히지카타 도시조, 오토리 게이스케 등이 고쿠부초(國分町)에 구 막부군 본부를 두고 있다고 듣고 우선 거기서 해륙 양군의 협의를 갖기로 했다.

도중에 에노모토는 가이요마루 지휘관 아라이 이쿠노스케(荒井郁之助)에게 물었다.

"아라이군, 오토리는 잘 알고 있지만 히지카타 도시조란 어떤 사나인가?"

"에도에서 만난 일이 있습니다. 침착하고 용맹한 사내로 대군을 지휘하는 데 있어서는 어쩌면 오토리 이상일 겁니다."

아라이 이쿠노스케는 에노모토와 마찬가지로 구 직속 무사 출신으로 막부의 나가사키 해군 전습소(海軍傳習所)에서 배우고 에도 쓰키지 오다와라 거리의 해군 조련소가 소장한 막부선(幕府船) 준도마루(順動丸)의 선장을 역임한 순수 해군이지만 뒤에 보병 대장을 거친 일도 있다.

그의 기상학 지식이 인정되어 유신 뒤, 초대 중앙기상 대장이 되는 이색적인 후반부 인생을 갖게도 되었다. 요컨대 네덜란드 유학까지 한 에노모토를 필두로 아라이, 오토리 등은 굴지의 양학파(洋學派)라고 할 수 있겠다.

한데 이제 곧 대면할 구 신센조 부장 히지카타 도시조라는 인물에 대해 짐작이 가지 않았다. 어딘가 위화감이 느껴졌다.

고쿠부초 여관에 당도해 보니 도시조는 다이넨사(大年寺)에 사병을 모아 주둔하고 있는 센다이번의 주전론자 도미 고고로를 방문하고 여관에는 없었다.

여관에서 도시조의 평판을 수소문하니 대단한 인기로 오토리에 대해서는 아무도 좋게 말하지 않았다.

학자일지는 모르나 겁쟁이라고 단언하는 자도 있었다.

이윽고 도시조가 돌아왔다.

"에노모토 가마지로입니다."

다케아키가 말했다.

"인사가 늦었습니다. 히지카타 도시조입니다."

빙그레 웃었다. 이 무뚝뚝한 사내가 초대면한 사람에게 웃음을 보이는 것은 좀처럼 없는 일이었다.

센다이성에서는 구 막부군 함대가 입항하는 것 때문에 온통 들끓고 있었다. 가에이(嘉永) 6년, 페리 대령이 이끄는 미국 동양함대가 와서 온 일본을 진동시켰는데 그것과 같은 실력의 함대가 지금 영내에 들어와 있는 것이다.

가령 기함 가이요마루는 배수량 3,000톤, 400마력, 네덜란드제 신조함이고 다음의 가이텐마루는 1,687톤으로, 이 두 함의 비포사격(備砲射擊)만으로도 센다이번의 연안포(沿岸砲)는 한 시간 안에 잠잠해지고 말 것이다.

거기에 에도에서 천 수백 명의 육전대를 수송해 왔다.

"에노모토님, 센다이번의 번론은 아직도 화전 양론으로 나뉘어 동요하고 있습니다만 이것으로 100만 마디의 설득보다도 더 효과가 있지 않겠습니까?"

"히지카타 씨, 당신은 구 막부에서 으뜸가는 역전 투사입니다. 잘 부탁합니다."

에노모토는 서양 사람처럼 도시조의 손을 잡았다.

그날 밤, 군의가 열리고 각자의 역할이 결정되었다.

도시조는 이날부터 육군부대를 통할(統轄)하는 육군 담당관 대우로 취임하고 진지의 부서 배치도 정해졌다.

본진은 히요리산(日和山)에 두었다.

구릉은 낮지만 육지와 바다의 조망이 좋고 동쪽은 기타가미 강(北上川)을 사이에 두고 마키산(牧山)과 마주 보고 있다.

도시조는 이 히요리 산 기슭의 가시마 명신(鹿島明神) 사당을 숙소로 하고 마쓰시마와 시오가마 사이의 해안 백 리에 걸쳐 포진했다.

여기에는 에노모토도 놀랐다.

"히지카타 씨, 병력을 센다이성에 집중시켜 두는 편이 좋지 않을까요? 무슨 이유로 넓은 해안선에 분산시키는 겁니까?"

"아닙니다."

도시조에게 호의를 품고 있는 구 보병대장, 현 육군 군감인 마쓰다이라 다로가 말했다.

"프랑스식 연습을 하여 아오바성(센다이성) 온건파의 기세를 꺾자는 겁니다. 연습이 끝나면 곧 성 아랫거리에 집결시키겠습니다."

이 연습에는 센다이번의 호시 준타로(星恂太郎)가 지휘하는 서양식 보병대도 참가하여 총수 3,000여 명이 홍백으로 나뉘어 완전히 프랑스식에 의한 대규모 모의전투를 실시했다.

물론 연습 계획의 입안(立案), 작전, 전투 행동에 대해서는 프랑스인 고문단이 지휘했다.

도시조는 마쓰다이라, 오토리와 더불어 이 연습의 총감이었으나 이 사내 특유의 뛰어난 이해력은 프랑스식 용병을 이 한 번의 대연습을 통해 완전히 터득했다.

포병 교관 브뤼네가 놀라서

"히지카타님, 프랑스 황제가 당신을 사단장으로 초빙하고 싶어할 겁니다."

이렇게 진지하게 말했을 정도였다.

9월 3일, 센다이번에서는 성 안 응접실에 구 막부군 수뇌들을 초청하여 센다이번 대표와 더불어 관군이 내습할 경우를 예상하고 작전회의를 열었다.

그런데 그로부터 열흘도 안 되는 동안에 번론이 온건파 쪽으로 기울어 마침내 9월 11일 관군에의 귀순을 결정하고 번의 요직에서 주전파 중신이 일제히 물러나게 되었다. 이 소식을 성 바깥거리의 고쿠부초 숙사에서 들은 에노모토는 크게 놀랐다.

"히지카타 씨, 동행해 주시오."

두 사람이 등성하여 새로 번의 주도권을 장악한 집정 엔도 분시치로(遠藤文七郎)와 대면했다.

엔도는 센다이번의 명문으로 대대로 구리하라 군 가와구치의 800섬을 영지로 받고 이미 안세이 원년에 번의 집정이 되었다. 그러나 성격이 지나치게 과격하여 번의 요로와 의견이 맞지 않아 그 뒤 교토에 주재했다.

그 사이 서쪽 지방 여러 번의 지사와 사귀다가 귀향 후 강경한 근왕론을 주장하여 그 때문에 친막파의 미움을 산 뒤에는 자기 영지에 들어앉아 있었다.

번이 귀순으로 기울어지자 갑자기 기용되어 집정으로 다시 앉게 된 것이다.

엔도는 교토에서 사쓰마·조슈·도사의 지사들과 사귈 무렵, 신센조의 위세를 엄연히 눈으로 보고 또 증오하기도 했다.

그 히지카타가 눈앞에 있는 것이다.

더구나 사쓰마·조슈의 비리를 꾸짖으며 주전을 주장하고 있었다.

엔도로서는 '이 신센조의 도적이' 하며 가소롭게 여기고 있었다.

도시조도 설득하면서 이 새 집정의 얼굴을 어디서 본 것 같은 마음이 들어서 견딜 수 없었다.

'어쩌면 교토에서 시중 순찰 중에 보았을지도 모른다.'

기억력이 좋은 사내이므로 이렇게 생각하니 마주쳤을 때의 정경까지 역력히 눈시울에 떠올랐다.

겨울에 가라스마루(烏丸) 거리를 남하하다가 시조 거리에서 이 사내와 그의 종자 너덧 명을 만났다.

당시는 신센조의 순찰이라고 하면 큰 번의 무사라도 길을 비키고 낭사 따위는 골목에 숨어들었던 것인데 그 때도 그랬다.

"히지카타가 왔다."

분명히 엔도의 친구가 말했다. 머리 모양으로 보아 도사의 낭사 같았다.

시끄럽다고 생각한 모양인지 모두 뿔뿔이 흩어져 버렸다.

엔도만이 남았다. 큰 번의 중신이므로 손을 허리춤에 찌르고 태연히 서 있었다.

도시조가 수하하였다.

"다데 무쓰노카미의 가신 엔도 분시치로."

상대가 말했다.

손은 여전히 허리춤에 찌른 채였다.

"우리는 공무 집행상 심문하고 있소. 손을 빼도록."

이렇게 말하자 엔도는 코웃음을 치며 당당한 태도로 말했다.

"이 손을 빼게 하고 싶으면 우리 주군 무쓰노카미에게 상신하시지. 나는 변변치 못하나마 다데 가문 대대의 가신이오. 무쓰노카미 이외의 사람에게서 명령을 받은 일이 없소."

'이 녀석이.'

나가쿠라 신파치가 검을 반쯤 뽑았으나 도시조는 제지했다.

"지당한 말이오."

그런 다음 대원들을 물리치고 자기 혼자 남아 엔도에게 말했다.
"싸움을 걸어왔으니 응할 수밖에. 뽑으시오."
두 사람의 간격은 다섯 발짝.
엔도도 그럴 작정이었던 모양으로 왼손을 쳐들어 칼을 뽑았다.
그때, 어떻게 된 일인지 겨울 참새 한 마리가 두 사람 사이에 날아와 앉았다.
'거리에 사는 새라 사람을 따르는구나.'
도시조는 문득 시를 짓고 싶은 감흥이 솟았다. 이런 점이 서툰 시를 즐기는 호교구 선생의 버릇이 아닐까.
엔도가 한 발 다가들었다.
참새가 후닥닥 날아갔다.
"제기랄, 참새가 내뺐군."
그때 엔도가 크게 도약하여 정면으로 뽑아치기로 뛰어들었다. 도시조는 하단. 그의 검이 원을 그리며 허공을 가르고 엔도의 느린 칼코등이가 근방을 내리쳤다.
"서툰 칼짓은 그만두는 게 좋겠군."
엔도의 칼이 땅에 떨어져 있었다.
"앞으로 번의 신분을 코에 걸고 허세를 부리지 말게. 지금의 교토에서는 통하지 않아. 우리는 시중 치안을 담당하고 있네. 다데 가문의 고위 신분이라면 당연히 이해가 있어야 하지 않을까."
말을 마치고 도시조는 훌쩍 돌아섰다.
생각하니 그 시절이 못내 아쉽다.
그 도시조가 탈주 막부군의 육군 담당관 대우로 프랑스식 군복을 입고 엔도와 마주앉아 있다.
'그 히지카타로구나.'
엔도의 눈에 경멸과 증오가 서렸다.
에노모토 다케아키는 설득을 거듭했다.
이 사내는 일본인으로서는 드물게 유럽을 보고 온 사람이다.
설득함에 있어서 세계의 정세를 비롯하여, 사쓰마·조슈가 어린 천황을 옹립하여 권세를 마음대로 휘두르며 일본국을 그르치려 한다는 논지까지 밀고 나갔다.

도시조는 달랐다.

말이 서툴렀고 에노모토와 같은 세계관이 없었다.

그래서 도시조는 다음과 같이 말했다.

"센다이번으로서 관군에 귀순하는 것이 이득인가, 싸우는 것이 이득인가, 그와 같은 이해론(利害論)은 별문제입니다. 아우가 형을 치고(아우란 기이, 오와리, 에치젠 등 도쿠가와 3대(三大) 가문을 가리킨다. 형은 도쿠가와 장군 가문), 신하(사쓰마·조슈)가 주군(도쿠가와 가문)을 친다면 인륜은 땅에 떨어지고 기강은 간 곳이 없어집니다."

혁명기에는 통용되지 않는 옛 질서의 도덕을 가지고 사쓰마·조슈의 비리를 규탄한 것이다.

"이러한 그들에게 천하의 큰 정사를 맡길 수는 없소. 적어도 무사의 길을 이해하고 성인의 가르침을 아는 사람은 결코 그들 사쓰마·조슈 도당에 가담하지는 못할 것이오. 귀 번의 의견은 어떻소?"

애석하지만 도시조는 어디까지나 싸움꾼이며 큰 번의 중신들을 설득시키기에는 너무나 말주변머리가 없었다.

역시 이 사내는 싸움터에 있어야 할 몸이며 이와 같은 호화 무대에는 어울리지 않았다.

다만, 도시조의 수행원 격으로 등성하여 별실에 대기하고 있던 교토 이래의 대원 사이토 하지메와 마쓰모토 스테스케는 감동이 컸던 모양으로 뒤에 히노의 사토 집안을 방문하여 그때의 상황을 이렇게 말했다.

"아니, 정말 대단했습니다. 거동이 침착하고, 차근차근 설득하는 품이, 대영주의 가로(家老)와 다를 바 없고 자연적으로 갖추어진 위엄과 풍채에는 실로 감동하지 않을 수 없었습니다."

사이토나 마쓰모토 등 오랜 동지의 눈으로 보면 무사시 다마군 이시다 마을의 농사꾼 출신 싸움꾼이 칼솜씨 하나로 어쨌든 센다이 62만 5천 섬의 귀추 결정을 아오바 성안의 응접실에서 논한 것만으로도 엄청난 일이라고 생각했을 것이다.

하지만 도시조가 나설 무대는 아니었다.

그 직후, 센다이번 집정 엔도 분시치로가 같은 직책인 오에다 마고사부로 (大枝孫三郎)에게 그 학재(學才)와 정치 감각을 칭찬했다.

"에노모토는 상당한 사내야."

그러나 도시조에 대해서는 지독한 평을 내렸다.

"도시조는 참으로 그릇이 작아. 논할 것도 없어."

엔도는 번 안 근왕파의 수령이고 도시조에게 원한도 있었다. 그리하여 이와 같은 혹평이 나왔으리라.

그 뒤 숙소에 돌아가서 도시조가 마쓰다이라 다로에게 땀을 닦으면서 이렇게 말했다.

"어려운 소임이었어. 나는 역시 응접실 같은 데는 어울리지 않아. 총탄의 비나 칼의 숲, 그런 데가 좋아."

그것을 옆에서 듣고 있던 오토리 게이스케가 도시조를 비웃듯이 말했다.

"상대가 나빴소. 엔도라는 사내는 나도 알고 있소. 에도에 유학할 때 쇼헤이코(昌平黌 : 막부의 유학 교습소)에서도 수재로 인정받은 사내입니다."

쇼헤이코란 말할 것도 없이 막부 관설(官設)의 최고 학문소(學問所)로 오늘날의 도쿄 대학의 전신이다.

오토리는 은근히 무식꾼 검객인 도시조를 비웃었던 것이다.

이윽고 센다이번은 관군에 귀순했다.

에노모토 함대는 센다이 영지를 떠나 풍랑 속을 헤치고, 홋카이도(北海道)에서 새로운 천지를 개척할 생각으로 항해를 개시했다.

도시조는 기함 가이요마루에 있었다.

함대 북상

이날 밤, 풍랑이 좀 거칠었다.

함대는 북상하고 있었다.

도시조가 타고 있는 막부함(幕府艦) 가이요마루(開陽丸)는 좌현에 빨강등, 우현에 초록등을 밝히고 메인마스트에 세 개의 장관등(將官燈)을 달았다.

이 등불이 하나일 경우는 탑승한 제독은 소장(小將), 두 개일 경우는 중장, 세 개일 경우는 대장으로 정해져 있다.

에노모토 다케아키는 대장이라는 말이 된다.

그는 대장 사실(私室)에 기거하고 있었다.

도시조에게는 그 다음 격이라고 할 수 있는 참모장실을 쓰게 하였다.

이 군함은 당시 세계적 수준의 대함으로 12센티미터 구경의 크루프 신형포 26문을 갖추고 그 전력은 한 군함으로 능히 관군함 10척에 필적하는 것이었다.

해가 진 뒤 에노모토는 갑판을 순시했다.

풍랑은 세지만 돛으로 항진하기에는 알맞다. 석탄을 절약하기 위해 함장이 기관을 정지시킨 모양인지 굴뚝은 연기를 내뿜지 않았다.

에노모토는 도시조의 방 앞을 지나갔다. 선창에서 불빛이 새어나오고 있었다.

'아직 자지 않고 있나?'

에노모토는 철두철미 서양화된 무사지만 그렇다고 같은 프랑스식 무사 오토리 게이스케를 크게 믿지도 않았다.

평생토록 끝내 만나지는 못했으나 이 에노모토는 곤도 이사미에게 대단한 관심을 가지고 있었다.

뒷날 하코다테(函館)의 공방전 때도 나가이 나오무네(永井尚志)라고 하는 구 막부의 문관 출신에게, 도시 방위의 지휘권을 맡긴 일을 두고두고 후회한다는 말을 했다.

"가령 죽은 곤도 이사미, 혹은 육군 담당관 대우의 히지카타 도시조에게 하코다테를 맡겼더라면 그런 꼴은 안 되었을 것이다."

에노모토는 신센조를 좋아했다. 뒤에 유신 정부의 고관이 된 구 막신 중에서 신센조를 정열적으로 사랑한 것은 초대 군의총감 마쓰모토 료준과 에노모토 다케아키였다.

에노모토는 도시조의 방문 앞에서 걸음을 멈췄다. 얘기를 나누고 싶었던 것이다.

센다이성에서 처음으로 이 유명한 신센조 부장 히지카타 도시조라는 자를 만났다.

더불어 아오바성(센다이 성)에 등성하여 센다이번주를 설득하기도 했으나 단 둘이 이야기를 나눈 적은 없었다.

'하긴 그 사내는 구변은 좋지 않았어.'

하지만 큰방에 예복을 입혀 앉혀 둘 사내는 아니었다.

어느 모로 보나 싸우기 위해 태어난 것 같은 풍모와 배짱을 지니고 있었다.

에노모토는 막신 출신이므로 직속 무사라는 것이 얼마나 나약한지를 알고 있었다. 히지카타처럼 배짱 있는 사나이는 아직 본 일이 없었다.

'육군은 이 사내에게 맡기자.'

에노모토는 이렇게 작정하고 있었다.

그는 히지카타 도시조라고 하는 사내가 에도 탈주 이래, 우쓰노미야성 탈환, 닛코 농성, 아이즈에의 전전(轉戰), 아이즈 와카마쓰성 밖의 전투 등등 그가 어떤 싸움을 해 왔는지 히지카타 밑에 있는 직속 무사 출신의 사관에게 들어서 잘 알고 있었다. 이 신센조의 옛 부장은 놀랄 정도로 서양식 전투법을 자기 것으로 만들어 독자적인 방식을 엮어내고 있었다.

그 한 가지 예는 와카마쓰성 바깥에서의 전투 때다.

에노모토가 들은 바에 의하면 도시조는 소부대를 이끌고 직접 정찰하러 나갔다.

마을 변두리에 잡목림이 있었다. 길은 그 숲속을 지났다.

날은 이미 저물었다. 잡목림에 이르렀을 때 갑자기 숲속에서 미니에총 일제 사격이 벌어졌다.

일동은 관군 대부대와 마주쳤다고 보고, 등을 돌려 도망치려고 하는 자, 응사하려고 하는 자 등 크게 당황한 모습이었으나 도시조는 이들을 진정시키고 명령했다.

"모두 제 자리에서 고함을 쳐라, 한꺼번에!"

'와아' 하고 일제히 고함을 치자 잡목림 속의 적도 덩달아 '와아' 하고 응수했다.

도시조는 빙그레 웃었다.

"적은 몇 안 된다. 전초병이다."

목소리로 숫자까지 맞혔다. 50명으로 보았다.

"걱정 말고 진격하라!"

마구 돌진하자 적은 전초병이므로 싸우지 않고 내뺐다.

도시조가 정찰에서 돌아오니 평소 겁쟁이로 조롱받고 있는 오토리 게이스케가 다소 비난조로 말했다.

"왜 응사하지 않았소?"

"그 이유는 당신이 가지고 있는 프랑스식 보병교본에 써 있소. 척후의 목적은 정찰에 있는 겁니다. 전투하려는 것이 아니오."

오토리도 지지 않았다.

"전초병도 적이오. 싸워서 포로로 잡으면 본대의 상황을 알 수 있지 않겠소?"

"옳은 말이오. 하지만 포로의 입을 빌려 오기보다 내가 직접 적의 본진을 보고 오는 편이 더 확실할 거요."

사실 대담하게도 적의 본부대 코앞까지 접근하여 그 동태를 정찰하고 돌아왔던 것이다.

장교 척후로서는 이상적인 행동이라고 할 수 있겠다.

더욱이 도시조는 정찰에서 돌아오자마자 검사 30명, 소총병 200명을 데리고 등불도 없이 급히 달려가 적의 본부대 숙영지를 습격하여 멀리 후방까지 패주시켰다.

'오토리로서는 흉내도 못낼 일이다.'

이 이야기를 들었을 때 그 지휘력이 이미 신기(神技)에 이르렀다고 생각했다. 전략의 치밀성, 결단의 신속성, 대담성, 행동의 민첩성은 300년 전부터 대대로 녹봉 생활에 안주하며 관직에만 몰두해 온 직속 무사들은 도저히 미칠 바가 못 되었다.

안개가 끼기 시작했다.

선미에서 10정(町) 정도 떨어져 따라오는 가가 겐고(甲賀源吾) 함장의 가이텐마루의 등불이 보이지 않게 되었다.

가이요마루는 무적(霧笛)을 울렸다.

이윽고 멀리 후방 어둠 속에서 가이텐마루의 무적이 거기에 응답하는 소리가 들려왔다.

'모두 순조롭게 나가고 있다.'

에노모토는 도시조의 방문을 노크했다.

"…………"

도시조는 서양식 예절에 익숙하지 못하다. 칼을 잡고 문에 다가가 목소리를 가라앉혔다.

"누군가?"

교토의 신센조 당시에 몸에 붙은 조심성은 이제 이 사내의 버릇이 되었다.

"납니다. 에노모토입니다."

"아아!"

도시조는 문을 열었다.

시꺼먼 바람과 더불어 선장복 차림의 에노모토가 들어왔다.

"방해가 되지나 않았는지 모르겠소."

에노모토는 미소짓고 있었다. 네덜란드의 수도 헤이그 시(市) 청사에서 아무리 보아도 당신은 극동인이 아니요, 스페인 사람이 아닌가요, 라는 말을 들었을 정도로 이 사내는 굴곡이 깊은 얼굴을 가지고 있었다. 갸름한 얼굴이 많은 이른바 에도인의 얼굴은 아니었다.

에노모토 집안은 미카와(三河) 이래의 막신이지만 실상 이 다케아키 자신에게는 그 피가 흐르고 있지 않다.

아버지 엔베(圓兵衛)는 빈고(備後) 후카야스군 유다 마을 촌장의 아들이었다. 토지를 관장하고 있는 군수(郡守)에게 그 학재(學才)를 인정받아 에도에 가게 되었는데 에도에서는 막부의 천문학자 다카하시 다쿠사에몬, 이노 다다타카 양인에게 사사하여 에도에서도 유수한 수학자가 되었다. 다행히 막신 에노모토 가문의 무사 신분을 천 냥에 팔려고 내놓았는데 그것을 사서 에노모토 엔베 다케노리라고 이름을 고치고 하인 5명에 55섬의 녹봉을 받게 되었다.

그 에노모토 엔베의 아들이었다.

피에는 촌 무지렁이의 야성(野性)이 섞여 있다. 그러나 다케아키 자신은 샤미센보리의 큰 저택에서 태어난 순수 에도 태생으로 공부벌레이면서도 교카(狂歌: 해학, 풍자를 주로 읊은 시)와 재담에 뛰어났다. 시골뜨기의 피와 도회지 태생의 재기가 알맞게 섞여 일종의 걸작이라고 할 만한 인간이 태어난 것이다.

에노모토는 도시조가 분큐 3년 3월 15일, 곤도 이사미, 세리자와 가모 등과 더불어 교토에서 신센조를 발족시킨 한 달 뒤인 4월 16일에 막부, 유학생 15명 중의 한 사람으로 네덜란드의 로테르담항에 입항했다.

당시 로테르담 시민은 전설과 소문으로만 듣던 극동의 '무사'를 구경하기 위해 해안에 몇만의 인파가 몰려, 기마 순경이 교통정리를 하고 부상자가 나오는 등 야단법석이었다.

도시조가 교토에서 떠돌이 낭사들을 베고 있던 3년 반 동안 에노모토는 화학, 물리, 선박 조종술, 포술, 국제법을 배우고 다시 그 때로서는 희귀한 학문인 전신기(電信機)까지 배워 모스 신호의 송수신에 상당한 기량을 갖추기에 이르렀다.

더욱이 때마침 덴마크·오스트리아 전쟁이 일어나 관전(觀戰) 무관으로 전선에 나갔다.

하기야 이 전쟁은 약소국 덴마크가 대국 오스트리아와 비스마르크가 지휘하는 프로이센의 동맹 때문에 순식간에 패퇴한 전쟁이었으나 에노모토가 받은 충격은 컸다.

"비같이 쏟아지는 총알 속을 누비면서 이른바 문명국의 전쟁을 실제로 보았다. 거기서 얻은 바가 컸다."

에노모토가 훗날 한 말이다.

오스트리아 프로이센 연합군이 덴마크에 침입하여 슐레스비히를 함락시켰을 때, 에노모토는 그 최격전지를 보았다.

그 때를 음력으로 고치면 도시조 등이 교토 산조 소교(小橋) 서쪽의 '이케다야'에 쳐들어간 겐지 원년 6월 5일 전후였을 것이다.

신센조가 교토 가쇼초에 새 둔영을 설치하고 크게 위세를 떨쳤던 게이오 원년 10월, 그 무렵 네덜란드에서는 에노모토가 웨테렌 화약창에서 화약 성분을 연구하고 다시 막부가 매입할 예정인 화약 제조 기계의 주문을 교섭하고 있었다.

게이오 2년 9월 12일 한밤중.

도시조가 하라다 사노스케 등 36명을 지휘하여 산조 다리가에서 도사번사들과 일대 난투극을 벌이고 있었을 때, 에노모토는 로테르담 시에서 약 백 리 떨어진 도르도레히트라는 작은 마을에 있는 조선소에 들어가 있었다.

지금 타고 있는 가이요마루가 며칠 뒤에 준공하게 되었기 때문이다. 가이요마루 정도의 거함의 조선은 네덜란드에서도 드문 일이었으므로 그 때의 신문, 잡지가 이 군함에 대한 기사를 취급했는데 잡지 〈네덜란드 마하사이〉에 이렇게 씌어 있었다.

"과연 이 군함이 독에서 깊이가 얕은 도르도레히트 강에 무사히 뜰 수 있을지, 기술적인 마지막 고심을 모두 거기에 쏟았다."

이 군함이 무사하게 진수하고 다시 양쪽 기슭의 풍경이 아름다운 멀베 강에 떠올랐을 때는 임석한 해군대신도 그 근방의 목동도 흥분하여 함성을 질렀다.

그 무렵, 도시조는 가모강 제니토리 다리에서 사쓰마번과 내통한 혐의가 있는 5번대 조장 다케다 간류사이를 사이토 하지메를 시켜 목을 치고 있었다.

"여기 앉으시오."

도시조는 이상하게 쑥스러워하면서 의자를 권한 뒤 탁자 건너에 마주 앉았다.

에노모토는 의자에 걸터앉았으나 이 사내도 어딘가 침착성이 없었다.

서로 이방인이라고 해도 좋을 정도로 경력이 다른 것이다.

"배멀미는 안 하십니까?"

에노모토는 화제가 궁한 나머지 배멀미를 하는지의 여부를 물었다.

도시조는 잠자코 웃고는 곧 다시 이 사내 특유의 무뚝뚝한 얼굴로 되돌아갔다.

에노모토가 말했다.

"히지카타님은 군함이 처음이겠군요."

"아닙니다. 오사카에서 에도로 돌아왔을 때 후지야마 함을 탔습니다. 그때는 조금······."

"당연합니다."

에노모토는 다시 교토의 신센조 시절의 일을 물었다.

도시조는

"다 지나간 일입니다."

말했을 뿐 별로 말이 없었는데 다만 곤도에 대하여 두서너 마디 이야기하고 이렇게 덧붙였다.

"영웅이라고 할 만한 사람이었습니다."

에노모토는 고개를 끄덕였다.

"유럽이나 미국의 군인, 귀족 중에는 그와 같은 느낌을 주는 인물이 많이 있습니다. 일본은 무사의 나라라고 하지만 적어도 에도의 직속 무사는 용맹이라는 점에 있어서 유럽 사람에게 훨씬 떨어집니다. 나는 신센조를 생각할 때 언제나 신흥국인 프로이센의 군인을 연상하지요. 비슷합니다."

"그렇습니까?"

도시조로서는 짐작도 안 간다.

"히지카타님, 생각해보시오. 유럽이나 미국을 양이, 양이 하지만 그들은 하찮은 상인조차도, 이 가이요마루의 절반은 되는 배를 타고 이역 만리 파도를 넘어 생사를 걸고 이 일본까지 장사하러 옵니다. 함부로 볼 건 아니지요."

이어서 에노모토는 하코다테에 대해서 이야기했다.

에노모토는 어려서부터 모험심이 강하여 19세 때, 훗날 하코다테 행정관이 된 막신 호리 도시히로가 아직 연락관에 지나지 않았을 무렵, 막부의 밀명을 받고 마쓰마에번의 내정을 탐지하기 위해 홋카이도에 가게 되었다.

그 호리에게 부탁하여 그의 종복이 되어 두 사람 모두 도야마 약장수로 변장하고 하코다테까지 갔다고 한다.

"이를테면 밀사였지요. 그때는 나도 이런 일이 실제로 있구나, 하고 우스꽝스럽다는 생각도 들었지요."

에노모토가 말했다.

에노모토가 하코다테에 가려고 생각한 가장 조그만 이유는 전에 갔던 적이 있기 때문이라는 것이었다.

가장 큰 이유는 홋카이도를 독립시키고 하코다테에 독립정부를 세우는 일이었다.

"외국과도 조약을 맺을 겁니다. 그렇게 되면 교토 정부와는 별도로 공인된 독립정부가 되는 겁니다."

그 독립국의 원수로는 도쿠가와 가문의 혈통으로 하고 싶다는 것을 도시조는 이미 센다이에 있었을 때 에노모토에게서 듣고 있었다.

"정부를 방위하는 것은 군사력입니다. 우리는 교토 조정이 감히 넘겨다 볼 수 없는 대함대가 있습니다. 게다가 히지카타님을 비롯해서 마쓰다이라, 오토리 등의 육군이 있고……."

에노모토는 말을 이었다.

"그곳에는 고료가쿠(五稜郭)라고 하는 구 막부가 축성한 서양식 성채가 있습니다."

도쿠가와 가문의 혈현자를 원수로 받들어 입헌 군주국을 만드는 것이 에노모토의 이상이고 그 이상도(理想圖)는 네덜란드의 정치체제와 같은 것이었다.

그 밖에 에노모토가 하코다테를 점령하려고 한 가장 큰 이유는 하코다테만이 관군 군사력에 의해 점거되지 않은 오직 하나의 국제 무역항이라는 것이었다.

나가사키, 효고, 요코하마는 모두 관군이 장악했고 그 항구와 외국 상관(商館)을 통하여 관군이 거침없이 무기를 사들이고 있었다.

하코다테만은 공경인 시미즈다니 긴나루(淸水谷公考) 이하의 조정 임명 관료와 소수의 병력, 그리고 마쓰마에번(松前藩)이 행정적으로 관장하고는 있으나 그들을 쫓아내기에는 큰 힘이 필요하지도 않고, 우선은 유일무이하게 남겨진 무역항이었다.

외국인 상관도 있었다.

여기서 에노모토는 무기를 수입하여 본토의 침략을 허용치 않을 정도의 군사력을 기르는 한편, 산업을 개발하여 크게 부국강병을 꾀하고, 장차는 현재 시즈오카에 이주하여 하루하루의 생활에도 곤란을 받고 있는 구 막신을 이주시키려고 생각하고 있었다.

"히지카타님, 어떻습니까?"

에노모토는 혈색 좋은 얼굴에 미소를 띠며 그야말로 득의만면이었다.

에노모토는 낙천가였다.

하기는 그가 배운 국제법에 의하여 외국과의 조약도 맺을 수 있을 것이고 경제적으로도 타산이 맞을 것이며, 그런대로 앞으로 군사적으로도 본토와 대등한 힘을 갖게 될지도 모른다.

"3년."

에노모토는 손가락 셋을 내밀었다.

"3년. 교토 조정이 가만히만 있어 주면 우리는 충분한 준비를 할 수 있소."

"그렇지만……."

도시조는 고개를 갸우뚱했다.

"그 3년이라는 날짜를 관군이 우리에게 주지 않으면 어떻게 됩니까?"

"아니, 날짜를 버는 데는 외교라는 것이 있습니다. 교묘하게 조정을 꼼짝달싹 못하도록 묶어 놓는 겁니다. 우리는 별달리 반역할 뜻이 있어서 이러는 것이 아니오. 본래의 도쿠가와 영지에 독립국을 하나 만든다는 것뿐이니까 여러 외국도 응원해 줄 것이고 관군에게도 횡포한 짓을 못하게 할 겁니다. 내가 그렇게 만들겠소."

"그렇군요."

에노모토는 곤도와 비슷하다고 도시조는 생각했다. 어처구니없는 낙천가라는 점에서.

'그러한 기질의 사내만이 총수를 맡을 수 있는 것이 아닐까.'

도시조는 어디까지나 부장 격인 자기 자신을 깨닫고 있었다.

물론 그것으로 좋다.

전적으로 에노모토를 도와주자고 생각했다.

다만 2대째 낙천가가 초대 낙천가와는 달리 학문이 너무 많아서 난감했다. 그리고 여간 영리하지 않았다.

'관군은 3년 동안이나 내버려두지 않을 것이다. 반드시 그 안에 쳐들어 온다. 그 싸움을 이 사내는 견뎌낼 수 있을까?'

도시조는 조약 따위는 아무래도 좋았다. 요컨대 싸움 한 가지뿐이었다. 에노모토의 내부에 곤도만큼의 전투력이 있는지 어떤지를 알아내고 싶었다.

해전구도(海戰構圖)

더욱 북쪽으로 나아갔다.

함대는 7척

무진년 가을, 10월 13일, 에노모토 함대는 연료와 물 보급을 위해 난부(南部)번의 영지 미야코만(宮古灣)에 기항했다.

함대는 수로가 복잡한 만 안을 누비듯이 들어갔다.

"호오."

가이요마루 갑판 위에 서 있던 도시조는 이 만의 아름다운 풍광에 경탄했다.

"이치무라 데쓰노스케(市村鐵之助)."

도시조는 자기의 시동(侍童)을 성명으로 불렀다.

"춥다."

도시조가 말했다.

구력(舊歷) 10월이 되면 오우(奧羽)의 바닷바람은 이미 쌀쌀해진다.

16세의 오가키번 출신 이치무라 데쓰노스케는 도시조의 망토를 가져왔다.

도시조는 갑판에서 대검을 짚고 망토를 어깨에 걸쳤다.

"데쓰노스케, 이런 경치는 봐 둘 만하구나."

도시조는 이렇게 말했다.

도시조는 희망에 차 있었다. 도시조뿐만이 아니었다.

에노모토 함대의 모두가 홋카이도에서 건설할 제2 도쿠가와 왕조의 희망으로 마음이 부풀어 있었다.

그리하여 본토에서의 마지막 기항지가 될 미야코만의 경치는 그 누구의 눈에도 아름답게 비쳤다.

이 만의 풍경을 그림으로 그리는 것은 서양화가가 아니면 불가능하리라. 그것도 황색 물감이 어마어마하게 많이 필요할 것이다. 어느 섬이나, 어느 절벽이나 밝은 노랑과 암록색 낭떠러지로 그 가장자리를 장식하고 있었다.

"마쓰시마(松島)도 아름답지만 이 미야코만에는 도저히 미치지 못할 거야."

도시조는 전에 없이 말이 많았다.

희망이 경치를 아름답게 만들었다.

"네에."

16세의 이치무라는 도시조가 기분 좋아하는 것이 몹시 기뻤다.

함대는 측량을 하면서 느릿느릿 들어갔다.

북쪽은 비교적 넓다. 어촌 다치가사키(立崎)에서 그 안쪽은 수심이 스무 발로 깊기도 하려니와 안으로 들어가면서 점점 좁아진다. 바다 밑은 진흙이다.

다만 북쪽만의 결점은 난바다로 너무 많이 열려 있어, 풍화가 침입해 올 우려가 있기 때문에 안전하게 닻을 내릴 곳이라고 할 수 없었다.

에노모토 사령관은 그렇게 판단했다.

함대는 구와자키라고 하는 어촌 앞까지 들어갔다. 거기서의 측량 결과는 수심 세 발에서 다섯 발 사이, 우선 닻을 내리기에는 충분하다.

게다가 만 안의 지형이 복잡하여 바람을 막아 준다.

"여기가 좋다."

에노모토가 말했으나 워낙 만 안이 좁아 함대가 다 들어가지 못할 것 같았다. 하는 수 없이 대형함 가이요마루와 가이텐마루는 이 좁은 출입구에서 약간 밀려난, 섬 그늘에 닻을 내렸다.

도시조는 에노모토의 주도한 지휘 태도를 보고 이 사내에 대한 평가가 점점 높아졌다.
'솜씨 있는 사내이다.'
그것은 에노모토의 솜씨 있는 수배와 치밀성 때문이었다.
난부번에 사자를 보내는 한편 이 미야코만의 측량을 여전히 하고 있었다. 집요할 정도로 치밀했다. 이 난부 령 미야코 만 따위는 닻을 올리고 가버리면 그만인 곳이 아닌가.
"색다르다."
그것이 에노모토의 타고난 성격인지 외국에서 배워 온 방식인지 도시조로서는 알 길이 없었다.
"에노모토님, 수고가 많습니다."
프랑스식 육군 장교 제복을 입은 도시조는 에노모토에게 말을 걸었다.
에노모토는 네덜란드에서 귀국한 뒤, 그 자신이 디자인을 연구하고 구 막부에 진언하여 채택된 해군 제복을 입고 있었다.
검정 나사(羅紗)로 된 조끼, 양복바지, 거기에 프록코트라고도 할 수 없는 코트와 하오리의 중간쯤 되는 웃옷을 걸치고 단추는 전부 금빛, 코트 소매 끝에 사관의 계급을 나타내는 금줄을 돌렸다. 에노모토는 대장 격이므로 다섯 줄이다.
그 양복바지 벨트에 일본도를 꿰어차고 유학중에 기른 여덟 팔자 수염을 달고 있었다.
수염은 전국 시대의 무사가 좋아했으나 도쿠가와 300년 동안에는 그 유행이 사라졌다.
그런데 서양 사람은 이것을 좋아했다. 에노모토의 수염은 서양 물이 든 막신의 본보기라고나 할까.
"측량은 기항할 때마다 면밀하게 조사해서 해도(海圖)라고 하는 항로 안내서에 기입합니다. 그 항만을 앞으로 필요하거나 필요하지 않거나 반드시 측량합니다. 말하자면, 서양식 해군의 버릇 같은 것입니다."
에노모토는 이 무학 검객을 위해 친절하게 설명했다.
"그렇군요."
도시조는 생각하고 있었다.
이 싸움꾼 사내의 머리에는 에노모토에게도 없는 기발한 공상이 떠오른 모양이었다.

"히지카타님, 뭘 생각합니까?"

에노모토는 관심을 보였다. 제2 도쿠가와 왕조군(王朝軍)의 대장은 모두 구 막신 중에서 우수한 학자, 수재뿐인데 이 히지카타 도시조만은 이질적인 사람이다. 그러니만큼 에노모토로서는 학식이 없는 실전가(實戰家)의 발상에 흥미가 있었다.

"아니, 에노모토님, 당신은 우습게 생각하실는지 모르지만 이 미야코 만에 대해서 말입니다. 관군 함대가 장차 홋카이도로 쳐들어올 경우의 일을 생각하고 있습니다."

"…………."

"그 증기선이라는 것이 바다에서 항구에 들르지 않고 달릴 수 있는 것은 며칠간입니까?"

"함선이 크고 작음에 따라 다릅니다만 함대를 편성할 경우, 그 중 가장 작은 배에 보조를 맞춥니다. 관군 함대의 수송선은 고작 200톤 정도일 테니까 거기에 육군을 다 싣는다면 음료수만도 사흘이 못 갑니다."

에노모토에게는 다소의 현학적(衒學的) 취미도 있었다. 쓸데없는 말도 곧잘 했다.

"주력(走力)으로만 말하면……."

그가 말을 이었다.

"증기기관만 계속 땐다면 좋은 석탄이라도 고작 20일 정도입니다. 그 석탄을 절약하기 위해 바람이 좋은 날에는 기관을 끄고 돛으로 달립니다. 그 두 가지 힘을 솜씨 있게 구사하는 것이 좋은 함장이고, 선장이라고 하셨지요. 그것을 잘 하면 우선 한 달은 바다 위를 달릴 수 있습니다."

꼭 강의를 듣는 것 같았다.

그런데 도시조가 듣고자 하는 것은 좀더 구체적인 설명이었다.

"에노모토님, 관군 함대가 에도 만을 출발하면 이 미야코 만에는 꼭 들르겠지요?"

"아아, 그것 말입니까, 그거야 기항하겠지요."

"그것을 치는 겁니다."

신센조 대장이 말했다.

"네?"

"에노모토님, 이제야 알았지만 서양식 군함이란 부자유한 점도 많소. 일단 닻을 내리면 기관의 불을 끈다, 돛을 내린다, 이렇게 되면 막상 적이 내습해도 쉽게 출동하지 못합니다. 관군 함대가 여기 정박하고 있을 때 갑자기 군함으로 공격하면 적은 전멸합니다."

"아하, 그래서요?"

에노모토의 눈이 빛났다.

"이쪽 군함에는 우리 육군을 탑승시킵니다. 되도록이면 포격하지 말고, 즉 적함에 상처를 입히지 말고 접근해 가서 뱃전에 대고 갑판으로 쳐들어가면 군함을 송두리째 차지할 수 있지 않습니까?"

"허허허."

에노모토는 하마터면 웃음을 터뜨릴 뻔했다.

'신센조는 역시 신센조로군. 끝에 가서는 꼭 칼싸움이니.'

생각하면서 웃지도 못하고 아랫배에 힘을 주면서 진지하게 말했다.

"묘안입니다."

이 묘안이 뒤에 세계 해전 사상 처음이라고 할 수 있는 도시조 등의 미야코 만 해전으로 실현되게 되는데 에노모토는 이때 그저 우스갯소리로 흘려 버렸다.

선실에서의 도시조의 시중은 시동 이치무라 데쓰노스케가 돌보고 있었다.

얼굴이 갸름하고 눈매가 서늘한 젊은이로 어딘지 눈 언저리가 오키타 소지와 비슷했다.

"넌 오키타를 닮았다."

도시조가 이렇게 말한 적이 있었다.

"오키타 선생님하고요?"

이것이 이치무라의 자랑거리가 되었다.

이치무라가 미노 오가키 번 출신이라는 것은 앞에서 말했다.

도바, 후시미의 전투 직전, 신센조가 후시미 관아에 주둔했을 때, 마지막으로 모집을 했다.

그때 이치무라는 형 고조와 더불어 오가키번을 탈출하여 응모했던 것이다.

채용되었을 때, 이미 곤도와 오키타는 상처와 지병 때문에 오사카에 후송된 뒤였다. 당시 도시조가 사실상의 대장으로 채용 여부를 결정했다.

이치무라 데쓰노스케를 보았을 때 그 어린 나이에 놀랐다.

"몇 살이냐?"

"열아홉입니다."

거짓말을 했다.

지금 16세이니까 그때는 15세였을 것이다.

도시조는 싱긋 웃고 아무 말도 하지 않았다.

"칼은?"

"신도무념류를 익혔습니다. 고수 자격을 받기로 되어 있었습니다만 이런 소동으로 자격증은 갖고 있지 않습니다."

"한 번 겨루어 보라."

대원 노무라 슌사부로를 선택하여 시합을 시켰다.

둘다 별로 신통치 않았다. 그러나 기백만은 데쓰노스케가 우월했다.

"너는 오키타를 닮았다. 나이는 아무래도 거짓말인 것 같지만 소지를 보아 채용한다."

도시조가 이렇게 말했다. 이를테면 오키타 소지 때문에 채용된 것이다.

이치무라 데쓰노스케는 이 때문에 오키타 소지에게 큰 고마움을 느꼈는데 후시미에서의 전투 후, 오사카에 철수했을 때 비로소 병상의 오키타 소지를 만나 보았다.

오키타는 나중에 도시조에게 말했다.

"닮은 데가 없던데요."

"그런가?"

도시조도 쓴웃음을 짓고 있었다. 이렇다 할 이유가 있어서 그때 그런 말을 했던 것은 아니다.

어차피 고양이의 손이라도 빌리고 싶을 정도의 그 후시미 관아 시대였다.

"이거야 너무 어린데."

생각했으나 그래도 괜찮겠지 하는 생각으로 채용했다. 그때 도시조는 자신을 납득시킬 만한 이유로 이렇게 말했을 뿐이었다.

"오키타와 비슷하니까 그를 보아 데쓰노스케를 뽑는다."

그 한 마디가 이치무라 데쓰노스케의 일생을 좌우했다고 하여도 과언이 아니다.

이치무라는 오사카에서 에도로 돌아가는 후지야마 배 안에서 밤낮으로 오키타를 간호하면서도 정작 대장인 곤도 이사미하고는 끝내 말 한 마디 주고 받지 못했다.

에도에 당도하여 형 고조가 권했다.

"데쓰노스케, 도망치자."

이미 대세는 기울어져 약삭 빠른 부하들은 신센조에서 밤마다 하나 둘 사라지던 때였다.

고조가 도망치자고 한 것도 무리가 아니었다.

"데쓰노스케, 우리는 신참이다. 후시미에서 싸운 것으로 족해. 더 이상 부대에 남아 있다가는 이미 교토의 사쓰마·조슈가 천황기를 펄럭이고 있는 이상, 적도(賊盜)가 돼 버린다."

"아뇨, 저는 남아 있겠습니다."

이제 16세가 된 데쓰노스케는 신념에 찬 얼굴로 단호하게 말했다.

"이유가 뭐냐?"

"오키타님을 간호하라고 히지카타 대장님이 분부하셨어요."

"뭐?"

그것이 이유의 전부였다.

고조는 화를 냈다.

"넌 오키타 소지가 형이냐? 내가 형이냐?"

"형님, 곤란하군요."

이 심정은 자기 이 외에 아무도 모른다.

어쨌거나 오키타 소지와 자기는 닮았다.

"닮았기 때문에 뽑는다."

부장 히지카타 도시조가 분명히 말했다. 오키타 소지라고 하면 교토에서 모르는 자가 없다. 이치무라도 물론 그 명성을 듣고 있었다. 막부 말엽이 낳은 불세출의 검객일 것이라고, 이치무라는 오키타 소지의 풍모를 무섭게 생긴 용사로만 상상하고 있었다.

그런데 오사카의 병실에서 만나 본 실제의 오키타 소지는 몹시 수줍음을 타고 이치무라와 같은 애송이에게도 경어를 쓰며 더욱이 자기 쪽에서는 심부름 한 번 시킨 일이 없었다.

"이치무라 군, 난 아프지 않아. 그렇게 병자 취급을 해 주지 말았으면 좋겠는데."

후지야마 함에서도 이렇게 말했다.

기침이 심한 밤에 철야로 간호할 마음을 먹고 있으면
"이치무라 군, 자넨 나를 병자로 만들기 위해서 들어왔나? 자네가 거기 앉아 있으면 자꾸만 병자 같은 생각이 들잖아."
그런 말로 쫓아냈다.
다루기 힘들었다.
에도에 돌아온 뒤로도 여가를 틈타 의학소에 가서 간호했는데
"안 돼, 이치무라 군."
오키타는 데쓰노스케와 닮은 서늘한 눈으로 웃으며 말했다.
"자넨 사내가 아닌가. 남을 간호하기 위해서 신센조에 입대한 건 아니잖아."
오키타는 도시조에게도 말했다.
"그 이치무라를 자꾸 들여보내지 마십시오. 병이 옮을까 봐 영 조마조마합니다."
도시조는 오키타의 그 말을 이치무라 데쓰노스케에게 그대로 전했다. 데쓰노스케는 감격하여 소리내어 울었다. 오키타 정도의 사람이 그토록 자기의 몸을 걱정해 주었던가 해서다.
"그건 그 사람의 성미지."
도시조는 덧붙였으나, 나이 어린 이치무라 데쓰노스케는 그렇게 생각되지 않았다.
"나를……."
몸이 저려오는 느낌이 들었다.
형 고조가 탈주를 권고했을 때도 거부하는 이유로 그 말을 할까 생각했으나, 웬걸 알아 들을라구, 하고 입밖에 내지도 않았다.
첫째, 표현할 방법이 없었다. 무사는 자기를 알아주는 사람을 위해 목숨을 바친다는 옛말이 있지만 그 것과도 다르다.
뭔가 이상한 느낌이다.
그와 같은 이상한, 이치에 닿지 않는 애매모호하면서도 어떤 활성을 띤 것이 접착제가 되어 인간이 서로 맺어지는 경우가 많은 모양이다.
"저는 남겠습니다."
데쓰노스케는 형에게 잘라 말했다.
고조는 그 뒤 행방불명이 되었다.

데쓰노스케는 도시조와 더불어 각지를 전전하며 어느 싸움터에서도 용감했다.

이유는 단순하다.

"나는 오키타님을 닮았다."

그것이 늘 마음의 격려가 되었다.

이 이치무라 데쓰노스케라는 사람은 그 뒤 몇 명 안 되는 신센조의 생존자가 되어 메이지 이후 히지카타 도시조를 얘기하는 유일한 이야기꾼으로 세상을 살아갔으며, 메이지 10년, 세이난 전쟁(西南戰爭)에 경시청대(警視廳隊) 때 응모하여 사이고의 사쓰마군과 싸우다가 전사했다.

난부번은 에노모토 함대의 위력에 위축되어 그들의 요구대로 물자를 내놓았다.

장작이 중요한 제공 물자였다. 에노모토는 석탄이 필요했으나 오우(奧羽)에서 그것을 바랄 수가 없었다.

연료는 장작으로 대용하기로 하고 그것을 만재한 채 출항했다.

미야코 만을 떠난 것은 10월 18일이다. 그날 날씨는 맑고 파도는 조금 높았다.

함대는 계속 북쪽을 향했다. 도중에 몇 척의 외국 선박이 스치고 지나갔다.

그때마다 막부군의 선기인 일장기를 게양했다.

그 외국선의 선장들은 이 함대의 의도를 잘 알고 있었다. 요코하마에서 발행되고 있는 각국 신문에 에노모토가 하코다테에서 새 정부를 만들려고 한다는 기사가 매일처럼 실렸기 때문이다.

약취(略取)

함대가 홋카이도 훈카만(噴火灣)에 미끄러져 들어간 것은 무진년 10월 20일이다.

와시노키(鷲木)라는 어촌이 있다. 함대는 그 난바다에서 각기 닻을 던졌다. 이 순간부터 무진 사상(戊辰史上) 천하를 뒤흔드는 사건이 터지게 되는 것이다.

도시조는 가이요마루 갑판에 섰다. 눈앞에 자기가 상륙할 산야가 눈을 이고 펼쳐져 있었다.

이미 에노모토, 마쓰다이라, 오토리 등과 더불어 상륙 후의 작전을 짜 놓고 있었다.

두 부대로 나뉘어 하코다테를 공격하는 것이다. 본대의 사령관은 오토리 게이스케, 별동대의 사령관은 히지카타 도시조.

"히지카타님, 우리 모두 무사시 태생인데 엄청난 곳에 와 버렸소. 하지만 이 모두가 우리 정부의 국토라고 생각하면 사랑스럽다는 마음이 절로 듭니다."

에노모토 다케아키가 도시조에게 다가오면서 말했다.

도시조는 망원경을 눈에 대고 있었다.
"흐음, 인가가 있군."
그것도 백 사오십 채나. 놀라지 않을 수 없었다.
"에노모토님, 인가가 있는데요."
"아니, 나도 놀라고 있소. 와시노키에는 사람이 살고 있다고는 들었지만 고작 아이누 인(蝦夷人)이 혈거(穴居)하고 있겠지, 하고 생각했었는데 세상 일이란 정말 모르겠군요."
상륙해보니 도카이도의 역참거리와 마찬가지로 엄연히 본진까지 있고 관리관이 문복에 하카마를 입고 마중을 나오는 데는 놀라지 않을 수 없었다.
더욱 놀란 것은 이 관원 숙사가 일본식 건축물이라는 사실로, 방도 일곱, 여덟 개 정도는 되고 귀인을 영접하기 위한 특별실까지 마련되어 있는 일이었다.
에노모토도 놀랐다.
"일본과 다를 바 없군."
18세 무렵 마쓰마에에 온 적이 있었다는 에노모토가 이런 형편이니 도시조나 오토리, 마쓰다이라 등은 더욱 어리둥절할 수밖에.
"히지카타님, 나는 완전히 오랑캐의 땅인 줄 알았습니다."
마쓰다이라 다로가 말했다.
"하기야, 생각하면 마쓰마에번이 이 고장에서 수백 년 뿌리를 내리고 살지 않았습니까. 어쨌거나 놀랐어요."
젊은 마쓰다이라는 싱글벙글하고 있다.
이튿날, 하코다테를 향해 출발했다.
오토리군은 구 막부군 보병을 주력으로 하고 유격대, 그리고 백병전을 위해 신센조를 산하에 넣었다. 도시조의 배려였다.
"신센조는 새 정부의 것이지 나 개인의 사병은 아니니까요."
그런데 도시조가 이끄는 히지카타군(土方軍)은 완전히 서양식 부대로서 말하자면 사병만 교환한 형국이었다.
와시노키에서 곧장 남하하여 하코다테까지 백 리. 그 길을 오토리군(大鳥軍)이 간다.
히지카타는 해안선을 우회하여 도중에 가와쿠미에서 눈 덮인 산을 넘어 유노카와에 나가 동쪽에서 하코다테를 치기로 하였다.

하코다테에는 공경인 시미즈다니 긴나루를 수령으로 하는 관군 재판소(행정부)가 있는데 그것을 조슈번사 한 사람, 사쓰마번사 한 사람이 보좌하고 있고 방위군으로서 마쓰마에(松前), 쓰가루(津輕), 난부, 아키타(秋田)번 등의 번병이 관군으로 주둔하고 있었다.

오토리, 히지카타 양군은 이를 각처에서 격파하고 시미즈다니 긴나루는 아오모리 방면으로 도망쳤다.

하코다테 점령이 완료된 것은 상륙한 지 열흘 가량 된 11월 1일이다.

에노모토 군은 하코다테의 내외에 막부군 깃발인 일장기를 세우고 항구 안에 들어온 군함은 각기 축포 21발을 쏘아 이 점령을 일본인과 외국인에게 알렸다.

그 정청(政廳)은 모토마치(元町)의 구 하코다테 관아에 두고 나가이 겐파노카미(永井玄蕃頭)를 '시장(市長)'으로 하고, 에노모토군의 군사령부는 하코다테의 변두리 가메다에 있는 구 막부가 축조한 서양식 요새 '고료가쿠(五稜郭)'를 본부로 했다.

하코다테 점령을 기회로 에노모토 군에서 시중에 공관을 갖고 있는 여러 외국 영사를 초대하여 축하회를 열 예정이었으나, 홋카이도의 유일한 번인 마쓰마에번이 하코다테 서방 250리의 거성에서 번병을 거느리고 아직도 '항복'하지 않고 있었다.

"히지카타님은 공성의 명수입니다."

마쓰다이라 다로는 군의 석상에서 말했다.

도시조는 잠자코 있었다. 우쓰노미야 성 공략을 말하는 것이리라.

"수고스럽지만 가 주시겠습니까?"

오토리 게이스케가 말했다. 오토리는 도시조를 좋아하지 않지만 마쓰마에번을 함락시키지 못하면 외국 공관에 대한 신용 문제가 된다.

이때 도시조는 와시노키에서 하코다테까지의 200리에 걸친 전투를 막 끝낸 참이어서 히지카타 군은 거의 휴식을 취하지 못하고 있었다.

"함락은 빠르면 빠를수록 좋소."

에노모토도 말했다. 에노모토는 이것은 정치적인 전쟁이라고 보고 있었다. 이 공략전의 신속성에 따라 외국 공관, 상사의 하코다테 정권에 대한 신용이 깊어질 것이다.

"그렇다면……"

새 정권의 대장들 중에서 오직 하나뿐인 이 무학자는 무표정한 얼굴로 고개를 끄덕였다.

만족하고 있었다.

동료의 거의 전부가 양학자(洋學者)였다. 한학 소양도 모두가 깊어 때에 따라 한시를 짓기도 하고 난학(蘭學)과 불학(佛學 : 프랑스 학문)에 관한 이야기도 서로 주고받았으나 도시조는 그러한 담화 속에 끼어들지 못했다.

싸움 솜씨만이 자기의 오직 하나의 존재방식이라고 생각하고 있었다.

"가겠습니다."

도시조는 고개를 끄덕거렸다.

도시조는 신센조, 막부 보병, 센다이번의 서양식 부대인 액병대(額兵隊), 거기에 창의대의 탈주자 등을 포함한 병력 700명을 이끌고 출발했다.

마쓰마에 번은 3백 영주 중에서 봉록을 받지 않는 유일한 번이다. 번의 경제는 홋카이도 물산으로 꾸려 가고 있었다.

전 번주 마쓰마에 다카히로(松前崇廣)는 막부의 사찰 감독관, 해류 총정무관, 그리고 집정관직에 올랐을 정도의 인물이었으나 지금은 병으로 죽고 없다.

현 번주는 18대의 도쿠히로(德廣)였다. 병약하여 번정(藩政)을 돌아다 볼 힘이 없었고, 더욱이 온 번이 근왕파의 손에서 놀고 있어 성 안에서 헛되이 자리를 지키고 있었다. 하지만 뭐니뭐니해도 한 번을 공략하는 일이므로 과연 700의 병력으로 가능할지 어떨지, 에노모토 부대의 프랑스 인 고문들도 의문시했다.

작은 번이라고는 하지만 상당한 성이었다.

안세이 2년(1855)에 준공된 새로 지은 성으로 면적 2만 1,374평, 천수각은 3층으로, 지붕은 구리(銅)로 덮었다. 벽은 희게 칠하고 더욱이 페리가 내항(來航)한 뒤에 준공시킨 새 성인 만큼 성의 남쪽면에 바다를 향해 포대를 갖추고 있었다.

"아쉬운 대로 될 겁니다."

도시조는 말했다. 도바 후시미 싸움에서는 사쓰마·조슈의 미니에 총에 졌으나 이번에는 이쪽이 미니에 총을 갖고 상대는 화승총과 거의 다를 바 없는 게벨 총밖에 갖고 있지 않다.

그보다도 눈 속을 행군하느라고 애를 먹었다.

도베쓰(當別), 기코나이, 시리우치, 그리고 시리우치 고개까지는 민가 숙영을 할 수 있었으나 그 이튿날은 노숙했다.

"불을 마구 지펴라."

그렇게 명령하는 수밖에 다른 방법이 없었다.

도시조도 망토를 뒤집어쓰고 화톳불 옆에 드러누웠으나 몸뚱이 밑의 눈이 녹아 오히려 온 몸이 얼어붙는 결과가 되었으나 어쩔 도리가 없었다.

부득이 전군을 두드려 깨우고 야간 행군을 시작했다.

"적진을 빼앗는 것 외에는 잠을 잘 자리는 없다고 생각하라."

적의 제1선은 인구 천 명의 항구 후쿠시마(福島)에 있는데 척후의 보고에 따르면 수비병은 300명이라고 한다.

전군이 자고 싶다는 마음에서 이 항구를 공격하여 격전 끝에 탈취했으나 마쓰마에군은 눈 속에서 노숙하는 어려움을 알고 있었으므로 고을에 불을 지르고 퇴각했다.

그 날 밤은 불탄 자리에서 잤는데 밤중부터 풍설이 휘몰아쳐 또다시 노숙할 수 없게 되었다.

"일어나라."

도시조는 한밤중에 사병들을 깨워 일으켰다.

"잠자리를 마쓰마에 성으로 정한다. 성을 빼앗느냐, 얼어죽느냐, 두 가지 중의 하나라고 생각하라."

모두 비틀비틀 행군했다.

마침내 도시조 일행은 마쓰마에성의 천수각이 보이는 고지에 이르렀다.

도시조는 먼저 성에서 예닐곱 마장 떨어진 야산을 택하여 4근 산포 2문을 앉히고 성을 향하여 포격을 개시했다.

적도 성 남쪽 쓰키시마 포대의 12근 캐논 포의 포좌를 옮겨 응사함으로써 포병전이 시작되었다.

도시조는 포병에게 엄호 사격을 하게 하면서 창의대와 신센조는 정면 대문을 맡게 하고 보병과 액병대 등의 서양식 부대는 후문 공격을 담당시켰다.

자신은 마상에서 지휘했다.

성은 지조산(地藏山)이라는 산을 등지고 있고 앞에 폭 30칸의 강이 흐르고 있었다.

강기슭까지 왔다.

적은 강을 건너와 성 안에서 열심히 쏘아 댔다. 그러나 부싯돌식 발화장치를 한 게벨 총은 조작하기가 더딘 데다 명중률이 형편없었다.

"저건 소리뿐이다. 나는 후시미에서 겪어 알고 있다."

도시조는 웃었다.

"불꽃놀이라고 생각해. 강물에 뛰어들어라."

말허리를 걷어차 스스로 강물에 뛰어들었다.

창의대가 선두에 서서 진격했다.

신센조가 그 하류에서 조금 떨어져 전진하고 있었다.

"뭐야."

도시조는 제정신이 아니었으나 전군 통솔상 신센조만 고무할 수는 없어 안절부절못했다.

"이치무라 데쓰노스케."

시동을 말 옆에 불러 말했다.

"사이토에게 전해라, 교토를 생각해 보라고."

이치무라는 모래톱을 달려 얕은 여울을 건너고 때로는 깊은 물 속을 헤엄치기도 하면서 신센조 지휘관 사이토 하지메에게 다가가 그 말을 전하였다.

"농담 마시라고 그래."

사이토는 탄우 속에서 고함을 질렀다.

"교토 시절에도 가모강을 헤엄치지는 않았어. 그 양반에게 이렇게 말해. 홋카이도의 겨울철에 물놀이를 할 줄은 정말 몰랐다고."

전군은 '와아' 하고 건너 기슭으로 올라갔다.

백병전이 시작되니 신센조의 머리 위에서 항상 피의 안개가 춤추는 듯했다. 물론 가장 강했다.

창의대와 더불어 적을 정면의 성문까지 쫓아갔다. 철수하는 적은 마침내 성문을 닫아버렸다.

"이거 큰일이군."

칼로는 쇠징을 박은 성문을 어떻게 할 수가 없었다.

그 문전에서 사이토 하지메는 창의대의 시부자와 세이이치로, 데라자와 신타로 등과 협의했다.

"후문으로 돌지 않으면 싸울 수 없다."

그리고 도시조가 정해준 부서를 멋대로 변경하여 일제히 달렸다.

도중에 마상의 도시조와 마주쳤다.

"양대(兩隊), 뭘하고 있는가?"

도시조가 외치니 사이토 하지메는 그 옆을 달려 지나가면서 빠른 말투로 이유를 주워섬겼다.

"흐음, 과연 정문은 부술 수 없겠군. 나도 후문으로 간다. 모두 내 뒤를 따르라."

그리고는 성벽 밑을 뛰었다.

성벽에서 탄환이 쏟아져 내렸지만 애처로울 정도로 맞지 않았다.

그러자 적은 묘한 전법을 썼다.

성문 안쪽에 포 2문을 나란히 앉히고 포탄을 장전한 뒤 대문을 확 열어 동시에 발사하고는 다시 문을 닫았다.

액병대와 보병은 여기에는 대처할 길이 없어 여기저기에 엎드려 그 포탄의 작렬에서 간신히 몸을 지키고 있었다.

도시조는 산병선(散兵線)에 말을 몰아넣자 액병대장 호시 준타로를 불렀다.

호시는 새빨간 나사지 양복에 금실 줄을 친 화려한 액병대 제복을 입고 있었다.

"저 문이 지금 몇 번째 열렸나?"

"네 번째입니다."

"다음에 문을 열 때까지 얼마나 시간이 걸리는가?"

"글쎄요, 숨을 스무 번 쉴 정도일까요."

"그럼 소총병 20명을 빌려 줘. 나머지는 돌격 준비를 해."

이윽고 다섯 번째로 문이 열리고 2문의 포가 동시에 불을 뿜어 도시조의 등 뒤에 있는 보병 8명을 박살냈다.

곧 문이 닫혔다. 대포의 초연만이 남았다.

"가자."

도시조는 20명의 소총병과 같이 뛰어 후문 앞까지 바싹 접근하여 서서 쏘기의 자세를 취하게 했다.

"문이 열리면 동시에 사수를 향해 일제사격이다!"

뒤편의 우군은 땅에 납짝 엎드려 모두 숨을 죽이고 있었다.

만약 대포의 발사 쪽이 빠르면 20명은 도시조까지 포함하여 풍비박산이 될 것이다.

이윽고 문이 열렸다.

그 순간 20정의 소총이 불을 뿜어 대포 옆의 마쓰마에 번병을 픽픽 쓰러뜨렸다.

"돌격!"

맨 앞에 뛰어든 것은 창의대의 데라자와 신타로, 이어 신센조의 사이토 하지메, 마쓰모토 스테스케, 노무라 슌사부로.

그 무렵에는 홋케사(法華寺) 산의 우군 포병 진지에서 발사한 포탄이 성 안에 화재를 일으키기 시작하였다.

전군이 난입했다. 번병은 성을 버리고 에사시(江差)로 패주했다.

도시조는 추격시키려 했으나 사병들은 모두 잠을 자기 위해 마쓰마에성을 함락시켰던 것이다.

"자라."

도시조가 명령했다.

그런 다음 신센조만 이끌고 스스로 척후가 되어 에사시로 가는 어귀의 사잇길을 오르기 시작했다.

산길을 두 마장쯤 가니 나무꾼 오두막이 있었고 거기에 구 막부 보병이 무슨 연유인지 이미 와 있었다.

그들은 도시조를 보고 당황했다.

"무슨 일인가?"

물었으나, 짐작컨대 성에서 도망치는 여자들을 쫓아간 모양이었다.

도시조는 오두막 안으로 들어갔다. 5명의 시녀 차림의 아가씨들이 병자인 듯한 젊은 부인을 에워싸고 각기 무서운 얼굴로 비수를 잡고 있었다.

도시조는 자기의 이름과 신분을 밝히고 나서 해칠 마음은 없다, 사정을 말해 주지 않겠는가, 고 말했다.

"히지카타 도시조님?"

여자들은 이 교토에서 이름을 떨친 무사의 이름들을 모두 알고 있었다. 이 이름이 어떤 인상으로 기록(記錄)되어 있었는지는 알 길이 없다.

중앙의 부인은 임신부였다. 아직 20살 안팎의, 미인은 아니지만 기품이 있는 부인이었다.

"내 신분을 알려라."

그녀가 시녀들에게 말했다.

마쓰마에번 주인 마쓰마에 시마노카미 도쿠히로의 정실(正室)이었다.

도시조는 여기서 그답지 않게, 너무나 인정적인 처결을 했다.

"시마노카미님은 에사시에 계실 겁니다."

이미 첩자의 보고로 성을 공격하기 직전에 에사시로 떠났다는 말을 들었다.

무슨 까닭에 몸이 무거운 번주 부인만 남아 있는지 그 사정은 알 수 없었다.

"에사시까지 내 대원을 시켜 호위해 드리겠소."

그 대원을 도시조는 순간적인 판단으로 지명했다.

사이토 하지메, 마쓰모토 스테스케.

이 두 사람이다. 둘 다 신센조의 지휘관이 아닌가?

"에도(江戶)까지 호송하라."

더욱이 이렇게 명령했다.

"히지카타님, 제정신입니까?"

사이토가 눈살을 찌푸렸다.

"말짱하네."

"난 안 가겠소. 당신하고는 신센조 결성 이래 죽 함께 일해 왔습니다. 홋카이도도 이제부터가 중요한 이 때에 에도까지 가라니 말도 안 됩니다."

"에도에 도착하거든 고향으로 돌아가라."

"............"

사이토와 마쓰모토의 놀라움은 이만저만이 아니었다.

도시조는 그들을 무서운 눈으로 노려보며 말했다.

"부대 명령을 위배하는 자는 벤다는 신센조의 규율을 잊어버렸는가?"

의심할 여지 없이 승낙을 받고 부대의 경리를 불러 전별금을 주었다.

그런데 전별금 액수에 차이가 있었다. 마쓰모토 스테스케는 10냥이고 사이토 하지메는 30냥이었다.

이유를 물으니 이 차등에는 그 나름대로 생각이 있었다. 둘 다 다마군 출신이지만 사이토는 고향에 가족이 없었다. 스테스케에게는 부모도 있었고 집과 논밭이 있다.

"그 때문이야."

도시조는 더 이상 입을 열지 않았다.

두 사람은 에사시에서 홋카이도를 벗어나 그 뒤 메이지 말년까지 살았다. 살게 해 주자는 것이, 도시조가 강요한 작별의 가장 큰 이유였다.

"이상한 사람이었어."

늘그막까지 야마구치 고로(사이토 하지메가 바꾼 이름)는 도시조에 대해 이렇게 말했다.

철갑함(鐵甲艦)

이야기는 바뀐다.

에도성 서쪽 성관(城館)에 본영을 둔 관군 총독부에서는 밀정이나 외국 공관측의 보고로 홋카이도의 상황을 소상하게 알고 있었다.

날마다 참모회의를 열었다.

"아마도 홋카이도 전역이 그들의 손아귀에 들어간 모양이다."

소식은 도시조의 마쓰마에성 점령 열흘 후 외국 기선에 의하여 전해졌다.

며칠 지나자 홋카이도 정부의 수립이 전해지고 정부 요인의 명부까지 보도되었다.

어쨌건 요코하마의 외국인들은 이 소문으로 떠들썩했다.

"하코다테 정부가 하코다테 주재 외국공관원, 상사주재원, 선장 등을 초청하여 성대한 축하회를 열었다는군."

이 소식도 요코하마의 영자(英字) 신문에 실렸다.

프랑스인들은 구막부 시대와의 인연으로 암암리에 이 정권에 호의를 보이며, 조약을 체결하려는 움직임이 있다는 소문이 에도성 안에도 전파되었다.

다시 에노모토는 영국·프랑스·미국·이탈리아·네덜란드·독일의 각국 공사를 통하여 교토 정권과의 병립화합(倂立和合)을 꾀하려고 정력적인 문서 활동을 계속하였다.

물론 새 정부에서는 '정벌(征伐)'로 결정하였다.

당연한 일로 교토 정권이 이제 막 성립된 직후였다.

이때에, 내란 패배파에 의한 별도 정권이 북변(北邊)에 생겨난 것을 내버려 두면, 유일무이한 정식 정부로서의 대외 신용이 땅에 떨어진다.

"시급히."

이것이 사쓰마·조슈 요인의 일치된 의향이었다.

다만 총참모장인 조슈번사 오무라 마스지로(大村益次郎)만은 시급토벌론(時急討伐論)에 반대했다.

"아직 춥다."

이것이 전술가(戰術家)가 말한 단 하나의 이유였다.

후에 그의 문하생들의 회고담에서는 그때의 마스지로의 의향을 이렇게 전하고 있다.

'이 겨울에 추운 고장에 가서 어떻게 일을 한단 말인가. 굳이 지금부터 떠들 것은 없다. 더욱이 저쪽에서 쳐들어오는 것도 아니지 않은가. 내년 봄이 좋다. 육군은 아오모리에서 겨울을 나고 해군도 그 사이에 군함을 수리하여 완전히 준비해 두는 것이 좋겠다.'

하코다테에서는 이미 선거에 의하여 정부요인의 면면을 정하고 있었다.

총재는 에노모토 다케아키.

부총재는 마쓰다이라 다로였다.

해군총독은 아라이 이쿠노스케, 육군총독은 오토리 게이스케. 육군 총독 대우는 히지카타 도시조.

그 밖에 구 막부의 장군 직속 정무관이었던 나가이 겐파노카미가 수도의 시장이라고 할 수 있는 하코다테 정무관, 마쓰마에 성에는 마쓰마에 지방관을 두고 어항인 에사시에는 에사시 지방관, 다시 개척장관(開拓長官)으로서 개척관 등을 두었다.

실전부대 지휘관으로는 해군감, 보병감, 포병감, 기계감 등의 구 막부 이래의 직책을 두어 22명의 숙련자(熟練者)가 선임되었다.

도시조는 '고료가쿠'의 본영에 있었다.

메이지 2년 2월, 관군 함선 8척이 시나가와(品川) 앞바다에서 출항 준비를 하고 있다는 정보가 하코다테의 외국상사 측에서 들어왔다.

곧 군사회의를 열었다.

"군함은 4척이랍니다."

에노모토가 말했다.

"운수선이 4척. 여기에 육군을 싣고 온다는 이야기입니다. 이 정도의 숫자라면 두려울 것도 없지만 한 가지 곤란한 일이 있소. 군함 중에 철갑함이 있다는 겁니다."

몹시 놀라는 빛이 모두의 얼굴에 나타났다. 특히 해군 관계자는 그 군함의 위력을 알고 있느니만큼 놀람으로 그치지 않았다.

차라리 공포였다.

"히지카타님."

에노모토는 미소를 지었다.

"철갑함에 대해 들으신 적이 있으시죠?"

사람을 우습게 보는군, 하고 생각했다. 아무리 도시조라고 해도 이 군함 정도는 알고 있었다.

철갑함은 이 당시, 아마도 세계적 수준의 강력함(強力艦)이었을 것이다.

구 막부가 미국에 주문하여 완성되었을 때는 막부 와해 직후여서 미국측은 이것을 요코하마 항에 띄우고 어느 쪽에도 넘겨주지 않았다.

"국제법상의 관례에 따라 내란이 가라앉을 때까지 어느 쪽에도 건네줄 수 없다."

에노모토도 시나가와 출항 직전까지 집요하게 미국측과 교섭했으나 결말이 나지 않았다.

"과장해서 말하면 그때 그 철갑함만 입수했으면 홋카이도의 방위는 그 함 하나로 끝장났을 것입니다."

에노모토는 홋카이도로 항해하던 도중, 도시조에게 그렇게 말한 적이 있었다.

이 함이 새 정부 측의 오쿠마 시게노부(大隈重信) 등이 애써 절충하여 간신히 입수하게 되었다. 따라서 해군력이 약한 관군에 엄청나게 큰 힘을 보태게 되었다.

그 군함은 아직 이름이 없었다.

목제였지만 철갑으로 싸고 징을 박았기 때문에 그러한 통칭이 생겼으리라.

함의 크기는 하코다테 정권의 가이텐마루와 별반 다를 바 없지만 마력(馬力)이 가이텐마루의 400에 비해 1,200정도나 되었다.

비포(備砲) 4문.

수는 적지만 300파운드의 가라나트 포 및 70파운드의 함포를 비치하여 1발로 적함을 분쇄할 수 있는 일본 최대의 거포함이라고 한다.

여담이지만, 이 함은 미국의 남북전쟁이 한창일 때 북군(北軍)의 주문으로 건조된 것으로 1척으로 남군 함대를 능히 쳐부순다고 하였을 정도였다. 그런데 완성되었을 때는 남군 정부가 항복하여 전쟁은 끝났다.

때마침 막부 관원이 미국으로 가 이 신조함을 항내에서 보고 기필코 양도해 달라고 하여 상담이 이루어졌다.

그런데 요코하마에 들어와 보니 막부는 와해되고 없었다. 숙명적인 군함이라고나 할까.

이 함은 뒤에 아즈마(東) 함이라고 명명되었다. 20여 년 뒤 청일전쟁 때에는 오히려 서민층에서 대표적 군함으로 그 이름을 떨쳤다.

'청일담판(淸日談判)이 깨어져 시나가와를 출항하는 아즈마 함.'

청일전쟁 때의 노래는 이 함을 지칭한 것인데, 엄밀히 따져 이 함정은 메이지 21년에는 노후하여 선적에서 사라졌다.

"에노모토님, 그 철갑함은 난부 영토인 미야코만(宮古灣)에 기항하겠지요?"

도시조가 물었다.

"당연히 그렇겠죠."

"그때 습격해서 이쪽에서 빼앗아 오면 됩니다."

"…………"

모두 어처구니없다는 듯이 도시조를 바라보았다.

'이 무식쟁이가.'

이렇게 생각했으리라.

도시조는 도톰한 눈시울을 가느스름하게 뜨고 깜박이지도 않았다.

에노모토만은 연신 고개를 끄덕였다. 이미 미야코 만 해상에서 도시조로부터 이 꿈과 같은 전술을 들었기 때문이다.

"하지만 히지카타님, 우리 편에는 이제 가이요마루가 없지 않소. 그 때와는 조건이 달라졌소."

에노모토가 말했다.

가이요마루는 작년 11월 가을, 에사시에서 닻을 내리고 있다가 태풍을 만나 침몰하고 말았다. 그것으로 하코다테의 해군력은 반감되었다고 하겠다.

"가이텐마루가 있지 않습니까. 반류마루, 다카오마루도 있구요. 육군인 내가 말하는 건 좀 이상하지만 아무튼 해군은 우리를 수송해 주기만 하면 됩니다. 쳐부수는 일은 육군이 하겠소. 하기는 공략한 뒤에 함정을 움직여 돌아오는 건 해군이지만."

"…………."

모두 잠잠했다. 그렇다고 해서 호의적인 침묵은 아니었다. 그 막부 육해군의 수재들은 이와 같은 전술을 배운 일이 없었다.

'마치 옛날의 왜구(倭寇)가 아닌가?'

이런 느낌이 들었다.

군사회의는 잡담으로 번졌다가 이윽고 해산했다.

이 하코다테 해군 당국의 두려움이 하코다테 거주 외국인에 의하여 새 정부에 보고되고 그 보고문이 요코하마의 영자신문 '헤럴드'에 게재되었다.

그 글 가운데 '하코다테 정부의 장교들은 칠갑선이 곧 처들어온다는 소식을 듣고 크게 두려워하고 있다. 그 때문인지 해협에 자주 수색선을 띄운다. 어젯밤에도 증기선 2척을 내어 하코다테 항 내외를 항해하게 하였다'라고 썼어 있다.

이 기사가 크게 취급되고 있는 것으로 보아 요코하마의 외국인에게 하코다테 정부의 동향이 중요한 관심사였음에 틀림없었다.

도시조의 안은 에노모토의 입을 통하여 구 막부의 프랑스 인 군사교관단에 전해졌다.

니코르라는 사람이 말했다.

"그것은 외국 전법에도 있다."

철갑함 385

에노모토는 갑자기 관심을 갖게 되었다. 접현공격(接舷攻擊)이라는 것이다.
"히지카타님, 외국에도 있다는군요."
"있겠지요. 싸움이란 학문이 아니니까요. 이기는 이치는 외국이나 일본이나 다를 게 없지요."
'과연 그렇다.'
에노모토는 승복하고 눈썹이 처지는 독특한 웃음을 지으며 도시조의 어깨를 쳤다.
"내가 졌소."
"나도 배에 대해서는 잘 몰라, 가이텐마루 함장인 고가 겐고 군에게 물어보았소. 그랬더니 가가 군은 학문이 있는 폭으로는……"
도시조는 에노모토를 쳐다보고 씁쓸히 웃으며 말했다.
"아니, 이건 학문이 있는 당신을 비꼬는 말이 아니오. 고가(甲賀) 군은 학자이면서도 머리가 비교적 솔직했소. 될 것 같다고 말했소. 좌우간 연구해 보겠다는 것이었지요. 군함은 별도로 하고 육군은 내가 지휘하겠소."
"육군 총독이 직접 가서는 안 됩니다."
"나는 싸움에 익숙합니다. 곤도 이사미는 고슈성을 빼앗지 못하고 분에 못 이겨 죽었지만 그때의 앙갚음으로도 나는 철갑선을 꼭 빼앗고 싶소."
"사쓰마·조슈가 놀랄 겁니다."
에노모토는 도시조의 얼굴이 군신(軍神)으로 보였던 모양이다. 외국인이 하는 것처럼 손을 잡았다.
"상상하는 것만으로도 유쾌한 일이오. 히지카타님, 사쓰마·조슈 측은 설마 신센조가 군함을 타고 쳐들어오리라고는 생각 못할 거요."
"이 일은 첩보가 중요합니다. 저쪽 함대가 언제쯤 미야코 만에 들어오느냐 하는 것이……"
"아마 오늘쯤은 에도의 첩자로부터 편지가 영국선에 탁송되어 당도할 것입니다. 그러면 대략 짐작할 수 있습니다."

새정부는 함대 편성 단계에 이르러 난관에 부딪쳤다. 정부의 함선으로는 철갑선 1척, 수송선은 히류마루(飛龍丸)뿐이었다.
그 밖에는 구 막부 이후로 여러 번(藩)이 외국에서 구입한 함선을 모으는 수밖에 없다.

그러한 함선들이 시나가와 앞바다에 모여들어 함대, 선대의 편성을 마친 것은 메이지 2년 3월 초순이다.

군함 4척, 기선 4척이었다.

철갑함을 기함으로 하고 여기에 따르는 군함으로는 사쓰마번의 '가스가(春日)'가 그나마 기대할 수 있을 정도였다.

나머지 2척은 조슈번의 '다이이치데이보(第一丁卯)', 아키타번의 '요순(陽春)'인데 크기, 속력, 위력은 하코다테 측과 비교하면 문제도 안 된다.

이 배들은 3월 9일, 일제히 닻을 올리고 출항했다.

하코다테 정부는 곧 이 소식을 요코하마에 잠복하고 있는 하코다테 정부의 외국인 간첩의 보고로 알았다. 그 보고에는 이렇게 씌어 있었다.

"미야코 만 기항은 17일, 아니면 18일."

관군 함선인 제2함 '가스가'에는 훗날의 도고 헤이하치로(東鄕平八郞)가 23세의 나이에 3등 사관으로 타고 있었다.

탑승 사관은 함장이 아카쓰카 겐로쿠(赤塚源六), 부장으로 구로다 기사에몬(黑田喜左衞門). 그 밖에 다니모토 료스케, 도고 헤이하치로.

이 말 없는 젊은이는 포술 사관으로 현측포(舷側砲)를 맡았다.

관군 함대는 북상을 계속했는데 도중 몇 번인가 비바람을 만나 미야코 만 기항이 예정보다 훨씬 늦어졌다.

'고료가쿠'에 있는 에노모토는 해군총독 아라이 이쿠노스케를 시켜 연방 미야코 만 주변까지 척후선을 내보내고 있었다.

육군 총독 대우의 도시조는 군복에 승마용 장화를 신고, 하코다테 항구 안에 닻을 내리고 있는 '가이텐마루'에 올라가 날마다 '돌격대'를 훈련시키고 있었다.

"잘 들으라, 사람을 치는 검은 어디까지나 배짱으로 하는 거다. 검의 기술은 궁극적으로 머리를 베는 것과 돌격밖에 없다. 전에 배운 구구한 검술의 잔재주는 잊어버려야 한다."

도시조는 갑판 위에서 오른발을 내딛고 번쩍 이즈미노카미 가네사다를 뽑았다.

순간, 살기가 사방에 가득 차 육군사병도 해군사병도 모두 침을 삼켰다.

철갑함 387

교토 시절, 역사상 가장 많은 무사를 벤 이 사내가 여기서 살인법의 실기를 보여주려고 하는 것이다.

도시조의 눈앞에 해먹을 마대에 싼 것이 세워져 있었다.

쳐들어갔다.

이즈미노카미 가네사다가 햇빛에 번득였다고 생각하자 그 해먹은 두 쪽으로 갈라져 나뒹굴었다.

"허리를."

도시조는 자기의 허리를 두드렸다.

"허리를 콱 내밀고 들어가 상대방 배꼽께까지 가서 쳐라. 칼끝으로 치는 것은 겁쟁이나 하는 짓이다. 검은 반드시 도심(刀心)으로 친다. 도망치면서 상대방의 몸통을 훑거나 손목을 치고 도망치는 따위의 잔재주는 부리지 말아야 한다."

듣고 있는 자들도 각 부대에서 선발한 검객이므로 만만치는 않다.

뽑힌 것은 신센조에서 노무라 도시사부로(野村利三郎), 오시마 도라오 등 20명.

창의대(彰義隊)에서 가사마 긴하치로, 가토 사쿠다로, 이토 야시치 등 20여 명.

신포쿠대(神木隊)에서 미야케 하치고로, 가와사키 긴지로, 후루바시 데이조 등 20여 명이다.

모두가 교토, 도바, 후시미, 우에노 전쟁, 도호쿠 전쟁, 홋카이도 진압전 등에서 사지(死地) 속을 몇 번이나 뚫고 온 자들이다.

3월 20일 밤 12시, 그들은 세 척의 군함에 나누어 타고 하코다테 거리의 등불을 뒤로한 채 은밀히 홋카이도를 떠났다.

'가이텐마루'가 앞서 달리며 뱃고물에 하얀 등을 밝히고 후속함들을 유도했다.

미야코 만으로.

미야코만 해전

가이텐마루(回天丸), 반류마루(蟠龍丸), 다카오마루(高雄丸)의 세 군함은 그 서열대로 한 줄이 되어 남하하였다.

도시조는 죽 기함 가이텐마루 함교에 있었다.

22일에는 난부 번령(南部藩領)인 구지(久慈)의 이웃, 그 고장에서는 '사메(鮫)'로 불리는 이름도 없는 항구로 들어갔다.

3척 모두 막부군의 깃발 '일장기'를 내리고 돛대에 관군의 깃발 '국장기(菊章旗)'를 올리고 있었다. 어민이나 항해선의 통보(通報)를 꺼렸던 것이다.

"히지카타님, 육군의 척후를 내보낼까요?"

함장 고가 겐고가 물었다. 척후를 보내겠다는 것은 미야코만에서의 관군 함대의 동정을 살피기 위해서였다.

"내가 가겠소."

도시조는 이렇게 말하고 시동 이치무라 데쓰노스케 하나만을 데리고 보트를 탔다.

사메 마을이라는 어촌에 당도하여 그 고장 어부에게서 관군의 동정을 알아보았다.
그러나 모두 알지 못했다.
도시조는 실망하고 함으로 돌아왔다.
"고가 씨, 관군의 동향을 알아내지 못했소."
적의 동정을 잘 알아내지 못하면 이 기습작전은 실패할 것이다.
"하기야 사메 마을은 미야코 만과는 너무 거리가 멀어서 형편을 알지 못하는 것이 당연할지 모릅니다. 히지카타님 닻을 올리겠습니다. 출범해야겠어요. 이런 데서 꾸물거리다간 발목을 잡히기가 쉽습니다."
고가 함장이 말했다.
도시조는 끄덕이면서 고가 함장이 들고 있는 지도를 들여다보았다.
미야코만에서는 정찰하기에 알맞은 어항이 눈에 띄지 않는다.
다만 미야코만을 지나쳐 가면 남쪽 50리 지점에 야마다라는 어촌이 있었다.
"여기가 좋겠군. 조금 가깝기는 하지만 이 야마다 마을의 사람이라면 50리 떨어진 미야코만의 동정은 알고 있을 거요."
"묘안입니다. 말씀대로 발각될 우려는 있지만 전쟁은 도박이니까."
고가 겐고는 곧 다른 두 함의 함장에게 연락하고 닻을 걷어 올린 다음 느린 속도로 출항하기 시작했다.
항구 밖으로 나왔을 때는 증기를 끈 채 돛으로 달렸다.
다행히 바람은 순풍이다.
함교 주위는 조용하다.
도시조도 말이 없는 사내이고, 고가 겐고라는 무사도 필요한 말밖에는 거의 입을 열지 않는 성격의 사내였다.
"이 사내야말로 하코다테에서 가장 빼어난 인재일지도 모른다."
도시조는 고가를 몹시 호의적인 눈으로 바라보았다.
나이는 도시조보다 몇 살 손아래이다. 31세. 깎아지른 듯한 귀와 작은 눈, 힘이 뭉쳐진 것 같은 다부진 체격의 사내였다.
"몸집은 도도 헤이스케 아니면 나가쿠라 신파치를 닮았다. 성격은 글쎄 나하고 비슷할까."
고가 겐고는 물론 막신이다. 그러나 하코다테 정부 대부분의 간부가 그렇듯이 막부 직속무사는 아니었다. 도토미 가케가와(遠江掛川) 번사 고가 마고다유(甲賀孫太夫)의 넷째아들로 태어났다. 이 가문의 조상은 닌자(忍者 : 은신술에 능한 첩자나 특공 임무를 띤 자)로 유명한 오미 고가군(甲賀郡) 태생이다.

에도에서 막신 야타보리 게이조에게 사사하여 항해술을 배우고 뒤에 아라이 이쿠노스케에게 고등 수학, 함대 조련을 배운 뒤 다시 나가사키에서 실제로 항해술을 수업하여 이 기술로 인하여 막신으로 발탁되고 군함조련소 교수, 함장 등을 역임했다.

고가 겐고도 도시조에게 호의를 갖고 있는 듯했다.

도시조의 전법은 적 수색을 중요시했다. 그러나 군함으로 일일이 연안에 닻을 내리고 어촌에 들러 적을 수색하는 것이므로 자연히 행동이 느려지고 또 복잡해지기 때문에 해군으로서는 쾌적한 전투 준비는 아니었다.

그런데도 고가는 희희낙락하면서 그 육군식 발상인 적 수색에 협력을 아끼지 않았다.

"히지카타님, 이케다야 싸움 때도 충분히 적 수색을 했습니까?"

고가는 겐지 원년 6월(1864)의 그 유명한 사건에 대하여 듣고 싶었다.

신센조의 소수부대가 쳐들어가 놀라운 공을 세운 전투였다.

"그건 곤도 이사미의 공이었소. 나는 기야 거리의 시고쿠야 주베 쪽을 담당하다가 나중에 이케다야에 달려갔을 때는 대강 끝장이 나 있었지요. 하지만 그 먼저 이케다야는 충분히 조사했지요. 탐색조는 부장 조근인 야마자키 스스무."

이때 함이 크게 흔들리기 시작했다.

도시조는 창 밖을 내다보았다. 파도가 높아졌다. 큰 바다에 나왔기 때문인가.

"그 야마자키가……."

도시조는 창밖에 시선을 둔 채 말을 이었다.

"탐색의 명수였지요. 약장수로 둔갑하여 이케다야에 묵으면서 적에게 접근하여 신용을 얻고선 술상 심부름까지 했으니까. 모인 인원수는 많은데 방이 작아 약장수 야마자키가, 여러분 칼을 맡아두겠습니다, 하고 대도를 모아 옆방 벽장 속에 집어넣었지요. 고작 다섯 명이 쳐들어간 곤도의 제1격이 주효한 것은 이 때문입니다. 이기기 위해서는 책략이 필요합니다. 책략을 짜려면 정찰이 충분하지 않으면 안 됩니다. 싸움의 정법이지요."

함정의 동요가 더욱 심해졌다.

바람이 휘몰아쳤다. 비는 뿌리지 않았으나 구름이 무겁게 드리우기 시작하여 모르는 사람의 눈에도 심상찮은 날씨라고 느껴졌다.
'육지라면 야습하기 알맞은 날씨인데.'
도시조는 함교에서 내려가 뱃전에서 조금 전에 먹은 음식을 모조리 토했다.
밤이 되면서 청우계(晴雨計)가 마구 내려가기 시작하고 풍랑이 더욱 거세어졌다.
이제까지 가이텐마루는 돛을 한 개씩 벗기듯이 내리더니 마침내 증기기관으로 바꾸었다.
검은 연기를 뿜으면서 달렸다.
한밤중에 당직사관이 아우성쳤다. 뒤따르던 반류마루와 다카오마루가 보이지 않는다는 것이었다.
그들은 함교에서 졸고 있는 고가 함장을 깨웠다.
고가는 떠들지 않았다.
"그들은 물결을 타고 있다."
가이텐마루와는 출력(出力)이 다르다.
두 함 모두 출력이 부족하기 때문에 이 풍랑 속에서 자력 항해하는 것은 오히려 위험했다.
반류마루와 다카오마루는 아마도 기관을 끄고 닻을 내린 뒤 오로지 함의 손상을 피하기 위해 그냥 떠 있을 뿐인 항법을 취하고 있을 것이다.
그리고 떠 있기만 하여도 이 풍랑이라면 조타(操舵)를 바로 하기만 하면 자연적으로 남하할 수 있을 터였다.
그날 밤, 가이텐마루는 뱃전을 치는 파도로 바깥 현측 외륜(外輪)의 덮개가 망가졌다.
날이 새면서 바람은 멎었다.
"없구나."
도시조는 창 밖을 내다보고 빙긋 웃었다. 웃을 수밖에 없었다. 뒤따르던 반류마루와 다카오마루가 이 망망대해 그 어디에도 보이지 않았던 것이다.
'군함이란 부자유스런 것이로군.'
이윽고 함은 육지를 향해 달리기 시작했다.
동녘이 밝아오는 하늘 밑에 야마다만의 풍경이 펼쳐지기 시작했다.
놀라운 일이 있었다. 만 입구에 꾸역꾸역 검은 연기를 뿜어 올리고 있는 군함이 있어서 다가가 보니 다카오마루였다.

파도에 밀려간 쪽이 빨랐던 것이다.

반류마루의 행방은 알 수 없었다.

가이텐마루와 다카오마루는 야마다 만에 들어갔다.

오늘은 돛대에 가이텐마루 미국기, 다카오마루는 러시아 깃발을 펄럭이고 있었다.

"히지카타님."

함교의 고가 겐고는 사뭇 중대한 발견이라도 한 것처럼 도시조를 돌아다보며 육지 쪽의 언덕을 가리켰다.

"유채꽃 밭입니다."

눈이 따가울 정도로 노란빛이 언덕과 들을 물들이고 있었다.

홋카이도는 아직 잔설이 남아 있는데 오우, 난부령은 이미 초여름이라는 느낌이 들었다.

도시조도 지그시 바라보았다. 감개무량했다. 오랜만에 고향에 돌아온 것 같은 느낌이었다.

배는 만일의 적의 습격에 대비하여 닻을 내리지 않고 그냥 커터를 내렸다.

정찰원은 프랑스 인이다. 통역이라는 명칭 아래 일본인 두 명을 붙였다. 외국함으로 행세하는 이상, 도시조 등 일본인이 정찰한다는 것은 말이 안 되기 때문이다.

이번 정찰은 수확이 있었다.

예상한 대로 미야코만에는 관군 함대가 입항해 있다는 것이다.

예의 철갑함도 있다고 한다.

야마다 마을의 이야기에 의하면 미야코만 연안 어촌은 때아닌 함대의 입항으로 난리가 난 모양이었다.

곧 가이텐마루 배 위에서 작전회의를 열고 내일 첫새벽에 습격하기로 하였다.

가이텐마루와 다카오마루의 두 함으로 감행할 수밖에 없었다.

반류마루의 도착을 기다리다가는 싸울 기회를 놓칠 우려가 있기 때문이었다.

오후 2시, 두 함은 출항했다. 그런데 출항 직후, 다카오마루는 어젯밤 풍랑에 의한 기관 고장 때문에 배의 속도가 매우 떨어졌다.

해상에서 수리했으나 성과가 없어 뒤처지지 않을 수 없었다.
마침내 습격은 가이텐마루 혼자 맡기로 되었다.

한편 미야코만에는 관군의 철갑함, 가스가, 요슌, 다이이치데이보, 거기에 운수선인 히류, 후안, 보신, 신푸 등 8척이 닻을 내리고 있었다.
육군은 상륙하여 어촌 여러 곳에 나뉘어 머물렀다.
철갑함은 갑옷 투구의 무사가 웅크린 것 같은 모습으로 섬 그늘에 정박하였다. 돛대가 둘, 굴뚝은 보통 군함보다 짧다. 군함들은 모두 연기를 뿜고 있지 않았다. 기관에 불을 때고 있지 않은 것이다. 일이 일어났다고 하면 먼저 기관에 불부터 지펴야 하므로 행동을 개시하자면 상당한 시간이 걸릴 것이다.
이날은 3월 24일. 해가 지기 전에 해군 사관은 거의 상륙했다. 날이 저물었다. 바로 그 시각, 습격함 가이텐마루는 불을 끄고 해상에서 자객이 숨을 죽이고 어둠 속에 숨어드는 것 같은 형상으로 내일 새벽의 돌격을 준비하면서 미야코만 바깥 해상의 한 지점에 떠 있었다. 어둠이 바다도 배도 새까맣게 물들였으므로 항구 안의 관군 함대는 알아차리지 못했다.
그러나, 관군에도 눈치가 빠른 사내가 있었다.
해군 사관은 아니었다. 육군 부대를 지휘하는 참모 구로다 료스케(黑田了介)가 그 사람이다.
구로다는 연안 어촌 촌장 집을 본진으로 하여 숙영하고 있었다. 저녁나절에 사메 마을 방면에서 흘러들어온 풍문을 귀에 담았다.
"뭐라고, 국장기(菊章旗)를 달고 있었다고?"
구로다는 부하에게 재차 물었다.
"네, 어민이 그렇게 말했습니다. 군함은 3척이었다고 합니다. 관군 군함일까요?"
"바보 같은 소리! 관군 군함이란 천상천하에 5대주가 넓다 하지만 이 항구 안에 있는 저 4척뿐이 아닌가. 그것들은 적함임이 틀림없다."
내버려 둘 수는 없다.
구로다는 즉시 대소도를 찬 뒤 어선을 타고 항구 안에 정박 중인 철갑함을 찾아갔다.
철갑함에는 사관들이 거의 남아 있지 않았다.

함장도 없었다.

"그렇다면 이시이는 있겠지. 없는가?"

구로다는 젊은 3등 사관을 붙잡고 고함을 쳤다.

이시이란 비젠 번사 이시이 도미노스케(石井富之助). 함대 참모를 맡고 있었다.

"육지에 올라가셨습니다."

"계집을 껴안으러 갔단 말이냐?"

"모르겠습니다."

철갑함의 함장은 조슈 번사 나카지마 시로(中島四郎), 탑승사관은 주로 비젠과 사가의 번사로, 거기에 우와지마(宇和島) 등의 다른 번사도 섞여 있어 말하자면 잡동사니여서 도무지 통제가 되지 않았다. 기풍도 해이했다. 그것이 처음부터 육군 구로다의 마음에 들지 않았다.

"이시이, 나카지마를 불러와."

"육군 참모가 명령하시는 겁니까?"

젊은 비젠 사투리의 3등사관이 발끈했다.

사쓰마 인 참모의 오만함과 무례함이 견디기 어려웠던 모양이다.

"여봐, 자네 이름은?"

"히젠 사가 번사 가가야 다이사부로입니다. 이 철갑함의 3등 사관입니다."

"나는 구로다다."

"알고 있습니다."

"묻겠다. 집이 불타고 있으니 물을 떠오라고 나는 말했다. 이게 명령인가? 명령이 아니야. 어서 육지로 달려가 이시이, 나카지마를 불러와."

'아무래도 사가 놈들은 말이 많아 못쓰겠어.'

구로다는 함장실로 들어갔다.

선창으로 내다보니 바로 눈앞에 사쓰마의 군함 '가스가' 만이 상륙을 금지하고 있다는 것을 구로다는 알았다.

'흐음.'

구로다는 실내를 둘러보고 선반 위에 두 되들이 술병이 놓여 있는 것을 발견했다.

구로다는 팔을 뻗어 술병을 끌어내려 그냥 입으로 가져갔다. 술은 구로다의 생애에서 몇 번의 실수를 저지르게 했는데, 이때 역시 실수 중의 하나였다고 할 수 있을지도 모른다.
 한 되는 들어 있었다.
 눈 깜짝할 사이에 술병에서 술이 구로다의 뱃속으로 흘러 들어갔다.
 모두 마셨을 때쯤 갑판에서 발걸음 소리가 나더니 이윽고 함장실 앞에서 멎었다.
 문이 열렸다.
 이시이 해군 참모와 나카지마 함장이 무단침입하고 있는 구로다를 어처구니 없다는 얼굴로 내려다 보았다. 구로다는 술에 만취되어 있었다. 그가 홱 고개를 돌리면서 말했다.
 "해군이란 건 정찰도 안 하는가?"
 이 말투가 좋지 않았다. 본디부터 감정적으로 사이가 벌어져 있던 터였다. 육군과 해군의 대립이라는 것만이 아니라 나카지마는 조슈인이어서 그 점으로 말하더라도 막부 말엽 이후로 사쓰마 번사에 대하여 어쩔 수 없는 증오를 품고 있었다.
 "자네 말뜻을 모르겠네!"
 "뜻이야 확실하지. 해군은 척후를 내보내지 않느냐고 물었네."
 "때로는 내보내지. 들은 바로는 이 함에 화재가 났다고 하는데 화재는 어딘가?"
 "화재는커녕 적함이 사메까지 와 있다는 걸 알고 있나?"
 "구로다 씨, 여기는 난부 영해요. 난부번은 바로 며칠 전까지 오슈 연맹에 가담하고 있었으므로 오히려 적당(賊黨)의 냄새를 남기고 있는 번이오. 허보(虛報)는 그 언저리에서 흘러나왔겠지."
 "허보?"
 "척후란 중요하오. 하지만 척후 보고의 사실 여부를 판별하는 것은 양장(良將)의 소임이오."
 "뭐라구?"
 구로다는 의자에서 벌떡 일어섰다.
 "자, 그만두시오!"
 이시이가 말렸다.
 "당신은 온전한 정신이 아니야. 술에 취했어. 그 술은 내 술이야."
 육군과 해군의 임시 회의는 이것으로 결렬되고야 말았다.

구로다도 상대방의 잠자리 반주를 훔쳐 먹었다는 약점이 있어 더 이상 책상을 치지도 못하고 함에서 물러 나왔다.

가이텐마루는 어두운 해상에 자객처럼 숨을 죽이고 있었다.

그날 밤, 함장 고가 겐고는 모든 함포에 포탄을 장전하게 하였다.

그 뒤 도시조는 육군과 승무원을 캄캄한 뒷갑판에 모아 놓고 몇 번이나 반복해 온 접현(接舷) 습격 방법을 또다시 설명했다.

"적함 갑판에는 한꺼번에 뛰어든다. 따로 흩어져 뛰어들면 오히려 이쪽이 당할 뿐이다."

부서는 다섯 부대로 나뉘었다.

공격의 묘미를 가장 잘 발휘할 부대는 아나몬대(圫門隊)이다.

이 부대는 갑판 위의 문이라는 문은 전부 닫아버리고 그것을 지킴으로써 아래 선실에서 잠들어 있는 승무원을 가두어 갑판에 나오지 못하게 한다. 잘 되면 이 방법만으로도 함은 송두리째 손 안에 들어온다.

갑판에 몇 명의 적병은 있겠지. 그것은 두 부대가 맡아 처리한다.

나머지 부대는 철갑함 갑판에 설치한 그야말로 가공할 화기(火器)를 빼앗는 것이 임무였다.

적함을 포격하는 함포 외에 적의 갑판을 쏘기 위한 '야전 속사포'라고 하는 새 무기가 차대(車臺)에 설치되어 있다. 그것은 여섯 개의 포구를 가진 포로, 포미(砲尾)의 기계를 조작하면 '닐' 총탄의 갑절 크기의 작은 포탄이 1분간에 180발이나 튀어나가는 포였다.

"그것만 빼앗으면 우리의 승리다."

도시조가 말했다.

그 뒤, 선실에서 전원이 술자리를 벌였다.

밤하늘의 별이 다투어 반짝이고 바다는 죽은 듯이 고요했다.

습격

군함 가이텐마루는 어둠 속에서 닻을 걷어 올리고 기관을 느린 속도로 가동하면서 습격 목표인 미야코만을 향해 바다 위를 미끌어지기 시작했다.

자객과 비슷하다.

함교에 도시조가 있었다. 조끼에서 시계를 꺼냈다.

'새벽까지는 30분이다.'

그는 중얼거리고 나서 다시 집어넣었다. 그리고 트랩을 내려갔다.

키가 늘씬하고 이목구비가 큼직하고 뚜렷했다. 어느 모로 보나 서양식 신사였다.

다만 허리에 찬 이즈미노카미 가네사다만 없다면.

갑판에는 각 부대가 흥분을 억제하지 못하고 우글우글 나와 있었다. 도시조는 그 곁을 걸으면서 말했다.

"이제 30분이면 날이 샌다. 그때쯤에는 미야코만에 당도할 것이다."

그리고 다시 말했다.

"밤이슬에 몸이 젖는다. 때가 왔을 때 손발이 움직이지 않게 돼. 선실에서 대기하고 있어라."

몰아내듯이 갑판 밑의 선실로 도로 내려 보냈다.

머리 위에서 밧줄이 비비적대는 소리가 들려왔다.

돛대에 깃발이 올라갔다. 성조기였다. 만에 들어가기까지는 미국 군함으로 위장하기로 되어 있었다. 그다지 비겁한 짓도 아니다. 적지에 침입할 때 외국기를 게양하고, 바야흐로 전투가 시작될 때 서둘러 기를 내리고 자기 국기를 게양하는 것이 구미(歐美)에서는 관례처럼 되어 있다.

이윽고 어둠 속의 해면이 짙은 남빛으로 변하고 한 줄기 빛이 달리며, 동녘 수평선에 메이지 2년 3월 25일의 해가 하늘을 빨갛게 물들이면서 떠오르기 시작했다.

눈앞에 무쓰(陸奥)의 낭떠러지며 능선이 솟았다 꺼졌다 한다.

헤이사키(閉伊崎)의 소나무가 눈앞에 보였다.

'왔구나.'

도시조는 시동 이치무라 데쓰노스케를 돌아다 보며 말했다.

"모두 갑판으로 나오라고 해."

도시조도 갑판으로 내려갔다.

이윽고 습격대가 속속 배의 출입구에서 나와 각 부서마다 모여 섰다.

모두 오른쪽 어깨에 흰 헝겊을 붙이고 있었다. 적과 우군을 식별하기 위해서였다.

총을 메고 칼을 든 자도 있고, 거꾸로 칼을 지고 총을 껴안은 자도 있었다.

"날씨가 좋다."

도시조는 드물게 웃음을 떠올리며 솟아오르는 아침해를 향해 눈을 가늘게 떴다.

함장 고가 겐고는 승무원을 호기롭게 지휘하였다.

돛대의 누좌(樓座) 위에는 해군이 총을 들고, 혹은 투척탄을 들고 대기하고 있었다.

양현의 함포도 장전이 끝났다.

포마다 적 사병 살상용 산탄과 철갑 파괴용 실탄을 장전하였다.

실산합장(實霰合裝)이라는 장전법으로 발사하면 두 개의 포탄이 튀어나가게 된다.

도시조는 다시 함교(艦橋)로 올라갔다.

함은 좁은 만 입구를 미끄러지듯이 전진해 갔다.

한편, 함선 8척으로 구성된 관군 함대는 이미 기상 시간이 지났으나 각 함 모두 갑판에 나와 있는 인원수는 얼마 되지 않았다.
돛대의 누좌에 있는 초병(哨兵)만이 활동하고 있었다.
어느 함선도 기관에 불이 들어가 있지 않았다.
물론 닻을 내린 상태이므로 막상 전투가 벌어지면 우선 움직이는 데 15분 이상의 시간이 걸릴 것이다.
그러므로 함대는 아직 취침중이라고 할 수 있었다.

가이텐마루는 더욱 만 안쪽으로 나아갔다.
이 이리 주둥이처럼 깊고 얕게 찢어진 만은 입구에서 안쪽까지는 해협 비슷한 바다가 20리도 더 계속된다.
도시조가 마지막으로 갑판에 내려섰을 때 눈앞의 풍경이 달라지면서 거기에 있는 한 함정을 보았다.
닻을 내린 채 조용히 떠 있었다.
"보신마루입니다. 육군을 수송하는 수송선입니다."
이 함의 견습 사관이 도시조에게 알려 주었다.
가이텐마루는 보신마루를 무시하면서 유유히 그 곁을 스쳐 지나갔다.
그 무렵, 보신마루에서는 초병이 당직사관에게 알렸다.
"우측에 미국 군함."
그러나 아무도 놀라지 않았다.
"분명코 미국 군함이다."
모두가 믿었다. 국기 때문만은 아니고, 가이텐마루의 모습이 관군 해군의 기억 속에 있는 그것과 조금 다르게 보였던 것이다.
가이텐마루라고 하면 누구나 '돛대 셋 굴뚝 둘'로 기억하고 있었다. 분명 그렇기는 했으나 작년에 시나가와를 탈출하여 북상하던 도중, 이누보곶에서 풍랑을 만나 돛대 둘과 굴뚝 하나를 잃어버렸다.
지금 관군 부대 눈 앞에 있는 가이텐마루는 돛대 하나에 굴뚝도 하나인 기이한 형체였다. 미국 군함으로 잘못 본 것도 무리는 아니었다.

가이텐마루의 돛대 누좌에는 특히 사관인 니미야 이사미(新宮勇)가 근무하고 있었다. 그는 만 안의 철갑선을 찾고 있었다.

"철갑함이 있다."

니미야가 외쳤을 때 전원이 자기 자리에 섰다.

습격대는 현 안쪽으로 몸을 사리면서 각기 칼을 뽑아들었다.

도시조는 함수(艦首)에 있었다. 눈 앞에 웅크리고 있는 철갑함을 보았을 때는 몸을 떨었다.

'굉장하구나!'

선복(船腹)을 철판으로 싸고 그 위에 무수한 쇠징을 박았다.

돛대 둘, 굴뚝 하나, 그것이 몽똑하게 짧다. 함의 앞과 뒤에 선회식 포탑이 있고 더욱이 앞의 포는 가이텐마루의 주포(主砲)와 견주어 보면 네 배나 무거운 300파운드 함포이다. 아마도 도시조가 겪어 온 싸움의 역사에서 이 정도 거물과 맞닥뜨린 것은 이번이 처음이자 마지막이리라.

더구나 습격하는 것만이 아니라 빼앗아 가지고 가는 것이 목적이다. 성공할지 어떨지, 도박과도 같은 것이었다.

마침내 접근했다.

철갑함 승무원의 얼굴, 눈코의 생김새까지 분간할 수 있는 거리까지 접근했을 때 고가 함장은 호령을 내렸다.

"일장기를 게양하라!"

미국기가 내려지고 일장기가 펄럭이며 올라갔다.

관군 함대는 백주에 노깨비를 본 것처럼 깜짝 놀랐다. 더욱이 철갑함의 당황하는 꼴은 처참할 정도여서 갑판을 달리는 자, 출입구에 숨는 자, 또는 바닷물로 뛰어드는 자까지 있었다.

다만 철갑함 고물 쪽에서 유유히 신호기를 흔드는 무사가 있었다. 전군 경계의 신호이다. 이 용감한 사내의 이름은 전해지지 않고 있다.

가이텐마루는 뱃전을 맞댈 심산으로 더욱 힘차게 움직였다. 철갑함과 나란히 뱃전을 대려 한 것이었으나 가이텐마루는 우회전이 본디 서툴러 도무지 뜻대로 되지 않았다.

접현(接舷)에 실패하고 일단 후퇴했다.

그리고 다시 돌진했다.

"콰앙."

충격이 온 배안에 울렸다.
뱃머리에 있던 도시조는 저만큼 나가떨어졌다.
일어나자마자 상황을 살펴보았다.
"이거 안 되겠군."
핏기가 싹 가셨다.
가이텐마루의 뱃머리가 철갑함의 좌현을 타고 올라앉아 있는 것이 아닌가. 즉 'ㅅ'자 형이 되어 있었다.
뱃전이 모두 접촉되어야만 전원이 동시에 쳐들어갈 수 있는데 이렇게 되었으니 뱃머리에서 하나 둘씩 뛰어내릴 수밖에 없었다.
함정의 움직임이 원활하지 못했기 때문에 뜻밖의 상황이 벌어진 것이다.
그리고 또 하나, 뜻밖의 일이 생겼다. 가이텐마루는 대단히 키가 높은 함으로 철갑함 갑판에 뛰어들려면 한길 정도의 높이를 뛰어내리지 않으면 안 된다. 동작이 민첩한 자라든가 운이 좋은 자가 아니면 다리가 부러질 것이다.
'무리다.'
도시조는 기가 꺾였다. 워낙 무리한 싸움은 하지 않는 사내였다.
함교에서 고가 함장 역시 입술을 깨물고 있었다.
하지만, 생각한들 무슨 소용이란 말인가.
"히지카타님, 합시다, 접현 습격을."
함교에서 소리질렀다.
"해 볼까."
도시조는 미소지었다. 고가는 끄덕거리고 칼을 휘둘렀다.
그것이 도시조가 고가 겐고를 본 마지막이었다.
뱃머리에서 밧줄을 내렸다.
"뛰어내려!"
도시조는 칼을 휘둘렀다.
"그럼 먼저."
도시조 옆을 달려 지나간 해군 사관이 있었다. 측량 사관인 구 막신 오즈카 나미지로였다.
이어서 신센조의 노무라 도시사부로.
세 번째는 창의대의 사사마 긴하치로.
네 번째는 역시 창의대의 가토 사쿠타로.

다시 신센조 대원 5명, 창의대, 신포쿠대 등이 차례로 뛰어내렸다.

그러나 그렇게 뛰어내리기는 했지만 하나씩 둘씩 떨어지기 때문에 철갑함 쪽에서는 방어하기가 쉬웠다.

철갑함 쪽도 이제 정신을 차리고 있었다.

각기 갑판 위의 건조물 뒤에 숨어 소총을 난사하거나 칼을 뽑아 들고 하나씩 내려오는 습격병을 에워싸고 처절한 전투를 벌였다.

'안 되겠다.'

도시조는 생각했다.

이 사내는 육군 총감 대우이다. 즉 하코다테 정부의 육군 대신인데 마침내 뜻을 굳혔다. 사졸에 섞여 뛰어들기로 했다.

"모두들, 줄타기는 집어치워! 뛰어내린다. 다리가 부러지면 그것으로 끝이다."

스스로 대검을 뽑아 들고서는 이내 한 길 밑의 적함 갑판에 뛰어내렸다.

도시조는 떨어졌다.

뛰어내리자마자 총을 거꾸로 들고 돌진해 온 적병의 오른쪽 몸통을 찍어 내렸다.

이어 눈을 쳐들었다. 돛대 밑에서 신센조의 노무라 도시사부로가 대여섯의 적병에게 에워싸여 고전하고 있는 것이 보였다. 도시조는 장화 신은 발로 성큼성큼 뛰어가 힘껏 뛰어오른 뒤 배후에서 하나를 찔러 쓰러뜨리고 당황하는 적의 목을 노려 한 칼, 두 칼, 재빨리 2명을 쳐서 넘어뜨렸다.

과연 명기(名技)였다.

세 사람을 쓰러뜨리는 시간이 채 2분도 걸리지 않았다.

"노무라 군, 오른쪽 어깨가 어떻게 된 건가?"

도시조는 천천히 다가갔다. 나머지 2명의 적은 얼이 빠진 모양인지 멍하니 서 있었다.

"총알입니다."

숨을 가쁘게 몰아쉬며 새파랗게 질려 있었다. 도시조는 노무라를 업으려 했다. 그때 유탄이 노무라의 머리를 꿰뚫었다. '으악!' 하고 도시조 위에 엎어졌다.

'틀렸는가.'

다시 바라보니 환기통 옆에, 앞장서 뛰어내린 오즈카 나미지로가 온몸이 벌집처럼 되어 쓰러져 있었다.

갑판에서는 이미 습격대 수십 명이 싸우고 있었다. 모두가 적의 검과 겨루다기보다 총탄에 쫓기고 있는 형편이었다.

유일한 전법이었던 철갑함 출입구 폐쇄가 접현이 잘못되어 성공하지 못한 채 철갑함 승무원들은 전원 무기를 들고 갑판에 올라오고 말았다.

'긴 싸움이다. 물러설 수밖에.'

도시조가 사병을 모으려고 했을 때 가이텐마루 함교 위의 고가 겐고는 오히려 단념하지 않았다. 현측의 포를 일제히 발사했다.

우루릉 콰앙.

우루릉 콰앙.

10발을 철갑함 옆구리에 갈겨 넣었다. 그러나 끄떡도 없었다.

흙덩이를 던진 것처럼 철판에 부딪쳐 포탄은 허무하게 부서질 뿐이었다.

도시조는 그 충격으로 몇 번이나 뒹굴었다.

'저 사람은 젊다.'

세 번째 일어나려고 했을 때 머리 위를 수십 발의 총탄이 동시에 스쳐 갔다.

가이텐마루가 두려워하고 있던 적의 기관포가 처절한 연속음을 터뜨리면서 가동하기 시작한 것이다.

거기에 투척탄이 도시조의 근처에서 폭발하기 시작했다.

적의 투척탄도 있었다.

가이텐마루의 함상에서 던지는 우군의 투척탄도 있었다. 그 폭연 속에서 도시조는 정신없이 사람을 베었다.

한편, 다른 관군 함선을 살펴보자. 재빨리 전투 준비를 한 것은 사쓰마 함 '가스가'뿐이었다.

또 한편 '가스가'는 운이 좋았다. 다른 함선은 우군인 철갑함이 방해가 되어 포를 쏠 수가 없었는데, 가스가만은 그나마 가이텐마루를 쏠 만한 위치에 있었다.

그 가스가의 대포 중에서도 좌현 1번포를 담당한 3등 사관 도고 헤이하치로만이 가이텐마루를 쏠 수 있었다.

가스가가 포문을 열었다. 그 중의 2탄이 가이텐마루에 명중하여 갑판 위의 건조물과 인원을 파괴했다.

그때는 다른 함선도 이미 닻을 올리고 기관에 불을 넣어 엔진이 걸리기를 기다리고 있었다.

엔진이 걸리면 7척이 가이텐마루 하나를 에워싸고 집중 사격을 할 수 있으리라.

가이텐마루도 앉아서 그것을 바라보고 있는 것은 아니었다.

사면팔방으로 함포를 쏘아 대어 적의 보신마루와 히류마루에 피해를 입혔다.

보신마루와 히류마루의 두 함에는 육군이 가득 타고 있었다. 그들은 수백 정의 소총을 가지런히 하여 가이텐마루를 사격했다.

고가는 아직도 함교에 있다.

발 밑에서는 사관과 연락병의 시체가 뒹굴었다. 구두가 바닥에 괸 피 때문에 미끄러질 정도였다.

마침내 1탄이 고가의 왼쪽 넓적다리를 꿰뚫었다.

기둥을 잡고 일어났다.

다시 그 오른팔이 박살났다. 쓰러지면서 연락병에게

"후퇴의 기적을……."

울리라고 명령했을 때 소총탄이 목에 날아와 박혔다. 절명했다.

기적이 울었다.

철갑함 위에서 아직 움직이고 있는 것은 도시조 외에 두서넛뿐, 모두 쓰러졌다. 쓰러진 적군과 아군의 사상자로 갑판은 그야말로 여기저기 시체가 뒹굴고 피바다를 이루었다.

"퇴각!"

도시조는 생존자를 밧줄 옆으로 모아 각기 오르게 했다.

마지막에 도시조가 붙잡았다.

적의 총병 대여섯 명이 차폐물에서 차폐물로 옮겨 약진하면서 쫓아왔다.

도시조는 칼을 칼집에 꽂았다.

"그만둔다. 그 쪽도 그만둬!"

적을 향해 외쳤다.

적은 더 이상 사격하지 않았다. 도시조가 가이텐마루 함상으로 옮겨 탔을 때 함정은 철갑함에서 떨어졌다.
 함정은 만에서 나왔다.
 가스가와 몇 척이 추격해 왔으나 속력이 빠른 가이텐마루를 끝내 따라잡지는 못 했다.
 가이텐마루는 26일 하코다테에 귀항했다.

재회

도시조는 결벽증이 있어 하루에도 몇 번이나 승마용 장화를 닦았다.
"제가 닦겠습니다."
마부 사와 주스케가 이렇게 말해도 도시조는 듣지 않았다.
무구(武具)는 자신이 손질하는 법이라고 했다.
구두도 '무구'인 모양인가.
그날 오후에도 나사지 조각으로 열심히 닦았다.
시동 이치무라가 들어와서 알렸다.
"야마토야 도모지로(大和屋友次郎)가 만나뵙겠다고 합니다."
"들어오도록."
도시조는 기름칠을 하고 있었다. 가죽에 피가 묻은 자국이 아무리 닦아도 없어지지 않았다.
야마토야 도모지로란 오사카의 호상(豪商) 고노이케 젠에몬(鴻池善右衞門)의 점원으로 하코다테 쓰키지마에 있는 고노이케 지점의 지배인이다.
고노이케와 신센조의 관계는 깊다.
결당 초인 분큐 3년(1863) 초여름. 고노이케 교토 지점에 낭인 도둑이 든 것을 순찰 중이던 곤도, 야마나미, 오키타 등이 잡아 길 위에서 베어 죽인 것이 인연이다.

그 뒤, 도시조는 곤도 등과 함께 오사카에 출장 나갔을 때 고노이케의 초대를 받아 융숭한 대접을 받았다.

이때, 고노이케에서는 부대의 제복을 기증하고 또 곤도에게는 맹검 '고테쓰(虎徹)'를 선물하기도 했다.

다시 고노이케 측에서

"지배인을 추천해 주십시오."

요청이 있었을 정도였다. 고노이케는 치안 사정이 좋지 않았던 그 때, 신센조와 밀접한 관계를 맺어둠으로써 자기의 안전을 도모한 것이리라.

도시조가 홋카이도에 온 뒤로도 고노이케의 후의는 변함이 없어 오사카에서 하코다테 점포에 '적극 편의를 보아드리라'는 지시가 내려왔을 정도였다.

도모지로가 들어왔다.

문복, 하카마에 상투를 매끈하게 빗어 올린 차림이었다.

아직 나이는 27, 8살 정도이고 영어도 조금 한다.

"오랜만이군."

도시조는 장화를 신고 도모지로에게 의자를 권했다.

"네, 영국 기선편이 있어서 요코하마에 갔었기 때문에……."

"호오, 에도에?"

"도쿄에도 다녀왔읍죠. 영주 저택이 관청이 되기도 하고 직속무사 저택에 새 정부의 관원이 들어가 살기도 하고 구 막부시대라는 것이 아주 먼 옛날 일같이 됐더군요. 세상이 엄청난 기세로 움직이고 있는 모양입죠."

"고노이케의 장사도 분주하겠지."

"뭘요, 스미토모(住友) 등과는 달리 영주 단골이 많아서요. 사쓰마·조슈·도사의 세 번이 번적(藩籍)을 봉환한 일은 들으셨는지요. 말이 봉환이지 빚까지 새 정부에 떠넘겼으니 탈입니다요. 그 새 정부가 구 막부 시대 일은 일절 모른다고 하는 겁니다요. 오사카의 호상도 대여섯쯤은 가게문을 닫아야 할 처지입죠."

도모지로는 관군의 소식도 전했다. 그가 돌아올 때 시나가와에서 영국 배를 탔는데 시나가와 앞바다에서 관군 군함 '조요마루'가 구름처럼 검은 연기를 내뿜고 있었다. 요코하마에서 들은 바로는 조요마루는 육군의 마지막 부대를 수송한다는 것이었다.
"행선지는 아오모리(青森)겠지?"
도시조는 쓸쓸하게 웃었다. 아오모리에 관군 육군이 속속 집결하고 있는 것이다.
"그런데요……."
도모지로는 무표정하게 말했다.
"도쿄에서 귀한 손님을 모시고 왔습니다요. 저희 가게 안채에 모셨습니다. 이름 말입니까? 네, 오유키님이라고."
"오유키……."
도시조는 벌떡 일어섰다.
"거짓말이겠지. 누가 그런 이름을 가르쳐 주었는지 모르지만 난 그런 유의 농담은 질색이야."
당황하고 있다는 증거로 구두를 닦던 천조각을 조끼 호주머니에 집어넣었다.
"질색이라도 오유키님은 오유키님이시니까요."

고료가쿠 본영에서 하코다테 시내까지는 10리 남짓 된다.
도시조는 프랑스식 모자를 깊숙이 눌러 쓰고 말에 올라타자 혼자 떠났다.
'믿기지 않는 일이야.'
생각해 보았다.
도모지로의 말에 의하면 그가 오키타 소지의 병상을 찾았을 때 소지의 입에서 오유키의 이름을 들었다고 한다.
"이따금 들러 봐 주게."
오키타 소지는 오유키를 이 도모지로에게 부탁했다는 것이다.
'소지놈, 공연한 참견을…….'
도시조는 고삐를 늦추면서 구름을 쳐다보았다.
은빛으로 빛나고 있다.
오키타 소지의 웃는 얼굴이 떠올랐다. 그러나 곧 사라졌다.
이 고장의 자연은 너무나 평범하여 고인을 생각해 내기에는 어울리지 않았다.
시가지에 들어가 쓰키지마의 고노이케 저택 앞에서 말을 내렸다. 저택 하

재회 409

인에게 고삐를 넘겨 주었다.
"먹이를 좀 주어라."
하인은 아이누 인과의 혼혈인 듯했다. 뭘 생각하고 있는지 맑고 커다란 눈이다.
도모지로는 도시조를 현관에서 맞았다.
"역시 오셨군요."
도시조는 충혈된 눈으로 도모지로를 보았다.
간밤에 잠을 이루지 못한 모양인가.
"이 일에 대해서는 말이 없도록 해 주게."
하녀가 도시조를 별채로 안내했다. 외국인 접대용으로 지은 모양인지 이 건물만은 2층 양옥이었다.
하녀가 나갔다.
도시조는 창 가로 다가갔다. 창 밖으로는 하코다테 항구가 보였다. 일본과 외국 기선이 닻을 내리고 있었다.
항구에는 적함의 침입을 막기 위해 밧줄이 둘러쳐져 있었고 가이텐마루, 반류마루, 지요다마루의 세 함정이 차례로 항내를 빙빙 돌고 있었다.
도시조는 등 뒤에서 인기척을 느꼈다. 창 밖을 계속 내다보고 있었다.
어쩐 일인지 고개가 순순히 돌아가지 않았다.
"오유키."
부르려고 했으나 그 목소리가 입 밖으로 튀어나왔을 때는 전혀 다른 말이 되어 있었다.
"저것이 벤텐자키 포대야. 밤낮으로 포병이 근무하고 있지. 저것이 함락될 때 내 생애도 끝나는 거겠지."
등 뒤가 쥐죽은 듯이 고요하다.
오유키의 작은 심장 고동 소리마저 들릴 것 같았다.
"와서는 안 되는 걸 그랬나봐요."
"…………."
도시조는 돌아섰다.
어김없는 오유키가 거기 있었다. 오른쪽 눈썹 위에 실밥 정도의 오래 된 화상 자국이 있었다.
도시조가 몇 번인가 입술을 대었던 자리이다.

그것을 쳐다보았을 때 도시조는 저도 모르게 눈물을 흘렸다.
"오유키, 왔구나."
껴안았다. 그 자국에 입술을 댔다.
오유키는 몸을 뒤틀어 빼려고 했다. 오유키가 전에도 이와 꼭 같은 몸짓을 했던 것을 도시조는 생각해 냈다.
"그만, 와 버렸어요. 약속을 어기고."
오유키가 말했다.
"잠자코 있어."
도시조는 오유키의 입술에 자기의 입술을 포갰다.
오유키는 정신 없이 받아들였다.
이제껏 둘이 나눈 적이 없는 애무였다.
그러나 이 외국식 건축물과 이국인이 많은 거리에서는 그러한 애무의 형태에 아무런 어색함도 느끼지 않았다.
이윽고 도시조는 오유키를 풀어놓았다.
어느 사이엔가 문이 열려 있었다. 차를 들고 들어온 동그스름한 얼굴의 하녀가 쟁반을 든 채 이런 경우 어떻게 하여야 좋을지를 모르는 모양으로 멍하니 서 있었다.
"아아, 미안해."
도시조는 진지한 얼굴로 하녀에게 사과했다.
"아, 아닙니다."
하녀는 비로소 정신이 드는 모양인지 몹시 당황해 했다.
"여기 놓아 두겠어요."
"고마워. 그런데 부탁이 있다. 지필묵을 빌렸으면 하는데."
하녀는 곧 그것을 가져 왔다. 도시조는 시동 이치무라 데쓰노스케에게 자신의 소재를 알리는 편지를 한 자 적었다.
'스키지마의 고노이케에 있다. 내일 오후에 귀영할 예정임.'
글에는 이 사내다운 운치가 있었다.
"가메다의 고료가쿠까지 사람을 시켜 전해 줘. 참, 아까 말시중을 들어준 하인이 좋겠군. 그 아이는 아이누 인의 피가 섞였나?"
"섞였다고 합니다."
하녀는 겁먹은 표정으로 고개를 끄덕였다.

하녀가 나가자 도시조는 어쩐지 가슴이 답답했다.

오유키를 데리고 거리로 나왔다. 잔교(桟橋) 근처까지 걸었다.

"저 배로 왔소?"

도시조는 바다를 가리켰다. 거대한 화륜선(火輪船)이 영국기를 펄럭이며 푸른 수면에 웅크리고 있었다.

"네, 고노이케의 도모지로님이 자꾸 권하기에, 요코하마에서 5,300백 리나 된다고 해서 아득한 마음이었지만 고작 나흘만에 왔어요."

"언제 갈 거지?"

"저 배가 떠나는 날에요."

오유키는 애써 명랑하게 말했다.

그때 묘한 모양을 한 아이누 인의 배가 왔다.

10명 가량의 여자들만이 노를 저었다.

배를 저어가는 소리가 본토인(本土人)의 그것과는 다르다. 소라엔야, 소라엔야, 라고 하는 것 같았다.

"뭐라는 소리일까요?"

"글쎄."

도시조는 고개를 기울여 듣고 있다가 이윽고 이 사내로서는 드물게 농담을 했다.

"오유키의 미련이라고 그러는데."

"어머, 싫어요."

"아닌가?"

"제 귀에는 도시조 바보, 도시조 바보, 라고 들리는데요."

"양쪽 다 맞는 모양이야."

도시조는 소리내어 웃었다.

오유키는 옷자락을 여몄다. 바람이 일고 있었다.

"그만 갈까."

도시조는 오유키에게 물었다. 오유키는 잠자코 걷기 시작했다.

"언제, 그런 머리 모양으로?"

오유키가 올려다보았다.

도시조는 홋카이도에 온 뒤로 상투를 자르고 올백으로 하였다. 머리숱이 많아서 썩 잘 어울린다.

"상투는 모자를 쓰기가 좋지 않아서 잘랐지. 언제쯤인지는 생각나지 않아. 여기 온 뒤로는 하루가 지나면 그 하루를 잊어버리기로 하고 있어. 과거는 이제 내게는 아무런 의미도 없어."
"저하고의 과거도요?"
"그 과거는 다르지. 그 과거의 나라에는 오유키도 곤도도 오키타도 살고 있어. 나로서는 둘도 없는 과거야. 그 이후의 과거는 단순한 날의 연속일 뿐이야."
"모르겠어요, 무슨 말씀인지."
"이곳에서의 매일은 무의미한 것같이 느껴져. 내 일생의 덤인지도 모르지. 여기서는 오늘, 그리고 오늘의 연속만으로 살아 왔어. 다만 미래만은 유난히 뚜렷한 모습으로 내 눈앞에 떠오르고 있지."
"어떤 미래인데요?"
"전쟁이지."
도시조는 잠깐 입을 다물었다.
"관군이 내 미래를 만들어 주는 거야. 관군이 오면 각국 영사에게 연락해서 외국인은 항내의 자국 군함에 각기 대피시키기로 되어 있어. 그 다음부터가 싸움이지. 탄환과 피와 초연, 내 미래는 소리도 빛깔도 냄새도 다 갖추고서 눈 앞에 있어."
"저 영국선으로............"
오유키가 불현듯 말했다. 아니, 불현듯이 아니라 몇 번이나 되씹어 온 말이었으리라.
"도망쳐요."
하지만 이 말은 할 수 없었다.
도모지로가 나와서 기다리고 있다가 옥관 쪽에 저녁 준비를 해 놓았다고 말했다. 두 사람은 식사가 준비되어 있는 테이블에 마주 앉았다.
"제가 시중들겠어요."
오유키가 말하자 도시조가 웃었다.
"이런 서양식 장소에서는 남녀가 함께 식사하는 모양이야. 배에서 양식을 먹었을 텐데."
"네, 하지만……."
"혼이 났지, 그 쇠고기?"

"안 먹었어요. 도시조님은?"

오유키는 이름을 불렀다.

"안 먹었어. 쇠고기라는 말이 나왔으니 생각나는데, 오키타는 의사가 권하는 쇠고기국을 싫어했었지. 그 얼굴이 지금도 눈에 선해."

"그래서 안 잡수시나요?"

"그렇지도 않지만, 난 가리는 것이 많은 인간이라 새로운 건 곤란해. 곤도는 식성이 좋았지. 돼지고기도 먹었으니까. 그 속은 도무지 모르겠어."

도시조는 끝도 없이 이야기를 늘어놓았다. 자기 스스로도 자신의 수다에 놀라고 있었다.

돌이켜 생각하니 에노모토, 오토리 등과 홋카이도에 온 뒤로 날마다 손꼽을 정도의 횟수밖에 남과 이야기를 나눈 적이 없었던 것 같은 생각이 든다.

"내가 왜 이리 수다를 떨지."

도시조는 어깨를 움츠렸다.

"아, 배가."

오유키가 창 밖을 내다보았다.

항구 안은 완전히 어두워졌다. 그 어둠의 바다에 현등(舷燈)을 매단 검은 선체가 움직이고 있었다.

"경계중이야. 관군 군함이 갑자기 쳐들어오면 곤란하니까 말이야. 하기는 우리도 그랬지만."

"미야코만?"

"잘 아는군."

"요코하마에서는 외국인 쪽이 더 잘 알고 있대요. 신문에 실렸다고 들었어요."

"그런데 실패했지. 막부라는 것이 300년 운을 다 써 버렸다는 느낌이 들었어. 하나도 되는 일이 없어."

가느다란 달이 오르기 시작했을 무렵, 도시조는 오유키의 몸을 죄고 있는 끈과 허리띠를 풀었다.

"아이, 누가 오잖아요."

"문은 잠갔어."

침대도 램프도 모두 배의 물건인 모양이었다.

"제가 할래요."

오유키가 몸을 꼬았다. 도시조는 잠자코 손을 움직였다.

이윽고 오유키가 몸에 지니고 있던 모든 것이 방바닥에 흩어지고, 그 속에서 오유키의 알몸뚱이가 나타났다.

도시조는 여자를 번쩍 들어 안았다.

"오늘밤은 재우지 않을 테야."

도시조는 웃었다.

그런데, 눈물 방울이 오유키의 목에 떨어졌다. 그 차가움에 오유키의 살갗이 떨었다. 눈을 크게 뜨고 도시조를 올려다보았다.

'……?'

오유키는 의심스러웠다. 도시조는 울고 있지 않다, 고 생각하는 사이에 오유키의 몸뚱이는 공중에서 빙 돌아 이윽고 도시조의 팔에서 떠나 침대 속에 묻혔다.

그날, 관군 함대는 상륙 부대를 만재하고 아오모리를 출항하여 홋카이도를 향하여 북상했다.

기함은 철갑함이고 2번 함은 가스가 이하 요순, 다이이치데이보, 히류 등 모두 8척이었다. 육군은 조슈병이 주력으로, 히로사키(弘前), 후쿠야마, 마쓰마에, 오노, 도쿠야마의 각 번병이었다.

관군 상륙(官軍上陸)

 관군 함대와 수송선단이 에사시 앞바다에 나타났을 그때도 도시조는 오유키의 몸을 껴안고 침대 속에 있었다.
 오유키의 머리는 담요 위에서 완전히 수세미가 되어 있었다.
 '굉장한 호색한.'
 오유키는 입밖에 내지는 않았으나 상당히 놀랐다.
 지난 날의 도시조는 체면치레가 심해 오사카의 유히가오카에서도 이렇지는 않았었다.
 창문이 희끄무레해졌을 무렵 두 사람은 어느새 잠들어 버렸다.
 그런데 한 시각도 지나기 전에 도시조는 오유키의 몸을 다시 끌어 안았다.
 "오유키, 어쩐지 가엾어 보이는군."
 도시조도 스스로 우스웠던 모양인지 키득키득 웃었다.
 "아뇨, 가엾지 않아요."
 "억지 부리지 마. 오유키의 눈은 아직 반은 자고 있어."
 "거짓말, 도시조님의 눈이야말로 아직 꿈속을 헤매고 있는 것 같아요."
 "꿈속이지."

하코다테의 항구를 내려다보는 누각 2층에서 지금 오유키와 단 둘이 있는 것 자체가 꿈이 아닌가.

'인생도 꿈속의 꿈 같은 것이런가.'

진부한 말이지만 지금의 도시조의 심경으로는 정말 그랬다. 35년의 생애는 꿈결처럼 지나가 버렸다.

무사시 다마 강가에서의 일, 에도 시절, 낭사조에의 응모, 상경, 신센조 결성, 교토 시중에서의 숱한 칼싸움, ……그 중의 몇 토막의 정경은 연극의 배경이나 그림 두루마리를 보는 것 같은 어떤 가공의 색채를 띠고 눈앞에 떠올라 보였다.

'꿈이다, 인간 세상도.'

도시조는 생각했다.

도시조는 지금은 그것을 회상하는 자기밖에 가진 것이 없었다. 왜냐하면 적의 상륙과 더불어 싸울 만큼 싸우고 죽을 생각이기 때문이다.

이미 도시조에게는 죽음밖에 미래가 없었다.

"했어, 오유키."

불쑥 도시조는 말했다.

오유키는 깜짝 놀라서 눈을 깜박거렸다. 속눈썹이 고운 여자이다.

"무슨 말씀이신지?"

"아니 뭐, 했다고 그랬어."

더듬더듬 말하며 웃었다. 그에게 충분한 표현력이 있다면 '마음껏 살았다'고 말하지 않았을까. 겨우 35년의 짧은 시간이었지만.

'내 이름은 악명으로 남는다. 격렬하게 산 자신의 이름은 모두 악명으로 사람들의 기억 속에 남는 법이다.'

도시조는 이미 자신이 살아 있는 자기가 아니라 극중의 인물로서 관찰하는 여유가 생기기 시작하고 있었다.

아니, 여유가 아니라 지금 과거를 관찰하고 있는 도시조는 도시조의 내부에서 새로 탄생한 다른 인물일지도 모른다.

"오유키……."

도시조는 꼭 껴안았다. 오유키의 몸을 공격하고 있었다. 오유키는 열심히 그것을 받아들이려고 한다.

도시조는 이제, 지금 살아 있다고 하는 실감을 오유키의 몸 속에서 찾을 수밖에는 길이 없었다.

아니, 또 하나 있다. 싸우는 일이다.

그것만 빼놓고는, 도시조의 현실 세계는 모두 소멸되고 말았다.

오유키도 도시조의 그러한 생명의 부르짖음이라고 할까, 마지막으로 뿜어 내려고 하는 무엇인가를 몸으로 느꼈던 모양인지 슬픔 따위는 아예 말라 버린 듯한 마음으로 도시조를 받았다.

담요 위의 오유키는 몸만 남아 있었다. 머리는 없었다. 머리 따위는 이런 때 아무런 소용도 닿지 않았다. 몸만이 도시조의 감정과 과거와 비탄과 논리와 회한과 만족, 그 모두를 받아들이는 단 하나의 것이었다. 오유키는 정신 없이 몸을 움직였다. 그 따스한 점막을 통해 도시조를 빨아 들이려 했다. 오유키는 꿈꾸듯이 눈을 감고 입술을 벌리고 있었다. 그리고 약간 미소짓고 있었다.

이윽고 도시조는 불이 꺼지듯이 잠들었다.

오유키는 침대에서 살그머니 내려왔다. 옆방에 거울이 있었다는 것이 생각났다. 머리를 다시 빗으려고 했다.

옆방 문 손잡이를 잡았을 때 문득 창밖을 보았다.

바다가 눈 아래 보였다.

거기에 하코다테 정부의 군함이 있었다.

돛대 위에서 이상한 신호기가 펄럭이고 있는 것을 오유키는 물론 알아보지 못했다.

이미 관군은 하코다테에서 150리 떨어진 오토베(乙部)라는 어촌에 적전(敵前) 상륙하여 부근에 주재하고 있던 하코다테 정부군 30명을 격퇴한 뒤 진격태세를 갖추고 있었다. 그 급보가 고료가쿠와 하코다테에 전해져 항구 안의 군함에도 그것을 알리는 신호가 오르고 있었던 것이다.

오유키가 머리를 매만지고 화장을 고치고 옷매무새를 새로 가다듬었을 때, 도시조는 잠에서 깨었다.

어쩌면 오유키로 하여금 매무새를 고치게 하기 위해 눈을 감고 있었을 뿐인지도 모른다.

도시조는 양복바지를 입었다.

서스펜더(suspender)를 어깨에 걸면서 창밖을 내다보았다.

군함에 신호기가 올라 있었다. 그것은 하코다테 시내에 거주하는 외국인에게 피난을 요망하는 신호라는 것을 도시조는 알고 있었다.
"오유키, 준비는 다 됐나?"
"네."
오유키가 들어왔다. 도시조는 눈을 크게 떴다. 원래의 빈틈없는 부인의 모습으로 돌아가 있었다. 조금 전까지 침대 위에 있었던 것은 딴 여자였던가 하고 의심스러울 정도였다.
도시조는 침대에 걸터앉아 무거운 장화를 신으려고 했다.
"왔어."
"뭐가 왔어요?"
오유키는 쪼그리고 앉아 장화 한 짝을 신기려고 했다.
"적군이."
오유키는 숨을 멈추었다. 그 머리 위에서 도시조가 코로 손의 냄새를 맡았다.
"오유키의 냄새가 남아 있어."
"몰라요."
오유키도 웃지 않을 수 없었다. 적이 어디에 왔단 말인가.
도시조는 아무 말도 하지 않았다.
오유키도 더 이상 묻지 않았다.
도시조는 아래층 응접실로 내려갔다. 그리고 이 집 주인인 도모지로를 불러오도록 사환에게 부탁했다.
도모지로는 급히 왔다.
"불러서 미안해, 하코다테 시내에 피난 명령이 내렸다지?"
"방금 내렸습니다. 시중 소문으로는 관군이 오토베에 상륙했다고 합니다."
"당장에 하코다테가 싸움터는 되지 않겠지. 여기는 외국 상관(商館)이 있어. 항구 안에는 외국 함선도 있고, 관군도 포격은 안 할 거야. 고노이케는 그냥 장사를 계속해도 괜찮을 걸세."
"물론 계속할 생각입니다."
"그런 배짱이라야지. 오사카 상인답군."
도시조는 오유키를 간곡히 부탁했다. 이 사내로서는 끈질길 정도로 거듭 부탁하며 탁자 위에서 머리까지 숙였다.
"부탁하네."
"걱정 마십시오. 고노이케가 맡은 이상은 관군의 보장보다도 더 확실합죠."

"미안하지만 하나만 더."

도시조는 방구석에 놓아 두었던 마낭(馬囊)을 들고 와서 그 속에 있는 돈 전부를 꺼내 놓았다. 금전으로 60냥.

"오유키가 타고 갈 영국배에 객실 하나를 더 마련해 주었으면 하네. 이건 그 자의 운임이야. 남으면 자네가 직접 그 자에게 전별금으로 주게. 참, 시나가와까지 바래다주게. 그 뒤는 그 자가 알아서 어디든지 가겠지."

"분부대로 하겠습니다만 대체 누구입니까?"

"이치무라 데쓰노스케일세. 후시미에서 마지막 대원 모집을 했을 때 응모해 왔었지. 미노 오가키 번사인데 워낙 나이가 어렸어. 그때가 열여섯이었으니까."

"…………"

"오키타를 닮아서 뽑았어. 본인도 기뻐하여 간토, 오우, 홋카이도로 전전하는 동안 천진난만하게 따라다녔어. 더 이상 끌고 다니고 싶지 않아."

그때 이치무라가 오토베에서의 적군 상륙의 보고를 하기 위해 고료가쿠에서 달려왔다.

"도모지로, 이 사내일세."

데쓰노스케의 어깨를 두드렸다.

그 뒤, 사정을 들은 이치무라가 울면서 남겠다고 애원하다가 배를 가른다고까지 말했다.

도시조가 이치무라 데쓰노스케에게 말한 내용이 이치무라가 남긴 일화 속에 있다.

그것에 의하면

'에도에서 고슈 가도를 서쪽으로 가면 히노라는 주막거리가 있다. 그 주막거리의 촌장 사또 히코고로는 내 매형이다. 그를 찾아가라.

이것은 임무다. 그 사토 히코고로에게 이제까지의 전투 경과를 소상하게 전하라. 너의 뒷일에 대해서는 히코고로가 알아서 처리해 줄 것이다.

이치무라는 완강하게 거부했다. 그러자 대장은 무척 화를 내며 내 명령에 따르지 않으면 즉각 목을 베겠다고 말했다. 그 모습이 어찌나 엄하고 무서운지 그만 기가 꺾여 마침내 그 임무를 맡고 말았다.'

도시조는 그 자리에서 도모지로를 시켜 반지(半紙)를 가져오게 하고 작은 칼로 그 끝을 두 치 정도 잘라내어 가느다란 '소절지(小切紙)'를 만든 다음 거기에 '사자(使者)의 신상을 부탁드립니다. 도시조'라고 작은 글씨로 적었다.

다시, 사토 히코고로에게 보내는 유품으로 사진 한 장을 곁들였다.

양복에 작은 칼을 찬 모습으로 하코다테에 와서 찍은 것이다. 그것이 지금 남아 있는 도시조의 단 하나의 사진이 되었다.

마지막으로 다시 한 가지 물건을 부탁했다. 패도였다.

교토 때부터 헤아릴 수 없이 많은 수라장을 도시조와 함께 뛰어다닌 이즈미노카미 가네사다였다.

"데쓰노스케, 부탁한다. 네가 말하지 않으면 곤도와 오키타의 최후도 결국 한낱 부랑자의 죽음이 되고 만다."

도시조는 후세의 비판을 그다지 두려워하지는 않았던 것 같다. 두려워했다면 다소 글재주가 있는 그로서는 약간의 기록이나마 남겼을 것이나. 다만 가족에게라도 자기의 유품과 생전의 행적을 전해 두고 싶었던 모양이다.

더욱이 매형 사토 히코고로는 가족일뿐더러 신센조 결성 당시, 아직 돈이 궁핍했을 무렵 가끔 곤도가 청하여 금전적으로 지원한, 이를테면 창설시대의 물주라고 할 수 있었다.

물주에게 신센조의 최후를 보고할 의무가 있다면 있었을 것이다.

묘한 일이 있었다.

도시조는 끝내 이치무라 데쓰노스케에게는 함께 배를 타고 갈 오유키에 대한 얘기는 하지 않았다. 소개도 하지 않았다. 배에 오르면 서로 알게 되겠지, 하고 자연스러운 흐름에 맡긴 것인 지도 모른다. 아무튼 최후까지 자신의 정사를 남에게 알리고 싶어 하지 않는 성격을 버리지 못했다.

오유키도 끝내 도시조가 있는 동안에는 아래층에 내려오지 않았다. 유히가오카 때와 마찬가지로 작별을 싫어했는지도 모른다.

도시조는 고노이케 상점 앞에서 말을 탔다. 열 발짝쯤 말발굽 소리를 내고서 문득 등에 시선을 느끼고 돌아다보았다.

오유키가 2층 창문을 열고 도시조를 꼼짝도 않고 내려다보고 있었다.

도시조는 고개를 약간 끄덕여 인사를 보냈다.

그것뿐이었다. 곧 자세를 바로잡자 허리를 들고 말의 옆구리를 찼다. 말은 승마 자세가 아주 좋은 주인을 태우고 가메다의 고료가쿠를 향해 달렸다.

고료가쿠에 돌아온 도시조는 에노모토, 마쓰다이라, 오토리에게서 전황을 들었다.

"에사시도 함락되었소."

오토리가 말했다.

무리도 아니었다. 오토베에 상륙한 관군은 2,000명으로 30명의 수비대는 눈깜짝할 사이에 무너졌다.

30리 밖의 에사시에는 하코다테 군 250명이 포대를 지키고 있었다. 그것을 관군 함대가 함포 사격으로 짓뭉개버렸다.

"우리측 장병수는 총 3,000명을 넘지 못하오. 방어군은 공격군보다도 몇 갑절의 병력이 필요하다는데 이런 형편으로 방어할 수 있을지 어떨지?"

에노모토 다케아키가 침통한 표정으로 말했다.

워낙 병력수가 적은 데다 수비대를 지나치게 분산시켜 놓았다. 고료가쿠 본영에는 800명, 하코다테 300명, 마쓰마에 400명, 후쿠시마 150명, 무로란(室蘭) 250명, 와시노키 백 명, 그밖에 모리, 사하라, 가와쿠미, 아리카와, 도오베쓰, 야후라이, 기코나이 등지에 수십 명씩 배치하고 있었다.

"우선 병력을 집결하여 상륙군의 주력에 타격을 줘야 합니다."

도시조가 말했다.

즉각 분산 병력의 집중화가 이루어졌다. 이 일에 며칠을 잡아먹었다.

그러나 그 완전 집중이 끝나는 동안 도시조와 오토리는 각기 병력 500정도를 이끌고 각각 다른 길로 출발했다,.

오토리는 기코나이(木古內)에.

도시조는 후타마타(二股) 어귀에.

그 사이, 마쓰마에 수비대가 심형일도류(心形一刀流) 종주인 구 막신 이바 하치로(伊庭八郎) 등을 대장으로, 관군이 점령중인 에사시에 돌진하여 관군 본대와 싸워 크게 격파하고 패주시켰다. 노획한 적 병기는 4파운드 시조포 3문, 소포, 배낭, 칼과 창, 탄약 등 다수였다.

도시조는 후타마타 어귀의 천험(天嶮)에 숨어서 적의 진격을 기다렸다.

"관군을 유인하자."

도시조는 일종의 길다란 진지를 만들었다. 최전선을 중간쯤의 후타마타에 두고 이어서 아래쪽 후타마타를 중군 진지로 잡았다.

그러나 이들 진지에는 소수 병력만 배치했다.

"적이 오면 싸우는 척하다가 뿔뿔이 흩어져 도망쳐라. 상대의 행군이 협곡

안에서 길어졌을 때 본진 후타마타 어귀에서 일제히 몰려 나가 섬멸한다."

4월 12일 하오 3시쯤, 관군 600이 도시조의 최전선인 중간 후타마타에 나타났다.

산 꼭대기의 도시조의 진지까지 치열한 총성이 들려 왔으나 이윽고 우군은 예정대로 퇴각하기 시작했다.

중군 진지도 적과 충돌하다가 퇴각.

"온다."

도시조는 눈을 가늘게 뜨고 쌍안경을 들여다보고 있었다.

위에는 16개소의 보루를 구축하고 대원들은 총을 쓰다듬으면서 기다렸다.

드디어 왔다.

도시조는 사격 명령을 내렸다. 처절한 소총전이 벌어졌다.

도시조는 제1 보루에서 홍백의 대장기를 높다랗게 휘날리고 있었다.

"히지카타님이 있는 한 이긴다."

대장기는 세 번 총탄을 맞고 쓰러졌으나 도시조는 세 번 다 즉각 다시 세우게 했다.

이 전투에서 도시조의 부대가 쏜 소총탄은 3만 5천 발, 전투시간은 16시간, 그때까지의 일본 전사(戰史)에 없었던 기록적인 장시간 전투였다.

아침 6시, 드디어 적진이 무너지기 시작했다.

"대장기를 흔들어라!"

도시조는 전군 돌격 신호를 하고 기수에게 대장기를 둘러메게 한 다음 벼랑 위에서 단숨에 길로 미끄러져 내려갔다.

칼을 뽑았다.

갑자기 백병전이 벌어진 지 5분 뒤에 적은 더욱 무너져 내리막 고개를 구르듯이 도망치기 시작했다.

그 적을 10리 남짓 추격하여 거의 전멸에 가까운 타격을 주고 총기, 탄약 다수를 빼앗았다.

하코다테군 측 손해는 전사자가 고작 1명인 놀라운 승리였다.

그 며칠 뒤, 관군 참모는 본토(本土)의 군무관에게 급보를 보냈다.

'워낙 적은 백전연마의 전사가 많아 오슈의 적과는 비교도 되지 않습니다. 빠른 승리는 도저히 바라기 어렵습니다. 급히 원군을 보내주십시오.'

명맥(命脈)

도시조는 하코다테 정부군에서 단 한 명의 상승장군(常勝將軍)이었다.

이 사내가 겨우 1개 대대로 수비하고 있는 후타마타의 천험은 10여 일에 걸쳐 끄떡도 하지 않고 밀려오는 관군을 모조리 격퇴했다.

도시조의 생애에서 가장 즐거운 시기의 하나였으리라.

대원들도 이 싸움꾼 밑에서 희희낙락하며 일했다.

하루에 총 하나로 1000여 발을 쏘아댄 자도 있었는데, 그와 같은 대원들의 얼굴은 초연으로 새까맣게 그을었다.

총신이 타서 장전장치가 움직이지 않게 되었다. 뜨거워서 손에 화상을 입고 살갗이 찢어졌다.

도시조는 산기슭에서 물통을 100개 정도 올려 오게 하여 총을 물에 담갔다가 쏘도록 했다. 수냉식(水冷式) 사격전을 한 사내는 그 시대에 유럽에도 없었을 것이다.

"총알은 얼마든지 있다. 쏘고 쏘고 또 쏴라."

진지를 돌아다니면서 이렇게 격려했다.

이 사내의 부대가 지키고 있는 '후타마타' 고개는 하코다테 만의 등 뒤의 산맥 줄기의 하나로 하코다테 시내에서 백 리. 동해안 에사시에서 하코다테로 들어가는 사잇길이 달리고 있어 하코다테 만을 등 뒤에서 치려고 하는 관군은 당연히 그곳을 통과하지 않으면 안 되었다.

지리적인 전략 유형을 든다면 러일전쟁의 뤼순항(旅順港) 공방전에서의 쇼주산(松樹山) 203고지와 비슷하여 이곳이 떨어지면 하코다테 시가는 눈 아래에 내려다보이는 벌거숭이나 마찬가지였다.

뤼순의 러시아 육군에서 찾는다면, 히지카타 도시조는 콘트라첸코 소장과 비슷하다. 둘 다 출신 성분이 좋지 못하다. 학식은 없으나 싸움을 좋아했고, 능숙했으며 장병들의 신망을 한몸에 받았다. 콘트라첸코 소장이 전사한 뒤, 뤼순의 러시아 군의 사기가 갑자기 떨어져, 그처럼 일찍 성을 빼앗기지 않을 수 없게 된 가장 중요한 원인의 하나가 되었다.

후타마타는 현재 나카야마(中山)고개 또는 우즈라(鶉)고개라는 이름으로 불리고 있다.

고갯길은 북쪽의 하카마고시산(613미터)과 남쪽의 가쓰라산(734미터) 사이로 뻗은 길인데 말 한 필이 겨우 빠져 나갈 수 있을 정도로 좁았다.

천험이라고 할 수 있다.

도시조는 이 길 위에 최근 하코다테의 외국 상관에서 사들인 서양식의 사령부 천막을 친 뒤 부하들도 휴대용 천막을 치고 야영하게 하였다.

신변에는 신센조 대원은 없었다.

몇 명 남아 있었으나 여러 부대의 대장직을 맡아 각지로 흩어졌기 때문에 후타마타 진지에는 서양식 훈련병뿐이었다.

고료가쿠(五稜郭)의 본영에서는 에노모토의 전령장교가 날마다 왔다.

에노모토는 전황이 걱정되어 견딜 수 없는 모양이었다.

"문제없다."

이렇게밖에 도시조도 말하지 않았다.

전령이 몇 번째 왔을 때 도시조는 이 사내로서는 드물게 호언장담했다.

"말발굽에 신기는 짚신만 닳을 뿐이야. 전황에 변화가 있으면 이쪽에서 알리겠네. 사쓰마·조슈는 천하를 빼앗았으나 후타마타만은 빼앗지 못한다고 전해라."

사령부 막사 안에는 프랑스인 군사교관 호르탕도 같이 기거하고 있었다.

진중에서 도시조가 공책에 열심히 시를 끄적거리고 있으면 호기심 많은 이 외국인은 그것이 무어냐고 묻는 것이었다.
"시야."
도시조가 무뚝뚝하게 대답하자 프랑스어를 좀 아는 요시자와 다이지로라는 보병대장이 통역했다.

'너무도 아름다워라, 어디서 보아도 만지(蠻地)의 달아.'

이렇게 공책에 적혀 있었다.
"각하는 아르튀스트입니까?"
이 프랑스 군인은 야릇한 표정을 지었다.
"아르튀스트가 뭔가?"
도시조가 물었다. 보병대장은
"가인, 화가 등 예술가를 그렇게 부르는가 봅니다."
이렇게 대답했다.
이 사내는 전쟁에 대해 예술가적인 욕망을 가지고 있었다.
에노모토 다케아키, 오토리 게이스케 등은 이 전쟁에 대해 그들 나름대로 세계관과 신념을 가지고 있었다. 어느 모로 보나 그들은 싸움꾼이라기보다 정치가였다. 그 정치 사상을 관철하기 위해서 이 전쟁을 일으켰다.
그러나 도시조는 무상(無償)의 행위였다.
예술가의 예술, 그 자체가 목적인 것처럼 도시조는 싸움 그 자체가 목적이었다.
그와 같은 순수한 동기에서 이 만지에 와 있었다. 아무리 보아도 에노모토 군(軍)의 간부 중에서는 '기묘한 사람'이었다.
어쩌면 이 프랑스 군인은 그러한 뜻에서 각하는 예술가냐고 물었을지도 모른다.
후타마타의 공방전에서 도시조는 거의 예술가적 흥분으로 그 싸움을 창조했다.
피와 칼과 총알이 도시조의 예술 소재였다.
관군의 현지 사령부는 연방 도쿄에 원군을 청했다.
도시조 등의 처절한 전투 태세에 대하여 그 편지들에는 궁서필사(窮鼠必

死)의 억센 적이라느니 몹시 교활하고 아주 노련하다는 따위의 극단적 표현이 씌어 있었고, 사쓰마 출신 참모인 구로다 료스케는 자기 군대의 취약성을 한탄하여 다음과 같이 도쿄에 써 보냈다.

"이 관군으로서는 도저히 승산이 없습니다. 사쓰마병과 조슈병만이 강합니다. 우리 번 이외에 믿을 만한 것은 조슈병뿐이며 딴 번병은 적보다 훨씬 못합니다. 참으로 한심스럽습니다. 원컨대 증원이 있기를."

그런데 16일에 이르러 관군 육군의 증원부대가 마쓰마에에 상륙하고 다시 함대의 연안 포격이 예상 이상으로 성과를 올리기 시작하면서 형세는 일변했다.

도시조의 후타마타 진지에 각지의 패전 보고가 잇따라 날아들었다.

17일 마쓰마에 성이 함락되고 22일에는 오토리 게이스케가 지키는 기코나이 진지가 떨어졌으며 이 때문에 관군 함대가 직접 하코다테 항을 공격할 태세를 취하기 시작했다.

"이 무슨 꼴이람."

후타마타의 예술가는 분개했다. 이제 전선에서 일장기가 펄럭이고 있는 곳은 도시조의 진지뿐이었다.

관군은 각지의 진지를 소탕하고 대군을 후타마타 기슭에 집결시켜 4월 23일을 기하여 맹공격을 개시했다.

"드디어 왔구나."

도시조는 산꼭대기에서 쌍꺼풀진 부리부리한 눈을 매섭게 희번덕거렸다.

전투는 사흘 낮, 사흘 밤에 걸쳐 전개되었다. 관군은 열 번도 더 격퇴당했으나 줄기차게 공격해 왔다. 마침내 25일 날이 채 밝기도 전, 도시조는 검술에 뛰어난 자 200명을 뽑아 발도대(拔刀隊)를 조직하고 스스로 돌격대장이 되었다.

기수(旗手)에게는 일부러 일장기를 주지 않고 붉은 나사지에 '성(誠)'자를 새긴 신센조의 부대기를 들게 하였다.

"이 깃발은 관군에게는 귀문(鬼門)이나 마찬가지다."

200장정의 선두에 서서 1킬로미터에 걸친 장거리 돌격을 감행했다.

격돌했다.

도시조는 종횡무진 칼을 휘둘렀다. 때를 보아 발도대를 양쪽 벼랑에 매복시켰다. 거기에 소총대가 진출하여 사격했다.

다시 발도대가 뛰어들었다.

그것을 여남은 번 되풀이하는 동안 관군은 견디지 못하고 패주하기 시작했다.

이때다, 하고 도시조는 산꼭대기에서 대기하고 있던 본대에 총공격을 명령하고 돌진했다.

"한 놈도 놓치지 말라!"

관군은 태반이 쓰러지고, 조슈 출신 군감 고마이 마사고로(駒井政五郞)도 이때 전사했다.

그러나 다른 전선은 괴멸과 총퇴각이라는 형편에 놓여 있었고, 고료가쿠 본영의 에노모토는 마침내 전선을 축소하여 가메다의 고료가쿠와 하코다테 시가의 방위에만 작전을 국한시키려 했다.

'에노모토는 항복할 속셈이구나.'

도시조가 직감한 것은 이때다.

왜냐하면 후타마타 포기를 권고하러 온 전령장교가 도무지 기운이 없었던 것이다.

그 얼굴빛으로 본영의 분위기를 짐작할 수 있었다.

"여기는 이기고 있다."

도시조는 움직이지 않았다.

그런데 전령장교의 입을 통해 놀라운 전황을 듣게 되었다.

후타마타에서 하코다테로 가는 통로 구실을 하는 야후라이(矢不來) 진지가 적의 함포사격에 떨어졌다는 것이다. 만약 관군이 쳐들어오면 히지카타 부대는 고립된다.

마지못해 10여 일에 걸쳐 관군을 물리쳐 온 후타마타 진지를 버리고 도시조는 가메다의 고료가쿠에 귀영했다.

"히지카타님, 수고 많았소."

에노모토는 성문에서 말 위의 도시조를 영접하고, 돌아온 장병들에게도 일일이 눈물 어린 눈으로 목례했다.

에노모토의 이런 면이 그의 인덕이 되고 일종의 통솔력도 되고 있었다.

도시조와 곤도에게는 없었던 그와 같은 에노모토의 일면이 싫지는 않았다. 그러나 이 경우, 그 눈물은 군더더기였다. 사기에 영향을 미쳤다.

모두 예상하고 있었던 것 이상의 패색을 에노모토의 눈물을 보고 깨달았다.

 다시 귀영하여 놀란 것은 오토리가 이끌고 있던 막부 보병이 수백 명 탈주해 버린 일이다.
 어차피 근본이 무사가 아니라 오사카에서 주워 모은 장사치들이므로 막상 패전하게 되면 줏대가 없다.
 그런데 그 탈주 사실을 알고 도시조의 전승부대 소속 보병도 동요를 일으켜 돌아온 뒤 10여 일 동안에 백 명 가량이 자취를 감추었다.
 거기에 다시 충격을 안겨 준 것은 하코다테 정부군의 호랑이라고 할 수 있는 군함이 차례차례 없어진 일이다. 이미 다카오마루는 없어졌고 지요다마루는 하코다테 벤텐사키 앞바다에서 좌초했으며 최대의 전력이었던 가이요마루도 하코다테 항구 안에서 해전 중 105발의 포탄을 맞고 얕은 여울에 박혀 힘을 쓸 수가 없었다.
 나머지 반류마루도 기관 고장으로 기능을 잃어 버려 에노모토가 가장 믿고 있었던 해군은 전멸했다. 이 전멸이 에노모토를 비롯한 해군 출신 간부에게 안겨 준 충격은 너무나 커서 그들의 의기소침함이 전군의 사기를 약화시켰다.
 전멸된 것은 5월 11일로 이때부터 관군 함대의 전 함정이 하코다테 항구에 들어왔다.
 고료가쿠 본영에서는 이 해군 전멸의 날, 가장 긴장된 공기 속에서 군사회의를 열었다.
 "어떻게 할 것인가?"
하는 회의였다.
 비록 야전 진지는 무너졌다고 하지만 고료가쿠 외에 하코다테 항의 벤텐사키 포대, 지요가타이 포대는 아직 건재했다.
 "농성이 좋겠지."
 의견은 오토리 게이스케.
 그런데 에노모토나 마쓰다이라 다로는 출전론(出戰論)을 주장했다.
 도시조는 여전히 잠자코 있었다. 이제 승산은 없다.
 "난 어느 쪽이라도 좋소."
 모호한 말이었다. 어느 쪽이든 지게 되어 있는 싸움이다.
 도시조는 자기가 어떻게 죽느냐, 하는 것만 생각하고 있었다.

하코다테 정부가 어떻게 살아 남느냐 하는 방위론에는 아무런 관심도 없었다.

"그건 의견이 아니오."

오토리가 말했다.

"그러면 오토리님, 이 군사회의는 어떻게 하면 이길 수 있느냐를 의논하는 군사회의입니까?"

"당연하오. 그것이 군사회의가 아니겠소. 당신은 뭘 생각하고 있소?"

"놀라고 있습니다."

도시조는 말했다.

"뭣을?"

"이길 수 있다는 것입니까?"

도시조는 진지한 표정으로 말했다.

"이기려고 하는 군사회의라면 일이 여기까지 온 이상 소용 없는 일이오. 하지만 끝까지 싸우려고 하는 회의라면 내게도 방안이 있소."

"싸움은 이기기 위해서 하는 것이 아닌가요?"

"계속하시죠. 나는 듣기만 할 테니."

한편 관군 사령부에서는 이미 고료가쿠 본영에 대하여 항복을 권고하기로 하고 정식 초항사(招降使)를 보내기 전에 고료가쿠 출입 상인을 통하여 소문을 퍼뜨려 성안의 반응을 살피기로 했다.

이 말을 들었을 때, 에노모토 이하의 고료가쿠의 여러 대장은 한결같이 무시해 버렸으나 부하 장병들 사이에는 의혹이 번지고 있었다.

"에노모토는 항복하지 않을까."

이것이 지요가타이의 수비장 나카지마 사부로스케(中島三郎助)의 귀에 들어가자 그는 말을 타고 달려왔다.

나카지마 사부로스케는 전에 우라가 관아의 아전이었던 인물로 가에이 6년 6월 3일, 페리가 내항했을 때 거룻배를 타고 검문(檢問) 응접을 하러 간 일로 알려져 있다.

그 뒤 막부의 명령을 받고 나가사키에서 군함 조련법을 공부하여 군함 조련소 교감이 되었는데 에노모토는 그 당시 그의 손아래 동료였다.

막부 말기에는 신병으로 인하여 실무에는 종사하지 않았었다.

막부가 무너지면서 장남 쓰네타로, 차남 에이지로와 더불어 에노모토를 따라 하코다테에 와서 고료가쿠의 지성(支城)인 지요가타이 포대의 수비대장이 되었다. 나이 49세.

시문음곡(詩文音曲)에 능하고 서양식 교육도 받았다. 그러한 교양의 수준과 아득히 동떨어진 옛 무사형의 인물로 성격은 대단히 거칠었다.

뒤에 에노모토가 항복하여 고료가쿠를 개성한 뒤에도 이 인물과 그 지요가타이 포대만은 항복하지 않고 5월 15일, 관군의 맹공을 받고 분전한 끝에 두 아들과 함께 전사했다.

"소문이 설마 사실은 아니겠지."

본영 양관에 들어서니 마침 방안에는 도시조밖에 아무도 없었다. 도시조는 이때도 열심히 장화를 닦고 있었다.

"무슨 일입니까?"

도시조는 고개를 돌렸다. 나카지마는 그의 고집대로 일본옷 차림이었다. 개전 전에는 하코다테 행정관직을 맡고 있었다.

"아, 히지카타 도시조님이오?"

뒷모습을 보고 에노모토로 착각했던 모양이다.

"네 히지카타입니다만."

"당신이라도 좋소. 아실 테지. 떠도는 소문을 들으니 에노모토가 항복할 모양이라는데 설마 진실이 아니겠지요?"

"모릅니다. 공연한 소문이 아닐까요?"

"그렇다면 다행이지만."

나카지마 사부로스케는 의자를 끌어다 앉으면서 "히지카타님"하고 은근하게 불렀다.

"이렇게 말하면 뭣하지만 에노모토라는 사람은 막다른 골목에 이르면 뜻밖에 대가 약한 사람이오. 나는 군함 조련소 시절에 그를 데리고 있어서 잘 압니다. 만약에, 아니 가령, 에노모토가 항복한다면 당신은 어떻게 하겠소?"

"글쎄요."

도시조는 난처한 듯한 표정이었다. 그는 이미 남은 남, 자기는 자기라는 심경 속에 있었다.

"나로서는 에노모토가 어떻게 하건 굳이 반대할 뜻은 없습니다. 다만 나

자신이 어떻게 할 것이냐고 묻는다면 대답할 수 있습니다."
"어떻게 하시겠소?"
"내게는 예전에 곤도라는 동료가 있었습니다. 이타바시에서 불행하게도 관군의 칼을 받고 죽었지요. 만약 내가 여기서 살아 남으면……"
도시조는 문득 입을 다물었다.
남에게 말할 성질의 것이 아니라고 생각했던 것이다. 구두를 닦기 시작했다.
곤도는 땅 속에 있다.
만약 여기서 자기가 에노모토 및 오토리 등과 더불어 살아 남으면 땅 속의 곤도를 볼 낯이 없다고 도시조는 구두를 닦으면서 생각하고 있었다.

전쟁 신(神)

그날 밤, 망령(亡靈)을 보았다.

5월 9일 밤 10시, 별이 총총한 밤이었다. 도시조는 전투에서 돌아와 본영의 자기 방에 있었다. 문득 인기척이 나서 침대에서 내려왔다. 어둠 속을 쏘아보았다. 눈앞에 사람이 있었다. 한둘이 아니었다. 한 떼였다.

"무사에게는 망령이 없다."

예부터 그렇게 말한다. 도시조도 그렇게 믿어 왔다. 전에 미부에 있었을 당시, 신토쿠 사의 묘지에서 할복한 대원의 망령이 나온다고 주지가 둔영에 뛰어온 일이 있다.

도시조는 놀라지 않았다.

"그 자는 무사 근성이 없는 자로군. 이승에 원한을 남길 정도로 썩어 빠진 자라면 내가 목을 쳐서 다시 저승에 보내 주겠다."

도시조는 무덤에 가서 밤새도록 칼을 안고 망령이 나타나기를 기다렸다. 끝내 나타나지 않았다.

그런데 지금 이 방안에 있었다. 망령들은 의자에 앉기도 하고 방바닥에 주저앉기도 하고 더러는 드러눕기도 했다.

모두 교토 시절의 옷을 걸치고 태평스러운 표정을 짓고 있었다.

곤도 이사미가 의자에 걸터앉아 있었다.

오키타 소지가 팔베개를 하고 드러누워 이쪽을 보고 있었다. 그 옆에 후시미에서 총에 맞아 죽은 이노우에 겐사부로가 책상다리를 하고 앉아 물끄러미 도시조를 쳐다본다. 야마자키 스스무가 방구석에서 칼을 만지작거리고 있다. 그 밖에 몇 명의 동지가 있었다.

'내가 많이 지쳤구나.'

도시조는 침대에 걸터앉아 생각했다. 5월에 들어선 뒤로 도시조는 날마다 보병을 이끌고 나가 진출해 오는 관군을 쳐부수고 있었다.

불면의 밤이 계속되었다. 방안에 있는 환영은 그 때문이라고 생각했다.

"웬일인가?"

도시조는 곤도에게 말했다.

곤도는 말없이 웃었다. 도시조는 오키타 쪽을 쳐다보았다.

"소지, 여전히 예의가 없군 그래."

"피곤해서요."

오키타는 부리부리한 눈으로 말했다.

"자네도 피곤한가?"

도시조가 놀라자 오키타는 잠자코 있었다. 어두워서 잘 보이지 않았으나 미소짓고 있는 것 같았다. 모두들 지친 모양이로군, 도시조는 생각했다. 생각하니 막부 말기, 하타모토 8만 기(騎)가 아직도 무사안일한 생활을 하고 있을 때, '허물어져가는 막부'라고 하는 큰 살림의 '위신'을 여기 있는 이 신센조 대원의 손으로 떠받쳐 왔다. 그것이 역사에 얼마나 기여했는지는 지금의 도시조로서는 알지 못한다. 그러나 그들은 지쳤다. 망령이 되었어도 피로는 남는 모양인가.

도시조는 멍하니 그런 생각을 하고 있었다.

"도시조, 내일 하코다테 시가 떨어져."

곤도는 비로소 입을 열고 그와 같은 예언 비슷한 말을 했다.

도시조는 이 예언에 놀라 자빠져야 할 일이었으나 이미 사태는 놀라움을 안겨 줄 만한 신선함을 잃었다. 지친 나머지 속이 바싹 메말라버린 것 같았다.

"함락된다고?"

떫은 표정으로 말했다. 곤도는 고개를 끄덕였다.
"하코다테 시가지 뒤에 하코다테 산이 있는데 거기가 좀 허술한 것 같아. 관군은 그쪽으로 한꺼번에 시가를 공격할 거야. 수비장 나가이 겐파노카미는 본디 문관 출신이라 오래 버티지 못해."

도시조는 이상하다고 생각했다. 진작부터 그는 에노모토에게 부탁하여 그 산을 요새화하라고 말해 온 터였다. 그런데 사병도 기재도 없었다.

"아쉬운 대로 내가 가겠소."

오늘 아침에도 말했었다. 그런데 에노모토는 도시조가 고료가쿠에서 떠나는 것을 불안하게 여겨 허락하지 않았다.

'뭐야, 내 의견 그대로가 아닌가.'

몸을 뒤채어 침대에서 일어나 앉았다. 군복과 장화를 신은 채 깜빡 잠들었던 모양이다.

'꿈이었던가.'

도시조는 침대에서 내려와 방안을 서성거렸다. 분명히 방금 곤도가 앉았던 의자가 있었다. 도시조는 오키타가 드러누워 있던 방바닥 언저리에 쪼그리고 앉았다.

바닥을 어루만졌다.

묘하게 체온이 남아 있는 것 같았다.

'소지 녀석, 정말 왔던 모양인가.'

도시조는 그 자리에 벌렁 드러누웠다. 오키타처럼 팔베개를 베었다.

그로부터 한 시간쯤 뒤에 문 손잡이를 돌리는 소리가 나고 다치카와 지카라(立川主稅)가 들어왔다. 다치카와는 고슈 전쟁 때 가맹한 가이(甲斐)의 향사로 유신 뒤에는 머리를 깎고 승려가 되어 야마나시 현 동(東)야마 나시군 가스가이 마을의 지조인(地藏院)의 주지가 되어 여생을 보냈다. 도시조가 죽은 뒤 평생 그 명복을 빌어 준 것이 이 교카이(巨海) 주지다.

"웬일이십니까?"

다치카와 지카라가 놀라서 도시조를 흔들어 깨웠다. 도시조는 꿈에 본 오키타와 똑같은 자세로 잠들고 있었던 것이다.

"소지 녀석이 왔었네. 곤도도, 이노우에도, 야마자키도……."

도시조는 일어나면서 무척이나 밝은 목소리로 말했다.

다치카와 지카라는 미친 줄 알았던 모양이다. 평소의 도시조와는 전혀 다른 표정이었기 때문이다.
　도시조는 그 뒤, 신센조의 생존 대원들을 불러오도록 지시했다.
　모두 모였다. 말시중꾼 사와 주스케도 왔다. 모두라고 하지만 12, 3명이다. 그 가운데 교토 이래의 가장 고참은 구 신센조 분대장 시마다 가이, 동 오제키 마사이치로 외에 두셋뿐이고, 나머지는 후시미, 고슈, 나가레야마에서 모집한 대원들이었다. 각각 보병대대의 각급 지휘관이다.
　"술이나 한잔 하자."
　도시조는 마룻바닥에 방석을 깔아 앉게 하고 안주는 오징어뿐인 주연을 베풀었다.
　"무슨 명분의 술입니까?"
　"명분은 무슨?"
　도시조는 아무 말도 하지 않았다. 다만 유난히 기분이 좋았는데 사람들은 그래서 오히려 의아하게 생각했다.
　일동이 그 뜻을 알게 된 것은 이튿날 아침이 되어서. 병영 게시판에 어젯밤 회동한 자들 전부가 이동이 되어 있었다. 전원이 총재 에노모토 다케아키 직속으로 되어 있었다.
　이날 하코다테가 함락되었다.
　나가이 겐파노카미 등 패잔병이 고료가쿠로 도망쳐 왔다. 이제 남은 거점은 벤텐사키 포대, 지요가타이 포대, 그리고 본영인 고료가쿠뿐이었다.
　"히지카타님, 당신이 예언한 대로였습니다. 적은 하코다테 산에서 내려왔다고 합니다."
　에노모토는 창백한 얼굴로 말했다. 도시조는 아무리 생각해도 이상했다. 자기는 분명히 예언은 하였지만 날짜까지는 말하지 않았다. 어젯밤 꿈은 꿈이 아니라 곤도들이 일부러 그것을 말해 주려고 왔었는지도 모른다.
　"내일 하코다테에 갑시다."
　도시조가 말했다.
　에노모토는 의아한 표정이었다. 이미 시가는 관군이 꽉 들어차 있지 않은가.
　군사회의가 열렸다.
　에노모토, 오토리는 농성을 주장했다. 도시조는 여전히 잠자코 있었는데 부총재인 마쓰다이라 다로가 끈덕지게 의견을 묻자, 불쑥 한마디 했다.

"나가 싸웁니다."

육군 총독 오토리 게이스케가 도시조에 대한 반감을 노골적으로 드러낸 표정으로 말했다.

"그것은 히지카타님, 의견이 아닙니다. 여기는 군사회의 석상이오. 당신이 어떻게 하겠다는 말을 듣자는 것이 아니라 우리는 어떻게 해야 하는가를 의논하고 있소."

뒤에 외교관이 된 사람인 만큼 어떤 경우에도 논리가 정연했다.

"당신은……."

도시조는 말을 이었다.

"농성을 주장하고 있소. 농성이라는 것은 원군을 기다리기 위해 하는 것이오. 우리는 일본 천지 어디에 우군을 갖고 있단 말이오? 이 경우, 군사회의의 어지는 없는 겁니다. 출전 외에는."

빈정대는 투로 말했다. 농성은 항복의 예비 행동이 아닌가 하고 도시조는 의심하고 있었다.

마쓰다이라 다로, 호시 준타로 등은 도시조와 뜻을 같이하기로 하고 그 새벽을 기하여 하코다테 탈환작전을 펴기로 했다.

우연이랄까, 관군 참모부에서도 이날을 고료가쿠 총공격의 날로 정하고 있었다.

그 날, 도시조가 고료가쿠를 나섰을 때 사방은 아직 어두웠다. 메이지 2년 5월 11일이다.

도시조는 말을 타고 있었다.

따르는 자는 겨우 50여 명이다. 에노모토 군 중에서 최강의 서양식 훈련대라고 불리는 구 센다이 번의 액병대와, 구 막부의 전습사관대 가운데서 각각 1개 분대씩 뽑았을 뿐이었다.

그 무모함에는 사실 마쓰다이라 등도 놀라고 있었다. 그러나 도시조는 말했다.

"나는 소수로 송곳처럼 관군에 구멍을 뚫고 하코다테에 돌입하겠다. 제군은 있는 한껏 병력과 탄약 짐바리꾼을 이끌고 그 구멍을 넓혀 주기를 바란다."

도시조는 이미 이날, 이 싸움터를 경계로 곤도와 오키타 곁으로 갈 것을 결심하고 있었다. 여기서 며칠을 어물거리고 있다가는 에노모토, 오토리와 함께 항복자가 될 것이 뻔했던 것이다.

'너희들은 항복해라. 나는 오랜 싸움 상대였던 사쓰마·조슈에 항복은 못하겠다.'

이렇게 생각하고 있었다. 되도록이면 싸움꾼답게 적진 깊숙이 돌입하여 앞을 향하여 죽고 싶었다.

도시조는 3문의 포를 앞장세우고 전진했다. 포를 앞장 세우는 것은 사정거리가 짧았던 이 당시의 상식이다.

도중에 숲을 지났다. 그 어두컴컴한 나무그늘에서 갑자기 튀어나와 말고삐를 잡는 자가 있었다.

말시중꾼 주스케였다.

"주스케, 이게 무슨 짓이냐!"

"여러분이 와 계십니다. 신센조로서 죽겠다고 하십니다."

살펴보니 시마다 가이를 비롯하여 그젯밤에 이별주를 마신 자들이 모두 거기 있었다.

"돌아가라. 오늘 싸움은 너희들 검술가들은 해내지도 못한다."

그대로 말을 몰았다. 시마다 등 신센조가 말을 에워싸듯이 하고 함께 뛰었다.

해가 떠올랐다.

기다렸다는 듯이 관군의 4파운드 산포대(山砲隊)와 함포가 우릉우릉 천지를 진동시키면서 사격하기 시작했다.

우군 고료가쿠에서도 24파운드의 요새 포대와 함포가 불을 뿜기 시작했다. 도시조의 부대를 뒤따라 마쓰다이라 다로, 호시 준타로, 나카지마 사부로스케의 여러 부대가 따르고 그들이 끌고 가는 산포가 반동으로 튀어오르며 포격하기 시작했다.

별안간 천지는 포연에 휩싸였다.

도시조의 주위에 쉴 새 없이 포탄이 터지고 철편이 흩날렸으나 이 사내의 부대는 더욱 더 걸음을 재촉했다.

도중에 원시림이 있었다.

그곳을 빠져 나갔을 때 관군의 선봉 백 명 가량과 마주쳤다.

적이 노상에서 포의 조준을 맞추기 시작했다.

도시조는 말의 배를 차고 질풍같이 달려가 말 위에서 그 포수를 베었다.

거기에 신센조, 액병대, 전습사관대가 쏜살같이 달려들어 총격과 백병전을 뒤섞어 싸우는 동안 마쓰다이라, 호시, 나카지마 부대가 쇄도하여 단번에 패주시켰다.

도시조는 더욱 전진했다. 도중에 쓰가루 군인 듯한 구식·신식이 뒤섞인 관군을 만났으나 포 3문에 미니에 총을 계속 쏘아 대 격퇴하고 마침내 정오에는 하코다테 교외의 잇폰기(一本木) 관문 앞까지 왔다.

관군은 주력을 그곳에 집결하고 사병을 산개시킨 뒤 총격전을 벌여 무서운 사격을 개시했다.

마스다이라 부대 등의 포와 소총대도 진출하여 전개하고 '그 전투, 고금에 유례가 없었다'고 일컬어졌을 정도의 격전이 벌어졌다.

도시조는 번득이는 칼을 어깨에 메고 말 위에서 격렬하게 지휘했으나 전세는 불리했다. 적은 역전의 사쓰마·조슈가 주력이고 그 밖의 부대는 예비로 돌리고 있었는데 한 발짝도 물러설 기색이 없었다. 게다가 여기까지 오니 하코다테 항에서 쏘아대는 함포사격의 명중도가 차차 정확해져서 마쓰다이라 등은 자기 부대가 허물어지는 것을 막기에 오히려 급급했다.

도시조는 이미 백병전 돌격 외에는 다른 수가 없다고 보았다. 다행히 적의 왼쪽 대열에서 사격이 약화된 것을 보고 사병들을 돌아보았다.

"나는 하코다테에 간다. 아마도 다시는 고료가쿠로 돌아오지 않을 것이다. 세상이 싫어진 사람은 따라오라!"

그 소리에 이끌리듯이 마쓰다이라 부대, 호시 부대, 나카지마 부대에서도 대원들이 달려와 순식간에 200명이 되었는데 그대로 대오도 짜지 않고 적의 좌익으로 돌진을 개시했다.

도시조는 적의 머리 위를 뛰어넘고 넘으면서 한 손에 칼을 들고 좌우를 훑으면서 전진했다. 사람이 아니었다.

거기에 관군 예비대가 달려들어 왼쪽 대열의 붕괴가 간신히 저지되자 거꾸로 고료가쿠 군은 허물어지기 시작했다.

더 이상 나아갈 수가 없었다.

그러나 오직 단기(單騎), 도시조만이 나아갔다. 유유히 초연 속을 달리고 있었다.

그것을 여러 부대가 쫓아가려고 하였으나 관군의 벽에 가로막혀 한 걸음도 나가지 못했다.

모두 멍하니 도시조가 말 탄 모습을 바라보았다. 고료가쿠 군만이 아니라 땅에 엎드려 사격하고 있는 관군의 장병도 자기네 진지 속을 유유히 달려가는 적장의 늠름한 모습에 어쩐지 위압감을 느껴 아무도 근접하지 않고 총구를 돌리는 것조차 잊고 있었다.

도시조는 나아갔다.

드디어 하코다테 시가 어귀의 에이코쿠 다리(榮國橋)까지 왔을 때 지조 거리 방면에서 구보로 온 증원부대(조슈)가 이 낯선 프랑스식 군복의 대장을 보고 사관이 앞으로 나와서 물었다.

"어디 가시오?"

"참모부로 간다."

도시조는 웃으면 사납게 보인다는 그 쌍꺼풀 진 눈을 가늘게 뜨고 대답했다. 물론 혼자서 말을 타고 돌입할 심산이었다.

"이름은요?"

조슈 부대의 사관은 어쩌면 사쓰마의 신임 참모일지도 모른다고 생각했던 것이다.

"이름 말인가?"

도시조는 잠시 생각했다. 그런데 어찌된 까닭인지 하코다테 정부의 육군 총독이라고는 말하고 싶지 않았다.

"신센조 부장 히지카타 도시조."

그러자 관군은 백주에 용이 꿈틀거리는 것을 본 것처럼 깜짝 놀랐다.

도시조는 다시 말을 몰기 시작했다.

사관은 사병을 산개시키고 사격준비를 하게 한 다음 다시 물었다.

"참모부에 간다니 어떤 용건이오? 항복의 군사라면 법도가 있을 것입니다만."

"항복?"

도시조는 말의 걸음을 늦추지 않았다.

"지금 말하지 않았는가. 신센조 부장이 참모부에 볼일 보러 간다면 쳐들어가는 것밖에 더 있겠는가."

그 순간, 전군이 사격자세를 취했다.

도시조는 그 머리 위를 뛰었다.

그러나 말이 다시 땅 위에 발굽을 내디뎠을 때, 안장 위에 있던 도시조의 몸뚱이는 처절한 소리를 내며 땅에 뒹굴었다.

두려워서 아무도 다가가지 못했다.

그러나 도시조의 검은 양복이 피로 물들기 시작하자, 비로소 조슈 인들은 이 적장이 시체가 되었다는 것을 알았다.

도시조는 죽었다.

그로부터 엿새 뒤에 고료가쿠는 항복하고 성문을 열었다. 총재, 부총재, 육해군 총독 등 8명의 각료 중에서 전사한 것은 도시조 단 한 사람뿐이었다. 8명의 각료 중 4명은 뒤에 사면되어 새 정부에 봉직했다. 즉, 에노모토 다케아키, 아라이 이쿠노스케, 오토리 게이스케, 나가이 겐파노카미.

시체는 하코다테 시내의 노료 사(納涼寺)에 안장되었는데, 별도로 비석이 시의 정토종(淨土宗) 쇼메이 사(稱名寺)에 고노이케의 대리인 도모지로의 손에 의해 건립되었다.

주선은 도모지로가 하였으나 돈은 시 전체의 상가(商家)에서 헌금했다. 이유는 오직 하나, 도시조가 묘한 '선행(善行)'을 하코다테에 남겼다는 것이었다. 고료가쿠 말기에 오토리의 제안으로 하코다테 시민에게서 전비를 거두어들이기로 했다.

"밑빠진 독에 물 붓기다."

도시조는 반대했다.

"고료가쿠가 멸망해도 이 거리는 남는 거요. 한푼이라도 거둬들인다면 포악한 정부였다는 인상이 후세까지 사라지지 않을 것이오."

그 한 마디로 일은 중지되었다.

묘비의 계명(戒名)은 하코다테 시민이 세운 것으로

'사이신인 님 세이산 요시토요 대거사(歲進院殿誠山義豊大居士).'

아이즈에서도 번사 중에서 도시조를 흠모한 자가 있었던 모양으로 '유토인 님 뎃신니치겐 거사(有統院殿鐵心日現居士)'라는 계명이 남아 있다.

히지카타 집안에서는 메이지 2년 7월, 도시조의 시동 이치무라 데쓰노스케가 찾아옴으로써 그가 전사한 것을 알았다. 다음 해에 말시중꾼 사와 주스케가 찾아와 계명을 알게 되었다.

이치무라 데쓰노스케의 방문은 극적이었던 모양이다.

빗속에 거지 모습으로 무사시의 히노 주막거리 변두리에 있는 이시다 마을의 히지카타 댁 문전에 섰다. 당시 하코다테의 적군 탐색이 이만저만이 아니라는 소문을 듣고 이러한 모습으로 숨어 들었던 모양이다.
"불단에 절을 하겠습니다."
하기에 안내하니
"대장님."
목놓아 부르면서 한 시간이나 엎드려 울었다고 한다.
히지카타 집안과 사토 집안은 데쓰노스케를 3년 동안 숨겨두었다가 세상의 소문이 가라앉았을 즈음에 고향인 오가키에 데려다 주었다. 그는 뒷날 고향을 나와 세이난 전쟁에서 전사했다는 것은 앞에서 말했다. 도시조의 광기가 이 젊은이에게 옮겨 붙어 결국 무진시대에도 그 광기가 다 타지 않았던 건지도 모른다.
오유키는 요코하마에서 죽었다.
그 외에는 모른다. 메이지 15년 녹음이 무성할 무렵, 하코다테의 쇼메이사에 도시조의 공양금을 시주하고 돌아간 조그마한 부인이 있었다. 스님이 고인과의 관계를 물으니 부인은 젖어드는 것 같은 미소를 지었다.
그러나 아무 말도 하지 않았다.
오유키일 것이다.
이 해 초여름은 여우비가 내리는 일이 많았다. 그날도 어쩌면 이 절간 댓돌 위에 환한 비가 내리고 있었을 것만 같다.

나는 듯이 1

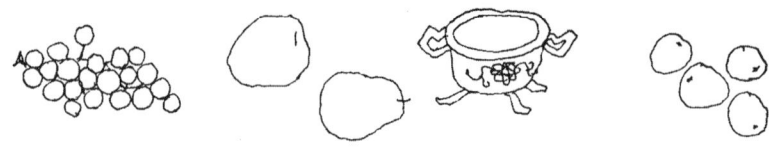

세계란, 국가란
김천운

　새 시대를 연 3명의 실력자가 사라지자 시대는 이토 히로부미(伊藤博文)의 손으로 넘어갔다. 작달막한 키에 역삼각형의 얼굴, 복이라고는 자리잡을 곳이 없어보이는 이 못생긴 사나이——.
　평생 농부이거나 거간꾼 정도로 끝났을는지도 모르는 이 사나이가 출세가도를 달린 것은 요시다 쇼인(吉田松陰)의 쇼카 촌숙(松下村塾)에 들어갔기 때문이다.
　거기서 존왕양이(尊王攘夷) 사상을 배웠다. 이토의 가슴 속에 불이 붙었다. 세계란 무엇이며 국가란 무엇인가, 또 권력이란 무엇인가를 배운 것이다. 동문 학우에 다카스기 신사쿠(高杉晋作), 이노우에 가오루(井上馨), 구사카 겐즈이(久坂玄瑞) 등 막부 말기의 기라성같은 지사들이 있었다. 이토는 유신이 성공하자 오쿠보 도시미치에게 바싹 붙었다. 그리고 교토로 나와 지사 활동을 하던 당시에는 기도 다카요시(木戶孝允)의 서생으로 있으면서 그 천재적인 두뇌를 이용하여, 지사들의 연락 책임을 맡았는데, 약삭빠르게 권력을 쥘 자를 점치고, 그 깃발 아래로 뛰어든 것이다.
　이토는 오쿠보가 암살 당하자, 오쿠보가 절대적인 권력을 휘두르던 내무 대신의 자리에 앉았다.
　1878년이었다. 그 뒤 내각을 만들어 수상에 앉아 실권을 한손에 쥐었다. 나라에는 헌법(憲法)이 있다. 그 법이 나라를 지탱해가고 국민을 다스리는 기둥임을 알고 있었다. 그러나 헌법을 만들면 모두가 그 법에 구속 당해 절대권력의 향방이 어느 한 점에 응결될 수 없기 때문에 모두들 주저했다. 명령 한 마디면 산천도 부르르 떨 그런 권력이 구심점이 되어야 나라에 혼란이 일지 않는다. 그러나 개화정부에 헌법이 없으면, 세계의 웃음거리가 된다.
　고민하던 이토는 외유를 결심했다.

　1882년, 각국의 헌법이 어떻게 이루어져 있는가를 알기 위해 유럽으로 건너가 프로이센의 헌법학설을 배웠다. 그 결과 헌정(憲政) 하에서도 절대주의적 군권(君權)을 확보할 수 있다는 자신감을 얻었다.
　이토의 손에 의해 메이지 22년(1889)에 제국헌법(帝國憲法)이 성립되고, 다음해 국회 개원, 제1의회(議會)가 소집되었다.
　4년 뒤 1894년 이토는 청일전쟁을 일으킨다.
　첫째, 서양 각국과 불평등조약을 강요 당해 압박받는 대가를 연약한 이웃 나라 진출로 얻으려는 것,
　둘째, 정부 내부의 주도권 쟁탈을 위해 반대파 억압의 구실로 전쟁을 일으킬 필요가 있었던 것,
　셋째, 조선 정부에 대한 청국과의 주도권 쟁탈전——.
　이것이 전쟁의 원인이었다. 1894년 7월 25일, 도요시마 앞바다에서 청국 함대를 기습하여, 전쟁부터 벌여놓고 8월1일에야 선전포고를 했다. 다음해 1895년 4월 17일 청일강화조약이 체결되어 전쟁은 끝났다. 그 결과, 일본은
　1, 조선의 완전독립(사실은 청국 지배에서 일본 지배로의 전환)
　2, 전쟁손해배상으로 당시의 돈 3억 엔 가량의 대일(對日)지불,
　3, 요동반도, 대만, 팽호도를 일본에 할양,
　4, 구미 각국이 청국에 대해 갖는 것과 같은 통상상의 특권을 얻었다.
　요동반도를 일본이 영유하자 러시아가 맹렬히 반대하여, 결국 일본은 요동을 내놓았다. 이것이 러일전쟁으로까지 발전한다. 이토는 청일전쟁 승리의 공로로 후작의 작위를 수여받아 귀족이 되었다.
　1904년 2월 4일, 조선과 만주의 지배권을 놓고 일본은 드디어 러시아 군을 기습했다. 청일전쟁 결과, 군수산업 확대 등으로 일본의 공업은 급속히 성장하여 산업 혁명을 끝내고 기계공업이 발달, 독점 경향까지 나타내면서 관영 군사공업과 정상(政商) 자본을 필두로 하여 자본주의가 확립되어 가고 있었다. 이런 힘을 밑바탕으로 식민 시장의 절대적 필요성에서 우리나라와

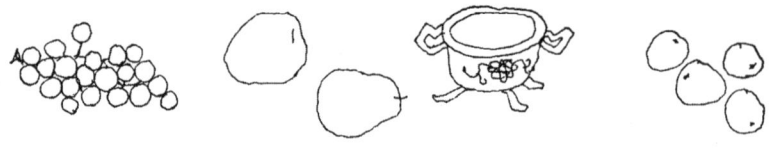

만주를 노려 대(大)러시아에 대항한 것이다.

전쟁은 1905년 9월 5일, 강화조약을 맺음으로써 끝났다. 일본은 사할린의 남쪽 반의 영토와 여순(旅順), 대련(大連) 조차권, 남만주 철도를 얻었다.

청나라와 러시아를 조선에서 완전히 몰아낸 일본은 그해(1905) 을사보호조약(제2차 한일협약)을 체결, 조선을 보호국으로 만들고 이토 히로부미가 초대 통감으로 부임하여 식민지화했으며 1910년 8월 22일 '한일합방조약'을 체결했다. 조선은 완전히 일본의 독이빨에 걸려 35년 동안 일본 성으로 성을 바꾸고 일본식 이름으로 이름을 바꾸는 곤욕까지 치렀다.

근대 일본을 군사 강국으로 만들고 천황 절대의 독재 체재를 굳힌 이토가 1909년 하얼빈역에서 안중근 의사의 총탄에 쓰러진 뒤에도 일본 정계는 강력해진 국력을 토대로 군국주의의 길을 걸었다.

일본은 만주를 절대 지배하에 둘 욕심 아래, 1931년 9월 18일 새벽 유조구 사건(柳條溝事件)을 일으켰다. 만주에 주둔하던 관동군이 유조구에서 만주철도를 폭파했다.

"중국군이 폭파했다"고 주장, 중국군을 공격했다. 이 전쟁이 만주사변이다. 이 전쟁에 승리하여 만주에 괴뢰정권을 세우고 부의(溥儀)를 황제로 앉혀, 일본군이 배후에서 조정했다. 이 사변은 이시가키 세이시로(石垣征四郎), 이시와라 간지(石原莞爾) 등이 주동이 된 것이다. 이때부터 강력해진 군부는 독주를 계속하여, 중일전쟁까지 일으킨다.

1936년 12월 중국 총통 장개석이 서안사건(西安事件)을 계기로 중공군과 손을 잡고 항일 전력을 가다듬은 다음 해 1937년 7월 7일, 노구교 사건(蘆溝橋事件)이 터졌다. 일본군이 중국군부대의 코앞에서 야간 훈련 중에, 어느 쪽에서 쏜 것인지 모르지만 한 방의 총소리가 났다.

"중국부대에서 쏘았다!"

일본군은 당장 중국부대를 습격했다. 일본은 중국의 국력을 만주사변을 일으킬 당시의 것으로만 판단하여, 단기전으로 승리할 것이라는 계산 아래

본국에서 2개 사단을 급파, 참전시켰으나, 연전연승을 거두다시피하면서도 끝내 거대한 중국을 굴복시키지는 못했다.

1938년 3월 국가총동원법을 공포하여 금융, 산업, 국민생활 전반에 걸쳐 전시체제를 편성했다.

경제통제를 강화하여 중소기업을 쓰러뜨리는 한편 재벌의 독점적 산업지배를 조장하고 보증했다.

1938년 5월부터 39년 5월까지 만주와 몽고 국경에서, 일본군은 소련군과 충돌, 장고봉 사건, 노먼한 사건을 일으켰으나 소련군에 패배, 제2차 대소전 기도는 꺾여버렸다. 중일 전쟁은 일본과 영국, 일본과 미국 사이를 완전히 악화시켰다.

"중국에서 철병하라."

미국의 이러한 요구에 일본이 응할 리가 없었다. 뿐만 아니라 월남 남부지방으로 군대를 진출시켰다. 이 진주가 미일 관계를 결정적으로 악화시켰다. 미국은 당장 미국에 있는 일본 재산을 동결시켰고, 8월 1일 가장 중요한 군수물자인 석유 공급을 중단했다. 석유 금수 조치에 군사력이 쇠퇴할 것을 우려한 군부는 고노에 후미마로(近衛文麿) 내각에 대해 대미전쟁을 강요했다.

1941년 10월. 고노에는 대미 패전의 책임을 지게 될 것을 우려하여 수상을 사임, 도조 히데키(東條英機) 육군대신이 수상이 되어 이른바 '도조 내각'이 성립되었다.

군부 내각은 단숨에 미일전쟁으로 나라의 운명을 몰고 갔다. 1941년 12월 8일 새벽 하와이 진주만을 기습하여 미 태평양함대를 전멸시키다시피하고, 1시간 뒤에 대미 선전포고를 했다.

동시에 남태평양과 인도지나 반도를 휩쓸며 승승장구, 뉴브리튼 섬까지 휩쓸고 인도지나 반도에서는 인도 국경까지 진출했다. 1942년 6월 5일, 미국은 미드웨이 해전에서 일본 해군의 주력을 분쇄함으로써 반격을 개시, 남태평양을 탈환함과 함께 일본 본토를 폭격, 45년 2월 19일, 미군은 유황도

에 상륙, 본토 폭격시지를 건설했다. 일본은 스즈키 간타로(鈴木貫太郎)내각, 고이소(小磯) 내각을 거치면서 육군이 본토 결전을 주장하며 1억 옥쇄를 외쳤다. 무기는 죽창, 소학교생 여학생까지 본토 전투원으로 동원할 태세를 갖추었다. 한편 연합국측은 7월 6일 포츠담 선언으로 일본군의 무조건 항복을 요구하고, 거부하면 괴멸시킬 뿐이라고 강경한 태도를 보였다.

"포츠담 선언은 묵살한다."

일본은 담화를 발표했다. 연합국측은 이 담화를 포츠담 선언 거부로 받아들였다.

8월 6일, 미국이 히로시마(廣島)에 원자탄을 투하하고, 8월 9일 나가사키(長崎)에 두 번째 원자폭탄을 투하하는 동시에 8월 9일 0시, 일본과 중립국 관계를 맺고 있던 소련이 얄타 회담에 의해, 만주의 관동군을 공격하기 시작, 물밀듯이 밀고 내려왔다.

군부도 항복을 결의하지 않을 수 없었다. 9일 밤 포츠담 선언을 수락하기로 결정했고, 10일, "포츠담 선언은 천황제도 폐지 요구가 포함되지 않은 것으로 보고 수락한다"고 통고했다.

8월 12일, 미국은 천황과 일본 정부의 통치권은 점령군 총사령관의 명령에 종속(從屬)시키고 일본의 최종적인 정치 형태는 일본 국민이 자유롭게 표명한 의사에 따른다는 회답을 보냈다.

이 회답을 놓고 정부와 군부는 또 대립했으나, 결국 8월 14일 항복하기로 결정하고 15일 천황이 항복 방송을 했다.

8월 30일, 미군은 일본 본토를 점령하고 9월 2일, 미주리 함에서 항복문서에 조인함으로써, 태평양전쟁은 끝나고, 일본은 폐허에서 점령군 사령관 맥아더 원수의 명령에 따라 다스려지게 되었다.

점령군 사령부에 민정국(民政局)을 설치 일본 정부를 통제하게 되었다.

일본 외무성 출신 관료인 요시다 시게루(吉田茂)는 친서구파로 반전론자였던 관계로, 대전 뒤의 정계에 부상하여, 자유당 수상이 되었다.

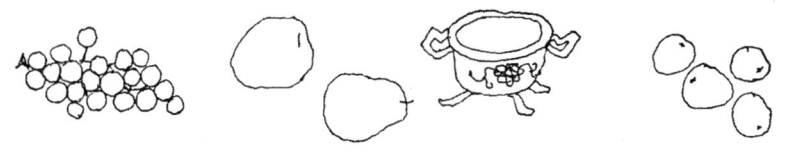

 이때부터 일본의 정치 난세(政治亂世)와 함께 경제 재건이 시작된 것이다. 이제 일본은《나는 듯이》세계로 나아 간다.

파리

그를 사쓰마(薩摩) 시골에서는 '쇼노신(正之進)'이라고 불렀으나, 파리에서는 '도시나가'라고 로마자로 쓰고 있었다.

가와지 도시나가(川路利良).

일본인 치고는 키가 크고, 더욱이 목이 길어서, 그 위에 얹혀 있는 머리가 약간 안정감이 없는 느낌이었다. 살결이 희고 귀엽게 생긴 동그란 얼굴이라, 처음 파리에서는 어린애로 오인되기 일쑤였다. 그래서 코밑수염을 길렀다. 본디 털이 적은 편이어서 수염이 입술 끝에만 모였고, 그것이 저녁때가 되면 기름이 배어 끝이 처졌다.

"당신, 중국 사람이에요?"

매춘부와 자거나 할 때 흔히 이런 질문을 들었다. 그런가 하면 스페인 사람이냐고 묻는 사람도 있었는데, 그러고 보니 그 무렵 파리에서 흥행하여 인기가 높았던 스페인 투우사 아무개와 얼굴이 비슷하기도 했다.

"어느 나라 사람인가?"

이런 질문을 받아도 가와지는 언제나 입을 꾹 다물고 열지 않았다. 그는 사쓰마 말과 일본의 보통 말 외에는 영어도 프랑스어도 그 밖에 세계의 어느 나라 말도 알아듣지 못했고, 또 설령 알아들었더라도 본디 지독히 말이 없는 사람이라 그런 질문에는 아마도 대답하지 않았을 것이다.

가와지는 양복을 입고 1872년 9월 요코하마(橫濱)를 출범하여, 엄동의 계절에 마르세유에 상륙했다.

열차가 파리에 가까워짐에 따라 추위가 더욱 심해졌다.

'꼭 홋카이도(北海道) 같군.'

가와지는 그렇게 생각하며 무릎에 빨간 담요를 덮었다. 그때쯤, 몸이 비틀리도록 뒤가 마려웠다.

'파리까지 앞으로 얼마나 걸릴까?'

생각해 보았으나 그의 판단을 도와줄 수 있는 정보가 아무것도 없었다. 앞으로 한두 시간이면 닿을 것도 같았고, 어쩌면 사흘은 더 걸릴지 모른다는 걱정도 늘었다.

'누마 모리이치(沼間守一)에게나 물어 볼까?'

그렇게 생각했지만, 배알이 틀리는 기분이었다.

누마는 구 막부의 신하 출신중에서 대표적인 수재로 간주되고 있었다. 막부 육군에 속해 있었고, 막부가 무너진 뒤에도 막부 육군을 이끌고 간토 각지를 전전하며 싸웠다. 참고로 누마는 나중에 메이지 시대의 재야정계를 구성한 지성적 정치가이지만, 이 보신 전쟁(메이지 원년인 무진년에 일어난 관군과 구 막부 사이의 싸움)에서는 탁월한 지휘관이었다. 그 무렵 가와지는 관군으로서, 사쓰마의 보병대를 이끌고 싸웠는데 군인으로서의 능력은 오히려 누마를 능가했다. 그러나 지금은 두 사람 다 군인이 아니다.

누마는 같은 객차의 뒤쪽에서 구 도사 번(土佐藩) 출신의 고노 도가마(河野敏鎌)와 얘기하고 있었다.

이 객차에는 종단하는 통로가 없어서 만일 가와지가 물어 보러 간다 하더라도 나무 좌석을 몇 개나 타넘지 않으면 안 되고, 그 경우 그런 과격한 운동이 아랫배에 어떤 변화와 결과를 가져올 것인지는 명백한 일이었다. 가와지는 참았다.

얼굴이 새파래졌다.

'홋카이도 같다.'

가와지가 프랑스 풍경을 보는 눈은 어쩌면 정확한 건지도 모른다. 파리의 위도는 일본의 사할린(樺太) 남부와 같다. 이따금 차창 밖을 내다보면 여기 저기 쌓인 눈이 얼어붙어 있고, 흰 자작나무 숲이 보였다. 가와지는 보신 전쟁 때 아이즈(會津)까지는 갔으나, 그 뒤에는 향당의 두목인 사이고 다카모리(西鄕隆盛)에게 재주를 인정받아 도쿄에서 사쓰마 군의 병기감을 지냈기 때문에, 홋카이도 하코다테(函館)의 고료카쿠(五稜郭) 공격에는 참가하지 않았다. 그래서 그는 홋카이도를 모르지만 이야기로 듣고 상상은 하고 있었다. 상상력은 부족한 편이 아니었다.

열차는 레일의 이음새를 지날 때마다 진동한다. 그 조그만 진동도 가와지에게는 충격이 컸다. 그는 니스 칠이 벗겨진 걸상 널빤지에서 엉덩이를 약간 들고 있었다. 그러나 마침내 이런 속임수가 듣지 않을 만큼 가와지의 뒤는 몹시 마렵기 시작했다. 온 몸의 피가 모두 아래로 몰리는 기분이었다.

'인간은 왜 오물을 배설하지 않으면 안 되는가?'

가와지는 서글퍼졌다. 인간은 결코 고상한 생물이 못된다. 시경(詩經)에서 말하는 군자도 아리따운 숙녀도, 이 배설이라는 장면에서 본다면 모두가 비참하다. 참고로 말하면, 가와지는 사이고의 지시에 따라 프랑스의 경찰 제도를 일본에 도입하기 위해 동쪽의 맨 끝에 있는 먼 무명의 나라에서 찾아오는 중이다. 경찰도 어쩌면 인간 사회를 그 배설구에서 포착하고 있는 기구인지도 모른다. 가와지는 안간힘을 쓰면서 이 문제를 생각함으로써 신경을 돌리려고 했다.

그러나 마침내 그의 인내도 막바지에 달했다.

그는 마침 요코하마에서 발행된 일본 신문을 가지고 있었다. 그것을 바닥에 깔았다.

담요를 어깨까지 끌어올리고 담요 속에서 바지를 벗어 엉덩이를 조금씩 내리고 바닥에 웅크렸다. 담요를 쓰고 있어서 남의 눈에는 무엇을 하는지 보이지 않는다. 후련하도록 내놓았다. 소리라도 지르고 싶은 해방감이었다.

앞자리에는 시골 교사처럼 보이는 중년 남자가 아내와 나란히 앉아 있었다. 가와지의 위치에서는 두 사람의 등 뒤 어깨 위가 보인다. 그 동안 두 사람의 어깨가 꼼짝도 않는 것을 보면, 가와지의 거동을 깨닫지 못한 것이 분명했다.

가와지는 갓 찐 만두를 싸듯이 배설물을 신문지에 싸서 슬쩍 창 밖으로 던졌다. 모든 일이 끝났다.

그러나 끝나지 않았다. 그가 파리에 도착한 다음 날, 그 일이 신문에 나고만 것이다.

'파리 가까이에서 열차의 창밖으로 대변을 던진 사람이 있다. 그게 철도 보선공에게 맞았다. 화가 난 보선공이 그것을 경찰서에 가지고 갔더니, 마침 아시아 사정에 밝은 사람이 있어서, 그것을 싼 신문이 일본 글자이므로 던진 사람은 아마도 일본인이 틀림없을 것이라고 증언했다.'

그 신문을 누마 모리이치가 들고 와서 그 대목을 손가락으로 두드리며 말했다.

"나라의 수치라고 생각지 않는가, 이 사람아. 사쓰마 사람은 도무지 행실이 좋지 않단 말이야."

구 막부의 신하, 그것도 대대로 내려온 직속무사의 자손인 누마는 가와지를 아주 멸시하는 얼굴로 말했다.

일본에서 마르세유까지 배를 타고 여행하는 동안 누마와 가와지는 거의 말을 하지 않았다.

'주는 것 없이 밉다.'

서로 이렇게 느끼고 있었다.

이유는 성격 차이라기보다, 오히려 농후한 어느 한 점에서 닮은 점을 공유하고 있었기 때문인지도 모른다. 이를테면, 양쪽이 다 현 상태에서 도약하여 뭔가 하고 싶어 하는 성격이고, 더욱이 둘 다 너무 엄격하게 청탁을 가렸다. 청(淸)을 취하고 탁(濁)을 버릴 경우, 탁에 대해 강렬하게 때려눕히지 않고는 견디지 못하는 기질을 둘 다 가지고 있었다.

또 혁명 직후의 이 시기에는 출신 신분의 차이가 너무 컸다. 누마는 몇 해 전까지만 하더라도 나리라고 불리던 구 막부 신하 출신이고, 가와지는 혁명의 승리자인 사쓰마 번 출신이며 더욱이 혁명의 상징적 인물인 사이고의 사랑을 받고 있는 사람이었다.

그러나 누마의 눈에는 '시골 무사'에 지나지 않았고, 그것도 에도 성(江戶城)안의 상식으로는 무사라고 할 수 있을는지도 의문이었다.

토착무사조차도 아니었다. 무사의 최하위인 잡졸보다 종이 한 장 위였으며, 사쓰마의 아전이라고 하는 특수한 내용을 가진 계급에서 나왔다.

원래 가와지(川路)의 정신적 내용은 에도 시대의 무사라기보다 전국 시대의 무사라고 할 수 있었다. 그는 사쓰마 번에만 있었던 시겐류(示現流)라는 실전형 검법의 달인이었다. 연습은 보호구도 쓰지 않고 다만 목검으로 서 있는 나무를 치고, 치고 또 친다. 첫 일격으로 승부를 짓고, 두 번째 일격으로 적의 칼을 맞을 각오를 한다. 이를테면 가와지도 참가한 도바·후시미(鳥羽·伏見) 싸움에서 사쓰마 사람의 칼에 베인 막부군의 시체는 두개골이 박살나서 처참하기 짝이 없었는데, 그것만 보아도 이 검법이 얼마나 무서운 것이었나 알 수 있을 것이다.

더욱이 가와지는 번의 관리 출신도 아니었다.

가와지는 막부 말기를 전국으로 본다면 이를테면 떠돌이 무사 출신이라고 할 수도 있었으며, 그는 하마구리 문(蛤御門)의 변이 있기 전에 천황이 사는 교토의 풍운이 급박해진 것을 눈치 채고 잡졸들의 자식들을 긁어모아 1개 소대를 급조하여 사병이나 다름없는 이들을 이끌고 교토로 달려 올라갔던 것이다.

"난세가 되면, 저런 인물이 나타나는 법이지."

사이고는 가와지에게서 전국 시대와 같은 사쓰마 사람을 발견하고 좋아했던 모양이다.

이를테면, 하마구리 문의 변 때 그의 부대는 의용대였기 때문에 소총도 갖고 있지 않았다. 대원들은 저마다 허리에 큰 칼 한 자루를 차고 하의를 걷어 올려 털이 숭숭한 정강이를 드러낸 채 용맹하게 설치는 모습이 옛날의 하야토(隼人 : 사쓰마인)를 연상시켰다.

"체이!"

그들은 이렇게 외치면서 빗발치는 총알속을 누비며 닥치는 대로 적을 정면에서 치고 베고 했는데, 사이고는 이 싸움에서 가와지를 발견하고부터 여러 가지로 돌봐 주게 된 것이었다.

파리에 도착했을 때, 하숙을 찾는 동안 가와지 등 일행 5명은 호텔에 묵었다. 호텔 옆에 큰 건조물이 있어서 구 막부 신하 누마 모리이치는 가와지 등에게 '오사카 성(大坂城) 같은 것'이라고 설명했는데, 가와지도 누마의 비유에 작의적인 무리가 있음을 느꼈다. 그 건조물은 루브르궁이었다. 옛날 왕조부터 나폴레옹 3세 시대에 이르기까지 약 4백 년이라는 긴 세월에 걸쳐 완성한 것으로, 역사적으로 말하면 과거 권력의 유물이라고도 할 수 있다. 일본으로 말하면, 오사카 성이 이에 해당할 것이다. 그러나 에도 성도 그랬다. 그런데 에도 성은 쇼군(막부정치의 최고 권력자, 정이 대장군의 약칭)이 떠나고 지금은 천황이 살고 있기 때문에 누마는 에도 성을 비유로 사용하지 않고 오사카 성을 든 것이다. 구 막부 신하 누마의 의식의 굴절을 볼 수 있는 듯했다.

호텔의 호화로움은 누마 일행을 압도했다. 도사 사람 고노 도가마는 묘한 말을 하며 감탄했다.

"도사 24만 석이라고 빼기고 있었더니, 이 여관 하나에도 미치지 못하는구나."

호텔은 5층 건물로 방은 6백 실, 종업원만도 5백 명이나 되어 고노의 말마따나 일본의 조그만 영주의 가신들과 맞먹는 숫자다. 현관에 들어서면 위압하는 넓은 공간 한가운데 초라하게 서있는 작은 자기를 발견하지 않을 수 없다. 이 넓은 공간은 중후하고 화려한 장식으로 예술적 변화가 주어져 있고, 무엇보다 놀라지 않을 수 없는 것은 벽과 천장을 밝게 비춰 주는 가스등이었다.

가와지는 누마와 한 방에 들었다.

가와지나 누마나 눈빛이 아주 날카로운 것이 특징이었다. 다만 가와지는 말이 없었으나, 누마는 사람의 마음을 후벼 파는듯한 웅변가였다.

"나는 전에 가쓰 가이슈(勝海舟)를 베려고 한 적이 있었지."

어느날 무슨 이야기 끝에 막부가 무너지던 때의 화제가 나오자 누마는 문득 이런 말을 했다. 누마는 가쓰 가이슈의 에도 성 무혈 개성에 반대하여, 그를 베어 사쓰마·조슈와 일대 혈전을 벌이려다가 공순파의 각로들이 말리는 바람에 에도를 떠난 것이었다. 그 후 각지를 전전하며 싸웠다. 마지막으로 쇼나이(庄內)의 서양식 전투법 교관이 되어 관군과 싸우다가 쇼나이 번이 항복하는 통에 같은 번에 붙잡혀 같은 번의 군대에게 호송되어 센슈(千住)로 가서 배를 타고 아카바네(赤羽) 앞까지 왔을 때, 메이지 2년 정월 초하루의 해가 솟아오르는 것을 보았다. 배안에서 누마는 견딜 수 없는 분노를 터뜨렸다.

"아아 불과 60여 주(州)였더냐, 오늘 아침의 봄!"

반란자로서 뛰어다니기에 일본은 너무나 좁았던 것이다.

"그래서 나는 지금도 사쓰마는 좋아하지 않아."

누마가 말했으나, 가와지는 별로 화도 내지 않고 처음으로 입을 열었다.

"자기의 싫고 좋은 감정을 가볍게 입 밖에 내는 것은 남자가 할 일이 아니야. 그런 직속무사의 멀건 성격이 막부를 멸망시켰군."

그들은 루브르 앞에 있는 호화로운 호텔에서 며칠만 묵은 뒤, 하숙집 같은 다른 호텔로 옮겼다.

"이거라면 일본의 관용용 여관 쪽이 훨씬 훌륭하군."

도사사람인 고노 도가마(河野敏鎌)는 파리의 위압에서 간신히 빠져 나온 듯한 소리를 내면서, 석탄 냄새나는 방안의 의자에 앉았다.

숙소는 센느 강에 걸려 있는 아르마 다리 가까이에 있었는데, 덧문이 훌륭한 것 외에는 전체가 고색창연한 4층 건물이었다. 근처에 조그만 불당 같은 것이 서 있었다.

"저것이 프랑스가 자랑하는 노트르담 사원이다."

누마가 하숙집 주부에게 들었다며 일동에게 말했는데, 누마의 프랑스어가 시원찮아 그 빈약한 성당이 중세기의 프랑스가 국력을 다 쏟아서 성모 마리아에게 바친 위대한 성당으로는 보이지 않았다. 아마도 노트르담 사원에서 관리하는 부속건물이라는 것을 누마의 어학력은 "노트르담"이라는 한 마디에 매달려서 오해한 모양이었다.

참고로 여기서 이들 일행 5명의 서열을 말하면, 도사 사람 고노 도가마가 필두이며 책임자였다. 이들은 일본에서는 사법 대신 에토 신페이(江藤 新平：사가사람)의 부하였으며, 고노의 관직은 사법소승이다——이하의 직명은 유럽 파견 명령이 나온 시점의 것이다. ——. 누마 모리이치는 사법성 7등 출사(出仕)로 경보조(警保嘲)인 가와지 도시나가보다 계급은 위였다. 그밖에 명법조(明法助)인 쓰루다 아키라(鶴田皓), 권중판사인 기시라 겐요(岸良兼養)가 있다. 그밖에 이 멤버에 예정되어 있는 사람으로는 사법 중록(中錄) 이노우에 고와시(井上毅), 사법성 7등 출사 나무라 다이조(名村泰藏), 그리고 사법성 8등 출사 마스다 가쓰노리(益田克德) 등이 있는데, 그들은 도쿄에서 프랑스 사람을 통역으로 고용하여 데리고 오느라고 뒤에 처졌다.

그들의 임무는 영국, 독일, 프랑스의 사법 제도를 조사하는 것으로, 간단히 말하면 각국의 제도상의 장점을 그대로 갖고 와서 일본의 사법 및 경찰 제도를 개혁하는 데 있었다. 역사적으로 말한다면, 일본 국가의 그 방면의 제도는 이 사람들의 프랑스 파견 후에 확립된다.

아무튼 나중에 오는 사람을 포함하여 이 일행 8명의 총 인솔자로서 사법

대신인 에토 신페이가 직접 유럽에 가게 되어 있었다.

'사법 대신 에토 신페이 이사관으로 하여금, 구미 각국에 파견을 명함'이라는 정부의 사령이 메이지 5(1872)년 5월 2일자로 나와 있었다. 이들은 그 선발대였다.

에토는 나중에 떠날 예정이었다. 그러나 에토는 이해 봄 "대일본은 법치국이다"라고 선언한 뒤, 졸속이지만 미쓰쿠리 린쇼(箕作麟祥) 등에게 프랑스 법전을 번역시켜 부랴부랴 사법 제도를 만들고 있었기 때문에 유럽행이 불가능해졌다. 이것이 에토의 운명을 결정지었다. 그는 이해 봄 사법대신에 취임했으나 이듬해인 메이지 6(1873)년 그 직을 버리고 7(1874)년에 사가(佐賀)의 난(亂)을 일으켜 처형된다. 에토가 이때 유럽에 가 있었던들 그의 운명은 달라졌을지도 모른다.

누마의 생애를 보아도, 남에 대한 공격 성향이 지나치게 강한 성격을 제외하면, 그를 대하는 사람은 누구나 준걸(俊傑)이라는 인상을 가졌다.

그는 젊었을 때부터 벌써 새 정부 안에 대단한 프랑스 학자라는 정평이 나 있었으며, 그러기에 구 막부 신하 출신인 데다 더욱이 보신 전쟁 때 반혁명군의 대장이었는데도 새 정부에 봉사할 수 있었던 것이다. 새 정부는 말을 타고 천하를 잡은 사쓰마·조슈 군의 정부였으나 정부를 구성함에 있어서는 많은 양학 지식인이 필요했다. 그 양학 지식인의 대부분은 구 정권인 막부 출신이었다. '프랑스 학자'로 일컬어진 누마에 대한 전설의 출처는, 그가 구 막부 육군의 사관이었던 것에 있다. 구막부는 육군을 창설하면서 프랑스식을 채택하여, 프랑스 육군에서 많은 교관을 초빙했다.

그 교관들 중에서 지브스케, 메슬로 두 사람이 누마의 뛰어난 재능에 놀라 "이 청년은 장차 장군감이다"며 막부에 건의하여 계급을 올려 주게 했기 때문에, 막부가 무너질 때 그는 나이 25세에 벌써 보병 소령이었다. 당연히 프랑스어를 할 줄 알거라고 사람들은 생각한 것이다.

그러나 누마가 막부 육군에 들어가기 전에 배운 외국어는 프랑스어가 아니었다. 그는 나가사키(長崎)에서 2년 동안 영어를 배우고, 나중에 요코하마의 헤번 박사에게 회화를 배웠으나, 프랑스어에 대해서는 그가 아는 말이라고는 군대 용어와 구령 정도에 지나지 않았다.

이 유럽 여행 직전 고노와 가와지가 양복과 양장품 일체를 갖추러 요코하마의 양복점에 간 적이 있었다. 주인은 프랑스 사람이었다.

누마가 통역했다. 그의 입에서 나온 최초의 프랑스어는 "우리는 일본인이다"였다. 일본 요코하마에서 굳이 일본인이라고 신분을 밝힐 것도 없는 일이었다. 그런 다음, 당신은 영어를 할 수 있는가 하고 물으니, 다행히도 그 프랑스 인 양복점 주인은 영어를 알았다.

누마는 영, 불 두 나라의 단어를 총동원하여 양복을 주문했다. 다른 사람들은 외국어를 전혀 알지 못했으므로 누마의 '프랑스 어'에 감탄했다.

배 안에서 고노 도가마는 누마에게 통역으로서 여러 가지 일을 시켰다. 다행히도 그 프랑스인들은 모두 영어를 했다.

그런데 막상 프랑스에 상륙하고 나니 우선 세관에서 통하지 않았다. 이어서 법무성에 인사하러 갔을 때 누마의 프랑스어는 통하지 않았고, 다시 그쪽에서 어떤 서류를 보여 주었는데 누마가 알 수 있었던 것은 'justice(정의)'라는 단어 한 마디 뿐이었다.

고노 도가마는 그만 망연자실하고 말았다.

그들은 누마의 어학실력에만 의지하여 프랑스의 사법 제도를 갖고 갈 생각이었던 것이다. 이것은 과장해서 말한다면, 한 나라의 안위에 관한 일이 아니겠는가! 실제로 고노는 호텔에 돌아가서 누마에게 이렇게 말했다.

"이것은 국난이다."

누마는 실토했다.

"나는 실은 프랑스어를 모르네."

그리고 당당하게 대도를 바꿨다.

누마는 요코하마에서 프랑스 양복점 주인을 상대로 지껄인 것은 눈가림이었다, 자네들을 속이기 위해서였다고 털어 놓았다.

"양복점 주인은 장사꾼이다. 양복을 팔 욕심으로 내 눈치를 보고 열심히 알아들으려고 한 거야. 그러나 이제 본바닥에 왔으니 그렇게는 안 되지."

"왜 자네는 관을 속이고 우리를 속였는가?"

고노가 따졌다. 누마는 그 큰 눈을 뒤룩뒤룩 빛내면서 말했다.

"속이지 않으면 어떻게 하겠나. 자네는 나를 배에 타지 못하게 할 것이 아닌가. 그러면 나는 구미 여행을 할 수 없게 돼. 이것도 병법에 들어 있네."

고노는 이 변명을 비범하게 여기고, 평생 누마의 계략과 배짱을 높이 평가했다. 누마도 좀처럼 남을 칭찬하지 않는 인물이었으나, 평생을 두고 이렇게 말했다.

"내가 가장 존경하는 인물은 막부 말기에 끝까지 항전을 주장하다가 관군에 살해당한 오구리 고즈케노스케(小栗上野介)와 메이지 사람으로는 고노 도가마다."

고노는 도사의 근왕당 출신으로 도사 사람이 향토적 성격으로서 갖고 있는 논리성을 한 몸에 응축하여 지니고 있는 듯한 인물이었다. 나중에 법관이 되어 메이지 정권에 반항하는 자를 추상같이 엄단한다. 자기를 발탁해 준 사법대신 에토 신페이를 사가의 난의 수괴로서 체포하여 다스린 것도 바로 그였고, 사형 선고의 자리에서 에토로 하여금 절규하게 한 그 인물이다.

"고노, 그대는 나의 은혜를 잊었는가!"

누마는 구 막부인이라는 긍지를 갖고 있었다.

"우리는 다 프랑스어를 모른다. 누마 군도 모른다. 이래 가지고는 프랑스를 오늘의 프랑스로 만든 법률을 일본에 가지고 가는 것은 불가능한 일이야."

같이 온 쓰루다 아키라가 하숙을 바꾸고 나서 이렇게 절망적으로 말하자, 누마는 오히려 소리높여 쓰루다의 심약함을 꾸짖었다.

"미카와(三河) 무사(도쿠가와 정권의 창업에 공을 세운 미카와 출신의 무사)는 무학이면서 천하를 잡아 3백 년 태평 성세의 기초를 닦았다. 나는 미카와 무사의 후예다. 우리가 지금부터 하는 것은 그 옛날 게이초·겐나(慶長·元和 : 강호 시대에 미카와의 시골구석에서 나온 무사)들이 성취한 사업과 다를 바 없다. 지금 우리는 프랑스의 수도에 있으면서 이 나라의 말을 모르는 것은 얼핏 생각하면 불행한 것 같지만, 그러나 지엽적인 것에 지나지 않는다. 우리가 밝은 눈만 가졌다면 이 나라의 문명을 볼 수 있고, 그 문명을 만들고 있는 법을 짐작할 수 있다. 요컨대 무사냐 아니냐, 하는 것뿐이다."

이렇게 장평설을 늘어놓았을 때, 구석에 앉아 있던 가와지 도시나가가 별안간 소리쳤다.

"체스토!"

사쓰마식 기합이다. 동감이라는 뜻이다.

가와지는 일본의 보통 말인 에도 사투리도 제대로 모른다. 원래 사쓰마 사람은 언어 따위에 의지하지 않고 온 정신을 거울로 삼아 대상물의 본질을 철저히 비추어 보는 습성을 가지고 있다.

"누마는 사쓰마 사람 같단 말이야."

가와지는 누마를 칭찬했다.

그러나 우시고메(牛込)의 직속무사 저택에서 자란 누마는 이 칭찬에 별로 기뻐하는 것 같지 않았다.

어느 날 신기한 일이 일어났다.

이날, 일행이 외출했다가 돌아와 보니 쪽지가 한 장 놓여 있었는데, 거기에는 '꼭 만나뵙고 싶습니다'라고 연필로 씌어 있고, '라니'라는 서명이 들어 있었다.

"이 '라니'는 일본 이름이 아닌데?"

학자인 누마 모리이치가 생각하고 있는데, 가와지 도시나가가 말했다.

"이 필적의 주인은 로니라는 청년이야."

다들 놀라 가와지를 쳐다보았다. 사쓰마 사람은 평소에는 바보처럼 멍하게 행하는 버릇이 있지만 때로는 그것이 뜻밖의 면을 보인다는 것을, 그들은 막부 말기 이후 사쓰마 사람들과의 접촉을 통해 경험해 왔다. 가와지도 그런가 하고 그들은 생각했다.

그러나 가와지는 놀랄 것 없다면서 덧붙였다.

"일본을 떠날 때 구리모토 조운(栗本鋤雲) 선생을 통해 안거야."

깨끗이 수법을 밝히고 끝까지 멍한 태도를 고수하는 것도 사쓰마 사람의 버릇이다.

구리모토 조운은 구 막부의 신하이다.

오랫동안 외국 관계의 일을 했으며 특히 프랑스어를 잘해 막부 말기에는 요코스카(橫須賀) 조선소를 창설했고 1867년 종5품 아키노카미(安藝守)에 임명되어 프랑스에 특파되었다. 막부 말의 제1급 국제통 지식인을 든다면, 아마도 이 구리모토 조운일 것이다.

그런데 조운은 메이지 유신 성립에 관한 소식을 유럽에서 듣는 입장이 되었다. 귀국해 보니 거의 보고를 받아줄 막부는 이미 없었다. 그 후 메이지 정부로부터 몇 번이나 초빙을 받았으나 사자에게 온화하게 대할 뿐 초빙에는 응하지 않았다.

"이제 와서 새삼스럽게 뭐."

이 때문에 평판이 높았다.

"조운은 멸망한 막부의 유신(遺臣)으로서 충절을 지키고 있다."

그러나 그 평판마저 그는 부끄러워하면서, "나이도 나이고 해서요" 이렇게 변명하곤 했다. 나이라고 해야 유신 정부 성립 때 46세였으므로 많은 나이도 아니었다.

그렇다고 편협한 사람도 아니어서, 누가 무엇을 물으면 자상하게 가르쳐 주었다. 가와지 도시나가도 소개장을 들고 그를 찾아갔다.

조운은 프랑스의 정치 정세며 파리에 체재할 때의 주의 같은 것을 들려 준 다음, 잡담으로 들어갔을 때 말했다.

"로니라는 젊은이가 틀림없이 찾아갈 겁니다. 좀 기이한 서생이지요."

일본광이라고 했다. 일본 말을 공부하여 파리에서 일본어 학원을 차려 놓고 있지만, 학생은 거의 없는 것 같다는 이야기였다.

"생활이 몹시 가난한데도, 먹기 위해서 일한다는 생각은 전혀 하지 않는 것 같았습니다. 《일본서기》《일본외사》같은 것도 다 읽은 꽤 놀라운 청년입니다만, 좀 괴팍하다 할 수 있지요. 어머니를 모시고 있는 큰 효자이지만, 여자는 여간 싫어하지 않더군요."

그 이튿날 아침, 가와지가 식당에 내려가니 누마가 식탁의 쟁반 위에 엎드리듯이 하여 빵을 뜯고 있었다.

"음?"

가와지는 미소로 인사를 대신하고 누마의 맞은편에 앉았다. 사쓰마의 사족은 누구를 만날 때 보통 인사말을 하지 않는 것과 마찬가지다. 누마도 가와지를 보지 않고 고개만 끄덕였다.

하숙집 여주인이 누마에게 무언가 열심히 지껄이고 있었다. 누마는 외면한 채 빵을 씹으면서 이따금 고개를 끄덕일 뿐이었다. 에도 사람인데도 어지간히 무뚝뚝하다. 여주인의 말은, 오늘 아침 센 강이 얼었다, 온 프랑스가 추위에 얼어 붙었다, 그러니 우리 집만 연료를 아끼고 있는 것은 아니라는 변명 같은 내용이었다.

누마는 언제나 자기가 관심을 가진 일 외에 남의 관심거리에는 흥미를 나타내지 않는 사람이었다.

막 식사를 마치는데 차가운 바람이 불기 시작했다.

그 바람이 갑자기 문에서 불어 들어왔고 그 바람에 밀리듯이 한 청년이 들어섰다. 외투도 입지 않은 모습이었다.

로니였다.

가와지 일행은 식당에서 그와 만났다. 청년은 추운 듯이 어깨를 움츠리고 앉았다. 긴 여윈 얼굴이 아무렇게나 기른 수염 탓인지 어두운 그림자가 끼어 있었다. 이목구비가 밖으로 향하지 않고 안으로 오목조목 모여 있는 느낌으로, 표정이라고는 무언가 골똘히 생각하는 것 하나밖에 없었다. 눈까풀만이 과민하게 깜박거렸고, 그때마다 놀라울 정도로 아름다운 다갈색 속눈썹이 움직였다.

'어두운 청년이구나.'

가와지는 속으로 생각했다. 그러나 남색을 좋아하는 사쓰마 친구들에게 보이면 군침을 흘리겠다 하는 생각도 들었다. 하기야 가와지 자신은 그런 소년을 좋아하지는 않았다.

고노 도가마는 저쪽 끝에서 늦은 아침을 먹고 있었다. 누마는 식탁에서 일어나 한쪽 구석에 가서 혼자 앉아 있었기 때문에, 결국 말이 없는 가와지가 상대하지 않을 수 없게 되었다.

가와지는 일본의 공통어도 잘할 줄 모르는 사람처럼 그저 한두 가지 질문을 해 보았다.

"귀하는 어째서 일본을 좋아하게 되었는가?"

이런 따위의 질문이었는데, 가와지에게는 다행이도 이 정도의 질문에 로니는 족히 30분은 지껄여 주었다. 지껄이는 동안 로니의 두 볼에 화색이 돌더니 차츰 짙어져서, 상당히 정열적으로 열변을 토하고 있음을 보여 주었다. 로니는 결코 수다스러운 사람 같지는 않아 보였고, 말의 내용도 꼭 해야 할 필요가 있어서 하는 것도 아니었다. 요컨대 이 기이한 서생은 일본어를 지껄인다는, 오직 그 일에 다시없는 정열과 쾌감을 느끼는 모양이었다.

그러나 가와지는 로니의 일본어의 1할도 알아들을 수 없었다. 나중에 알아보니, 도사 사람인 고노 도가마는 3할쯤 알아들었고, 에도 사람인 누마는 절반쯤 이해할 수 있었다. 로니의 일본어에는 토씨가 극단적으로 적었다.

"나, 막부 신하 좋아합니다."

로니가 말했을 때, 구 막부 신하인 누마는 얼굴을 들고 이 청년에 강한 관심을 보였다.

일본의 국사가 파리를 처음 방문한 것은 1862년 3월 9일이다.

막부의 유럽 파견 사절단으로, 정사는 다케우치 시모쓰케노카미(竹內下野守), 부사는 마쓰다이라 이와미노카미(松平石見守), 감찰은 교고쿠 노토노카미(京極能登守)였으며, 그밖에 관리가 약 20명, 세 사신의 부하들이 10명쯤 따라갔다.

'오만하게 크고 작은 칼 두 자루를 허리에 차고.'

파리에서의 일행에 관해 쓴 것은 통역관으로 사절단에 참가했던 후쿠자와 유키치(福澤諭吉)이다. 후쿠자와는 분고 나카쓰(豊後中津)의 번사이지만 이 무렵 막부 신하의 대우를 받고 있었으므로 막부 신하라는 고등관 표시라고 할 수 있는, 가문을 새기고 검은 옻칠을 한 뒤 쇠로 안을 댄 전립을 흰 끈으로 턱에 매고 있었다. 게다가 흰 끈을 단 짚신을 신고, 가문이 든 비단 하오리 하까마(일본 고유의 남자 복장 상하의 정장), 후쿠자와의 말을 빌리면 '나는 일본의 무사노라' 하는 듯한 차림으로 파리 거리를 활보했다.

일행은 도착 이틀 후인 11일, 대신들을 예방하고, 15일에는 나폴레옹 3세를 알현하러 갔는데, 온 파리 시내의 호기심 많은 사람들은 모두 나와서 그들의 모습을 구경했다. 공식 방문에는 정부에서 보내 준 마차와 말을 이용했다. 마차는 세 사람의 사절에 세 대가 나왔으며, 후쿠자와 등은 말을 탔다. 복장은 에도 막부의 정식 예복이었다. 세 사람의 사절은 수렵복에 오사모를 쓰고 큰 칼을 차고 있었다. 수행원의 우두머리인 시바다 사다타로(柴田貞太郎)는 가문이 박힌 수렵복에 오사모를 쓰고 뚱뚱한 엉덩이를 안장에 올려놓고 있으며, 나머지 사람들은 무사들의 예복 차림으로 말을 타고 따랐다.

"정말 미지의 문명이 기성의 문명에 도전했다는 느낌이었습니다."

로니는 이런 뜻의 말을 했다. 로니는 당시 소년이었으나 거리를 지나가는 이 미지의 문명의 장엄함에 감동했다. 그러나 일본에 관한 신문 기사 같은 것을 읽어 보니, 단지 미지라는 것뿐이지 일본 문명이 프랑스보다 역사가 오래되었다는 것을 알고 일본학에 뜻을 둔 것이었다.

"다케우찌 시모쓰케노카미님, 마쓰다이라 이와미노카미님, 교고쿠 노토노카미님, 이 세 분의 행렬을 봄으로써 제 생애는 결정된 것입니다."

1864년 3월 16일에도 일본의 국사가 찾아왔다. 이케다 지쿠고노카미(池田筑後守), 가와쓰 이즈노카미(三津伊豆守), 가와다 사카미노카미(河田相模守)등인데, 이들의 용건은 '일본 국내에 양이론이 시끄럽게 일어나서 막부가 매우 골치를 앓고 있다. 국내 사태가 가라앉을 때까지 통상 조약의 실시를 연기하고 싶다'는 내정문제를 외교상의 과제로 만들어버린 기묘한 것이었다. 이 용건에 대해서 프랑스는 상대도 해 주지 않았으나 나폴레옹 3세의 환대를 받아 서로 이해를 깊이 한 점에서는 효과가 있었다. 황제가 참석한 사열 훈련 때 황제 옆에 말을 타고 선 부사 가와다 사가미노카미는 갑옷에 전투용 하오리를 걸치고 투구를 목에 건 전국 무장의 차림 그대로였다.

이들이 프랑스를 방문했을 때도, 로니는 호텔로 그들을 방문했다.

나중에 쇼군 대리 도쿠가와 아키다케(德川昭武)가 파리 만국 박람회에 왔을 때도 마찬가지였다.

"왜 일본은 서양 앞에 무릎을 꿇고 그 문명을 버렸습니까? 유감입니다."

로니는 가와지의 양복 차림을 보고 처음으로 표정이 바뀌었다. 슬픈 표정이었다.

가와지는 저녁부터는 대개 혼자가 되었다.

"별난 녀석이군."

누마가 몰래 고노에게 말했듯이, 가와지는 온 파리 시내를 그저 발길이 닿는 대로 무작정 돌아다녔다. 그는 루브르도 노트르담도 오페라도 개선문에도 흥미를 보이지 않았다.

"오페라 구경했어요?"

하숙집 여주인이 이렇게 물어도 그저 말없이 미소만 약간 지을 뿐이었다. 로니도——권했다. 로니는 늘 담배쌈지를 허리에 차고 다니면서 조그만 일본 담뱃대로 담배를 피울 만큼 일본 취미를 좋아했다. ——권했다.

"파리의 하수구만은 꼭 봐 두는 것이 좋을 겁니다."

그러나 가와지는 말했다.

"그것은 머지않아 다른 사람이 정부에서 파견되어 조사하러 올 것일세."

에도 사투리로 대답했으나 귀담아 들으려 하지 않았다. 로니는 날마다 찾아왔다. 그는 기묘하게도 가와지를 좋아하여 몇 번이나 말했다.

"제가 안내해 드리겠습니다."

가와지는 그때마다 "혼자가 좋아" 하고 거절했다.

가와지는 밤 거리를 좋아했다. 가스등이 있는 길이면 어디까지고 한없이 걸어갔다. 물론 밤마다 길을 잃었고, 그때마다 폴리스(경찰)를 찾아 주머니에서 하숙집 주소가 적힌 쪽지를 꺼내 보였다. 쪽지에는 '나는 모든 유럽 말을 할 줄 모른다'는 말도 적혀 있었다.

길을 물으면 손을 들어 방향만 가르쳐 주고 가 버리는 폴리스도 있었지만, 다섯 사람 가운데 셋은 일부러 하숙까지 데려다 주었다.

가와지가 거리를 쏘다니는 것은 이것이 목적이었다. 그는 폴리스의 상태를 관찰하기 위해서 파리에 온 것이었다.

'파리에는 police 라는 시중을 순찰하는 경찰관이 있어서 치안을 경계하고 친절을 그 직무로 삼는다.'

가와지가 출발 전 구 막부 신하 구리모토 조운한테서 받은 편지에 있던 내용이다. 구리모토는 구 막부 신하라 지난날의 에도의 경찰 제도를 환히 알고 있었는데, 그 관계자 가운데는 상하를 막론하고 질이 좋지 않은 자들이 많았고, 특히 직업의 전통으로서 서민에 대한 친절심 같은 것은 아예 갖고 있지 않았다. 구리모토는 메이지 정부가 그런 전통을 그대로 계승할까 두려워 가와지에게 특히 '파리의 폴리스가 얼마나 친절한지'를 미리 주입시켜 놓았던 것이다.

가와지는 파리의 폴리스가 하숙까지 데려다 줄 때마다 사쓰마의 어른이 젊은 사람에게 흔히 하듯 어깨를 툭 치며 감사를 표했다.

"오얏토사."

근무에 수고한다는 뜻이었다. 손윗사람이 손아랫사람에게 하는 말로써 적어도 '고맙다'는 어감의 말은 아니다. 그러나 가와지는 파리에서는 정체 모를 동양인인지 모르지만 일본국 도쿄로 돌아가면 6명의 나졸총장——출발 직전에 대경시에 임명되었다——의 한 사람으로, 물론 파리의 폴리스보다 계급이 위였다.

폴리스 가운데는 이 이국의 말을 재미있어 하여, 가와지가 "오얏토사" 하고 말하면 자기도 "오얏토사" 하면서 가와지의 어깨를 두드리며 웃음을 터뜨리는 사람도 있었다.

가와지는 세상에서 가장 행복한 남자였다. 이를테면, 파리의 밤거리를 비추어 주는 가스등을 보아도 사쓰마 사람들이 흔히 하듯 가스등을 의인화하여 말을 걸었다.

"너, 정말 착한 녀석이구나. 내가 도쿄에 데려다 줄까?"

그런 기묘한 거동이 '행복'하다는 뜻이 아니라, 그가 "이 설비와 제도를 우리나라에 도입하면 좋겠다"고 생각하면, 그 자신의 힘으로, 이를테면 이 가스등도 즉각 도쿄로 옮길 수도 있기 때문에 하는 말이다. 그는 초창기에 있었고, 더욱이 초창기의 역사를 창조할 임무와 권한이 주어져 있었다.

그는 파리의 밤을 장식하고 있는 가스등이 화려하다고는 생각지 않았다. 머리가 그런 식으로는 움직이지 않고, 그가 생각한 것은 이런 것이었다.

'이것이 있으면 도둑을 막을 수 있겠다.'

사실 가와지가 들은 바로는 파리에 이 가로등이 없었던 20여 년 전까지만 해도 밤의 어둠을 타고 날뛰는 치한과 도둑이 많았지만, 가스등이 등장한 뒤로는 그런 범죄가 격감했다는 것이었다.

가스를 발생시키는 장치는 파리 교외에 설치되어 있었다. 가와지는 일부러 거기까지 찾아가서 견학했다. 거기서 만들어진 가스가 철을 통해 파리 시내로 보내어진다.

참고로, 도쿄의 가스등은 가와지의 건의도 있고 하여 이 시기에서 불과 2년 뒤에 출현한다. 메이지 7년 도쿄의 시바 하마사키초(芝濱崎町)에 가스 발생소가 건설되고, 같은 해 12월 18일 가나스기바시(金杉橋)에서 교바시(京橋)까지 85기의 가스등이 일제히 점화되었다. 그 광경을 가와지는 교바시에서 구경하고 파리의 가스 등을 그리워했다.

폴리스에 대해서 더 얘기하면——

가와지는 파리에 2천 명의 폴리스가 있다는 것을 알았다. 그들은 쉴 새 없이 시내를 순찰하며, 질풍 호우의 날에도 거리를 떠나지 않는 등, 가와지의 표현에 의하면 '시내 평안을 위해' 돌아다니면서 경계하거나 꼼짝않고 서서 보초를 서기도 한다는 것을 알았다. 그들의 임용법은 육군 복무를 마친 자 가운데 성적이 우수한 자를 뽑는다고 했다. 그 모습은 첫눈에 알아볼 수 있었다. 머리에는 일본의 전립 같은 천으로 만든 모자를 쓰고, 어깨에는 조그만 망토를 걸쳤으며, 허리에는 칼집이 쇠로 된 칼을 차고 있었다.

"폴리스는 국민의 보모이다."

이런 말이 밤에 침대에 누웠을 때 가와지의 머리에 떠올랐다. 그는 머리맡에 연필과 종이를 놔두는 버릇이 있어서, 이렇게 머리에 떠오르는 폴리스에 대한 감상을 적어 두었다.

가와지는 프랑스의 경찰관과 경찰 제도를 이상적인 것으로 받아들였다. 이 제도는 나폴레옹 1세 때 만들어졌는데, 실제로 창안하고 실시한 사람은 프랑스 혁명 이래 모든 정권 아래에서 계속 주류의 자리를 차지했던 조제프 푸셰였다. 푸셰가 어떤 정치 형태에서나 거기에 맞는 보호색으로 자기를 염색하는 천재적 변절자였다는 것은, 푸셰가 죽은 지 반세기가 지나 가와지가 파리를 방문한 시기에는 이미 파리 지식인들의 상식이 되어 있었지만 가와지는 물론 알지 못했다. 다만 이 제도를 고안한 푸셰를 세계 역사상 위인이라고 믿었다.

도쿄

　그들은 그 뒤 영국과 프로이센 등 여러 나라를 두루 둘러보면서 유럽에 머물기를 1년, 귀로에 다시 프랑스에 들러 마르세유에서 극동으로 가는 배편을 얻어 바다로 나갔다.
　배에 올랐을 때 누마 모리이치가 기어이 한마디 했다.
　"다시 먼 나라로 돌아가는가!"
　혼자 누마는 개성이 지나치게 강한 사람이어서 서양에 그리 심취한 것은 아니었지만, 그는 막부 말기 관군에 저항하다가 붙잡히게 되었을 때 프랑스에 망명할 생각을 한 적이 있었다. 니이가타(新潟)에 프랑스 기선이 들어와 있다──사실이 아니었다──는 소문이 있어서, 그렇다면 쇼나이(庄內)에서 탈출하자, 니이가타 항으로 달아나 헤엄쳐 가는 한이 있더라도 그 기선에 투항하자, 그 기선은 프랑스 국왕의 주권 아래 있으니 새 정부도 손가락 하나 댈 수 없을 것이라고 생각했던 것이다. 센주까지 호송되었을 때도 몇번이나 생각했다.
　'탈주하여 요코하마에서 프랑스 기선으로 달아날까?'
　그러나 호송하는 쇼나이 번사들에게 누를 끼칠것을 생각하고──그들은 모두 지난날의 전우였다——그 '장거'를 공상에 그쳤던 것이다.

 지난날의 그 공상속의 망명지였던 유럽 땅을 밟고 1년 동안 머물다가 지금 다시 그 수증기 많은 극동의 섬나라로 돌아가려 하고 있는 것이다. 배가 마르세유의 부두를 떠날 때 누마의 감회에 그 자신도 알 수 없는 그 어떤 회한과도 같은 아픔이 섞여 있었던 것도 무리가 아니었다.

 배가 지중해를 달리는 동안 그들 일행에게는 아직도 유럽에서의 흥분이 지속되고 있었다. 그 흥분을 다 정리해버리지 않으면 일본에 돌아갈 수 없을 것 같은 기분이 들었다.

 어느날 고노의 선실에서 이야기하고 있을 때, 문득 도사 사람인 고노가 말을 꺼냈다.

 "나는 한때 다케치 즈이잔(武市瑞山 : 전의 이름은 半平太)이 좀 더 훌륭한 인물인 줄 알고 있었지."

 그는 도사의 향사 출신으로 막부 말기 다케치가 도사 근왕당을 결성했을 때 사카모토 료마(坂本龍馬), 나카오카 신타로(中岡愼太郎) 등과 함께 가입했다. 다케치는 번 당국에 의해 투옥돼 마침내 배를 가르고 죽었지만, 지금 사쓰마, 조슈 이외의 출신이라는 서글픈 처지에 있는 고노로서는 그 서글픔을 생각할 때마다 다케치의 위대함과 막부 말기의 그 극적인 죽음이 늘 그를 고무해 주었다.

 "그러나 유럽에 와 보니 다케치는 참으로 작아. 또 다케치와 사카모토의 죽음으로 이룩된 도사인의 업적을 이타가키 다이스케(板垣退助) 등이 고스란히 상속했는데, 이타가키도 매우 작다는 것을 알았네."

 고노는 나중에 도사파가 자유민권 운동이라는 재야 세력을 만들어 낼 때, 끝내 관헌 쪽에 머무르며 끓어오르는 반정부 운동을 가장 능동적으로 탄압했다. 이 유신 혁명가 출신은 프랑스에서 지난날의 프랑스 혁명에 감동하기보다는, 그 혁명의 열매와 뒤처리를 관헌적인 형태로 종합한 나폴레옹 1세나 3세의 보나파르티즘이 보여준 국가 통치의 세련된 솜씨에 감동했던 것이다.

 "가와지군."

 고노 도가마가 가와지 쪽으로 얼굴을 돌리며 물었다.

 "자네는 유럽 역사에서 한 사람을 든다면 누구를 들겠나?"

조잡하지만 다소는 요령 있는 유럽 체재 인상의 정리법이기도 했다. 원래 이 일행은 유럽 사회나 그 문명에 대해서는 얼마 안 되는 편견 외에 거의 아무런 지식도 없었으며, 출발 당초에는 그야말로 완전한 무지였다. 이를테면, 고노 도가마 같은 사람은 앞에서 말했듯이 근왕 운동을 하다가 1864년부터 줄곧 '영구 옥사'로 줄곧 번의 감옥에 갇혀 있었으며, 유신 성립으로 세상에 나오기는 했지만 세상살이가 아직 5년밖에 되지 않았다. 유럽에 대한 지식이 있을 리가 없었다.

"가와지군."

고노가 다시 불렀다.

가와지는 하의를 벗고 훈도시(남자의 샅을 가리는 천)를 갈아매고 있었다. 가와지의 사타구니에는 총알 자국이 있어서 그 자리만 거뭇거뭇했다. 고노는 그것을 흘긋 보고 미간을 찌푸렸다.

"추우면 아프거든."

가와지는 묵은 상처를 달래듯이 훈도시 작업을 계속한다. 그는 창의대 전쟁(1868년 도쿠가와 막부의 은혜를 입은 사람들이 조직하여 메이지 정부에 반항한 전쟁) 때 히로코지(廣小路) 방면을 맡았던 사쓰마 군의 한 대장이었다. 총알이 빗발치는 속을 백병 돌격했을 때 샅에 총알을 맞고 뒹굴었다. 전우들이 끌고 후방으로 이송해 주었는데, 외과의사가 보니 음낭 껍질 상부가 찢어졌을 뿐 고환 자체는 무사했다. 만일 돌격 때 겁을 먹었더라면 음낭이 오그라들어서 고환이 위쪽에 가 붙었을 것이다. 그랬으면 가와지는 틀림없이 죽었으리라.

"누마군의 총알은 호색녀였나 봐."

가와지가 말하자 누마는 씁쓸하게 웃었다. 누마는 그 당시 창의대처럼 전술은 없고 사기만 왕성한 집단에 속해 있지 않았으며, 막부의 프랑스식 육군을 이끌고 도사의 이타가키 다이스케를 사령관으로 하는 관군과 싸우고 있었다.

"가와지군, 누군가?"

"자네가 먼저 말하게."

가와지가 말했다.

"나는 역시 대 나폴레옹일세. 프랑스의 국위를 빛내고 민법을 제정하여 민생을 안정시킨 것은, 프랑스 혁명의 거물 로베스피에르가 아니라 나폴레옹이 아닌가!"

"나도 전에는 그렇게 생각했지."

누마가 고노에게 냉소를 보내면서 말했다. 막부 말 지사들의 인상적 지식으로는 프랑스 혁명을 일으켜 자유를 높이 외친 것은 나폴레옹으로 되어 있었다. 1789년의 인권 선언에서 루이 16세의 처형, 이어서 정치적 혼란과 나폴레옹의 출현, 그리고 그의 몰락에 이르는 25년을 하나의 시기로 보고, 모든 사상적, 국가 행위적 현상을 '나폴레옹'이라는 이름에 담아서 이해하고 있었다.

누마가 별안간 말했다.

"자네들 같은 사람들은 프랑스 말로 바르바르라고 하지."

가와지는 후년에 요코하마에 살고 있던 간베 그로스라는 프랑스 인 법률가와 친해지는데, 그에게 물어보았다.

"바르바르가 무슨 뜻이오? 나는 전에 바르바르라는 말을 들은 적이 있소만."

그로스는 딱하다는 듯이 대답했다.

"야만인."

누마의 말에 의하면, 아이들과 미개인은 번쩍이는 훈장과 예복 차림을 동경한다고 한다.

고노가 나폴레옹을 예찬하는 것은 야만적이고 미개하다는 증거라고 누마는 말하고 싶었던 모양이다.

누마는 나폴레옹의 조카로 나중에 제2제정을 실시한 루이 나폴레옹에 대해서는 나쁜 감정을 갖고 있지 않았다. 누마뿐 아니라 막부 출신의 개화파는 대개 막부와 깊은 관계를 가졌던 나폴레옹 3세 당시의 프랑스에 강한 향수에 젖어 있었다.

그런데 사법 제도 조사를 목적으로 하는 이번 유럽 여행에서 그는 변호사라는 기능에 특히 흥미를 느꼈고, 특히 프랑스의 공화파 투사였던 변호사들과 접촉이 깊어짐에 따라 이런 신념을 갖게 되었다.

"모든 것은 민권이다."

국권의 신장은 외관이 아무리 화려하더라도 국민의 참담한 희생 위에 성립된다는 것을 알게 된 것이다.

그리고 국가는 국민과의 계약에 의해서만 성립되어야 한다는 장 자크 루소의 사상에 관한 해설을 듣고는 한때 눈이 번쩍 뜨이는 감동을 받았다.

누마 모리이치는 1843년에 태어나 1890년에 병사할 때까지 47년의 짧은 생애였지만, 극적인 변화로 가득한 삶을 살았다. 막부의 서양식 사관으로서 막부의 와해와 함께 '멸망한 막부의 명예를 지키기 위해' 혁명군과 싸웠으며, 포로가 된 후 새 정부의 관리가 되어 유럽에 갔다가 돌아와서는 관에서 물러나 민권론자가 되었다. 그리고 한편으로는 신문을 발행하고 한편으로 도쿄 부회(府會)에 나가 정부와 도쿄부의 큰 적이 되었다.

누마가 죽었을 때, 메이지 초년을 상징하는 별이 하나 떨어졌다고 신문잡지는 평했는데, '성지한(性鷙悍)'이라고 평한 것은 '경제 잡지'였다. 한(悍)은 사납다는 것이고, 지(鷙)는 사납기가 맹수 맹금 같다는 뜻으로, 그 뒤에 '만일 그에게 정권을 쥐어 주었다면 매우 재미있었으리라'로 이어진다.

'국민지우'는 '군은……압제의 적이 되고, 비법의 적이 되고, 자유의 편이 되고, 정의의 편이 되고, …… 호언한 일개 경헌(硬漢)으로써 일생을 시종함은 3백 년 전 도쿠가와 무사의 전형이 있던 것으로서'라고 평했다. 다만 결과적으로 보아 기묘한 것은, 메이지 국가는 관비로 국권주의자와 민권주의자를 만들었다는 것이다.

이 귀국의 배안에서 누마는 이미 민권주의자였으며, 우스꽝스럽게도 혁명의 주도 세력에 속한 고노와 가와지는 국권주의자가 되었다.

"유럽에서 한 사람을 고른다면."

이런 고노의 설문에 대한 가와지는 대답했다.

"나폴레옹의 경찰 장관 조제프 푸셰야말로 바로 그 사람이다."

누마는 높은 웃음소리로 이에 응수했고, 고노는 그 이름을 알지 못했으며, 가와지 본인도 푸셰에 대해서는 그가 창시한 경찰 제도밖에 알지 못했다.

가와지는 귀국 후에 자신도 그 소용돌이 속에 휘말려 들어가는 유신 성립 후 최대의 고난, 즉 사이고를 옹립하는 사쓰마 사람들의 대 반란이 기다리고 있을 줄은 꿈에도 생각지 못했다.

누마와 모리이치와 마찬가지로 그의 생애도 40대에 끝나 결코 길지 않았다. 또 누마와 마찬가지로 그 생애는 끊임없는 번개구름 속에 있는 것처럼 격렬했던 것도 공통적이다.

참고로, 가와지와 마찬가지로 국권적인 입장에 선 도사 사람 고노 도가마 만은 50이 넘도록 죽는 수명을 얻었지만, 치열한 인생을 살았다는 점은 변함이 없다. 그가 귀국 후 곧 일어난 사가의 난 때는 법정을 주재하여 은인이자 상관이었던 전 사법경 에토 신페이를 재판한 것은 앞에서 이미 언급했다. 그는 에토에게 참수형을 내렸다. 그동안 반란에 가담한 사가의 사족 4만 2천 7백 40명의 구술서를 받고, 58권에 이르는 방대한 서류를 연일 불철주야로 조사하여 '사실을 적발함이 신과 같다'고까지 그 초인상을 칭찬받았으나, 그런 초인상은 나날의 평온에 인생의 가치를 찾는 사람의 입장에서 본다면 형용할 수 없는 불행이라고 할 수도 있다. 고노는 메이지 체제를 수호하는 측에 섰으므로, 그에 반대하는 측으로부터는 피도 눈물도 없는 법관으로서 혐오를 받았다.

하기야 민권주의자가 된 누마 모리이치만은 후일의 고노의 추상 열일 같은 국권 옹호주의를 고노에 한해서는 허용했을 뿐 아니라, 누구든지 모조리 바보라고 부른 누마 같은 꽤 까다로운 사나이가 앞에서도 말했다.

"막부 말기에는 오구리 고즈케노스케 메이지 초기에는 고노 도가마, 이 두 사람 이외의 인물을 나는 인정하지 않는다."

그가 평생 이렇게 말했던 것을 보면, 누마의 폭이 컸다고 할까, 적어도 사람을 보는 가치 기준이 보통과는 매우 달랐던 것 같다.

이 귀로의 배안에서 하루는 누마가 고노와 마침 단둘이 있을 때, 사이고 다카모리(西鄕隆盛)가 화제에 올랐다.

"가와지 군은 사이고 좋이지?"

누마가 재미있는 표현을 했다. 사이고를 두목으로 하는 사쓰마 사람의 그룹을 종교 단체로 표현한 것이다.

"당연히 그럴 테지."

"그렇다면, 가와지 군은 귀국해서 몸이 찢어지는 고통을 겪게 될걸."

"왜?"

"사이고라는 사람은 말이야……."

누마는 말을 이었다.

"나하고는 아무 관계도 없는 사람이고, 그 사람에게 나는 아무 관심도 없어. 어느 쪽이냐 하면 사이고는 내가 싫어하는 가쓰 가이슈의 친구라, 싫어하는 편이지."

"그 말은 가와지 앞에서 안하는 게 좋아."

고노는 나직이 타일렀다. 누마도 알고 있었다.

"나는 사쓰마 사람들 앞에서는 사이고 이야기는 하지 않아. 이를테면 홋케종(法華宗) 신자 앞에서 니치렌(日蓮)의 욕은 안하는 게 좋은 것처럼 말일세."

그 방에 가와지가 다른 두 사람과 함께 들어왔다.
누마는 곧 입을 다물었으나 고노는 겸연쩍은 얼굴로 솔직하게 털어 놓았다.
"곤란한 사람이 들어오는군. 방금 '대장' 이야기를 하고 있는 중이었지."
그 당시 '대장'이라고 하면 일본에서는 사이고 다카모리 한 사람밖에 없었다. 후일의 군인 계급에서 말하는 육해군 대장과는 다르고, 말하자면 상고시대의 정이대장군 사카노우에노 다무라마로(坂上田村麻呂)같은 존재로, 병마 실무의 총감독이었다. 요컨대 사이고의 이름을 말하지 않아도 대장만으로 통했다.
"사이고님 말인가?"
가와지가 노골적으로 불쾌한 표정을 지은 것은 누마와 고노가 예상한 대로였다. 사쓰마 사람에게는 사이고라는 이름은 이상한 자력을 띠고 있다. 영웅 이상의 성인, 인자 같은 존재였다. 바꾸어 말하면 다른 고장 사람들의 좌흥을 위한 화젯거리가 되어 더럽혀지는 것은 반갑지 않다는 기분을 누구나 공통적으로 가지고 있었다.
'가와지 역시 그렇구나.'
구 막부 신하인 누마는 그린 사쓰마 사람을 이해할 수 없었으며, 무언가 특수한 신앙을 가진 미개인이나, 아니면 인간에 대해 특이한 감격성을 가진 집단처럼 여겨지는 것이었다.
"알 수가 없군."
누마는 가와지가 나간 뒤에 말했다.
"사이고는 신(神)이군 그래."
"그렇지도 않아."
고노 도가마는 달래듯이 말했다.
"막부의 신하도 이에야스(家康) 공을 신군(神君)이니 도쇼다이곤겐(東照大權現)이니 하고 숭앙하지 않는가?"
"농담하지 말게."

누마는 화가 난 듯 말했다.

"그것과는 다르네. 이에야스 공은 과거의 사람이라고는 하나 주인이 아닌가. 도쿠가와 가문은 주군 집안이야. 주군 집안을 숭상하고, 주군 집안을 위해 죽는 것은 무사로서 당연한 일이야. 주군이 욕을 보면 가신은 죽어야 한다고 하지 않는가. 나는 사이고 때문에 요시노부(慶喜)공이 욕을 보았기에 무기를 들고 관군에 항전한 거야. 그런데 이 사람……."

누마는 고노를 응시하면서 따지고 들었다.

"사쓰마 사람에게는 사이고가 주군인가?"

고노도 난처해졌다. 고노는 나쁜 뜻으로도 총명했다. 누마 같은 사람은 사이고의 혁혁한 인격적 광채 같은 것은 이해할 수 없을 것이다. 이런 화제를 계속한다는 것은 새 정부 관리로서는 무익할 뿐 아니라 해로울 것이라고 생각했다.

"이제 그만두세."

그러나 누마는 듣지 않았다.

"일본국은 사이고 때문에 불행해. 정부의 권위보다 일개 사이고의 위세가 훨씬 더 크다는 것은 말이 안 되지 않는가. 사이고의 발란반정의 큰 공은 인정해. 물론 고금에 유례가 없는 영웅일지도 모르고 그러나 역사의 역할을 완수한 후에도 계속 살아남아, 그 위세를 점점 더 키우고 있다는 것은 기괴한 광경이야. 난의 근원이 아닌가?"

가와지 일행이 탄 배가 상해에서 동지나해로 들어간 것은, 해상에 안개가 찌는 듯이 피어올라 몹시 무더운 날이었다. 월남인 소년이 광고하고 다녔다.

"저녁때부터 파도가 심해집니다. 그러나 이 배는 걱정이 없습니다."

오후에는 선실에 주방 냄새가 후덥지근하게 풍겨 와서 가와지는 속이 울렁거렸다.

'가고시마 앞바다를 지나는 밤에는 폭풍우가 불겠구나.'

그는 생각하면서 상갑판을 걸어 보니, 하늘은 점점 더 맑아지고 폭풍우의 기미는 조금도 없었다. 다만 바람에 습도가 있다는 것은 머리칼이 무겁게 느껴지는 것으로도 알 수 있었다. 폭풍우의 전조가 아니라 일본의 기후 탓일까?

배의 머리 쪽으로 가 보니 사람이 서 있었다. 두툼한 어깨와 튀어나온 뒤

통수가 누마 모리이치의 것이었다. 누마는 머리를 약간 뒤로 젖히고 침로 쪽의 하늘을 바라보고 있었다. 누마가 보고 있는 방향에 일본 열도가 가로놓여 있을 터이지만, 그 방향만은 구름의 장막이 묵직하게 쳐져서 물 이외의 모든 것을 가리고 있었다.

누마는 가와지 때문에 흥이 깨지는 듯했다. 돌아보며 업신여기는 투로 말했다.

"난 누구라고, 자네였군."

누마가 가와지에 대해 늘 이런 기분을 갖는 것은 누마의 편견이라고만 할 수 없었다. 이 외유 중에 가와지는 누마와 몇 마디 말도 나누지 않았고, 자기의 사람됨을 보인 적도 없었다. 누마의 인상으로 말한다면, 가와지라는 인간은 하루에 세 번 훈도시를 갈아차는 일밖에 하지 않는 사람이었고, 지금 헤어지면 다른 인상은 아무 것도 남지 않을 것 같았다.

"가와지군, 자네는 사쓰마 사람이지?"

누마는 뻔히 아는 것을 물었다. 유신 일본의 권력을 사쓰마와 조슈가 몽땅 쥐고 있었다. 특히 조슈보다 사쓰마의 세력이 더 셌으며, 누마의 느낌만으로 말한다면 옛 다이라 씨(平氏)의 전성기보다 더했다. 게다가 다이라 씨나, 옛날 노쿠가와 막부를 만든 미카와 무사단과는 비교도 안되는 에너지를 사쓰마 집단은 갖고 있었다.

"나는 높은 데서 구경하는 입장이라 상관없지만, 자네는 아마 일생에서 가장 곤란한 변을 당하게 될 걸."

"무슨 뜻인가?"

"그렇게 돼. 배가 홍콩에 들어갔을 때, 나는 중국 신문과 연자 신문을 사서 일본 국내의 정세를 판단해 봤는데, 정한론으로 큰 소동이 일어나고 있어."

"정한론?"

가와지는 지난 가을에 일본을 떠났는데, 출발 전에 그런 논의가 오래 전부터 근위 장교들 사이에서 들끓기 시작하고 있다는 것은 알고 있었다.

그러나 다분히 서생론의 탈을 벗지 못한 이상야릇한 주장 같아 머지않아 사그라지겠거니 하고 별로 관심도 두지 않았다.

가와지가 이런 말을 하자 누마는 고개를 끄덕였다.

"맞았어, 주장이 서생론이고, 책임 있는 일국의 경략가라면 일소에 붙일

일인데, 기세를 타기 시작한 시세(時勢)는 사나운 말이나 다름없네. 이유가 있어서 달리는 것이 아니라 그저 달리기 위해서 달리는 거지."
'사나운 말 같은 시세는 있는 법.'
누마의 이말은 가와지의 귀를 강하게 때렸다.
"알겠나, 가와지군. 도쿄에 돌아가거든 사나운 말에 끌려 다니지 않도록 조심하게."
"사나운 말이란 누구를 말하는가?"
"시세(時勢)지."
누마는 되풀이하여 말했다.
"시세라는 사나운 말은 고삐가 없는 것이 특징이지. 시세 자체가 지쳐버릴 때까지는 폭주를 멈추지 않는 법이야."
그리고 덧붙였다.
"영웅일수록 사나운 말을 타기 마련이지. 영웅이란 시세라는 사나운 말을 탄 사람을 말하는 거야. 사이고라는 사람이 그렇지. 시세라는 사나운 말을 타고 270년 도쿠가와 막부를 눈 깜박할 사이에 무너뜨려버렸어. 막부는 시세라는 사나운 말에 짓밟힌 것이지, 사이고(西郷) 그 사람에게 진 것이 아니야. 그러나 세상은 그렇게 생각지 않고, 막부 도괴의 대공을 사이고에게 돌렸지. 그래서 유신 뒤 사이고는 어마어마하게 거대한 상이 되어, 오로지 한 개인의 인격으로 메이지 정부에 대항할 수 있는, 사상 유례 없는 존재가 된 거야."
바람이 심해졌다. 누마는 열심히 머리를 쓸어 올리며 말을 이었다.
"되풀이하는 것 같지만, 막부는 시세 때문에 쓰러진 거야. 바꾸어 말하면, 막부가 쓰러짐으로써 시세라는 사나운 말은 사라진 거지. 막부를 쓰러뜨린 사나운 말은 지금 아무 데도 없어. 아니, 이 비유는 정확하지 않겠군. 사나운 말은 있지. 사이고의 엉덩이 밑에 말이야. 사이고라는 이 거인은 역할이 다 끝난 사나운 말에서 아직도 내릴 줄 모르고 있단 말이야. 새 정부에 불만을 품은 인간들은 모두 이 사나운 말을 타고 앉은 사이고를 우러러보며 제2의 유신을 바랄 거야. 그 소망은 만천하에 독기처럼 퍼져 제2의 대란을 일으키게 돼. 독기는 이미 시세가 아닌데도, 사이고는 착각을 일으켜 다시 채찍을 들고 사나운 말을 몰아 난 한가운데로 달려나와서, 메이지 정부를 쓰러뜨리네."

"정말인가?"

가와지가 이 순간 몸을 꿈틀한 것은 발밑이 무너지는 듯한 느낌이 들었기 때문이다. 가와지에게는 메이지 정부는 아슬아슬하지만 유일한 발판으로, 이 정부가 있기에 그가 귀국 후에 수립하려는 경찰 제도가 있을 수 있는 것이며, 이 정부가 무너지면 경찰 제도고 뭐고 있을 수 없다.

"나는 원래 망한 막부의 유신이네."

누마가 말했다.

"그래서 나는 시세를 미워해. 미워하기 때문에 사물이 보이는 거야. 사쓰마 사람은 앞으로 전 일본을 무대로 골육상쟁하는 소동을 벌일 것이 틀림없어. 자네는 그 소용돌이 속에 휘말려들지 않을 수 없을 거야."

"나는 한낱 경리(警吏)에 지나지 않는걸."

"자신을 단순하게 규정해서는 안돼. 자네는 경리이기 전에 사쓰마 사람이 아닌가? 더욱이 자네는 사이고에서 발탁됨으로써 새 정부의 비단옷을 입은 사람이 아닌가? 자네는 사쓰마 사람으로서 업화의 불길에 싸이게 될지도 몰라."

사람·정치

가와지의 근무처는 우치사쿠라다(內櫻田)의 가지바시(鍛冶橋)에 있다.

다리를 건너 바로 오른쪽에 있는 것이 그것인데, 전에는 쓰야마 번(津山藩)의 저택이었다.

주위에는 지난 날 속칭 다이묘(大名) 골목이라 불릴 만큼 영주들의 저택이 즐비하게 늘어서 있는데, 지금은 새 정부가 그 대부분을 매수하여 갖가지 관청으로 쓰고 있었다. 간판은 바뀌었지만 이 근처의 경치는 에도 시대와 변함이 없었다.

'이 둔영(屯營)을 도쿄 경시청이라 하리라'는 것이 귀국하는 배에서 생각한 가와지의 구상이었다.

프랑스의 제도를 본받아 수도 경찰을 만들려는 것이다. 그 건의서의 초안도 이미 배 안에서 작성해 두었다.

'무릇 경찰은 국가 평상시의 치료로다.'

이런 문장으로 시작되는 그 초고는 단순한 건의서를 넘어서 가와지의 초창기의 기백이 숨쉬고 있었고, 약간이지만 문학적 박력도 아울러 띠고 있었다.

그는 프랑스에서 국가학이라는 존재를 알았다. 국가의 기본을 성립시키고 있는 것은 법률이며, 그 집행 기관의 하나로서 경찰이 중시되고 있다는 것을 알았다.

'귀국하여 이것을 어떻게 설명할 것인가?'

이 문제에 그는 곤란을 느꼈다. 막부 체제에서는 경찰은 일종의 부정(不淨) 기관으로 간주되어 이를테면 관아의 아전이나 포졸직에는 정규의 막부 신하는 종사하지 않고, 원칙적으로 당대에 한하는 이른바 임시 고용의 신분을 가진 자에게 그 일을 시켰으며, 그들을 부정 관리라고 불렀다.

그런 인식이 세상에 있었다. 그런데 가와지가 유럽에서 배운 경찰은 그것과는 달라서, 국민에게 어디까지나 엄격하면서도 끝까지 그 뒷바라지를 해 주는, 국가라는 기관이 가진 신성한 기능의 하나였다.

이 점을 강조하지 않으면 안 된다. 결코 부정 기관이 아니라는 점을 말이다.

'나폴레옹의 시대는, 곧 폴리스의 세상이라 일컬어질 정도였다.'

일부러 이렇게 쓴 것은, 유신의 풍운을 헤치고 나온 상관의 거의 대부분이 나폴레옹을 '혁명가'로 믿고, 워싱턴과 나란히 새로운 인간 사회를 만들어낸 최대의 인물로 믿고 있는 것을 계산에 넣었기 때문이다. 가와지 도시나가는 말한다. 나폴레옹이야말로 근대 경찰 제도를 창시한 인물이다. 그리고 이웃나라 프로이센 나폴레옹의 방식을 채택했다. 그 덕분에 프로이센은 '사방을 격멸 굴종시키고, 경찰로써 능히 내외를 다스렸으며, 언제나 능히 외국의 사정을 살폈노라. 고로 프랑스의 강국도 마침내 패배하지 않을 수 없었나니.'

보불전쟁에서 프랑스가 프로이센에 진 것은, 가와지가 유럽에 건너가기 전 해의 일이다. 이 프로이센의 승리도 나폴레옹 방식의 경찰을 도입한 덕분이라고 가와지는 초창자다운 정열로 특기한 것이다. 나폴레옹 방식의 경찰이란, 츠바이크가 대악당이라고 낙인을 찍은 조제프 푸셰가 창안한 것임은 앞에서 이미 말했다.

가와지는 귀국 인사를 하러 돌아다니느라고 바빴다.

"인사는 향당의 선배부터 먼저 하게."

전에 같은 직책이었던 사카모토 스미히로(坂元純凞)가 충고했다. 아울러 말하지만, 나졸 총장은 그 당시 복수제였다.

다시 말해서, 나졸 총장은 가와지와 사카모토 외에 네 사람이 더 있었다. 미즈노 모토야스(大野元靖), 안도 소쿠메이(安藤則命), 구와바라 유즈루(桑原讓), 다나베 요시아키(田邊良顯).

이런 것이 메이지 초기에 실시된 관제의 기묘한 점이었다.

"권한은 한 사람이 가져야 한다."

사법경 에토 신페이의 주위에 있는 외국인 고문 등은 귀가 따갑도록 충고했지만, 일본인은 아직도 구 막부 시대의 제도 사상이 농후해서, 서양식으로는 도무지 마음이 놓이지 않는 경향이 있었다. 구 막부 시대와 마찬가지로 복수제로 할 필요가 있었다. 이를테면, 구 막부 시대에 에도에는 시 행정관이 두 사람 있었는데, 이와 같이 막부나 번이나 모든 직책의 책임자는 반드시 복수제로 구성되었으며, 한 사람에게 권력이나 의무가 집중되는 것을 두려워했다. 요컨대 복수에 의한 합의제 위에 권력이나 직책을 얹어 놓고, 그것으로 설령 일이 비능률적이거나 대사를 치를 때 명쾌하게 재결이 되지 않더라도, 실패가 더 적다는 기대에 중점을 두었다. '무사'함이 최대의 가치라는 것이 에도 관료계의 주안점이었으며, 이것이 메이지 초기의 정부에 그대로 계승되었던 것이다.

'동향(同鄕)'

그리고 사카모토가 말하는 이 말의 관념만큼 메이지 초기의 정부 관료에게 실질적인 무게를 가진 것은 없었다.

가와지 같은 정부 관료의 원형은 1867년, 게이오(慶應) 3년 대정봉환(大政奉還: 왕정복고) 뒤 교토에 나온 징사(徵士) 조직이 그 원형이다. '삿초토히'(薩長土肥: 사쓰마, 조슈, 도사, 히젠)를 비롯하여 여러 번이 새 정부의 일을 하기 위해 '징사'라는 것을 차출했다. 사쓰마의 사이고 다카모리나 조슈의 기도 다카요시(木戶孝允)나 다 징사였다. 징사들은 출신 번에서 봉록을 받고 그 번주를 주군으로 섬겼다.

이 원형에서 가와지 등은 떠날 수가 없는 것이다. 이미 재작년(메이지 4년)에 번을 없애고 현(縣)을 두는 이른바 폐번치현이 실시되었는데, 그것은 다분히 형식적인 것이었고, 정부는 지난날의 큰 번의 연합체라는 실질이 계속되고 있었다. 여담이지만, 이것을 해소하기 위해 나중에 그 공과가 농후하게 규명되는 '천황의 관리·천황의 군인.'이라는 절대 윤리가 생기고, 다시 이른바 천황제의 확립 아래 관료 전제 국가가 출현하는 것이다.

천황 및 관료 전제는 극악이었다 하더라도, 메이지 말기까지 이 방법 외에 일본의 정치통합을 완수할 길은 없었는지도 모른다.
"동향의 선배에게 먼저 인사하러 가라."
사카모토 스미히로가 이렇게 말한 내용은 구체적으로 말한다면, 참의 육군 대장 사이고 다카모리를 가리키는 것이다.
그러나 가와지 등 사법성 관리의 직접적인 선배는 사법경 에토 신페이였다. 에토는 '삿초토히' 가운데 히에 해당하는 사가 번 출신이었다. 사쓰마 사람에게 있어서 에토 사법경은 형식상의 상관이기는 해도 윤리상 또는 정의상의 두목은 아니었다.
그러나 가와지는 사카모토의 충고를 무시했다.

이 메이지 6년이라는 제도상의 혼란기에 있어서는 히급 경찰관은 제복을 입게 되어 있었으나 가와지 같은 신분을 가진 자는 사복도 입을 수 있었다.
가와지가 사법성에 출근하는 모습은 다른 성의 고급 관리와 마찬가지로 구 막부 시대의 중급 직속무사가 등성할 때의 모습과 별로 다르지 않았다. 신발을 든 종복을 데리고 다니는데, 이 종복은 막대기에 펜 상자를 메고 다녔다.
가와지의 머리는 물론 서양식이다. 다만 머릿기름은 요코하마에서 벌써 포마드를 팔고 있었으나 그는 사쓰마의 머릿기름을 썼다.
복장은 가문이 들어 있는 검은 일본옷이다.
칼은 차지 않았다.
'가와지님의 무도.'
이 말은 유럽 여행 전부터 사쓰마 인들의 입에 오르내리고 있었다. 정부령 제38호에 의한 폐도령은 메이지 9년 3월에 나왔으므로 이때는 사족이 칼을 차는 것은 오히려 당연했으며, 관청에서도 큰칼까지는 차지 않더라도 작은 칼은 찬 사람이 많았다.
다만 기묘한 것은 칼을 차지 않은 사람은 '삿초토히' 출신이 많고, 칼을 찬 자는 대개 그 밖의 번의 출신이라는 것이었다. 하기야 칼을 차거나 안 차거나 자유였다. 메이지 4년 8월 9일에 탈도의 자유가 포고되었기 때문이다.
사법성에서는 사법경 에토 신페이(江藤新平)가 기다리고 있었다.
에토는 일본 옷에 칼을 차지 않았다. 머리는 7대 3의 비율로 갈랐지만, 머리칼이 너무 억세어 이마에까지 쳐져 있었다. 두 눈은 날카롭고, 남에게 웃는 얼굴을 보이는 일이 드물었으나, 가와지가 방에 들어갔을 때는 보기 드물게 미소를 지으면서 외유 1년의 노고를 치하했다.

'일본을 법치국으로 만든다.'

이런 에토의 방침과, 마치 범고래가 파도를 헤치고 나아가는 듯한 그 힘찬 추진력은 메이지 초년의 내치에 있어서 최대의 장관이었을 것이다.

에토가 메이지 5년 4월 사법경에 취임하기 전에는, 일본의 사법 제도는 복잡하기 짝이 없었다. 구 막부 시대와 마찬가지로 부·현 지사가 관할지의 사법권을 쥐고 있는데다 형부성이니 탄정대니 하는 고대 율령 시대의 관청 이름을 부활시킨 모호한 관청도 존재했으나, 새 시대를 위한 법률도 아직 제정되어 있지 않아 거의 과거의 관례에 따르고 있었다.

에토는 취임하기가 무섭게 이것을 일변시켜 놓았다.

그는 외국어를 한 마디도 알지 못했으나 서양식 사법권의 독립을 선언하고, 우선 일본국의 법헌을 사법성에 귀속시켰다.

가와지(川路)가 귀국한 무렵 에토는 사법성의 기능을 총동원하여 서양의 민법 및 형법의 번역을 추진하고 있고, 민생의 보호와 인권의 존중이라는, 원래 일본에는 없던 사상을 새 법에 담으려 하고 있었다.

에토는 정의를 좋아하는 점에서는 이상적이라고 할 만한 성격이었으며, 그 정의를 성립시키기 위한 논리에 있어서는 이 시대 제1의 두뇌를 가지고 있었다.

그런데 가와지는 이 에토 앞에서 그가 혼동하고 있는 것을 귀국 보고의 첫마디로 단언했다.

"경찰은 행정에 속하는 것이지 사법에 속하는 것이 아니라는 것을 유럽에서 깨달았습니다."

가와지는 사쓰마 사투리라는 부자유스러운 말을 쓰기 때문에 능변이 아니었다. 오히려 문어(文語)를 잘 했다.

"아직도 조사가 정리되지는 않았습니다만."

그는 귀국하는 배안에서 쓴 그 의견서를 에토 앞에 내놓았다.

에토는 쭉 읽어 보고 나서 노골적으로 불쾌한 빛을 띠면서 말했다.

"가와지군, 자네는 프랑스 어를 아는가?"

그는 내용에 대한 불만을 다른 데로 돌려서 약간 공격적인 자세를 보였다.

에토는 가와지의 문장 가운데 한 대목을 응시하고 있었다.
'서양 각국에 있어서 그 수도의 경보료(警保寮 : 치안기관)는 내무성에 직속하며, 부하(府下)의 경보를 관장하노라.'
이런 구절이었다. 그것에 의하면 행정 경찰은 내무성에 소속되어야 하고, 행정권과 사법권은 별개의 것이다. 그런데 일본에는 내무성이 존재하지 않았다.
'그래서 신설해야 한다.'
가와지의 의견서는 이렇게 말하고 있었다.
'내무경은 전국 행정 경찰의 장이 되고…….'
의견서에는 이런 식으로 되어있고, 다시 사법권에 대해서는 사법 경찰이라는 한 항목을 주장하여 '사법경은 전국 사법 경찰의 장이 되고…….'라고 되어있다.
에토는 불만이었다.
이 에토의 불만에 대해서는 간단히 설명할 수 없지만, 이윽고 그것이 그가 다음 해에 일으킨 반란──사가의 난──과 이어지고, 다시 그의 처형으로 이어진다.
"내무성 같은 것은 당분간 필요 없다."
에토는 전투적으로 그 설립에 반대했다. 새 나라를 벼락치기로 건설해야 하는 오늘날, 내무성이라는 국내 정치의 절대권을 가진 행정 기관이 출현하는 것은 백해무익하다고 그는 믿고 있었다.
에토는 일본국을 만드는 모든 법률을 자기 손으로 만들려 하고 있었다. 그는 성 안에 '법전 편찬국'을 만들어서 헌법을 제외한 5법을 만들고 있었다. 법전 편찬국은 그 자신이 주재하여 거의 밤낮을 가리지 않고 법률을 '제조'하고 있었다. 그 법률은 몇 번이나 혁명을 겪은 프랑스 법이었으며, '제조법'은 솔직히 말하여 그 번역이었다. 에토는 새 정부의 고관 가운데서도 가장 뛰어난 두뇌를 가졌을 뿐 아니라, 불명확하나마 '국민을 위한 국가'라는 가장 혁명가다운 국가관을 가지고 있었던 것 같으며, 에토의 그런 기분에 가장 적합한 것이 프랑스 법률이었다.
'제조' 방법은 프랑스 학자인 미쓰쿠리 린쇼(箕作麟祥)가 한 장 두 장 번역해 간다. 그 한 장 두 장의 역문을 에토가 주재하는 편찬국에서 즉각 검토하여 성문화하는 것이다. 에토로서는 이 작업을 통하여 그 개인이 생각하고 있는 '일본국'을 자기 한 사람의 손으로 제조해버릴 생각이었다.

그런데 그의 정적인 오쿠보 도시미치(大口保利通)가 이미 '내무성'의 설립을 추진하고 있었고, 에토는 그것을 알고 혁명가로서의 위기를 느끼고 있었던 것이다.

"어떤가?"

에토 사법경은 가와지의 대답을 재촉했다. 아까의 그 어학에 대한 대답이다.

가와지는 태연하게 말했다.

"갖고 계시는 의견서를 다시 읽어 봐 주십시오."

"씌어 있는가?"

에토가 다시 읽어 보았다.

'신은 어리석어 서양의 문어에 통하지 않아 오로지 통변의 도움에 의한 것으로써, 얻은바 참으로 적으오나……'

가와지는 이렇게 쓰고 있었다. 요컨대 '서양어를 한 마디도 알지 못하고 서양의 제도를 갖고 돌아온다는 것은 좀 너무 한 일인지는 모르지만'이라는 변명이었다. 그러나 가와지에게는 일본인 특유의 육감이 있었다. 같은 육감은 에토 사법경에게도 있어서 그 역시 네덜란드어도 모르는 한학적 교양인이면서도, 일본의 화란 학자라든가 프랑스 학자 등과 교제함으로써, 유럽의 본질을 새 정부의 고관 가운데서 누구보다 날카롭게 꿰뚫어 보고 있었다.

가와지의 문장은 이 점에서 강경하게 나오고 있었다.

'그러나 나는 일본에서 경찰 제도의 실무를 보아 왔으므로 그럭저럭 피차의 장단점을 알 수 있었다.'

이런 뜻으로 자기의 의견서가 결코 적당히 끼워 맞춘 것이 아니라고 말하고 있었다.

'하오나 일찍이 그 일에 참여한 바 있으므로 그들의 장점을 보고 우리의 단점을 아는 바 있었기에.'

확실히 적당히 끼워 맞춘 것은 아니었다. 그의 이 의견서만큼 프랑스의 경찰 제도를 잘 이해하고, 나아가서 일본이 도입해야 할 골자를 명쾌하게 제시한 것은 그 시대에도 그 후에도 없었다.

에토는 물론 이 의견서의 질이 훌륭하다는 것을 이해할 수 있었다. 다만 그는 가와지가 주장하는 이런 점이 못마땅할 뿐이었다.
'내무성의 설립과 행정 경찰의 내무성으로의 이관.'
에토는 생각했다.
'오쿠보의 술수에 넘어가는 것과 마찬가지다.'
오쿠보는 오쿠보대로 메이지 4(1871)년말부터 6(1873)년 5월까지 구미 각국을 시찰하고 돌아와 내무성의 필요를 통감하고, 스스로 내무성을 설립함으로써 그것을 지렛대삼아 새 국가를 만들려 하고 있었다. 에토도 사법성을 '지렛대'로 하여 새 국가 창조의 작업을 하고 있었으며, 더욱이 불행하게도 두 사람은 견원(犬猿) 같은 사이라 서로 연락도 없었다. 다시 말한다면, 이 오쿠보와 에토 이외의 고관들은 국가의 골격을 만들 만한 청사진도 없었을 뿐 아니라 그 능력도 없었다. 요컨대 양웅이 따로따로 버티고 서 있었다. 서로 다른 청사진을 쥐고, 서로 다른 일본을 만들려 하고 있었다. 마땅히 다른 한 쪽이 어느 한 쪽을 죽이는 수밖에 길이 없을 것이다.
"가와지군, 이 의견서는 내가 맡아두겠네. 오쿠보에게는 보이지 말게."
에토가 말했다.
가와지는, 그것은 곤란합니다, 하고 거부하고는 덧붙였다.
"저는 구두로라도 오쿠보 선생께 이 안을 개진하겠습니다."

'에토 경도 에토 경이다.'
가와지는 기분이 언짢아 자기 사무실로 돌아와서는 부하에게 일러 놓았다.
"골치가 좀 아프다."
그리고 자기 방 미닫이를 닫고 드러 누워버렸다. 단정한 사람인데도 이때만은 옷을 입은 채 벼루통을 베고 빨간 담요를 덮어썼다.
'내가 만들고 싶은 것은 경찰뿐이다.'
그는 생각했다. 에토는 일본을 만들고 싶은 모양이다. 그것도 에토식 일본으로 오쿠보식 일본과는 다른 것 같다. 가와지는 에토식 일본과 오쿠보식 일본의 차이에 대해서는 관심이 없었다.
'세계 일류의 경찰을 만들고 싶다.'
가와지는 오로지 그것만 생각하고 있는 것이다.
'사법성은 재판만 하는 곳이다. 그 사법성이 경찰을 쥐고, 자신이 용의자

를 잡아와서 자신이 재판한다면 어떻게 되겠는가? 일본은 암흑이 되지 않는가?'

이런 생각을 한 것이다. 그는 물론 에토의 진의가 거기에 있지 않다는 것을 알고 있었다. '민권'이라는 말을 미쓰쿠리 린쇼와 함께 제일 먼저 만들어낸 에토는, 그런 흉악한 독재 국가를 생각하고 있는 것이 아니라 프랑스식 법률이 일본에서 완전히 시행될 때까지 다른 곳의 방해를 받지 않기 위해 경찰을 잡고 싶은 것이 틀림없었다.

'에토 경은 지금 내무성이 출현하면 그것이 정부 자체가 될까봐 두려워하고 있다. 확실히 내무성이 경찰과 지방 행정을 쥐고 있는 이상, 성 하나가 정부 자체가 될 우려는 있다. 에토 경이 그 이상으로 두렵게 생각하고 있는 것은, 아마도 내무성이 오쿠보의 손으로 만들어진다는 데 있을 것이다.'

오쿠보는 관료 전제 사상가이다.

'일본의 상인과 농민은 아직 구미의 국민과 다르다. 미숙하기가 개와 고양이나 다름없다.'

오쿠보는 그렇게 생각하고 있었다. 개와 고양이를 구미의 '국민'처럼 향상시키려면 30년이 걸린다. 헌법도 자유도 권리도 다 그 뒤의 일이다. 그때까지는 유사(관리) 전제라는 지도주의로 나가지 않을 수 없으며, 내무성은 개와 고양이 같은 일본을 구미 수준으로 끌어올리기 위한 강력한 권력 기구가 되어야 한다는 것이 오쿠보의 사상이었다. 그는 서양이라는 문명의 실물을 현지에서 보고 온 뒤로 이 사상에 더욱 자신감을 갖고, 이 방법 말고는 구국의 길은 없다고 확신하게 되었던 것이다.

에토는 그러한 오쿠보를 '어린애'라고 욕하고 있었다.

에토는 유신을 혁명으로 보고 일본 사회를 프랑스 사회에 접근시키려는 의식이 있었으며, 조수 대표인 기도 다카요시도 에토와 비슷한 생각이었다. 그러나 사쓰마의 오쿠보는 약간 이질적이었다. 그가 유럽 체재 중에 일본 국가의 모범으로 삼아야겠다고 생각한 것은 국가의 통제력이 강한 프로이센과 프로이센을 요리하고 있는 비스마르크였다. 에토가 오쿠보를 '어린애'로 본 것은 그런 점도 포함해서 한 말이었을 것이다.

'상관인 에토 사법경에게 붙을 것인가?'

가와지는 눈을 감고 두 명제 사이를 끊임없이 오락가락했다.

'지금 내무성 설립 준비를 서두르고 있는 동향의 오쿠보에게 붙을 것인가?'

그는 '난처할 때 돌아왔구나' 하고 생각지 않을 수 없었다.

다른 사쓰마계 관료는 이런 고민이 없거나 더 적었을 것이다. 가와지는 특수한 존재였다. 그는 이 새로운 제국의 수도에서 3천 명의 경찰을 거느리고 있다. 여기에 가정이 설립된다. 만일 가와지가 계속 에토에 직속해 있으면, 에토는 이 치안의 무력을 배경으로 오쿠보를 압도하려 할 것이 틀림없다.

'에토 사법경은 워낙 그런 사람이다. 오쿠보님을 감시하여 조그만 부정이라도 있으면 발견하는 대로 경찰력을 동원하여 붙잡아다가 새 법에 나와 있는 대로 처단해버릴 것이다.'

가와지로서는 소름끼치는 상상이었다. 거꾸로 오쿠보가 경찰을 쥔다 가정해도 마찬가지다. 오쿠보도 에토에게 그렇게 할 것이 분명하다. 과장해서 말한다면, 에토 국가가 탄생하느냐, 오쿠보 국가가 탄생하느냐의 열쇠를 지금 가와지가 쥐고 있다고 해도 과언이 아니었다. 하기야 제3세력으로서 '군대'가 있다. 이것은 육군 대장인 사이고 다카모리가 쥐고 있지만, 이 또한 폭발 직전의 조짐인 양 땅울림을 계속하고 있었다.

다시 에토에 대해서 가와지는 이렇게 생각했다.

'에토 사법경은 자신의 두뇌에만 의지하고 있는데, 결국은 안 될걸.'

에토의 정치적 기반에는 취약점이 너무나 많았기 때문이다.

이런 것이었다.

'에토에게는 회천의 공이 없다.'

가장 큰 취약점은 에토는 사쓰마, 조슈, 도사 사람들처럼 막부 말기에 생사를 걸고 동분서주한 이른바 지사 출신이 아니다.

'지사(志士)'

이것은 생사를 건 모험가들이 옥석이 뒤섞인 채로 배출된 것은 막부 말기의 특수 현상이지만, 에토가 하급무사로서 속해 있던 히젠사가번(肥前佐賀藩)은 번법으로 개인의 정치 활동을 엄중히 금하고 있었다.

결국 사가 번은 보신 전쟁의 단계에서 번 단위로 막부 타도 전에 참가하여 유신 정권의 번벌 구성에서 '삿초토히(薩長土肥)'라는 제4위를 차지하게 되지만, 그러나 번으로서의 혁명 경력이 짧기 때문에 이 번벌은 집단 세력으로서의 힘이 거의 없었다.

새 정부의 고관 중에는 '히(肥)' 출신자로서 에토 이외에 오쿠마 시게노부(大隈重信), 오키 다카토(大木喬任) 같은 인재가 있었지만, 그들은 서로 개체로서 존재할 뿐 세력을 형성하려고 하지 않았으며, 그 '배경을 안 가졌다는 점'에서 에토는 정치가로서는 불구였다.

시타야(下谷) 류센지마치(龍泉寺町)에서 '도다(戶田)님의 별장'이라고 하면, 부지의 생김새가 복잡해서 무심코 벽을 따라 걸어가다가는 엉뚱한 방향으로 가버리기 쉬운 곳이다.
유신 후 세력이 교체된 뒤, '삿초토히'의 인간들이 싸구려로 팔려고 내놓았던 영주나 직속무사의 저택을 사서 살고 있었다. 가와지 도시나가도 다른 사람의 주선으로 그런 저택에 살고 있었다.
'영주 저택이라지만 고작해야 별장이니까.'
그 집들은 대수롭지 않게 생각하고 남에게 맡겨 놓은 것이다. 도다 집안은 미노 오가키(美濃大垣) 10만 석의 직속 영주로서, 저택은 다메이케(溜池)에 있었고, 별저는 시바 쇼겐바시(芝將監橋)에 있었으며, 별장은 근무 교대로 시골에서 올라오는 무사들의 숙사 정도로 사용되던 곳이었다.
그런데 안에 들어가 보니 엄청나게 넓었다.
"굉장히 넓구나! 놀랐는걸."
그래서 중개자에게 그저 조금만 나누어 주면 된다고 부탁했다. 그때 가와지는 자기의 심경을 이렇게 설명했다.
"지금의 정세는 뒤집히기 쉽다. 나도 언제 가고시마로 낙향하게 될지 모르니, 도쿄에는 달팽이 같은 집만 있으면 된다."
그가 유럽 여행을 하기 전이다. 도쿄의 정정이 불안하다고 보고 머지않아 정변이 일어나면 관을 버리고 고향으로 돌아가야 할지도 모른다고 이 사나이는 일찍부터 각오하고 있었던 모양이다. 사쓰마 사람의 공통점인 집착이 적다는 점에서 가와지도 예외는 아니었다.
다시 집 이야기로 돌아간다.
'달팽이 같은 집'
가와지는 이렇게 말했지만, 도다 집안 쪽에서는 그렇다면 절반만 나누어 주겠다고 말했다. 그 절반이 부지 1만 5천 평이나 되는 광대한 면적이다.
하기야 담 안에는 초목이 멋대로 자라도록 내버려 둔 공지가 많고, 건물은 조잡한 본채에 행랑채가 많았다. 가와지는 그런 집을 개조도 하지 않고 살다가, 그대로 유럽에 갔다 다시 이 도깨비 집 같은 해묵은 대저택에 돌아왔다.

아내는 사와코(澤子)라고 했다.

가와지는 귀국해서 사와코의 얼굴을 빤히 들여다보며 고개를 갸웃거렸다.

"파란 거야, 흰 거야?"

남부 지방 태생인 사와코가 도쿄 생활로 이상하게 얼굴이 하얘져서, 마치 이 도깨비 저택에서 아주 오래 산 것 같은 안색으로 보인 것이다.

"어머, 귀신으로 보이나요?"

몸집이 작고 움직임이 기민한 사와코는, 반면에 겁이 많아서 마치 자신을 자기가 무서워하는 것 같은 인상을 주었다. 가와지는 이때 "귀신이 되지 않도록 이 근처 어디에 채소밭이나 일궈서 농사꾼 여자처럼 되라구"라고 했는데, 이 사람은 여자의 불건강한 미를 정말 싫어한 모양이다.

가와지는 에토 사법경에게 귀국 보고를 한 뒤, 오쿠보 도시미치를 찾아가서 인사했다.

오쿠보는 메이지 8(1875)년에 사이고 일당으로부터 "사치가 과하다"고 규탄을 받은 페인트칠한 양옥을 지었지만, 이 무렵에는 문도 현관도 다 썩은 황폐한 집에서 여우처럼 살고 있었다.

객실은 낮에도 어둡고, 다다미는 새 것이었다. 방석도 놓여 있지 않았다. 객실에서 방석을 사용하지 않는 것은 무사 집안의 일반적인 풍습인데, 사쓰마에서는 특히 손님도 주인도 맨 자리에 그냥 정좌했다.

오쿠보는 집에서 내무성 설립 준비를 하며, 외출도 거의 하지 않았다. 그런데 그가 아직 객실에 모습을 나타내지 않고 있었다.

이 당시 사쓰마 출신의 20대 관리, 군인 혹은 서생들은, 사이고나 오쿠보의 집에 찾아가서 이야기를 듣는 습관이 있었다.

당시 젊은이들의 오쿠보에 대한 인상을 두어 가지 모아 보면, 유신 전에는 사카모토 료마의 고베(神戶) 해군숙에 있었고, 러일 전쟁 때는 해군 군령부장을 지낸 이토 유코(伊東祐亨)는 이렇게 말한다.

"나는 지금까지 오쿠보 선생만큼 엄격하고 무서운 사람은 만난 적이 없다."

역시 러일 전쟁 때 해군 대신이었던 야마모토 곤노효에(山本權兵衞 : 사쓰마 번 서기의 아들)

는 그 무렵 쓰키치(築地)에 있던 해군 병학료의 생도였는데, 오락이 별로 없던 시대의 휴일에는 향당의 선배를 찾아다니는 것이 낙이었다고 한다.

야마모토는 말한다.

"친구들과 사이고님 댁에 몰려가면 언제나 기꺼이 맞이해 주셨지. '무언가 말씀을 좀해주십시오' 하고 부탁하면, 사이고님은, '나는 만담가가 아니라서 무슨 얘기를 하면 좋을지 모르니, 자네들이 뭘 물어보면 어떠냐? 그러면 뭐든지 내가 대답해 주겠다'는 식이어서, 한 자리에 앉아 있으면 마치 봄바람을 맞는 듯 어느 새 평온한 기분이 되더란 말이야. 작별하고 문을 나설 때는 가슴 속에 무어라 형용할 수 없는 유쾌한 기분이 샘솟고 있었지."

"그런데."

야마모토는 이어서 말한다.

"오쿠보 선생은 이와는 반대로 어찌나 무서운 얼굴을 하고 있던지. 말은 적고, 우리는 그저 그 위엄에 눌려서 하고 싶은 말도 제대로 못하고는 조그맣게 웅크리고 앉았다가 나오는 게 일쑤였지. 자연히 인기는 사이고님이 있을 수밖에. 나도 오쿠보 선생보다 사이고님을 더 좋아 했네."

당시의 사쓰마 출신 젊은이들의 기분을 다소 엿볼 수 있다.

야마모토는 후년에 오쿠보라는 사람을 이해하기에는 당시의 자기가 너무 젊었는지도 모른다고 말했다. 조슈 출신의 이토 히로부미(伊藤博文)에게 누가, "오쿠보라는 인물은 어떤 사람이었습니까?" 하고 물으니, 이토는 조슈 사람이면서 메이지 후 자기의 두목 격인 기도 다카요시를 따르지 않고 오쿠보를 알고부터는 그 신도가 되어 기도의 질시를 받은 인물이라 그의 오쿠보관은 매우 열렬했다.

야마모토 곤노효에가 말했다.

"오쿠보 선생은 무서웠다."

이처럼 오쿠보에 대해서는, 누구나 그 이상한 위엄에 대한 이야기를 한다. 이토 히로부미도 말했다.

"그 사람의 위엄은 일종의 천품이었다."

이토의 말을 들으면, 위엄이라는 것은 일반적으로 오만하고 편협된 정신이나 성격에서 나온다. 그러나 오쿠보의 정신과 성격에는 그런 좁은 고집은 일체 없다.

"보기 드물게 도량이 넓은 인물로, 공평 무사하고, 어떤 사람이나 존중하는 기풍이 있었다."

이토는 조슈 번에 속하면서도 메이지의 관료 시절에는 사쓰마 벌의 2대 두목의 하나인 오쿠보에게 발탁되어 크게 총애를 받은 것을 오쿠보의 넓은 도량의 한 예증으로 들고 있다.

여담이지만, 이토는 메이지 초기의 청년 관료 시절에 메이지 정부의 3대 두목과 가까이 접할 수 있어 그 감화를 받았다. 사이고 다카모리와 오쿠보 도시미치, 조슈의 기도 다카요시이다. 이토는 메이지 관료의 재간꾼들, 이를테면 사가의 오쿠보 시게노부 같은 사람들과 마찬가지로, 사이고 다카모리라는 언뜻 보기에 어리석은 사람 같고 공연히 항간의 평판만 높은 것 같은 인물을 일종의 처치곤란한 존재로 보았다. 또 기도 다카요시같은 혁명의 영웅은 조울병적, 평론가적 존재로 간주했으며, 이 두 사람보다 오쿠보를 옹립함으로써 새 국가를 만들려고 했다. 그 재간꾼들은 오쿠보 아래에서나 자유로이 재간을 발휘할 수 있었던 것이다.

이것도 여담이지만, 후일 기도가 죽은 뒤 그 아들 다카마사(孝正)가 작위를 상속한 인사를 하러 이토를 찾아갔을 때, 마침 사쓰마의 야마모토 곤노효에도 와 있었다.

"사람이란 마음이 좁으면 못쓰는 법이야."

이토는 막부 시대에 자기를 한낱 농민의 신분에서 잡졸로, 이어서 무사의 신분으로 끌어올려 인간다운 활동을 할 수 있게 만들어 준 은인 기도 다카요시에 대해, 욕까지는 아니더라도 그에 가까운 말을 했다.

"기탄없이 말한다면 자네의 선친인 기도 공은 마음이 넓은 편이 못되고 오히려 좁은 편이었지. 사람을 포용할 수가 없어서 별로 큰일을 성취하지 못했어. 나는 기도 공에게는 적지 않은 보살핌을 받았지만, 반면에 선친의 좁은 도량에 애를 먹은 일도 많았네. 거기에 비하면 오쿠보 도시미치라는 사람은 참으로 도량이 넓었지."

그런 다음 그 예를 들었다.

유신 후의 오쿠보에 대해서 사이고는 객관적으로 정적의 입장을 취했으며, 기도도 오쿠보에게 속으로 품는 마음이 많았다.

그러나 오쿠보는 이토 앞에서도 사이고 이야기가 나오면 친구를 경칭으로 이렇게 불렀다.
"노(老) 사이고."
"기도 선생."
또 기도에 대해서는 깍듯이 존칭을 붙였다. 더욱이 이토가 보기에 그러한 태도에 꾸밈의 기미가 없었으며, 진심으로 '노(老)'라 부르고 '선생'이라 부르는 것 같았다고 한다.

그 시대 사람이 본 오쿠보 평을 좀더 계속한다.
나라하라 시게루(奈良原繁)라는 사쓰마 사람이 있었다. 막부 말기 시마즈 히사미쓰(島津久光)의 명령으로 데라다야(寺田屋)에서 밀회중인 같은 사쓰마 사람인 아리마 신시치(有馬新七) 일당을 죽인 인물이다.
참고로, 사쓰마 사람은 세 파벌로 나뉘어져 있었다. 오쿠보(大久保) 당, 사이고(西鄕) 당, 그리고 둘과 서로 맞지 않는 초보수주의의 시마즈 히사미쓰(島津久光堂) 당이었다. 나라하라 시게루는 막부 말기 후로 히사미쓰의 측근이라 히사미쓰 당에 속했지만, 메이지 11년 관직에 들어가 나중에 남작을 제수 받는다.
나라하라(奈良原)는 술버릇이 나빴다. 술에 취하여 마구 주사를 부리는 주벽을 사쓰마 말로 '고구마캐기'라고 한다.
어느 술자리에서 나라하라가 주정을 부렸다. 나라하라로서는 이제 관리가 된 이상 '고구마 캐기도 오늘이 마지막'이라는 생각이었던 듯, 눈은 꼬장해지고 말투에는 살기를 띠었는데, 문자 그대로 피비린내 나는 칼을 휘두르며 유신의 풍운을 헤쳐 나온 사나이의 미친 주벽을 말릴 도리가 없었다.
마침 이 자리에 오쿠보가 동석해 있었다. 나라하라로서는 지난날의 동배인 오쿠보 따위는 아예 무시해버리고 싶었는데, 광태가 한창 절정에 달했을 때 오쿠보가 흘끔 나라하라를 쏘아보았다.
그 눈빛이 어떻게 무섭던지 나라하라는 일시에 취기가 싹 가셔버렸다. 그는 참으로 사쓰마 사람답게 얼른 무릎을 꿇고 사과했다.
"잘못했습니다."
오쿠보는 "흐음" 하고 일소에 붙였을 뿐 아무 말도 하지 않았다. 나라하라는 이토가 말하는 오쿠보의 이 '위엄'에 두 손을 들었고, 만년에 오쿠보를 추모하는 자리에 앉으면 반드시 이 이야기를 꺼내면서 말했다.

"오쿠보는 침착했소. 참으로 훌륭했소."

이 이야기가 《남조야화》에 나와 있다.

그 오쿠보도 외유하고 돌아와서는 '냉엄하기가 북해의 빙산 같다'던 그 태도에 약간 소탈한 맛이 섞여서, 그를 만나는 사람들 가운데는 '제법 이야기하기가 쉬워졌다'는 인상을 말하는 사람도 있었다. 그러나 사람에 따라서는 여전히 말하고 있었다.

"그 만큼 이야기하기 어려운 사람도 없다."

도사계(土佐系) 두목의 한 사람으로 기개가 높고 거칠며 말이 호방했다는 허풍선이 고토 쇼지로(後藤象二郞)같은 사람도 푸념을 늘어놓았다.

"오쿠보하고 무슨 토론을 벌일라 치면 꼭 암석에 부딪치는 기분이 들어서 참으로 토론하기 어려운 사람이었다."

오쿠보는 고토식의 비실제적인 허풍을 아예 싫어했던 것이다.

특히 외유에서 돌아온 뒤로는 주위사람에게 말하곤 했다.

"건국의 대업은 의논과 변설로는 이루어지지 않는다. 적당한 주먹구구로도 안 되고 허세 공갈로도 안 된다. 하물며 권모술수로는 아무 것도 되지 않으니, 착실한 실무를 차근차근 쌓아올리는 것 외에 방법이 없다."

다시 가와지의 이야로 돌아간다.

가와지는 반시간쯤 객실에서 기다렸다. 이윽고 오쿠보가 나와서 정중하게 절을 했다. 오쿠보는 이를테면 그의 단 하나의 취미인 바둑에서도 진기하도록 품위 있는 바둑을 두었다고 하며, 예의 바르기로도 유례가 없을 정도였다.

가와지는 에토 사법경에게 보여준 자기의 '신 경찰 제도론'을 오쿠보에게도 보여주었다.

이미 언급했듯이 가와지의 이 초안의 골자는 이러하다.

'행정 경찰은 사법성이 관장할 것이 아니라 내무성이 쥐어야 한다.'

세상이 어수선한 가운데 혼자 내무성을 설립하려고 침묵의 작업을 계속하고 있는 오쿠보로서는, 말하자면 고립된 군대가 별안간 포병 수개 여단을 얻은 것보다도 마음 든든한 일이었을 것이다.

오쿠보는 가와지의 말을 들을 것도 없이 경찰은 내무성이 쥐어야 한다고 생각하고 있었으며, 나아가서는 내무성이야말로 정부 그 자체라는 사상까지

가지고 있었다.

그는 외유 중 영국과 프랑스의 실정을 보고 그 필요성을 통감했는데, 독일에 갔을 때 저명한 국가학자 슈타인을 별장으로 찾아가 강의를 들음으로써 그의 내무성 설립은 일종의 신념이 되었다.

슈타인은 국가와 사회는 별개의 원리에 서는 것이라고 오쿠보에게 역설했다.

"국가가 하는 행정이란 무엇인가?"

슈타인은 이에 대해 강경하게 설명한 모양이다. 두말할 것도 없이 행정이란 국가가 해야 하는 노작으로 이런 의미이다.

"사회의 계급 대립의 모순을 완화하는 것을 목적으로 한다."

그러기 위해서는 지방 자치의 확립이 필요하다고 슈타인은 말했다.

"독일에서는,"

슈타인는 영불보다 후진국인 독일의 예를 들어 열심히 설명했다. 독일에서는 19세기 초에 먼저 시·동·촌제를 개혁하여 지방 자치제의 기초를 확립하고, 그것으로 자치정신을 양성하는 데서 시작했다. 헌법은 아직 없었다. 지방 자치제를 확립하고 수십 년이 지난 뒤에야 비로소 헌법이 공포되었다.

"그러므로 일본은 헌법 발포를 서두를 필요가 없다."

슈타인은 이렇게 말했다. 참고로 말하지만, 외유에 끼지 않고 도쿄에 머물러 있던 에토 사법경이 더 급진적이어서, 그는 부랴부랴 필요한 법률을 만들어 놓은 다음, 헌법까지 자기 손으로 만들겠다는 눈치를 보이고 있었으나, 오쿠보는 슈타인의 말을 하늘의 계시처럼 생각하고 이런 사상을 굳히기에 이르렀다.

'먼저 국가――구체적으로는 내무성――의 지도와 관리로 지방 자치제의 기초를 만든다. 헌법 운운하는 것은 훨씬 나중에 해도 되는 일이다.'

내무성이 슈타인이 말하는 '사회의 계급 대립의 모순을 완화하기 위한 노작'을 하려면 강력한 경찰력이 필요하다. 그것이 사법권만 관할해야 할 에토 사법경 따위의 손에 쥐어진다면, 일본 국가는 탄생 초부터 기형아가 된다는 것이 오쿠보의 신념이었다.

오쿠보는 가와지 앞에서 그의 경찰 건설에 대한 건의안을 면밀히 읽어 나갔다.

오쿠보는 서류에서 눈을 들어, 가와지 쪽은 쳐다보지 않고, 왼쪽 장지문의 한 점을 묵묵히 응시했다.

그는 성격이 집요하다. 무엇을 생각할 때는 눈앞의 사람을 돌처럼 묵살할 수 있었다. 굴곡이 짙은 단정한 얼굴에는 군살은 다 빠지고 없었는데, 짐작컨대 그 용모뿐 아니라 정신도 그런 것 같았다. 그는 오로지 일을 하기 위해 이 세상에 태어난 것 같았으며, 그 밖의 것에는 쓸데없는 정열이나 정념을 갖지 않았다. 그리고 그러한 자기의 인생에 티끌만한 의혹도 느끼지 않았다.

오쿠보는 엄격한 가치관을 가지고 있었다. '인간은 부국강병을 위해서만 존재한다'는 것뿐이었다. 그 자신이 그럴 뿐 아니라 다른 사람도 그래야 한다는 가치관 외에는 그 어떤 가치관도 오쿠보는 인정하지 않았다.

"무엇 때문에 사는가?"

인생의 주제성이 오쿠보에게는 이 한 마디면 족하리만큼 단순했으며, 그러기에 강렬했다. 역사는 이런 종류의 인간을 강자라 했다.

오쿠보는 가와지에게 얼굴을 돌렸다. 그리고 뜻을 알 수 없는 소리를 냈다.

"음."

무슨 말이든 해보라는 말 대신의 신호같은 것이다. 으스대려고 그러는 것이 아니라 사쓰마의 사족 언어에는 군더더기 인사말이나 인간관계를 부드럽게 하기 위해 존재하는 너절한 관용구가 거의 없기 때문이다. 일본에서도 특수한 이 말은 오쿠보나 가와지뿐 아니라 사쓰마 사람 전체의 발상과 행동에 크게 영향을 주었다.

가와지는 초안을 설명하기 시작했다.

오쿠보는 남의 말을 참으로 잘 듣는다. 그 때의 오쿠보는 평소의 오쿠보와는 판이하게 다른 마치 딴 사람처럼 되며, 입매에 엷은 미소를 띠고 개성이 묻힐 만큼 온화한 얼굴이 된다.

"마치 다른 두 사람을 만나는 것 같다."

그 시대 사람들은 말했다.

"내 모습이 어쩐지 얼음 같아서 사람들이 의견을 말하기가 어려운 모양이군."

오쿠보는 이렇게 말하며 자기 자신을 너무나 잘 알고 하는 연기임에는 틀림없었다. 이를테면, 사쓰마 이외의 사람들을 만날 때는 자신의 이 정도의

'딴 사람' 가지고는 아직도 모자란다는 것을 알고 숫제 눈을 감고 듣는 수가 많았다. 도사의 나카에 조민(中江兆民)이 아직 서생이었을 때, 오쿠보를 찾아와 프랑스 사회에 대해서 장광설을 늘어놓은 적이 있었다. 그때 오쿠보는 눈을 감고 들었다. 도중에 조민은 화가 나서, "아무리 제가 어리다고는 하지만, 주무시면서 듣는 경우가 어디 있습니까?" 하고 항의하자, "내가 눈을 뜨고 있으면 이야기하기가 힘들겠다는 생각에서였소." 하고 오쿠보는 말했다.

가와지는 구두 설명을 마쳤다.
오쿠보는 이에 대해 재결을 해 주어야 했다. 그는 즉답을 않기로 유명했다.
안건에 대한 그의 대답은 세 종류가 있다고 했다. 부결할 경우에는 이런 표현을 쓴다.
"이것은 어평정(御評定)이 되지 않을 것이오."
어라는 경칭은 정부에 대한 것이다. 구 막부 시대의 관료들이 공무를 어용이라고 했듯이, 모든 일에 일일이 경칭을 붙였다. 정권은 장군 한 사람에게 있고, 그 아래 신하들의 정무는 장군을 보좌하기 위한 행위였기 때문이다.
메이지 유신은 무수한 이분자(異分子)의 참가로 성립된 혁명이었으나, 살아남아서 권좌에 앉은 오쿠보 개인의 의식으로는, 이것은 엄밀한 의미에서의 혁명이 아니라 도쿠가와 정권이 새 정부의 정권으로 이행한 것뿐이라는 뉘앙스가 있었다. 다시 말해서, 장군이 천황으로 바뀌었을 뿐이며, 그러기에 구 막부 시대의 관료 용어대로 '어평정'이니 어쩌니 하고 이 인물은 말하는 것이다. 점진주의자인 오쿠보에 의하면 정무는 구 막부나 다름없이 장엄한 것이었다.
안건을 듣고 다소 매력을 느낄 때는 이렇게 말한다.
"잘 생각해 보겠소."
이 경우에는 그 자신이 보류하는 것이므로 경칭을 붙이지 않는다. 그 안건을 채용할 때는 또 이처럼 말한다.
"이것은 어평정에 부치겠소."
단정적인 표현은 아니지만 숙고를 좋아하는 오쿠보로서는 최대급의 표현이며, "반드시 하겠다"는 뜻이었다.

그런데, 가와지의 이 안건에 대해서 오쿠보는 가장 최대급의 재결을 내렸다.

"다친콘메."

다친콘메라는 것은 '우물쭈물하지 않고 지금 당장 한다'고 할 경우에 쓰는 사쓰마 말이다. 사쓰마에서는 '멋있다'는 말을 옛날부터 '무샤가요카(武子가 좋다)'라고 말한다. 다친콘메는 '다치노고누마에(큰 칼이 오기 전에)'라는 뜻이다.

'잇콘메'

이런 동의어가 있다. '잇키고누마에(一騎가 오기 전에)'라는 뜻으로, 요컨대 '당장'이라는 말이다. 이번은 에도 시대 100년 동안 가마쿠라(鎌倉)·전국 시대의 무사의 습관과 기질을 농후하게 남겼다. 번 안에 102군데의 산채가 있고, 향사라는, 다른 번에서처럼 명예적인 신분이 아니라 실질적인 둔전병식 군단제로 번경(藩境)을 지키며, '딴 지방의 풍습을 닮게 되면 사쓰마는 약해진다'는 시마즈 요시히로(島津義弘)의 유훈을 받들어 독자적인 무사 문화를 만들어냈기 때문에, 일상생활의 아무렇지도 않은 말까지 그 뜻을 뜯어보면 살기를 띠고 있는 것이다.

'도쿄 경시청.'

이 가와지가 이 건의를 할 때 생각한 수도 경찰의 호칭이었다.

오쿠보가 가와지의 안건을 즉결하여 그 설립을 서두른 것은 확실히 '다친콘메'였다. 메이지 7(1874)년 1월 10일에는 벌써 발족시켜버렸으니 말이다.

가와지가 단 한 사람의 총지휘관이 되었다. 새로운 호칭에 의한 그의 관직은 '내경시'였다.

가와지의 고통은 귀국 직후부터 시작되었다.

인사하러 다니는 순서였다.

그는 마땅히 자기를 유럽에 파견한 직속상관인 에토 사법경에게 먼저 인사했다. 이어 향당 선배인 오쿠보를 찾아간 것은 가와지 나름의 실무상의 순서였으며, 정의에 의한 순서는 아니었다.

'경찰은 내무성이 관장해야 한다.'

그의 행정 사상이 그렇게 시킨 것이다. 말하자면, 오쿠보에게 이 중대사를 건의함으로써 에토 사법경을 배신한 셈이 되지만, 가와지로서는 경찰의 창건이 화가가 그림에 열중하듯 그 자체가 목적의 전부였다.

가와지는 그와 같이 타고났다고 해도 과언이 아니었으며, 그렇다고 천성이 경찰을 좋아하느냐 하면 그렇지는 않았다. 대상은 무엇이라도 좋았다. 기계 장난감에 열중하는 어린애의 성질과도 비슷했다. 소년이 갖는 그런 열기나 호기심이 커서도 여전히 기형처럼 사라지지 않을 경우, 대부분의 사람들은 가와지가 될 수 있을지도 모른다.

가와지는 자기가 다루고 있는 경찰이라는 기계 장난감을 분해하여 그 기구를 소상히 알았을 뿐 아니라, 새로운 기구를 도입하고 개조하여 더 훌륭한 회전을 할 수 있게 되기를 바랐다. 나아가서는 그 기계 장난감의 새 기구에 알맞은 동력을 끌어들이려 했다. 동력이란 내무성이라는 행정기구를 말한다. 그 때문에 에토에게서 오쿠보에게로 경찰 기구와 더불어 몽땅 바꾸어버리려 했던 것이다.

"오쿠보는 어린애다."

에토는 나중에 이런 표현으로 오쿠보를 매도했는데, 에토가 만일 위와 같은 뜻으로 '어린애'라고 했다면, 오쿠보도 가와지와 같은 유의 인물인지도 모른다. 이와 같이 어린애처럼 열중하는 사람들은 편집적이라고 할 수 있을 만큼 집념이 강한 반면, 일신상의 다른 이해에 대해서는 백치처럼 담담해서, 그 집념의 액질은 어떤 '어른'보다도 투명도가 높았다.

"가와지는 쩨쩨한 관리구나."

가와지의 이러한 인사 순서를 사법성의 동료로서 관찰하고 있던 누마 모리이치는 중얼거렸다.

쩨쩨한 관리에게는 직속 상관인 에토 사법경이 누구보다도 중요하고, 다음으로 중요한 것은 관료 사회의 우두머리인 오쿠보 도시미치였다.

"가와지는 자기의 최대의 은인인 사이고에 대한 인사를 뒤로 돌렸다. 사이고는 지금의 그에게 직접적인 이해관계가 없기 때문이다."

이렇게 관찰함으로써 누마는 가와지를 쩨쩨한 관리로 본 것이다. 나중에 민권주의자가 되는 누마로서는 너무 피상적인 관찰이었다. 가와지는 귀국 인사를 하는 동안 오쿠보와 더불어 튼튼하기 이를 데 없는 국권을 만들어내려고 눈 깜박할 사이에 그 기초 공사에 대한 타협을 해치웠다는 사실을 누마 모리이치는 깨닫지 못했던 것이다.

가와지는 맨 나중에야 사이고를 찾아갔다.

이 무렵 사이고는 니혼바시(日本橋) 고아미초(小綱町)에 있는 구 무사 저택에서 서생이나 다름없는 모습으로 살고 있었다.

에도가 도쿄로 바뀐 겉모습은 영주나 직속무사의 몇천 평, 몇만 평이나 되는 광대한 저택에 '관원'이라는 새 시대의 권력자가 들어가 살게 되었다는 것일 것이다. 도쿄의 많은 서민들에게 있어서는, 이런 종류의 나리들 시골 사투리가 귀에 거슬리기만 해서, 바뀐 것이 별로 달갑지 않았다.

니혼바시 강 북쪽 강변의 한 모퉁이가 고아미초였으며, 거기에 지난날의 사카이 우타노카미(酒井雅樂守)의 별저가 있고, 기다란 기와담이 시안바시(思案橋) 근처에서 시오도메바시(汐留橋)까지 쭉 이어져 있었다.

"지금은 사쓰마의 군인들과 서생들이 몰려서 살고 있는 모양."

이런 소문이 나 있을 뿐 지금의 주인이 누군지는 알려지지 않고 있었다.

이따금 체격이 엄청나게 큰 남자가 문에서 나왔다. 일본 옷으로 정장했을 때도 있고, 평상복을 아무렇게나 걸치고 작은 칼을 허리띠에 꾹 찌른 간편한 차림일 때도 있었다. 씨름꾼이 아니라는 증거로 빡빡 깎은 까까머리였다. 굵은 눈썹 아래 어둠 속에서도 번쩍하고 빛날 것만 같은 부리부리한 큰 눈이어서 보기에 따라서는 전기 소설에 나오는 해적의 두목처럼 보이기도 했다.

이 사람이 사이고 참의(西鄕參議)였다.

통칭 기치노스케(吉之助), 관례 후의 실명은 다카모리.

사실 다카모리는 구 막부 말기에 같은 번의 동지였던 요시이 도모자네(吉井友實)가 새 정부에 이름을 신고할 때 혼자 지레짐작으로 등록해버린 이름이었다.

"기치노스케의 실명이 뭐더라? 다카모리였지, 아마."

실은 다카나가(隆永)가 실명이었다. 다카모리는 죽은 아버지 기치베(吉兵衞)의 실명이었던 것을 요시이가 착각하여 제출한 것이다.

"아, 내가 다까모린가요?"

사이고는 정정 하지 않아 결국 그 이름이 역사 속의 그의 이름이 되었지만, 그 자신은 언제나 통칭인 사이고 기치노스케를 사용했다.

아울러 이와 비슷한 일이 그의 아우 사이고 신고(愼吾)에게도 있었다. 사이고 집안의 실명에는 대대로 '다카(隆)'자가 붙어, 신고는 다카미치(隆道)였다. 새 정부의 담당 관리가 실명을 물으러 왔을 때 신고는 말했다.

"주도."

사쓰마 음은 일본어에서는 보기 드물게 '라리루레로'가 엘(L)음에 가깝다.

류가 주로 들린다. 그래서 주도라고 한 것이 쥬도로 들린 것이다.
"아, 주도(從道) 씨군요."
이러고는 그대로 기록해버렸다. 자기 이름 따위는 아무래도 상관없다는 엉뚱한 데가 이 형제에게는 있었다.
그러면, 고아미초의 집으로 이야기를 돌린다.
사이고는 그 저택을 다 쓰지 않고, 긴 행랑채 한 모퉁이에 거처하면서 있었으며, 고향에서 처자도 불러올리지 않았다. 사이고에게 있어서 도쿄는, 아니 그보다 새 정부의 고관이라는 뜬세상의 영예는, 이 한 가지만 보더라도 몸에 지니고 싶은 생각이 없었던 것처럼 여겨진다.
가와지 도시나가 사이고의 우거를 찾았을 때의 니혼바시 고아미초 부근의 경치는 유신 뒤 세월이 얼마 지나지 않았는데도 벌써 약간의 변화가 일어나고 있었다.
니혼바시 다리 밑을 흘러가는 강물을 당시의 문인 하기와라 오토히코(萩原乙彥)라는 인물은 "이것은 바로 오대주를 향해 멀리 가야만하는 수원(水原)"
자못 문명개화 시대다운 고양된 기분으로 메이지 7(1874)년《東京開化繁昌誌》에 쓴 것은 메이지 초기의 멋이라고나 할까.
니혼바시 강의 북쪽 강변에 있는 어물 시장은 구 막부 시대나 다름없이 번창하고 있었다.
니혼바시 다리 남쪽에는 이미 벽돌건물 전신국이 완성되어 있었고, 사방에 전선이 쳐져서 그 전선을 보호하기 위해 도쿄 부 제136호 포고로 한 법령도 나와 있었다.
'커다란 연을 날려 방해하는 자 운운.'
이 근처에서 약간 떨어져 있지만 정부는 가이운바시(海運橋) 옆에 있는 마키노 부젠노카미(牧野豊前守)의 저택을 사들여 국립은행을 창건하였다. 건물은 이미 완성돼 있었다. 시미즈 노부스케(淸水喜助)라는 사람이 설계 시공한 화양 절충의 그로테스크한 건물로, 5층 건물이라고는 하나 누각풍으로 되어 있어서 5층과 4층은 탑의 형상이고, 3층에는 일본의 성 같은 지붕을 달았으며, 2층과 1층이 양옥으로 되어 있어서 상상속의 괴수라도 보는듯한 느낌이었다. 이에 대해서도, 사이고가 고아미초에 살고 있었을 때 이 근처를 문장으로 묘사한 하기와라 오토히코는 이렇게 찬탄했다.

"월왕이 세운 낭야대가 이만했으랴!"

니혼바시 강의 남쪽 강변에서 사이고의 고아미초에 가려면 요로이 다리를 건너는데, 이 다리도 메이지 정부가 놓았다.

가와지가 요로이 다리를 건너 사이고의 저택에 가보니, 사이고는 집에 없었다.

"선생님은 어디 가셨나?"

물으니, 사쓰마 태생의 종복 구마키치(熊吉)가 나와서 "선생님은 시모우사(下總)에 사냥하러 가셔서……." 저녁때나 돌아오실 것이라고 대답했다.

이 우거에 사는 사이고의 가족은 남자만 8, 9명이다. 구마키치는 막부 말부터 사이고를 모시는 오랜 종복인데, 메이지에는 사쓰마 이주인(伊集院) 태생의 요스케(與助)가 들어오고, 역시 사쓰마 다니야마(谷山) 태생의 이치스께(市케)와 야타로(矢太郎), 가고시마 성 밑에서 대이난 고마키 신지로(小牧新次郎) 등이 그들이다. 이들이 하는 일은 주로 청소와 덧문을 열고 닫는 일이었다. 이런 큰 저택은 날마다 덧문을 열어서 통풍을 시키지 않으면 썩는다. 그것을 혼자서 한다면 아침에 시작하여 점심때가 다 되어서야 끝나는 힘든 작업이며, 사이고는 이렇듯 굉장한 저택을 쓰지 않고 전에 잡졸들이 거처하던 행랑채의 일부를 쓰고 있을 뿐이었다.

가와지가 기다리고 있으니 곧 육군 소장 기리노 도시아키(桐野利秋)가 황금 칼을 쩔거덕거리면서 나타나 가와지가 기다리고 있는 방에 들어왔다. 기리노는 이 방을 하숙 대신 쓰고 있는 모양으로, 가와지에게는 아무 말도 하지않고 군복을 벗기 시작했다. 기리노는 어찌 된 까닭인지 가와지를 좋아하지 않았다.

기리노 도시아키는 일본 평상복에 넓은 허리띠를 둘둘 두르고는 가와지를 돌아보며 물었다.

"밥 먹고 가지 않겠나?"

가와지도 가와지였다. 외국에서 돌아왔다는 인사도 하지 않았고, 기리노 쪽에서도 유럽은 어떻더냐고 물어보지도 않았다. 쓸데없는 인사나 필요 없는 말은 하지 않는다는, 그들의 고향 습관이 그렇게 시키고 있을 뿐, 분위기가 험악해서 그런 것은 아니었다.

그때 종복 구마키치가 서툰 솜씨로 차를 내왔다.

사람·정치 503

"차나 들지 그래."

기리노가 턱으로 가리키는 것을 보니, 가와지는 가소로웠다. 기리노는 사이고의 이 우거를 마치 자기 집인양 행세하고 있는 것이다.

'이 자식은 사이고님을 독차지 하고 있는 줄 아는 모양이지.'

가와지는 속으로는 못마땅했으나, 얼굴만은 마치 개구리가 하늘 쳐다보듯 무표정했다.

기리노는 외국을 여행한 적이 없는 사람이지만 가와지의 눈에는 매우 서양인을 연상시키는 사나이로, 턱뼈 밑에는 엷지만 수염을 기르고 코밑은 깨끗이 밀어서, 프랑스 귀족으로 독신의 오입장이 기병 연대장 같은, 타고난 호걸풍이 몸에 밴 사나이였다.

방안에 향긋한 냄새가 감돌고 있는 것은 기리노가 요코하마에서 사온 향수인 듯했다.

기리노는 온 몸에 시원하게 바람이 불어 지나가는 것 같은 인상의 사나이이기도 해서, 이 무렵 그가 술집에 나타나면 다른 방에 있는 기생까지 엉덩이가 들썩거린다고 할 정도로 여자에게 인기가 있었다.

참고로, 그가 막부 말의 교토에서 활약하고 있었을 때였다.

'사쓰마의 나카무라(中村).'

이렇게 말하면, 신센조(新選組 : 막부 말기 무예에 뛰어난 검객들을 모아서 편성한 경비대. 주로 반 막부 세력의 진압을 맡았다)도 피해 갔다. 그는 무척 많은 사람을 베었는데, 언제나 일격으로 상대를 쓰러뜨릴 정도로 수법이 잔인했으며, 더욱이 걸어가면서 칼을 뽑아 겨누고, 사람을 벨 때도 걸음을 멈추지 않으며, 쓰러뜨린 뒤에도 계속 걸어가는 전형적인 시현류 검법을 터득하고 있었다. 이름은 한지로(半次郞)라고 했다. '사람 베는 한지로'라는 별명으로 알려진 것이 바로 이 사람이다.

유신 뒤 느닷없이 육군 소장이 된 것은 사이고가 발탁한 것이었다. 참고로, 사이고는 자기가 이끌고 보신 전쟁의 전화 속을 헤치고 나온 사쓰마 사람중에서, 두드러지게 용감하고 총명한 사람들을 골랐다는 것은 잘 알려진 이야기다. 그 두 사람이 바로 가와지(川路)와 기리노(桐野)였다.

사이고는 기리노를 육군 소장으로 만들어 근위병을 이끌게 하고, 가와지는 나중의 호칭으로 말하는 대경시(大警視)를 만들어 도쿄의 경찰을 거느리며 치안을 맡게 했다.

잠시 여담으로 들어간다.

사이고 다카모리(西鄕隆盛)함에 대해서다.

그는 보신 전쟁이 끝나자 폐번치현(廢藩置懸)에 찬성했다. 이에 대해 "사이고에게 속았다."

며, 그의 번주의 부친 시마즈 히사미쓰가 사이고를 몹시 미워한 것은 무리가 아니었다. 히사미쓰로서는 사이고를 지도자로 하는 혁명적 가신들에게 배신당한 것이 확실했다. 사쓰마 번은 주머니를 털어 막부 말기에서 유신에 걸쳐 시세의 회전을 위해 분투했는데, 번주 시마즈 집안으로 본다면 그 결과로 얻은 것이 '번'의 폐지였다.

사이고는 히사미쓰의 불만을 묵살했다. 그는 히사미쓰의 분개와 같은 불평이 독기처럼 온 일본에 가득 차 있다고 생각하고 이렇게 크게 분발한 기미가 보인다.

"오히려 혁명전은 지금부터다."

그는 폐번치현으로 동서에 불평이 폭발할 경우, 사쓰마의 단독 무력으로 처리할 작정이었다. 사이고는 극단적인 보수주의자인 히사미쓰가 자기를 증오하고 있는 것을 알고는 있었지만, 가신이라는 입장 때문에 주군 히사미쓰를 설득할 수도 없었으며, 오히려 '폐번치현'이라는 제2의 혁명전을 사쓰마 번이 주도함으로써 후세에 대한 히사미쓰의 명예를 확립시키자는 배려도 있었던 것 같다.

사이고는 보신 전쟁이 끝난 뒤, 도쿄에서 가고시마로 돌아갔다. 이유의 하나는 강대한 가고시마 군단을 만들기 위해서였다.

그는 즉각 편성에 착수했다. 보신전 때 사쓰마 군의 군대 단위는 '소대'가 기준이었으나 이때 비로소 '대대'라는 단위를 만들었다. 8개 소대를 1개 대대로 하는 것이었다.

그리고 모든 사쓰마 번에서 상비·예비를 포함하여 49개 대대라 하는, 일본 최대의 번 육군을 만들었다. 다만 조슈의 기병대처럼 농민과 서민들까지 포함하지는 않고, 모두 사족(士族)으로 편성한 것은 사쓰마 번의 사정 때문이었다.

사쓰마 번의 사족은 크게 나누어 두 계급, 즉 성하사(城下士)와 향사가 있었다. 사이고는 이것을 따로따로 편성했다. 성하사의 상비 대대가 4개 대대인데 비해 향사의 그것은 13개 대대였다.

기리노 도시아키(桐野利秋)는 이 성하사 상비 대대의 1번 대대장에 임명되었다. 2번 대장은 시노하라 구니모토(篠原國幹), 3번 대대장은 훗날의 해군 대장 가와무라 스미요시(川村純義), 4번 대장은 나중의 육군 중장 노즈 시즈오(野津鎭雄)이다.

이번 인사가 끝났을 때, 보신 전쟁에 소대장으로 종군한 야마시타 후사치카(山下房親)라는 사람이 하루는 사이고를 찾아가 말했다.

"가와지님이 빠졌습니다만."

그는 이상하게 생각했다. 이상하게 생각할 만큼 보신 전쟁 종료 시점에서 이미 가와지의 존재는 컸던 것이다.

"아, 가와지군 말인가?"

사이고는 그 사람의 역할에 대해서는 이미 다른 복안이 있네, 하고 말했다. 수도 경찰의 지휘관에 임명하려는 것이었다.

나폴레옹이나 오다 노부나가(織田信長 : 足利 막부를 쓰러뜨린 전국 시대의 무장, 1534~1582)는 흙더미 속에서 자기의 수족이 될 인간을 파내 장군 옷을 입혔다. 사이고는 나폴레옹 같은 권력적 야망가와는 전혀 질이 다른 인물이기는 했지만, 흙더미 속에서 역사적 사업을 시킬 인간을 끌어내는, 영웅밖에 할 수 없는 마법을 사용한 점에서는 마찬가지다.

그 가장 두드러진 자가 기리노와 가와지이다.

이 두 사람은 원래 사쓰마의 둔전사족인 향사로, 칼을 차고 고구마를 심어 먹던 신분에 지나지 않는다. 사이고는 그 흙덩이를 이겨서 성하사의 신분으로 끌어 올리고, 다시 운명이라는 전류를 주입하여 역사적 사업 속으로 몰아 넣었다. 만일 사이고가 없었더라면, 이 두 사람은 무명으로 세상을 마쳤을 것이 틀림없다.

잠시 이 시기에서 몇 해 뒤로 이야기를 물린다.

'친위대'

이것은 메이지 4(1871)년 2월 도쿄에 설치되었다. 참고로, '태정관'이라 일컬어진 메이지 정부는 한 사람의 군대도 없었다. 그런데 '폐번치현'을 단행할 때 여기저기서 반란이 일어날 것을 예상하고, 정부는 도쿄에 강력한 직속군을 둘 필요가 생겼다.

"다른 번은 속셈을 알 수 없다."

그러나 다른 이유도 있고 하여, 유신 설립의 주력이었던 사쓰마·조슈·도사의 세 번에서 번병을 차출했다.

조슈 번도 3개 대대를 차출했다.

도사 번은 약간 주저하며 2개 대대를 내놓았다. 그러나 여기에 기병 2개 소대를 추가했다――기병은 도사번에만 있었다――'

유신의 주역이었던 사쓰마 번은 당연한 일이지만 가장 많은 인물을 공출했다. 이미 말한 성하사로 구성된 4개 대대가 가고시마에서 기선 편으로 도쿄로 옮겨갔다.

이상 세 번의 도쿄 주둔 부대가 나중에 '근위병'으로 개칭되어 마지막 사족군으로서 그리고 최초의 일본 육군으로서 출발한다. 간부는 모두 장교복을 입었다. 기리노 등 대대장급은 육군 소장이 되었다. 마치 싸구려 신파 같은 속임수이지만, 혁명 정부의 초창기에는 대개 그런 법이다.

그런데, 가와지만 뒤에 처지는 꼴이 되었는데, 배가 가고시마를 떠날 때 사이고가 "가와지군, 자네도 같이 가지 않겠나?

하고 말하는 바람에, 그는 이 부대와는 아무 관계도 없었지만 함께 기선을 타고 보신 전쟁이 끝난 뒤 처음으로 도쿄 땅을 밟았던 것이다. 이것이 가와지의 운명을 결정했다.

배안에서 사이고는 많은 이야기를 했다.

도중 기슈(紀州)와 엔슈(遠州) 앞바다에서 배가 심하게 흔들려서 토하는 사람이 많았다.

기리노와 가와지는 배멀미를 해서 새파랗게 질려 줄곧 식은땀을 흘리고 있었으나, 이 두 사람이 우스운 것은, 그런데도 식사 시간만 되면 밥공기에 국물을 부어 쏟아 붓듯이 먹는 일이었다. 그리고는 먹자마자 곧장 상갑판으로 달려가서 바다에 신나게 토했다. 안 먹으면 좋으련만 사쓰마 사람들은 사쓰마식 멋을 고집하기 위해서는 목숨마저 거는 수가 많다.

"가와지군, 폴리스의 대장이 되지 않겠나?"

사이고가 이 배안에서 처음으로 말했다. 사이고가 '폴리스'라는 프랑스 어를 안 것은, 전에 동생 쓰구미찌에게 들은 것이 처음인 모양이었다. 나중에 나졸이라 번역되고, 이어서 순사라 불리게 되는 이 치안관의 호칭은, 은행을 그저 뱅크라고 했듯이 수입된 말 그대로 사용되고 있었다.

메이지 초년(1868년)의 1년간은 고금을 통해 이 나라가 겪은 어느 시기보다 변화가 심하여, 홍수와 대화재와 지진이 한꺼번에 들이닥친 느낌마저 든다.

회고를 더 계속한다. 회고라도 해 봐야 옛 이야기가 아니라 이 시기에서 불과 2년 전인 메이지 4(1871)년의 이야기다. 그런데 불과 2년만에 기리노도 가와지도 꿈처럼 신분이 바뀌어버렸다.

'사쓰마'

이 고장은 참으로 이상한 곳이다. 에도 시대의 언제쯤이었던가, 이 사쓰마를 찾아가려고 한 여행가――라기에는 너무나 기괴한 정념의 소유자였지만――다카야마 히코쿠로(高山彦九郎)가, 이 번의 경계에서 사정없이 쫓겨나 홧김에 그의 한평생 가장 뛰어난 와카(和歌 : 일본 고유의 옛 시) 한 수를 내뱉는 심정으로 읊었다.

사쓰마 사람들아 어이하잔 말인고.
솔새에 덮인 관문도
막지 않는 세상인데.

도쿠가와 시대는 일본국 자체가 국제적으로 쇄국적이었지만, 국내적으로는 사쓰마 번이 엄중한 쇄국을 계속하여, '사쓰마 비갸쿠(飛脚)'라는 은어로 불리던 막부의 첩보원을 발견하는 대로 죽였다. 그러니 정체를 알 수 없는 다카야마 히코쿠로 같은 사람을 관문의 관리가 들여보낸 까닭이 없었다. 그 사쓰마 사람이 한 번 막부를 쓰러뜨리기가 무섭게 홍수처럼 변경을 박차고 나가서 일본의 권력을 쥐었다.

"다이라 가문이 아니면 사람이 아니다"라는 말은 오늘날의 사쓰마 사람을 가리키는 것이 아닌가 하는 쑥덕공론이 당시에는 많았지만, 사쓰마 사람들로서는 혁명의 당연한 몫을 차지한다는 의식도 있었을 것이다. 또 그 지도자들은, 새 국가를 창조하는 사람은 무사 무욕을 사풍의 전통으로 삼는 사쓰마 사족 외에는 없다는 기승스러움 같은 것도 있었다.

이를테면, 사이고가 "군대와 경찰은 사쓰마 번이 쥔다"고 노골적으로 표명한 적은 없었다. 그러나 그는 사실상 그렇게 했다.

기리노 도시아키가 하루아침에 육군 소장이 되어 근위군을 장악했다. 근위군이 사쓰마 번의 성하사로 편성된 데 비해, 가와지가 장악한 경찰은 사쓰마 번의 향사로 조직되었다.

앞에서 사쓰마 번의 성하사에 의한 상비군 4개 대대가 도쿄로 옮겨 근위군의 주력이 되었다고 했는데, 사쓰마에 남은 향사로 구성된 대대 중 2천 명이 가와지에 의해 도쿄에 불려갔던 것이다.

'2천 명.'

이 인원은 그 당시로서는 대규모 병력으로, 사쓰마 청년들의 민족 이동이나 다름없었다. 이들은 모두 경찰관이 되었다.

이 밖에 1천 명을 다른 번의 사족 중에서 뽑았다. 이 3천 명이 가와지가 외유하기 전 도쿄의 치안 병력이었으며, 나아가서는 후세로 이어지는 일본 경찰의 원형을 이룬다.

그 모든 것이 사이고의 설계에 의한 것이었다.

날이 저물어서야 사이고가 돌아왔다.

그를 수행하여 따라다닌 것은 에도에서 태어난 고다마 유지로(兒玉勇次郎)라는 청년인데, 그가 한 걸음 먼저 쪽문으로 들어와 동료인 구마키치에게 귀띔했을 뿐이다.

"돌아오셨어."

이 한 가지만 보아도 사이고라는 인물이 세상 일반 사람들과는 매우 달랐다는 것을 알 수 있다.

이 당시 새 정부의 고관이라고 하면 일부를 제외하고는 영주니 된 듯이 으스대며, 지난날의 영주가 하던 관습을 그대로 답습하는 자가 많았다.

'고젠(御前).'

고용인들에게 이렇게 부르게 했고, 화류계에서도 고관들을 이렇게 불렀다. 새로운 호칭이다. 전에는 영주나 직속무사를 도노(殿)라고 불렀는데, 지금 세상에선 그렇게 부를 수는 없으니 이런 호칭이 생긴 것이다.

그러나 혁명의 최고 원로인 사이고는, 남이 그렇게 부른 적도 없고 또 부르게 하지도 않았다. 그는 이 시기에 육군 대장, 참의, 근위도독이라는 문무의 최고 권력을 혼자서 겸하고 있었지만, 그 일상생활은 그야말로 서생이나 다름없었고, 집에 돌아왔을 때 정문도 열게 하지 않았다.

구 막부의 영주·직속무사에서 메이지의 고관에 이르기까지 주인이 밖에서 돌아올 때는 종자가 먼저 달려와 문밖에서 외친다.
"납신다아!"
 그러면 집안의 가신들이 먼저 대문을 끼익 하고 여덟팔자로 연다. 주인이 들어오면 현관 앞마루에서 복도까지 가신들과 하녀들이 나란히 앉아 부복한다.
 이런 어처구니없는 의식이 메이지의 도쿄에서도 실행되고 있었던 것이다.
 아울러 말하지만, 메이지의 고관들 대부분은 그런 면에서는 참으로 추악하며 결코 혁명 정부의 관료라고 할 수 없는 자들이었으며, 이를테면 관청에 출근할 때 서생이라고 하여 신발하인──그 모양도 구 막부 시대의 하인과 같았다──을 데리고 다니는 자가 많았다. 메이지 헌법 기초자의 한 사람으로, 나중에 농상부 대신과 사법대신 등을 지냈고, 러일 전쟁 때는 미국에 주재하여 막후의 외교 공작에 종사한 가네코 겐타로(金子堅太郞)타도 메이지 초기에는 이 신발하인 경험을 했다.
 그는 후쿠오카 번(福岡藩) 출신으로 고향의 선배 히라가 오시카타(平賀義賢)라는 사법성 관리를 찾아서 상경했을 때 신발하인 노릇을 했다. 히라가가 사법성에 등청할 때 막부 시대의 하인처럼 상자를 지고 따라가서, 히라가가 퇴출할 때 사법성 현관에 꿇어앉아 신발을 내미는 것이다.
 "젊었을 때 이 성의 현관에 꿇어앉아 있곤 했었지. 그 일을 생각하니 만감이 오가는 군."
 메이지 33년 사법 대신이 되었을 때 그는 당시의 굴욕을 사람들에게 이렇게 이야기했는데, "메이지 유신은 혁명이 아니라 권력 교체에 지나지 않는다"는 견해는 다분히 일면적이기는 하나 이런 관리들이 으스대는 꼴을 보면 정곡을 찔렀다고 할 수도 있다.
 그러나 사이고는 그렇지 않았다.
 뒤로 돌아가 발을 씻고 방에 올라가, "이제 돌아왔네" 하고 인사하고는, 그 자리에 가와지가 와 있는 것을 보고 온몸으로 기쁨을 나타내면서 말했다.
 "오늘은 느긋이 앉아서 놀다가 저녁이나 먹고 가게나."
 가와지는 이런 사이고를 대하면 온몸이 떨리는 기쁨을 느낀다.
 가와지는 뒤로 물러 앉으면서 말했다.
 "오늘은 이만."
 사이고가 종일 사냥하러 나갔다 와서 피곤할 것 같아 물러갈 참이었다. 그런 뜻을 거동으로 나타냈다. 동작과 표정뿐이다.

이런 경우 사쓰마 이외의 일본의 습관이라면, 다변이라 할 만큼 말을 낭비한다. 이를테면 이런 식으로 수다스럽게 아뢨을 것이다.

"선생님은 종일 들판을 돌아다니시느라 무척 피로하시리라 생각됩니다. 오늘은 우선 귀국 인사나 드리려고 왔으니, 훗날 다시 찾아뵙고 문안드릴까 생각하고 있습니다."

그런데 사쓰마의 사족 풍습은 우스워서 인사말이라도 말이 많은 것을 수치로 생각했다. 만사에 말을 믿지 않고 마음을 믿는 기풍이 있어서 태도로 의사 소통을 하는 것이다.

"보면 안다. 말할 필요도 들을 필요도 없다."

가와지는 진정으로 황송함을 나타내면서 꿇어앉은 채 조금씩 뒤로 물러갔다.

사이고는 그 모양이 우스웠던지 낄낄거렸다.

"바다거북의 알을 훔치는 도둑 같군."

바다거북은 사쓰마 앞 바다에 있는 섬의 모래톱에 알을 낳으러 올라온다. 그때 젊은 녀석들이 살며시 기어가서 갓 낳은 알을 훔치는데, 바다거북에게 혼이 나지 않도록 열 한개만 남겨 둔다. "바다거북은 열까지는 셀 줄 알아도 열 하나는 모른다"는 것이 그 이유 같은데, 아무튼 젊은 녀석들이 알을 안고 움찔움찔 뒤로 물러가는 모양과 이 자리의 가와지가 닮았다는 말이다.

결국은 구마키치가 닭을 잡아 술자리가 벌어졌다. 술은 소주다. 요스케가 더운 물을 타서 들고 왔다.

"그냥 다오."

기리노는 물을 타지 않은 소주를 찻잔에 따르게 했다.

사이고는 얌전한 어린애처럼 단정히 무릎을 꿇고 정좌하여 술잔을 쳐들었다.

"그럼."

'그럼'은 광범위한 용도를 가진 말이다.

기리노는 자세를 바로 하여 두 손으로 술잔을 받쳐 들고 한 모금 마신 다음 가와지에게 말했다.

"가와지군, 자네는 유럽에서 돌아왔는데, 술은 역시 가고시마 소주가 제일일걸."

"그런 것 같아."

가와지는 이 영웅적인 장한(壯漢)에 반항하지 않고 순순히 말했다.

"하지만, 고장마다 그 고장의 술이 있어서, 프랑스에도 좋은 술이 있더군."

이윽고 풍로가 들어오고 큼직한 냄비가 걸렸다.

냄비에는 된장국이 끓고 있었고, 뼈째로 툭툭 자른 어린 닭이 들어 있었다.

사이고는 술을 마시지 않는다. 첫잔을 그대로 둔 채 냄비 안에 젓가락을 넣었다.

이 무렵 일본은 조야를 막론하고 정한론(征韓論)으로 들끓고 있었으며, 사이고는 그 소용돌이 속에 있었다.

아니, 오히려 사이고가 그 소용돌이를 일으킨 장본인으로 간주되고 있었는데, 사실 사이고라는 존재가 이 정한론의 중심에 앉아 있지 않았더라면 그토록 큰 소동으로 발전하지는 않았을 것이다.

그러나 사이고의 심경은 착잡했다. 그는 선동자라기보다 오히려 기리노 등 근위장교들이 "조선을 쳐야 한다"고 들끓고 있는 데 대해 '분화산 산마루에서 낮잠 자는 심경'이라고 스스로 이 시기의 심경을 쓰고 있다. 자기의 '낮잠'으로 간신히 장사적 군인들의 폭주를 누르고 있는 것이라고 생각하는 것이다.

기리노 도시아키(桐野利秋)는 폭주파의 우두머리였다.

"2개 대대만 있으면 된다."

그는 젊은 사쓰마계 장교들을 모아 놓고 이렇게 장담하고 있었다. 나한테 2개 대대만 빌려 다오, 그러면 부산 해안에 배를 갖다대고 계림팔도──조선의 이칭──를 곧장 밀고 올라가 조선왕의 사과를 받아 오겠다고 큰소리 치고 있었다.

메이지 초기의 정계를 큰 혼란 속으로 몰아넣은 정한론은, 아주 단순한 사정에서 나왔다. 일본만이 유신을 일으켜 전면적으로 개국했다.

조선은 쇄국을 고수하고 있었다.

조선이 볼 때 일본은 이상한 나라가 아닐 수 없었다. 바로 얼마 전까지만 하더라도 존왕양이(尊王攘夷)라는 비현실적 슬로건을 내걸고 혁명 세력이 막부를 윽박지르고 있는 줄 알았더니, 그 혁명 세력이 메이지 정부를 만들자마자 손바닥 뒤집듯이 냉큼 개국을 해치우고는, 한술 더 떠서 공연한 충고의 국사를 보내 온 것이다.

"귀국도 개국하라."

조선은 일본의 사자를 개나 고양이처럼 다루어 번번이 모욕하고 번번이 쫓아버렸다.

역사에 '만일'이라는 말이 허용된다면, 조선이 만일 이때 개국하여 구미식의 부국강병책을 썼더라면, 두 나라의 관계는 현실의 역사가 걸어온 비참한──조선으로 봐서──불행은 없었을지도 모른다는 환상도 가질 수 있다. 아울러 말하면, 메이지 초기에 있어서 사쓰마 사람의 외교 방침은, 구 막부의 신하 가쯔 가이슈(勝海舟)가 방향을 제시한 것 같았다. 가쓰 가이슈는 막부 시대부터 일본과 조선과 중국의 3국 동맹 주창자였으며, 특히 조선에 대해서는 강한 연대 의식과 친근감을 가지고 있었으므로, 메이지 정부가 조선에 수교를 요구한 것은 가이슈류의 선의의 행동이었을 것이다.

그러나 조선은 그것을 일축했다. 그 후 가이슈류의 3국 동맹론은 희미해졌다.

그 대신 정한론이 등장했다. 그러나 그 논자인 사이고 본인은 맹우인 가이슈의 외교 정책론에서 그리 멀리 떨어지지 않고 주장했다.

"어디까지나 수교(修交)다. 그 국사로서 내가 간다. 그곳에서 살해될지 모르지만, 그 결과로 무력을 사용해도 된다."

보통 감각으로는 믿어지지 않는 일이지만, 가와지가 이 자리에서 각오한 것은 '수틀리면 기리노가 나를 벨지도 모른다'는 것이었다. 표면상의 이유는 아직 없다. 없지만 술자리이다. 상황전개에 따라서는 가와지 자신이 이렇게 외치게 될지도 모른다.

"나는 정한론을 좋아하지 않는다."

실은 그것이 솔직한 그의 생각이었다. '좋아하지 않는' 이유 따위를 일일이 들 것도 없을 만큼 가와지가 보기에는 어리석은 이론이었으며, 더 말한다면 정한론이 사상 최대의 어리석은 이론임은 유럽의 문명과 실체를 보고 온 사람이면 누구나 처음부터 그렇게 생각할 것이었다. 메이지 4(1871)년에 일본을 출발하여 구미 여러 나라를 견학하러 간 이와쿠라 도모미(岩倉具視)

공, 사쓰마의 오쿠보 도시미치, 죠수의 기도 다카요시 등 새 정부 최고의 요인들과 수행원들은, 귀국 후 모두 정한론은 안 된다고 주장했고, 그것도 단순한 논평적 태도가 아니라 정한론이 만일 정책화한다면 일본국은 망한다는 비통한 위기감마저 있었다. 가와지도 외유를 하고 온 사람의 하나로 같은 의견이었다.

정한론에 반대하는 측, 이를테면 오쿠보 같은 사람은 사이고와 형제 이상으로 친한 어릴 적 친구인 데다 함께 혁명의 불길 속을 헤치고 살아남았을 뿐 아니라, 막부 말기에 한때 사이고가 시마즈 히사미쓰에게 배척당했을 때는 오쿠보가 이 맹우를 위해 서로 칼을 배에 갖다대고 찔러 죽자고 까지 할 만큼 두 사람의 관계는 깊었다. 그런 오쿠보마저도, 아니 오히려 오쿠보가 앞장서서 사이고를 핵심으로 하는 정한론 그룹을 때려 부수려는 비장한 결의를 하고 있다는 것을 가와지도 알고 있었다.

물론 오쿠보의 성격상 논평적인 발언은 일체 하지 않는 사람이므로 그의 의견은 널리 유포되지는 않았지만, 오쿠보의 측근 또는 대변자로 간주되는 사람들——특징으로 보아야 할 일이지만, 사가의 오오꾸마 시게노부라든가 조슈의 이토 히로부미 같은 타번 출신이 많다——은 요철을 대패질해버린 평평한 의논을 온건하게 설명하고 있을 뿐이었다.

"국내 정비도 안 되어 있는 터에, 외정은 못한다."

그러나 오쿠보는 '정한론은 망국론'이라고 진정으로 생각하고 있었고, 그런 주장을 타파하기 위해서는 비명의 죽음도 감수할 각오였다. 왜냐하면, 만 천하의 장사들은 깡그리 정한론 지지자들이라고 해도 과언이 아니었으며, 이렇듯 신나게 들끓는 여론 속에서 비정한론 같은 겁쟁이 의논을 들고 나오는 것은, 매우 용기가 필요했기 때문이다. 가와지가 이 하찮은 술자리에서까지 이런 각오를 한 것은 결코 과잉 의식이 아니었다.

'기리노가 나를 벨지도 모른다.'

가와지는 불행히도 외유를 해버렸기 때문에 냉정히 세계 속의 일본의 실상을 볼 수 있었다.

'조선에 파병하면 어떻게 되겠는가? 세계의 열강들은 의협심으로 조선을 돕는다는 명분 아래, 마침 잘 됐다고 일본을 무력으로 괴멸시키려 할 것이다.'

확실히 일본 자체가 망한다.
"열강이란 그런 것입니다."
가와지는 이 말을 사이고 앞에서 하고 싶었다. 열강은 지금까지 그런 수법으로 식민지를 늘려왔다.
열강의 외교 원리는
"밸런스 오브 파워(세력 균형)."
가와지 도시나가는 짧은 기간이나마 유럽을 다녀보고 이런 현상을 피부로 느꼈다. 그들의 외교 감각은 체질적으로 현상 유지를 좋아한다. 현상 유지야말로 식민지를 가짐으로써 국부를 누리고 있는 열강의 이익, 바로 그것이다. 일찍이 나폴레옹이 프랑스의 세력을 신장하려다가 몰매를 맞은 것처럼, 또 오늘날의 신흥 독일이 전 유럽에서 경계의 대상이 되고 있는 것처럼, 자기 나라의 이익 이외에 어떤 국가적 사고율도 가지지 않은 유럽이라는 나라들이, 만일 아시아에 같은 종류의 사고율을 가진 나라가 나타난다면, 서로 연합하여 일본을 쳐서 일본을 나누어 가질 것이 틀림없었다.

유럽의 열강이 아시아나 아프리카에 식민지를 획득해 가는 방법은 여러 가지였지만, 가장 손쉬운 방법은 그 나라의 내란을 틈타 한쪽에 가담하여 후견인으로서 무기와 돈을 대주고, 때로는 병력까지 주어서 정권을 획득하게 하는 것이다. 그러면 장차 후견인이 주인 행세를 하게 되고 민족 정권은 셋 방살이로 전락하여 결국 식민지가 되고 만다.

'가령.'
가와지는 생각한다. 정한론이 정책화되어 일본이 기리노가 말하는 '조선 팔도로 쳐들어가 조선왕으로 하여금 머리를 숙이게 할' 경우, 외국 군대──조선의 종주국인 청국을 포함하여──가 이에 간섭하여 기리노 등의 일본군을 몰아내게 되면, 그 열강들이 설령 기리노 등 사쓰마 사람들이 자신 있게 말하고 있듯이 일본이 무력의 나라라고 하여 일본에는 직접 손을 대지 않을 것이다. 그러나 조선은 일본을 제외한 그들에게 분할 점령되는 운명이 되어버린다. 이 점은 유럽인이라면 사과가 나무에서 떨어진다는 초보 물리학과 마찬가지로 어린애도 알고 있는 정치의 물리학이었다.

첫째, 정한책(征漢策)은 순전략론적으로 보아도 성공이 불가능했다.
조선은 종주국인 청국에 울며 매달린다.
청국은 원한 관계가 깊은 영국에 구원을 부탁할 것이다.

영국은 일본에 대해서도 시장으로서의 가치를 발견하고 있었고, 유신 때는 혁명 세력인 사쓰마 조슈에 가담했지만, 영국으로 봐서는 시장으로서의 가치가 청국이 비교가 안될 만큼 더 크다. 영국은 즉각 파병할 것이다.
'즉각이다.'
왜냐하면, 영국은 상해 항에 동양 함대를 상주시켜 놓고 있기 때문이다. 기리노 등이 '2개 대대'로 부산이나 인천에 상륙했을 때, 함대로 즉각 대한 해협을 봉쇄해버린다. 일본은 증원군도 탄약도 식량도 보낼 수 없게 되고, 기리노 등은 헛되이 그가 말하는 조선 팔도에서 굶어 죽을 것이다. 이것을 보고 한 몫 차지하겠다는 프랑스와 그 밖의 나라들이 잠자코 있을 까닭이 없으니 늦게나마 육군을 조선에 보내어 기리노 등을 섬멸한 것이 틀림없다.
가와지는 이와 같이 정연하게 그것을 생각한 것은 아니지만, 온 몸의 감각으로 그것을 예측하고 있었다.

"뒤를 좀······."
가와지는 자리에서 일어났다.
가와지는 종이 미닫이를 열고 어두운 복도로 나가서 좌우를 살폈으나, 이 연립 주택에는 집안에 변소 설비가 없는 것 같았다. 복도에서 서성거리고 있으니, 방안에서 사이고가 껄껄거리고 웃으며 말했다.
"달아날 데가 없는 쥐 같잖은가?"
가와지의 후리후리한 그림자가 좌우로 왔다 갔다 하는 것이 보였던 것이다.
사이고는 가와지가 당황해하는 모습이 재미있어서, 그저 순진하게 웃었을 뿐이지만, 가와지로서는 그 말이 매우 암시적으로 들려서 뜨끔했다.
이윽고 사이고의 서생 고마키 신지로가 초롱을 들고 와서 안내해 주었다.
일단 밖으로 나가서 뒷마당으로 돌아갔다. 뒷마당은 단순한 평지였으며, 그것을 가로질러 가니 건초를 쌓아 놓은 곳간이 나왔다. 변소는 따로 지은 건물로 곳간 옆에 있었다.
소변을 보고 있으니 말꼴 냄새가 났다. 옆의 곳간이 말의 사료곳간인 듯했다.
"말이 있나?"
가와지는 뒤에 서 있는 신지로에게 물었다.

"없습니다."

신지로가 대답했다. 밤이라 주위를 알 수는 없었으나, 이 구내가 영주 저택이었을 때, 변소 근처에 마구간이 늘어서 있었는지도 모르며, 어쩌면 지금도 남아 있을지 몰랐다.

'그러고 보니, 사이고님은 말을 타는 일이 한 번도 없었지.'

가와지는 생각했다.

사이고는 승마가 원래 서툰지, 아니면 몸집이 너무 커서 말이 쉬 짜그라지기 때문인지, 어쨌거나 육군 대장, 근위도독이라는 일본 상비군의 총대장이면서도 언제나 걸어 다녔다.

가와지는 그 광경을 보지 못했지만, 그 해 5월 아직도 나이가 젊은 메이지 천황이 사이고가 이끄는 근위병의 연습을 지바(千葉) 현 육군 연습장에서 살펴본 적이 있었다.

그 연습장은 상고(上古) 이래의 광막한 불모지로 지방 사람들은 오와다하라(大和田原)니, 고가네가하라(小金原)니 하고 부르고 있었으나, 이 연습 때 나라시노(習志野)라고 새 이름을 지었다. 메이지 천황은 시문의 재능이 풍부했다.

연습중 줄곧 비가 왔다. 메이지 천황은 말을 타고, 사이고는 흠뻑 젖은 채 걸어서 그 뒤를 따랐다. 이때 그의 복장은 육군 대장의 정장에 배에는 흰 천을 둘둘 말아 큰 칼 한 자루를 찔러서 차고 있었다. 신발은 짚신이었다.

연습장의 고급 지휘관들은 모두 말을 타고 있었다. 기리노 소장 같은 사람은 프랑스식 군모를 눈 위에 푹 눌러 쓰고, 가죽 장화를 신고 말의 옆구리에 칼을 늘어뜨린 멋진 모습으로 풀밭을 달리고 있었는데, 사이고는 끝내 도보로 시종했다.

'기리노는 사이고님을 말처럼 탈 생각일까?'

뒷간에서 변을 보면서 가와지는 문득 생각했다.

가와지는 사이고를 좋아했다.

사이고에게는 그런, 사람을 끌어당기는 매력이 있었는데, 그 매력에 대한 설명이나 분석이 이 인물의 경우처럼 어려운 사람은 없었다. 사이고의 매력은 그와 접하는 사람만이 알 수 있다는 한계가 있으며, 전해 들어서는 알 수 없었다.

사이고는 구 막부 시대에 번의 정치범으로서 두 번이나 섬에 유배되는 형을 받았다.

두 번째 유형의 땅인 도쿠노시마(德之島)에 보내졌을 때, 모래톱에 서 있던 섬의 노파가 눈을 치켜뜨면서 욕을 퍼부었다.

"당신은 대체 어떤 게으름뱅인고? 유배는 한 번이면 족하지, 두 번, 세 번 할 일은 아니라네."

사이고는 가엾도록 풀이 죽어서 고개를 푹 숙였다. 이 광경은 섬으로 그를 호송해 온 관리가 돌아와서 퍼뜨리는 바람에 가와지의 귀에도 들어왔다.

그 전에 가와지는 한길에서 거대한 눈에 거대한 몸집의 이 거한과 마주친 적이 있는데, 그 모습을 보고 가족들에게 말했다.

"무서운 사람이다."

도쿠노시마 이야기를 듣고 뭐라 형용할 수 없는 이상한 생각이 들었기 때문이다.

가와지가 사이고를 직접 만나게 된 것은 1864년의 하마구리 문(蛤御門)의 변 때부터였으므로, 당시 이미 사이고의 측근에 있던 동생 신고(愼吾:從道)라든가 종제 오야마 야스케(大山彌助:巖), 함께 유배되었던 무라다 신파치(村田新八), 줄곧 사이고의 경호원처럼 그 신변에서 떠나지 않은 나카무라 한지로(기리노 도시아키)등에 비하면 훨씬 신참자다.

신참자라고는 하나 사이고라는 거대한 빛을 온 몸에 받았다는 점에서는 다른 사람들과 아무 차이도 없었다.

다만 생각하는 것은 '좋은 사람들은 다 멀리 가버렸다.'는 것이다. 사이고 쓰쿠미치라든가 오야마 이와오(巖)같은 사이고의 교토 시절에, 밑에서 정보를 모아 정세를 분석하던 젊은이들은 이제 다 그의 곁을 떠나, 새 정부의 관리로서 무척 바쁘거나 아니면 유학이나 시찰 등으로 해외에 나가고 없었다.

사이고 곁에 남아 있는 것은 이제 기리노 도시아키뿐이었다.

'이 사람은 단순히 간덩이만 큰 인간에 지나지 않는다.'

가와지는 기리노를 낮게 평가하고 있었다.

하기야 가와지는 기리노의 참으로 사쓰마 사람다운 상쾌함과 발군의 용기를 잘 이해하고 있었다. 또 교양이 없는 폭 치고는 이상하게 육감이 날카롭다는 것도 알고 있었다.

"나한테 학문만 있으면 천하를 잡아 보이겠다."

언젠가 기리노는 이렇게 말한 적이 있는데, 세상에 대해서 꿀리는 감정이 조금도 없는 천진난만한 점도 그 아름다운 특질의 하나였다. 그러나 뒤집어 말하면 기리노는 옛날의 하야토(隼 : 사쓰마 사람)의 추장 노릇을 하기에는 안성맞춤일지 몰라도, 이제 아시아의 일각에 근대 국가를 만들겠다는 이 일본 속에서 그가 일대 정강을 내걸어 국제 정치를 논하고, 비록 사이고 당이라고는 할 일대 정치 세력의 집행자가 되려고 한다는 것은 우스꽝스럽다고 하는 수밖에 없었다.

'위태로운 이야기다.'

가와지는 초롱을 든 신지로의 안내를 받아 마당을 가로질러 돌아오면서 생각했다.

이 황폐한 저택의 주인인 사이고에 대해서였다. 사이고가 기리노 정도의 장사를 으뜸가는 측근으로 삼고 있다는 것은 위험한 일이라고 생각한 것이다.

'사이고님의 정한론은 기리노가 주입한 지혜인가?'

가와지는 문득 생각했으나, 설마 사이고 같은 총명한 인물이 장사배에 놀아나리라고는 생각되지 않았다. 역시 사이고 자신이 선군인 동시에 유일한 은사이기도 했던 시마즈 나리아키라(島津齊彬)의 아시아 대방위 구상에서 얻은 영향의 하나라고 할 수 있을 것 같았다. 아니면 혁명 정부의 부패나 비겁함에 대한 불만의 강력한 반사적 표현이 정한론인지도 모른다.

다시 생각해 보면, 사이고의 정한론은 나리아키라의 맹우였던 가쓰 가이슈의 외교론과 관계가 없지 않은지도 모른다. 이미 말했듯이 가이슈는 조선과의 동맹론자였다. 그 조선이 일본의 제안을 일축하고 일본의 유신과 개화를 모멸하고 있는 이상 '조선 정부를 치고 조선 사람의 눈을 뜨게 하여, 그 국민으로 하여금 유신 정부를 만들게 한 뒤 그것과 동맹을 맺는 수밖에 없다'고, 사이고는 생각하고 있는지도 모르며, 만일 그렇다면 그것은 혁명의 수출이었다. 그러나 아무튼 사이고 자신이 그 주장의 알맹이를 자세히 이야기하지 않고 있었다.

세상에 유포되고 있는 사이고의 정한론이라는 것은, 요컨대 심복인 기리노가 대변자로서 지껄이는 내용의 것이 많았다. 다분히 폭력적이었다. 일국의 정략론이라고 하기에는, 한번 세계라는 것을 보아버린 가와지 같은 사람의 눈에는 참으로 유치해 보였다.

정한론은 정쟁(政爭)으로 변하고 있었다.

조슈 세력은 비정한론이다.

한편 사가의 에토 사법경 등은, 사쓰마와 조슈의 사이를 떼어 놓기 위해 정한론파로 돌아섰다. 원래 책략가라 그것이 진심이라기보다 정한책이라는 이 국가적 모험을 국내 정쟁의 무기로 이용하려는 것처럼 보인다. 도사의 이타가키 다이스케(板垣退助)도 정한론파지만, 다분히 기분적이고 대단치 않았다.

사이고만이 정한론을 불퇴전의 주장으로 삼고 있으며, 누가 보더라도 일신을 망칠 각오까지 하고 있는 것처럼 보였다.

막부 말기, 사이고는 남의 의견을 잘 들었다. 그러나 지금은 기리노가 다른 의견을 가진 사람을 접근시키지 않았다.

이를테면, 정부의 요인이 사이고를 찾아와서 세계의 추세를 논하고 구미의 국력과 사회의 실정 같은 것을 설명하면서, 지금의 일본이 정한책을 취하는 것이 얼마나 어리석은 일인가 설득시키려 해도, 대좌하고 있는 사이고의 등 뒤에 언제나 기리노가 앉아 칼을 만지작거리며 눈을 번들거리고 있어서, 할 말도 하지 못하고 결국 요령 있는 말만 늘어놓다가 가버린다는 얘기도 가와지는 귀국 후에 듣고 있었다.

가와지는 자리로 돌아갔다.

사이고는 개를 사랑했다.

막부 말기, 교토에 있었을 때, '범(寅)'이라는 이름의 네덜란드 개를 사랑하여 외출할 때는 꼭 데리고 다녔다. 다른 번의 동지들과 술집에서 만날 때도 언제나 '범'을 자기 옆에 앉히고, 개 등을 쓰다듬으면서 사람들과 이야기했다.

이 괴상한 버릇은 자객이 뛰어들었을 때를 대비하는 효용도 있었는지 모른다. 그러나 당시 기온(祇園 : 교토의 유흥지) 같은 데서는 사이고가 개를 좋아하는 이 버릇을 오히려 멋으로 본 것 같으며, 이름난 기생 기미타쓰(君龍)가 했다는 말이 전해지고 있다.

"기도 선생님, 야마가타(山縣) 선생님, 이토 선생님 같은 높은 분들이 자주 오셔서 노시다 가시곤 했어요. 사이고 선생님은 언제나 개를 데리고 오셨는데, 오시면 꼭 장어덮밥을 주문하세요. 개도 주시고 당신도 잡수시고,

그러고 나면 곧 일어나서 가셨지요. 참으로 멋 중의 멋을 아시는 분이구나 하고 생각했답니다."

가와지가 찾아간 이때도 사냥개가 두 마리 방 한쪽 구석에 있었다.

덮밥이 나오자 사이고는 손수 달걀을 깨어 달걀밥을 만들어 개에게 먹였다.

참고로, 사이고는 나중에 도쿄 우에노(上野) 공원에 동상으로 만들어졌다. 개를 끌고 가는 모습인데, 이 개는 사쓰마 개다. 사이고가 사쓰마의 후지카와 마끼노(藤川牧野)에 사는 마에다 젠베에(前田善兵衛)라는 개를 좋아하는 사람에게서 얻은 것으로, 이름은 '쓴'이라고 했다. 그 동상의 개가 '쓴'일 것이라는 말이 후지카와 마키노에게 전해졌지만, 실은 이 동상이 만들어질 때 사쓰마 출신의 해군 요인으로 니레 가게노리(仁禮景範)가 기르던 개가 모델이 되었을 뿐 '쓴'은 아니다. 그러나 '쓴'과 무척 닮았다고 한다.

이 방에 있는 두 마리의 개는 범도 쓴도 아니고, 지바(千葉) 근처에 사는 사냥꾼한테서 산 것으로 특히 꿩 사냥이 능숙했다. 다만 사이고는 토끼나 멧돼지 사냥을 좋아하고 새 쏘는 것은 별로 좋아하지 않았다.

"개는 가고시마 개가 제일이지."

사이고는 개에게 밥을 먹이면서 말했다.

가와지는 문득 이런 생각이 들었다.

'기리노도 개일까?'

기리노가 육감이 뛰어난 데는 가와지도 여러 번 놀랐지만, 항시 주인이 있어야 한다는 점에서 개와 닮지 않은 것도 아니었다.

사쓰마 견의 성질은 온순하고 별로 날카롭지 않으며, 언제나 조는 듯한 얼굴이다. 그러나 사냥에 데리고 나가면 사냥감의 목덜미를 누를 때까지 돌아오지 않는다.

기리노는 막부 말기에 사이고와 생사를 같이 했다. 사이고에 의해 육군 소장이 되었지만, 여전히 사이고의 슬하에 있으면서 그 호위자 노릇을 했다.

기리노는 만년에 이렇게 말했다.

"나는 무엇이나 다 난슈 옹(南洲翁 : 사이고)에게 동의하는 것은 아니다. 또 그럴 수도 없다. 그러나 그렇다고 옹과 헤어질 수도 없는 것은, 나라는 인간은 죽어야 할 자리에서 죽을 수 없는 인간이기 때문이다. 나로 하여금 죽어야 할 자리에서 죽게 해 줄 사람은 난슈 옹밖에 없으며, 그래서 옹과는 평생 떨어질 수가 없다."
 죽을 자리를 얻는다는, 이 이상한 것을 인생의 목적으로 삼고 있다는 점에서, 기리노는 전국 시대의 사쓰마 사람, 바로 그것이라고 할 수도 있을 것이다.

 밤이 깊었다.
 "자고 가지 않겠나?"
 사이고가 정답게 말했다. 본디 사이고라는 인물은 그랬다. 타고난 감정이 풍부해서 그것이 애정이 되어 그 자리를 구석구석 채울 때, 그를 접하는 사람은 사이고가 그저 그 자리에 있다는 것만으로 형용할 수 없는 도취를 느끼는 모양이었다. 사이고는 옛날 홍수가 났을 때, 떠내려가는 나막신짝에까지, "나막신님, 이런 바람에 어디로 가시는고?" 말을 건넨 사람이라는 말이 있을 정도다.
 사쓰마 사람은, 그것이 거의 풍토성이라고 할 수 있지만 심정적 가치관으로서 냉혹함을 몹시 미워했으며, 모든 일을 부드럽게 대해야 한다는 것을 남자 근성의 중요한 가치로 간주했다. 이 때문에 대인 관계에 있어서 무의식중에 상대방의 다정함에 끌려 들어가게도 되는데, 가와지도 그런 면이 있어서, 이를테면 그의 짧은 생애를 특징짓는 것 중의 하나로 부하를 한 번도 꾸짖은 일이 없다는 것 등이 그런 것이다.
 또, 그러한 상냥함과 무관한 것이 아닌데, 사쓰마의 습관으로 "자고 가지 않겠나?" 하고 선배가 친절하게 권할 경우, 후배는 다소의 사정이 있더라도 그 친절을 받아들이지 않으면 안 된다. 이 자리에서 가와지는 마땅히 자고 가야 한다.
 "경찰 일이 있어서."
 그런데 가와지는 이런 핑계를 대며 거절해버린 것이다. 사쓰마의 대인적 습속으로서는 정상적이 아니었다. 남의 친절한 호의를 거절한 것이나 같기 때문이다.
 물론 가와지는 거짓말을 한 것은 아니었다.
 그는 지금 자기가 만들고 있는 경시청 창설에 온 정신을 다 쏟고 있었다. 믿어지지 않는 일이지만, 그는 죽는 날까지 밤마다 여기 저기 크고 작은 경찰관서를 돌아보는 습관을 출장이라도 가는 날 외에는 하루도 빠뜨리지 않앉다.

사이고는 무사라기보다 착실한 농사꾼 같은 느낌의 가와지의 성격을 일찍부터 귀엽고 재미있게 여기고 이해하고 있었으므로 웃으며 말했다.

"그럼 또 오게나."

그러나 옆에 있는 기리노 도시아키의 감정은 그렇게 돌아가지 않았다.

'무례한 자식!'

그는 목덜미가 벌게지도록 화가 났다. 첫째, 기리노가 이해한 사이고의 '자고 가라'는 말의 내용은 지금 사이고가 속에서 단내가 나는 심정으로 내각의 참의들을 설복하고 있는 정한론에 대해 가와지에게 잘 설명하여 가와지를——당연한 일이지만——한편으로 끌어넣고 싶은 것이라고 해석했다.

그런데, 가와지는 그것을 거절했다.

기리노가 이해한 가와지의 '거절'에 대한 해석은 중대했다. 가와지가 반정한론과의 두목인 오쿠보와 몰래 내통하고 있는 것이 아닌가 하고 본 것이다.

"저기까지 바래다주겠네."

기리노는 그렇게 말하며 현관 바닥에 내려섰다.

문간에서 신지로가 기다리고 있었다. 신지로가 초롱으로 가와지의 발밑을 비추면서 앞장서려고 하자, 기리노가 초롱을 받아 들었다.

"됐다. 나 혼자 가도 돼."

기리노가 이렇게 말할 때는 매우 위험하다. 막부 말기에 기리노는 흔히 이런 수법으로 사람을 쳤다.

도사 번 출신의 고토 쇼지로(後藤象二郞)도 그런 경험이 있었다. 막부 말기, 고토는 도사 번의 정무 대표로서 같은 번의 사카모토 료마가 구상한 대정봉환의 작업에 동분서주했다. 사쓰마의 사이고는 이에는 반대였다. 사이고는 은밀히 무력 쿠데타 계획을 추진하고 있었기 때문에, 도사 번이 느닷없이 제안한 대정봉환안에 크게 곤혹을 느꼈고, 그 마술적인 수습책은 혁명보다 오히려 도쿠가와 집안의 연명에 도움이 될 뿐이라고 보았다. 그러나 도사의 고토가 찾아와서 동의를 청했을 때, 사이고는 내심은 어떻든 겉으로는 쾌히 찬동하여 도사 번의 체면을 세워 주었다. 이 시기의 사이고의 정치 능력은 고금에 그 유례를 찾아보기 어려울 정도였다. 이때 고토가 교토의 사쓰마

저택에서 사이고와 회담을 마친 뒤, 대문의 쪽문을 지나 막 바깥의 어둠 속으로 나가려 했을 때, 문 옆에 붙어 서서 칼을 치켜들고 서있는 괴한을 보았다. 고토는 냉큼 시마즈 집안의 가문이 들어있는 초롱을 그 얼굴에 들이대고 "수고하게" 하고 가버렸다. 이 괴한이 당시의 나카무라 한지로, 지금의 육군 소장 기리노 도시아키다. 그때 고토의 기억으로는 헤어지면서 사이고가 자꾸만 가문이 든 초롱을 들고 가라고 권했다. 그것이 기리노의 칼을 맞아 죽었을 고토를 구한 것이다.

기리노는 그런 사나이였다.

그 무렵 사이고는 도사 번의 대정봉환에 곤혹해 하고 있었다. 사이고가 그렇게 생각하고 있는 이상 기리노로서는 고토가 천하의 간물이기에 마땅히 없애야 했다. 기리노의 머리의 회전과 행동은 대체로 그런 식으로 되어 있었다. 그런데, 고토가 쪽문에서 나오는 순간 시마즈 집안의 가문이 든 초롱을 본 것이다. 기리노는 행동을 멈췄다.

'사이고님이 승낙하셨구나.'

순간적으로 그렇게 생각하고 칼을 거두었던 것이다.

'기리노는 나를 벨 것이다.'

가와지가 이때 각오를 한 것도 가와지는 도사의 고토 이상으로 기리노라는 인간을 잘 알고 있었기 때문이다.

바래다 주다가 노상에서 나를 벤다.

'기리노는 그럴 작정이다.'

다시 그렇게 생각했을 때, 가와지는 온 몸의 피가 한꺼번에 무슨 화약 변화라도 일으키는 듯한 충격을 느꼈다.

'이 자와는 행동을 같이하지 말자.'

이렇게 결단을 내린 것은 바로 이때 라고 해도 된다. 기리노와 앞으로 행동을 같이 하지 않는 이상 어쩌면 사이고와 반대의 길을 걷게 될지도 모르며, 그것으로 향당으로부터 아마도 배은망덕한 도배라는 욕을 먹을지도 모르지만, 하는 수 없다고 생각했다.

바람이 좀 불었다.

기리노가 들고 있는 초롱불빛이 불안하게 흔들거렸으나 기리노는 불을 가리지 않았다. 원래 초롱불 따위를 꼼꼼하게 가릴 사나이가 아니었지만, 가와지는 경계를 게을리 하지 않았다.
 '불이 꺼지는 순간, 칼을 뽑아서 칠 생각인가?'
 두 사람은 시안 다리를 건너 어물 시장 쪽으로 향했다. 상가는 벌써 잠이 들어 적적하다. 왼쪽은 니혼바시 강이다.
 가와지는 일본 옷에 허리에 아무 것도 차고 있지 않았으나, 기리노는 군복에 칼을 차고 있었다. 수도 경찰의 최고관과 근위군의 육군 소장이 수행원도 없이 도쿄로 개칭된 옛 에도의 거리를 시골출신 장사처럼 걸어가고 있었다.
 '일본은 야만적이다.'
 가와지가 문득 파리의 밤을 회상한 것은, 파리에서야 설마 경찰의 최고관리가 육군 장성의 칼에 맞을까 경계하면서 나란히 걸어가는 일은 없겠지, 하는 생각이 들어서 우스웠기 때문이다.
 가와지는 기리노 왼쪽에 바싹 붙어서 걸었다. 그는 원래 기리노에 대해 칼솜씨에는 자신이 있었다. 그러나 지금은 쇠붙이 하나 지니고 있지 않으니 베일지도 모른다. 죽음은 이미 계산에 넣고 있었다. 죽기 전에 손을 날려 기리노의 두 눈을 후벼 팔 생각이었다. 그렇다고 기리노를 특히 심하게 증오하고 있는 것은 아니었고, 다만 가와지쯤 되는 자가 길에서 속절없이 칼에 맞아 죽었더라는 사후의 오명이 싫었을 뿐이다.
 가와지의 이런 마음의 긴장이 기리노의 감각에도 울리고 있는 듯 그는 짐짓 경망스레 말했다.
 "서로."
 그리면서 지금까지 잘도 살아남았다는 생사에 대한 농담을 화제에 올렸다. 가와지는 같잖았다.
 "무슨 할 말이 있는가?"
 그는 에도 사투리로 말했다.
 그 뒤 기리노도 에도 사투리를 쓴 것은, 무슨 이론을 논할 때는 짙은 고향 사투리로는 부자유스러웠기 때문이다.
 기리노는 정한론이 얼마나 당당한 정의론인지 역설하고, 다시 천하의 불평 무사들이 더러워진 지금의 도쿄 정부를 얼마나 저주하고 있는지 설명하고는, 정부에 대해 이제 궐기 직전의 정세에 있다고 말했다. 그것을 정한으로 단숨에 해결하자는 것이 기리노의 의견이었다. 그는 말을 마치고나서 갑자기 사쓰마 사투리로 돌아가서 물었다.

"어때?"

가와지는 대답했다.

그러나 흑백은 말하지 않았다. 말하면 대답에 따라서 부둥켜안고 좋아하거나 군도를 번쩍 날려 후려치거나 둘 중의 하나가 될 것이다.

"어려운 얘기군."

가와지는 먼저 호흡을 풀었다.

"나는 폴리스라 까다로운 말은 할 줄 모르네."

가와지가 말하자 기리노는 걸음을 멈췄다. 그리고 가와지는 그대로 나아가고, 기리노는 남았다. 이윽고 등 뒤에서 기리노의 웃음이 터졌다.

정념

여담을 좀 하겠다.

정한론(征漢論)이란 무엇인가 하는 데 대해서이다.

정한론이라는, 메이지 초기 일본을 뒤흔든 외교적 과제와, 그것이 내정적 과제로 바뀌어 커다란 불길이 치솟게 되는 이 문제를 묵살하고는 이 이야기에 등장하는 인간 군상이 그 무대를 잃고 만다.

그러나 그 무대 장치를 일일이 소상하게 설명하는 것이 이 이야기로 봐서 얼마나 중요한가 하는 데 대해서는, 솔직히 말하여 필자 자신도 의문이다. 극단적으로 말한다면, 필자 자신 묵은 신문의 정치란을 읽고 있는 듯한 기분도 든다.

그러나 돌이켜서 말하면, 다음과 같은 것은 가능할 것이다. 정한론이라는, 그 당시 혈기왕성한 일본의 유지층을 들끓게 한 문제를 통해서, 예나 지금이나 변함없는 어떤 보편적 과제를 끌어낼 수는 없을까 하는 것이다.

일본인은 고립된 지리적 환경에 살고 있다.

유럽 대륙의 여러 나라는 인구어족이라는 하나의 언어를 가졌고, 국가라고 해야 그 '사투리'마다 하나씩 나라를 세워 놓고 있을 뿐이며, 저마다의 문화나 사회 체제도 그 나라마다 얼마간의 지방의 차이는 있다하더라도, 대체로 균일성을 가지고 있다. 그들은 서민에 이르기까지 자국과 타국의 비교가 간단하며, 사실 일상생활에서 그렇게 비교하고 있다. 유럽의 외교는 어디까지나 그와 같은 인문 지리적 현실 위에 성립되어 있으며, 하나의 기술에 지나지 않는다.

되풀이하는 것 같지만, 외교는 한 나라의 이해로 좌우되는 정치 기술의 범위를 벗어나지 않는다.

그러나 고립된 환경에 있는 일본에서는, 외교는 이해 계산의 기술이라기 보다 다분히 주술성 또는 마법성을 가진 것이었다.

이를테면 '양이(攘夷)'라고 한다. 막부 말기의 이(夷)란 일본과 이질적인 문명을 가진 민족이나 국가, 다시 말하여 구미를 말하며, 중국이나 조선은 이 개념에 들어가지 않는다. 막부 말, 구미 제국이 통상을 요구해 왔을 때, 일본 역사상 일찍이 없었던 국민적 수준에 이르기까지 들끓었다. 사쓰마, 조슈 등 도쿠가와의 직계가 아닌 큰 번을 포함한 재야 여론은 외국을 물리치자고 무섭게 들고 일어나, 고작해야 국가의 이해계산의 범위 안에 지나지 않는 외교 문제가 처음부터 혁명 에너지로 변질해버렸다. 외국을 배척하는 것이 동시에 왕을 존중하는 국내 통일의 과제와 모순 없이 일치되어, 이것으로 막부가 쓰러지고 메이지 유신이 성립된 것이다. 외교가 언제나 단순한 외교에 그치지 않고 반드시 악령 같은 마술성을 가지며 국내 문제를 향해 강렬한 주술성을 발휘한다는 점에서, 일본은 매우 특이하여 세계의 정치 지리적 분야에서 특별한 나라로 보지 않으면 정한론은 이해할 수 없다.

후세의 우리에게 정한론의 어려움은 이 언저리에 있을 것이다.

일본의 외정 문제는, 그것이 아무리 큰 소동이라도 일단 지나가버리면 마치 증상이 사라진 간질병 환자――극단적인 비유지만――처럼 발병 중의 자기의 심리와 증상이 어떤 것이었지 잘 모르는 면이 있다.

어느 나라에서도 외교사는 편찬할 수 있다. 그러나 일본의 경우 나열적인 외교사는 편찬할 수 있어도, 거기서 과연 지속적인 공리성을 유도할 수 있는 외교사가 성립될 수 있을지는 의문이다.

이를테면 쇼와(昭和) 초기에는 육군 군부가 통수권을 마법의 지팡이로 삼아 국가의 대권인 외교를 뜻대로 주물렀다. 만주 사변 이래의 아시아 침략

정책은 결국 태평양 전쟁으로 괴멸되지만, 그 동안의 외정은 제국주의라는 호칭마저 걸맞지 않는 유치한 것이었다. 원래 제국주의라고 부를 수 있는 정도의 것이라면, 자국의 실력과 국제간의 착잡한 갖가지 이해관계를 철저히 계산한 뒤에 시행되어야 하거늘 그런 계산도 없었다.

'조선과 만주는 일본의 생명선.'

이런 주술적인 말만 되풀이하여 외침으로써, 군부는 일본 국내의 사상 통일을 기도했다. 하기야 쇼와 연간의 군부는 더이상 사상이라고 할 만한 것도 갖고 있지 않았기 때문에, 육군 유년학교와 육군 사관학교에서 실시하고 있던 교육 내용――다시 말해 천황에 대한 절대적 충성심과 일본 및 일본인의 절대적 우월성――을 온 국민에게 보급시키고, 아울러 그들 장교 계급은 국민을 병사 계급으로 만듦으로써 국민 통일을 완수한다는 방향을 발견하고 그 실현에 열중했다. 외교 문제가 국내 문제를 향해서 마술화되어 가는 한 예라고 할 수 있다. 쇼와 10년대 말기에는 이 군부의 국내 통일이 거의 성공했다. 그러나 국가 자체는 40여개국이라는, 거의 전 지구의 인류를 적으로 만들어 파멸해 버리고 말았다.

다시 더 예를 들면, 태평양 전쟁 뒤 '전후'라는 외교상의 시기가 계속되었다. 그 시기는 쇼와 26(1951)년 강화조약의 조인으로 종결되지만, 이 강화는 당시의 국제정세를 직접 반영하여 극히 미묘했으며, 소련과 그 권내에 있는 사회주의 국가들은 조인 상대 속에 끼지 않았다. 그 시비는 고사하고, 고작해야――지나고 보면――그 정도의 외교 문제가 중대한 국내 문제로 전환되어 국내가 혁명 직진을 연성시킬 만큼 소연해졌다. 그러면서도 지나고 보니 흔적도 없는 것이다.

이런 것을 생각하면, 일본의 외교 문제는 다른 나라의 그것과는 상당히 다른 개념과 성질을 가졌다고 할 수 있을지도 모른다. 외교가 기술이라기보다 국민적 정념의 표현, 혹은 그 정념에 의한 히스테리 발작에 가까운 성질을 갖고 있지 않나 하는 생각마저 드는 것이다.

그러나 민족적 정념이 유신 뒤 최초로 전율한 것이 정한론이다. 그 전율이 지나고 나니 아무 것도 없었던 것과 같았다고는 하지만, 한창 그것이 일어나고 있었을 때는 메이지 정부를 거의 붕괴 직전에 몰아넣었던 것이다.

기리노 도시아키는 장사적 기분상의 정한론 거두로 간주되고 있었다.

그러면 그 기리노가 조선의 정정이나 인문 일반에 대해서 얼마나 알고 있었느냐 하면, 거의 몰랐다고 해도 과언이 아니다. 이 모른다는 것이 기리노뿐 아니라 일본 역사에서 간헐적으로 분출되는 외정 에너지의 에너지원이었다.

이를테면 한국에서 '임진왜란'이라는 호칭으로 불리는 도요토미 히데요시(豊臣秀吉)의 조선 침공만 하더라도 그렇다. 히데요시가 과연 조선을 엄밀한 정의로서의 외국이라고 생각하고 있었는지는 의문이다. 규슈(九州) 북방에 있는 준(準) 규슈 적 지방이라는 정도의 인식이 있었기 때문에, 규슈 정벌에서 시마즈씨를 정복한 것처럼 조선도 일본국의 통치자인 자기의 위광(威光) 아래 굴복해야 한다고 단순하게 생각한 것이다.

그 무렵의 히데요시는 지난 날 모든 일에 조심스러웠던 그와는 딴 사람이었으며, 이미 정신병학의 대상이라고 할 수 있는 자기 비대의 망상 경향이 짙었다. 그는 대명국을 정복하겠다며 조선으로 하여금 길 안내를 하게 하려 했던 것이다.

그러나 현실의 조선국은 히데요시의 조선에 대한 이미지와는 달라서 완전한 외국이었다. 더욱이 중국을 종주국으로 하는 중화 문명권에 있었으며, 이 때문에 문명의 기준상 일본을 전통적으로 경멸하고 있었다. 난입한 히데요시군은 조선에 길 안내를 시키기는커녕, 조선의 종주국인 명나라 대군과 싸우지 않으면 안 되었다. 그 결과 조선의 산하는 황폐해지고, 히데요시 정권은 영주들이 싫증을 느껴 존속할 수 없게 되었으며, 명나라도 전비(戰費) 때문에 피폐하여 그 붕괴의 주된 원인이 되었으니, 세 나라가 다 아무런 이익도 얻지 못했던 것이다.

'왜놈'이라는 저주의 말로 조선인이 일본인을 보게 된 것은 이 '임진왜란' 뒤부터인데, 가해자인 일본 측은 그 후 조선국과 그 민족을 알려는 노력을 게을리 했다.

그 때문에 메이지 초기에 다시 조선 문제가 대두되었을 때, 기리노 등 많은 정한론자들은 히데요시의 무지의 단계에서 조금도 벗어나 있지 않았다.

일의 발단은, 이미 언급했듯이 일본이 메이지 유신으로 부국강병을 지향하는 유럽화 정책을 취한 데 있다. 그리고 조선에도 사신을 보냈다.

'귀국도 그렇게 하라.'

일본 측은 어디까지나 정중한 절충법을 썼다. 그것은 조그만 야심도 없이 우호와 친절에서 일어난 행동이었다. 그러나 조선으로서는 공연한 참견이었다. 조선국의 지배자로서는, 개국하면 국내 체제가 무너진다. 어느 나라 지배 계급이 자기의 지배 체제가 붕괴될지도 모르는 위험을 무릅쓰고 남의 나라의 이상한 '친절'을 받아들이겠는가?

절충은 메이지 초기부터 그럭저럭 6년 동안 계속되었다. 조선 측은 그때마다 강력히 거절하고, 그때마다 매도했다. 결국 일본의 장사적 기분을 격발시키는 결과를 가져왔다.

한편 다음과 같은 정경이 있다.

사이고는 당시의 사쓰마 출신 근위군 장병들의 상황을 이처럼 형용하고, 자기는 마치 그 분화산 위에서 낮잠을 자고 있는 기분이라고 말했다.

'분화산'

이 형용은 조금도 과장이 없었던 것 같으며, 사이고는 자신의 비명을 그렇게 표현다고도 할 수 있다.

보신 전쟁은 사쓰마 청년의 피를 완전히 야성으로 되돌려 놓았다. 이 혁명전이 불과 1년에 끝나버린 것도 좋지 않았다.

사쓰마의 단짝인 조슈의 경우는, 1864년의 하마구리 문의 변, 4개국 함대와의 양이 전쟁, 번 안의 쿠데타 전쟁, 막부와의 전쟁 등이 꼬리에 꼬리를 물어 메이지 2(1869)년 5월 보신 전쟁이 끝날 때까지 5년이나 전쟁을 계속했으며, 더욱이 그 전쟁의 형태는 대 정부전, 번내 혁명전, 대외전 하는 식으로 모든 종류를 다 경험했다.

전쟁이 정치적 정의의 격렬한 표현이라면 조슈 사람은 그 주제를 충분히 표현할 수 있었고, 또 전쟁이 어떤 집단의 에너지 분출 형태라면 조슈 사람은 충분히 분출한 뒤 지쳐서, 보신 전쟁이 끝났을 때는 학질이 떨어진 것처럼 집단 자체가 안도의 한숨을 내쉬는 느낌이었다.

이 점이 사쓰마와 다르다.

또 조슈가 사쓰마보다 빨리 진보해버렸다는 것도 양자의 치명적 차이가 될 수 있다. 조슈는 막부 말기의 대 막부전을 치르는 과정에서 번 안의 봉건 질서를 크게 변동시켜버렸던 것이다. 기병대 외에 서민군이 출현하여 이것이 번의 운명을 쥐는 일찍이 없던 사태가 일어났다. 사족계급이 오히려 기운을 잃고 보수 쪽으로 돌아섰고, 서민군에 압도당했다. 요컨대 사농공상이라는 계급제의 절대성이 허물어지고, 메이지 사회의 원형이라고 할 수 있는

'국민'이라는 것이 조슈에서는 막부 말기에 벌써 출현하고 있었던 것이다.

그래서 메이지의 새 사회의 출현에도 조슈 사람은 당황하지 않았다. '국민'은 관료라는 국가의 운영 기술자를 필요로 한다. 조슈의 경우 관료는 이미 준비되어 있었다. 막부 말 번 내의 동란으로 생긴 혁명 관료단이 그대로 메이지 정부의 관료단으로 이행한 것이다.

극단적인 표현을 빌린다면, 조슈사람으로서는 메이지의 상하 관리들을 그들 스스로 선택했다는 기분이 들어서 그 인선에 대한 불평은 별로 없었다. 요컨대 조슈 사람은 정쟁에 지쳐 있었으며, 혁명 정부와 새 질서의 출현을 타당한 것으로 안도하는 기미가 있었던 것이다.

그러나 사쓰마의 경우는 다르다.

사쓰마는 일본의 어느 번보다 중세적인 제도와 분위기를 간직하고 있었고, 나아가서는 전국 무사의 에너지로 지속하는 데 전념한 집단이었다. 그것이 사이고와 오쿠보라는 당시의 일본 인재의 수준을 훨씬 넘는 두 사람의 영웅적인 활동으로 혁명 주력이 되었고, 그 잽싼 수완으로 싸움에 진력이 나기 전에 혁명을 수립시켰으니 정기(精氣)만 남은 것이다.

한 가지 정경을 소개한다.

아리마 스미오(有馬純雄)라는 사쓰마 사람이 있었다.

"쓰다(藤太)군."

사이고가 이렇게 부르면서 귀여워한 인물로, 보신 전쟁 때는 군대 간부로 출정하여 용맹을 떨쳤고, 그 반면 적에 대해서는 한없이 관대했다는 점에서 전통적인 사쓰마 기질을 가진 사람이었다.

그러나 원래 고집이 세고, 일종의 정론을 내세워 일단 꺼낸 말을 끝까지 관철하려고 했으며, 방해하면 동료라도 마구 욕을 퍼붓는 버릇이 있어, 유신 후 사이고가 "쓰다 군은 사법성이 좋겠어" 하고 그 쪽으로 돌게 되었다. 사법성은 정의를 좋아하는 그의 성격에 어딘지 모르게 맞았지만, 한편 너무나 알맞은 나머지 이론을 좋아하는 천성이 도져서 동향인들은 은근히 그를 싫어했다.

사쓰마 사람들은 어릴 때부터 "이론을 들먹이지 말라"는 교육을 받는다. 이론을 들먹이기 좋아하는 인간은 성벽부터 부도덕한 것으로 간주되는, 다른 고장에는 없는 모럴의 기준이 있어서, 아리마는 결국 도쿄의 사쓰마 인

사회에서 지탄을 받아 만년의 한때는 오사카(大阪)의 작은 절에서 주지 노릇을 한 적도 있었다.

그러나 이 이야기의 이 시기에는 사법성의 젊은판사로 민사를 담당하고 있었다.

"월급은 1백 50엔이었다."

아리마는 만년에 회고했다.

메이지 초기의 수입으로는 컸으며, 아마도 서민가의 연립주택에 사는 목수가 2년 동안 벌어도 이만은 못했을 것이다.

그 당시 역시 아리마처럼 총탄을 누비고 싸운 사쓰마 사람으로서 군대에 남은 사람은 육군 대위가 겨우 70엔 정도였다.

아리마의 회고담에 의하면, 육군의 사쓰마 사람들은 불평하고 있었던 모양이다.

"아리마 놈은 벌써 월급을 1백 50엔이나 받고, 관사에 살고 있을 뿐 아니라, 승마용 말을 두세 마리씩이나 갖고 있다. 좀 너무 하다."

'친위병'이라는 근위군이 사쓰마·조슈·도사 세 번에서 선발되어 편성되고, 기리노가 육군 소장이 되어 도쿄에 주둔하고 있던 때였다.

사이고는 이 사람들의 금전 문제에 자상하게 신경을 쓰고 있었다. 그 자신은 사소한 일이라도 남에게 심부름을 시킬 때는 반드시 돈을 주어서, 사람을 공짜로 부려먹지 않는 개인적인 습관을 가지고 있었지만, 젊은 녀석들이 선배에게 돈을 우려먹는 근성은 용서하지 않았다. 그런데 일반적으로 그런 악습이 있었다. 특히 박봉의 장교나 하사관들은 아직도 장사 기분이 남아 있어서, 유흥을 즐기고 싶을 때는 일쑤 동향의 문관을 찾아가서 돈을 뜯어냈다.

"군인은 군인 수당이 나간다."

사이고는 근위군이 창설될 때 사쓰마 출신 문무 관리들을 모아놓고 다짐했다. 군인들에게 돈을 주지 말라, 주면 사기가 떨어진다고 주의시킨 것이다.

그 군인 세 사람이 아리마를 찾아가서 요구했다.

"도사의 군인들과 함께 아스카 산(飛鳥山)에 벚꽃 구경을 하러 가기로 약속했으니, 돈을 좀 돌려주시오."

아리마가 돈을 주면 풍기가 문란해진다는 이유로 이를 거절하자 큰 소동이 일어났다.

다음 이야기는, 당시 도쿄에 올라와 있는 사쓰마 출신의 군인과 관리의 집단 사이에 얼마나 양산박적 기분이 충만해 있었나 하는 것을 보여주는 하나의 예이다.

"가고시마에서 오야마님이 상경했다."

오랜만에 향당의 선후배들이 한 자리에 모여 술자리가 벌어졌다. 오야마님이란 보신 전쟁 때 탁월한 정진 수완을 발휘한 오야마 쓰나요시(大山綱良)를 말하며, 지금은 가고시마 현령이었다.

아리마는 각오했다. 그 자리에 참석하는 근위 장교와 하사관들이 자기를 기다리고 있다가 몰매를 때려 팔이라도 꺾어 놓으려고 할지도 모른다. 아리마는 사쓰마의 비검류의 명인으로, 막부 말기에는 교토에서 숱한 칼싸움 속을 누비고 다녔지만 한 번도 진 적이 없었다. 그러나 동향인과 싸워 살상을 당해는 것도 한심한 짓이라고 생각하고, 연회장인 나카무라 루(中村樓)까지 말을 타고 가서는 말구종에게 일렀다.

"2층에서 소동이 일어나거든 즉각 말을 처마 밑으로 끌고 오너라. 2층에서 말 위로 뛰어내리겠다. 그런 다음 36계를 놓을 테니, 너도 실수하지 않도록 해라."

아리마는 늦게 갔다. 2층에 올라가니 한창 주연이 벌어지고 있었는데, 넓은 방 여기저기서 군인들이 모여 앉아 저전(箸戰)놀이를 하면서 술잔을 기울이고 있었다. 저전이란 도사에서 말하는 저권(箸拳)과 같으며 젓가락을 도구로 하여 승부를 가리는 놀이로, 진자가 술을 마시는 것이다.

들어서는 아리마의 얼굴을 보고 군인들은 흥분했다. 군인은 장교, 하사관, 병의 계급 차이가 있었지만, 건군 초의 이 시기에는 원래가 같은 사쓰마 무사 출신이라 아리마가 보기에 서로 별로 차이가 없어서 말하자면 둘러앉아서 술을 마시는 장사단이나 다름없었다.

다행히도 사이고가 정면에 앉아 있었다. 사이고는 좌중의 공기를 민감하게 눈치 채고, 아리마를 자기 옆에 앉혀 놓으려고 불렀다.

"오오, 늦었군. 이리 오게, 이리 와."

그러나 군인들이 아리마를 사이고 옆에 보내 주지 않고 곧장 저전에 끌어들였는데, 이내 술잔이 날아가는 난장판이 벌어졌다.

하마터면 칼싸움이 벌어질 뻔한 것을 노쓰 미치쓰라(野津道貫 :러일 전쟁 때의 제4군 사령관)가 아리마를 감싸서 피신시켜 주었다. 계획대로 2층에서 말 위에 뛰어내려, 료고쿠 다리(兩國橋) 옆에 있는 요정 '가메세이(龜淸)'로 달려가서 방으로 들어갔다.

곧 다른 문관들도 '가메세이'로 도망쳐 왔다. 도망쳐 온 사람들은 아쓰노조(厚之丞)라고 부르던 후일의 문학박사 시게노 야스쓰구(重野安繹), 나중의 원로원 의관 나카이 히로시(中井弘) 등으로 군인들에게 쥐어 박혀 쫓겨난 것이었다.

"네놈들이 올 데가 아니다."

이런 군인들을 말리려고 이날의 주빈인 오야마 쓰나요시까지 일어나 주먹으로 치고 돌아다녔는데, 그 때문에 턱이 다 빠진 자도 있었다. 소고자에몬(相五佐衛門)이라는 군인은, 후치나베 군페이(淵邊群平)라는 사이고의 사랑을 받는 사나이에게 덤벼 입을 때리려고 했다. 그러자 후치나베는 입을 딱 벌리고 그 군인의 엄지손가락을 물어뜯어 술잔을 씻는 주발에 탁 뱉었다.

이 료고쿠 나카무라 루의 소동은, 지난날의 에도 시대를 포함하여 도쿄의 술집에서 발생한 소동으로서는 전대미문의 난장판이었다. 술상이라는 술상은 깡그리 짓밟혀서 바스러졌다. 장지문은 날아가고, 칸막이문은 흔적도 없어졌다.

"무사했던 것은 기생이 들고 달아난 샤미센(현이 셋 있는 일본 현악기) 한 개뿐."

그 뒤 이런 소문이 나고, 피해액은 1,000엔이나 되었다고 한다. 1,000엔이면 상당한 저택을 지을 수 있는 돈이었으니, 나카무라 루의 파손과 소동의 규모를 짐작할 수 있다.

"사이고 선생의 그 큰 덕망을 가지고도 그들의 주광을 누르지 못했다."

아리마 스미오는 회고하고 있다. 나중에 세이난 전쟁(西南戰爭)으로까지 치닫지 않을 수 없게 되는 사쓰마 인이라는 혁명 집단의 울분에 찬 에너지가 이 한 가지 일에서도 뜨겁게 달아올랐다고 보아도 무방하다. 더욱이 싸움의 피해자인 아리마 스미오 자신이 이 광태를 욕하기는커녕 그 회고담에서 "모름지기 사나이는 그래야 한다."고 당시의 사쓰마 청년들의 발랄한 기운을 찬미하고 있으니 재미있다. 아리마에 의하면 사쓰마 사람들의 그와 같은 기백이 없었으면 도저히 막부를 쓰러뜨리지 못했을 것이다. 다만, 막부가 너무 단시간에 쓰러지는 바람에 도쿄에 주둔하는 사쓰마 군인들이 치켜든 주먹을 내리칠 데가 없어서 울적해 하고 있었다는 것이다.

이 소동 동안 사이고는 군인들에게 둘러싸여 그 저전을 계속하고 있었다. 그는 저전에 약했다.

그래서 번번이 져서 술을 마셔야 했다. 그는 술에도 약해서 금방 녹아 떨어져서는 정신을 잃고 인력거에 실려서 집으로 호송되었다. 사이고로서도 이런 경우 술에 곯아떨어지는 수밖에 없었을 것이다.

그는 이런 사람들의 혈기를 사랑했다. 사실 이런 혈기를 몰아서 온 일본을 석권하여 혁명전에서 승리를 거둔 것이다. 그런 사이고가 이제 와서 새삼 점잔을 빼고 고개를 저으면서 조용히 하라고 할 수도 없었고, 그들도 사이고가 설마하니 바보처럼 말리지는 않을 것이라는 확신이 있었기에 마음 놓고 한바탕 소란을 부린 것이리라.

그렇다면 경찰은 어떻게 하고 있었을까?

가와지 도시나가는 이때 외유하기 직전이었는데, 그는 나졸 총장으로서 도쿄 경비의 직접적인 책임자였다.

"오늘 큰 소동이 일어날 것이다."

가와지는 예감했다. 하기야 그도 사쓰마 사람이라 나카무라 루에 참석할 의리는 있었지만 "공무가 있어서" 하고 주선하는 사람에게 미리 양해를 얻어 놓았다.

그리고 직접 나졸 2백명을 거느리고 나카무라 루를 몰래 포위하고는 소동이 나카무라 루 밖으로 번지는 것을 막았다. 이 특별 경계에는 사쓰마 출신 나졸들만 골랐다. 다른 번 출신자들에게 사쓰마 집단의 그것도 사적인 소동의 경계를 시킨다는 것은 아무래도 거북했기 때문이다.

"아마 나카무라 루가 내려앉을 것이다."

가와지는 나졸들에게 소동의 예상 규모를 미리 귀띔해 놓았다. 가와지는 사쓰마 사람에 대해 가장 잘 알고 있었다. 그들이 설치면 술집이 성할리가 없었다.

"그러나 다른 요리집에는 손해가 미치지 않도록 해라."

경계의 주안점을 철저히 일러 놓았다.

'난'이 제풀에 가라앉은 뒤, 가와지는 나카무라 루에 들어가서 주인더러 피해액을 적어 내게 하여 사이고에게 보냈다. 사이고는 아무 말 없이 지불했다.

참고로, 사이고를 태워 갈 인력거를 마련한 것도 가와지였다.

인력거는 옆 골목에 대기시켜 놓았다. 이때의 인력거는 그 후에 출현하는, 부채처럼 접는 기능을 가진 '편한 덮개'도 없었고, 네 개의 기둥을 세워 차일처럼 천을 평평하게 쳐 놓았을 뿐이었다. 바퀴도 짐달구지의 그것과 별반 다르지 않았고, 스프링도 없었으며 물론 고무 타이어도 아니어서 달리면 덜그르르 멋없는 소리가 났다. 가와지는 사이고의 거대한 몸집을 생각하여 끄는 사람 미는 사람을 대기시켰다.

가와지는 연회가 시작되기 전에 육군 중령 노쓰 미치쓰라에게 살며시 귀띔하였다.

"사이고님을 부탁한다."

말하고는 인력거의 준비도 일러 놓았다.

노쓰 미치쓰라는 사이고를 경애하는 데 있어서 남에게 뒤지지 않았으나, 몇 해 뒤에 일어나는 세이난 전쟁에서는 관군에 남아 제1여단 참모장으로서 사이고 군과 싸우게 되며, 그 때문에 싸움터에서 줄곧 남몰래 눈물을 흘렸다는 인물이다. 메이지 시대를 통하여 전형적인 야전 공성의 무장으로서, 그 완고함에 대해서도 일화가 많지만, 반면에 이성이 강하여 감정적으로 행동하는 일이 없었다. 노쓰는 가와지의 이 말만으로 그가 생각하고 있는 이 연회에서의 사이고의 '정치적 구제책'을 납득했다.

"알았네."

노쓰가 말했다. 사이고는 술에 약했다. 먼저 만취시켜야 한다고 노쓰는 생각했다. 정신없이 취하고 나면 노쓰와 친한 친구들이 사이고를 들어낸다. 그 때 가와지의 부하인 경찰의 손을 빌려서는 안 된다.

그 점을 가와지도 염려하고 있었다. 사쓰마계 군인과 사쓰마계 경관은 서로 같은 향당이면서도 사이가 좋지 않았다. 이미 말했듯이 근위군 장교는 성하사——다른 번에서 말하는 상사——이고, 경찰은 향사로 구성되어 있다. 성하사는 향사를 몹시 멸시했다. 그렇다고 향사가, 이를테면 도사에서와 같이 노골적으로 성하사에 대들만큼 감정이 험악하지는 않았지만, 경우에 따라서는 오랜 울분이 어떻게 터질지 모를 일이었다. 그렇게 되면 군대와 경찰의 대판 싸움이 벌어진다. 경찰은 전연 모습을 보이지 않도록 잠복시켜 놓겠다는 가와지의 배려를 노쓰는 느꼈다.

결국 사이고는 들려 나갔다.

사이고를 들고 나간 노쓰의 친구들은, 다분히 필연적인 냄새가 나지만 세이난 전쟁 때 관군에 남은 사람들이다. 사이고는 거대한 폭발물과 같았으며, 그것을 활활 타오르는 불길 옆에 두지 말자는 것이 노쓰와 가와지의 관군적 이성이었는지도 모른다.

사이고를 인력거에 실을 때, 사이고의 머리를 든 노쓰가 힘들어 보여서 가와지가 사이고의 커다란 어깨를 들어 주었다. 육군 대령 다네다 마사아키(種田政明) 등 몇 사람이 허리와 다리에 매달렸다.

쿵 하고 차대의 딱딱한 널빤지에 몸을 내려놓자 사이고가 한 순간 눈을 뜨고 웃었다.

"아야!"

의식불명이었어야 했다. 모든 것을 알고 일부러 들려나온 것인지, 가와지 등 동향인이 보아도 도무지 알 수 없는 데가 사이고에게는 있었다.

가와지는 사복 입은 몇 사람을 인력거에 딸려 보냈다.

이 술자리에서 육군 소장 기리노 도시아키는 어떻게 하고 있었을까? 그는 요코하마에서 맞춘 군복을 멋있게 입고, 끝내 자리를 뜨지 않은 채 그 소란에도 아랑곳없이 단정하게 앉아 술을 마시고 있었다.

"한지로님."

하급 장교인 주제에 그에게 잔을 내미는 사람도 있었고, 나카무라님, 하고 그 전의 성을 부르면서 잔을 받으러 오는 사람도 있었다. 기리노는 원래 대주가는 아니었지만, 유례가 없다는 극단적인 형용이 일본에서 기리노에 한해서만은 허용될 만큼 남에게 지기를 싫어하여, 주고는 술은 모조리 받아 마셨다. 몸속에 쳐 넣어서 술을 죽이기라도 할 듯한 기세로 마셨지만, 그리고도 사람들 앞에서 결코 취태를 보이지 않았다. 그러나 한계에 이르면 단팥죽을 주문했다. 이제 그만 마신다는 신호로 단팥죽 그릇을 무릎 앞에 놓는 것이다. 그것을 타넘고까지 술을 권하러 오는 사람은 없었다. 온다고 기리노가 칼을 뺄 것도 아니지만, 기리노의 단팥죽 그릇에서는 사람을 물리치는 묘한 기백이 풍겼다.

막부 말기, 사쓰마·조슈·도사 사람들이 자주 드나든 히가시 산(東山)의 요정에 '아케보노 정(曙亭)'이라는 것이 있었다. 아케보노 정은 요리도 팔고 방도 빌려 주었으며, 처마 밑에 붉은 양탄자를 깐 걸상을 내놓고 단팥죽도 팔았다. 한 번은 안에서 술을 마시고 있던 기리노——당시에는 나카무라 한

지로였지만——가 처마 밑으로 나와 단팥죽을 스물여섯 그릇이나 비워서 그 당시 유명해졌다. 술에 물리면 단팥죽을 먹었는데, 이제 술은 더 권하지 말라는 기리노의 이 습관에 친구들이 승복한 데는 그만한 실적이 뒷받침이 되어 있었던 것이다.

더 말하면, 기리노 옆에 그 떠들썩한 소용돌이가 오지 않는 데도 그 나름대로의 실적이 있었다. 기리노가 사람을 벨 때의 처절함을 현장에서 본 사람도 많고, 못 본 사람은 들어서 다 알고 있었다.

막부 말, 교토 니혼마쓰(二本松)의 사쓰마 번 저택에 포술을 가르치러 오던 아카마쓰(赤松) 아무개라는 떠돌이 무사가, 막부의 첩자이라는 소문이 나서 기리노가 은밀히 조사해 보니 사실인 것 같았다. 어느 날 아카마쓰가 저택에서 돌아갈 때 기리노는 "저만큼 바래다 드리겠소" 하고 다시로 고로(田代五郎)라는 같은 번의 무사와 함께 전송하러 나섰다. 아카마쓰가 가운데서 걸어갔다. 도중 포술에 관한 이야기 같은 것을 나누면서 야나기노반바시조구다루(柳馬場四條下)까지 왔을 때, 거리의 인기척이 끊어졌다. 기리노는 몇 걸음 앞으로 걸어 나가서 아카마쓰를 돌아보는 순간 한 칼에 즉사시켰다. 그대로 기리노 등은 떠나고, 시체만 뒤에 남았다. 지나가던 사람들이 발견했을 때는, 누가 베었는지 알 길 없이 대낮에 시체가 혼자서 죽은 것이 되어버린, 그런 번개 같은 행동이었다.

기리노는 이날 나카무라 루에서 술을 마시는 동안 자주 얼굴에 웃음을 띠었다. 기리노의 웃는 얼굴은 투명한 것 같은, 몹시 친근감을 느끼게 하는 인상이었으나, 난폭한 사나이들도 웬지 기리노만은 경원했다. 하기야 기리노가 막부를 상대로 해 온 일에 비하면 지금 술자리에서 일어나고 있는 이까짓 소란쯤은 웃음거리도 안 되었다. 여기저기서 한창 격투를 벌이고 있는 인간들도 골수에 사무치도록 그것을 잘 알고 있었으며, 난폭한 남아를 사나이의 전형으로 아는 이들 사쓰마의 인간들은 기리노를 신성한 난폭자처럼 한몫 봐주고 있었다.

이야기가 앞뒤로 오락가락하는 것이 좀 마음에 걸리지만, 기리노 도시아키에 대해서 좀더 이야기해 두지 않으면, 나카무라 루(中村樓)의 주연에 끼어 있던 기리노의 개인적인 역사의 정경이 분명해지지 않는다.

기리노가 사쓰마 사족들 중에서도 성하사(城下士)들에게 멸시받는 향사 계급 출신이라는 말은 앞에서 했다. 그는 요시노 마을에서 태어났다.

향사는 단지 신분에 지나지 않으며, 그 중에는 부자도 있었지만 기리노의 생가는 지독히 가난했다. 그 집은 집이라기보다 오두막이었다. 이를테면, 집에 벽을 칠할 돈이 없어 삼나무나 노송나무의 껍질을 붙여 놓았을 뿐이고, 방도 두 칸 정도밖에 되지 않았고, 뒷간은 집 밖에 있었다. 지붕은 널빤지였다.

사쓰마 향사의 일상생활은 농민과 비슷했다. 농경으로 자급자족했는데, 기리노는 수전 지대에 사는 향사가 아니어서 고구마를 재배하여 주식으로 삼았다. 집에는 현금 수입이 없었다. 그래서 책을 사지 못해, 그의 소년 시절은 문맹이나 다름없었다.

하기야 무사의 가난함은 사쓰마 인에게는 오히려 정신력이 되는 경우까지 있어서, 소년 시절의 기리노에게는 가난이 조금도 고통스러운 일이 아니었다.

"나는 가난해서 배우지 못했다."

이것이 장년기 기리노의 자랑이기도 했다. 가난함에 대한 '긍지'가 무학에 대한 '긍지'가 된 것이다. 참고로, 사쓰마의 무사도는 무학을 수치로 생각할 필요가 없었다. 전국 시대 이래 에도 시대를 통하여 사쓰마 번에서 가장 고귀하게 생각한 인간의 가치는, 미련 없는 깨끗함과 용맹스러움과 약자에 대한 연민, 이 세 가지였고, 무사의 학문은 그저 적당히 있으면 된다고 생각했다. 막부 말 여러 번에서는 교양인이 지도자가 되었으나, 기리노 같은 날카로운 야성이 중요시되어 비천한 무사 계급에서 성하사를 통솔하는 지위까지 올라가는 것은, 사쓰마 이외에서는 절대로 볼 수 없는 희귀한 현상이었다.

"기리노는 무식하지 않았다."

이런 설(說)이 있다. 필자도 전에 기리노가 무식하다고 쓰고 나서 독자들의 항의 편지를 받는 등 난처해 한 적이 있다. 그 사람은 기리노의 필적을 소장하고 있었다. 즉흥한시가 적혀있는데 운필이 상당히 능숙한데다 필세에 기리노다운 기백이 깃들여 있다고 한다. 그런데도 기리노가 무식하다는 말이냐는 항의였다.

그러나 기리노는 서당 과정의 글씨를 간신히 쓸 수 있는 정도의 소양밖에 없었다.

"기리노 도시아키의 휘호"라고 남아 있는 것은 대부분 그가 쓴 것이 아니라 친구들이 쓴 것이다.

막부 말의 기리노는 사쓰마 번 안에서도 아직 이름이 나 있지 않았으며, 도바 후시미의 싸움 때 사이고에게 발탁되었지만, 그래봐야 분대장 견습에 지나지 않았다. 그런 기리노에게 휘호를 부탁할 사람은 없다.

"기리노 선생님, 뭐 좀 써 주십시오."

그의 집에 출입하는 상인 같은 사람에게 부탁을 받게 된 것은 육군 소장이 된 뒤이다. 기리노는 부탁을 받으면 거절하지 않았다. 그런 것은 인생의 대사는 과연 무엇인가 하는 것만 생각하는 기리노에게는 아주 하찮은 일이었다.

"좋아, 써 주지."

그러고는 친구에게 맡겼다. 기리노의 대필을 가장 많이 한 것은 그의 전우로 나중에 문관 코스를 걷게 된 아리마 스미오였다. 아리마(有馬)는 이론을 좋아하는 것만 빼 놓으면 성격이 기리노와 비슷했으므로, 그 필적도 자못 기리노다운 기백으로 넘쳐 있었다.

기리노는 완전히 혼자의 힘으로 그 이상한 '교양'을 길렀다. 그의 반생을 검객으로 특징지은 칼솜씨도 스승이 따로 없었다.

그는 요시노에서 농사를 지으면서 가느다란 몽둥이로 서 있는 나무를 치면서 스스로 검술을 터득했다. 얼굴이나 팔목 방구, 혹은 죽도 같은 것은 쥐어 본 적이 없었다. 하기야 사쓰마의 시현류에는 그런 도구가 없었고, 오로지 외곬으로 서 있는 나무만 친다. 이런 독특한 검법이기 때문에 기리노는 독습할 수 있었다. 머리 위에 치켜들어 내리치는 칼의 속도를 1초의 몇 분의 1이라도 적보다 빠르면 적을 벨 수 있다. 방어는 없었다. 공격뿐인 검법이며, 첫 칼에 실수하면 자기가 죽는다. 죽는 것이 당연하다는 생각 위에 성립된 검법인 것이다.

기리노는 커서 가고시마 성밑거리에 있는 번의 시범에게 검술을 배우러 갔다. 사범은 기리노의 솜씨를 보고 놀라 객원으로 대우했을 정도였다.

"자네에게는 가르칠 것이 없네."

하기야 기리노가 요시노에서 당당히 성밑거리로 나오는 것은, 성하사의 자제들에게는 같잖은 일이었다. 그들은 다리목에서 기리노를 기다리고 있다가 싸움을 걸었다.

기리노 같은 싸움의 명수가 이 성하사 인간들에게 저항하지 않은 것은, 사쓰마 무사 계급의 신분 의식을 잘 보여주는 것이다. 같은 향사라도 도사의 경우는 이런 말이 있다.

"도사의 향사는 아래(농민)에 붙었다."

막부 말기에 상사가 지배하는 번에서 빠져나와 유신 뒤에는 자유민권 운동을 일으켰다.

"사쓰마의 향사는 위(성하사)에 붙는다."

이에 반해 가고시마의 향사는 성하사에 대항하지 않는다는 의식이 철저해서 이런 말이 있는 것이다. 기리노도 대항하지 않았다. 그는 빙그레 웃으면서 가만히 당하고 있었다. 성하사들은 기리노를 번쩍 들어 다리 위에서 냇물에 던졌다. 기꺼이 떨어진 기리노는 헤엄쳐 가서 저쪽 물가에 기어 오른다. 이튿날에도 성하사가 다리목에서 기다리고 있다. 기리노는 피하지 않고 지나가려 한다.

"실례"

성하사들은 기리노의 팔다리를 붙들고 강물에 던져 넣는다. 기리노는 이것도 감수한다. 이런 일을 며칠 동안 계속하는 사이 오히려 성하사들이 뒤가 켕겨서 기리노에게 사과하고 교우관계를 맺었다고 한다.

기리노는 막부 말 교토에 나왔을 때, 완전히 무명의 사나이였다. 미토(水戶)의 다케다 고운사이(武田耕雲齋) 등 이른바 덴구 당(天狗黨) 수천 명이 에치젠 쓰루가(越前敦賀)에 들이닥치는 이상한 사건이 일어났을 때, 그는 혼자 정찰하러 가서 사이고에게 정밀한 보고를 보냈다. 사이고가 기리노의 총명함에 감탄한 것은 이때부터이다.

그때까지 기리노는 천하의 정세를 알지 못했다. 기리노에게 천하의 정세와 정치적 이상, 나아가서는 그 정세를 관찰하는 방법까지 가르쳐 준 것은 같은 번의 다나카 고스케(田中幸助)라는 사람이었다. 그런 뜻에서는 그는 기리노의 정치학 선생이었다. 기리노는 모든 것을 귀동냥으로 배웠지만, 다나카 고스케에게서 정치에 대한 약간의 지식을 얻은 것만으로 다케다 고운사이 사건에 관해 누구보다 정밀하고, 누구보다 통찰력이 있는 보고를 할 수 있었던 것을 보면 난세에만 나타나는 천재적인 인물의 하나였다고 할 수 있다.

이 나카무라 루 소동 때, 가와지는 마지막까지 근처에 있으면서 '경계'를 지휘했다. 과연 '경계'라고 할 수 있을지 모를 일이었다. 원래 경찰의 임무는 공공의 안녕을 해치는 불법행위나 폭력으로부터 시민을 지키는 일인데, 이 경우는 그렇지 않고 사쓰마 군인들의 집단적인 술주정을, 나카무라 루라는 일정 공간안에 한정시키기 위한 경계였다. 일본 역사상 이런 어이없는 일에 치안 기관이 사용된 예는 없다.

사쓰마 인은 천하를 잡았다. 그들은 군인과 문관과 경찰로 나뉘어졌다. 나카무라 루의 소동은 간단히 말하면, 박봉의 사쓰마계 군인이 고급 사쓰마계 문관을 때리기 위한 대회였으며, 그 싸움 대회의 무대를 사쓰마계 경찰이 나카무라 루에만 한정시키기 위해 멀리서 둘러싸고 보호했던 우스꽝스럽기 짝이 없는 것이었다.
'말도 되지 않는다.'
가와지는 불쾌했다. 가와지도 싸움을 싫어하는 편은 아니었다.
사쓰마의 무사 집단은 전국 말기 명나라 사람들이 '시만즈(石曼子 : 島津)'라고 부를 만큼 해외에까지 이름을 떨쳤을 정도로 무용을 숭상했다. 에도 시대에 들어와서도 사쓰마 번은 자기 번의 무가 쇠퇴할 것을 두려워하여 온 번이 소년 교육에 열중했다. 향중(鄕中)이라는 소년단에 모든 소년을 가입시켜, 향중 단위로 소년들을 절차탁마시켰다. 소년 교육의 목표는 학문을 높이는 것이 아니라, 마음의 상쾌함을 첫째로 치고 비겁함을 가장 천한 것으로 보았으며, 용맹을 존중하되 약자나 연소자에 대한 연민이 없는 자를 경멸했다. 향중에서는 소년의 싸움이 오히려 장려되었다. 싸움은 약자가 강자에게 도전해야 하는 것이고, 약자는 자기의 약함을 돌보지 않고 죽은 몸이 되어 싸워야 한다. 싸움은 스포츠로서, 끝나면 원한을 품지 않는 것을 아름답게 보았다.
아울러 말하면, 사이고가 막부 말에 막료로서 신변에 데리고 있던 사람들 대부분은 그의 생가인 가고시마 성하 고즈키 강(甲突川)가에 있는 가지야초(加治屋町)의 향중 출신들이다. 가와지도 막부 말에 자기가 직접 부대를 편성하여 보신 전쟁에 참가했는데, 그들의 거의 대부분이 그의 향중 대원들이었다.
요컨대 사쓰마 사람에게 싸움이라는 것은, 이를테면 서양인이 술을 마시고 댄스를 즐기는 것이나 같았으며 다른 번 사람들이 보는 것만큼 심각한 것이 아니었다.
다만 나졸 총장인 가와지로서 곤란한 것은 '도쿄 한가운데서'라는 것이었다. 사쓰마 사람은 천하를 잡아 도쿄 정부의 사실상의 주인이 되었다 하여 고향의 특색을 일본제국의 수도 한가운데에 들고 들어왔다는 점이었다. 그것도 서생들이 아니었다. 육해군 장성도 있고, 중앙 정부의 고관도 있었다. 이런 고관들이 뒤죽박죽이 되어 서로 주먹을 날리고, 마구 엉켜서 뒹굴고 있다면 다른 일본인들이 이 집단을 어떻게 보겠는가?

나카무라 루의 소동에 관한 이야기는 계속 된다.
소동이 끝난 뒤 가와지가 안으로 들어가서 손상 상태를 조사했다는 것은 이미 말했다. 그가 2층에 올라가서 기리노와 대면했다는 얘기는 아직 하지 않았다.
가와지가 한 순간 숨을 들이키는 심정으로 본 광경은 가구와 기물이 어지럽게 흩어져 있는 행패를 부린 흔적이 아니었다. 사람들이 다 물러가버린 이 술자리에 기리노 소장이 혼자 남아서 싸늘하게 식은 술을 조용히 마시고 있는 광경이었다.
기리노는 군복의 깃 하나 흐트러지지 않은 모습으로, 오른쪽 어깨를 약간 들어 잔을 들이키고는 잔 너머로 가와지를 쏘아보았다.
"직무로 왔나?"
그는 차갑게 웃었다. 기리노는 가와지가 사쓰마 사람으로서 오늘의 연회에는 참석하지 않고, 주연이 끝난 뒤에야 경찰로서의 직무상 이 폐허 같은 현장에 나타난 것을 가소롭게 생각한 것이다.
"직무로 왔네."
가와지는 기리노의 시선을 정면으로 받았다. 가와지로서는 기리노가 육군소장이나 되면서도 부하 군인들의 방자한 난행을 진압하지 못했을 뿐 아니라, 두 사람에게는 은인인 사이고를 망연자실한 입장에 몰아넣어 사이고로 하여금 스스로 만취하지 않을 수 없는——이렇게 가와지는 보고 있었다——궁지에 몰아넣은 책임은 기리노에게 있다고 생각했다. 사이고를 그 우거에 실어다 주도록 조치한 것도 가와지였다. 기리노는 그런 일도 하지 않았던 것이다.
"경찰이 올 자리가 아니다."
기리노가 말했다.
가와지는 노기를 가라앉히기 위해 천천히 들이킨 숨을 말과 함께 다시 서서히 토해냈다.
"이 나카무라 루가 병영인가?"
그리고 다시 숨을 들이켰다가 토해냈다.
"병영이라면 멋대로 난폭한 행동을 해도 좋다. 그러나 여기는 시중이다.

시중의 안녕을 지키기 위해서 경찰이 있다. 경찰의 총책임자는 나다."
"따지는 건가?"
기리노가 쏘아보았다. 취해 있었다. 칼을 뽑을지도 모른다. 사실 기리노의 등 뒤 기둥에는 그의 서양식 큰 칼이 세워져 있었다.
가와지도 허리에 서양식 큰 칼을 차고 있다. 가와지의 집에는 쓸 만한 칼이 한 자루밖에 없었으며, 이 한 자루로 하마구리 문의 변 후의 보신의 소란을 헤쳐 나왔다. 칼끝은 부러지고 몇 군데나 이가 빠졌지만, 같이 맞서더라도 기리노에게 질 것이라는 생각은 하지 않았다. 자기는 죽는다. 죽기 전에 칼을 뽑아 기리노의 가슴팍을 찌르는 것이다. 이런 각오가 없으면 기리노같이 무서운 야성의 기백을 가진 사나이 앞에 서 있지 못한다.
"자네는 그러면 되겠지."
기리노가 갑자기 긴장을 늦추었다. 이것이 오히려 위험하다. 기리노는 말했다. 자네는 고작 나카무라 루의 안녕이나 생각하고 있으면 된다, 나는 일본의 안녕을 생각한다, 일본의 안녕을 위해서라면 나카무라 루 같은 집이 몇 채 날아간들 대수냐는 것이었다. 술기운으로 하는 말이 틀림없었다. 게다가 가와지에 대해 주는 것 없이 밉다는 감정이 기리노에게는 전부터 있었다. 싸움을 거는 말이기도 했다. 가와지의 응답 여하에 따라서는 팔이라도 꺾어 줄 참이었다.

기리노는 일어섰다.
그는 돌아보면서 등 뒤의 군도를 잡았다.
해보겠느냐 하고 가와지는 속으로 기리노가 뽑은 칼을 내리치는 데 대비했으나, 그를 돌아본 기리노의 표정은 바뀌어 있었다. 딴 사람처럼 웃고 있었다. 기리노는 노기를 지속하지 못하는 성격이다. 시원하게 바람이 불어 지나가는듯한 미소를 지으며 가와지에게 말했다.
"목욕이나 할까?"
기리노는 목욕을 좋아하여 목욕만 하기 위해 요정에 가는 일도 있었다. 그러나 이렇게 큰 피해를 입은 나카무라 루에 목욕 준비가 되어 있을 까닭이 없었다.
그러나 기리노는 벌써 시켜놓았다고 말했다. 사쓰마 사람들이 난장판을 벌이고 있는 북새통 속에서 기리노는 소란도 아랑곳없이 하녀를 불러 목욕을 해야겠으니 물을 데워 놓으라고 일러뒀던 것이다.
 가와지는 묘한 입장이 되었다. 거절하면 기리노의 기세에 눌리는 것 같아서 말없이 그 뒤를 따랐다.
 욕실은 아래층의 뒷마당을 향한 곳에 있었다.
 두 사람은 삼나무 문을 열고 널빤지를 깐 방으로 들어갔다. 기리노는 육군 소장의 군복을 벗고 가와지는 나졸 총장의 관복을 벗었다. 키는 가와지가 목 하나는 더 크지만, 근육은 기리노가 더 늠름했다.
 욕조는 무쇠였다.
 기리노의 목욕법은 특이했다. 나무통으로 더운 물을 퍼서 천장에 끼얹었다. 몇 번이나 끼얹은 뒤 다시 판자벽에도 퍼부었다. 물보라가 가와지에게 떨어져 소나기라도 맞는 느낌이었다. 머리며 얼굴이 흠뻑 젖었다. 그러나 가와지는 기리노가 하는 대로 내버려 두었다.
 "나는 김을 좋아해서 말이야."
 기리노가 변명했다. 과연 욕탕 안에 서린 김이 더 짙어졌다.
 가와지는 바닥에 앉았다. 기리노는 가와지 뒤로 돌아 왼쪽 어깨를 잡고 다짜고짜 등을 문지르기 시작했다. 물을 짠 수건으로 때를 밀고 있는 듯, 대패로 깎는 것처럼 아팠다. 5분쯤 계속하더니 뜨거운 물을 끼얹었다. 펄쩍 뛰어오르도록 뜨거웠다.
 그러나 친절하다면 친절한 행동이었다.
 '이상한 친구로군.'
 그렇게 생각했으나 그 뒤가 더 이상했다.
 기리노는 가와지에게 비누를 주면서, '이것으로 내 등 좀 씻어 줘'하고 말했다. 그가 애용하는 비누인 듯 냄새가 좋았다. 가와지의 등을 문지를 때는 쓰지 않고, 자기 등에만 쓰는 것이다. 가와지는 하는 수 없이 비누를 기리노의 딴딴한 등에 문질렀다.
 "가와지, 막부는 쓰러졌다. 그런데 대신 생겼다는 것이 혹부야(酷府). 지금 사족도 백성도 모두 울고 있어."
 기리노가 말했으나 가와지는 잠자코 있었다. 이 나카무라 루(中村樓)에서의 목욕은 유럽에 가기 전의 가와지에게 있어서 기리노에 대한 짙은 추억이 되었다.

정한론

정한론(征漢論)에 대해서.

이 논의가 정식으로 정부의 각의에 회부된 것은 메이지 6(1873)년 6월 12일이다.

당시 사이고는 건강이 좋지 않았다. 조금만 걸어도 숨이 차고, 심장에 압박이 왔다.

"아무튼 저희 집에 와 계십시오."

동생 쓰구미치가 열심히 권했다. 사이고는 서생과 머슴 같은 우락부락한 사내들에게만 둘러싸여 있어서 일상생활의 뒷바라지를 알뜰하게 받지 못하고 있었다. 여자 손이 필요했다. 그러나 사이고는 여자 손을 원하지 않았다. 그렇다고 금욕주의자는 아니었으며, 이를테면 그 거대한 남근을 사람들에게 보여주며 웃게하는 해학 취미도 짙게 가지고 있었지만, 도쿄에서는 전연 여자를 가까이하지 않았다. 술집에 가서도 기생과 관계를 갖는 일이 없었다.

이 깨끗한 사생활은 그의 무언의 정부 비판이기도 했다. 지난날의 혁명 지사들이 천하를 잡고 정부의 고관이 되고부터는 재빨리 첩을 두거나 화류계에서 호화롭게 노는 것이 유행처럼 되었다. 사이고는 남의 엽색에 대해서 까다로운 말을 한 적이 없는 인물이지만, 혁명 정부의 청결(淸潔)에 대해서는 비정상적일 만큼 시끄러웠으며, 적어도 자기 자신만은 수도승 같은 생활을 하고 있었던 것이다.

그러나 병이 들었을 때는 남자 손만으로는 불편했다. 쓰구미치(從道)는 그것이 불안하여, 이때 형을 시부야 곤노초(澁谷 金王町)에 있는 자기 집에 모셔다 놓았던 것이다. 사이고의 우스꽝스러운 점은 참의, 육군 대장, 근위 도독이면서도 아우 집의 식객이었다는 점이다.

쓰구미치는 정부가 의학교육을 위해 독일에서 초빙한 호프만이라는 내과 의사에게 형을 데리고 가서 진찰을 받게 했다.

호프만은 사이고가 지나치게 살이 찐 것을 지적하고 운동을 권했다.

마침 그런 때에 사이고의 지론인 정한론이 정식으로 각의에 상정된 것이다.

사이고는 병을 무릅쓰고 출석했다.

이날 6명의 참의(參議)가 참석했다.

사쓰마 출신의 사이고 다카모리(西鄕隆盛)를 필두로 도사 출신의 이타가키 다이스케(板垣退助)와 고토 쇼지로(後藤象二郎), 히젠 사가 출신의 오쿠보 시게노부(大隈重信), 오키 다카토(大橋任), 에토 신페이 등이다. 의장 격으로 공경 출신인 산조 사네토미(三條實美)가 나왔다.

이타가키는 정론은 언제나 통쾌해야 한다고 생각하는 사람으로, 이 자리에서도 제일 먼저 입을 열어, 조선국의 포악과 오만은 이제 극에 달했다, 당장 한반도에 파병해야 한다, 외교담판 같은 것은 그 뒤에 할 일이다, 하고 주장했다. 이타가키 같은 가장 과격한 정한론자가 후일 자유민권 운동의 급선봉으로 전환한 점만 보아도, 이 시기의 정한론이 얼마나 복잡한 에너지를 간직하고 있었는지 짐작할 수 있다.

사이고가 오히려 온건했다. 그는 군사 행동은 결코 안 된다고 반대했다. 먼저 특명 전권대사를 보내 조선 측과 간곡히 이야기를 나누어 보고, 그래도 듣지 않을 때는 세계에 그 뜻을 밝혀 출병한다는 것이었다. 그 특명 정권대사는 지난 날 페리가 일본에 대해 한 것처럼 군함을 타고 들이닥치거나 호위 부대를 거느리고 들어가서는 안 된다. 아무런 무기도 없이 조선의 서울로 들어간다. 혹시 살해될지도 모르지만, 그 역할을 나에게 시켜주기 바란다고 사이고는 말했다.

이 정한론이라는, 한 나라의 운명을 결정하려 하고 있는 내각은, 엄밀히 말하여 '집 지키는 내각'에 지나지 않았다.

각료의 과반수가 외유중이었다.

"근대 국가는 어떻게 만드는가?"

이것을 알기 위한 국가 견학단이라는 것은 이미 말했다. 신흥 국가로서 이렇게 대규모 견학단을 해외에 파견한 예는 세계사에 없다.

되풀이하지만, 외유파는 도쿄 출신의 이와쿠라 도모미를 우두머리로 하여, 사쓰마의 오쿠보 도시미치와 조슈의 기도 다카요시가 두 기둥이 되어 있었다. 또 그들의 후배지만 그들 이상으로 기민한 문명 섭취 능력을 가진 조슈의 이토 히로부미(伊藤博文)가 이 외유단의 사실상의 사무국장으로 활약한다. 이토는 오쿠보나 기도의 눈으로 보면 잔재주를 가진 애송이에 지나지 않는 인상도 있었다. 그러나 정치적 감수성이 예민한 이토는 오쿠보나 기도 같은 철학적인 의미에서도 이미 거봉이 되어 가고 있는 난물——이토의 눈으로 보면——을 교묘히 조종하면서 후일의 정치 능력과 기초를 이 외유 중에 구축했던 것이다.

여담이지만, '조종'한다고 했는데, 이토는 이 외유 중에 이렇게 생각하고, 외유 중 오쿠보에게 급속히 접근했다.

'남의 번이지만, 사쓰마의 오쿠보가 훨씬 말이 잘 통한다. 기도는 기질적인 난물(難物)이다.'

이토는 나이가 젊은만큼 이미 향당(조슈)에서 탈피해 있었으며, 메이지 정부의 새 관료로서 새로운 형을 자기 속에 만들어 나가고 있었다. 기도(木戶)는 이에 불만이었다. 기도도 조슈라는 파벌에만 얽매어 있는 도량 좁은 사나이는 결코 아니었지만, 감정가인 그는 이토의 지나친 현실주의가 불쾌했다. 기도는 조슈 번 시대에 농민 신분에 지나지 않았던 이토를 차례로 끌어올려 마침내 사족으로 만들어 주었고, 번 내에 확립된 혁명정권에서는 제법 말발이 서는 사나이로 만들어 준 사연이 있었다. 그런 사람이 다른 당(사쓰마벌)인 오쿠보에게 붙는다는게 될 말인가. 하기야 이토로서는 후년에 이렇게 술회했다.

"기도 선생으로 해서 곤란한 일이 많았다."

때로는 논리보다 감정이 앞서는 선배의 까다로움에 애를 먹고 있었던 것이다.

이상은 여담이다.

요컨대 사이고, 이타가키, 에토, 오쿠보, 고토 등의 '집 지키는 내각'이 정한론을 논의하기 시작한 이 메이지 6년 6월에는 아직 외유파들은 돌아와 있지 않았다. 오쿠보만 먼저 귀국해 있었으나, 자기가 만든 일본 국가가 자기의 부재중에 급속히 침략주의 국가로 변질하려 하고 있는 데 놀랐으나, 혼자서는 저항할 방도가 없어 다른 외유파들――특히 그의 정치적 벗인 이와쿠라――이 돌아올 때까지 신병 요양이라는 구실로 어떤 곤충처럼 죽은 듯이 틀어박혀 있었던 것이다.

오쿠보는 속이 뒤집히는 분노를 느끼고 있었다.

"외유 각료들이 돌아올 때까지는 국가의 대사를 결정하지 않는다."

이런 약속을 뒤에 남는 각료들과 면밀히 교환했었다. 정한론 같은 대사는 없다. 이것을 실시하면 즉각 조선의 종주국인 청국과 러시아가 공격해 온다. 국내에 남은 참의들은 국가를 장난감으로 알고 있는가, 하고 그는 생각했다.

정치가 만일 논리만으로 움직이는 것이라면, 인류의 역사는 훨씬 빛나는 것이었을지도 모른다. 그러나 정치에 논리라는 기계가 작동하는 부분은 불행히도 얼마 없다.

그보다 이해관계로 움직이는 경우가 많다. 그러나 혁명초기의 일본 국가의 운영자들은, 정상(政商)의 이익을 대표하고 있지 않았다. 오히려 감정으로 움직였다. 감정이 정치를 움직이는 부분은 논리나 이익보다 훨씬 크다고 할 수 있을지 모른다.

"우리가 없는 동안에는 결코 대사를 결정하지 말라."

이것이 오쿠보 등 외유파와 사이고 등 잔류파와의 약속이었다. 이것은 논리였다. 그러나 잔류 각료들은 감정으로 전환했다.

"무시하지 말라."

잔류파인 도사 출신의 참의 이타가키 등은 원래 논리를 좋아하는 사람인데도 이 일에 대해서만은 감정의 덩어리가 엉켜 있었다.

"만일 급한 대사가 생기면."

쌍방의 '약속'에서 말하는 "국내에 남은 참의들은 외국에 나간 외유 참의들과 편지로 의논하여 정한다. 그러나 급하지 않은 대사는 귀국 후에 논의한다"는 골자는, 감정적으로 말한다면 이보다 잔류파를 얕잡아 본 것도 없었다. 이 무렵 이타가키가 한 말은 이 감정을 명석한 논리로 표현한 것인데, 이것으로 미루어서도 정치란 과연 감정의 표현이라고 생각하지 않을 수 없다.

"그렇다면 사절(외유파)은 우리들 내각원(잔류파)이 하는 일을 구속하고, 무언중에 우리들 내각원의 언동을 감시하는 것이 된다. 이렇게 기괴망측한 일이 어디 있는가?"

오쿠마 시게노부 참의는 그 동안 외유파들의 스파이로서 잔류파 속에 끼어 있었다.

"귀하에게 부탁한다."

오쿠보는 출발 전에 오쿠마에게 일러 놓았다. 잔류파의 브레이크가 되어 책임을 지고 외국에 나가 있는 나에게 알려 달라는 당부였다.

오쿠마는 그 만년이 기묘하다고밖에 할 수 없는 자기 비대한에 지나지 않았지만, 메이지 초년의 소장기에는 그 특별한 정치적 재능을 높이 평가받았으며, 확실히 그만한 수완가이기도 했다. 그는 히겐 사가 번의 견실한 중급 번사 출신인데도, 참으로 이상하게 봉건적인 정신과 관습을 전혀 갖고 있지 않은 타고난 합리주의자로, 이를테면 구 번주인 나베시마(鍋島) 집안에 대해서도 감상적인 충성심을 갖지 않았을 뿐 아니라 메마른 비평의 눈을 가졌고, 사가 무사의 성전인 '하가쿠레(葉隱)'에 대해서도, 그런 어처구니없는 가르침도 없다고 일소에 부친 사람이었다.

그의 특기가 둘 있었다. 외국인을 무서워하지 않아 무슨 말썽거리가 생기면 영국 공사관 같은 데 찾아가서 엉터리 영어를 마구 지껄이며 일본 측의 이익을 끝까지 주장하고 온다는 것과, 돈 계산이 능하다는 것이었다. 자기의 돈 계산을 잘할 수 있을 뿐 아니라 국가의 돈 계산도 능했다. 그런데 사쓰마, 조슈의 지사 출신 원훈들은 외교와 재정이 무엇보다 서툴렀다. 이 때문에 오쿠마는 사가 번이라는, 혁명 세력으로서는 네번째에 위치한 번의 출신이면서도 고관들에게 재주를 인정받아 서생의 신분에서 순식간에 참의라는 최고관으로 기어 올라갔다. 그리고 오쿠마는 사이고에 대한 통렬한 비판자였다.

유신을 헤쳐 나온 이 초창기의 국가운영자들에게는, 당연한 일이지만 강렬한 개인적인 버릇이 있었다.

"히젠(사가)의 풋내기."

사이고의 도당들한테서 이런 정도밖에 인정받지 못했던 오쿠마 시게노부도 그 버릇이 있었다. 오쿠마는 자기의 재략에 도취되는 면이 있었고, 아울러 인간에 대한 가치관이 단순해서 재략이 있느냐 없느냐로 남의 가치를 판단해버렸다.

'사이고는 둘도 없는 바보다.'

오쿠마는 진정으로 이처럼 생각하고 있었으며, 평생 그 견해를 바꾸지 않았다. 이 경우의 바보란 애교 있는 인격적 원만함을 표현하는 말이 아니라, 지능적 저능을 말하는 것이다.

이런 재략주의라고 할까, 예봉의 날카로움을 자랑하는 버릇은 오쿠마뿐 아니라 히젠 사가라는, 막부 이래 수재 편중주의 방침을 취해 온 그 번 출신자의 버릇이었다고도 할 수 있다. 참의, 사법경인 에토 신페이도 오쿠마와 같은 버릇이 있었다.

어떻게 보면, 사가 번처럼 막부가 와해한 뒤에 부랴부랴 관군에 참가하여 혁명의 열매만 따 먹은 번의 출신자는, 그 피비린내 나는 막부 말의 혁명 운동을 낱낱이 경험하지 않았기 때문에 그런 뜻에서의 도련님 같은 데가 있다고 할 수도 있었다. 사쓰마, 조슈의 인물들은, 사가 사람과는 정치 체험이 달랐다. 저마다 혁명의 피바람 속을 뚫고 나와서 '재략이나 예봉의 날카로움만으로는 동료도 움직이지 못하고, 세상도 움직이지 못한다'는 것을 알게 되었다. 오히려 어정쩡한 재사나 책사는 혁명 운동의 과정에서 막부 관리의 목표물이 되어 살해되거나, 동지들의 의혹을 받고 죽었다. 이를테면 막부 말에 등장하는 지사들 가운데 데와(出羽)의 기요카와 하치로(淸河八郞), 에치고(越後)의 혼마 세이치로(本間精一郞), 조슈의 나가이 우타(長井雅樂), 마찬가지로 아카네 다케토(赤根武人) 같은 사람들은, 살아서 유신을 볼 수 있었던 어느 원훈보다도 두뇌가 예민하고 기략에 능했으며 세상에 보기 드문 재사들이었으나, 모두 동료의 손에 죽었다.

결국 사물을 움직이는 것은 기략보다 남을 움직일 만한 인격이라는 지혜가, 특히 사쓰마 사람의 경우는 집단으로서 갖추게 되었다. 이를테면, 사이고는 청년 시절 번의 한 군청의 하급 관리로 유능한 공무원이었다. 막부 말기에 사쓰마의 교토 외교를 담당하고 있었을 때는, 그 정세 분석력이 다른 어느 지사보다 뛰어났다.

그러나 사이고는 그 재략이나 예봉을, 비교적 둔중한 육질의 껍질로 싸서 나타내지 않았는데, 부분적으로는 성격 탓이지만 의식적으로 그렇게 하려고 했다. 단순하게 표현하면, 정치는 재략보다 인격이라는 생각을 취했다.

그것이 오쿠마의 눈에는 바보로 보인 것이다.

확실히 사이고는 오쿠마가 지적하는 바보 같은 면도 있었다.

"사이고는 무턱대고 새 정부에 사람을 추천해 왔다. 그러나 그 대부분이 쓸모없는 인간들이었다."

오쿠마는 말했다. 확실히 그랬다.

그 극단적인 예를 들면, 기슈 번(紀州藩) 출신으로 재주가 넘쳐 사기꾼이 되고도 남을 사나이가 있었는데, 사이고는 그 현란한 재간에 현혹되어 새 정부에 추천했을 뿐 아니라, "정부는 그를 맹주로 삼고, 나도 그 밑에서 일하고 싶다"고까지 말했다. 얼마 안 가서 그 사나이의 마각이 드러났을 때, 사이고는 머리를 싸매고 자기의 아둔함을 부끄러워했는데, 오쿠마는 이것도 사이고가 어리석기 때문이라고 지적했다.

오쿠마 시게노부는 생전의 사이고를 경원하고 죽은 뒤에는 가혹하도록 비판했다. 이를테면 사이고가 "이 사람을 부탁하오" 하며 각 성에 자꾸만 사람을 추천하는 그 거리낌 없는 순진한 사람됨을 오쿠마는 싫어했다.

그러나 그 순진함이 사이고의 매력이라는 것까지는 깨닫지 못했다.

사이고는 사람에 대해 성벽을 쌓지 않았다. 그 생활도 서생식이어서 누구나 그를 가벼운 마음으로 방문할 수 있었다. 나는 나라를 걱정하고 있습니다, 하는 사람이면 누구라도 만났다. 막부 말부터 우국을 팔고 다니는 인간이 늘어났다. 그 대부분이 하찮은 밥벌레에 지나지 않았다는 것은 막부 말기에 호된 경험을 한 사이고는 너무나 잘 알고 있었지만, 그런데도 여전히 속아 넘어가고 있었다는 데에 오쿠마가 이해할 수 없는 사이고의 특질이 있었다.

그런 의미에서 사이고의 순진함은 오히려 비통한 것이었다. 그는 우국우민이라는 몸서리쳐지는 전율로 그 청춘을 성립시켰을 뿐 아니라 반생을 그것만으로 보냈다.

유신은 성공했다.

그런데 성립된 정부를 보니, 영원한 이상주의자라는 비극성을 가진 사이고의 정신으로 말한다면 이런 걱정을 누를 수가 없었다.
"이런 타락 부패한 정부를 만들기 위해 그 참담한 막부 말엽이 있었던가? 쓰러진 무수한 동지들을 대할 면목이 없다."
당연한 일이지만, 사이고는 다면적인 인격자이기도 했다. 언제나 현실 인식의 능력을 갖추어 이 나쁜 정부를 어떻게든 교정해야 한다고 생각하는 냉정한 일면이 있었다. 더 한층 현실 감각을 가진 또 한 면의 그는, 어떻게든 훌륭한 국가설계 능력을 가진 인간을 야(野)에서 찾아내어 정부에 들여보내야 한다고 생각했고, 그것을 그가 좋아하는 '하늘'이 자기에게 내린 역할로 알았다. 그런 '하늘'에 대한 느낌이, 원래 극단적으로 비극적인 성격인 그로 하여금 두드러진 낙천적 외모를 갖게 하고 있었던 것이다.
이 때문에 오쿠마가 말하는 하찮은 인간들이 "나는 국가를 걱정하고 있습니다" 하고 찾아가면, 그는 가엾도록 기를 쓰며 그 의견을 들어주었다.
또 엽관주의자가 찾아와서 "정부는 이러이러해야 합니다" 새로운 정책론이라도 전개하면, 사이고는 크게 감동하여 이 사람은 굉장히 유능한 인물이라고 정부에 추천했다.
혹은 사족의 특권을 빼앗긴 데 불평을 품은 인간들이 "정부의 압정이 백성을 도탄의 고통 속에 밀어 넣고 있습니다." 이러면서 백성의 비참함을 말하면, 사이고는 그 큰 눈으로 눈물을 뚝뚝 흘리곤 했다. 유신 후의 사이고는 확실히 잘 속는 사람이 되어 있었다.

제1회 정한론 각의에서 오쿠마 시게노부의 입장만큼 우스꽝스러운 것은 없었다.
하기야 그의 총명함은 자신의 우스꽝스러운 입장을 깨닫고 있었다는 점이다. 동시에 그의 집요한 정신은 이 우스꽝스러움을 그의 내부에서 심각한 원한으로 변화시켜 평생 잊지 않았다. 구체적으로 말하면 평생을 두고 사이고를 미워했다.
'이 국가의 도적아!'
이렇게까지 생각했는지도 모른다. 권력 속에 있으면 때로 사람이 마성으로 변한다. 이때의 오쿠마는 확실히 마성이었다. 이 시기의 그의 머릿속에는 사람에 따라 다른 '정의'라는 기괴하고 처치 곤란한 가스등이 휘황하게 켜져 있었다. 어떤 이성도 이 자기만의 '정의'라는 가스 등이 켜질 때, 이 '정의'

에 맞지 않는 남들은 다 마물로 보이는 것이다. '정의', 특히 정치적 정의는 원래 이념이어야 하는데, 실제의 '정의'는 곤란하게도 인간의 형태를 가지는 경우가 많다. 아무개는 정의이고, 아무개는 사의(邪義)라는 식인데, 오쿠마의 경우 '정의'는 오쿠보 도시미치였다.

처음에 오쿠보는 그를 싫어했다. '무겁고 심각한 성격'으로 알려진 오쿠보는 처음에 오쿠마 시게노부라는 히젠 사가 번 출신의 사나이를 "잔재주를 부리는 책사"로 보았다. 사쓰마 인은 이런 타입을 가장 싫어하는 집단적 성벽을 갖고 있었으며, 언뜻 보기에 사쓰마의 특질에서 많이 벗어난 듯한 오쿠보도 그 집단적 성벽의 테두리 밖의 인물은 아니었다. 그런데 오쿠마가 비범한 점은, 오쿠보가 자기가 싫어한다는 것을 재빨리 깨닫고 집요하게 그에게 접근하여 자기가 어떤 사람이라는 것을 인식시키기 위해 열심히 노력한 데 있었다.

"오쿠마의 그런 점이 좋다."

이것이 오쿠보의 인재관의 하나였다. 무슨 큰일을 하려면 권력자에 접근해야 한다는 말을 오쿠보는 남에게 말하기도 했다. 그 '남'은 구 막부 신하 출신인 후쿠지 겐이치로(福地源一郎)였다. 오쿠보는 막부 시절에 사쓰마 번을 움직여 막부 타도 세력을 만들기 위해, 번주의 아버지 시마즈 히사미쓰에게 접근하여 바둑으로 그의 비위를 맞추는 일부터 시작하였다. 마침내 히사미쓰의 권력을 이용함으로써 번을 움직였다. "그 이외에 일을 할 방법이 없다"는 것이 오쿠보의 참으로 현실주의자다운 권력 정치관이었다.

오쿠보는 오쿠마를 너무나 잘 알고 있었다. 그를 써 먹어야겠다고 생각했다. 오쿠보는 재주를 사랑하고 그 출신은 묻지 않았다. 그러한 오쿠보의 비번벌적인 태도가 오쿠마로 하여금 평생 그를 지지하게 한 이유의 하나였는데, 오쿠보가 오쿠마를 얼마나 신뢰했는지는, 외유를 떠나면서 했던 말 그대로 한 일에서 알 수 있다.

"내가 없는 동안 대장성을 모두 자네에게 맡긴다."

이 무렵의 대장성은 국가 재정뿐 아니라 그 후의 내무성이나 사법성, 나아가서는 외무성의 기능 일부, 또는 대부분을 겸한 존재로, 실무적으로는 정부 그 자체였다. 오쿠마가 그 후 정치가로서 비약할 수 있었던 것은, 이때의 오쿠보의 거대한 호의가 바탕이 되었다.

그러면 우스꽝스러운 오쿠마의 입장에 대한 이야기를 계속한다.

다시 말하여, 객관적으로는 비참한 일이지만, 자신을 일대 영걸인 줄 알고 있던 오쿠마 시게노부는, 그 시기에 오쿠보 도시미치의 스파이에 지나지 않았다고 할 수 있다.

오쿠보는 외유할 때 대장성을 오쿠마에게 맡겼을 뿐 아니라 가장 중대한 것을 은밀히 지시했다.

"제호의 감시를 부탁한다"는 것이었다. 제호란 남아 있는 내각의 영웅호걸이라는 뜻이다. 오쿠보는 그 '영웅'들 때문에 골치를 앓고 있었다. 그는 양질이고 온순하고 개화된 유능한 관리들을 모아 새 국가를 만들려 하고 있었던만큼, 사이고 같은 혁명의 영웅이나 이타가키 같은 보신 전쟁의 야전 사령관으로서 전국의 명장에 필적할 공적을 올린 인물들을 그의 속셈으로는 한쪽으로 치워놔야겠다고 생각하고 있었고, 때로는 방해자 외에 아무것도 아니라는 생각까지 하고 있었다.

오쿠보가 오쿠마에게 속삭인 사사로운 명령은 구체적으로 말하면 이런 뜻이었다.

"정한론 같은 외교에 관한 큰일이나 제도의 개혁 같은 내정상의 대사를 잔류내각이 결정하지 못하게 해. 만일 그들이 그렇게 하려고 할 때는 자네가 브레이크 역할을 해야 하네. 아울러 그런 경우에는 내가 있는 곳으로 알려 주기 바란다."

그런데 메이지 6년(1873) 6월 12일 정한론에 대한 제1회 각의가 열렸을 때, 오쿠마는 어떻게 할 도리도 없었다.

오쿠마도 같은 참의였지만, 사이고가 으르렁대고 이타가키가 이에 동조하면 그로서는 손을 댈 방법이 없었다.

"한국에 대해 무력을 사용하자는 것이 아닙니다. 꼭 나를 견한 대사로 임명하여 한국 수도에 파견해 주십사는 것입니다."

특히 사이고가 이렇게 말하는 데는 오쿠마로서는 반대할 수가 없었다.

사이고는 참으로 정중하게 말하는 사람이어서 이 경우에도 공통어를 사용했는데 거칠고 천한 말은 전혀 쓰지 않았다.

도사의 고토 쇼지로가 그에게 뇌동한 것은 이미 말했다. 오쿠마와 같은 히젠 사가계인 에토 신페이 참의도 무조건 정한론파였다. 같은 출신인 오키 다카토는 정한론파가 아니다. 그러나 반대도 하지 않았다. 오키는 언제나 그런 사람이라 오쿠마가 의지할 인물이 못되었다.

오쿠마가 참다못해 불안한 듯이 말하였다.

"그러나 아무리 평화롭게 견한 대사를 보낸다 하더라도, 머지 않아 전쟁이 터질지도 모를 일입니다. 그때는 막대한 돈이 듭니다. 지금 국고에 돈이 없다는 것은 여러분도 잘 아실 겁니다."

같은 번의 에토가 날카롭게 고개를 돌리면서 군은 대장성을 맡은 몸이 아닌가, 국고에 돈이 있다면 아무나 재정을 볼 수 있다, 국고에 없는 돈을 마련하는 것이 군의 역할이 아닌가, 하고 호통 치는 바람에 오쿠마는 입을 다물고 말았다. 오쿠마는 전부터 에토의 변설을 당해내지 못했다. 다시 오쿠마가 물었다.

"하다못해 이와쿠라 대사 여러분이 귀국한 후에 하면 어떻겠습니까?"

그러자 사이고가 보기 드물게 호통을 쳤다.

"방금 그 말씀은, 그냥 들어 넘길 수가 없소. 이만한 일도 우리들 참의가 결정할 수 없다는 말씀이시오!"

이 바람에 오쿠마는 순식간에 얼굴이 창백해져서 그 뒤로는 그만 입을 다물어 버렸다.

오쿠마는 울상이 된 개구쟁이 같았다.

'아무튼 오쿠보에게 보고해야겠다.'

그는 제1회 각의가 있던 날 밤, 몰래 오쿠보를 찾아가서 만났다.

몇 번이나 되풀이하는 것 같지만, 오쿠보는 지난달에 혼자 귀국하기는 했으나, 형식상으로는 아직 외유 중으로 되어 있다. 참의로서의 구실도 하지 않고, 자기의 담당인 대장성도 오쿠마에게 완전히 맡겨 놓고 있었으며, 실질적으로 정양중이라며 일절 사람을 만나지 않았다. 정치는 세력이다. 오쿠보는 그것을 잘 알고 있었다. 사이고나 에토나 이타가키 등이 일대 세력을 이루어 정한론을 주장하고 있으므로 이것을 부수는 데는 세력이 필요했다. 혼자로는 아무 것도 할 수 없다고 생각하고, 이와쿠라 이하의 외유파들이 돌아오기를 기다리고 있었던 것이다.

그러나 오쿠마(大隈)는 만났다.

오쿠마는 침이 마른 어조로 보고했다. 당시의 일본인으로서는 보기 드물게 주관이나 감정을 섞지 않고 사물을 파악할 수 있었고, 사실을 사실로서

전하는 능력을 갖고 있었다. 이 점에서 같은 시대에 유형을 찾는다면, 가쓰 가이슈나 게이오 의숙(慶應義塾)의 후쿠자와 유키치와 비슷했다. 그러나 가쓰나 후쿠자와보다 사고의 밀도가 거칠었다. 다만 무작정 밀고 나가는 행동력은 있었다. 그런 뜻에서의 행동력은 아시아의 어딘가에 전쟁 냄새가 나지 않나 하고 코를 실룩거리며 병기를 팔아먹으러 찾아오는 구미의 모험 상인들과 비슷했으며, 그런 점에서는 가쓰나 후쿠자와는 달랐다.

"사이고가 그렇게 말하던가요?"

끝까지 잠자코 듣고 있던 오쿠보(大久保)가 물었다. 오쿠보의 표정에 형용할 수 없는 쓸쓸한 그림자 같은 것이 떠오르는 것을 오쿠마는 놓치지 않았으며, 평생 잊지 못했다. 원래 오쿠보는 그런 사람이 아니었으며, 언제나 표정에 엷은 강철 마스크라도 쓴 것 같은 강인함을 느끼게 하는 인물로, 희노애락을 겉으로 나타내지 않았다. 다만 꼭 한 번, 막부 말 당시 맹우인 사이고가 시마즈 히사미쓰의 미움을 받아 교토에서의 정치 활동을 정지당했을 때, 오쿠보는 히사미쓰의 신용을 얻고 있는 입장이면서도 사이고라는 둘도 없는 맹우의 비극에 동정하고, 나아가서는 사이고를 잃으면 사쓰마 번의 혁명 운동도 끝장이라는 절망감도 있고 하여 걱정끝에 사이고를 조른 적이 있었다.

"서로 칼로 찔러 죽자."

오쿠보는 원래 그런 면이 있었다.

그러한 유신 뒤에는 정견을 달리했다. 오쿠보는 국권을 사랑하여 국권을 확립하려 하고 있었으나, 사이고는 오히려 역사의 저편으로 스스로 사라지려 하고 있었다. 오쿠보가 보기에 사이고는 영락한 거물이었다.

'저런 사람은 어떻게 할 수가 없다.'

오쿠보는 사이고를 누구보다 사랑하면서, 누구보다 미워하게 되었다. 사이고는 참의, 육군 대장, 근위도독이라는 일본 제일의 높은 벼슬에 있으면서도 자기는 역사에서 영락한 인간이라는 이상한 자기규정을 하고 있었다. 사실 그랬다. 사이고는 막부 타도의 영웅이기는 했지만, 국가를 건설한다는 이 속되고 더러운 손이 필요한 일에는 도무지 맞지 않았던 것이다. 그는 유신 뒤 늘 농사를 짓겠다고 말하고 있었는데, 그것이 진심이라는 것을 오쿠보는 누구보다 잘 알고 있었다. 다만 이 역사에서 영락한 인물이 견한대사라는 자기에게 꼭 어울리는 배역을 발견한 것이 오쿠보로서는 꺼림칙했다. 사이고는 이 배역에 생명까지 버릴 생각을 하고 있었다. 오쿠보는 만일 그가 그렇게 한다면 자기의 새 국가는 엉망이 된다고 진심으로 공포를 느끼고 있었던 모양이다.

오쿠마의 보고가 끝났다.
그러나 오쿠보는 자기의 감상은 조금도 말하지 않고 이 말만 했다.
"앞으로도 잘 부탁한다."
보통 이런 경우에는 앞으로의 책략을 일러주는 법이지만, 책사를 꼽는다면 일본 사상 최대의 책사인 오쿠보는 그런 말을 하지 않았다. 그는 남에게 무슨 술책을 일러 준 적이 없었다. 그가 깊이를 헤아릴 수 없는 대 책사라는 것은 이런 점에도 나타나 있었다. 오쿠마의 방침과 일치하는 이상, 오쿠마 자신이 술책을 생각하고 때로는 목숨을 걸고 그 술책을 시행하리라는 것을 오쿠보는 알고 있었다. 맡겨 두는 편이 오쿠마로서도 일하기가 쉽다는 것을 그는 알고 있었던 것이다.

그 뒤에는 잡담을 나누었다.
오쿠마는 사이고가 자꾸만 사람을 추천한다고 투덜거렸다. 오쿠보는 별안간 말을 꺼냈다.
"고향 사쓰마에 도고(東鄕)라는 사람이 있는데……."
도고는 오쿠보나 사이고와 마찬가지로 고쓰키 강 옆에 있는 70호 남짓한 마을에서 태어난 청년으로 오쿠보와 사이고는 그가 젖먹이 때부터 알고 있었다. 도고의 이름은 헤이하치로(平八郞)라고 한다. 막부 말에는 사쓰마 해군에 속하여 하코다테(函館)까지 옮겨가서 싸웠으나, 난이 진압된 뒤에는 요코하마에서 영어를 공부하고 다시 양학자 미쓰쿠리 린쇼의 사숙에서 영어를 배웠다. 썩 좋지도 않고 썩 나쁘지도 않은 성적이었으나 착실히 공부했다. 몸집이 작고 얌전하여 군인으로서는 적합하지 않을 듯한 청년이었으며, 본인도 번의 해군에 자리를 둔 적이 있기는 해도 장래희망으로는 철도 기사가 되고 싶었다. 그래서 도고는 오쿠보를 찾아와서 부탁했다.
"철도를 배우고 싶은데 유학을 시켜 주실 수 없겠습니까?"
오쿠보도 그가 해군보다 철도가 더 적합할지 모른다고 생각하고, 기회를 보아 그렇게 해줄 생각이었지만 입 밖에는 내지 않았다.
"생각해 보겠네."

이렇게 말했을 뿐이었다. 사실 오쿠보는 도고에 대해서 나쁜 인상을 갖고 있었다. 언젠가 사쓰마 청년들이 모여 있는 곳에서 도고가 줄곧 실없는 소리를 하고 있는 광경을 오쿠보는 보았다. 뒷날 침묵의 제독으로서 도고의 무언은 온 세계 사람들이 그의 특징으로서 알게 되지만 서생 때의 도고는 그런 수다가 있었던 모양이다. 그 후 사쓰마 사람들이 모인 자리에서 도고의 이야기가 나왔을 때, 오쿠보는 말했다.

"아, 말이 많은 사람이더군."

이 말이 나중에 도고의 귀에 들어갔다. 그래서 도고는 철도와 외유에 관해 부탁했을 때 오쿠보의 대답이 신통치 않아 거절당한 줄 알고 사이고를 찾아갔다.

"외유는 어떻게 주선해 보지. 하지만 철도는 달리 할 사람이 있을 테니까, 굳이 자네가 안 해도 돼. 자네는 해군이 좋아."

사이고가 당장 이렇게 말하는 바람에, 도고의 생애가 결정되었다. 사이고가 어느 정도 도고의 잠재성을 보았는지는 모르지만, 이 경우에는 인물을 보는 눈이 오쿠보보다 나았던 셈이다.

오쿠마는 말을 시작하면 한이 없다.

오쿠보는 문득 그의 말허리를 꺾고 다 아는 사실을 물었다.

"에토는 귀번 출신이었지?"

에토는 히젠 사가 번이 메이지 정부에 보낸, 칼집 없는 양날의 칼 같은 사나이였다. 닿으면 부상자가 생긴다. 그러나 유용한 인물이었다.

에토의 재기는 무서울 정도였다. 일본에는 독일과 같은 국가학은 없었지만, 국가학적 두뇌의 소유자는 에토와 오쿠보밖에 없었을 것이다.

"국가란 무엇인가?"

이 주제를 막부 말기부터 에토와 오쿠보는 생각해 왔다. "아마도 이것이 국가일 것이다" 하고 상상으로 얻은 요소를 건축 재료로 삼아 마술사처럼 층층이 쌓아서 현실의 국가를 만들어 보이는 자질은 이 두 사람 외에는 가진 자가 없었다.

그러기에 에토는 오쿠보를 미워했다. 미워한 이유는 이것뿐이었다.

"오쿠보는 사쓰마 출신이라 힘을 갖고 있다."

이 때문에 국가를 건설하는 일은 오쿠보라는 장인의 손에 맡겨졌다. 히젠 사가 번이라는 미약한 세력을 배경으로 가진 에토에게는 시공권이 없었다. 그것이 에토의 증오를 불러일으켰다. 이런 것만으로 남을 미워할 수 있다는 것은 언뜻 보기에 이상해 보이지만, 권력 정치의 사회에서는 아주 흔한 감정이다. 다만 같은 사가 출신의 참의라도 오쿠마나 오오끼는 오쿠보를 미워하지 않고 오히려 그에게 붙은 것은 이 두 사람이 장인 되기를 스스로 단념하고 미장이나 정원사로 돌아섰기 때문이다.

"그 에토라는 성은 어떻게 쓰지요?"

오쿠보는 능청스럽게 물었다. 에토는 일본국의 참의이자 사법경을 겸하고 있다. 오쿠보가 그 성의 한자를 모를 까닭이 없었다.

"강에(江)자에 동쪽이라는 토(東)였던가?"

오쿠마는 속으로 아연해하면서 '강에(江)자에 등나무라는 토(藤)자입니다' 하고 대답했다. 이것은 오쿠마로서는 중대한 일이었다.

'그렇구나, 오쿠보는 과연 에토를 미워하고 있구나.'

오쿠마는 이런 것을 깨달았고, 동시에 자신에게도 '에토와는 사귀지 말라'는 협박 같기도 하고 강요 같기도 한 중대한 압박을 가한 것이다.

에토는 전부터 권모로서 사쓰마와 조슈 파벌을 타도하려 하고 있었고, 그것이 행정면에서는 메이지 일본의 법제의 기초를 닦은 사람의 권력 정치면에서의 집요한 소지였다.

"조슈는 영리한 놈들만 모여서 무너뜨리기가 어렵다. 사쓰마 사람은 어딘가 덜 떨어진 데가 있다. 우선 이쪽부터 무너뜨린 뒤 나중에 조슈에 손을 댄다."

에토는 오쿠마에게 말하고 있었다. 오쿠마가 보기에 에토의 사쓰마 붕괴 작전은 먼저 사이고를 부추기는 일이었다. 그리하여 오쿠보와 싸움을 시키고 오쿠보를 쓰러뜨리게 한 다음, 그 뒤에 사이고를 쓰러뜨리고 조슈를 무너뜨려 제2 유신을 성취한다.

다만 에토의 졸렬함은 그런 방책을 사람들에게 마구 떠벌려서, 모두 오쿠보의 귀에 들어가 버렸다는 점이다.

오쿠보는 정한론자로서의 에토를 용서할 수 없다고 생각했다. 에토는 정한론이라는 국가의 대사를 도구로 삼고, 사이고를 도구로 삼아, 정부——사실상 오쿠보의 정부——를 무너뜨리려 했다고 오쿠보는 본 것이다.

"사쓰마 인은 바보다."

사가 사람인 에토 참의가 이런 뜻의 말을 한 것은, 에토의 사쓰마 인에 대한 일반적인 인상이지만, 구체적으로 말하면 사이고 그 사람을 가리킨 것이었다.

에토 같은, 닿으면 베일 듯한 이론가에게는 사이고가 바보로 보였을 것이다. 같은 사가 사람인 오쿠마에게도 사이고는 바보로 보였다. 그러나 오쿠마가 본 바보는 무능이라는 구제하기 어려운 바보이다.

"사쓰마 인은 박직(정직)하고 담백하다. 하는 행위도 대개 뇌뢰낙락(磊磊落落)하여 공정을 잃지 않는다."

에토가 말하는 바보는 인격미로서의 표현인 것이다.

뇌락(磊落)이란 마음이 넓고 작은 일에 구애되지 않음을 말한다. 확실히 세상 사람들은 사쓰마 인을 뇌락하다고 보고 있었다. 오쿠보에게도 그런 사쓰마식의 정신미가 있었다. 오쿠보는 뇌락하다기에는 너무나 구애됨이 많고, 가와지도 뇌락하다고 말하기에는 두뇌가 너무 치밀하여 일에 대한 집착이 지나치게 강하지만, 두 사람은 에토가 말하는 '공정을 잃다'는 사쓰마식 정신미는 오히려 뇌락의 한 전형 같은 육군 소장 기리노 도시아키보다 농후했다. 이를테면 오쿠보나 가와지는 정부 본위의 입장에서 공정했다.

"정부는 사쓰마, 조슈 사람에게만 편중해서는 안된다. 인재라면 구 막부 신하거나 구 아이즈 번(會津藩)의 번사거나 발탁해야 한다."

그러나 기리노 도시아키는 극단적으로 말하여 안중에 오로지 사쓰마가 있을 뿐 일본 국가 같은 것은 없다는 것과 같았다.

요컨대 에토는 사쓰마 인을 칭찬하고 있다. 그러나 그의 간악함은 "그래서 이용하기 쉽다"고 생각하는 데 있었다.

에토가 말하는 이용이란, 되풀이해서 말하지만 조슈 파벌을 쓰러뜨리기 위한 것이었다. 에토는 막부 말 이래 계속 사람들 입에 오르내리고 있는 "조슈 사람의 영리함"이라는 특질이 싫었다.

음흉하다는 것이다. 에토는 조슈파의 두목인 기도 다카요시도 음흉하다고 보았고, 부두목 격인 이노우에 가오루(井上馨)나 야마가타 아리토모(山縣有朋) 등을 미워하여 그의 논리는 비약하다.

"그들은 참으로 교활하다. 시계의 기계처럼 섬교한 두뇌를 갖고 있지만, 때로는 그 섬교가 지나쳐서 일을 크게 벌여야 할 때 꽁무니를 뺀다. 참으로 대사를 치를 단계가 되면, 갑자기 말이 모호해지고 태도가 흐려진다. 이런 영리하고 음흉한 도배가 정부를 이러쿵저러쿵하게 되면, 일본의 장래에 반드시 화근을 남긴다. 그러므로 사쓰마 인들 중에서 박직한 자(사이고와 그 일파)와 손을 잡아 오쿠보를 쫓아내고, 그 뒤에 사이고를 쓰러뜨린 다음 끝에 가서 조슈 사람을 축출한다. ……축출하기 위해서는……."

"사이고와 손을 잡고 정한론을 지지하는 것이다."

에토는 치밀한 논리가이지만, 동시에 그 논리에 감정가로서의 그의 정념이 너무 들어가서 흔히 비약한다. 그 비약이 이 탁월한 국가 설계자의 치명상이 되었다.

"사이고의 정직은 일을 함께 할만하다."

에토는 그토록 사이고의 궐기를 기대했지만, 정작 사이고는 에토에게 차갑게 대했다. 사이고는 오쿠마나 에토가 말하는 바보가 아니었다. 그는 에토가 바라는 대로 춤을 추지 않았고, 오히려 에토가 춤을 추다가 메이지 7 (1874)년 사가(佐賀)의 난을 일으켜 자멸했다. 사이고는 냉정하게 에토를 버렸다.

정한론에 대한 제1회 각의에서 오쿠마는 사이고에게 호통을 듣고 애송이 취급을 받은 것을 평생 원한으로 품고 있었다.

오쿠마는 사이고를 한 무더기의 싸구리로 취급했다.

"실은 그때 사이고는 이러지도 저러지도 못하고 있었던 것이다."

오쿠마의 통렬한 사이고론이다. 사이고가 정한론 같은 폭론을 주장한 이유에 대해서다. "몹시 난처했기 때문에 정한론을 물고 늘어진 것이다" 오쿠마는 말한다.

"그 무렵 사이고의 입장은 참으로 비참했다. 그는 그 죽은 시마즈 히사미쓰——번주 다다요시의 아버지——에게 대악인이라는 욕을 얻어먹고 있어서 정말 입장이 몹시 난처했다."

시마즈 히사미쓰는 사이고의 소장 시대의 번주였던 시마즈 나리아키라(島津齊彬)의 배다른 동생이다. 나리아키라가 죽은 뒤 그 유언에 따라 히사미쓰의 아들 다다요시(忠義)가 번주가 되었다. 다다요시가 아직 어려서 히사미쓰가 사실상 번의 최고 권력자가 되었다.

사이고는 그 당시부터 못마땅했다.
'이런 자가 번주 대리냐?'
그는 속이 메스꺼워지도록 히사미쓰를 싫어했다.
사이고에게는 망주 나리아키라가 에도 270년의 모든 영주 중에서 가장 총명한 인물이었을 것이다. 막부 말기에 나온 모든 인재 중에서 나리아키라만한 식견과 큰 뜻과 인간적 매력을 가진 인물은 없었다. 그 나리아끼라가 몇만을 헤아리는 가신들 중에서 사이고라는 무명의 청년을 발견하고, 그에게 사상과 뜻을 심어 주었다. 그 사상과 뜻이 사이고의 평생의 사상과 뜻이 되었다. 그런 점에서 말한다면 시마즈 나리아키라는 사이고에게는 주군이라기보다 더 절실한 은사이자 산 성자였다.
나리아키라가 1858년 급사했을 때였다.
"히사미쓰 일파가 독살했다."
이런 소문이 파다하게 떠돌 정도로, 시마즈 집안의 사정은 오유라(於由郞) 소동이라는 지난날의 집안싸움이 여전히 꼬리를 끌고 있었던 만큼 심각했다.
그러나 히사미쓰 자신은 지난날의 집안 소동의 눈으로 사물을 볼 만큼 작은 사람은 아니었다. 작기는커녕 그는 대 사쓰마 번을 이끌고 천하에 뜻을 펴보겠다는 영웅적 충동도 갖고 있었다.
"뜻을 편다."
이 점에 대해서 히사미쓰는 옛날 사이고를 직접 불러 의논한 적이 있었다.
그때 히사미쓰에 대한 사이고의 태도는 노골적으로 모욕하는 것이었다.
"당신이 돌아가신 형님의 흉내를 내려고 해봐야 그것은 원숭이 흉내에 지나지 않는다"고 말하는 태도였으며, 실제로 사이고는 들으랍시고 이렇게 중얼거렸다는 이야기는 유명하다.
"지고로."
지고로는 '地五郞'라고 쓴다. 사쓰마 말로 시골뜨기라는 뜻이다.
사이고는 히사미쓰에게 가혹했다. 히사미쓰는 수준 정도는 되는 사람으로, 용기와 배짱에 있어서는 영주답지 않은 점마저 있었다. 그러기에 히사미쓰는 사이고를 미워하기가 이만저만이 아니었으며, 중국 사상 모반자의 대표 격인 안록산을 예로 들어 '사이고는 안록산 같은 놈이다'라고 늘 욕하고 다녔다.

"그 안록산 같은 놈!"

시마즈 히사미쓰가 늘 사이고를 욕하고 철저하게 미워한 것도, 메이지 10(1877)년에 일어난 세이난(西南) 전쟁의 한 원인이었다.

메이지 유신은 두말할 것도 없이 사쓰마 번의 힘으로 히사미쓰의 뜻이 아니라, 사이고의 짝인 오쿠보가 히사미쓰에게 접근하여 그를 속이고 속임으로써 번의 힘을 깡그리 막부 타도의 대사업에 투입했기 때문에 성취할 수 있었다. 유신이 성취되자 히사미쓰가 물었다는 전설이 있다.

"나는 언제 장군이 되느냐?"

이것은 전설에 지나지 않고, 히사미쓰는 그정도로 벽창호는 아니었다. 그러나 히사미쓰는 유례없는 보수주의자이자 완고한 봉건제의 보존주의자였으며, 그런 뜻에서는 유신에 반대했던 것은 확실하다. 그는 죽을 때까지 상투를 자르지 않았고, 양의를 가까이하지 않았으며, 구 막부 시대의 영주님 생활을 메이지 20(1887)년에 병들어 죽을 때까지 고수했는데, 마지막까지 사이고와 오쿠보를 반역자로 용서하지 않았다.

"그놈들이 시마즈 가문을 속였다."

그는 끝까지 말했는데, 특별히 혁명주의자도 아니었던 시마즈 히사미쓰로서는 그럴만도 했다. 구 막부 시대에 히사미쓰는 오쿠보를 총애했다. 오쿠보는 막부 타도군을 일으킬 때 히사미쓰를 속이기 위해 이런 정도의 말을 은근히 비쳤는지도 모른다.

"천황을 모시고 시마즈 막부를 일으키겠습니다."

그렇지 않았다면 히사미쓰쯤 되는 자가 출병을 허가할 까닭이 없다는 생각도 든다.

그런데 사이고와 오쿠보는 히사미쓰를 배신했다. 특히 정부가 개국 방침을 취하고 유럽화 정책을 추진하기 시작한 것이 히사미쓰의 분노를 샀다.

그보다 더욱 히사미쓰를 격분시킨 것은 메이지 4(1871)년 7월의 폐번치현(廢藩置懸)이었다.

유신 후에도 구 막부 시대와 마찬가지로 300제번(諸藩)은 존재했는데 이것을 폐지하여 영주들을 도쿄에 살게 하고 전 일본의 정권을 새 정부에 집중하여 중앙집권을 단행하지 않는다면, 무엇을 위한 유신인지 알 수가 없었다.

이 준비를 한 것이 사쓰마의 오쿠보와 조슈의 기도 등이었으며, 사이고는 당시 가고시마에 은둔 형식을 취하고 있어서 준비 단계에는 참여하지 않았다. 그러나 새 정부는 사이고라는 전 일본에서 압도적인 인기를 얻고 있는 인물을 도쿄로 불러 그로 하여금 진두에 서서 이 일을 단행하지 않으면, 전국이 불평분자로 가득 차서 수습할 수 없게 된다고 생각했다. 이 때문에 사이고가 도쿄로 불려간 것이다.

사이고가 도쿄로 떠나기 전, 히사미쓰는 이미 폐번치현의 소리를 듣고 있었으므로 그를 불러서 다짐했다.

"그것만은 하지 마라. 알겠느냐?"

그런데 사이고는 도쿄에 들어가자마자 폐번치현에 동조하여 한꺼번에 단행해 버린 것이다.

'그 직을 면함.'

이것은 각 번주에게 보낸 사령 한 장으로 300년 체제가 하루아침에 허물어져버린 것이다. 히사미쓰가 격분한 것도 무리는 아니었다.

다른 번에서 보면, 사쓰마만큼 기묘하고 우스꽝스러운 번은 없었을 것이다.

"아니, 사쓰마의 히사미쓰님이 대단한 막부파일 줄이야!"

도쿄에 살도록 강요당한 영주들은 그렇게 소근거렸다. 더욱이 유신의 일등공신인 사이고가, 그 주군의 가문인 시마즈 집안에서는 극단적으로 불충한 신하로 간주되어 주군에게 욕을 얻어먹고 있다는 것이 폐번치현으로 밝혀졌다.

"사이고야말로 나를 팔아먹은 자다."

히사미쓰는 계속 그렇게 말했다. 히사미쓰는 또 끊임없이 말하고 있다.

"주군 가문(시마즈 가문)에 대해 불충스런 자가 황실을 충실하게 섬길 까닭이 없다."

당연히 이러한 말들은 사이고의 귀에 들어갔다. 정한론이 대두하기 직전이었는데, 이 히사미쓰의 사이고 공격만큼 그로서는 쓰라린 것이 없었다.

은퇴도 생각하고, 홋카이도로 달아나서 농사를 지으며 여생을 보낼 생각도 했다. 정말이지 구 주군으로부터 불충한 자라는 욕을 계속 얻어먹고 있는 사이고로서는 하루하루가 살아있는 기분이 아니었다. 이 충격이 가뜩이나 비만했던 사이고는 심장병을 일으켰고, 그리하여 호프만 교수의 진찰을 받아야 하는 궁지에 빠지게 된 것이다.

매우 이상한 일이지만, 이 시기에 사이고는 히사미쓰에게 사과 편지를 썼다. 구어체로 옮기면 이러하다.

"지금 저는 정부의 벼슬을 얻어——고관이 되어——거기에 안주하고 있다는 느낌이 듭니다."

비통한 자기비판을 하고 있다. 이와 같이 쓰지 않을 수 없는 이유는 고향에 있는 히사미쓰의 측근인 사쓰마 인들이 히사미쓰에게 기회만 있으면 이렇게 말했기 때문이다.

"사이고나 오쿠보 같은 악인은 고금에 유례가 없는자들입니다. 그자들은 자기들이 고관이 되고 싶어 번을 이용하여 막부를 쓰러뜨리고, 나아가서는 폐번치현으로 주군의 영지를 몰수해버렸습니다. 이 모두 자기 자신의 영달을 위한 것입니다."

이 때문에 사이고는 짐짓 이런 자아비판을 했던 것이다.

사과 편지는 계속된다.

"재생의 큰 은혜를 잊고 있었습니다."

이 말은 자기의 태도는 히사미쓰가 목숨을 살려 준 큰 은혜를 잊어버린 것처럼 보인다는 뜻이다. 구 막부 시절, 사이고는 두 번 유배를 당했다. 두 번째는 히사미쓰의 뜻을 어기고 독단으로 전행했기 때문에 죄가 무거워 사형이 될 것을 유배로 그친 것으로, 이때의 유배도 사람들은 사이고에게 동정적이어서 이제 와서 굳이 "사형에서 구제해 주셨습니다" 고마워할 것도 없었는데, 지난날의 주군이라 하는 수가 없었던 것이다.

"그만한 큰 은혜를 입었는데, 저를 몹시 싫어하고 계시다니 참으로 송구하기 이를 데 없으며, 멀지 않아 찾아뵙고 그 죄를 빌 생각입니다."

실은 메이지 정부는 폐번치현 뒤 시마즈 히사미쓰의 분노를 달래려고, 메이지 5(1872)년 6월 천황이 몸소 가고시마에 찾아갔을 정도이다. '봉건제를 무너뜨렸다'는 히사미쓰의 분노가 얼마나 컸는지 이 한 가지로도 상상할 수 있을 것이다.

논평식으로 말한다면, 오쿠보(大久保)는 결과적으로 교활했다. 그는 메이지 4년의 폐번치현 뒤, 전 국민이 아연해졌다가 이어 특권을 잃은 사족(士族)의 불평이 일본 국내에 떠들썩해지기 시작했을 때, 성큼 외유해버렸다.

그 사족들의 불평이며, 궐기 기분으로 꽉 찬 농민들의 불안 등을, 결과적으로는 사이고 등 잔류내각이 맡게 되었다.

"유신이라는 혁명의 대가는 아무 것도 없었다. 그것은 모든 것을 잃은 것을 의미할 뿐이다."

온 일본의 사족들이 들고 일어나려 할 때였다. 혁명이란 원래 지배, 피지배 계급을 막론하고, 먼 장래는 모르되 목전의 계산으로는 잃는 것이 더 크다. 이를테면, 무사 계급이 소멸했다는 것만도 사족들에게는 컸으며, 특히 가고시마 현 사족들로서는 이보다 어이없는 일이 없었다. 보신 전쟁 때 목숨을 내놓고 간토(關東), 호쿠에쓰(北越), 도호쿠(東北), 홋카이도(北海道) 각지를 전전하며 싸운 것은 바로 가고시마 현 사족들이었다. 그 몇 할은 도쿄 주둔 근위병도 되었고, 경시청에 들어가 봉급을 받을 수도 있게 되었지만, 나머지는 모두 실직했다. 그 실직 무사를 수용할 수 있는 근대 산업을 정부는 아직 일으키지 못하고 있었으며, 유신으로 정부가 한 일이라고는 고작해야 사족들을 산야(山野)에 버린 것뿐이었다.

영주인 시마즈 가문도 입장이 말이 아니었다. 막부 말기의 정치 운동자금과 보신 전쟁의 전비를 모두 시마즈 집안의 자비로 충당했다. 그토록 열심히 해서 간신히 유신이 성립되었는가 했더니, 정부가 보상으로 해 준 행위는 영지의 몰수, 사민평등이라는 봉건적 시마즈 가문의 부정이었던 것이다. 이토록 짓밟히는 얘기도 없었으며, 그러한 새 정치가 '천황'의 이름 아래 나왔으니 "결국은 사이고의 간사스러운 음모"라고 말할 도리밖에 없었다. 오쿠보는 외유 중이었다. 뒤에 남은 사이고가 혁명이 필연적으로 가져다주는 구세력 몰락과 분개의 비명 및 노성(怒聲)을 한 몸에 받지 않을 수 없었던 것이다. 사이고가 악질 음모의 모사로서 공격을 받고, 더욱이 그 공격자들이 옛 주군과 동료 사족이라는 직접 연결을 가진 사람들뿐이었다는 데에, 사이고가 몸부림칠 고통이 있었던 것이다.

'차라리 죽어버릴까?'

때로는 극단적인 우울증 속에 빠져든 이 인물은, 몇 번이나 이것을 바랐는지 모른다.

그러나 그에게는 자기가 옹립한 메이지 천황이라는 나이 어린 천황이 있었다. 이 천황을 버리고 자살할 수도 없어서, 결국 오쿠보가 부재중이던 메이지 5(1872)년 6월, 그는 천황의 가고시마 순시 때 수행한다. 천황이 찾아가 줌으로써 히사미쓰의 노여움이 풀렸으면 하는 심정이었다.

무더위 속에서 원래 땀을 많이 흘리는 사이고는, 거구를 연미복으로 감싸고 있어서 등과 조끼가 모두 땀에 흠뻑 젖어 있었다. 사이고는 어찌된 일인지 연미복에 흰 천으로 굵은 허리띠를 두르고, 명검 '오니마루(鬼丸)'를 차고, 당시 사쓰마 인들의 말마따나 '어슬렁어슬렁' 나이 어린 천황의 뒤를 언제나 따라다녔다. 메이지 천황은 사이고를 좋아하여 평생 그에 관한 이야기를 했는데, 특히 이 가고시마 순시 때의 사이고의 행장을 일일이 기억하고는 말했다.

"여러 가자로 우스웠어."

그러면서 사이고가 수박을 깨 먹은 이야기 같은 것을 하곤 했다. 그러나 당사자인 사이고의 불행은 그래도 옛 주군 히사미쓰의 노여움을 풀 수가 없었다는 것이다.

요컨대 오쿠마가 보기에, 사이고는 개인적인 궁지에 빠져 있었으며, 마침 정한론이라는 대의론이 발생하자 거기에 죽을 자리를 발견했다는 것이다.

"됐다, 이것으로 죽자!"

"사이고는 영웅도 호걸도 아니다."

오쿠마는 사이고와 함께 몇 해 동안 새 정부에서 일했을 때 알았다고 한다. 그러나 오쿠마의 감각으로는 도저히 포착할 수 없는 것을 사이고는 가지고 있었다.

사이고는 혁명의 성공자이면서도, 혁명이 마땅히 불러일으키는 무수한 참화를 한 몸에 받으려고 한 것이다. 고금동서에 이런 혁명가는 존재한 적이 없었다. 혁명의 성공자는 마땅히 혁명의 열매를 배불리 먹어도 상관없으며, 사실이 그랬다. 배불리 먹지 않더라도 혁명 정권 속에 서서 혁명에 의해 비명을 지르는 기성 계급의 비참함을 냉연히 내려다보는 것이 오히려 혁명적 정의이며, 그 기성 계급이 이윽고 떼를 지어 일어나 반혁명 운동을 일으킬 때는 새 정부군을 풀어서 맹렬히 공격하고 섬멸하는 것이 혁명가의 정의였다.

"반혁명 층이 가엾다."

이렇게 말하는 혁명가가 어디 있겠는가? 그런데 거대한 양의 감정(感情)으로 막부를 쓰러뜨린 사이고는, 혁명의 성공으로 쓸 때가 없게 된 그 초인적인 양의 감정을 유신에 의해 몰락한 사족 계급에 대한 연민으로 향한 것이다. 한낱 재사에 지나지 않는 오쿠마는 사이고만큼 거대한 양의 감정을 갖고 있지 않았다. 그래서 사이고의 인물을 이해할 만한 수신 장치를 그는 애초에 갖고 있지 않았던 것이다.

사이고는 전국에 2백만이 넘는 몰락 사족을 구하는 길은 "외정(外征) 외에는 없다"고 보았다.

단순한 호전적 침략론으로 보아서는 안 될 것이다. 그것은 사이고의 정책론이 아니라 사상론으로 보아 주어야 했다.

사이고는 어디까지나 무사 혁명자로, 상인 농민 등의 차원이 낮은 이기적 정신으로는 자기가 생각하는 새 국가가 이루어지지 않는다고 보았다. 오히려 외정(外征)을 일으키는 과정에서 온 일본을 무사로 만들어야만, 나라를 세계 속에 우뚝 서게 할 수 있다고 생각했다. 이 부분의 사이고의 생각은 혁명적 논리성으로 말하면 계산성이 약하고 다분히 몽상적이다. 그러나 사이고는 이 경우 냉정한 이성보다는 풍부한 감정, 즉 동정심으로 포착했다.

"일본에는 산업도 아무 것도 없다. 무사가 있을 뿐이다. 무사라고하는 무사(無私)한 봉사자를 폐지하면 도대체 무엇이 남는단 말인가" 생각했다. 이렇게 생각하는 순간, 이 대혁명가는 이미 반혁명가로 바뀌어 있었지만, 사이고 자신은 알 바가 아니었다. 그는 한편으로 자기가 만든 메이지 정부를 사랑하지 않을 수 없는 입장에 있고, 한편으로 몰락한 사족에 대한 끊임없는 동정에 몸부림치지 않을 수 없었다.

모순이었다.

확실히 모순이었다.
'공전절후(空前絶後 : 전무후무).'
이런 형용으로 사이고의 동시대인은 사이고를 평하고 있지만, 사이고가 그 한 몸으로 끌어안은 모순도 공전절후의 대모순이었다.

사이고의 모순에 대해서 언급한다.

그는 막부를 쓰러뜨렸다.

그러나 쓰러뜨린 순간, 감정이라는 그의 복잡한 액체는 쓰러진 쪽에 대한 동정으로 걷잡을 수 없이 물결치기 시작한 모양이다.

이를테면 데와 쇼나이(出羽庄內) 번에 대한 경우가 그랬다.

데와 쇼나이 번은 쓰루오카 성(鶴岡城) 중심으로 하는 17만 석의 사카이(酒井) 가문이다. 이 가문은 이이(井伊) 가문과 함께 이에야스 이래 도쿠가와의 두 기둥이라 할 만한 직속 영주 가문이었으며, 막부 말에는 교토의 치안 활동을 아이즈 번이 지배한 신센 조(新選組)가 맡았듯이 에도의 치안을 맡은 신초 조(新徵組)라는 낭사들의 결사를 관리했다. 막부가 무너진 뒤, 관군의 동정에 대항하여 아이즈 번과 더불어 가장 잘 싸웠으며, 패배 한 뒤에는 당연히 혁명의 죄인으로서 가혹한 추궁을 받아야 할 입장에 있었다.

그런데 쇼나이 번에 다행이었던 것은, 이 방면에 사이고 다카모리가 와 있었다는 것이다.

사이고와 관군이 쇼나이 번의 항복과 함께 쓰루오카 성에 들어간 것은 메이지 원년(1867) 9월 27일이다. 전승군에 따르게 마련인 난폭한 사건이 전혀 없었을 뿐 아니라, 번사는 모두 자택 근신의 명령만 받았고, 칼도 그대로 찰 수 있었으며, 시중의 상인들은 평상대로 장사를 하고, 목수, 미장이들은 어제의 건축 공사를 이 날도 계속했다.

이 때 사이고는 두 사람의 막료를 거느리고 갔다. 지금 가고시마 현령으로 있으면서 사쓰마의 향토적 이익을 대표하고 있는 오야마 쓰나요시(大山綱良)와, 메이지 7(1874)년 육군 중장으로 승진하여 도쿄의 사쓰마 계 관료의 한 영수가 된 구로다 기요타카(黑田淸隆)였다. 이 두 사람도 사쓰마의 무사 교육에서 말하는 "약자를 학대하지 말라"는 항복자에 대한 연민을 잘 아는 사람들이었으며, 그 점에서의 일화도 많다.

사이고는 성을 인수하기 위해 입성하여 번주 사카이 다다아쓰(酒井忠篤)와 대면했다. 사이고를 따라간 사쓰마의 젊은 청년 다카시마 도모노스케(高島鞆之助 : 메이지 24년의 육군 대신)는 사이고의 공손한 태도에 놀랐다.

"너무나 겸손해서 어느 쪽이 항복하는 것인지 알 수가 없었다."

나중에 다카시마는 이렇게 말했는데, 사이고는 그 말을 듣고 말했다.

"쇼나이 무사들은 싸움에 져서 항복했다. 그 항복한 번주의 모습은 딱해서 볼 수가 없었다. 그런 항복자에게 이쪽의 태도가 오만한 전승자연한다면, 상태는 더욱 더 위축되어 할 말도 못하게 된다."

쇼나이 번사들은 이때의 사이고에게 너무나 감동한 듯, 그 후 이 지방을 통틀어 사이고를 지지하게 되었으며, 세이난 전쟁 때는 쇼나이 번사단이 '보진 때의 은혜를 갚기 위해서'라며 가고시마로 달려갔을 정도이다.

사이고의 모순에 대해서 계속한다.

'내가 할 일은 막부를 쓰러뜨리는 데서 그쳤어야 했다.'

그는 아마도 이 말을 유신 후에 생각한 것이 틀림없다.

막부 말기의 사이고는 유신 후의 국가 설계에 관한 청사진 같은 것이 없었다. 그의 이상은 그런 자질구레한 설계를 계산하기에 너무 막연했으며, 아니 오히려 굳이 막연하게 만들어 놓고 있었다는 데에 사이고의 특수성이 있었다!

'요순의 세상 같은.'

혹은 그것을 굳이 표현한다면 이 정도의 것이었는지도 모른다.

안으로 왕도 낙토를 만들고, 밖으로 열강의 모멸을 막는다는 정도의, 윤곽이 뚜렷하지 않은 것이었다. 막부 타도에 대한 정략에서는 그토록 치밀하고 웅대한 구상과 착실하고 견고한 실행 형태를 취한 인물이, 새 국가 설계에서는 언뜻 보기에 속수무책의 무능한 모습을 보인 것은 사이고의 복잡한 모순의 하나였다.

그러나 사이고의 인격의 내부에서는 그것은 부자연스러운 것이 아니었다.

막부를 쓰러뜨렸다.

그 뒤, 새 국가를 건설해야 할 때, 당연히 일어나는 것이 구 세력의 비명이다. 이를테면 영주의 판적봉한(版籍奉還)이 있었고, 이어서 영주 및 사족 계급이 토지와 백성의 지배권을 잃는 폐번치현이 단행되었다. 이와 병행하여 징병 제도가 실시되어 사족 계급은 마지막 명예였던 무(武)의 특권까지 빼앗겨 서민으로 전락했다.

'하는 수 없는 일이다.'

사이고의 이성은 그렇게 생각하지만, 양적으로 너무 많은 그의 감정은 이 당연한 개혁을 정면으로 응시하지 못했다.

"새 국가."

이런 '정체'를 알 수 없는 것이 돌진해 오고 있고, 그 거대한 기관차를 오쿠마 시게노부 등 새 관료들이 움직이고 있었다.

사이고는 막연해질 뿐이었다. 요순의 세상이나 왕도낙토를 운운할 형편이 아니었다. 혁명 뒤에 오는 것은 결국 이런 것이라고 사이고의 이성은 생각하지만, 그의 감정은 새 국가라는 거대한 기관차에 치어 죽어가는 구 계급과 구 계급의 정신을 좌시할 수가 없었던 것이다.

사이고는 '구 계급과 구 계급의 정신'을 이끌고 막부를 쓰러뜨렸다. 그런데 그것으로 생긴 새 국가가 자기를 낳아 준 '구 계급과 구 계급의 정신'을 압살하고 있는 것이다.

사이고는 메이지 4(1871)년 어느 날, 도사 출신의 참의 이타가키 다이스케(板垣退助)가 중대한 안건을 가지고 의논하고 왔을 때였다.

"나는 이제 시대에 뒤져서 아무 것도 할 생각이 없소. 제발 나를 무시해 주시오."

이렇게 말하여, 이타가키를 놀라게 한 적이 있다. 사이고는 구 계급의 비명을 견딜 수가 없었고, 더 나쁜것은 무사의 정과 무사의 이성만이 세상을 구할 수 있다고 믿는 사람이었으며, 그것이 문명개화의 세상을 구축한다는 새 일본의 대외명분 때문에 비참하게 몰락해 가는 것을 가만히 보고 있을 수가 없었다. 유신 후의 사이고는 산송장이 되자는 충동이 끊임없이 있었다.

되풀이하는 것 같지만 이 사이고의 서내한 모순을 단순에 해결해 줄 만한 것이 '정한론'이었던 것이다.

'이것 말고는 없다.'

고 사이고는 생각했다. 유신 후 구 계급에 대한 죄책감과 혁명의 환멸 등으로 침울해져서, 오히려 역사의 저편으로 사라지고 싶어 했던 사이고는 "이것으로 일본도 살고 한국도 좋아진다" 하고 모순의 통일을 믿었던 것이다.

사이고가 생각한 정한에 의한 '일본의 행복'은 사족 계급의 힘과 모럴이 전쟁에 의해 부활한다는 것이었다. 열강이 간섭해도 물론 상관없었다.

열강 가운데 한 나라쯤은 상대해서 싸워 이길 자신이 사이고에게는 있었다. 그야 막부 말기의 어느 시기에는 조슈 시모노세키(下關)와 양이 전쟁에서 참패한 것을 보아도 알 수 있듯이 일본은 약했다. 그 이유는 몇 세기 전의 케케묵은 병기밖에 없었기 때문이지만, 지금은 열강과 다름없는 총기와 대포를 가지고 있다. 그것을 사용하는 자는 세계에 으뜸가는 일본 무사이며, 용병면에서도 막부 말기의 내란을 헤쳐나와 재간이 부족하지 않았다. 오히려 열강보다 뛰어날지도 모른다.

"사족의 기개와 용기를 약동시킨다."

이런 점에서 사이고가 고통스럽게 생각하고 있던 몰락 계급이 적어도 정신면에서 부활하는 것이다.

'한국으로 봐서 행복.'

이런 기대는 사이고의 혁명가다운 신앙적 이론으로 존재했다.
한국의 국가 조직이나 사회 제도는 앞서가는 세계의 운세로 보아 노화할 대로 노화했으며 머지않아 러시아의 남하에 의해 먹혀버릴 것이다.
"일본의 메이지 유신에 자극을 받아 한국에서 반드시 내란이 일어난다."
이것은 사이고의 맹우인 구 막부 신하 가쓰 가이슈의 주장이었다. 내란 끝에 한국에도 사이고 다카모리 같은 인물이 나올 것이므로 일본은 그 인물과 손을 잡으면 된다. 그때까지는 그 나라와 교섭하는 것은 헛일이라고 가쓰는 보았다. 말하자면 아시아의 삼국 동맹론이다. 가쓰의 아시아론은 그 시대의 누구보다도 뛰어났고, 사이고는 이 가쓰 이론의 유력한 찬동자의 한 사람이었다.
하기야 가쓰 이론으로 본다면 '정한론'에는 비약이 있다. 가쓰가 말하는 머지않아 한국에 일어나리라는 내란을 기다리지 않고 이쪽에서 밀고 들어가 휘저어 놓겠다는 난폭한 방법이다.
"간토·오우(關東奧羽)의 여러 번을 공격한 것과 같지 않은가."
이런 기괴한 명쾌함이 있었다. 이를테면, 데와 쇼나이 번을 항복시켜 기분 좋게 유신에 참가시킨 예가 있지 않은가?
"한국에 대해서도 그런 식으로 자극을 주어 개국하게 함으로써, 세계성을 갖게 하여 함께 열강의 침략을 막는다."
이것이 정한론에서 사이고가 말하는 '한국의 행복'이었던 것이다.
물론 그러기 전에 사이고 자신이 견한 대사로 건너가 저쪽 수도에서 살해되지 않으면 안 된다. 그것으로 사이고 자신도 역사적 역할을 완수하게 되고, 그의 모순을 해결할 수 있게 된다. 사이고가 정한론에 자기를 건 것은 이상과 같은 이유 때문이다.

물론 사이고의 정한론은 추상론이 아니다. 구체적인 활동 목표로서는 각의에 작용하는 일이었다.
"나를 제발 견한 대사(遣韓大使)로 임명해 주시오."
작용한다기보다 탄원이었다.
'애원읍소.'
이렇게 말하는 편이 실감에 가깝다.
이상한 것은 사이고가 애원을 한다는 것이다. 사이고는 메이지 정부, 그 자체를 만든 사람이 아닌가.

막부 말, 그는 대 사쓰마 번의 힘을 배경으로 교토에서 신산귀주의 혁명 전략을 수행했으며, 돌이켜보면 마법이 아니었나 싶도록 한치의 오산도 없이 보기 좋게 구세력을 뒤집어 새 정권을 만들었다.

이 공적과 압도적 인기는, 만일 다른 민족으로 태어나 같은 일을 했더라면 능히 혁명 정권의 독재자가 될 수 있었을 것이다. 일본 역사에 있어서도 가마쿠라(鎌倉 : 1192~1333) 정권에 있어서의 요리토모(賴朝)나 쇼쿠호(織豊) 정권(오다 노부나가와 도요토미 히데요시가 지배한 정권)에 있어서의 노부나가나 히데요시는 충분히 독재자였다.

그러나 에도 300년의 막번 체제의 행정 관습은 일본인에게 일본풍의 합의제 훈련을 터득시켜, 체제 안에서 권력을 한 사람에게 집중시키지 않는다기보다 그것을 극도로 두려워하는 습관을 지니게 했다. 막부, 번, 그리고 메이지 초년의 태정관식으로 권력은 말하자면 법인이 갖고, 자연인이 갖지 않았다.

사이고는 그와 같은 일본적 정치 관습 속에서 이루어진 정치가이기 때문에 독재자가 되려는 생각은 꿈에도 없었고, 나아가서 사이고 개인의 성격으로 보더라도 독재자가 될 수 있는 성격, 이를테면 강렬한 야심, 혹은 자기를 마신화(魔信化)할 수 있는 독단과 권력 조작, 내지는 비정상적으로 강한 자기 과시욕 같은 것과는 대체로 정반대의 위치에 있지 않았나 여겨질 만큼 거리가 멀었다.

사이고는 각의에서는 한낱 참의에 지나지 않았다. 각료들에게 부탁하고 다니면서 이런 자세를 취했다.

"나의 주장을 제발 이해해 주시오."

그 이외의 자세는 보이지 않았다. 그럴 생각만 있었다면, 아무리 '일본적 정치 관습'이 존재한다하더라도 못할 것도 없었다.

그는 군대를 쥐고 있었다.

육군 대장, 근위도독이면 일본의 병마권을 한 손에 쥔 신분이다. 막부 말 사이고가 사쓰마 번이라는 일본에서 둘째——막부를 첫째로 치고——가는 군사 세력을 배경으로 정략과 전략을 세웠다. 똑같은 일을 새 정부 시대에서도 사이고는 할 수 있었다. 할 수 있었을 뿐 아니라 그 이상의 힘을 메이지 초기의 육군과 함께 사이고는 가지고 있었다.

그러나 그는 그것을 사용하지 않았으며, 그 힘을 의식조차 하지 않고, 나아가서는 유신 성립의 대공을 권력화하려고도 하지 않고 하나의 개인으로서 "잘 부탁드립니다" 하고, 이를테면 도사계의 이타가키 참의 같은 사람에게 겸손한 편지를 보내고 있는 것이다. 그 편지는 '청국에 대사로 간 소에지마(副島) 참의만큼 훌륭한 일은 할 수 없겠지만, 죽는 것쯤은 할 수 있을 것 같다'는 비통한 추천 탄원장이었다.

사이고는 집요하게 애원했다.

"제발 나를 견한대사로."

사이고는 무섭도록, 이 탄원의 성공에만 자기의 살 길을 집약해버린 것 같았다. 만일 메이지 초기의 사이고에게 '정한론'이라는 활로가 없었다면 그는 자살까지는 하지 않았더라도 완만한 자살은 했을지도 모른다.

왜냐하면, 이 시기의 사이고는 너무나 비만해서 심장 상태가 좋지 않았다. 정한론 전의 사이고는 '머지않아 심장때문에 죽을 것'이라고 스스로 체념하고 있었다. 그는 혁명 정권에 대한 절망이나 시마즈 히사미쓰를 상징적 존재로 하는 구세력에 대한 죄의식 같은 것으로 은퇴와 죽음을 생각하고 있었다. 의사에게도 보이지 않았다. 의사에게 보이지 않는 것은 그의 경우, 각오이자 완만한 자살 행위라고 할 수 있다.

그 같은 사이고가, 정한론의 대두와 함께 기쁨에 차서 혼고다이(本御臺)로 가서 호프만 교수의 진찰을 받은 것이다.

호프만은 사이고에게 이렇게 경고하고는 지시를 주었다.

"더 이상 살이 찌면 안 됩니다."

그 지시는 후세의 의학으로 보아도 우습지 않았다.

"곡식, 특히 쌀은 기름이 되니까, 보리밥을 조금만 드시도록 하십시오. 육류는 닭고기를 권합니다. 다만 기름살은 피하십시오."

호프만은 사이고에게 운동을 권했다.

"매일 검술이나 씨름을 하시도록 권합니다."

호프만은 대개 건강을 위해서 독일 의사는 검술을 한다고 사이고에게 말한 모양이다. 사이고는 이 말을 듣고 놀라, 독일이 유럽에서 갑자기 강국이 된 것은 그 점에 있다고 몹시 감탄했다. 사이고가 사족의 몰락을 개탄하고 자책하던 시기라 독일 제국을 일으킨 것은 융커(향사)계급의 그 든든한 패기였다고 생각한 것이다.

"사족, 또는 사족적 정신을 남기지 않으면 일본은 망한다."

이런 사이고의 개탄은 독일인 의사의 진찰을 받은 것도 어느새 정한론과 결부시키는 것이었다.

다만 사이고는 소년기에 생긴 팔꿈치의 결함 때문에 검술을 하기가 힘들고, 씨름도 상대가 필요하므로 그 대신 사냥을 하기로 했다. 이때는 아직도 고마바(駒場) 근처에 들판이 많아서, 토끼를 쫓을 수 있었다. 사이고는 날마다 고마바 들판을 달렸다. 또 호프만이 준 완하제를 먹고 하루에 대여섯 번씩 변소를 들락거렸다.

사이고가 언뜻 보기에 미친 듯이 건강에 유의하기 시작한 것도, 정한론이라는 커다란 희망을 국가와 자기의 인생 저편에 발견했기 때문이다.

그로서는 정한론은 단순한 정권이나 슬로건이 아니었다.

생사의 문제였다.

"기치노스케(吉之助)군."

오쿠보 도시미치(大久保利通)는 옛날부터 사이고를 이렇게 부르고 있다. 사이고도 나이가 아래인 오쿠보를 '이치조(一藏)군'이라고 부른다.

생가가 이웃이기는 하나 서로 한 집에서 자란 것 같은 실감이 서로에게 있었으며, 막부 말기에는 서로 손을 잡고 칼 위를 맨발로 건너는 아슬아슬한 혁명 모략의 일을 분담해서 해왔다.

소꿉친구가 손을 잡고 역사를 움직인 기구한 예가 다른 나라의 역사에 있었을까?

막부 말기의 사이고와 오쿠보는 단 짝이었다. 그런데 유신 후 새 국가 건설의 단계에 이르자 서로 이토록 다른 정치적 체질을 갖게 된 것도 드물지 않을까 하고 깨닫게 되었다.

간단히 도식적으로 말한다면, 오쿠보 아래 새 관료군이 모여 있다. 사이고 아래에는 의지와 기개를 가진 장사적 기분의 인간들이 그 기풍을 사모하여 몰려 왔다. 두 사람 다 도당을 이룰 의도는 없었으나 자연히 당파가 생겨버렸다.

오쿠보가 귀국했을 때 사이고는 자주 오쿠보의 집에 놀러 갔다.

"이치조군."

사이고는 들어가서 벌렁 드러누워 이야기를 하기도 하고, 일어나서 차려 내온 과자를 집어 먹기도 하고 하면서 구미(歐美)에 대한 이야기를 들었다.

사이고는 이따금 자기의 서양관을 이야기했다.

"서양은 원근을 서로 정벌하면서 오늘의 융성을 구축했다. 무(武)를 두려 워해서는 국가가 성립되지 않아. 이치조군."

그리고는 정한론을 꺼냈다.

오쿠보는 한 마디로 사이고의 주장에 반대했다. 오쿠보는 이 점에서 한 걸음도 물러나지 않았다. 여기에는 사이고도 놀라며 측근에게 투덜거렸다.

"존왕양이의 이치조가 한번 천하를 잡고 나더니 저렇게도 겁쟁이가 될 수 있는가?"

한편 오쿠보 쪽에서도 사이고의 고집에 놀라며 생각했다.

'기치노스케군은 저렇게 말귀를 못알아듣는 사람이 아니었다. 어떻게 된 것이 아닐까?'

다만 두 사람의 비극은 이것이 서생론이 아니라, 입장이 입장이니만큼 천하를 둘로 가르는 의논이 되어버린 데 있었다. 더욱이 두 사람은 서로 그 정견에 목숨을 걸고 있는 것이다.

오쿠보는 사이고의 고집이야말로 국가를 망치는 일이라고 생각하고 그것을 어떻게든 저지하려고 했다. 한 패거리들이 돌아올 때까지 공공연한 정치활동은 일으키지 않았으나, '사이고는 곤란한 인물'이라고 오쿠보는 유럽에 유학중인 사쓰마 인들에게 써 보냈다.

이를테면 사이고의 종제로 막부 말에는 그의 수족이 되어 일한 오야마 이와오(大山巖：彌助)가 이 무렵 육군 소장의 신분을 버리고 한 서생으로서 프랑스에 유학중이었는데, 오쿠보는 그에게 암암리에 사이고에 관해서 말했다.

"국가의 일은 일시적인 분발이나 폭거 같은 것으로 기분풀이를 주장하는 그런 것이 아니오."

오야마 이와오의 이름이 나왔다.

그가 포병을 연구하기 위해 프랑스 유학중이라는 것은 이미 말했지만, 이 사람만큼 국내에 남아있는 사이고의 신상을 걱정한 사람도 없었을 것이다.

참고로, 오야마에 대해서 언급해 둔다.

오야마라는 인물은 초연(硝煙) 속에서 태어났다고 해도 과언이 아니다.

일본에서 제일 먼저 총이 사용된 실전에 대해서는 여러 설이 있지만, 일설에는 조슈 군의 원조인 모리 모토나리(毛利元就)가 승리한 이쓰쿠시마 전투(嚴島戰 : 1555)라고도 하며, 그 전년인 덴몬(天文) 23년 사쓰마의 시마즈씨가 오오스미(大隅)의 이와쓰루기 성(岩劍城) 공격 때 사용한 것이 최초라고도 한다. 쌍방이 다 사용한 이 총격전으로 오야마 도키쓰나(大山解綱)라는 자가 전사했는데, 이 사람이 바로 오야마 이와오의 조상이다. 총상에 의한 일본 최초의 사망자라고 할 수 있을지도 모른다. 오야마 이와오의 아버지 쓰나아끼(綱昌)는 양자였다. 이웃의 사이고 집안에서 왔다. 사이고에게는 숙부뻘이 되는 이 쓰나아키는 평생 관직에 앉지 않고 포술 연구에 몰두한 이색적인 인물이었으며, 죽을 때도 이렇게 유언했다.

"내 기일에는 제수도 향도 필요 없으니, 그 대신 연초를 태워다오."

묘비에는 총이 새겨졌다.

오야마는 이 영향을 받았던지, 일찍부터 총포에 밝았다. 막부 말, 사이고는 교토에서 머지않아 일어날 쿠데타전——도바 후시미 전——에 대비하여 요코하마에서 은밀히 대량의 총기를 구입했다.

그 구매 담당이 오야마였다. 당시 한 자루의 값이 열여덟 냥이었으나, 오야마는 외국 상관과 직접 거래했기 때문에 불과 여덟아홉 냥에 살 수 있었다. 주로 스위스인 파브르 브란트의 상회에서 샀다. 브란트는 메이지 후에도 오래 살았는데 자랑하고 다녔다.

"오야마 각하의 상투 모습을 알고 있는 사람은 외국인으로서는 아마 나밖에 없을 것입니다."

오야마 사쓰마인답게 멋을 부렸으며, 1864년의 하마구리 문의 변(變) 때 벌써 검은 나샤천에 금몰을 두른 군복을 입어 다른 번 사람들을 놀라게 했다. 아이즈 번의 기록에는 궁궐의 가라문(唐門)부근의 상황을 묘사하였다.

'이날 진시……사쓰마번의 2명이, 미려한 군장을 한 자를 찾아와 이치조(大久保利通)와 밀담함.'

이 '사쓰마 번의 2명'은 사이고의 동생 쓰구미치와 오야마 이와오였다.

오야마는 보신 전쟁동안 시종 포대장으로 종군했는데, 그 당시의 포병 지휘관으로서는 그가 아마 가장 뛰어났을 것이다. 그의 총포에 대한 열중한 마침내 포를 발명할 정도였다. 야스케 포(彌介砲)라고 했다.

그는 보불전쟁(1870년)의 관전 무관으로 파견되어 독일 측에 종군했으며, 메츠 대요새가 함락되자 즉각 그 전적을 견학했다. 메츠 요새의 웅대한 규모

정한론 579

를 목격하고, 깊이를 알 수 없는 유럽의 웅장함에 경탄했다. 흉벽은 일곱 겹이나 되고, 포는 4천여 문이나 되었으며, 더욱이 그 공방전의 장렬함에는 느끼는 바가 많았다. 양군의 사상자 약 10만, 시체를 묻은 자리가 큰 언덕을 이루었으며 묻지 못한 프랑스군의 시체가 아직도 여기저기 흩어져 있고, 수목들은 포화로 까까중이 되어 있었다.

오야마 이와오의 이야기를 꺼낸 것은 같은 사쓰마 인이라도 도쿄에 있는 자와 프랑스에 있는 자는 전혀 다른 체험을 하여 결국 국가에 대한 위기감에 대해서도 각각 다른 생각을 하게 된다는 것을 이해하기 위해서이다.

보불 전쟁을 관전하는 동안, 오야마는 군복을 입지 않고 실크모자를 쓰고 플록코트를 입고 있었다.

그러나 그가 만난 프로이센 사관들은 이런 말을 하면서 충분히 예우해 주었다.

"오야마는 아직 젊지만, 그 나라에서는 육군 장성이다."

파리 성 공격 때는, 짙은 안개 때문에 포성만 듣고 실전을 볼 수 없었다. 10여 개소나 있는 파리의 외곽 요새가 프로이센 군의 손에 들어가서 그 가운데 가장 크다는 몽발레리앙 요새를 함락 20시간 후에 견학했다. 대포는 주로 청동제의 선조포였으며, 강철제도 7문 있었다. 거의가 해군포였다. 이 견학 때 10여 명의 기마 호위병을 거느린 카이저 황제를 만났다.

오야마는 메이지 5년 1월 9일 파리에 들어가, 막부 말기부터 일본 고관의 숙소처럼 되어 있던 그랑드 호텔에 투숙했다.

이 무렵 오야마는 조슈계 육군 중장 야마가타 아리토모 앞으로, 왜 독일이 이기고 프랑스가 졌는가에 대해 자기의 '유학'이라는 생활 체험을 바탕으로 써 보내고 있다.

"프로이센은 세계에서 둘도 없는 육군을 갖고 있는데, 재미있는 것은 프로이센에는 유럽의 아무리 작은 나라——이를테면 스위스——의 사관학교에도 유학생을 적어도 7,8 명은 보내고 있습니다. 유럽 여러 나라 중에서 그렇게 하지 않는 것은 프랑스뿐입니다."

이렇게 프랑스의 중화사상을 지적하고 있다.

"프랑스는 자기 나라의 용맹만 믿고 남을 몰라 결국 오늘의 패배를 겪는다."

다시 스위스론이 이어진다.

"스위스는 일본의 규슈(九州)만한 작은 나라이지만, 대국 사이에서 확고한 독립을 주장하고 있는 것은 기이하다고 할 수 있다. 그것은 오로지 스위스인의 공부에 있으니, 공부의 무서움을 이것으로 알 수 있다."

여기서 말하는 공부란 국방과 외교에 대한 거국적인 노력이라는 뜻이며, 오야마는 극동의 조그만 조국과 아울러 생각하여 스위스에 상당히 감동했던 모양이다. 이와 같은 오야마가 대아시아 전을 전개하려고 하는 정한론에 가담하지 않는 것은 당연한 일이었는지도 모른다.

오야마는 가고시마의 시도가지야초(下加治屋町)라는 70호의 마을에서 태어났다. 오야마의 집은 사이고의 집 맞은편의 집 뒤에 있었다. 오쿠보의 집은 대여섯 채 떨어진 둑 밑이었으며, 오야마의 집 맞은편에서 다섯 채쯤 떨어진 곳에 도고 헤이하치로라는 청년이 살고 있었다. 도고는 소년 시절 사이고의 집에 날마다 놀러 가서 다카모리의 막내 동생 고해(小兵衛)에게 한문의 음독을 배웠다. 그 도고가 이 무렵 런던에서 해군을 공부하기 위해 유학 중이었으며, 오야마가 파리에 왔을 때 그 반가움을 적은 편지를 써 보냈다.

오야마나 도고나 모두 사이고의 발탁으로 제구실을 하게 되었고, 평생 그 강한 인격적 영향을 받은 사람들이었지만, 불행하게도 그때는 고국의 사이고가 염원한 '사족적 기개를 남기고 싶다'는 비극이 전혀 통하지 않을 만큼, 유럽에서 강렬하고 이질적인 체험을 하고 있는 중이었다.

공경 출신의 산조 사네토미(三條實美)는 언뜻 보기에 여성처럼 가름한 얼굴에 몸집이 작고 두 어깨가 처져 있었으며 "그런 일은 없을 거예요" 식으로 속삭이는 듯한 교토 사투리를 쓴다.

정치적으로 일을 처리하는 능력은 조금도 없었지만, 여성적인 끈기가 강했으며, 따라서 절조에 있어서는 막부 말기에서 유신에 걸쳐 세상에서 부침한 그 어느 영웅호걸보다 믿을 수 있는 인물이었다. 황실에 대한 충성심이 강하고, 용모는 단정했으며, 회의를 장시간 끌더라도 결코 자세가 흐트러지지 않았다.

"그토록 생선을 곱게 먹는 사람도 없다."

그가 젓가락을 쓰는 솜씨는 현묘할 정도였으며, 잔뼈 사이에 붙은 한점의 살까지 깨끗이 발라 먹어, 다 먹은 뒤에 보면 골격의 표본처럼 되어 있었다.

막부 말 조정을 뒤흔든 이른바 과격파 공경들은 대부분 하급 공경들이었지만, 산조 사네토미만은 가문이 좋아서 자연히 그 중심인물로 옹립되었다. 그들은 거의 조슈계였다. 조슈 사람이 출입하며 그들에게 조슈풍의 존왕양이 사상을 주입하고, 이들은 또 조슈에 편리한 조정을 공작하는 도구가 되었다. 분큐(文久) 3(1863)년의 정변으로 교토에서 조슈 색채가 일소되었을 때, 산조는 이른바 '7경'의 낙향으로 교토를 떠났으나, 유신의 성립과 더불어 태정대신으로서 일본국의 수상이 되었다.

"산조씨는 조슈계가 아닌가?"

이런 불안이 유신 성립 초에는 사쓰마 측에 있었으나, 뭐니 뭐니 해도 산조는 가문이 가문인 데다 청렴하고 행실이 좋았으며, 일체의 잔재주를 부리지 않는, 이른바 그 안전함이 새 정부의 수반에 적합했다.

'우대신.'

이렇게 불리는 부수상에 똑같은 공경 출신인 이와쿠라 도모미가 있었다. 이와쿠라는 같은 공경이라도 투전꾼 두목이 의관을 입은 것 같은 사나이로, 혁명기의 정치에 필요한 전환의 재주가 기막히게 좋았다. 게다가 배포가 크고 배짱이 좋았으며, 막부 말기의 한 시기에는 눈썹 하나 까딱하지 않고 자객의 칼 밑을 빠져나온 적도 한두 번이 아니고, 사상도 몇 번이나 변했다.

젊었을 때는 막부를 지지하는 기분이 있었으나 나중에 사쓰마 번이 접근해 오자 재빨리 편승하여 막부 타도의 주동자의 한 사람이 되었으며, 양이가 유행했을 때는 양이(攘夷)를 간판으로 내걸었다. 그러다가 막부 말기 거의 마지막 단계에서 사쓰마 번에서 일개 사자에 지나지 않는 아리마 스미오(有馬純雄)가 찾아와 "양이는 거론하지 않기로 합의했습니다"고 말하자, 반문도 하지 않고 아, 그런가, 하고 즉각 개화파로 급변한 인물이다.

그는 사쓰마계 공경이었다. 다만 그의 약점은 지난 날 막부 지지파로 간주된 전과가 있다는 것과 비교적 낮은 가문의 출신이라는 것이었다. 이 때문에 유신 후에는 조정의 신임이 두터운 산조 사네토미를 충실하게 앞세워, 그 앞에서는 사람들이 놀랄 만큼 굽실거렸다.

산조도 이와쿠라의 유능함을 인정하고 있었기 때문에 그에게 의지했다.

"모든 일은 이와쿠라씨에게."

이 이와쿠라는 오쿠보와 결부되어 있었기 때문에, 사이고로서는 이와쿠라가 돌아오기 전에 산조를 움직여둘 필요가 있었던 것이다.

이 시기의 사이고의 이상한 점은 당당한 의논을 전개할 뿐, 뒤로 돌아 권모술수를 쓰지 않았다는 것이다.

"차라리 수반(首班) 산조 사네토미(三條實美) 경을 협박하면 되지 않는가."

이런 답답함을 육군 근위부대를 직접 쥐고 있는 기리노 도시아키는 틀림없이 느끼고 있었을 것이다. 역사적으로 보면 공경은 언제나 무가의 무력 앞에 굽혀 왔다. 그렇게 하기로 든다면 육군 대장을 겸하고 있는 사이고 다카모리로서는 아주 손쉬운 일이었을 것이다.

덧붙여 말하면, 사이고는 혁명의 모략을 거쳐 와서 세상을 회전시키는 이면공작의 수법은 너무나 잘 알고 있는 사람이었다.

그런데도 그런 것을 일체 하지 않은 깃은 사이고라는 혁명가의 성격을 생각하는 데 있어서 흥미롭다. 생각해 보면 사이고는 막부 말기에도 막부타도 세력의 큰 구조 위에 올라 앉아 백주에 공공연히 정략과 전략을 추진한 사람으로, 조정에 대한 음습한 책모는 일체 단짝인 오쿠보 도시미치가 담당했다. 시마즈 히사미쓰의 비위를 맞추어 그를 속여서 사쓰마 번을 막부 타도 세력으로 만든 공작도 오쿠보가 했다. 막부 말기의 절박한 단계에서 조정에 대한 공작 음모를 한 것도 오쿠보가 공경 이와쿠라와 비밀 협의를 거듭한 끝에 수행한 것이다. 그 비밀 협의의 내용은 끝내 역사의 수수께끼로 남아 있다.

"그 시기에 오쿠보와 내(이와쿠라)가 모외한 것들은 일이 끝난 지금도 도저히 남에게 말할 수 없는 내용들이다."

이와쿠라는 만년에 이렇게 말하고 있다. 고메이(孝明) 천황 독살 사건에 관한 소문이 메이지 후에도 오늘날까지 사라지지 않고 있는 것은 저간의 기미를 말해주는 것이다. 고메이 천황은 강력한 막부 지지자였다. 또 나아가서는 가장 완강한 양이주의자였다. 이 사람이 천황으로 있는 한 도쿠가와 집안과 아이즈(會津) 번이 그때 하루아침에 시대의 악역으로 전락하지는 않았을 것이고, 도바 후시미의 싸움이 설령 일어났다 하더라도 사쓰마와 조슈가 관군이 될 가능성은 없었다. 그런데 갑자기 천황이 세상을 떠났다. 그 때문에 정국은 크게 전환할 수 있었던 것인데, 그 정변의 수수께끼를 푸는 손쉬운 '열쇠'로서 독살설이 떠돌고 있었다. 부분적으로는 이와쿠라·오쿠보 콤비가 하는 수법의 비밀스러운 성격이 세상에 그러한 상상을 낳게 했던 것 같다.

사이고라는 정략가는 그런 류의 일에는 참여하지 않았다. 이 사람만큼 자기의 인격과 자기의 정의를 믿는 사람도 없었고, 더욱이 정의의 표현은 공공연한 것이어야 한다고 확신하는 사나이였다.

그래서 사이고는 산조에게는 공작을 하지 않았다.

"산조 경도 알아주실 것이다."

그리고 이런 태도로 일관했다.

산조 사네토미는 사이고의 속마음을 잘 알고 있었다. 그러나 그 이상으로 오쿠보나 머지않아 외유에서 돌아올 이와쿠라와 기도 등의 의향을 두려워했다.

한 번은 오쿠마 시게노부가 아주 사사로운 형식으로 산조 사네토미를 방문하여 "마침 근처에 볼 일이 있어서" 하면서, 결코 정담을 하러 온 것이 아니라고 해명하고 들어가서 차를 대접받은 적이 있다. 교토의 다과가 두 조각 나왔다. 고두밥을 쪄서 굳힌 것 같은 과자로, 맛이 카스텔라와 비슷했다.

"이것은 카스텔랍니까?"

젊었을 때 나가사키(長崎)에 있었던 오쿠마가 물었다. 산조는 가만히 오쿠보를 쳐다보고 있더니 이윽고 나직이 말했다.

"마쓰카제(松風)입니다."

마쓰카제라는 것은 오래 전부터 교토에 있던 과자의 이름이다.

오쿠마는 야마가타 아리토모에 관한 이야기를 꺼냈다.

야마가타는 조슈 번의 사졸 출신이었던 사나이로 기병대에 들어가 번 내의 동란 속에서 착실히 지반을 구축하여 메이지 후에는 일약 육군 중장이 되었다. 구 번 시대에는 번 내의 혁명 진영에 속해 있었으나 돌다리도 두드리며 건너는 조심성이 많은 성격으로, 이를테면 다카스기 신사쿠(高杉晋作)와 같은 천마가 하늘을 나는 듯한 사나이를 형님으로 받들고 있으면서도 다카스기의 고등수학적 발상에 끌려가지 않고, 언제나 그 곁에서 더하기 산술의 주판밖에 통기지 않았으며, 항상 다카스기에 대해 건실한 브레이크 역할을 했다.

유신 후 같은 번의 오무라 마스지로(大村益次郎)가 병부 대보가 되고 야마가타는 그 밑에 있었는데, 오무라가 암살되면서 육군의 조슈 파벌은 야마가타가 쥐었다.

오쿠마가 야마가타를 만나 주판을 퉁기게 해보니 이런 계산이 나왔다.

"정한론에 반대하지 않지만 현실 면에서 곤란합니다."

야마가타 육군 중장은 오무라의 육군 구상을 계승하는 입장에 있었다. 국방군을 창설하는 일이었다.

만일 오무라가 살아 있었다면, 도쿄에 주둔하는 근위군——도독은 사이고——따위는 군대가 아니라 혁명군의 유물에 지나지 않는다고 말했을 것이다.

근위군은 과연 관군의 잔재로 사쓰마·조슈·도사 세 번의 사족으로 구성되어 있었다. 새 정부가 메이지 4(1871)년 여름 폐번치현이라는 일대 변혁을 단행할 때 각지의 내란을 예상하여, 보신 전쟁 후에 일단 해산했던 세 번의 관군을 다시 도쿄에 모아 난에 대비했다. 그러나 폐번치현이 잘 진행된 후에는 쓸데없는 존재가 되었다.

"장차 사이고의 사병이 되지 않을까?"

사이고를 싫어하는 오무라는 노골적으로 그렇게 말했을 것이다.

근위군과는 별도로 징병제를 기초로 한 진대가 전국에 설치되어 가고 있었다. 메이지 4년에 도쿄와 오사카에 진대가 설치되고, 메이지 6(1873)년에는 다시 센다이(仙台), 나고야(名古屋), 히로시마(廣島), 구마모토(態本)에도 설치되어 모두 6개의 진대가 되었다. 이것이 나중에 사단이 된다. 이것이 근대적 국방군이다. 기리노 소장 등이 소속되어 있는 '근위'라는 것은 국방군이 아니라 혁명군의 잔재로, 말하자면 새 구상 밖의 군대령이라고 할 수 있었는데, 달리 말한다면 군복을 입은 지사단이나 다름없었고, 새 국가의 기초가 굳어지고 국군이 생기면 무용유해한 존재가 될 것이었다.

조슈의 야마가타 아리토모도 육군의 한 기둥이다.

"나는 정한론에 반대하지는 않는다."

이런 얼굴을 하고 있으면서도 행동으로 나타내지는 않고, 가장 교활한 태도를 유지하고 있었다.

메이지 초기의 군제는 조슈의 오무라 마스지로가 창시했다. 오무라는 메이지 2(1869)년 암살당할 때까지 군정면의 독재권을 쥐고 있었다. 통수는 단 하나의 육군 대장인 사쓰마의 사이고 다카모리가 쥐고 있었으니, 육군은 이원제가 되어 있었던 셈이다.

정한론 585

오무라가 죽은 뒤, 야마가타가 군정면의 후계자가 되었다. 만일 그가 오무라 같은 명쾌한 논리성과 정직성을 가지고 있었다면 이렇게 말했을 것이다.
"근위군을 해산한다."
또 나아가서는 이렇게 단정을 했을 것이다.
"기리노 같은 근위 장교들은 정치 망령들이다."
근위군은 '국방군'이 아니었다. 사쓰마 인과 조슈 기병대의 잔존자, 그리고 도사 인의 집단으로 말하자면 개개인이 지사 기분을 가진 정치적 인간의 집단이었다. 더욱이 자기들이 보신 전쟁을 끝까지 완수하여 새 정부를 만들었다는, 군인으로서는 매우 위험한 자부심을 가지고 있었다. 그러면서 징병으로 모은 6개, 진대의 군인처럼 근대식 교련도 제대로 받지 않았을 뿐 아니라 진대의 군인들을 멸시하여 "농군 병정들이 무엇을 할 수 있는가" 얕잡아 보았다.
지금 건설되고 있는 '진지'야말로 국방군이자 오무라의 이상이었으며, 야마가타는 그 건설의 대표자가 될 것이었다.
확실히 야마가타는 그 입장에서 오쿠마에게 정한론에 대한 의문을 표명하고 있었다.
야마가타는 말한다.
"지금 정한(征漢)이라는 외정(外征)을 한다면, 모처럼 간신히 기초가 선 군제에 일대 혼란이 일어난다."
확실히 대혼란이 일어난다. 사족군인 근위군이 먼저 출정하여 야전에서의 영광을 차지하면, 징병제에 의한 진대는 어찌할 수도 없게 된다. 진대는 갓 생긴데다가 병의 훈련도 미숙하고, 뿐만 아니라 농민들은 전사로서 통용될 정신적 전통이 없기 때문에 국방군이 되어야 할 진대는 야전에서 크게 면목을 잃을 것이 틀림없는 것이다.
"그렇다면 역시 사족군이다."
이런 말로 그 실력을 의심받게 되어 모처럼의 국방군이 성립되자마자 와해되어버릴지도 모른다, 하기야 그것이 사족 옹호파인 기리노 도시아키 등이 노리는 점인지도 모른다.
그렇다면 진대 대표인 야마가타는 근위군의 정한론에 정면으로 반대했어야 했다. 그런데 그렇게 하지 않았다. 이 모호함이 야마가타라는 아무런 이념도 없는 사나이가 만년에 메이지 관료의 교황적 존재가 되고, 크게는 일본 관료의 태종이 되어 공작·대훈위라는 영예로 장식되어 생애를 마칠 수 있게 된 요령 같은 것이었다.

또 하나, 야마가타(山縣)만큼 정치를 좋아하는 사람이 정한론에 대해서는 침묵의 입장을 취한 것은, 그가 오직 그 사건에 연좌되었을 때 사이고에게 구제된 은혜와 의리가 있었기 때문이다. 그가 기질적으로 사이고와 전혀 닮은 데가 없으면서도 평생 사이고를 경모한 것은 이 한 가지일 때문이다.

오쿠마 시게노부는 야마가타는 믿을 수 있다는 뜻의 말을 내각 수반인 산조 사네토미에게 했다.

"같은 육군이라도 기리노와는 다르다. 그의 사고방식은 견실하기 때문이다."

이런 뜻이었다.

말하자면 육군에 두 종류가 있다.

'장사·지사 출신의 근위군.'

'징병제에 의한 국방군인 진대.'

기리노가 전자를 대표하고, 야마가타는 후자를 대표하고 있었다. 전자는 오쿠마 같은 근대주의적 국권 확립론자의 입장에서 보면 이매망량의 집단으로 밖에 보이지 않는다. '이'는 산귀신으로 얼굴은 호랑이이다. '매'는 물귀신이고, 얼굴은 멧돼지 상을 하고 있다. 모두 막부 말기라는 혁명 시대에만 통용된 도깨비들로, 새 국가 건설에 방해는 될지언정 아무 소용도 없는 것들이다.

메이지 국가가 정통 국군으로 만들려 하고 있는 것이, 전국에 여섯 개 설치하는 진대였다. 이 파(派)인 야마가타만이 오쿠마의 눈에는 사람의 얼굴로 보였다.

"사이고 옹 같은 이는 그와 같은 기리노 위에 올라앉아 있으니까."

도깨비의 두목이라고 오쿠마는 생각하는 것이다.

"정한론은 요설에 지나지 않습니다."

오쿠마가 산조에게 말했다. 이 말도 저 말도 듣고, 중간에 서 있는 산조 사네토미는 참으로 난처하기 짝이 없었다.

'대체 이 일을 어떻게 하면 좋은가?'

이 시기의 산조 사네토미는 거의 신경병 환자처럼 되어 있었다. 그는 보기 드문 청렴함과 성실함을 갖고 있었지만, 그런 개인적 미덕만으로는 이 두 가지 정론의 격돌을 다스릴 수가 없었다.

사이고파에서 산조를 설득하려는 공작도 빈번했다.

"과연 조선에 출병하는 것은 가능한가?"

순 군사적인 과제에 대해서도 근위군 쪽이 조사를 더하고 있었다.

조선의 사정을 살피기 위해 군사 탐정을 조선과 만주, 나아가서는 청국에까지 파견하고 있었다.

실지 조사를 주선한 사람은 사쓰마 사족 중에서 아시아에 대한 관심이 가장 강했던 이케가미 시로(池上四郞 : 세이난 전쟁에서 전사)가 했다. 사쓰마계 근위군들만 보내면 전단이라는 비난을 받을지도 모르므로, 도사계 근위군도 함께 보냈다.

도사의 기타무라 조베(北村長兵衛)는 근위군 중령이다. 보신 전쟁 때는 포대장을 했으며, 곧 요절하지만 군인으로서는 자질이 풍부했다.

이 기타무라 중령이 기리노 도시아키의 사촌인 벳푸 신스케(別府晉介) 소령과 짝을 지어 조선에 들어가고 이케가미 자신은 도사계의 다케치 구마키치(武市熊吉) 대위와 함께 상해, 영구를 거쳐 남만주로 들어가서 살폈다.

"군대 몇 천만 파견하면 끝난다."

이런 보고가 산조 사네토미의 귀에 들어와 있었다. 과연 그렇게 간단히 되는 것인지 산조는 알 수 없었다.

산조 사네토미는 오쿠마의 영향이 짙다.

젊었을 때의 오쿠마 시게노부는 한 번도 외유한 적이 없었지만, 외국의 움직임에 대해서는 참으로 풍부한 정보를 가지고 있었다. 그 정보원은 잡다해서 대장성이나 외무성의 외국 고용인들일 때도 있었고, 영국이나 그 밖의 공관원들에게서 듣는 일도 있었으며 "대체로 지구의 정세는 이렇게 되어 있다"는 국제 정세의 파악에 있어서는 거의 천재라고 할 수 있는 재능을 가지고 있었다.

"열강(列强)이 조선에 대해 호시탐탐 침략의 기회를 노리고 있다."

이런 것도 알고 있었으며, 그것을 몇 번이나 산조 사네토미에게 말했다.

"조선인은 별 것이 아니며, 그보다 열강이 무섭다. 일본이 만일 군대를 보내 조선 땅을 한 뼘이라도 비려 통치한다면, 열강은 그것을 질시하여 조선을 편들어서 일본을 무력으로 치고, 그것을 이유로 조선을 훔쳐버릴지도 모른다. 조선이 외국 영토가 되면 일본의 국방은 참으로 위험해진다."

대체로 오쿠마의 전망대로였다.

조선에 그리스도교가 들어간 것은 일본의 간세이(寬政) 3년(1791년) 11대 장군 이에나리(家齊) 때이다. 실제로 전도를 맡은 것은 프랑스의 야소회 수도사들이며, 당시 프랑스는 대혁명이 일어났을 때였다.

조선 정부는 이것을 좋아하지 않고 음으로 양으로 탄압했는데, 그러한 정부의 태도에 분개한 세례명 알렉산드르 왕이라는 신도는, 1801년 프랑스 국왕에게 편지를 보내 탄원했다.

"5,6만의 군대와 군함을 파견하여 한국을 점령해주기 바란다."

왕이라는 신도는 꽤 특이한 사람이었던 모양이다.

당시 프랑스는 나폴레옹을 지도자로 하는 일대 팽창 운동의 시기에 있었으며, 그 무위가 극동에까지 전해지고 있었다. 그러나 나폴레옹은 유럽에서의 공벌에 바빠 한 한국인의 가엾은 팬레터를 실현시켜줄 여유가 없었다.

일본의 덴포(天保) 10년(1839) 한국 정부는 일대 탄압을 단행하여 가톨릭 신자를 체포했다.

당시 프랑스는 '7월 왕정'시대로 투기꾼 왕이라 일컬어진 루이 필립 아래 한창 산업 혁명이 진행되고 있었으므로, 세계에 시장을 획득하지 않으면 안 되었다. 그 국가의 요청에 따라 1842년 아편 전쟁에 편승하여 군함 두 척을 한국에 파견하여 탄압하려고 했으나, 정작 아편 전쟁이 끝나는 바람에 퇴거해버렸다.

그 후 모든 강국에서 국가를 대표하여 군함을 타고 내한하는 자, 단지 모험적 야심 때문에 찾아오는 자 등이 꼬리를 물어 이 반도 국가의 연안은 소연해졌다.

그 가운데 프랑스가 가장 집요했다. 1866년 프랑스는 청국 정부에 대해

"프랑스는 한국을 정벌하여 그리스도 교도를 보호하겠다."

이런 통고를 하여 그 묵인의 확약을 얻은 뒤 함대를 보내 한때는 군대를 한성(서울) 부근까지 접근시켰다.

일본의 메이지 시대에 들어와서 한국에 대해 가장 강한 관심을 보인 것은 일본보다 오히려 미국이었다. 나중에 미국이 손을 떼고 북쪽의 러시아가 이를 대신한다.

그러나 사이고의 정한론이 일고 있던 시기에는 러시아는 온화하고 미국이 강경했다.

'강화도.'

이 섬이 경기만의 만구에 있는데, 서울 한양의 해상 방어점이라고도 할 요지이다.

1868년 프랑스 함대가 한때 이 섬을 점령하여 많은 서적을 갖고 갔다. 한국은 그 후 이 섬의 포대를 강화하여 외적에 대비하고 있었다.

원래 미국인의 외교적 사고는 복잡한 것을 좋아하지 않고 직접적인 행동을 좋아한다. 이를테면, 쇄국 시대의 일본에 대해서 열국은 갖가지 외교 수단을 부리면서 개국을 시키려고 했는데, 결국 일본을 밑바닥에서부터 뒤흔들어놓은 것은 페리의 동양함대에 의한 무력 시위였다.

한국에 대해서도 그랬다.

메이지 4년(1871) 5월 30일, 경기만 밖에는 6척으로 편성된 미국 함대가 도착했다. 북경 공사 프레드릭 로가 타고 있었다. 6월 2일 강화도 포대 밑에 도달했을 때, 조선 포대가 갑자기 불을 뿜었으며, 미국 함대가 응전하여 해병대를 상륙시키는 등 격렬한 전투가 벌어졌으나 결국은 미군의 패배로 끝났다.

이에 앞서 유대계 독일인 오페르트를 수령으로 하는 강도단까지 한국에 상륙했다.

그들은 유럽인 8명 외에 마닐라와 상해에서 고용한 아시아인이 120명이나 되는 대인원수였으며, 자금은 미국인이 댔다고 한다. 그들은 불과 60톤의 조그만 증기선을 타고 1867년 4월 상해 항을 떠났다. 이 강도단의 길잡이를 맡은 자는 한국 포교에 종사한 적이 있는 프랑스 인 선교사였다. 그들은 충청남도 해변에 상륙한 뒤 내륙으로 들어가 삽으로 왕릉을 파헤쳤다.

왕릉 속의 금은보화를 훔칠 참이었던 모양이다. 그들은 능의 흙을 파헤쳤다. 속에서 거대한 돌 뚜껑이 드러나자, 인부들이 그것을 들어 올리려 했으나 불가능했다. 이것만으로 그들의 '사업'은 좌절되어, 놀라서 와글거리고 있는 한국인들을 뒤에 남긴 채 유유히 물러갔다.

이 발굴 중 근처에 사는 한국인들은 멀찍이 둘러싸고 떠들기만 할 뿐, 이들의 행동을 저지하지는 못했다.

강도단이 저마다 손에 총기를 들고 있었기 때문이다.

이씨조선의 체제는 철저한 중앙 집권제였으며, 도쿠가와 일본의 봉건제처럼 영주도 무사도 없었다. 시민은 칼을 포함한 일체의 무기를 갖지 못하게 되어 있었다.

체제로서는 나라(奈良) 시대의 일본과 비슷하다. 군대는 정부군뿐이며, 체질은 경찰군이라고도 할 수 있는 정도였으며 수도 적었다. 열강의 눈에는 길바닥에 떨어져 있는 보석처럼 보였을 것이 틀림없다.

19세기 유럽의 세력이 아시아에 침투할 경우 해안에 부딪치는 파도가 암벽을 침식하는 것처럼, 먼저 부드러운 연질 부분을 침해하고 딴딴한 경질 부분은 뒤로 미루거나 가벼운 침식에 그쳤다.

경질 부분이 가령 국가와 국민이 성립되어 있는 '나라'를 가리킨다고 하자. 이 정의에 의하면 아시아에서는 일본만이 메이지 유신으로 근대적인 뜻의 국가와 국민을 성립시켰다. 다시 단적으로 말한다면 '국민이 성립되어 있는 지대에 침략은 없었다'고 할 수 있다.

페리의 내항 이래, 존왕양이 운동에서 출발한 메이지 유신의 목적은 어디까지나 외적으로부터 일본 지역을 지키기 위한 것뿐이었으며, 그 이외의 이를테면, 국민의 권리를 확립하고자 하는 사회 혁명을 목적으로 한 것은 아니었다. '그 이외의 것'들은 메이지 유신이 설립된 뒤 '국민'의 성립 후에 마땅히 일어날 제2차 운동으로서 부수된 것에 지나지 않는다. 요컨대 메이지 유신의 목적은 국민을 성립시켜서 산업 혁명의 조류를 탄 구미의 침략에 견딜 수 있는 국가를 만드는 것이었다.

일본은 그것으로 경질 지대가 되었다.

다른 아시아 여러 지역의 경연을 감히 구분해 본다면, 동남아시아에서는 태국이 지리적 조건이 좋은 것과 역사적으로 국민 의식이 잠재하고 있기 때문에 약간 경질이었다. 이 때문에 태국은 말레이시아에서 침입해 오는 영국 세력과 안남(베트남)에서 압박해 오는 프랑스 세력에 대해, 이 시기에는 아슬아슬하지만 독립을 유지할 수 있었다.

동남아시아의 다른 지역은 저마다 왕조는 존재했으나 국민이 성립되어 있지 않아 침략에 약했다. 동아시아에서는 중국이 그랬다. 애친각라(愛親覺羅) 씨의 왕조는 확실히 존재하고 있었지만 국민은 아직 성립되어 있지 않았으며, 침략에 대해 연질이었다.

조선은 어떠한가?

이씨 왕조가 이 시기까지 480년이라는 긴 세월에 걸쳐 존속하고 있었다. 체제는 중국의 유교 체제를 취하고 중국에 대해 종속의 예를 갖추고 있었다. 이씨가 왕조를 열었을 때, 명나라에 간청하여 '조선'이라는 국호를 받은 것만 보아도 두 나라의 종속 관계는 뚜렷하다.

그렇다면, 종주국인 중국이 연질인 이상 조선도 연질이다. 그러나 국토가 좁은 만큼 대외적인 반응이 예민하고, 따라서 단지 유교 체제 아래에서는 '창생'에 지나지 않는 백성이 머지않아 국민으로 변질하기는 쉬울지도 모르며, 어쩌면 그 가능성은 종주국인 중국보다 짙게 잠재하고 있었는지도 모른다.

조선이 연질이냐, 아니면 경질이냐 하는 것은 열강에게는 수수께끼였다. 그래서 각국은 무력 외교로 슬쩍 부딪쳐 보았다. 그런데 이씨왕조의 양이 정신과 그 단행 능력은 일본의 지난날의 막부보다 훨씬 강했으며, 그런 뜻에서는 겉보기에 몹시 경질적이었다.

그 당시 사가(佐賀) 출신의 소에지마 다네오미(副島種臣)가 외무경에 임명되어 견청 전권대사로서 북경에 가 있었다.

사이고가 스스로 견한 대사를 하겠다고 자청했을 때, 도사의 이타가키에게 보낸 편지에서 이렇게 써 보낸 바로 그 소에지마이다.

'소에지마군 같은 훌륭한 사절은 될 수 없겠지만, 죽는 것쯤은 할 수 있지 않겠습니까?'

사이고는 유신의 높은 관료 중에서도 소에지마를 각별히 매우 존경했으며, 사쓰마 인들 사이에 소에지마에 관한 화제가 나오면 '소에지마 선생'이라고 언사를 고쳐서 이야기할 정도였다.

소에지마는 용모에 옛 기풍이 있고 질박하고 기략을 좋아하지 않으며, 오로지 정치에 있어서의 성실을 믿고, 인격이 고아한 데다 중국학의 학식과 시문의 재주에 있어서는 예부터 소에지마에 필적할만한 사람은 스가와라 미치자네(管原道眞) 정도일 것이라고 일컬어지고 있었다.

그러나 사이고와 마찬가지로 관료적 실무에는 밝지 않았으며, 더욱이 사이고와 마찬가지로 그런 세계에서 손을 더럽히려 하지 않고, 다만 세계의 추세를 보면서 한 나라의 경륜만 생각하는 정치가에 속했다.

일본 정부에는 이런 종류의 경륜가는 사이고와 소에지마 밖에 없었다. 이들은 관리로서의 직무는 능하지 않았지만, 어려운 외교일을 맡기면 관료형 인간이 도저히 미치지 못하는 일을 할 수 있었다. 사이고는 그것을 바라다가 마침내 실각하고 말지만, 소에지마는 그것을 하여 사이고가 말하는 '훌륭한 사절'의 역할을 해냈다.

소에지마는 메이지 6(1873)년 3월 청국에 가서 이홍장(李鴻章)과 교섭을 거듭하는 한편 북경에서 황제를 배알했다.

그때까지 구미열강의 북경 주재 공사들은 아무도 황제를 배알할 기회를 갖지 못했다. 중국의 동양적 거만함 때문이지만, 소에지마는 중국의 고관들과 그 문제를 논하며 그들을 논파했던 것이다.

"한서(漢書)를 읽으시다니, 이 얼마나 해박하시오?"

이홍장이 저도 모르게 소에지마의 손을 잡고 감탄할 만큼, 그의 중국학은 본바닥의 중국 고관들보다 박식했다. 소에지마가 황제의 배알을 요청했을 때, 중국이 거절하였다.

"황제가 외국 사신과 만난 선례가 없소."

이에 소에지마는 반박하는 말을 했다.

"그렇지 않소. 《상서》 순전(舜典)에 사문에 빈하니 사문 목목(四門穆穆)이로다, 라고 했소. 요순 이래로 정해진 일이 아닌가요?"

이 말에 선례주의의 중국 관료들을 크게 당황시켰고, 결국은 중국 외교 사상 일찍이 없었던 실례를 열게 되었던 것이다.

소에지마는 그곳에 머무는 동안 부하를 시켜 온갖 사전 교섭을 시켰다.

소에지마가 수행할 임무의 중대한 항목 가운데는 조선에 관한 것이 들어 있었다. 그는 조선의 거만함을 깨고 국교를 열게 하려면 다소의 병력 사용도 어쩔수 없다는 사이고식의 정한론자였으며, 이 정한론 주장에 있어서는 사이고보다 오히려 빨라서 이른바 선창자였다. 다만 소에지마는 외무경이었기 때문에 그것을 위한 외교상의 사전 준비를 해두지 않으면 안 되었다.

그리하여 정한론의 실행이 가능한가 어떤가, 하는 탐구를 북경에서 했던 것이다.

"조선은 독립국인가?"

이것이 온 세계의 의문이었다.

청국의 속국이라는 견해가 일반적이었으며, 사실 조선 자체가 그와 같은 면을 풍기고 있었다. 조선은 전에는 명나라를 종주국으로 삼았고, 청조 성립 후에도 국가 자세는 변하지 않았다. 조선으로서는 청나라에 예속되어 있는 편이 자국의 안전에 유리했던 것이다.

소에지마는 청나라에 주재하는 영불 및 미국의 공사와 접촉하여 이에 대해 의견을 물었다.

"청국과 조선의 관계를 어떻게 보는가?"

소에지마는 영국 공사에게 이런 취지의 질문을 해보았다.

"조선이 계속 고집을 피울 경우, 일본으로서는 병력을 사용할 수도 있다는 가정을 생각할 수 있는데, 그 가정에 대해 영국의 의견은 어떤가?"

영국 공사는 이에 대해서는 조금도 거부적인 빛을 보이지 않았다.

미국 공사에게는 앞서 미국이 조선에 공사와 군함을 보낸 경험에 대해 질문했다.

"그때 종주국인 청국은 항의하지 않았는가?"

"청국에서는 일체 항의가 없었다."

미국 공사는 소에지마의 말을 들으면 '충실'한 인물이었다. 그 공사는 정직하게 대답했을 뿐 아니라, 미국은 그 위력 외교를 실시하기 전에 청국에 미리 문의하여 각서까지 받아두었다며, 한 통의 공문서까지 보여주었다.

'조선은 청국의 속국이다.'

그 문서에 씌어 있었다. '그러나' 하고 그 문서는 말한다.

'조선은 자주국이며, 일체의 정교나 금령은 모두 조선이 스스로 행하고, 청국은 간섭한 일이 없다.'

'이제 안심이다.'

정한론의 주창자인 소에지마는 생각했다. 설사 강력한 대한 외교를 펴더라도 청국은 이의를 제기하지 않을 것이 거의 분명해졌다. 다시 말해, 일본이 조선을 자극하더라도 청국이 종주국으로서 일본을 가로막는 위험은 우선 없다고 보아도 된다.

다만, 일본이 침략전을 조선에 전개할 경우에는 이 각서가 아무 효과도 없을 것이라는 것까지 소에지마가 생각한 흔적은 없다.

아마 그렇게 되면 청국은 자력으로 조선 방위의 군대를 보내거나, 아니면 영·불·미·러를 설득하여 그 병력을 빌려 일본군을 칠 것이 틀림없었다. 그러나 소에지마는 이 예측에 대해서는 일체공언 하지 않았다.

사이고의 정한론은 소에지마의 이 외교 성과가 기초의 하나가 되어 있다. 사이고도 소에지마와 마찬가지로, 만일 일본이 조선을 침략하면 청국 및 구미가 잠자코 있지 않을 것이라는 가장 건강한 상상에 대해서는 일부러 상상의 창을 스스로 닫고 있는 기색이 있었다.

태정대신 산조 사네토미는 원래가 성실한 성분이라, 정한론이 각의에 부쳐진 뒤로 딱하도록 여위었다.

교토 등지에서 한가한 공경들이 자주 찾아왔다. 손님들이 산조의 수척한 모습에 놀라면 웃지도 않고 대답하는 것이 보통이었다.

"그 조선 문제 때문에 말씀이외다."

'조선 문제.'

그것이 이 공경 출신의 재상을 괴롭혔다.

미나모토노 요리토모의 가마쿠라(鎌倉) 막부 성립 이래, 공경이 정권에서 떠난 지 오래였다.

막부 말 존왕(尊王) 사상의 유행기에 이르자, 갑자기 공경의 존재가 각광을 받아 지사들이 앞다투어 총명한 공경을 골라 옹립하려고 했다. 산조는 다만 존왕양이 사상을 가졌을 뿐 정치는 조금도 좋아하지 않았지만, 조슈계 지사들에게 옹립되어 막부 말 조슈 번의 치열한 운명 속에 표류하다가 유신 성립과 더불어 크게 떠받들려 올라가서는 새 국가 수상이라는 엄청난 위치에 앉게 된 것이었다.

"다들 잘 해주겠지."

이것이 산조의 기대였으며, 사실 유신 후 연거푸 들이닥친 판적봉환(版籍奉還)이며 폐번치현같은 큼직큼직한 내정 문제에 있어서는 확실히 다들 잘 해 주어서, 산조는 그저 의관을 갖추어 그 위에 올라앉아 있으면 되었다.

그런데 정한론이라는 외정문제가 일어나자 그렇게는 안 되게 되었다. 왜냐하면 참의들의 의견이 갈라져서 잔류 내각이 분열된 데다, 외유파인 산조 사네토미에게 있어서 원래 여당성이 강한 '내각'이 해외에서 정한론에 반대하는 분위기가 짙어지고 있었기 때문이다.

산조로서는 생전 처음으로 자기의 책임 아래 국가의 방향을 결정하지 않으면 안 되는 궁지에 몰려 있었던 것이다.

정한론은 엄밀히 말해 외정 문제가 아니었다.

내정(內政)문제였다.

일본의 정치가 일단 외정 문제에 부딪치면 내정이 분열하는 묘한 체질을 갖게 되는 것은, 막부 말기에 그 체질의 기초가 생기고, 유신 후에는 이 정한론 문제에서 그 체질이 확고해진다.

산조(三條)에게는 반 정한론자인 오쿠보 도시미치를 배경으로 하는 주장이 빈번하게 들려오고 있었다. 그래서 산조는 사이고를 따를 수도 없어서 하릴없이 날을 보냈다.

정한론이 각의에 오른 것은 메이지 6(1873)년 6월 12일이다.

그뿐이었다.

그 후에는 각의가 좀처럼 재개되지 않았고 정국이 정체하는 이유로 산조 사네토미는 "청나라에 사신으로 가 있는 소에지마 외무경이 돌아오기를 기다리자" 이러면서 했다. 그러나 소에지마가 돌아오자 이번에는 "날씨가 너무 더워서"라는 이유를 들어 자꾸만 미루고 있었다.

메이지 6년 7월의 더위는 끔찍했다.

"더워서 각의를 한동안 쉽니다."

라는 산조 사네토미의 자못 공경다운 변명이 그럴 듯하게 들릴 만큼 극심한 더위였다.

사이고는 여전히 호프만 교수의 지시대로 건강관리에 힘썼으며, 복용 약으로 설사를 되풀이하는 한편 사냥으로 몸의 운동량을 늘이고, 쌀밥을 피하여 될 수 있는 대로 살을 빼려고 했다.

이 인물의 생애를 간헐적으로 엄습한 염세적인 절망감은 이 시기에는 이상하게도 없었다. 그가 자기 스스로 건강 유지를 위해 노력한 것은 이때가 처음이며, 언뜻 보기에 그 광경은 사이고답지 않았다.

그는 설사를 하고, 사냥을 하고, 쌀밥을 피하는 이 건강 요법을 계속함으로써, 유신 후 그를 휘어잡고 놓지 않았던 염세적 절망감에서 해방되고 있었던 것이다.

사이고라는 일본적인 아름다운 기질을 결정시켰다는 점에서 거의 기적적인 인격을 가진 이 인물은, 청춘 시절부터 언제나 보다 나은 죽을 자리를 구하며 쉴 새 없이 걸어왔다. 죽기 위해 산다는 언뜻 보기에 우스꽝스러울지도 모를 이 욕구는 설령 우스꽝스럽더라도 그 자리를 떠나서는 사이고 그 자체가 존재하지 않게 된다.

에도 시대의 무사라는, 이를테면 산 인간이라기보다 다분히 추상성이 짙은 인격을 형성한 요소의 하나는 선(禪)이었다. 선은 이 세상을 가택(仮宅)으로 보고, 생명을 포함하여 모든 현상은 환상에 지나지 않으며, 그러나 니힐리즘은 헛 깨달은 가짜 선(禪)이고 우주의 진여에 참가함으로써만 참된 인간이 된다는 것을 가르쳤다.

이 일본식으로 이해된 선 이외에 일본식으로 이해된 유교, 특히 주자학이 에도 시대의 무사를 만들었다. 주자학으로 에도 시대의 무사는 뜻이라는 것을 알았다. 주자학이 에도 시대의 무사에게 가르친 것은 단적으로 말하여 '인생의 대사'라는 뜻이다, 하는 것 외에는 아무것도 없었는지도 모른다. 뜻이란 경세(經世)의 뜻을 말한다. 세상을 위해서만 자기의 생명을 사용하고, 설령 육체가 박살이 나더라도 후회하지 않는다는 것으로, 선에서 얻은 가택 사상과 유교에서 얻은 뜻의 사상, 이 두 요소가 매우 단순화되어 에도 시대의 무사상을 만들어낸 것이다.

사이고는 사춘기를 지난 무렵부터 열심히 자기 교육을 하여 이 두 요소로써 자기의 인격을 만들려고 했으며, 막부 말기의 격동기 속에서 그것을 완성시켰다.

사이고는 유신의 성립으로 경세의 뜻을 이루었다. 그 때문에 뜻이 방향을 잃었다. 유신 후에는 모든 것이 환영이라는 다른 요소가 그를 휘어잡아 죽음과 은둔을 생각하는 그 염세관 속에 잠겨 있었는데, 지금 등장한 정한론으로 다시 그의 뜻이 부활한 것이다. 그는 염세관에서 구제되었고 생명과 육체를 내던질 방향이 뚜렷해졌다.

그가 그 죽음의 방향을 향해 생기를 되찾아 건강 요법에 열중하기 시작한 것은, 이 같은 이유가 배경에 깔려 있었다.

그런데 정작 국가 방침이 산조 사네토미의 우유부단으로 정해지지 않고 있었다.

사이고는 더이상 참지 못하게 되었다.
'산조 공과 직접 담판해 보자.'
그는 생각했다.

그는 이 뜻을 이타가키 다이스케에게 연락하여 부탁했다.
"내가 귀하를 찾아갈 테니, 그 길로 산조 공의 집으로 같이 가주시겠소?"
이 부분에 사이고의 비통함이 있다. 그는 생존자로서는 유신의 공을 혼자서 질 수도 있는 입장이었는데도, 어디까지나 개인적인 탄원자의 입장을 취하려고 했다. 그것도 혼자서 가지 않고 도사파 수령인 이타가키더러 함께 가달라는, 마치 소녀 같은 나약한 자세를 취한 것이다. 만일 사이고가 다른 민족으로 태어나 비슷한 입장에 있었다면, 근위군을 지휘하여 새 정부를 점거하고, 칼로써 산조 사네토미를 몰아 국론의 통일을 도모할 수 있었을 것이다.

이타가키는 물론 쾌히 승낙했다.
그날은 8월 3일로 정해졌다.
그런데 그 전날 밤 사이고는 수십 번의 설사를 거듭하는 바람에 자리에서 일어날 수 없게 되었다. 그가 독일인 의사에게 받은 설사약을 너무 많이 먹어 설사가 멎지 않게 된 것이다.

'수십 차례의 설사로 매우 피로하여……'
이타가키에게는 편지로 사과하고, 산조에게는 우선 서면으로 자기의 뜻을 전하려고 했다.
이날 아침 사이고는 지친 몸으로 책상 앞에 앉아 산조 사네토미에게 보내는 긴 편지를 썼다. 만일을 위해 사본을 한 통 떠서 이타가키에게 전했다.
산조 사네토미가 막 아침을 먹고 난 뒤였다.
"사이고 대장께서 오셨습니다."
서생이 복도를 달려 왔으므로, 조그만 몸에 가문이 든 일본식 여름옷을 입고 서원으로 나갔다.
그러나 그것은 서생의 착각이었으며, 사이고 대신 편지가 한 통 와 있었다.
"사이고 대장께서 편찮으시다는 이야깁니다."
서생이 사이고의 사자가 전한 말을 아뢨다.
산조는 편지를 폈다.
서두에서부터 면밀히 읽어 나가는 동안 얼굴빛이 차츰 흐려졌다. 우직한 이 공경은 되풀이하여 읽었다.
읽으면서 차츰 숨이 가늘어지고, 때로는 모은 숨을 한꺼번에 토해 내기도

하는 것이 참으로 괴로워 보였다.
 사이고는 각의의 결의를 재촉하고 있었다. 그 편지 속에 이런 대목이 있었다.
 '명분과 조리를 밝히는 것은 토막(討幕)의 근원이자 일신의 기초였습니다. 이제 와서 그와 같은 도리를 밝히지 않는다는 것은 그 토막이 완전히 호기심에 의한 토막이 되어버렸기 때문입니다.'
 산조도 조정에서 조슈와 다자이후(太宰府) 등지로 쫓겨간 후에도 계속 막부 타도의 초지를 관찰한 공경이라, 이 말은 그에게 통렬한 충격을 주었다.
 그러나 산조는 이 무서운 탄원서에 회답을 쓸 만한 용기가 없었다.
 '왜 사이고는 서두는가?'
 산조 사네토미로서는 이런 불만도 있다.
 "외유 각료들이 돌아올 때까지 기다리자고."
 몇 번이나 말하였는데도, 사이고는 그런 어이없는 일이 어디 있는가, 우리는 뒤에 남아서 한 나라의 일을 맡고 있는 처지인데, 이 사이고를 견한 대사로 파견하는 정도의 일도 결정할 권한이 없는가, 하고 듣지 않았다.
 거기에다 사이고의 이 독촉장이 온 것이다.
 산조가 회답을 하지 않은 것은, 첫째, 회신이라는 중대한 정치 행위를 단독으로 할만한 용기가 없기 때문이기도 했지만, 또 하나는 어처구니없는 마음 때문이기도 했다.
 '몇 번이나 말해야 사이고가 알아듣는가?'
 이 편지는 8월 3일에 왔다. 외유파의 수반인 이와쿠라 도모미는 9월 중순에 돌아온다. 기다려봐야 긴 기간이 아니다.
 하기야 외유파는 돌아올 때 따로따로 돌아온다. 오쿠보 도시미치가 5월 20일에 혼자 귀국하여 휴양중이었고, 귀국 후 여전히 출장중이라는 이유로 등청하지 않고 저택에 들어박혀 있다는 것은 이미 말했다.
 7월 23일에는 조슈파의 수령 기도 다카요시도 귀국했는데, 유럽을 관찰한 의견서를 정부에 제출해 놓고 정양중이었다.
 '정양'
 오쿠보도 정양하고 있었다. 정양은 공인된 행위였다. 왜냐하면, 이 더위 중에 정부는 '여름휴가'로 쉬는 것으로 되어 있었기 때문이다. 정부에 여름휴가를 설정하게 한 것은 '정양 중'인 오쿠보의 지시였다.

요컨대, 이 시기에 '정부는 여름 휴가 중'이라는 게시를 하게 함으로써 오쿠보는 정부 회의실 문을 잠그게 하고, 그것으로 정국이 움직이지 못하게 하여 구체적으로는 사이고 등 정한파의 정책안이 상정되는 것을 막았던 것이다.

오쿠보의 수법은 철저했다.

'모든 일은 이와쿠라 대사가 돌아온 후에 한다. 그때까지는 침묵이 상책이다.'

침묵도 오쿠보로서는 커다란 정치 행위였을 것이다. 오쿠보는 침묵을 철저히 하기 위해 도쿄를 떠나기로 했다. 도쿄에 있으면 사람들이 찾아온다. 만나면 다소의 의견을 털어놓아야 할지도 모르고, 의견을 말하면 그것이 확대되어 세상에 퍼져 나가서 공연히 사이고 등 정한파를 자극하지 않는다고 말할 수도 없었다.

오쿠보는 도쿄를 떠났다.

그는 8월 16일에 도쿄를 떠나 하코네(箱根)에서 온천을 즐기고, 후지 산(富士山)에 올랐다.

다시 서쪽으로 가서 긴키(近畿) 지방의 명승고적을 두루 구경했다. 오미(近江)를 보고, 야마토(大和)를 걸었다. 이즈미(和泉), 기슈(紀州)도 찾아가 온천 목욕을 하고 엽총사냥을 했다.

그는 도쿄에서 정한파가 떠드는 소리가 들리지 않는 듯 했으며, 놀랍게도 이와쿠라 도모미가 귀국한 9월 13일에도 아직 도쿄에 돌아오지 않고 있었고, 9월 21에야 겨우 신바시(新橋)역에 내렸던 것이다.

그 동안 사쓰마에 대한 조슈의 두목인 기도 다카요시에 언급해 두어야겠다.

'두목'

그러나 이렇게 말하기에는 좀 어폐가 있다. 엄밀히 말하여 조슈 사람 집단은 사쓰마 사람 집단과는 달리 두목을 받드는 습관이 없었다. 막부 말기에 조슈 번을 지배한 혁명 집단은 서생(書生)의 모임이었다. 그들의 스승은 죽은 요시다 쇼인(吉田松陰)이었으며, 죽은 사람이라 두목으로서의 통제력은 없었다. 조슈의 혁명 질서는 고작해야 형님 격의 존재를 허용하는 정도였다. 이 형님 격이 이미 죽은 다카스기 신사쿠와 메이지 후까지 살아 공신이 된 당시의 가쓰라 고고로(桂小五郞), 즉 지금의 기도 다카요시(木戶孝允)이다.

기도가 만일 사쓰마에서 태어났더라면 의젓한 두목의 품격을 지녔을 것이지만, 조슈 사람 집안에서는 그런 형의 인간을 허용하지 않고 서생 기풍을 지키려는 분위기가 있었다.

기도는 끝까지 서생 기질을 유지하고 있다.

이런 점이 우스꽝스러운데, 기도는 원래의 성격으로 본다면 비서생적이었고, 타고 난 어른 같은 면이 짙었다. 이를테면, 혈기에 쫓기지 않고, 함부로 언론에 단정을 사용하지 않으며, 어떤 경우에나 반드시 달아날 구멍을 생각하고 행동은 신중하며, 골똘히 생각한 뒤에도 여전히 행동하지 않을 때가 많았다. 말하자면 성격으로서는 우두머리의 자질이 있고 두목도 될 수 있었다. 그러나 현실 속의 기도는 그런 형태를 취하지 않고 계속 서생으로 남아 있었다.

이에 반해 사쓰마 청년들로 하여금 생각하게 만들고 있는 사이고 다카모리는 형태로서는 두목이었다.

'사이고님을 위해서라면 목숨을 바친다.'

그러나 그 본질은 머리 꼭대기에서 발끝까지 어른이 아니라 서생이라는, 기도와는 정반대의 모순을 갖고 있었다. 사이고는 기도와 달리 자기 자신의 언동에 있어서 자기 몸을 지키기 위해 달아날 구멍을 생각하지 않았고, 몸 안에는 언제나 짙은 혈기가 달리고 있었으며, 사물을 철저히 숙고하는 대신 일단 결단을 내리면 뼈가 가루가 되더라도 끝까지 나아갔다. 또 사이고의 본질이 서생인 것은 원래 남에 대한 선악관이 강하고, 남의 간사함을 몹시 미워했으며, 그런 뜻에서 커다란 어린아이 같다는 점이었다. 그런데 이상하게도 사이고는 형태로서는 훌륭한 두목이었다.

그렇다면, 이 양자의 차이는 각각 두 사람이 속한 집단이 낳은 것이라고밖에 할 수 없다.

사쓰마 사람 집단은 원래 두목을 갖고 싶어 한다. 사이고는 그 때문에 두목으로서의 인격을 스스로 수양하여 만들어 냈다. 조슈 사람 집단은 두목을 원하지 않는다.

원래 기도는 두목에 걸맞은 모호한 성격을 가졌으면서도, 부득이 스스로 서생으로 있으려고 규정하고 조슈 안에서는 기껏해야 형님 격으로서의 위치에 알맞은 자기를 만들어 낸 것이다.

형님 격이라는 것은 후배에 대해서 때로는 책임을 져주지 않고, 때로는 시어머니 같은 짓궂은 간섭을 발휘하는데, 이토 히로부미 등이 기도의 시어머니 같은 성격을 싫어하여 사쓰마의 두목 격인 오쿠보 산하로 들어간 것을 보아도 그것을 알 수 있다.

기도 다카요시의 '서생'인 점이 좋은 것은 메이지 6(1873)년 7월 23일 외유에서 돌아오자마자——4일 뒤에——보고서를 제출한 일이다. 그 태도는 오만한 공신이 아니라, 유학생이 리포트를 내듯 성실했다고 할 수 있다.

그는 중키지만 탄탄한 체구에 양복이 잘 어울리는 사람이었다.

막부 말기에도 그는 조슈 번의 재경 고관으로서 언제나 말쑥하게 다린 비단옷을 입었고 칼을 찬 모습도 매우 아취가 있었다. 또 말씨가 고상하고 이목구비도 시원하여 얼른 보기에 귀공자 같아서 기생들이 흔히 열을 올리곤 했다. 하기야 스스로도 용모에 자신이 있었던지 막부 말기에는 사진 찍기를 좋아했다.

사진을 찍을 때는 반드시 독특한 포즈를 취했다.

기도는 7월 27일 오전 10시, 아카사카 궁(赤坂宮)에 참내하여 메이지 천황에게 귀국 인사를 했다.

그뒤 정부에 가서 산조 사네토미 등에게 인사하고, 물러나서 오쿠보의 집을 찾았다.

"안계십니다."

현관에 나온 오쿠보 부인 마스(滿壽)가 말했다.

"아, 그렇습니까?"

기도의 방문은 하나의 의례적인 것이었다. 성큼 발길을 돌려 문밖으로 나와 버렸다. 집에 없는 편이 좋았다. 기도는 본디 사쓰마 인을 싫어했지만 외유 중에 오쿠보와 행동을 같이 하면서 결정적으로 오쿠보라는 사나이를 싫어하게 되었다. 기도의 결점인 질투심이 원인이었던 모양이다.

'도도하고 불쾌한 놈이다.'

이유는 이러한 감정적인 것이었다. 기도는 다른 사람과 한 자리에 앉으면 자상하게 신경을 쓰지만 오쿠보는 그런 감각이 부족했고, 기도가 오쿠보에게 신경을 써서 자상하게 대해도, 오쿠보는 냉정하게——버릇이지만——나무로 코를 뀐 듯 고고하게 굴었다.

'오쿠보는 괘씸한 놈이다.'

기도가 이날 생각한 것은 정부에 들렀을 때 '오쿠보의 보고서가 나와 있습니까,' 하고 물어 본 일 때문이다. 나와 있다면 읽어두고 싶었다.

그런데 오쿠보는 기도보다 먼저 귀국했으면서도 한 장의 보고서도 제출하지 않았다.

기도는 상세한 보고를 이날 정부에 내놓고 나왔다.

'오쿠보는 역시 관리 출신이라고.'

기도는 생각했다. 기도의 분류로는 자기는 지사 출신이지만 오쿠보는 사쓰마 번의 관리 출신이다.

'그래서 실무에는 능할지 모르지만 우국지정이 모자란다. 보고를 내지 않는 것도 그 원래의 성격 때문이다.'

이렇게 해석했다.

기도는 유럽을 한 바퀴 돌아보면서 일본이 얼마나 빈상이고, 그 빈상(貧相)이고, 이제 멸망 직전에 있는 것처럼 느껴져서 초조해졌다. 자연히 어떻게 하면 일본 국가가 훌륭해질 수 있을까 하는 계획도 떠올라 잠시도 가만있지 못하는 기분으로 보고서를 썼다. 그것이 지사의 충정이라고 그는 말했다.

조슈(長州)의 기도 다카요시는 이상하게 쓸쓸한 분위기를 띤 사람이었다.

그는 귀국 후 곧 도사의 야마노우치 요도(山內容堂)로부터 후카가와(深川)의 '히라세이(平淸)'라는 요정에 초대를 받았다.

"기도 참의공, 귀공은 음울해."

일찍이 도사 24만 석의 태수였던 야마노우치 요도(山內容堂)가 상좌에 앉아 잔을 주면서 놀렸다. 요도는 문자 그대로 시주(詩酒)의 사람으로 기생을 놀리며 대주를 마시고 때로 시를 읊는다. 시에 있어서는 에도 시대의 영주 가운데 그만한 사람도 없었을 것이다.

폐번치현으로 세상의 표면에서 영주가 소멸해버렸지만, 도쿄의 화류계에서는 '도슈(土州)님'이라고 하면 굉장한 권세였다.

요도는 떠들썩하게 술마시기를 좋아했다. 그런데 외국에서 갓 돌아온 기도 다카요시는 유럽 이야기도 하지 않고, 술기운이 조금 돌자 매우 침울해져서 울었다.

"다케치 한페이타(武市半平太)는 왜 죽이셨습니까?"

도사의 대표적 근왕가로 조슈와 의가 좋았던 다케치 한페이타가, 막부 말기의 한 시기에 조슈의 세력이 쇠퇴했을 때, 도사 번에서는 별안간 다케치를 감옥에 처넣고 재판에 걸어 배를 가르게 한 것이다. 만일 다케치가 지금 살아 있다면 기도에게는 좋은 의논상대가 되었을 것이지만, 지금의 도사계 참의 이하 고관들은 명랑한 사쓰마 인들을 좋아하여 정치적 움직임에서는 조슈계와 동조하는 경향이 없어져버렸다.

야마노우치 요도로서는 이처럼 불쾌한 화제는 없었겠지만, 자기의 호기가 세상을 누른다고 생각하는 그는 눈썹 하나 까딱하지 않고 단언했다.

"한페이타 놈은 번법을 어겨서 깨끗이 자결시켰다. 어느 세상이나 법을 어기는 자는 처벌을 받는다. 정치가 법을 질질 끌고 다녀서야 세상이 유지되겠는가?"

그 바람에 기도는 주춤해져서 그 뒤로는 이 이야기를 꺼내지 않았다.

사실을 말하면 기도가 유럽에서 얻은 수확은 그것이었다. 보고서에도 그는 그것만 썼다. 헌법을 절대적인 것으로 위에 얹어놓고, 법률로 백성을 지키고 세상을 다스려 나가는 것 외에 일본국의 미래는 없다는, 단순하면서도 명쾌한 국가론이었다.

"백성에게 정치 참여의 권리를 주어야 한다."

기도는 유럽 여러 나라를 돌아보고, 말하자면 국가 견학을 하고 나서 진정으로 그렇게 생각했다. 그는 점진 사상이나마 민권론자가 되었다. 기도의 민권론은 유신 국가를 만든 당사자의 한 사람인 만큼, 나중에 유행 현상처럼 만천하에 속출하는 민권론이나 민권론자에게 곧잘 따라다니게 마련인 부박함이 없었다. 그에게 있어서 메이지 국가는 사이고의 경우와 마찬가지로 자신이 배를 앓고 출산시킨 친자식 같은 육체적 실감을 가진 젖먹이였으며, 그 젖먹이의 장래를 어떻게 하면 좋을까, 하는 점에서 이 인물은 자신의 전 존재를 건 절실함을 품고 있었던 것이다.

기도는 유럽에 체재하면서, 이른바 열강문명의 장려함을 보고 그 실감을 일일이 일기에 적었다. 기도가 이날 야마노우치 요도에게 말한 내용은 그 일기의 줄거리 같은 것이었다.

이를테면, 그가 파리의 하수도를 견학한 것은 이해(메이지 6(1873)년) 1월 16일이다. 일기의 문장을 직역하면 이렇다.

'그 취향의 묘, 그 규모의 광대, 놀라운 바가 있다. 땅 밑에 길을 하나 내 철통으로 청수를 종횡으로 끌어들이고, 아울러 전신선도 모두 이 속에 있다. 아래는 하수로 하여 마치 강과 같다. 그 좌우에 길이 있어, 혹은 차가 지나고, 혹은 배를 띄워 세계의 기관(奇觀)을 이룬다.'

기도는 아침 9시에 호텔을 나서서 오후 4시 반에 돌아왔다. '이날 가슴을 앓았다'는 건강 상태 속에서 참으로 열심히 견학했다. 저녁 식사 후에는 6시에 오쿠보와 함께 호텔을 나서서 8시 반에 돌아왔다. 이 동안 두 사람은 말했다.

'한 가게에 이른다.'

말하자면, 술집에 들른다는 뜻이다.

베를린에서는 그랜드 호텔에 묵었다. 다음다음 날 기도가 말하는 금수원──동물원──을 보았다. 큰 우리 안에 있는 열대산의 아름다운 새를 보면서 동행한 시나가와 야지로(品川彌二郎)에게 말했다.

"도키야마 나오하치(時山直八)에게 보여주고 싶군."

도키야마는 기도와 시나가와의 마쓰시다 촌숙(松下村塾 : 吉田松陰이 개설한 화숙) 시절부터의 친구로, 보신년 호쿠에쓰(北越) 전쟁 때 전사했다. 도키야마는 새를 좋아하여, 메추라기 같은 것을 기르던 것이 문득 생각난 것이다. 사이고도 그랬지만 막부 말기에서 보신년에 걸쳐 비명에 간 맹우들의 죽은 넋을 잊을 수 없었고 메이지의 하늘만 우러러보아도 지난날을 생각하면 현재가 거짓 시간처럼 여겨지기만 하는 것이었다.

기도 등은 카이저 황제를 배알했다. 궁전과 호텔 사이를 장려한 마차가 왕복했다. 황제를 배알한 지 며칠이 지나서 유명한 비스마르크의 초대를 받았다.

정식 연회가 끝난 뒤, 비스마르크는 이와쿠라, 오쿠보, 기도, 이토 히로부미 등을 별실로 청하여 실컷 이야기했다.

비스마르크는 허풍을 떨었다.

"나는 작은 나라에서 태어났다."

비스마르크는 독일을 조그만 나라로 규정했다.

"내가 소년이었을 때는 프로이센은 참으로 빈약한 나라였다. 커서 열강의 포악한 오만을 알게된 나는 분노를 느꼈다. 이를테면, 국제 공법이라는 것이 있지만, 그것은 열강의 편리에 따라 존재하는 것으로 자국에 유리할 때는 국제 공법을 휘두르고, 자국에 불리해지면 병력을 사용한다. 소국은 참으로 가엾다. 국제 공법의 조문을 열심히 연구하여 타국에 해를 미치지 않고 자국의 권리를 보전하려고 하지만, 열강은 필요하면 사정없이 이를 깬다."

비스마르크는 소국이었던 독일이야말로 일본의 모범이라고 말하고 싶었던 모양이다.

조그만 나라

"대국은 언제나 무력으로 해결하려고 한다."
"소국은 가엾다."
"국제 공법은 소국을 지켜 주지 않는다."
비스마르크는 이와쿠라, 오쿠보, 기도 등에게 설명했다.

기도 다카요시는 이때, 막부 말기에 그의 맹우(盟友)의 한 사람이었던 도사의 사카모토 료마(坂本龍馬)가 생각났을 것이다.

기도가 당시 사카모토에게서 수없이 들은 이야기지만, 사카모토는 만국 공법——국제 공법——의 신봉자였다.

사카모토는 열강이 동양을 침략한다는 위기의식 속에서 그의 국가 설계를 성립시켰다. 그는 일본이 좁쌀처럼 약소하다고 규정하고, 이 일본의 독립을 유지하려면 무역 외에 없다고 보았다. 그는 선박은 영토의 연장이라는 국제 공법의 규정을 읽고 미칠 듯이 기뻐했다. 그렇다면, 많은 선박을 가지면 영토의 협소는 우려할 것이 못되지 않는가? 게다가 그 선박으로 세계의 물산을 왕래시킨다면, 자기에게 물산이 없는 것을 걱정할 필요도 없다고 사카모토는 생각했다.

일본은 국가를 방어하기 위한 무력이 매우 약하다고, 사카모토는 냉정히 생각하려고 했다. 그 때문에 국가의 방도를 발견하는데 고심했지만, 국제 공법을 발견하기에 이르러 크게 기뻐하며 이렇게 말했다.

"문명이란 이것이다!"

국제 공법이 소국을 지켜 준다고 믿었던 것이다. 그는 나가사키에서 그가 만든 해원대의 손으로 국제 공법을 번역 출판하려고까지 했으나, 교토에서 막부 순찰대의 칼에 쓰러져 국제 공법의 신봉자인 채 눈을 감았다.

비스마르크가 국제 공법의 한계에 대해 논한 것은, 기도 등의 수행원들이 질문했기 때문이다. 사카모토의 신앙이 지사 출신들 사이에 아직도 살아 있었다고 할 수 있다.

"소국이 자주의 권리를 지키려면 열심히 실력을 기르는 수밖에 없다."

비스마르크는 말한다.

이와쿠라, 오쿠보, 기도 등은 영국과 프랑스에서 비스마르크에 대한 악평을 수없이 들었다. 그의 철혈외교에 관한 악평이었다.

"이 노력 덕분에 근년에 이르러 우리 프로이센은, 겨우 열강의 멸시를 받지 않고 독립 자주의 자세를 가질 수 있게 되었다. 나의 소년 시대를 아울러 생각하면, 참으로 감개가 깊다."

비스마르크가 이렇게 말한 것은 자신의 자화자찬 기미가 없지도 않았다.

"그러나 우리나라는."

비스마르크는 말을 이었다. 근년에 무력을 사방에 사용했기 때문에 타국을 침략하는 나라라는 악평을 듣는다. 그것은 큰 오해이며, 다만 게르만국의 국권을 보전하기 위해서 그럴 뿐이라고 그는 설명했다. 다시 그는 말했다.

"침략국은 영국과 프랑스이다. 그들은 미친 듯이 해외에 식민지를 만들고, 끊임없이 강탈 정책을 자행하고 있다. 우리 게르만국은 해외에 대한 야망을 일체 갖지 않는다."

비스마르크의 관저에서의 초대에서 가장 큰 감동을 받은 것은, 사쓰마의 오쿠보 도시미치와 조슈의 이토 히로부미 두 사람이었다.

'일본 같은 작은 나라라도 오늘의 독일처럼 열강에 낄 수 있다.'

이는 가능성, 아니 오히려 그러한 마술을, 마술사인 비스마르크 자신이 그 술법을 가르쳐 준 것이다. 하기야, '열강에 낀다'는 것은 어폐가 있을지도 모른다. 오쿠보나 이토는 일본을 훨씬 더 위약하게 보고 있어서, 열강에 끼겠다는, 말하자면 터무니없는 기대보다는 하다못해 중국처럼 열강에 잠식당하는 상태가 되지 않는 국가를 설계할 수만 있으면 그것으로 충분했다. 돌이켜서 여담을 말하면, 오쿠보나 이토나 태평양 전쟁을 일으키는 '강국'으로서의 일본은 상상한 적도 없었으며, 이토에 이르러서는 러일 전쟁까지 반대하며 일본이 멸망한다는 불길한 점괘만 계속 상상했다.

오쿠보는 비스마르크를 만났을 뿐만 아니라, 그전에 참모총장 몰트케도 만났다.

'대선생.'

이 용어를 오쿠보는 이 두 사람에게 쓰고 있었다. 그는 비스마르크를 만난 날 밤, 호텔에 돌아와서도 흥분이 가시지 않아 고국의 사이고에게 편지를 썼다. 아직 사이고의 정한론은 오쿠보의 귀에 들어와 있지 않았으며, 오쿠보는 사이고를 이 세상뿐 아니라 저승까지도 함께 가고 싶은 막역한 맹우로 알고 있었다.

"독일은 유럽의 다른 나라와 달라서 순박한 기풍이 있습니다. 특히 유명한 비스마르크, 몰트케 등의 대선생이 나타났기 때문에, 저도 모르게 이 나라에 희망을 걸고 싶은 기분입니다."

앞으로의 일본이 참고할 표본을 독일에서 보았다는 열광적인 감상이었다. 영국이나 프랑스같은 큰 식민지를 가진 대국은 도저히 참고가 되지 않지만, 독일은 식민지도 없고 국내의 생활 문화도 실질적이며, 물산의 생산량도 영국이나 프랑스에 비하면 낮고, 국민은 아직도 봉건적인 고지식함을 다분히 갖고 있다. 일본과 참으로 닮지 않았는가?

독일 국내에 비스마르크에 대한 신임도 높아서 오쿠보는 이렇게 말하고 있다.

"그러므로 독일 국가의 외교 전략은 모두 이 사람의 가슴에서 나오고 있다."

오쿠보는 자기가 그런 신임을 획득하여 일본국 개조의 모든 권한을 쥐어야겠다는 뜻을 가졌으며, 사실상 그 권한을 쥐기 위한 방향이 귀국 후 오쿠보의 움직임이기도 했다. 오쿠보는 일본의 비스마르크가 될 뜻을 품은 것이다.

'동양의 비스마르크!'

이렇게 자칭한 것은, 유신의 공신들이 세상을 떠난 뒤의 이토 히로부미였다.

"경은 동양의 비스마르크를 지향하고 있다지?"

메이지 천황까지 놀렸다니까, 이토는 아무에게나 이 희망을 피력했던 모양이다.

그러나 기도 다카요시는 비스마르크에게 그토록 큰 감동은 느끼지 않았다. 그 자신이 비스마르크의 마술적 외교 정략을 꾸밀 수 있는 주제가 아니었기 때문이었을 것이다.

기도는 오쿠보보다 총명했는지도 모른다.

그러나 기도가 오쿠보에 비해 정치가로서의 실력이 부족한 것은, 그는 언제나 사물을 비판적으로 보는 경향때문이다.

기도는 유럽 관찰의 결과를 야마노우치 요도에게 이야기했다.

요도는 남의 이야기를 잘 듣는 편이었다.

"음, 그래."

라든가

"호오, 그랬을 테지."

그러면서 묘하게 속 깊은 맞장구를 쳐주었다. 그러면서 상체가 흔들거릴 만큼 그는 취해 있었다.

기도는 신흥 프로이센 국이 얼마나 훌륭하며, 그것은 비스마르크 개인이 이룩한 기적이라는 따위의 밝은 이야기는 일체 요도에게 하지 않았다.

"폴란드는 비참했습니다."

그 망국의 참상을 이야기하기 시작했을 때는, 옆에 있던 기생들이 저도 모르게 눈물을 흘리면서 소리쳤을 정도이다.

"그런 가엾은 얘기가 어디 있어요!"

내용보다 기도의 말투에 그만 끌려 들어가 버렸던 모양이다.

기도는 베를린을 떠날 때 혼자였다. 오쿠보는 베를린에서 직접 귀국 길에 올랐으나, 기도는 "나는 러시아에 들러서 간다"고 주장하며 그대로 갔다.

이 무렵 기도는 오쿠보의 얼굴만 보아도 불쾌해져서, 말도 하지 않았다. 이와쿠라도 유쾌하지 않았고, 또 자기의 부하였던 이토 히로부미의 경박함도 못 견디도록 싫었다. 이 때문에 기도는 사람들이 말리는 것도 듣지 않고,

러시아로 돌아가는 단독 귀국을 생각했던 것이다.

차 속에서 기도는, 몇 사람의 수행원이 있었지만 담요를 몸에 둘둘 말고 몹시 고독한 표정을 짓고 있었다. 어느 날 아침 좌석에서 단정하게 자고 있다가, 매우 구슬픈 피리 소리가 들려와서 눈을 떴다.

기차는 어느 새 정거장에 서 있었다. 일어서서 유리창을 열고 플랫폼의 좌우를 둘러보니, 프로이센의 활기는 사라지고 적막한 풍경이었다.

"폴란드입니다."

수행원이 말했다.

기도는 개설 정도의 폴란드 지식을 갖고 있었다. 전에는 번영한 나라라는 것을 기도는 알고 있었다. 그 후 정치는 부패하고, 귀족은 나라의 이익보다 당파싸움으로 지냈으며, 국회의원은 예사로 귀족과 대지주에게 매수되곤 해서, 마침내 러시아·프로이센 및 오스트리아에 의해 국토가 분할되어 조각나버리는 파국을 맞았다는 것을 약간 상세하게 알고 있었다.

"적선하십시오. 하나님의 은총이 선생 위에 있으시기를."

언뜻 보기에 장군처럼 생긴 폴란드 노인이 열차 안에서 구걸하며 걸어오고 있었다. 기도는 얼른 안주머니에서 잔돈을 한줌 꺼내주었다. 노인이 떠난 뒤, 수행원들은 기도의 두 눈에 눈물이 글썽거리고 있는 것을 보았다.

"역에 정차할 때마다 거지가 들어왔습니다. 비굴한 행동이기는 했지만, 노인들이 다 용모에 기품이 있고, 때로는 지난날의 영주가 아니었나 하고 여겨지는 인물도 있었습니다."

기도는 숙연하게 말하고, 이윽고 잔을 내려놓으면서 요도를 바라보았다.

"일본도 폴란드가 되면, 요도 공도 아마 신바시 역두에서 거지 노릇을 하셔야 할지도 모릅니다."

"나는 그 전에 배를 가르지."

"요도 공을 걸식시키지 않는 정치가 필요합니다."

"나는 그 전에 배를 가른다니까."

"실롑니다만, 요도 공이 배를 가르셔야 아무 소용도 없습니다."

"군은 쓸데없는 걱정이 많은 사람이야."

요도가 놀리자, 기도는 약간 정색을 하면서 말했다.

"지금의 일본 내각에서 걱정을 하지 않는 자가 있다면, 그것은 국적입니다. 일본국은 벼랑 위에 서 있습니다. 어쩌면 폴란드가 될지도 모릅니다."
'폴란드가 왜 망했는가?'
기도는 그것을 설명했다.
이것은 그가 귀국하자마자 제출한 보고서에도 상세하게 쓴 것이다.
여기서 기도의 문장을 빌려 쓴다.
'……공후호족, 혹은 사리를 영위하고, 혹은 공도를 그르치고, 서로 싸우고, 서로 다투어 거의 정치가 없는 나라가 되었으며, 백성의 곤란과 재액은 형용할 수가 없도다.'
이하 직역한다.
'온 나라가 궐기해 공후에게 원한을 품고, 호족에게 복수하고, 온 나라가 소연할 대로 소연하여, 그 소연이 마침내 국경을 접하는 러시아, 프로이센, 오스트리아에까지 파급할 기세라, 3국은 군대를 폴란드에 넣어 분할했다.'
나중에 사이고가 세이난(西南)에서 반란을 일으켰을 때, 기도가 얼른 생각한 것은 폴란드의 망국상이었다.
'일본도 사이고에 의해 마침내 폴란드가 되고 마는가?'
이렇게 생각하고, 메이지 정부에 대해서는 그 나름대로의 심각한 비판이 있으면서도, 사이고의 반정부 소란을 이해하려고 하지 않는 것은, 기도의 특징이라고 할 병적 위기의식이라는 통증이 있었기 때문이다. 기도는 이 통증을 통해서만 사이고의 반란을 보았으며, 그런가 하면 오쿠보가 주재하는 메이지 정부의 독재상과 고관들의 횡포가 불만이어서, 늘 참의라는 높은 직책을 버리고 하야하고 싶은 충동을 누르지 못했다.
"폴란드가 망한 원인은 밑바닥을 더듬으면 단 하나로 귀착됩니다."
기도는 말했다.
"국가에 헌법이 없고, 백성에게 권리가 없었기 때문입니다."
그 메이지 10년대의 정치 청년, 즉 자유 민권론자가 유행처럼 떠들어 댄 말을, 자유민권 운동의 연기도 아직 나지 않은 이 메이지 6(1873)년에 기도는 벌써 말하고 있었다.

기도는 헌법에 대해서 '정규(政規)'라는 말을 쓰고 있다. 서양류의 헌법이라는 말은 아직 일본어로 성립되어 있지 않았다.

"정규는 만기(萬機)의 근본인고로."

근본이기 때문에 민법, 형법, 상법 등 '일체의 뿌리와 잎사귀'가 모두 여기서 나와 여기로 돌아온다는 것이다.

기도(木戶)가 보고서에서 극구 주장한 것은, 이 '정규'에 관한 것과 그것을 움직이는 관리의 정신에 대해서였다. 기도는 관리가 사리사욕을 탐내는 가장 위험한 일에 대해서는 조금도 우려하지 않았다. 다행히 일본은 에도 중기 이후 각 번 단위로 청리의 기풍이 확립되어, 청국이나 조선처럼 관료 체제 자체가 어찌할 수 없는 오직 체제라는, 아시아적 형태를 벗어나고 있었으며, 기도로서는 일본의 관리가 오직(汚職)한다는 것은 생각도 못할 일이었던 모양이다.

다만 관리가 독선으로 기울어 민의를 잘못 인식하는 것은 국가를 곤란케 하는 원인이라고 했다. 관리는 '정규'와 '전칙(典則)'——민법·형법 등——의 좋은 구현자라야 한다는 법치주의를 논하며, 법치주의가 곧 문명이라고 했다.

기도가 말하는 것은, 장차에는 의회 제도로 갖고 가야 하지만 그때까지는 정부의 총명한 지도력으로 국민을 교육하여 그들의 품위를 참정권을 얻을 수 있는 데까지 높여간다는 것이었다.

그 의견서에서 기도는 은근히 오쿠보 도시미치로 여겨지는 존재를 가리켜 통렬히 경고하고 있다.

"나라의 운명이 위태로우니 누란의 위험을 초래하게 되리라."

오쿠보라는 존재는 기도의 표현을 빌리면 이런 것이었다.

"오로지 공명을 바라고, 요로의 한 곳에 의거하여 권위만을 거머쥐려 한다."

기도는 외유 중에 벌써 오쿠보가 내무성을 설치하여 자기 스스로 그 대신이 되려하고 있는 계획을 알고 있었다.

내무성이 얼마나 무서운 기능인가 하는 것을, 기도는 충분히 상상할 수 있었다. 내무성은 각 지방 지사를 지휘한다는 점에서, 그 장관되는 자는 사실상 일본의 내정을 장악하는 것이 된다. 지사는 지방 경찰을 쥐고 있다. 따라서 내무경은 지사를 통하여 온 일본의 국민들에게 포승줄을 걸 수도 있는 것이다. 게다가 내무경의 직할 기구 속에는 가와지 도시나가가 연구하고 있는 경시청이 들어 있다. 경시청은 도쿄의 치안을 맡을 뿐만 아니라 정치 경찰의 기능도 가지며, 만일 내무경이 그런 마음만 갖는다면 동료 참의(參議)들까지도 검속하여 감옥에 가두어버릴 수 있는 것이다.

'요로의 한 곳.'

그곳은 그 내무성을 가리키는 것이었다.

기도가 오쿠보를 싫어한 것은 이 보고서에까지 드러나 있으며, 그의 생애는 오쿠보 독재의 메이지 정권에 대한 소극적 저항으로 끝난다. 사이고 같은 남성적인 반란은, 기도에 의하면, '폴란드 같은 망국을 초래'하는 것이며, 기도가 세이난 전쟁 때 도쿄 쪽과 가고시마 쪽을 다 응원하지 않은 것은 이같은 사상과 입장 때문이었다.

기도는 다분히 의견에만 그친 사람이었다.

막부 말기부터 언제나 어떤 경우에나 기도는 의견을 가지려고 노력해 왔다. 그는 한문에 대해 평균적인 독해력이 있었는데도 거의 책을 읽지 않고, 많은 사람의 의견을 들어 귀동냥 학문으로 그의 시무론(時務論)를 형성해 왔다.

기도의 시무론은 막부 말기의 혁명가 시대에도 이상할 정도로 기이하거나 편파적인 데가 없었다. 언제나 마음가짐의 안정이 있어서

"가쓰라(桂 : 기도)에게는 편파심이 없다."

동료들이 그렇게 말했으며, 과격한 서생이 많았던 막부 말의 조슈에서 과격파 서생들까지 그 점을 좋아했다. 과격파 서생들은 형님 격인 기도가 마음가짐의 안정도가 잡힌 생각을 계속 지니고 있었기에 그들 서생들은 안심하고 안정을 잃은 과격한 의견을 토로하거나 행동할 수 있었던 것 같은 흔적마저 있다.

일상생활에서도 기도는 그랬다.

"댁의 부인도 참으로 곤란한 분이군요."

누가 충고한 적이 있다.

기도의 부인은 막부 말기에 이쿠마쓰(幾松)라는 기명으로 그 재기를 떨친 교토의 명기였으며, 기도의 위기를 몇 번이나 구해 준 일화는 혁명 신화가 되어 있는 여자였다. 유신 후 정실이 되었으며, 메이지 10(1877)년 기도가 45세에 병사하자 바로 머리를 깎고 호를 스이카인(翠香院)이라 지어 의로움을 지키다가 9년 뒤에 죽었다. 기도와는 9살 차이였으므로 기도와 같은 나이에 죽은 셈이다. 당시의 모럴로는 열녀라고 할만한 부인이지만, 그 취미

생활은 참의 부인답지 않았으며 기생 때와 다름없이 배우들을 후원하고 심지어는 배우와 잠자리를 같이 했다는 소문까지 있었으며, 그것을 어느 동향인이 차마 바로 볼 수 없는 난행으로 보고 기도에게 일러 주의를 촉구했던 것이다.

그런데 기도는 화도 내지 않으며, 그렇다고 소탈하게 웃어넘기지도 않고, 미간을 찌푸리며 난처하다는 표정으로 잠깐 잠자코 있더니, 이윽고 말했다.

"나이기에 그 여자의 남편 노릇을 할 수 있다. 내가 아니면 고삐 풀린 사나운 말처럼 어디로 튈지 모른다."

기도는 언제나 큰일 났다는 표정의 우울증 환자 같은 사람이었지만, 반면에 이런 포용력도 있었다. 기도는 의견의 사람이었으나 그 의견에 장자의 기풍이 있었다는 것과, 이것은 하나의 뿌리에서 나왔다고 봐도 무방하다.

하기야 기도는 이따금 이상한 말을 했다. 그는 막부 말에는 두말할 것도 없는 존왕가였지만, 메이지 4(1871)년의 한 시기에는 별안간 프랑스풍의 공화국을 생각하게 되었다. 그러나 메이지 6(1873)년 7월 외국에서 돌아오자 애초의 군주 국가론으로 돌아갔다.

조선 문제에서도 그랬다. 메이지 2(1869)년 한때 정한론을 주장하여 사람들을 놀라게 한 적이 있었으나, 곧 복원하여 내치론으로 되돌아갔다. 기도의 복원력이 좋은 것은, 그의 중심 감각이 좋은 것과 관계가 있다.

"사이고를 찾아가 보고 싶다."

기도는 귀국 후 늘 그렇게 말하고 있었으나, 사이고가 요양중이라는 말을 듣고 삼가고 있었다. 그러나 사이고가 사람을 보내와서 마침내 만나기로 했다.

"그 의견에는 언제나 장자의 기풍이 있었다."

기도에 대해서는 늘 이렇게 말했지만, 많은 혁명가가 그랬듯이 이 감정이 풍부한 인물이 성격으로서 장자의 관대함을 갖고 있었을 까닭이 없다. 감정의 양이 많은 그는 당연히 원한의 양도 많았다. 그것도 집요했다.

"사이고는 간사한 사람이며, 용서할 수 없는 인물이다."

사이고를 좋아하는 사쓰마 인이 들으면 천길만길 뛰며 분개할 사이고에 대한 감정을, 기도는 상처가 아물지 않은 묵은 상처처럼 평생토록 품고 있었다.

사이고와 사쓰마 번에 대한 기도의 나쁜 감정은, '하마구리 문의 변'이라 일컬어지는, 1863년 여름 교토에서 일어난 혁명 정계의 변동 때부터 생긴 것이다. 그때까지 조슈 번은 사쓰마 번을 우호(友好) 번으로 알고 있었다. 그런데 하룻밤 사이에 별안간 사쓰마 번은 막부 지지파인 아이즈 번과 손을 잡고, 단숨에 조슈 인과 조슈를 후원자로 삼는 공경들──산조 사네토미 등 ──을 궁문 밖으로 축출했으며, 다음 해인 1864년 여름에는 무력으로 교토에 들어가려는 조슈 인을 사쓰마 번이 아이즈 번 등과 함께 막고, 반격하여 형편없이 격파해버렸던 것이다. 이때 사쓰마 번의 지휘관은 사이고 다카모리였으며, 하마구리 문의 문 안까지 돌입해 온 조슈의 용장, 기지마 마타베(來島又兵衞)를 사살한 것은 사이고 휘하 가와지 도시나가의 부대였다.

기도는 이것을 원한으로 품고 있었다.

'사이고만큼 뱃속이 검은 자는 없다.'

1866년 정월, 유명한 '삿초 연합──사쓰마·조슈 연합──'이 결성되었다. 도사의 사카모토 료마가 사이에 들어와 비밀 공수동맹을 맺게 한 것인데, 기도는 당시 사카모토에게서 이런 말을 들었을 때 처음에는 망설였다.

"사쓰마의 인간들과는 도저히 약속을 못한다."

이유는 앞에서 말한 사건의 원한 때문이었다. 사카모토가 도리를 설명하여 마침내 기도를 설복한 것은, 사카모토의 웅변 때문이라기보다 조슈가 막부의 공격을 받아 거의 쇠멸의 위기에 있었기 때문이다. 공수동맹은 조슈의 사활에 있어서 구원의 손길이기도 했다.

기도는 변장하여 사카모토와 함께 교토에 잠입, 사이고와 만나서 마침내 동맹을 맺었는데, 회담이 동맹 문제에 들어가기 전, 기도는 지난 날 사쓰마 번이 얼마나 엉큼한 배신을 했는가 하는 것을, 얼굴이 검부래지면서 끈질기게 사이고에게 말했다. 그 집요함은 옆에 있는 사람들을 불쾌하게 만들 정도였으나, 사이고는 화도 내지 않고, 마침 감을 훔치다가 들켜서 무서운 동네 노인의 꾸중을 듣고 있는 어린이처럼 고개를 푹 숙이고 시종 기도의 말을 들었다.

"일일이 지당한 말씀입니다."

그리고 이렇게 말할 뿐, 한 마디의 변명도 하지 않았다.

분큐·겐지(文久·元治) 연대──1860년대 초──의 조슈 인은, 이미 집단 사고가 과열하여 정치의 현실에서 떨어져 버렸으며, 그 때문에 정치적으로나 군사적으로 패배한 것인데, 이 시기의 기도는 조슈 인의 그 같은 과격함에 대해 속으로 난처하게 생각하고 있었다. 그러나 그 패배가 사쓰마의 배신으로 나타난 데 대해서는 용서치 않았다. 유신 후 거의 대부분의 조슈 인이 이 원한을 잊었지만 기도만은 지속하여, 귀국 후 이렇게 사이고의 우거(寓居)를 찾으면서도 줄곧 그 생각만 하고 있었다.

간밤에 비가 내렸다.
이날 아침, 아직도 우기가 남아 있는 듯, 묘하게 무더웠다.
'사이고도 참 취미가 괴상하군. 이런 외진 곳에서 살고 있다니!'
기도는 시부야 곤노(澁谷金王)의 시골까지 와서 아연해지는 느낌이었다.
기도가 마차에서 내린 것은 지금의 국철 시부야 역 근처였을 것이다. 이 근처의 대부분은 농지여서, 밤에는 아지랑이가 피고 있었다. 여기저기 잡목 숲에 안개가 끼고, 긴노하치만 신사(金王八幡神社)의 새 잎이 무성한 숲만 햇빛에 싱싱하게 반짝이고 있었다. 여기저기 옛 영주의 별장들이 남아 있었으나, 유신 후 겨우 6년 밖에 안 되었는데도 지붕에 풀이 나고, 허물어진 담이 눈에 띄었다.
사이고의 아우 쓰구미치(從道)가 그런 별장의 하나를 사서 살고 있었다.
사이고는 요양도 할 겸 이 무렵 아우 쓰구미치의 집에서 신세를 지고 있었다. 쓰구미치의 집에서 고마바(駒場)의 들까지 가서 사냥을 하기도 편리했고, 신변을 돌봐 주는 여자의 손길도 충분했다.
기도는 옷깃이 땀에 젖어 쭈글쭈글해진 채 쓰구미치 댁 현관에 섰다.
"여봐라, 누구 없느냐!"
큰소리로 부르니, 서생이나 하녀가 나올 줄 알았는데 뜻밖에도 사이고가 직접 나타났다. 사이고는 기다리고 있었던 듯, 단정히 가문이 든 일본식 정장을 하고, 굵은 목덜미에 땀을 뻘뻘 흘리고 있었다.
방안에 들어가서 인사를 나눈 뒤, 사이고는 기도에게 부탁하듯 말했다.
"이렇게 땀이 나는데 기도 선생, 그 양복 윗도리를 벗지 않으시겠소? 그리고 나도 이 옷 좀 벗게 해주구려."
기도는 쓴웃음을 지으면서 윗도리를 벗었다. 사이고는 이제 살았다는 듯이 훌훌 겉옷을 벗고 고개를 숙였다.
"이것도 실례합니다."
아래 겉옷도 벗었다. 사이고는 여름만큼 힘든 계절이 없다.

이날 기도는 사이고에게, 정한론은 좋지 않으며, 내치에 전념하는 것이야 말로 일본에 도움이 된다고 말할 참이었으나, 사이고를 싫어하는 기도마저 그와 대면하고 앉아 있으니 그만 일종의 느긋한 기분이 들어서, 어떻게 말을 꺼내야 좋을지 얼떨떨해졌다.
　"유럽은 어떻습니까?"
　이렇게 사이고가 얘기를 꺼내 주면 좋겠는데, 그는 그런 것보다는 저 앞에 있는 고마바의 들판에 새와 짐승이 얼마나 많고, 총 사냥에 얼마나 좋은 곳인가 하는 이야기만 했다.
　기도는 마음이 조마조마해졌다.
　마침내 기도는 훗날에 팽배하게 일어나는 자유민권론의 선구자 같은 말로 사이고의 두꺼운 육질부에 탐색의 침을 찔러 보았다.
　"의회 제도를 실시하지 않으면, 문명이라고 할 수 없습니다."
　그런데, 사이고가 고개를 크게 끄덕인 것이다.
　사이고의 사상은, 윤곽은 뚜렷하지 않지만 상당히 반경이 커서, 대개의 새로운 사상은 그 속에 포섭되어버리는 느낌이 있었다.
　그는 하늘을 존경하고 사람을 사랑한다는 말로 자기의 사상을 표현하고, 그것에 적합한 것이라면 모두 받아들이려는 데가 있었다. 이 사이고의 사상으로는 민중이 성장함에 따라 민중이 정치를 하는 것은 당연한 일이라고 하였으니, 기도는 콧대가 꺾인 듯한 기분이 들었다.
　"결국은 전쟁이 나지 않겠습니까?"
　기도가 이런 뜻의 말을 정한론에 대해서 하자, 사이고는 고개를 저었다.
　"끝까지 전쟁이 나지 않도록 밀고 가야지."
　세상에 전해지고 있는 사이고의 이 의견과는 많이 다른 것 같았다.
　사이고는 사쓰마 인이 언제나 그렇듯이, 토막난 몇 마디밖에 입 밖에 내지 않았다. 이것이 언제나 오해의 원인이 되었다. 이를테면, 정한론을 싫어하는 오쿠보 도시미치를 평하여 그를 겁쟁이로 취급한 적이 있다.
　"오쿠보는 전쟁을 무서워한다."
　이 말에 관한 한 사이고는 호전가라는 말을 들어도 대답을 못한다. 실제로 내각 안에서는 사이고가 호전가라는 악평까지 이 시기에는 이미 나 있었고, 그 악평은 사이고의 귀에도 들어와 있었다.
　사이고의 사상은 일본, 중국, 한국 등, 동 아시아 3국의 공수 동맹의 성립에 있었다.
　그런데 일본은 그럭저럭 메이지 유신으로 국가와 국민이 성립되어 있었지만, 중국과 한국은 왕조가 있을 뿐, 그 국체는 유럽에서 말하는 근대 국가의 개념과는 약간 달랐다. 그 왕조와 관료가 이른바 아시아적 부패 현상 속에서 국경 담당 능력이 없어졌다는 것도 사이고는 잘 알고 있었다.
　"먼저 조선에 큰 자극을 주어야 한다."
　이것이 사이고의 주장이었다.
　자기가 견한 대사로서 조선의 수도에 감으로써, 막부 말기에 일본에서 일어났듯이 조선에서도 재야의 의견이 크게 들끓어, 사이고의 의견에 반대하거나 찬성하거나 아무튼 국론이 형성된다.
　막부 말에도 존왕양이(尊王攘夷)의 국론을 무시하지 못하여 마침내 막부가 쓰러졌듯이, 국론의 형성으로 결국은 정권이 변질하고 처음으로 국민이라는 것이 성립된다고 사이고는 생각하고 있었다.
　참고로 국민의 성립은 사이고의 메이지 유신의 이상이었다. 국민이 성립되지 않으면 막부 말 이래의 큰 과제인 국가 방위 등은 도저히 할 수 없다고 사이고는 생각했으며, 유신으로 아무튼 국민을 성립시키는 기초만은 생겼다. 요컨대 사이고는 국민의 성립이 이상이었다. 그러기에 사이고는 기도가 제시한 '헌법을 갖추고, 의회로 국가를 움직여 나간다'는 민권론적 의견도 뜻밖으로 생각지 않고 당장 찬성한 것이다.
　'조선은 불원간 그렇게 할 수 있을 것이다.'
　사이고는 이렇게 생각하고 있었다.
　사이고의 생각은, 이 각도에서는 이른바 그의 '정한론'은 그의 메이지 유신 혁명을 수출하려는 동기의 표현이었다고 할 수 있을 것이나, 혁명을 성공시킨 지도자가 그 혁명을 다른 나라에 수출하고 싶어 하는 것은, 프랑스 혁명에서나 후일의 러시아 혁명에서나 거의 생리적이라고 할 만큼 방법을 같이 하고 있다.
　사이고는 조선의 수도에 가서 목숨을 걸고, 그렇게 함으로써 조선 내의 혁명을 유발하여, 그 의도를 열강에 알려 열강의 무력 개입을 피할 수 있다고 생각한 것 같다.
　점심에는 사쓰마식 국이 나왔다.
　사쓰마식 국에는 돼지고기를 넣는 경우가 많은데, 기도가 무릎 앞에 있는 큼직한 공기를 집어 드니 햇닭고기가 들어 있었다.
"닭이군요."
기도가 말했다.
"사쓰마에선 닭이 채소이지요."
사이고는 그릇에 손가락을 넣어 살이 붙은 닭고기 뼈를 집어냈다. 기도가 보니 사이고는 참으로 귀엽게 그 뼈다귀를 입에 넣고 교묘히 뜯어 먹었다. 병아리를 뼈째 잘라서 된장으로 끓인 국이다. 그 밖에 무, 곤약, 파 같은 것이 들어 있다.
"절식을 하신다고 들었습니다만."
"예, 절식하고 있습니다. 하지만, 고기는 지방이 되지 않는다고 해서요. 의사가 그렇게 말했습니다. 오곡은 의외로 살이 찐다기에 쌀밥도 보리밥도 끊었습니다."
"예에, 쌀밥도 보리밥도요?"
기도는 아무 뜻도 없이 중얼거리면서, 젓가락으로 집은 닭고기를 입 안에서 처리하는 데 애를 먹고 있었다. 차라리 사이고처럼 손으로 집고 뜯어 먹으면 좋으련만, 이 행실 좋은 조슈 인은 그렇게 할 수는 없는 모양이었다.
"이제 수명도 아무 것도 필요가 없습니다만, 조선의 수도에 가서 할 일을 마칠 때까지는 어떻게든 오체를 길러둬야 한다는 생각으로, 의사의 충고를 열심히 지키고 있지요."
사이고가 슬쩍 '수명'이라는 말을 썼을 때, 기도의 심정은 등나무 꽃이 바람에 잔잔하게 파도치듯 미묘하게 흔들거렸다.
"수명……."
기도는 중얼거리고, 국그릇의 된장국을 마셨다.
그도 건강이 좋지 않았다.
외유 중에도 열이 나고 허공에 떠 있는 듯한 불안한 나날이 계속되었는데, 귀국 후에도 이상하게 어깨가 뻐근하고 아침마다 일어나기가 몹시 힘이 들어서 생각했다.
'나는 오래 살지 못하는 게 아닐까?'
그런데 의외의 말을 들은 것이다.
'사이고도 그렇구나…….'
그렇게 생각했을 때, 사쓰마와 조슈라는 두 파벌 의식을 떠나고 사이고에 대한 호오의 감정을 떠나, 이 넓은 세상에서 사이고가 자기만이 공감할 수 있는 공통의 과거를 감동적으로 회상하게 되었다.

'사이고와 내가 제일 오래 됐구나.'

오래 됐다는 것은, 페리 내항 이래 지사로서의 경력을 말하며, 많은 지사들이 막부 말기에 비명에 가고, 살아남은 고참이라야 사이고와 자기밖에 없다는 실감을 기도는 느꼈다. 그는 사쓰마의 오쿠보를 지사로 인정하지 않았다. 오쿠보는 단지 사쓰마 번의 관료였을 뿐, 단신으로 생사의 거리를 헤맨 적이 없다.

"피차, 너무 오래 살았는지도 모르겠구려."

기도가 말했으나, 그는 1833년 태생이므로 이 해의 나이 만 40, 사이고는 1827년 태생이라 이 해에 만 46세였다. 그러나 보통의 연령 감각은 이들에게는 통하지 않았으며, 기도로서는 현재의 자기를 이미 큰일을 완수한 껍질로 알고 있었고, 사이고 자신이 자기 인생에 대해 느끼고 있는 감상도 똑같은 것이었다.

기도가 사이고와 작별한 뒤 스스로 짜증스럽게 여긴 것은, 그와 3시간 남짓 대면했으면서도 자기가 생각한 바를 말하지 못한 것이었다.

"나는 아무 일도 못해."

기도의 다분히 여성적인 성격으로는 그렇게 생각할 수는 없었다. 사이고가 좋지 않다고 생각했다.

'사이고는 곤란한 인간이다. 하기야 옛날부터 그랬지만.'

그는 마차 위에서 생각했다.

옛날부터 기도가 공격과 울분에 찬 말투로 얘기하기 시작하면, 사이고는 금방 거대한 연체 동물이 된 듯이 온 방안에 퍼져서, 어디를 찔러도 물컹한 느낌으로 반응이 둔하고, 그러면서도 일종의 위압감 같은 것을 기도에게 주어, 기도는 혀끝만 겉돌아 하고 싶은 말의 10분의 1도 할 수가 없었다.

하기야 이것은 그전의 예지만, 제3자가 이 두 사람의 대면을 보고 느낀 감상은, 기도 자신의 그것과는 많이 다르다. 이를테면, 한 번은 조슈의 시나가와 야지로가 동석한 적이 있었다.

'어쩌면 기도 선생은 저렇게도 끈질기게 말할 수 있을까?'

시나가와의 마음이 조마조마해졌을 정도였다. 한편 시나가와는 기도의 사쓰마 비판을 묵묵히 듣고 있는 사이고에게 감동하여 아득한 느낌을 가진 적이 있었다.

'이 사람은 대체 얼마만큼 큰 인물인가?'

그러나 기도 본인으로서는 사이고에게 말이 잘 안 나와서, 생각한 바를 10분의 1도 말하지 못한 짜증을 언제나 느꼈는데, 이날도 그랬다.

"당신이 견한 대사(遣韓大使)로 가게 되면, 그것이 앞으로 국제간에 어떤 사태를 불러일으킬지도 모르며 일본국의 앞길을 오히려 위태롭게 하는 것이다. 나는 유럽을 돌아보고, 일본이 유럽보다 300년은 뒤졌다는 것을 알았다. 지금 일본국이 갈 길은 하나밖에 없다. 그것은 오로지 내치(內治)에 전념하는 것이다."

기도는 이런 뜻의 말을 송곳을 박듯이 사이고의 가슴속에 밀어 넣고 싶었는데, 사이고는 기도가 그런 기미를 보이기 시작하면 너그러이 웃는 얼굴이 되어, 그러면서도 아무 반응을 보이지 않고 있다가, 기도의 그런 기미가 사그라지면 고개를 숙이고 이렇게 말할 뿐이었다.

"내가 조선에 사신으로 갈 수 있도록, 제발 힘을 좀 써 주시오."

사이고는 기도라는 사람을 너무나 잘 알고 있었다. 기도가 자기에게 호감을 가지고 있지 않다는 것도 알고 있었고, 귀국 후의 기도의 국가 경영 방침이 자기와는 전혀 다르다는 것도 알고 있었다.

이 때문에 토론을 할 생각은 조금도 없었다. 다만 기도에게는 견한 대사 문제에 관해서 방해만 해주지 말았으면 하는 한 가지만 기대하고, 그의 감정을 풀면서 계속, 부탁한다고 머리를 숙인 것이었다.

기도가 돌아가려고 할 때 안내자를 두 사람 붙여주며 말했다.

"내 사냥터나 좀 보고 가시오."

고마바(駒場)의 들은 과연 잡목 숲이 많고, 언덕의 기복이 심하여, 무사시(武藏)의 들과 비슷한 모양을 충분히 갖추고 있었다.

기도가 고진 고개(行人坂)의 비탈을 내려가고 있을 때, 머리 위 하늘에 그늘이 지는가 싶더니, 찌르레기의 대군이 바쁘게 이동해 가는 것이 보였다.

'사이고도 애교가 있군.'

기도는 생각했다. 기도는 새도 총 사냥도 흥미가 없었지만, 사이고는 자기가 좋아하는 것을 기도도 좋아할거라고 생각했던지 열심히 권했다.

"고마바의 숲을 꼭 보고 가시오. 도쿄에도 이런 데가 있나 하고, 아마 놀라실 것이오."

하늘은 높고 바람은 상쾌했다. 길이 나빠 마차의 동요가 심했지만, 기도는 차츰 기분이 좋아졌다.

'돌아오는 길에 구로다 개척 장관을 만나다.'

라고 기도가 이날의 일기에 쓰고 있듯이, 이 들판에서 우연히 사쓰마 인 구로다 기요타카(黑田淸隆)를 만난 것이다.

구로다는 이 무렵, 새 정부의 대사업의 하나인 홋카이도(北海道) 개척에 관한 관청의 사실상의 장관——형식적으로는 차관——이었다.

사쓰마 파벌 중에서 사이고와 오쿠보에 다음가는 자를 들라면 이 구로다 기요타카일 것이다. 그는 고료카쿠(五稜敦) 공격전 때의 사령관의 한 사람이었으며, 적 에노모토 다케아키(榎本武揚)와 오토리 게이스케(大鳥圭介) 등을 항복시키고, 그 뒤 그들의 구명 운동을 벌여서 성공했다. 더욱이 그들을 새 정부에 나와서 일을 하게 만드는 묘기까지 해냈다는 점에서도, 이 인물의 정치력의 크기를 알 수 있다.

"료스케(了介)."

이 이름으로, 막부 말기에는 조슈 인들 사이에서도 잘 알려져 있었다. 특히 1866년 삿초 연합이 비밀리에 성공하자, 구로다 기요타카는 사이고의 명령으로 사쓰마 측 연락가가 되어, 자주 조슈에 잠입해서는 기도와 접촉을 거듭했다. 그래서 기도는 구로다의 좋은 인품을 잘 알고 있었다.

기도는 같은 사쓰마 인이라도 오쿠보를 만나면 그 냉엄하고 심각한 인격에 기분이 울적해지고, 사이고와 접하면 정체를 알 수 없는 위압감을 느끼지만, 이 구로다와 만나면 골격이 가벼운 데다 사쓰마 인 공통의 흉금의 넓이도 갖추고 있어서 매우 마음이 편했다. 게다가 구로다는 어찌된 일인지 기도를 지자(智者)로 알고, 진심으로 "기도 선생"이라고 부르면서, 기도에게 가르침을 받겠다는 겸손한 태도를 막부 말기나 지금이나 변함없이 가지고 있었다.

그는 그 고마바(駒場)들의 한 모퉁이에 농사 시험장 같은 설비를 가지고 있어서, 마침 거기에 와 있는데 기도의 마차가 찾아온 것이다.

"마침 잘 됐습니다. 젖소도 기르고 있고, 호박도 보여 드리고 싶습니다. 꼭 한 번 돌아봐 주십시오."

구로다는 기도를 마차에서 끌어 내리다시피 하여 앞장서서 안내했다.

돌아갈 때 구로다는 큼직한 호박을 13관이나 마차에 실어 주고, 옥수수도 한 아름 갖고 와서 얹었다.

이때 구로다는 중대한 귀띔을 해주었다. 그에게는 향당의 총수인 사이고의 정한론을 그는 오히려 격파해야겠다는 생각을 갖고 있었는데, 그 속셈의 일단을 살짝 기도에게 알려 준 것이다.

구로다 기요타카가 기도에게 이 이야기를 한 것은 농장 한 모퉁이에 있는 목조 양옥에서였다.

그는 거의 알콜 중독자에 가까워서, 술기운이 떨어질 때가 거의 없었다. 이때도 기도 앞에 글라스를 놓고 포도주를 따랐다. 자기 글라스에도 붓고는 글라스 너머로 기도에게 고개를 숙이고 단숨에 들이켰다.

구로다는 주사가 좀 심해서, 취기가 돌면 차츰 흉포한 표정이 되어 무슨 짓을 할지 몰랐다. 그러나 평소의 그는 참으로 사쓰마 인다운 산뜻한 기상의 사나이로, 많은 사쓰마 인들이 그렇듯이 말을 할 때는 반드시 입가에 미소를 띠었으며, 그 사고법(思考法)도 결코 현실에서 유리된 적이 없었다.

그의 장점은 사람을 존경할 줄 안다는 것이었다. 이를테면 그가 공성의 장수로서 함락시킨 고료가쿠의 수비장 에노모토 다케아키를 깊이 존경하여, 그 재질로 신생 국가에 봉사하게 하는 것은 자기의 의무라고 생각했으며, 향당의 선배인 사이고도 그 자신의 표현을 빌면 '인자'로서 존경했다. 다만 그는 서양을 여행하고 돌아온 후로 일본이 문명 세계에서 얼마나 외따로 떨어진 상황에 있는지를 통감하고, 그것을 통감한 나머지 전부터 다소 그런 경향에 있었던 지식인을 좋아하는 성품이 더 심해져서, 사이고의 존재는 그의 마음속에서 차츰 흐려지기 시작하고 있었다.

아니, 오히려 세계를 보아 버린 놀라움을 공통으로 소유하고 있는 외유 동료들과 이야기하는 일이 많아져서, 이를테면 전에는 구로다가 동배 정도로 생각하고 있던 오쿠보 도시미치에게로 급속하게 기울었다.

"사이고님은 비할 데 없는 인자이고 그 지모(智謀)도 짐작을 못한 만큼 깊지만, 아깝게도 세계의 대세에 어두운 데가 있다."

그는 향당의 사람들에게 말한 적이 있다.

이 구로다의 사이고 평이 본인의 귀에 들어갔는지 어떤지는 모르지만, 사이고는 정한론 이전에 자기 자신에게 몹시 탈락감을 느껴, 자기는 이제 과거의 역사 속에 있다고 규정하고, 새 시대의 도움이 되지 않는 구닥다리에 지나지 않는다는 뜻의 말을 도사의 이타가키 다이스케(板垣退助)에게 말했다. 이타가키는 그 부당한 자기규정을 크게 꾸짖었다. 사이고는 결코 구닥다리가 아니었다.

그러나 외국 여행에서 돌아온 구로다의 눈에는 그렇게 보였다.

"요즘의 정한론은."

구로다는 말을 꺼냈다. 그는 입장이 입장이니만큼 정한론에 노골적으로 반대할 수도 없어서, 무척 말을 골라서 했다. 외유파들은 똑같이 외국의 힘은 무섭다는 점에서 은밀한 공포심을 똑같이 가지고 있었으며, 서로 조금도 내색은 하지 않았으나 그런 공포를 같이 가지고 있다는 점에서 잔류파에 대립하는 일종의 동지감이 생기고 있었다.

정한론을 감행하면 열강의 몰매를 맞는다는 노골적인 예상을, 구로다는 입 밖에 내지 않았다. 말하지 않더라도 '공포'를 같이 느끼고 있는 기도라면 그 예상을 알아 줄 것이라는 안심감이 있었다.

구로다는 구로다대로
'일본은 참으로 작은 나라.'

이것을 외유를 함으로써 깨달았다. 자기 나라가 참으로 작다는 인식만큼, 보신년의 싸움터를 헤치고 나온 구로다 등에게 비참한 실감은 없었다. 문화가 뒤지고, 농민은 가난하고, 물자는 적고, 국토는 좁다. 아무 쓸모도 없는 것처럼 여겨졌다.

더욱이 해안선이 길어서 이토록 방위하기 어려운 나라도 없었다. 해상 방위는 해군으로 하지 않으면 안 된다. 그런데 그 해군이라는 것이, 구로다가 유럽에서 본 강 위의 증기선만한 배에 가벼운 대포를 실은 것이 몇 척 있을 뿐이었다.

구로다가 보기에, 만일 일본이 정한론 외교를 추진하여 국제적 파문을 일으킬 경우, 러시아와 중국, 그리고 영국과 프랑스가 당연히 이에 간섭할 것이었다. 일찍이 조슈 번이 시모노세키 해안에서 영·미·불·란 4개국 연합 함대와 싸웠을 때, 그 강대한 포화 앞에 조슈 번 병들은 쪽도 쓰지 못했다. 그 열강의 함대가 도쿄 만에 들어온다면 어떻게 되겠는가?

일본의 육군은 조선에 가 있다, 열강의 함대는 상해를 떠나 도쿄 만에 들어와서 위력 외교를 강요한다. 이를 테면 그런 '궁지'에 빠질 것은 자명한 결과였으며, 아무리 국내의 장사들이 호언장담을 해 봐야 일본 정부는 열강의 포함 외교로 목덜미를 잡혀, 사이고의 대이상은 커녕 자주 외교의 권리마저 빼앗기고 만다.

"일본은 망한다."

구로다는 이렇게 말하지 않았다. 구로다뿐 아니라 메이지 유신 성립 이래 일본 내각의 고관으로서 외교를 논하는 자는 심약한 말을 일체 입 밖에 내지 않는 풍습이 생겨 있었다. 그 이유는 여기서 따지지 않기로 한다.

강경한 외교론만 하더라도, 만일 그것이 마음에 안 들면 다른 강경한 외교론을 꽃불처럼 쏘아 올려 세상의 눈을 돌리게 하는 것 외에 다른 수가 없다는 정치적 버릇이 생겨 있었다.

"기도 선생, 어떻게 생각하십니까?"

사할린 문제에 대한 얘기였다.

"정한론도 중요할지 모르지만 그보다 사할린 문제가 화급한데, 이것부터 먼저 처리해야 할 줄 압니다."

이 해(메이지 6(1873)년) 2월, 사할린의 코르사코프에서 많은 러시아 인들이 일본인 생선 가게를 습격하여, 방화와 폭행을 자행한 일이 있었다. 그런 폭행 사건에 대해 일본 정부는 힘이 없어 교민들을 보호하지 못하고 있었다.

구로다는 그 문제가 더 화급하다고 말했지만, 상대는 세계 제일의 육군을 가진 러시아 제국이다. 위험성은 정한론보다 훨씬 컸다.

기도는 그 다음날 긴자(銀座)에 나갔다.

이발을 하기 위해서였다.

'머리털 가위질.'

이발을 그 당시는 이렇게 불렀는데, 몸가짐이 단정한 기도는 머리가 조금만 길어도 마음이 쓰여서 자주 머리털 가위질을 했다.

그는 정부의 참의라는, 에도 시대로 말하면 직속 영주만이 그 자리에 앉는 '로추(老中 : 집정관)'에 해당하는 신분이었으므로, 이발사를 집에 불러도 되었지만, 메이지 6년만 해도 도쿄에서 솜씨 있는 이발사는 몇 사람 되지 않고, 나머지는 재래식 이발소 출신으로 흉내나 내고 있는데 지나지 않았다.

하는 수 없이 기도는 언제나 쓰키치(築地)의 호텔 같은 데에 가서 이발을 했다.

"아무려면 어때요?"

기도의 아내는 웃지만, 지난 막부 말기에 교토에서 칼싸움의 북새통을 헤치고 다닐 때도 아침마다 머리만은 반드시 단정하게 손질하고 나간 기도로서는, 머리카락 같은 것은 아무려면 어떠냐고 할 수가 없었다. 이 무렵 그는 파리의 이발사가 해 준 머리 모양을 좋아했다. 그래서 프랑스식이 아니면 마음에 들지 않았다.

'마음놓고 자고 일어날 수 있는 것이 곧 개화된 이발 머리.'

이런 선전으로 알려진 가게가 긴자 4가 4번지에 있는데, 거기에는 프랑스 인이 고용되어 있었다. 그 가게의 선전문에 '영국 풍으로 가르는 빗, 프랑스식으로 쓸어내리는 브러시'라고 있어서, 프랑스식을 잘하는 것 같다고 들어 본 적이 있어 가 본 것이다.

이 외출은 공무가 아니어서 마차를 타지 않고 도중까지 인력기로 갔다가 내려서 걸었다. 하기야 자객을 만날 위험은 있었다. 일찍이 조슈 번 시대의 같은 번 동료로 나중에 병부대보가 된 오무라 마쓰지로도 죽었고, 참의가 된 히로사와 사네오미(廣澤眞臣)도 피살되었다.

기도도 피살될지 모른다.

이 때문에 기도는 평소의 외출 때는 눈에 띄지 않는 일본 옷을 입었다. 양복 차림은 눈에 잘 띄는 시대령, 그런 모습으로 기질적 보수주의자들의 격렬한 반발을 살 필요는 없었다. 이때도 일본 옷차림으로 걸었다.

긴자는 작년의 큰 불로 탔다. 그 뒤 도쿄 부 지사 유리 기마마사(由利公正)의 강력한 방침으로 이미 관계의 벽돌 가옥이 세워지고 있었으며, 희망자는 한 채에 42엔에서 72엔으로 불하받을 수 있었으나, "벽돌집에 들어가면 퍼렇게 퉁퉁 부어서 죽는다"는 말이 떠돌아 희망자가 좀처럼 나타나지 않았다.

기도가 이발을 한 '스기우라(杉浦)'는 신축된 벽돌집을 사서 이발관을 열었다.

"프랑스식으로 해다오."

기도는 걸상에 앉으면서 말했다. 고용된 프랑스 인이 나와서 기도의 머리를 빗어 올렸다. 그 뒤에 가위질을 했다. 일찍이 존왕양이의 선두에 섰던 이 혁명의 생존 고관이, 지금 서양 풍속을 따라 서양 오랑캐의 이발사에게 무사가 가장 존중하는 머리를 만지게 하고 있는 것이다. 기도는 별로 모순을 느끼지 않았다.

이발을 하는 동안 기도가 생각한 것은 구로다 기요타카가 말한 사할린 문제였다.

'구로다는 약한 인간이야.'

기도는 여원 프랑스 인 이발사에게 머리를 맡긴채 약간의 경멸과 많은 호의로 생각했다.

사쓰마 사람인 구로다의 복안은 조슈 인으로서는 도저히 생각할 수 없는 사고법에서 나온 것이다.

구로다로서는 사이고가 소중한 향당의 거인이니 만큼, 그 사이고의 정한론에 정면으로 이론을 가지고 반대하려 하지 않고 이런 식으로 이야기를 꺼내려고 하는 것이었다.

"먼저 러시아를 상대로 사할린 문제를 처리한 다음에."

이 안은 말하자면 유머였다.

이 해 2월, 사할린에서 발생한 러시아 인의 일본 생선 가게 방화사건 따위는, 실은 이미 처리가 끝나서 말하자면 장부에서 지워버린 낡은 문서 같은 것이었다.

사할린이라는, 홋카이도 북쪽과 이어진 소금에 절인 연어 같은 모양의 섬은 오랫동안 그 소속이 뚜렷하지 않았다. 그것을 러시아가 자기의 영토로 삼으려고 구 막부에 강요했으며, 구 막부도 일본령이라고 맞서서 결국 1867년도 협정으로 '러일 공유'라는 변칙 형태가 생겼다. 그런데 구 막부나 메이지 정부는 이 섬을 어업 기지로밖에 보고 있지 않은 데 비해, 러시아는 이 섬에 대한 식민과 개발에 주력하여 이 섬에 있는 일본 관청에 압력을 가하는 등 분쟁이 그치지 않았다. 2월의 분쟁도 그 하나였는데, 다만 현지 코르사코프의 일본 관청──사할린 주재 개척감──이 러시아 측의 폭거에 분개하여 강경한 태도를 취했다. 당시 사할린 감사는 호리 하지메(掘基)라는 사쓰마 사람으로, 보신 전쟁에서 공을 세우고 메이지 후 줄곧 사할린에 주재하며 러일간의 어업 분쟁 해결을 맡아 왔다.

호리의 상관은 개척사 차관인 구로다 기요타카였다. 2월의 분쟁이 일어나자 호리는 도쿄에 있는 구로다에게 요청했다.

"군대를 파견해 주기 바란다."

군대를 배경으로 하는 러시아의 사할린 관리에 대해서는 일본도 군대를 출동시켜 그것을 배경으로 절충하지 않으면, 울며 겨자 먹기를 되풀이할 뿐이라고 호리는 생각했다.

그러나 구로다는 전쟁을 두려워했다. 군대를 보내면 결국 두 나라 사이에 전쟁이 터진다. 그렇다고 "러시아가 무서워서"라고 본심을 털어 놓을 수도 없었다. 원래 메이지 정부는 '외국을 해치워라'라는 양이(攘吏) 슬로건으로 설립된 혁명 정권이니만큼, 겁먹은 소리는 일체 할 수 없는 정치사상이 굳어 있었다. 그래서 구로다는 호리에게 온당한 회답을 보냈다.

'지금은 군대를 파견할만한 여유가 없다. 느닷없이 군대의 파견만 생각지 말고, 사실을 잘 조사하여 도쿄에 보고해 주기 바란다.'

현지의 실정은 어떻든 간에 도쿄의 관청 사무소로시는 이 한 장의 회답만으로 이 문제는 처리된 것이나 마찬가지였다.

그런데도 구로다는 이런 제안을 냈다.

'사할린 문제가 선결.'

그것으로 정한론을 유야무야로 만들어 버리자는 것이 구로다의 복안이었다. 러시아 제국을 상대하는 편이 훨씬 반향이 크고, 하찮은 조선을 상대하는 것과 다르다. 정한론의 기운은 이것으로 풍선이 짜부라지듯이 시들어버리지 않겠는가 하는 것이 구로다가 노린 점이었다.

이발을 마치고 기도는 긴자 거리를 걸었다.

물론 그는 지난날의 검객답게 전후좌우의 사람의 움직임에 충분히 주의를 기울여, 한 칼로 정치에 변화를 주려는 패거리들에 대한 조심을 게을리 하지 않았다.

이 당시 참의나 고관들의 자객에 대한 경계심은, 그 후의 정치가의 상상을 초월하는 것이었다. 공식 외출에는 경관이 따랐지만, 사사로운 외출 때는 서생이라고 부르는 장사가 몇 사람 그 신변을 경계하면서 수행했다.

기도가 다른 사람들과 다른 점은 서생을 두기 싫어했다는 것이다. 다분히 사람을 싫어하는 심경이 되어 있는 기도는, 특히 젊은 사람이 성가셨다. 그들의 논쟁에 일일이 대답하기도 귀찮았고, 그들을 육성하여 장래의 인재로 만들어 주자는 친절심도 없었으며, 하물며 도당을 형성하여 한 세력을 구축하려는 야심도 없었다. 이런 일종의 괴팍스러움 때문에 메이지 이후의 기도에게는 늘 쓸쓸함이 따라다녔지만, 우선 불편한 것은 호위로서 데리고 다닐 서생이 없다는 점이었다.

기도는 벽돌집 건축 현장에 이르러 잠깐 걸음을 멈추고 바라보았다.

'타지 않는 도시를 만든다'는 것이 도쿄 부지사 유리 기미마사(由利公正)의 야심임은 기도도 듣고 있었다. 유리는 전에 미오카 하치로(三岡八郞)라고 하여 에치젠 후쿠미 번(越前福井藩)의 번사로서, 유신 성립 직전 도사의 사카모토 료마가 그 재주를 높이 평가하여 일부러 후쿠이까지 부르러 가서 사이고와 기도에게 소개한 인물이다.

유리 기미마사는 긴자뿐 아니라 도쿄의 중심가는 모두 2층 벽돌집으로 꾸민다는 과감한 계획을 갖고 있었지만, 곧 계획으로 그치고 만다. 이유는 간단하다. 민간인이 그의 구상에 따라오지 않고 벽돌집을 사지 않아서 도쿄부가 자금 난에 빠졌기 때문이다.

처음에는 벽돌 쌓는 것쯤 일본의 미장이라고도 할 수 있겠거니 하고 생각했으나, 도저히 그럴 수 있는 기능이 없었다. 유리는 긴자의 도시 계획과 건축을 고용한 영국인 기사에게 맡겼는데, 그 기사는 목수, 미장이의 양성부터 시작하지 않으면 안 되었다.

기도는 걸어가면서 생각했다.

'아무래도 양옥에는 소나무나 단풍 같은 것은 어울리지 않아.'

유리는 가로수의 구상도 갖고 있어서, 일본 재래의 수종을 택하여 소나무와 단풍, 벚나무 같은 것을 심는 중이었다.

걸어가던 기도가 저도 모르게 섬뜩 놀라며 얼른 길가에 붙어선 것은, 말을 탄 사나이가 지나갔기 때문이다. 꾀죄죄한 늙은 말에 일본 안장을 얹고, 종복 차림의 말구종이 말의 주둥이를 잡고 있었다.

말을 탄 사람은 옛무사처럼 칼을 차고, 머리는 의사들처럼 상투를 틀었다. 그 상투로 알 수 있듯이 의사였다. 유신 덕분에 평민이 말을 탈 수 있게 된 것이다. 이 의사가 유신을 이해한 것은, 지난 날의 평민도 고급 무사처럼 말을 탈 수 있다는 것뿐이었던지, 행색은 오히려 시대를 역행하고 있었다. 이런 서민들을 데리고서야 사할린 문제고 정한론이고 다 잠꼬대 같다고 기도는 한숨이 나올 것만 같았다.

대물론(大物論)

'신귀조(新歸朝)'라는 말은 이 당시에 생긴 새로운 말인데, 혹시나 하고 '광사원(일본어 대사전)'에 찾아보니 실려 있지 않았다. 오늘날에는 이미 사어(死語)의 하나가 되어버린 것이다.

글자의 뜻대로 한다면 '외국에서 갓 돌아온 사람'인데 다만 그 외국이 한국이나 중국 같은 구 문명권을 가리키지 않고 구미를 말한다. 아니 그보다 신귀조라는 말은 글자의 뜻보다 사상어(思想語)로 받아들여지고 있었다. 구미 문명이라는, 아시아 세계와는 다른 계열의 문명에 접하여 큰 충격을 받고, 그 충격으로 일본적 현실을 비판하며 1년에 1센티라도 좋으니 일본을 구미에 접근시키지 않으면 일본은 망한다는 위기감을 가진 사람을 가리킨다.

수도 경찰을 지휘하는 가와지 도시나가도 '신귀조'였다.

그가 죽은 뒤, 그의 손위 처남인 한 고향의 가와하타 다네나가(川畑種長)라는 사람이 추도문을 썼다. 가와하타는 관리로서는 당시의 감각으로 보아 뛰어난 사람인데, 이 시대 가와지의 존재를 이렇게 표현하고 있어 재미있다.

'일개 서적(鼠賊).'

서적이라는 것은 좀도둑을 말한다. 물론 가와지 도시나가는 도둑을 잡는 쪽이지 도둑은 아니었다.

가와하타 다네나가는 쓰고 있다.

'이 시대는 참으로 영웅 배출의 시대로, 대경시 따위는 한낱 좀도둑의 무리에 지나지 않았는지도 모른다.'

이 좀도둑은 이를테면 사이고 다카모리, 오쿠보 도시미치, 에토 신페이, 이타가키 다이스케, 소에지마 다네오미, 후쿠자와 유키치, 가쓰 가이슈와 같은, 한 사람이 능히 천하를 덮을만한 인물이 구름처럼 나온 가운데, 가와지 도시나가 따위는 시시한 존재에 지나지 않는다는 것을, 같은 일족의 입장에서 낮추어 표현한다는 것이 문자의 소양이 적었기 때문에 너무 낮춘 나머지 그만 좀도둑으로 표현해버린 것이다.

가와지라는 이 '좀도둑'도 '신귀조'였다.

"일본에 문명을 일으켜야 한다."

그의 사상은 조금도 주저가 없었고 뜻이 굳었다. 다시 그는 직책상

'문명을 일으키는 것은 법률이다.'

이라는 사상을 갖고 있었다.

그의 말을 빌린다면, 사이고의 관할 아래 있는 근위 장교들이 밤낮 정치 토론이나 부질없는 말다툼에 거품을 물기나 하고, 국가에 질서가 있다는 걸 모른 나머지 병력을 업고 칼을 덜그럭거리면서 언제나 정부를 쓰러뜨릴 생각만 하고 있는 것도 '무법의 나라이기 때문'이며, 법이 문명을 일으키는 이상 그 법의 집행자인 경찰이야말로 바로 그 모체라고 믿었다.

"노상에서 소변보는 폐풍을 근절한다."

가와지는 이 말을 시끄럽게 외치고 있었다. 서양에는 길에서 소변보는 일이 없지만, 그가 귀국하여 요코하마에 상륙했을 때, 정한론 소동 못지않게 놀란 것은 서민들이 예사로 길거리에서 방뇨하는 풍속을 보고 눈앞이 캄캄해지도록 큰 충격을 받았다.

그 당시 도쿄의 대로에서도 도처에서 사람들이 오줌을 누었다. 앞을 가리지도 않았을 뿐 아니라 오히려 통행인이 보이도록 오줌 누는 것이 '에도 인의 사내다운 기질'인 줄 알았고, 통행인 쪽에서도 별로 놀라지도 않으며, 개중에는 "오늘은 엄청난 물건을 보았으니 내일은 비가 오겠는걸" 하고, 그것으로 날씨를 점치기까지 했다.

가와지는 이것을 보면서 문명에 대한 사명감을 더욱 굳게 느꼈다.

가와지는 자주 사이고를 찾았다.

사이고가 요양하고 있는 곤노초의 사이고 쓰구미치 집이다. 찾아갈 때에는 하인을 데리고 가되 부근 농가에 들러 관복을 벗어 하인에게 맡긴 다음, 일본 옷으로 갈아입고 갔다.

관복을 벗는 심리적인 사정은 복잡했다.

"자택 이외에서는 음주를 금한다."

애당초 가와지는 경찰관의 품위를 높이기 위해 가혹하리만큼 엄격한 이런 규정을 만들었고, 어떤 장소에 가든지 제복을 입어라, 사복의 착용을 금한다고 정하고, 제복에 대한 존엄성으로 경찰관 개개인의 자율성을 높이려고 노력했다.

또 하나의 이유는 당시 경찰관은 모두 무사 출신이었다. 즉 사쓰마 사족이 태반이었지만 다른 번의 사족도 많았으며, 번에 따른 사풍이 가지가지여서 그것을 한 색깔로 통일하기란 매우 어려운 일이었다. 가와지는 그 방법의 하나로 그들에게 언제나 제복을 입게 함으로써 경찰의 독자적인 새로운 사풍을 확립하려고 했던 것이다.

그런 가와지가 사이고를 찾아 갈 때만은 사복을 입은 것은, 관복을 입고 사이고를 만나기가 왜 그런지 겸연쩍었기 때문이다.

이것은 사이고의 인격 때문이다.

심지어 근위 장교 간부 한 사람인 육군 소장 기리노 도시아키는 사이고를 만날 때는 말도 타지 않았다. 금몰이 달린 군복을 벗고 '사쓰마 가스리'라는 무명천에 흰 띠를 두른 서생 차림으로 찾아갔다. 사이고가 관복을 싫어해서가 아니었다.

어쩐지 관복 차림으로 사이고 앞에 나타나기가 묘하게 낯 뜨거웠던 것이다. 사이고의 인격적 분위기 속에 들어갈 경우, 군복이나 관복 같은 정부의 권위의 상징인 제복을 입고 있으면 왠지 자기가 점점 더 작고 천하게 느껴질 뿐 아니라 극단적으로 말하면 사이고적 분위기에 대한 적대자같은 느낌마저 드는 것이다.

그밖에도 이유가 있다. 기리노가 육군 소장의 금빛 찬란한 군복을 입고, 또 가와지가 나졸 총장이라는 지난날의 에도 행정관 같은 직책의 제복을 입고 있는 것도 말하자면 사이고가 입혀 준 것이며, 원래 기리노나 가와지는 사쓰마의 한낱 가난한 향사에 지나지 않았다. 그러한 자기들이 사이고가 입혀 준 관복을 입고 현관에 들어설 기분은 도저히 나지 않았을 것이다.
'현관'
이에 대해서 한 마디 언급하겠다. 기리노도 그랬지만, 가와지도 사이고를 찾을 때는 현관으로 들어가지 않는다. 뒷문으로 들어가는 것이다.
무사 가문의 예법이 그랬다. 하급자나 후배가 남의 집을 방문할 때는 특히 그 집 주인의 허가가 없는 한 대문으로 들어가지 않고 쪽문으로 들어가며, 현관으로 올라가지 않고 부엌이 있는 뒷문으로 돌아간다.
그러나 만일 관복으로 사이고의 우거를 찾는다면 정부의 권위상 역시 현관으로 들어가지 않으면 안 된다.
그렁저렁한 배려가 있어 가와지는 이날도 사쓰마 가스리에 허리띠를 두른 검소한 일본 옷차림으로 사이고를 찾았다.
사이고는 별채에서 기거한다.
툇마루의 창문을 활짝 열어젖힌 채 팔을 베고 누워 있는 모습이 해묵은 은행나무 너머로 가와지의 눈에 들어왔다. 은행나무는 사이고가 드러누워 있는 별채 앞에 서 있다. 그는 부리부리한 눈으로 꼭대기의 그 파란 잎을 쳐다보고 있었다.
가와지가 정원의 풀을 밟으며 별채에 다가가자, 사이고는 드러누운채 가와지의 가슴에 스미는 듯한 미소를 지었다.
"자네, 왔는가!"
이런 표정인데 말로 하지 않는 점이 일종의 애교스러운 맛까지 풍긴다. 사이고뿐 아니라 사쓰마 풍으로는 이런 경우, 기분을 표정에 나타내는 것으로 그치는 것 같았다.
가와지가 자세히 보니 사이고는 옷을 입고 있지 않았다. 감색 무명 시트 한 장을 덮었을 뿐, 살가리개만 한 알몸이다.
'또 단벌 홑옷을 빨았구나.'
가와지는 툇마루에 올라가 앉으면서, 남들이 우습게 생각하는 사이고의 습관이 우습기는커녕 울고 싶은 심정이 되었다.
사이고는 초여름부터 초가을에 걸친 여름 동안을 사쓰마 가스리로 지은 단벌 홑옷만으로 지낸다. 그러면서도 깨끗한 것을 좋아하여 사흘에 한 번은 하인에게 빨래를 시켜 햇살이 센 자리에 널어 둔다. 그것이 마를 때까지 반나절은 발가벗고 있는 것이다.

한 달쯤 전에 이런 일이 있었다.

기도 다카요시가 유럽의 사정을 이야기하기 위해 산조 사네토미를 비롯하여 이타가키와 사이고 그 밖의 잔류 고관들을 자기 집에 초대했다.

시간이 되어도 사이고가 오지 않자 시간에 정확한 기도는 초조해 하면서 몇 번이나 중얼거렸다.

"사이고 노인은 아직 안 오셨느냐?"

'노인'이라는 것은 기도가 곧잘 쓰는 사이고에 대한 경칭으로 나이와는 관계가 없었다.

마침내 심부름꾼을 보냈는데 사정이 밝혀졌다. 사이고는 샅가리개 하나로 책상에 앉아 글을 쓰면서 단벌 홑옷이 마르기를 기다리고 있다는 것이었다.

"마르는 대로 곧 달려가겠네."

이렇게 말하자 심부름꾼은 놀라서 기도 저택으로 달려와 이 말을 전했다. 기도는 그만 웃음을 터뜨렸고 산조 사네토미 같은 사람은 입을 가리고 고개를 숙였으나, 한참 동안 등을 들썩이며 웃음을 참느라고 괴로워 보였다.

기도는 하는 수 없이 자기 옷을 심부름꾼에게 들려서 사이고에게 다시 보냈다.

사이고는 엄청나게 몸이 큰 거한이다. 기도의 옷을 입으니 허리는 간신히 가릴 수 있었으나 소매며 옷자락이 덜렁 올라붙어 참으로 기묘한 모습이었다.

그 모습으로 기도의 마차를 타고 오기는 했으나, 회합의 자리에서는 역시 부끄러운 듯 몸을 웅크리고 있었다. 그 회합에서 기도는 열심히 유럽의 사정을 이야기했는데, 사이고는 적극적인 관심을 보이지 않았다. 그 까닭의 하나는 기도가 말하는 서양 지식은 구 막부 시대부터 사이고도 가지고 있었으므로 그에게는 조금도 신기한 이야기가 아니었기 때문인지도 모른다.

가와지는 그때의 이야기를 들어서 알고 있었다.

지금 그 모습을 눈앞에 보고 옷을 떠나서 사이고의 생애에 대한 어떤 위험을 느꼈던 것이다.

'문제는 옷이 아니다. 이 양반은 뜬세상의 영예로운 벼슬 같은 것은 끝내 몸에 두르지 않는 것이 아닐까?'

"왜 홑옷을 해 입지 않으십니까?"

가와지가 물었다.

사이고가 홑옷 단벌로 생활하는 것은 어이없는 짓이라고 가와지에게는 생각되는 것이다. 사이고는 참의에 육군 대장이고 근위 도독이라는 3대 중직을 혼자 맡고 있으며, 그 봉록은 기도나 이타가키보다 훨씬 많다. 옷을 백 벌이라도 지을 수 있는 생활이 아닌가.

"그런 거, 귀찮아서 말이야."

사이고는 그렇게 받아 넘기며, 천천히 일어나 앉았다.

지방이 많은 탓인지 피부에 윤기가 있었다. 오른쪽 팔꿈치에 너댓 바늘 꿰맨 묵은 상처가 있었다. 소년 때 싸우다가 친구에게 칼을 맞은 자국인데, 힘줄이 잘린 듯 오른 팔을 구부렸다 폈다 하는 것이 지금도 좀 부자유스럽다. 이 때문에 사이고는 어려서 검술 수업을 단념하고 젊었을 때는 씨름만 했다. 씨름을 하는 데는 상관없었기 때문이다.

배의 비곗살은 요즘 절식과 설사 요법으로 매우 줄었지만, 그래도 감탄할 만큼 불룩하다. 그 배아래 여섯 자짜리 샅가리개가 가뜬하게 죄어 있지만, 불알 언저리가 무슨 물건이라도 싸놓은 듯이 불룩했다. 그 처리에 사이고는 언제나 애를 먹고 있었다.

1859년 그가 오시마(大島)에 유배되었을 때, 풍토병에 걸려 불알이 커진 뒤로 그대로 낫지 않았기 때문에 먼 길을 가거나 말을 탈 때 몹시 거북스러웠다.

"정말 거북해서요."

이따금 사이고는 사람들에게 푸념을 늘어놓는다. 그래서 사이고는 사냥 같은 것을 하러 갈 때는 자기가 고안한 자루 같은 것에 그것을 담는다. 자루는 토끼의 털가죽을 두 장 이은 것으로 거기에 담으면 몇 십 리를 걸어도 스치지를 않는다.

사이고는 팔다리와 얼굴이 엄청나게 컸다. 하지만 그는 그 거구로 남에게 위압을 주려고 한 적이 없으며, 오히려 자기의 거구를 부끄러워하면서 참으로 헛것이 많은 인간이외다, 하며 진심으로 생각하고 있었다. 이를테면, 그가 사쓰마의 가지키(加治木)에 가서 아는 사람의 집에 묵었을 때, 식후에 큼직한 귤 세 개가 나왔다. 그것을 다 먹어 버리고는 땀을 뻘뻘 흘리며 변명했다.

"내가 이렇습니다."

자기는 몸이 크기 때문에 옷을 지어도 한 사람치로는 모자라고 먹는 것도 많이 먹으니 소나 말이라면 좋겠지만, 하고도 말했다. 소나 말이라면 큰 것이 쓸모가 있을 텐데 하고는 기를 쓰다시피 변명했다.

"인간으로서는 손해지요. 하지만 많이 먹는다고 해서 야시고로는 아니죠."

'야시고로'는 먹는 것에 염치없는 자라는 뜻이다. 사이고는 자기가 남보다 엄청나게 큰 체격을 가졌다는 것을 늘 창피하게 생각하고 있었다.

사이고는 구 막부 시대에 사쓰마 번을 대표하여 다른 여러 번과의 교섭을 맡고 있었을 때, 오히려 미복이라고 할 만한 것을 입고 다녔다.

사이고는 본디 복장에 무관심한 사람이 아니었는데 그 자신을 포함하여 지난날의 동료들이 정부의 고관이 되고 고대광실에 살며 화려한 옷을 입게 되고나서부터 갑자기 농부나 야인 같은 모습을 좋아하게 된 것이다.

'이 사이고의 위험성은 그 점에 있다.'

가와지는 생각했다.

사이고가 일본국의 가장 높은 벼슬자리에 앉아 있으면서, 좋은 집도 짓지 않고 마차도 없이 아우의 집에 식객으로 살며, 평상복은 한 벌 뿐이고 언제나 옷자락이 짧은 사쓰마 가스리에 허리띠를 두 겹으로 두르고 고마바(駒場) 들판을 뛰어다니고 있으니, 그 일상의 존재 자체가 새 정부에 대한 통렬한 비판이 아닐 수 없었다.

"고관들로 하여금 사치를 누리게 하기 위해 우리가 막부를 쓰러뜨렸던가?"

사이고는 입 밖에 내어 말은 하지 않았지만 온 몸의 털구멍에서 피가 뿜어 나오는 듯한 심정으로 그 울분을 외치고 싶었던 것이다.

"이제 와선 보신년——아지 번 등과 싸웠던 일——의 의로운 싸움도 오로지 사리를 추구하는 모습으로 바뀌어버려, 천하에 대해서나 전사자에 대해서나 면목이 없다."

만년에 사이고는 늘 눈물을 흘렸다는 이야기가 있지만, 1864년부터 사이고 곁에 있는 가와지는 일찍부터 이 거인의 그러한 속마음을 알고 있었다.

사이고는 이렇게도 말했다.

"자기를 사랑하는 것이 좋지 않은 일 중 그 첫째이다."

혹은 후세에 흔히 인용되는 "목숨도 필요 없고 이름도 필요 없고, 관직도 돈도 필요 없는 사람은 처치 곤란한 사람이다. 그러나 이 처치 곤란한 사람이 아니고는 가난을 함께 하며 국가의 대업을 이룩할 수는 없다"는 말도 가와지는 사이고 본인의 입을 통해 들었으며, 사이고 그 사람이 그 말 그대로인 사람이라는 것도 여러 해 그를 접하면서 잘 알고 있었다.
'그러나, 그래서는 곤란하다.'
가와지는 생각했다.
가와지의 장점은 직책에 충실하다는 데 있었으며 결코 메이지 시대의 입신 출세주의자가 아니었다. 사이고의 인간성과 사상을 모르지 않는 사람이었다. 그러나 가와지는 천성이 질서를 좋아했고 그런 뜻에서 그는 타고난 법질서의 애호자였다. 질서는 파괴보다 다분히 속된 것임을 그는 알고 있었다. 가와지는 사이고가 참의이자 육군 대장인 이상, 다소는 그에 걸맞은 속된 장식에 안주해 주는 편이 메이지 정권의 영속을 위해 중요하다고 생각했다.
'그런데 이 양반은 언제나 그 영예로운 일을 거북스럽게 생각하고, 언제나 그것을 버릴 각오로 있다.'
이를테면, 사이고가 단벌옷으로 사는 것 자체가 이미 반정부적 행동이며 다시 말해 메이지 정권을 와해시켜 버릴지도 모르는, 좀 과장한다면 국가 불안의 원천이 되고 있는 것이다. 이것은 그 당시 천하에 불만이 가득 차 있던 시대상을 아울러 생각하지 않으면 이해하지 못한다.
"사이고만은 관청 안에서 화려한 옷을 차려입은 정부 고관이나 민중에 대해 뻐기는 것만을 능사로 삼고 있는 말단 관리배들과는 전혀 다르거든."
이런 것이 불평을 품은 사족들 사이에서는 입에서 귀로 전해지고 있어 머지않아 세상을 바로잡는 신처럼 받들어지지 않을까 하고, 가와지는 치안관의 입장에서 불안하게 생각하고 있었다. 그가 사이고의 단벌 생활에 과장된 불안을 품는 것은 이러한 이유 때문이다.
'오늘은 꼭 말씀드려 보자.'
가와지는 진작부터 사이고에게 단도직입적으로 물어보고 싶었던 것을 오늘에야말로 물어 볼 참이었다.
"일본에 큰 난이 일어나겠습니까?"
메이지 정부를 전복시킬 만한 큰 난리 말이다.
그 전에 가와지에게는 불안과 관측이 있었다.
'그러한 큰 난이 방방곡곡에서 일어나는 것이 아닐까?'

이 불안과 관측은 가와지만의 것이 아니라 정부 고관들 역시 똑같이 느끼고 똑같이 불안해하고 있었으며, 한 번 난이 일어나면 정부의 권위 따위는 물거품처럼 사라지지 않을까 하고 걱정하고 있었다.

만일 그렇게 되면 가와지는 이 정권의 최악의 사태까지 상상했다.

"도쿄는 외딴 섬이 된다."

막부의 무너짐과, 유신과 그에 이어진 여러 개혁――봉건제의 타파와 중앙 집권제의 확립, 그리고 유럽화 정책에 의한 여러 풍속의 변화 등――으로 전국의 사농공상이 모두 동요하고 있었다. 사회적 동물로서의 인간은 원래 몸에 밴 질서를 좋아한다는 점에서 매우 보수적이다. 전국에서 300만이나 되는 사족들이 그 기득권을 메이지 정권에 빼앗겼다. 이 한 가지만도 메이지 정권은 사족 300만의 적이었다. 다시 2천만 이상의 농민층으로 봐서도 메이지 정부는 불쾌하기 짝이 없는 정부였다. 메이지 정부는 새 국가 건설의 재원이 없어 구 막부 시대와 마찬가지로 농민의 세금에 의지했다. 새 정권은 막부의 구 체재 이상으로 큰 예산이 들기 때문에 자연 조세 부담이 무거워졌으며, 처음에 세상을 고치는 것이 유신인 줄 알았던 농민들은 배신당했다는 생각을 품었다.

"무엇을 위해 세상을 고쳤는가?"

그뿐 아니라 이 해(메이지 6년 1873)에 공포된 징병령이 있었다. 에도 300년 동안 농민은 군졸로 뽑힌 일이 없었으며 그것만이 농민의 혜택이었다. 그런데 메이지 정부는 세금을 올려놓은 데다 농촌의 장정을 뽑아 군인으로 만들겠다는 것이었다.

'이래서야 난이 안 일어날 까닭이 없다.'

문명의 지향자인 가와지 도시나가도 생각했다.

그러나 가와지의 입장은 한낱 사족(士族)이 아니었다.

메이지 정권의 붕괴를 막는 힘은, 하나의 내란 진압용 군대로서의 진대――뒷날의 사단――이다. 그 정비와 충실은 조슈 사람인 육군 중장 야마가타 아리토모(山縣有朋)가 착착 진행시키고 있다.

또 하나의 힘은 다분히 정치 경찰의 기능까지 겸한 수도 경찰이었다. 사이고가 이것을 창설했고 사이고의 명령으로 가와지가 그 지휘자로 앉아 있었다.

"난(亂)이 일어나겠습니까?"

그 가와지가 사이고의 마음속을 타진해 보겠다는 것은 비꼬아서가 아니라 당연한 직책에서였다.

그러나 강렬하게 비꼬는 것이기도 했다.

강렬한 비꼼이기도 하다는 뜻은 '난(亂)'이라는 메이지 정권이 늘 품어 온 공포의 예감은 솔직히 말해 대단한 일은 아니라고 할 수도 있다.

아이즈(會津)라는 구 막부의 마지막 저항력은 보신년 전쟁으로 괴멸되었다. 아이즈 사족단은 일본에서도 외진 오슈 지방의 더욱 궁벽한 볼모의 한냉지라고 할 수 있는 시모키타 반도(下北半島)로 옮겨져 이미 저항력은 없었다.

오히려 종합된 잠재 저항력으로서 가장 무서운 존재는 기묘하게도 관군이었던 번이었다. 사쓰마를 비롯하여 조슈·도사·사가 등의 재향 세력이다.

이를테면 조슈조차 얼마나 위험한 상태에 있었는가 하면, 우울증 증세인 기도 다카요시가 이토 히로부미에게 말했다.

"새 정부는 내가 오래 전부터 가지고 있던 뜻과는 점점 더 다른 것이 되어 가고 있다. 이것을 시정하고 싶어도 나의 약한 힘으로는 어찌 할 수가 없다. 관에서 물러나 조슈로 돌아가서 야마구치(山口)에서 죽고 싶다."

조슈의 이토 히로부미는 사쓰마의 가와지 도시나가와 마찬가지로 새 관료의 두목 격이었다. 그 이토는 곧 못을 박았다.

"이왕 죽으려면 도쿄에서 죽어 주시면 좋겠는데요."

기도 같은 거물이 여생을 고향에서 보낸다고 조슈에게 가버리면 조슈에 있는 불평분자는 얼씨구나 하고서 기도를 옹립하여 도쿄 정부 전복의 거병을 할 것은, 불을 보듯 뻔했다. 기도가 아무리 그런 두목이 되지 않으려고 애써도, 재향 세력은 결국 기도를 받들고야 말 것임을, 앞을 내다 볼 줄 아는 이토는 잘 알 수 있었던 것이다.

온 일본에 가득 찬 불평도 아직은 휴화산에 지나지 않았다. 지열은 나날이 높아가고 있지만, 아직 폭발은 하지 않고 있었다. 폭발하려면 천하에 이름을 떨친 지도자를 옹립할 필요가 있었다.

"죽는 것도 도쿄에서 죽어야 하는가?"

기도는 한숨과 함께 중얼거렸다지만, 비록 기도가 두목이 된다하더라도 난은 기껏해야 조슈의 구 번령에 머물 것이고, 온 일본을 뒤집는 대란을 유폭시키지는 못하리라.

지금의 정부 참의 중에서 고향에만 돌아가면 천하가 어지러워진다고 말하는 인물은, 이를테면 도사의 아다가끼 다이스케도 무리였다. 다이스케로서는 도사 한 지방도 보조를 같이 하는 데까지 밀고 가지는 못할 것이다. 히젠사가의 에토 신페이도 한 지방의 난에 그칠 것이고, 하물며 도사의 고토 쇼지로나 사가의 오꾸마 시게노부 같은 인격적 영향력이 모자라는 인물로는 한 고을 한 마을의 난도 이끌지 못한다. 그런 점에서 사이고 다카모리는 달랐다.

'이 인물이 만일 관직을 버리고 가고시마로 돌아간다면, 세상은 어떻게 될까?'

가와지는 소름이 끼치는 느낌으로 그런 생각을 했다.

사이고가 만일 그렇게 한다면 천하의 불평분자들이 몰려 들 것이고 또한 구 사쓰마 번의 잠재 무력을 사이고가 진심으로 사용하려고 든다면 기틀이 취약한 새 정부 따위는 하루아침에 무너지고 말 것이다. 사이고가 단벌옷 생활을 하는 것에 대해서조차, 가와지가 국가적 위기감을 느낀 까닭은 그런 데서였다.

가와지는 큰맘 먹고 물어 보았다.
"난이 일어나겠습니까?"
사이고는 눈이 컸다. 구 막부 시대, 효고(兵庫) 앞바다의 사쓰마 번 기선 위에서 사이고를 처음 만난 영국 공사관원 어네스트 사토는, 사이고의 큰 눈에 대해 감동적인 묘사를 하고 있다.
"그 배를 방문해서 참으로 흥미로운 인물을 만났다. 그 검고 날카롭게 빛나는 눈을 가진, 참으로 늠름한 거한이 침대에 드러누워 있었다. 한쪽 팔에 칼자국이 보였다."
이렇게 썼는데, 그때 사쓰마 번 사람들은 어네스트 사토에게 사이고의 이름을 밝히지 않았다. 그러나 직관력을 가진 사토는 첫눈에 이 인물이 바로 사이고가 분명하다고 생각했다. 그 후 몇 달이 지나 사토가 다시 효고에 갔을 때, 효고 포구의 사쓰마 번 선창가에서 정식으로 사이고와 대면했다.

사토는, 전에 당신을 본 적이 있다, 그때 사쓰마 사람들은 "저 선실에 누워 있는 사람은 사이고가 아니라 시마즈 사추라고 한다"고 나에게 거짓 이름을 가르쳐 주었다고 말하자, 사이고는 뱃속에서 울리는 듯한 너털웃음을 터뜨렸다.

그런 뒤 의례적인 인사를 나누었다.

"그런데, 그 뒤에 애를 먹었다. 사이고는 멍하게 얼빠진 얼굴로 도무지 말을 하지 않는 것이었다."

사이고는 그런 사나이였다. 이쪽에서 화제나 용건을 꺼내지 않으면 반응을 보이지 않는다. 화제나 용건만 꺼내면 사이고는 반드시 정직하게 대답했으며 그 논리는 언제나 명석했다. 그 뒤 사토가 어떤 외교문제에 대해 질문하자, 사이고는 사토를 감탄시킬 만큼 명쾌하게 응답해 주었다. 그러나 그때까지의 침묵에는 사토도 질려버렸다.

"그러나 사이고의 눈은 큼직한 검은 다이아몬드처럼 반짝였고, 말을 할 때의 미소는 무어라 형용할 수 없는 친근감을 주었다."

이렇게 쓰고 있다.

시부야 곤노초의 저택 별채에서 가와지와 이야기하고 있던 이때의 사이고도 마찬가지였다.

그는 가와지에게 우선 단정적으로 말했다.

"난은 일어나지 않네."

하기야 사이고의 이 말에는 중대한 전제가 붙는다.

"난이 일어나지 않도록만 한다면."

이런 전제였다.

사이고에 의하면, 난이라는 것은 방향을 잃은 활력이다. 난을 일으킬만한 민족이 아니면 유지되지 못한다. 그렇지만 함부로 난이 일어나게 하는 정부는 큰 방향을 가지지 않은 정부다. 지금 전국의 불평 사족들은 남은 활력을 주체 못하여 그 활력을 어디로 돌려야 할지 모르고 있다. 국가는 이 활력을 한 군데로 모아 나아갈 방향을 주어야 한다고 사이고는 말하는 것이다.

그것이 이른바 정한책이었다.

난의 에너지를 정한책으로 흡수하여 바깥을 향해 내뿜게 한다면, 난 같은 것은 일어날 까닭이 없다고 사이고는 말한 뒤, 발가벗었지만 자세를 바로 하여 말했다.

"아시아 정책은 준세이(順聖)공(시마즈 나리아키라)의 유지이기도 했다."

시마즈 나리아키라(故島津齊彬)는 사이고가 망주(亡主)라고 말하는 것 이상으로 스승으로서 존경하는 인물이었다.

사상으로서의 사이고라는 존재는 그 윤곽이 너무나 크고 넓게 펼쳐져있으므로, 어떤 형태를 하고 있는지 이해하기가 매우 어렵다. 필자는 이 작품을 씀으로써 조금씩 그것을 알게 되기를 바라고 있다. 그러므로 지금 몇 마디로 그 형태를 보이라는 요구가 나오더라도 백지 답안을 내는 도리밖에 없으며, 다만 안개 저편의 산 모습을 내다보고 있는 듯한 기분이 들 뿐이다.

사이고의 서한 등을 모은 전집 같은 것이 전에 나온 적이 있다. 사이고는 당시로서는 보기 드물게 현대적인 글 뜻이 분명한 문장을 쓰는 사람이었다. 문장의 격조도 높다. 그러나 그런 문장을 보거나 그의 수많은 필적을 보아도 그를 알 수는 없으며, 그런 것만 통해서 본다면 유신 전후에 존재한 한낱 무사적 지식인이 떠오를 뿐이다.

필자로서 매우 그리기 어려운 이 사이고라는 인물을 이해하려면, 그를 직접 만나는 것 외에 방법이 없을 것 같다. 우리는 남을 이해하려고 할 경우, 그 사람을 반드시 만날 필요는 없다. 그러나 오직 하나의 예외는 이 사이고라는 인물이다.

이야기는 4년 후의 일이 되지만, 사이고는 그 이름에 있어서——사이고의 참뜻이 어디에 있었는가는 별도로 치고——일본 근대사상 최대의 반정부 전쟁을 일으키는데, 그 싸움의 끝 무렵의 일이었다. 다른 지방의 청년들도 저마다 부대를 조직하여 사이고 군에 가담해 있었다. 그 가운데 부젠 나카쓰(豊前中津)의 젊은 사족 64명도 끼어있었다.

전세가 불리하여 사이고는 군대를 해산하고 다른 고을 출신자에게 귀향을 권했을 때, 이 나카쓰 부대도 당연히 돌아가게 되었다.

그런데 대장 마스다 소타로(增田宋太郎)만은 남았다. 그는 호선된 대장으로 다른 대원들이 따졌다.

"왜 자네만 돌아가지 않나? 우리는 생사를 같이 하기 위해 고향을 떠나왔다. 자네만 가고시마에 머문다는 것은 말하자면 약속을 어기는 일이 아닌가?"

마스다는 눈물을 흘리면서 그러자 말했다.

"자네들은 대원이었기 때문에 사이고라는 인물을 알지 못한다. 나는 우연히 대장직을 맡았기 때문에, 참모 회의에도 참석했고 사이고라는 인물도 접할 수 있었다. 한 번 그분과 알게 되면 어쩔 도리가 없다."

그리고 그는 나카쓰에 오래 전해지고 있는 유명한 말을 했다.

"그 사람은 참으로 묘하다. 하루 그 사람을 접하면 하루의 사랑이 생기고, 사흘 그 사람을 대하면 사흘의 사랑이 생긴다. 그러나 나는 대하는 날을 거듭하여 이제 떠날 수가 없다. 이제 선악을 초월하여 그 사람과 생사를 같이 하는 길밖에 없다."

마스다 소타로라는 이 청년은 사이고의 말주변에 감동한 것도 아니고 사이고의 문장을 많이 읽은 것도 아니다. 그는 사이고를 직접 대했을 뿐인데, 그것으로 골수까지 물이 들 만큼 사이고의 전체를 느껴버린 것이다.

가와지의 경우는 어떨까? 가와지의 경우는, 필자가 이 원고를 쓰면서 생각해 나가기로 한다.

사이고를 조금이나마 알기 위해서는 그가 누구를 존경하고 있었는가 하는 것을 생각할 필요가 있을지 모른다.

이 무렵 사이고가 기거하고 있는 이 집에 사쓰마의 젊은 사람들이 끊임없이 찾아왔다.

사이고는 젊은 사람들과 이야기하기를 좋아했다.

"저 사람은 당해낼 수 없다는 사람이, 선생님께도 있습니까?"

한 젊은이가 물었다.

'당해 낼 수 없다' 것은 '존경한다'는 뜻이 사쓰마 말이다.

"있지요."

사이고는 고개를 끄덕였다. 사쓰마의 풍속으로 손위 사람도 젊은 사람에게 말이 정중하다. 특히 사이고는 그랬다.

"사마온 공은 도저히 당해 낼 수 없소."

사이고가 대답했다. 온공, 이름은 광이다. 북송의 정치가인데, 에도 시대 일본 교양인의 필독의 사서였던 《자지 통감》의 저자로 잘 알려져 있었다. 그는 어릴 때 물독에 빠진 어린아이를 살리기 위해 그 독을 깼다. 그 일화를 에도 시대의 일본에서는 서당 같은 데서 많이 가르쳤기 때문에 아이들도 알고 있는 이름이었다.

사마 광은 왕 안석(王安石)과 같은 시대 사람이다.

당시 북송은 신종 시대로, 상업 자본이 거대한 에너지로 농업 본위의 국가 체재를 잠식하고 있던 시대라고 할 수 있다. 이를테면 소금과 차가 국영이었는데, 이 때문에 오히려 밀매자가 생겨나 소금 도둑, 차 도둑이라는 말을 들으며 정상으로서 관리와 결탁하여 거부를 얻어서는, 그 돈을 다시 농민에게 빌려주어 고리대금을 했으며 사회는 빈부의 차가 심해져 갔다. 그 때문에 국력은 약해지고 나아가서 변경이 자주 외족의 침략을 받았는데, 이것을 막을 용병제의 군대는 방대한 국비만 축내고 그지없이 약했다.

신종은 왕 안석을 발탁하여 대대적으로 개혁을 시켰다. 왕안석은 중국 정치사상 그 위치가 크며, 근대 이전의 최대의 정치 개혁가라고 해도 무방하다. 굳이 조잡한 비교를 한다면, 왕 안석은 신종의 독재권을 빌어 일본에서 말하는 메이지 유신 같은 개혁 사업을 혼자서 해낸 인물이라고 해도 된다. 새로운 법을 제정하여 정상배의 폭주를 막고, 농민과 소상인을 보호하고, 병제를 개량하여 용병제를 폐지했으며 말하자면 징병제를 실시했다.

이 급격한 개혁은 결국 정상배의 반격으로 실패했지만 사이고가 존경하는 사마광은 이 왕안석의 반대자였다.

사마광은 법률 만능의 왕안석주의에 맹렬히 반대하여 야로 내려가 문필생활로 들어갔는데, 굳이 그 역할로 비교해 본다면 오쿠보 도시미치가 왕안석의 입장과 비슷하고, 사이고 다카모리는 사마광의 분위기와 비슷하다고 할 수 있을지 모른다.

사이고는 '당해 낼 수 없는' 이유를 이렇게 말했다.

"온공의 뱃속에는 남에게 숨겨야 할 일이 하나도 없었다고 하오. 그런데 돌이켜서 나 자신을 생각하면, 아직도 남에게 말 할 수 없는 일이 많소. 이 점이 공에게 멀리 미치지 못하며, 온공이 만일 지금 계신다면 나는 기꺼이 그 분을 따르겠소."

사이고에게는 그가 말하는 온공, 사마광이 정치가로서의 이상적 인격이었는지도 모른다.

그러나 사이고의 세계관이나 세계 속의 일본을 어떻게 포착할 것인가에 대해 그에게 영향을 준 것은 그런 역사상의 인물이 아니었다. 청년기의 사이고가 섬긴 영주였던 시마즈 나리아키라이다.

그는 '도저히 당해 낼 수 없는 사람'이 누구냐는 질문을 받았을 때, 사마 온공이라고 대답하기보다는

"준쇼인(順聖院)님(시마즈 나리아키라 : 島津齊彬)."

이렇게 대답하고 싶었을 것이다. 사이고라는 거대한 감정의 소유자는 '돌

아가신 준쇼인님' 하고 그 법명만 들어도 통곡하고 싶은 감정을 평생 버리지 못했다.

겐지(元治) 원년(1864년)이라고 하면, 막부 말기의 긴장된 새 시국이 절정기에 달했을 때인데, 이 해는 나리아키라의 7주기에 해당됐다. 그 제삿날에 교토의 사쓰마 번 저택의 사람들은 헌가 헌시를 지었으나, 그 자리에 있던 사이고만은 짓지 않았다. 모두 이상하게 생각하여 까닭을 묻자, 사이고는 몸을 조그맣게 웅크리고 이런 뜻의 말을 했다.

"너무 슬퍼서 지을 생각이 안 난다."

사이고는 풍부한 시의 재주를 가지고 있었다. 당연히 옛 주군의 뛰어난 업적을 찬양할 수 있었지만, 그는 시를 짓는 것 이상으로 자기의 생생한 감정에 정직했으며 시가라는 감정의 기교화나 예술화를 시도할 기분이 나지 않았던 것이다.

나리아키라와 동지였던 에치젠 후쿠이(越前福井)의 번주 마쓰다이라 슌가쿠(松平春獄)에게는 "나리아키라님이 내게 이렇게 말씀하셨다."는 뜻의 수기가 있다. 다음은 슌가쿠가 들었다는 나리아키라의 말이다.

"나의 부하는 많지만 급할 때 쓸만한 자가 아무도 없다. 사이고 한 사람은 사쓰마의 큰 보배이다. 그러나 그는 독립의 기상이 있는 고로, 까닭에 그를 쓸 사람은 나 이외에는 없을 것이다."

사이고의 가문은 격이 낮았다.

도저히 번주에게 접근할 수 있는 신분이 아니었는데, 나리아키라 스스로 적극적으로 인재를 찾아 사이고를 발견하고는, 그를 참근교대(막부 시대에 영주가 교대로 자기 영토를 떠나 에도에 가서 근무하던 일)의 수행원으로 발탁했다. 그때 나리아키라는 가고시마 성을 떠나 스이진사카(水神坂)라는 고갯길의 찻집에서 잠시 쉬었다. 그는 좌우를 돌아보며 또렷한 에도 사투리로 물었다.

"이번 수행원 가운데 사이고 기치베(西鄕吉兵衛 : 다카모리가 吉之助라고 개명하기 전의 통칭)라는 자가 있을 텐데, 어디 있느냐?"

측근은 몸집이 큰 청년을 찾아 데리고 왔는데, 나리아키라가 사이고를 본 것은 이것이 처음이었다.

나리아키라는 첫 눈에 사이고를 꿰뚫어보고, 나중에 '니와가타'(庭方役 : 주군 가까이 있으며 밀명을 받기도 함)라는 낮은 직분이지만 전중 근무를 시켰으며, 그 후부터 정치상의 심부름꾼으로 쓰는 한편 나리아키라 자신의 세계관과 국가관, 또는 세계 정책 같은 것을 사이고에게 가르쳤다. 나리아키라는 40대의 성숙기에 있었고, 사이고는 아직 20대였다. 사이고는 나리아키라에 의해 사쓰마 번의 대표적 인물이 되었다.

"내가 어째서 발굴되었는지, 그 까닭을 잘 모른다."

사이고는 만년에도 그 일을 이상하게 생각했지만, 오히려 그것은 나리아키라의 눈이 비범했다는 것을 증명하는 것이다.

사이고는 그 주군이라기보다 은사라고 할 시마즈 나리아키라를 빼놓고서는 알기 어렵다.

"시마즈에 어리석은 영주는 없다."

에도 시대 세상에서는 경탄과 더불어 이런 말을 했다. 확실히 전국 시대 이후로 시마즈 가문에는 어리석은 영수는 나오지 않았다. 어리석은 영주는커녕 역대의 영주마다 용모가 시원스럽고 인물마다 빼어난 기상을 간직했으며, 나아가서는 몇 대마다 천재적인 인물이 나왔다는 것은 거의 기적적인 느낌마저 든다.

나리아키라의 활동기는 길지 않았다. 그는 43세가 될 때까지 영주 자리를 이어받지 않은 세자로 지냈다.

그는 증조부 시게히데(重豪)의 사랑을 받았다. 시게히데는 나리아키라가 25세 때 89세로 세상을 떠났지만, 만일 시게히데와 나리아키라라는 두 비범한 인물이 사쓰마의 영주로 존재하지 않았더라면, 사쓰마라는 풍토가 유신 전후부터 메이지 시대 끝 무렵까지 일본 모더니즘의 선두를 가지는 못했을 것이다.

시게히데라는 인물은 에도 시대의 영주로서는 믿기 어려울 정도로 출중한 존재였다.

그는 백과사전적 지식의 소유자였을 뿐 아니라, 문화 의식은 에도 시대 일본의 범주를 크게 벗어나 현대 중국어까지 배워 《남산속어고(南山俗語考)》라는 6권의 어학서까지 썼다. 네덜란드어도 배워 훌륭한 네덜란드 글을 썼다.

1826년 나가사키 화란관의 의사 시볼트가 에도에 올라왔을 때, 에도에 있던 시마즈 시게히데는 나리아키라와 함께 이 서양인을 오모리(大森) 주막거리까지 마중나갔다. 시볼트 자신이 쓴 《에도 참부 일기(江戶參府日記)》에 이것이 나와 있다. 그밖에 나카쓰 영주 오쿠다이라 마사타카(奧平昌高)도 시게히데 및 나리아키라와 함께 마주 나왔다.

"사쓰마의 세자(나리아키라)는 매우 정중한 태도로 우리를 맞이해 주었다. 노후(시게히데)는 84세(실제는 82세)로는 보이지 않을 만큼 눈도 귀도 밝았고 건강해 보였다. 노후는 담화중 이따금 네덜란드어를 섞어썼으며, 네덜란드의 사물에 대해 질문하고 나아가서는 동물의 박제법 같은 것을 가르쳐 달라고 했다."

이 접견 때 시볼트는 일본의 귀인 앞이라 일본식으로 무릎을 꿇고 대면했는데, 그가 놀란 것은 나카쓰 영주 오쿠다이라 마사타카가 살며시 곁에 와서 손을 잡고 유창한 네덜란드어로 이렇게 말한 것이다.

"여보게, 더 가까이 오게. 나는 군에게서 받은 서한과 선물을 고맙게 생각하고 있네."

재정적으로는 시게히데가 엄청난 낭비가여서 다음 대의 나리오키(齊興)——나리아키라의 아버지——를 난처하게 만들었지만, 아무튼 에도 후기에 사쓰마 번의 문화를 크게 높인 것은 확실하다. 그는 번의 학교 조사관을 설립하여 그때까지 무학질박을 자랑으로 삼던 번의 기풍을 바꾸려 했고 무술면에서는 연무관을 세웠으며, 천문역수의 연구소로써 명시관(明時館)을 설치했다.

그밖에 서양 의술의 연구를 위해서 의학원을 일으켰으며, 양털 방직 기계를 사들여 나중에 나리아키라의 방직 사업으로까지 발전하는 기초를 만들었다. 참고로 나리아키라가 성 밑거리 공장에서 움직이고 있었던 방직 기계는, 그 후 사카이(堺)의 상인이 사가서 쇼와(昭和) 30년대까지 가동했다 하니 놀라운 일이다.

이야기가 빗나갔다.

그러나 나리아키라에 대해서 언급해 두는 것은 사이고가 어떤 인물인지 아는 데 있어 뜻밖의 지름길이 될지도 모른다.

나리아키라는 1851년에 영주 자리를 이어받고 1857년에 갑자기 죽었으므로, 번주(藩主)였던 기간은 불과 7년밖에 안된다.

그동안 이 인물의 치적은 놀랍도록 많다.

그는 서구식 산업 국가를 만들고자 먼저 동력인 전기에 착안했다. 수력 발전소를 만들고 그 전기로 유선 전신기를 작동시켜, 가고시마 성의 중심부와 외곽 사이에 설치했다. 또 가고시마 방위용 심치수뢰를 만들어 외국 함선이 침입했을 경우 전기를 넣어 폭발시킬 수 있도록 했다. 광산용 송전 지뢰도 만들어 사용했다.

또 네덜란드의 기술서적을 보고 서양식 화약을 제조했는데, 그 질은 오히려 수입 화약보다 나았다.

무역용 수출품으로 유리를 제조했다. 판유리, 붉은 유리, 모자이크 유리 등을 만들었으며, 그중에서도 붉은 유리는 수출품으로써 독일 제품과 어깨를 나란히 할 만큼 평이 좋았다고 한다.

대규모 반사로도 만들었다. 그리고 공작 기계 공장도 만들어 대포, 소총의 국산을 가능하게 했고, 사실 대량으로 총포를 제작했다. 나중에 사쓰마·영국 전쟁 때 영국 함대와 싸운 해안포가 모두 국산포였으며, 안세이(安政) 연간(1850년대 후반)에는 벌써 소총 3천정을 제조했다. 1858년에는 증기선의 국산화에 성공하여 담당 중신들에게 말했다.

"앞으로 일본국의 군함과 증기선은 사쓰마 번에서 제조한다는 자부심을 가져라."

그는 당시 유행이었던 쇄국·양이론자가 아니었다.

"쇄국을 상책으로 알거나 일본국을 유일한 세계라고 생각하는 것은 잘못이다. 외국과의 교제와 무역을 크게 하여야 하며, 그 교제의 정신은 평화 친선이어야 한다. 다만 그러기 위해서는 국방을 튼튼히 하고, 외국의 모욕에 대해 단호한 태도를 취하지 않으면 독립을 잃는다."

이런 말로 늘 중신들에게 타이르고 있었기 때문에, 사이고 역시 당시의 많은 지사들이 처음에는 케케묵은 생각과 신비주의적인 양이론자로서 출발한 데 비해, 나리아키라에 의해 일찍이 그 사상이 뚜렷하지는 않으나 개화적이었고, 적어도 그는 평생 서양학을 직접 배우려고는 하지 않았으나 서양 사상과 문물에 대한 쓸데없는 편견은 일체 갖지 않았다.

나리아키라는 천황을 중심으로 하는 국가의 일원화라는 혁명 사상은 가지고 있었지만, 노골적으로 말하지는 않고 막부에 대해서는 참으로 공손한 태도를 견지했다.

그러나 1858년 다이로(大老)인 이이 나오스케(井伊直弼)의 독재적 고압주의 정책에 반대하여 마침내 언론으로 이를 저지할 수 없다고 보자, 사쓰마의 정병 3천을 이끌고 교토로 올라가 천황을 옹립하여 막부와 대결하기 위해 사이고를 불러 명령하고 출발시켰다.

"교토나 간토에서 그 기반을 만들라."

사이고는 이것을 목숨을 건 대 정치공작으로 보고, 용약 출발했지만 그 다음 달 정작 나리아키라 본인이 별안간 병으로 죽었던 것이다.

시마즈 나리아키라는 막부 말기의 풍운기를 맞지 않고 죽지만, 그 인간으로서의 재능, 인격과 더불어 호화롭다고밖에 할 수 없는 정치적 인간을 잃은 일본 역사는 막부 말기의 정치극을 위해서 예정된 최대의 명배우를 개막 직전에 잃었다 해도 지나친 말이 아니며, 오히려 모자란다 해야 할 것이다.

막부 말기에는 몇 사람의 어진 태수가 나타났다.

"4현후(四賢侯)."

당시에는 숫자로 부르기까지 했는데 보는 사람에 따라 그들의 이름에 다소의 차이는 있다.

우선 정평이 있던 사람을 들면, 나중에 마지막 쇼군이 된 히토쓰바시 요시노부(一橋慶喜), 도쿠가와 가문에 있어서 3가(장군의 친척인 紀伊·尾張·水戶의 세 가문)의 하나인 미토 나리아키(水戶齊昭 : 요시노부의 친아버지), 에치젠 후쿠이 번의 마쓰다이라 슌가쿠(春嶽), 도사 번주 야마노우치 요도, 이요 우와지마(伊予宇和島) 영주 다테 무네나리(伊達宗城), 히젠 사가 번주 나베시마 간소(鍋島閑叟) 등이 있으며, 모두 영주이면서 지사로 활약했다.

그러나 세상의 평판은 일종의 겉껍데기일 경우가 많다.

역사의 경과란 무참하고 가혹한 데가 있어 생존 중에는 만천하의 기대를 받고 촉망받은 인물이라도 지나고 보면 단순하고 경솔한 수재 정도에 지나지 않는 경우도 있다.

이를테면 마쓰다이라 슌가쿠가 인격적으로 가장 모난 데가 없는 일견 군자풍의 인물이었다는 것은 지금도 변하지 않는 사실이다. 현명한 인재를 기용하는 능력도 있었다. 다만 본인 자신은 평범한 영주의 본질에서 그다지 벗어나지 못하고, 스스로 사고하고 스스로 결단하여 행동하는 단독행위 능력이 부족했다. 그는 보좌하는 좋은 신하가 많았다. 이를테면 하시모토 사나이(橋本左內)가 슌가쿠를 보좌하고 있을 때는 슌가쿠도 세상의 눈을 번쩍 뜨게 하는 데가 있었지만, 하시모토 사나이가 이이 나오스케의 탄압 정치로 처형되자 그만 희미한 존재가 되어 버렸다.

"그분은 영주의 회합에서 무슨 질문을 받으면 그때는 반응을 보이지 않다가도, 다음 기회에 나오면 아주 훌륭한 주장을 한다."

이러면서 에도의 성중에서 소곤거리곤 했다. 슌가쿠에게는 연극에서 말하는 프롬프터가 붙어 있었다. 이 점은 미토 나리아키도 비슷했다. 그는 "만일 늙은 미토 나리아키가 천하의 일을 하면 모든 일이 잘 될 것이다"라며 지사들이 신격화할 만큼 기대를 건 인물이었지만, 보좌관 후지다 도코(藤田東湖)가 있었기에 비로소 그런 존재가 되었다고 할 수 있다.

다테 무네나리, 나베시마 간소는 보좌가 필요치 않은 인물로 특히 간소는 평범한 정치가가 아니었지만, 평생 막부에 대한 체면을 너무 차렸고 또 야마노우치 요도는 시와 술을 아울러 좋아한 문인 기질을 가진 사람이었지만, 정치가로서는 굳건한 계획 능력이 부족했다.

시마즈 나리아키라를 이와 같이 같은 시대의 '현명한 영주'들과 비교한다면, 그에게 미안한 일이다. 헤이안(平安)시대 이래 나리아키라만큼 완성도가 높은 귀족 정치가는 드물었기 때문이다.

막부 말기 헛된 이론가들이 숱하게 배출됐지만, 시마즈 나리아키라는 헛된 이론가는 아니었다.

이를테면, 1853년 페리의 내항은 일본인에게 사상 유례없는 국민적 충격이라고 할 만한 것을 주었고, 이른바 '막부 말기'라는 백가쟁명(百家爭鳴 : 많은 학자나 문화인 등이 자기의 주장을 자유롭게 발표하여, 논쟁하고 토론하는 일)의 정론과 테러리즘과 내란의 시대가 이때부터 시작되지만, 나리아키라는 놀라지 않았다.

당시 막부와 일본인들의 간담을 서늘하게 만든 것은 페리가 끌고 온 동양 함대의 위력이었으며, 즉물적으로 말한다면 배가 자동적으로 움직이는 증기군함을 눈앞에 본 것이었다.

나리아키라는 그 일에 놀라기보다 그것을 만들려고 했다. 히젠 사가 번의 나베시마 간소도 이요 우와지마 번의 다테와 의논한 뒤 세 번이 서로 경쟁하듯 배를 만들기 시작하여 페리가 내항한 지 불과 3년 만에 세 번이 모두 제조에 성공했다. 세 번이 저마다 청사진 한 장 없이 국산화에 성공했다는 것은 세계사적인 기적이라 할 수 있다.

"산업을 일으키고 무비를 충실히 하면 외국은 무서워할 것이 없다."

이런 점에서 나리아키라의 방법은 언제나 알찬 것이었고 구체성이 있었다.

　총기에 대해서도 그랬다. 페리는 도쿠가와 쇼군에게 라이플 총 두 자루를 선물로 갖고 왔다. 라이플총은 그 당시 세계의 소총 수준으로 보더라도 아직 희귀한 것이었으며, 일본에서 '위력 있는 서양총'이라고 하면 총구로 동그란 총알을 집어넣고, 총강에는 선조가 없는 게베르 총을 가리켰으며 게베르 총마저도 1853년 단계에는 진귀한 것이었다. 라이플이 일본에 등장하는 것은 훨씬 뒤인 막부·조슈 전쟁 때 조슈 군이 사용한 뒤부터이며, 이 전쟁 때 막부군은 화승총과 극소수의 게베르 총으로 장비되어 있었다는 것을 생각하면, 1853년에 페리가 가져온 두 자루의 라이플총이 얼마나 희귀한 것이었는지 알 수 있을 것이다.
　페리의 생각으로는, 그것으로 그의 눈에 야만과 미개로 비친 일본인에게 문명국의 무력을 과시할 생각이었고, 두 자루의 라이플총을 그들에게 주어 봐야 만들 능력은 없을 것이라고 마음 놓고 있었던 것이다.
　사실 막부는 놀랐을 뿐, 만들지는 않았다.
　그러나 나리아키라는 만들려고 했다. 그는 영지로 돌아가기 전 날 막부의 각료에게 부탁하였다.
　"그 진기한 것을 꼭 한 번 보여 주시기 바랍니다."
　그런 탓으로 한 자루를 빌려다가 하룻밤 사이에 분해하여 도면으로 베낀 다음, 막부에 돌려주고 귀향했다. 귀향 후 그는 '집성관'이라고 이름 지은 그의 공장에, "이것을 3천 자루 만들라"고 명령했다. 집성관에는 이 소총을 만들 만한 공작 기계가 갖추어져 있었을 것이다. 페리는 그가 얕본 일본국 안에 라이플총을 대량으로 제조할 수 있는 제후국이 있을 줄은 상상조차 하지 못했을 것이다. 물리학 및 화학 등의 기초 학문과 응용 화학과 기계학 등등, 미국의 고등학교니 그런 종류의 직업학교 같은 데서 가르치는 정도인 내용의 것을, 히젠 사가 번이나 사쓰마 번이 이미 가지고 있었다는 것도 페리는 알지 못했다.
　나리아키라는 어디까지나 실제적이었다.
　그는 '대거 상경'이라는 비책을 계획하고 이 라이플 총 3천 자루를 들고 교토로 밀고 올라가 그 위력으로 일본국의 개혁에 착수할 참이었던 것이다. 그러나 그 비책(秘策)은 그의 죽음으로 물거품이 되고 말았다.

시마즈 나리아키라에 대해서 계속한다.

그에 대해서 한 때 막부 정치를 움직이고 있던 로추(老中)의 한 사람인 미즈노 다다쿠니(水野忠邦)같은 사람은 동료인 아베 마사히로(阿部正弘)에게 말했다.

"당신은 사쓰마 영주와 사이가 좋은 모양인데, 그는 마음을 놓을 수 없는 사람이오."

막부의 일부 사람들 사이에서도 나리아키라에 대해서는 말하고 있었다.

'간웅의 재주를 가진 사람.'

이라든가

"쉽게 마음속을 터놓지 않아 천하가 의심하는 바이다."

이러한 악평이야말로 나리아키라에 대한 최대의 찬사였는지도 모르며, 그가 평범한 영주 정치가가 아니있다는 것을 잘 나타내는 것이나. 영주로 자란 인간은 어떤 재간을 갖고 있다고 해야 결국은 유치한 법인데, 나리아키라는 무섭게 영주답지 않은 인물이었다.

'간웅(奸雄).'

막부 정치가들은 이렇게 경계하고 있었지만, 그 풍모와 거동은 참으로 온화했다.

'춘풍태탕(春風駘蕩)의 풍모.'

그래서 이렇게 말을 하기도 했다.

"나는 일찍이 그 사람에게서 화난 안색을 본 적이 없다. 막부에 대해서도 그 마음이 참으로 공순했다."

그런 인상을 줄곧 그 동료 영주들에게 주고 있었다. 나리아키라는 40이 넘을 때까지 에도의 저택에서 도령으로 지내는 자유로운 몸이었다. 젊어서 영주가 되는 심상치 않은 경력이, 그의 사고와 인간관, 세계관에 밑거름이 되어 주었다고 할 수 있겠다.

어느 번의 영주가 막부 법에 저촉되는 사태를 일으키고 난처해졌을 때, 에도 성안에서 나리아키라에게 의논했다. 나리아키라가 미소를 지으며 대답했다.

"막부 각료에게 뇌물을 쓰면 됩니다."

그 영주는 놀랐다. 나리아키라는 사쓰마 번의 번정에서 이도(吏道)의 결백에 대해 엄격했으며, 뇌물의 폐풍을 일소한 인물이라는 것을 그 영주는 알고 있었던 것이다. 더욱이 그 영주도 서생 기질을 못 벗어날 만큼 그와 같은 속풍을 싫어했으므로, 존경하는 나리아키라가 시치미를 떼고 이렇게 말한 데 놀란 것이다. 나리아키라는 서생 정치가가 아니었다.

"막부의 각료 따위는 뇌물로 넘어간다."

그는 현실적 조종 방법을 잘 알고 있었던 것이다.

그 영주가 바로 도사의 야마노우치 요도였다. 요도는 나리아키라가 죽은 뒤, 그에 대해

"일단 천하에 일이 일어나면, 중원의 사슴──천하의 권력──은 그의 손에 들어갔을 것이다."

풍운이 일어나 도쿠가와 가문이 쇠퇴했을 때, 다음 천하를 잡는 것은 시마즈 나리아키라라고까지 말하고 있었다. 다시 요도는 독특한 시적 표현으로 나리아키라와 사쓰마의 무사 기풍을 마치 춘추 전국의 국가를 논하듯이 말하고 있다.

"사쓰마 영주──나리아키라──는 성품이 침착하고 마음은 강과 바다 같으며, 그 도량은 태산 같다. 더욱이 그가 이끄는 사쓰마 번은 무사들이 날카롭고 말을 잘 탄다."

영웅이라는 표현은 마쓰다이라 슌가쿠도 썼다.

"영웅이란 실로 시마즈 공과 같은 이를 말한다."

나리아키라는 신도 질투하지 않을까 여겨질 만큼 재능이 빛을 발했다. 그러나 그 가정은 어두웠다.

6남 2녀의 자녀가 있었다. 그들이 모두 병사했다.

"주살, 혹은 독살 당했다."

이런 소문이 번 안에 돌았다. 이에 대해서는 이 원고에서 규명할 겨를이 없지만 거의 사실이었을 것이다.

나리아키라의 아버지 나리오키에게는 오유라는 에도 상인 집안출신의 애첩이 있었다. 그 아들이 시마즈 히사미쓰(島津久光)다. 나리아키라의 배 다른 동생인 셈이다. 오유라는 히사미쓰를 사랑한 나머지 나리아키라가 아직 가문을 상속받기 전에 그와 그 자식을 죽이고 히사미쓰를 영주에 앉히려고 했다.

'히사미쓰 옹립파.'

이렇게 오유라의 뜻을 받드는 그룹까지 생겼다. 이 그룹에는 나리오키 시대의 재정 담당자들이 많았고 나리아키라에 대해서는 비판적이었으며, 나리아키라가 영주가 되면 그 개화 정책으로 번의 재정이 탕진될 우려가 있다고 주장했다.

이에 대항하여 나리아키라를 지키기 위해 '정의파'라는 그룹도 생겨서 집안은 크게 술렁거렸으나, 당시는 나리오키의 세상이라 '오유라・히사미쓰파'의 세력이 강하여 '정의파'는 그 죄를 문초받고 괴멸됐다. 처형된 자도 많았다. 그 가운데 섬에 유배된 자가 오쿠보 도시미치의 아버지 지에몬(次右衞門)이다. 도시미치가 어린 나이에 남몰래 혁명의 뜻을 기른 것은 이 사건이 큰 계기가 되었다.

그러나 나리아키라가 무사히 가문을 이었다. 나리아키라의 아들은 8명 가운데 7명이 이미 죽고 없었다. 그것이 우연이라 하더라도 '정의파'의 계열을 잇는 사람들은 '오유라의 짓'이라고 믿고 있었고, 나리아키라에게 발견되기 전 의사 이고도 그렇게 믿었다. 그가 평생 히사미쓰에 대해 서먹한 마음을 가진 이유의 하나는 이에 대한 감정이었다. 하기야 히사미쓰 자신이 생모나 그 측근자들의 음모에 가담한 것은 아니다.

나리아키라가 급사한 것은 1858년 7월이다. 그는 성 근방의 덴포 산(天保山)에서 번병들의 훈련을 말을 타고 보고 있었는데, 한창 무더울 때라 몇 번이나 물을 마셨다. 그날 밤부터 열이 나고 복통과 설사를 하더니 8일 후에 죽었다. 나리아키라는 죽으면서 서모에게서 난 아우 히사미쓰를 머리맡에 불러 유언했다.

"너의 아들 마타지로(又次郎 : 忠義)를 후사로 삼고, 네가 뒤에서 돌보아라."

나리아키라는 모든 소문을 알고 있으면서도 히사미쓰에게 너그러웠다. 그럼으로써 자기가 죽은 뒤 집안에 소동이 일어나지 않게 하고 싶었던 모양이다. 다만 나리아키라에게는 마지막 아들로서 데쓰마루(哲丸)라는 여섯째 아들이 남아 있었다. 나리아키라는 다시 히사미쓰에게, "데쓰마루를 마타지로의 양자로 삼아 그 뒤를 잇게 하라"고 유언하지만, 데쓰마루도 이듬해 정월에 병사한다. 이로써 요사스런 흉계는 성공했다고들 보았다. 나리아키라의 혈통은 완전히 끊어졌다.

이 나리아키라의 비극은 사이고의 생애에 강한 정념의 강물이 되어 끊임없이 흘렀다고 할 수 있다.
"영주님이……."
가고시마의 성안에서는 소곤거렸다.
"기치노쓰케(사이고)를 부르셔서 은밀히 무언가 의논을 하실 때면, 얼마나 기분이 좋으신지 복도에서도 마당에서도 알 수 있다. 탕탕 담뱃대로 재떨이를 두드리시는 소리가 평소와는 전혀 다르기 때문이다."
나리아키라에 관해 조사를 하면 할수록, 영주라는 환경 속에서도 어떻게 이런 인물이 존재할 수 있었던가 하는 기적 같은 느낌이 점점 더 강해진다. 나리아키라는 젊은 사이고를 가신으로 보지 않았다. 친 자식이나 가장 사랑하는 제자, 혹은 그 이상으로 자기의 뜻의 상속자로 간주하고 있었던 것 같다.
이 나리아키라의 뛰어난 예지가 깃든 다정스런 사랑을 원래 충성심이 강한 사이고가 오싹한 기분으로 늘 느끼고 있었으리라는 것은 쉽게 짐작이 간다.
나리아키라의 일체감이 사이고의 생애에서 마지막 정열의 목표가 된 '정한론'과 전혀 관계가 없는 것은 아니다.
이것은 나중에 말하기로 한다.
사이고가 가엾은 것은, 그가 나리아키라로부터
"나는 대병을 이끌고 교토에 들어가, 에도를 바라보며 막부에 개혁을 강요할 각오다. 자네는 한 걸음 앞서 교토에 올라가다가 다시 에도로 들어가라. 교토와 에도에서 그 준비 공작을 하라."
그런 비책을 지시받고, 부랴부랴 교토에 올라갔을 때 나리아키라가 급사했다는 소식을 들은 것이다. 나리아키라가 용의주도한 계획성을 가진 인물이라는 것은 이미 말했다. 그는 그 모험적 정치 행동을 '대거 상경'이라고 불렀다. 대거 상경을 위해 나리아키라는 교토의 오카자키(岡崎)의 밭에 사졸들을 수용할 집을 짓기 위해 미리 토지까지 사두게 했다. 이 모험을 위해 라이플 총 3천 자루의 급생산을 '집성관'에 명령했다는 말은 이미 했다.
교토에서 사이고는 모든 희망을 잃고 자결하려고 했다. 그것을 동지인 승려 겟쇼(月照)의 설득으로 간신히 그만두었지만, 이어 나리아키라의 마지막 아들인 데쓰마루의 급사를 들었을 때도 역시 독살이라고 믿었다. 이때의 심경을 고향에 있는 후쿠야마 야소타(福山矢三太)라는 동지에 써 보낸 그 자신의 편지로 짐작해보기로 한다. 다음에 그것을 구어로 직역한다.

"참으로 뜨거운 눈물에 젖어, 마음은 안타깝습니다(중략). 영주님(나리아키라)의 병환은 대소변도 자리에서 보시고, 고통으로 한 숨도 못 주무셨다고 들었습니다. 도련님은 지난 23일 낮부터 설사를 하시더니 밤에는 절명하셨습니다(중략). 나는 어쨌거나 죽음의 알맞은 자리를 얻어 하늘로 가고 싶으며(중략), 그저 살아 있는 동안의 고통, 오히려 삶을 원망하고 싶은 기분이며, 분노에 몸을 태우고 있습니다."

나리아키라는 사이고에게 그 뜻을 직접 전했다. 사이고는 나리아키라의 그 뜻을 계승하는 데만 생활을 바치려고 했다.

나리아키라가 죽은 뒤, 사쓰마 번에 반동기가 왔다.

이 개화된 영주가 하던 여러 사업은 '돈이 든다'는 이유만으로 중지되었다.

서모에게서 난 아우 히사미쓰가 사실상의 번주가 되었다. 나리아키라의 유언으로 히사미쓰의 아들 다다요시가 뒤를 이었지만, 아직 어려서 히사미쓰가 후견역이 된 것이다. 히사미쓰는 어리석은 사람이 아니었고, 또 생모 오유라가 품었다는 음흉한 생각과는 관계없는 정신을 가지고 있었다. 그는 죽은 형 나리아키라를 무척 존경했으며, 그 뜻을 잇고자 하는 기분도 강했다. 다만 그만한 그릇이 못되었다. 그는 나리아키라와는 전혀 다른 완고한 성질의 소유자로, 특히 서양의 것은 약조차 싫어했으며, 개화주의자가 아니었다. 사이고는 나리아키라에 대한 추모의 정이 더하면 더할수록 히사미쓰에 대한 증오심이 강해졌다.

'지고로(시골뜨기).'

사이고가 히사미쓰의 면전에서 외면하면서 노골적으로 이 욕을 한 이야기는 유명하다.

사이고는 나리아키라가 죽은 뒤 안세이 대옥(安政大獄)의 여파로 유배되었으며, 용서받고 돌아오자 이번에는 히사미쓰의 미움을 받아 다시 유배되었다.

그 동안 사이고의 맹우였던 통칭 '이치조(一藏)' 즉 오쿠보 도시미치가 "큰 일을 하려면 권력자의 마음에 들어야 한다" 하고 히사미쓰에게 접근하여, 히사미쓰에게 중용되고, 히사미쓰의 권한을 대행, 혹은 히사미쓰를 농락함으로써 사쓰마 번을 막부를 타도하고 황실을 되찾는 주도 세력으로 만들었다. 이 오쿠보의 방법을 사이고는 시인했다. 이윽고 오쿠보 등의 주선으로 사이고는 유배에서 풀려나, 오쿠보와 함께 막부 말기의 대사업을 시작하는 것이다.

그 혁명 전략은, 안세이 연간에 나리아키라가 기획한 '대거상경'의 방식이었다. 사이고는 최신식 총기를 몰래 요코하마에서 사들여 교토에 비축해 두었다가, 이윽고 조슈 군을 끌어들여 교토를 무력으로 점거하고, 도바 후시미 싸움에서 도쿠가와 군과 싸워 교토 정권을 수립하는 것이었다. 나리아키라의 방식대로였다. 그 교토 정권을 에도로 옮겨 태정관 정권이라는 중앙 정권을 세웠다.

그 정무의 실권은 오쿠보가 쥐었다.

사이고는 군부로 밀려났다. 육군 대장겸 근위도독이라고 하면 듣기는 좋지만, 새 정치를 하는 것은 어디까지나 정부며 오쿠보였다. 사이고가 나리아키라에게서 이어받은 뜻을 그 '오쿠보 정권'은 다루려고 하지 않았다.

마침 오쿠보 등이 정부를 절반 비우고 외유했다. 그 부재중에 사이고는 참의를 겸했다. 사이고로서는 자기가 참의로 있는 동안에 그 뜻을 실현시키고 싶었다.

그 뜻이란, 이를테면 정한론이다. 정한론은 나리아키라가 사이고에게 남긴 대 세계 정책의 일부였다.

나리아키라는 저술을 하지 않았다.

그 때문에 그 사상이나 정략은 그와 만났던 사람들의 기억 속에 남았을 뿐이다.

그런 사람 가운데 마쓰다이라 슌가쿠(松平春嶽)는 말한다.

안세이(安政)의 대지진(1855년)과 그에 이은 대화재 때문에 에도 시가의 절반이 재가 되었다. 당시 사쓰마 번에도 저택은 미다(三田), 사쿠라다(櫻田), 다마치(田町), 다카나와(高輪) 등에 있었는데, 그 거의가 무너졌으며, 사쿠라다 저택은 불타서 없어졌다.

나리아키라는 우선 시부야(澁谷)의 별저로 옮겼다. 이때 마쓰다이라 슌가쿠를 시부야 별저로 초대했다. 안세이 2년(1885) 12월 16일이라니까 대지진

이 일어난 다음다음 달이다.

 나리아키라의 방에는 두 폭으로 된 조그만 병풍이 있었다. 거기에 아시아 지도가 그려져 있었다.

 지도에는 여기저기에 붉은 점이 찍혀 있어서, 나리아키라가 꽤나 열심히 사용하고 있다는 것을 알 수 있었다.

 "허어, 지도군요."

 슌가쿠가 무릎으로 다가갔다. 나리아키라도 지도 옆에 가서 중국 정세를 설명했다. 나리아키라는 중국을 가리키며 말했다.

 '청나라.'

 한민족에게는 이민족인 만주 민족의 왕조가 200년쯤 계속되고 있었다. 근년에 열강의 세력이 중국을 잠식하고 있을 뿐 아니라, 장발적의 난이라는 내란이 계속되고 있으며, 청나라 왕조는 이에 대해 거의 무력하여 붕괴만 기다리고 있는 정세였다. 나리아키라는 그 시사적 정세를 유럽 일류 저널리스트처럼 상세하게 알고 있었다.

 "이 내란은 도저히 수습할 길이 없습니다."

 그는 말하면서 붉은 점을 가리켰다. 그것들은 장발적이 점령한 지역으로, 18성의 태반이 그랬고, 수도 북경은 포위된 거나 다름이 없었다.

 "영국과 프랑스 두 나라는 이 허점에 편승하려 하고 있습니다. 만일 그들이 이 난에 편승한다면 중국 대륙은 사분오열의 형세에 빠지고 말 것입니다. 청나라는 망합니다. 망해도 새로이 사직을 일으킬 세력이 없습니다. 말하자면, 중국 대륙은 빈집이나 마찬가지가 됩니다. 그렇게 되면 이……."

 나리아키라는 극동의 해상에 있는 섬나라를 가리켰다.

 "일본은 고립됩니다. 이른바 입술이 없으면 이빨이 시리듯이, 중국 대륙의 위기는 일본의 위기이기도 합니다. 일본은 어떻게 하면 좋겠습니까?"

 나리아키라는 슌가쿠에게 물었다. 슌가쿠는 지도 앞에 웅크리고 있을 뿐 대답할 수가 없었다.

 "오직 한 가지 방법밖에 없습니다."

 나리아키라가 놀라운 얘기를 하기 시작했다. 기선을 제압해야 합니다, 중국에 파병하는 것입니다, 하고 말했다.

 "단, 목적은 침략이 아니라 열강의 잠식으로부터 영토를 보전하는 데 있습니다."
　그런 다음, 나리아키라는 나중에 사가의 나베시마 간소까지 그 신도로 만든 유명한 아시아 정책을 설명했다.
　긴키(近畿), 도카이(東海), 도산(東山), 주고쿠(中國)의 여러 번은 중국 본토를 향해서 들어가고 규슈(九州), 시코쿠(四國)의 여러 번은 안남 코친(安南交趾 : 베트남 지방) 방면으로 진출하며, 호쿠리쿠 오우(北陸奧羽)의 여러 번은 만주로 들어가 한민족 대신 중국을 지키는 것입니다.'

　국가의 운명은 그 나라가 놓여 있는 지리적 환경과 불가분의 것이다.
　일본의 운명은 그 고도성(孤島性)에서 벗어날 수가 없다. 세계에 아무 일도 없다면, 이 민족은 사방이 바다라는 천험 속에 갇혀서 항아리 속의 태평을 누릴 수가 있었다. 일찍이 수(隋), 당(唐) 제국이라는, 중국 대륙을 3세기 반 만에 통일한 대제국이 출현했을 때, 한반도가 그 여파로 동요하고, 그 파동은 일본에까지 밀려왔다. 덴치(天智) 천황 정권이 백제와 고구려를 구원하기 위해 출병했다가, 백촌강 해전에서 일본 수군은 당나라 함대에 괴멸당했다. 당나라는 일본까지 공격해 오지는 않았다. 그 후 일본은 9세기 이상에 걸쳐 침묵을 지켰고, 명나라 말기에 중국 정권의 쇠약을 틈타듯이 도요토미 히데요시가 외정하여 실패했다. 그 후 도쿠가와 시대는 쇄국하여 침묵을 지켰다.
　나리아키라의 시대에 청나라는 쇠약하여 이미 내란이 만성화되어 있었으며, 그런데도 청나라에 교대할 만한 새로운 세력이 나타나지 않아, 청나라는 국가로서의 그 광대한 대륙을 통치할 힘을 잃어가고 있었다.
　"머지않아 중국 대륙은 영국과 프랑스가 지배하게 될 것이다."
　이런 관측이 기초가 되어 있었다. 중국 대륙을 영국과 프랑스가 지배하면 일본도 아울러 그들의 속방이 될지도 모른다는 두려운 관측이 뒷받침하고 있었다.
　이 두려움은 일본의 지리적 성격에서 오는 숙명 같은 것이었다. 중국 대륙에서 일어나는 변동이나 변화가, 한반도라는 쿠션이 있으면서도 때로는 그 파동의 영향에서 벗어날 수가 없는 것이다.
　그 파동은 다분히 심리적인 것이기도 했다. 대륙의 정세에 과민한 감각과 둔감한 감각이 늘 존재했고, 시대에 따라서도 바뀌었다. 막부 말기는 국제 정세에 과민한 시대였다.

"어떻게 하면 일본이 자립할 수 있을까?"

많은 지사들이 전율을 느끼며 생각했듯이, 나리아키라도 그런 사람의 하나였다. 그는 지구의를 보고, 아시아 지도를 보고, 나가사키에서 정보를 모으거나 남지나의 복주에 설치한 이 번의 비밀 무역관(공식명칭은 류큐관)을 통하여 정세를 알 때마다 생각하게 된 것이다.

'일본은 영국이 그와 같이 하여 국가를 보전하고 있듯이, 적극책을 취할 도리밖에 없다.'

나리아키라는 대만에 대해서도 밝았다. 대만이 청국의 영토가 아닌 듯하다는 것도 알고 있었고 대만에 영국과 프랑스의 세력이 뻗으면, 류큐(琉球)가 위험하다는 것도 알고 있었다. 그래서 대만 점령책까지 가지고 있었다.

나리아키라의 이런 사상을 가지고 그를 침략주의자라고 할 수는 없을 것이다. 19세기 제국주의 시대의 국제 환경 속에서 일본을 자립시키려면, 이것 이외에 없다고 그는 생각했다. 아니 오히려 일본의 지리적 환경이 그로 하여금 그렇게 생각하게 했던 것이다.

"사이고 공은 보기 드물게 말이 많아서 과거의 일이며 장래의 일에 대해서 많은 이야기를 하셨다."

가와지는 이 날의 사이고의 인상을 나중에 사람들에게 이렇게 말했다.

사이고는 줄곧 발가벗은 채로였다. 저녁때가 되어 해가 지기 시작해서야, 빨랫줄에서 사쓰마 가스리의 옷을 걷어오게 하여 몸에 걸쳤다. 옷을 입을 때는, 깃이 비뚤어지지 않게 단정히 입는 편이었다.

가와지는 돌아와서 서재에 틀어박혔다.

'어떻게 할 것인가?'

아무리 생각을 해도 생각이 정리되지 않았다. 가슴이 메어, 이따금 가누지 못하고 눈물을 줄줄 흘렸다. 사이고가 가엾었다. 그가 가엾으니 자신도 가엾어져서, 가와지는 마음이 어지러워 도무지 생각을 걷잡을 수가 없었다.

가와지는 프랑스에서 정치 경찰을 도입해 온 사람이다.

"일찍이 프랑스의 경찰을 확립한 조제프 푸셰야말로 문명사회의 경찰의 성자라고 할 수 있다."

프랑스 경찰에서는 이런 말을 듣고, 푸셰에 대한 지식이 없는 가와지는 그

대로 믿었다.

가와지는 모르는 일이었지만, 푸셰는 유럽의 근대 사상에서 믿기 어려울 만큼 변절의 정치가였으며, 가와지 시대보다 훨씬 뒤에 작가 슈테판 츠바이크의 명작 《조제프 푸셰》에 의해 그 악당으로서의 성격과 행적이 철저하게 파헤쳐진 인물이다.

푸셰는 생애를 통해서 자기 보신책을 위해서는 악마도 못 따를 만큼 지혜를 썼다.

그는 처음에는 가톨릭 수도원에 있었다. 프랑스 혁명이 일어나자 열광한 그는 수도원을 뛰쳐나와 지롱드파에 들어갔으나, 다시 과격한 자코뱅파로 옮겨 루이 16세를 단두대에 보내는 데 강력한 역할을 했다.

그는 전형적인 자코뱅 테러리스트였으며, 남 프랑스에서 일어난 반혁명 내란을 처리하는 데는 잔인하고 가혹한 형을 집행하고, 독재자 로베스피에르의 세력이 약해지자 교묘히 그 반대쪽으로 돌아 로베스피에르 자신을 단두대에 보냈다.

프랑스 혁명과 그 뒤의 정치적 변동기의 주역들은 다음 시기에는 빠짐없이 몰락했지만, 푸셰만은 어떤 정변이 일어나더라도 언제나 용케 그 주류를 냄새 맡고 접근하여 살아남았다. 총재 정부 시대에는 파리의 경시총감이 되어, 모든 반정부 세력을 탄압하여 꼼짝도 못하게 만들었다. 이윽고 나폴레옹이 대두하자 재빨리 앞날을 내다보고 이에 접근, 나폴레옹이 집정이 되었을 때 그 경시총감으로서 교묘한 스파이망을 쳐서는 그를 위해 반대 세력의 음모를 봉쇄했다. 그는 그때그때의 주류에 충성을 다하고, 주류가 몰락하기 시작하면 재빨리 죽음의 냄새를 맡고 다음 주류에 현재의 주류를 파는 천재였으며, 그 때문에 푸셰는 마침내 공작에까지 올라갔다.

가와지는 그러한 푸셰를 모르고, 푸셰가 남긴 정치적인 경찰을 배워, 그것을 근대 국가를 성립시키기 위한 문명의 요소라고 믿었던 것이다.

그러나 가와지는 푸셰같은 '악당'이 아니었다.

슈테판 츠바이크가 인용하고 있는 발작의 푸셰 평에 의하면, 푸셰의 인간과 생애는 다음과 같은 말로 종합된다.

"나폴레옹이 가진 유일한 명재상."

"기묘한 천재."

"내가 아는 한 가장 뛰어난 두뇌."

"나폴레옹마저 일종의 공포를 느끼게 한 사나이."

"그 용모의 밑바닥에 짐작할 수 없는 깊이를 간직하고, 그때그때의 행동은 그 시기에는 아무도 그 뜻을 짐작하지 못하다가 연극이 끝난 훨씬 뒤에야 겨우 납득이 가는 인물."

이러한 사나이였으나, 가와지는 푸셰의 훨씬 훗날의 제자이지만, 푸셰같은 회색 망토를 쓴 침묵의 정치극이나 권력에 대한 특이한 집착 같은 것은 가지고 있지 않았다. 다만 푸셰가 적의 세력은 물론 동료 정치가들까지 소름이 끼치게 한 정치 스파이망을 쳐서, 정치가의 사사로운 행동까지 한 손에 쥐고 있던 것을, 가와지도 될 수만 있다면 그 앞선 지혜를 나누어 갖고 싶었다.

하기야 푸셰는 그 음울한 특기를 자기의 보신책을 위해 사용했다. 그러나 가와지의 순진한 점은, 그것이 국가를 사랑하는 길과 연결된다고 믿고 있었다는 점이다. 가와지의 스승인 푸셰가 유럽의 근대 정치사상 가장 난해한 '악당'으로 간주된 데 비해, 가와지 그 사람은 단지 메이지 국가 체제에 융합된 양질의 관료였다는 차이가 있다.

가와지가 사이고의 우거를 방문한 것은 오쿠보의 시사에 의해서였다. 그는 오쿠보에게 보고서를 내야했다.

"사이고가 과연 난을 일으킬 것인가?"

이것에 대해서였다.

하기야 오쿠보는 자기만큼 사이고를 아는 사람도 없다고 생각하고 있었고, 그 자신감으로 말한다면 이렇게 반은 믿고 있었다.

"사이고 그 사람은 난을 일으키지 않는다."

오쿠보의 염려는 사이고 그 사람이 아니라, 사이고라는 거대한 자력을 띤 존재를 향해 빨려 들어가고 있는 크고 작은 반정부 분자들의 움직임이었다.

"사이고 본인은 설마 자신의 손으로 만든 이 정부를 부수려고는 하지 않을 것이다. 그러나 사이고를 선동하려는 자들이 있다. 크게는 참의 이타가키와 에토에서, 작게는 만천하의 불평 사족들, 나아가서는 도쿄에 주둔하는 근위 장교들이 사이고를 그냥 두지 않을 것이다. 사이고는 그들의 움직임에 어떻게 반응하고 있는가?"

이것이 오쿠보의 염려였다.

가와지가 이날 밤 서재에서 골똘히 생각하고 있었던 것은, 오쿠보에게 어떻게 보고하느냐 하는 것이었다.

그러나 가와지의 생각은 좀처럼 정리되지 않았다.

'곤란한 어른이다.'

사이고는 이렇게 생각했다. 가와지처럼 사이고와 친밀히 지내며 감화를 받아 온 사람도, 사이고가 어떤 인물인가 하는 데 이르러서는, 사이고의 옷을 한 꺼풀 벗겨도 알 수가 없었고, 두 꺼풀 벗기면 더 알 수 없었으며, 만져도 떠밀어도 알 수가 없었다.

"마치 커다란 종 같은 사나이다."

이렇게 말한 것은, 막부 말기에 처음으로 사이고와 접촉했을 때의 사카모토 료마의 감상이었다. '작게 치면 작게 울리고, 크게 치면 크게 울린다'는 것으로, 사이고를 좋아하는 가쓰 가이슈는 사카모토에게서 직접 이 감상을 듣고, '평하는 사람도 그럴 듯한 사람이고, 평을 듣는 사람도 그럴 듯한 사람이다'라고 감탄했는데, 사이고에 대해서는 이런 개괄적인 평이 가장 정곡을 찌른 말이다. 가까이 가서 자세히 들여다보면, 산의 모습이 안 보이고 다만 부분적인 겉만 보이거나, 사이고가 가진 풍부한 색채가 오히려 단색이 되곤 한다.

그런데 가와지는 사이고를 지금 새롭게 분석하여 앞으로 메이지 국가에 그가 어떻게 영향을 줄 것인가 생각하지 않으면 안 된다. 그것이 조제프 푸셰의 정치 경찰의 실상을 존경해 온 가와지의 의무이자, 지금 그를 몰아 세우고 있는 절박감이었다.

'사쿠라지마 산(櫻島山) 같은 분이다.'

가와지는 전부터 생각하고 있었다.

긴코(錦江)라는 화려한 이름으로 불리는 가고시마 만에서, 그 검푸른 물을 기슭에 두르고 하늘의 대부분을 차지하고 있는 사쿠라지마 산은, 유럽을 돌아보고 온 가와지의 눈에도 그보다 아름다운 산수는 없을 것 같았다.

사쿠라지마는 맑은 하늘이 배경이 될 때는 그 위용이 대단하다. 자질구레한 인간의 생활로 지새는 가고시마의 옛 성밑거리를 우람한 모습으로 압도하며, 더욱이 그 기슭에 군청색으로 빛나는 물띠를 두르고 있으므로 위압에 무한한 부드러움이 깃든다. 저녁에 태양이 하늘과 바다를 물들이기 시작하면, 사쿠라지마의 색채는 그 어떤 물감도 흉내내지 못하는 변화를 일으킨다.

이런 날의 사쿠라지마는 그림으로 정착시킬 수는 도저히 없고, 색채가 변하고 있는 그 움직임 속에만 그 아름다움이 있는 것처럼 보인다. 이와 반대로 흐린 날씨나 비 오는 날의 사쿠라지마만큼 시시한 것도 없어서, 그저 바보 같은 모습이 하찮게 공간을 차지하고 있을 뿐이다. 그러나 그렇다고 결코 만만하게 봐서는 안된다.

분화구에 비가 오면 어떤 기능으로 그렇게 되는 것인지 이튿날, 혹은 그 며칠 후에 땅울림이 울리면서 크고 작은 폭발을 해 보이기 때문이다.

그럴 때마다 사쓰마의 땅에 흰 재가 내린다. 재의 입자는 칼날처럼 날카롭게 사람들의 눈을 찌른다. 더욱이 몇 세기만에 한 번씩 큰 폭발을 일으켜, 용암이 분출하여 바다를 엄습하고, 바다를 육지로 만들어버린 일도 있었다.

'사쿠라지마는 화려하고 위대하지만, 사람의 생활에는 이제 무용지물이다.'

이런 쓸데없는 것은 아무리 위대해도 제거해야 한다는 국가관도 있을 수 있다.

정원 어딘가의 나무에서 올빼미가 울기 시작했다.

"아직 안 주무십니까?"

이 말이, 장지문 밖에서 들렸다. 가와지의 아내 사와코(澤子)였다. 목소리가 낮았다.

"뭘 하고 있나?"

"차를 올리겠습니다."

몸집이 작은 사와코가 들어왔다.

가와지는 어느새 책상에서 떨어져 있었다. 상좌의 도코노마(床間 : 방 한 쪽을 높게 하여 족자나 꽃꽂이를 장식하는 곳)를 베개 삼아 누웠다. 사쓰마 무사 집안의 습관으로, 다다미에 직접 머리를 대지 않는다. 머리라는 것은 적의 대장에게 보인다는 뜻에서 가장 소중한 것이기 때문이다. 다른 고장 사람의 눈으로 보면 우스꽝스러운 일일지 모르지만, 사쓰마에는 가마쿠라풍(鎌倉風)의 무사 습관이 짙게 남아 있었다.

"이제 그만 가서자지 그래."

가와지는 일어나 앉아 찻잔을 집어 들었다.

"나는 생각할 일이 좀 있어."

생각할 일이 있다는 가와지의 말은 사와코에게는 절대적인 것이며, 실제로 가와지는 집에 돌아오자마자 '생각'만 했고, 일단 하기 시작하면 그대로 날을 새우는 일이 많았다. 골똘히 생각을 할 때, 가와지는 연필을 들고 종이에 무언가 열심히 글자를 쓴다. 머리에 떠오르는 글자를 깡그리 다 쓰는가 싶도록 많이 쓴다. 진(眞), 법(法), 사(瀉), 예(銳), 토(土)하는 식이다.

그런데 사와코가 보니, 오늘 밤의 생각에는 그런 작업이 수반되지 않고 있었다. 게다가 어지간히도 절박하게 생각에 잠겨 있는 듯, 오후 8시께부터 시작한 생각을 새벽 1시가 다 된 지금까지 계속하고 있으며, 가와지의 두 눈은 벌써 푹 꺼져서 매우 수척해진 듯이 보였다.

"책상 앞으로 가."

가와지가 생각을 고쳐먹은 듯이 명령했다. 사와코는 그대로 했다. 책상 위에는 미농지가 두툼하게 놓여 있고 연필이 한 자루 있을 뿐이었다.

"그 종이에 글자를 써."

가와지가 명령했다.

"글자를 말입니까?"

"내가 부르는 대로 써."

가와지는 얼른 "산" 하고 말했다.

"어떤 산입니까?"

"머리에 떠오르는 대로 무슨 한자든지 쓰면 돼."

'讚'

이렇게 썼다.

가와지의 입이 새가 된 것처럼, 짤막한 음절의 한자음을 주위대기 시작하더니, 그칠 줄 모르고 계속했다. 사와코는 그 음을 일일이 문자에 맞추어 썼다. 수도 없이 썼다.

"사이고님은 어느 글자가 어울리나?"

미지막으로 가와지가 물었다. 사와코의 느낌대로 말하면 된다고 한다. 너무 생각하지 말고 이런 글자 같은 느낌이라고 말하라는 것이다.

사와코는 순한 여자였다. 하라는 대로 깊이 생각지도 않고, 사이고에 대한 그녀의 인상에 가장 적합한 글자를 얼른 찾았다. "빨리" 하고 가와지가 재촉했다. 사와코는

'悲'

자를 짚었다. 자비의 비인지, 비애의 비인지 잘 알 수 없다.

'悲라……'

이거 놀랍구나, 하고 가와지는 속으로 생각했다. 사와코는 평범한 여자에 지나지 않는다. 그 평범함으로 말한다면, 육군 대장, 참의, 근위도독이라는 최고의 관직으로 장식되어 있는 사이고의 인상을 화려한 것으로써 받아들이는 것이 당연할 텐데, '비(悲)'는 어찌된 일인가?

"이건 뭔가?"

그 글자와 사와코의 심상의 연결에 대해서 물었으나, 그런 질문을 받아 봐야 사와코 자신도 알 수가 없어서, 더 따지고 들면 울음을 터뜨릴 것 같았다.

"그만 됐어."

가와지는 정답게 말해 주었다.

사와코는 안도하는 표정을 지으면서, 조그만 손을 바쁘게 움직여 찻그릇을 주위 들고 달아나듯 밖으로 나갔다.

'사와코는 그 이야기가 생각난 모양이구나.'

가와지는 생각했다.

사와코는 소녀 때, 오유라 소동에 관한 이야기를 옛이야기처럼 들으며 자랐다.

'다카사키(高崎) 사태.'

당시 사쓰마에서는 표현하고 있었다. 두 파가 대립하고 있었다는 말은 이미 했다. 서자 히사미쓰를 옹립하여, 세자 나리아키라를 물리치려고 하는 오유라파의 세력이 당시의 영주 나리오키를 쥐고 있었기 때문에 우세하여, 이른바 '정의파'인 다카사키 고로에몬(高崎五郞衞門) 등을 몰락시켜, 1849년 12월 마침내 다카사키 등 6명의 배를 가르게 하고, 그 당파를 모두 칩거, 근신, 투옥의 형에 처했다. 다음해 3월 다시 아카야마 유키에(赤山靭負) 등에게 사약을 내려 죽이고, 그밖에 형을 면한 자가 없었다.

"신불은 사람의 선악을 보지 못하는 것일까? 악이 이렇게 성해도 되는 것일까?"

번사의 어느 가정에서나 이렇게 수군거렸다. 그것이 불과 23년 전의 일이다. 사와코의 집에서는 아버지가 향사라 번의 행정과는 관계가 없었다. 그래서 이 항쟁 밖에 있었지만, 아버지는 이 슬픈 소식을 듣고 통곡했다. 그녀는 아직도 어린 계집아이였으나, 아버지가 보인 남아의 통곡이라는 것이 얼마나 무서운 일인가 하는 것을 알았다.

당시 사이고는 나이가 24세로, 아직 정치 청년이 아니었다. 그러나 아버지 기치베가 번의 명령으로 정의파의 두목 아카야마가 배를 가를 때, 가이샤쿠(介錯 : 할복하는 사람의 목을 쳐주는 일)를 해준 데서 이 사건과 관계가 맺어졌다.

　기치베는 아카야마의 피보라가 튄 옷소매 한쪽을 가지고 돌아와, 그가 얼마나 훌륭하게 죽었는가를 사이고에게 이야기했다. 사이고는 그 소매를 밤새도록 끌어안고 날이 새도록 통곡하고 아카야마의 뜻을 계승하겠다고 맹세했다. 그가 혁명의 뜻을 세운것은 이때부터였다는 것을, 사와코는 나중에 누구한테선가 들었다. 그 이야기를 들었을 때, 그녀는 갑자기 울기 시작했다. 아버지의 통곡이라는 이상한 기억과 겹쳐서, 그녀의 기분을 걷잡을 수 없는 것으로 만들어버린 모양이지만, 그 후 사이고에 대한 그녀의 인상은 비참한 색조를 띠게 되었던 것이다. 아마도 그래서겠지, 하고 가와지는 생각했다.

지은이
시바 료타로(司馬遼太郎)

그린이
전성보(全聖輔)

옮긴이
박재희 창춘사도대학일문학전공 김문운 니혼대학일문학전공
김영수 와세다대학일문학전공 문호 게이오대학일문학전공
유정 조지대학일문학전공 추영현 서울대학교사회학전공
허문순 경남대학불교학전공 김인영 숙명여대미술학전공

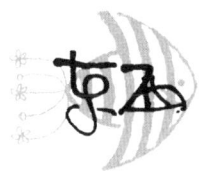

대망 30 불타라검 2/나는 듯이 1
지은이 시바 료타로/책임편집 박재희 추영현 김인영
1판 1쇄/1979. 12. 1
2판 1쇄/2005. 8. 8
2판 10쇄/2025. 3. 1
발행인 고윤주/발행처 동서문화사
창업 1956. 12. 12. 등록 16-3799
서울 중구 마른내로 144(쌍림동)
☎ 546-0331~3 (FAX) 545-0331
www.dongsuhbook.com

*

이 책은 저작권법(5015호) 부칙 제4조 회복저작물 이용권에 의해 중판발행합니다.
이 책의 한국어 大望상표등록권 문장권 의장권 편집권은 저작권법에 의해 보호받으므로
무단전재 무단복제 무단표절 할 수 없습니다.
이 책의 법적문제는「하재홍법률사무소 jhha@naralaw.net」에서 전담합니다.

*

사업자등록번호 211-87-75330
ISBN 978-89-497-0370-1 04830
ISBN 978-89-497-0364-0 (3세트)